BASTEI
LÜBBE

JERRY COTTON
JUBILÄUM

Die fünfte Todsünde

Ballett in Sing Sing

Die Jackpot-Königin

Der Dompteur des Syndikats

Vier Kriminalromane

BASTEI LÜBBE

BASTEI LÜBBE TASCHENBUCH
Band 31 923

Erste Auflage: Oktober 1999

Lektorat: Rainer Delfs
Titelbild: Bastei-Archiv
Umschlaggestaltung: QuadroGrafik, Bensberg
Satz: Fotosatz Steckstor, Rösrath
Druck und Verarbeitung: 47686
Groupe Hérissey, Évreux, Frankreich
Printed in France
ISBN 3-404-31923-0

Der Preis dieses Bandes versteht sich einschließlich der gesetzlichen Mehrwertsteuer

Die fünfte Todsünde

Die ›Junquera‹ war ein Vierzehntausend-Tonnen-Frachter, der unter panamesischer Flagge fuhr. Die starke Gegenströmung der Narrows in der Landenge zwischen Brooklyn und Staten Island machte dem kleinen Schiff schwer zu schaffen. Die Brücke, die hoch und zierlich die beiden Stadtteile miteinander verband, lag bereits hinter der ›Junquera‹. Das Schiff fuhr in die Upper New York Bay ein.

Brian Denleys Fäuste lagen auf der kalten Reling. Seine Augen tränten. Es ist der Wind, sagte er sich, nur der Wind.

Graue Sturmwolken hingen tief über Manhattan und der Bucht. Brian Denleys Augen suchten die Freiheitsstatue. Aber als die Sonne durch ein Loch in der Wolkendecke stieß und die beiden kantigen Türme des World Trade Center auf der Südspitze Manhattans versilberte, hielt er den Atem an.

Er spürte eine Bewegung neben sich. »Das ist ein Anblick, was?«

Brian Denley schluckte den Kloß in seiner Kehle hinunter. »Als ich zuletzt in New York war, gab es die Türme noch nicht«, sagte er, ohne den Kopf zu wenden. Lino sollte die Tränen in seinen Augen nicht sehen. Lino könnte auf den Gedanken kommen, sie stammten nicht von dem scharfen Wind allein.

»Sag bloß!« staunte der kleine Puertoricaner.

Lino Carral war in New York geboren. Er war ein echtes Kind der South Bronx. Auf der Straße aufgewachsen, war er von einem klugen Bewährungshelfer gedrängt worden, zur Navy zu gehen, bevor die Straße ihn umbringen würde.

In vier Jahren hatte die Navy einen leidlich brauchbaren Seemann aus ihm gemacht. Doch die Schlitzohrigkeit des Gossenjungen und das jähe, zu Gewaltausbrüchen neigende Temperament hatte sie ihm nicht ausgetrieben.

Entsprechend sah sein Führungszeugnis aus. Auf einem amerikanischen Handelsschiff hatte er keine Chance, eine Heuer zu bekommen. Deshalb war er sechs Jahre lang auf griechischen, liberianischen und panamesischen Seelenverkäufern gefahren.

An Bord der ›Junquera‹ hatte er keine Freunde. Die anderen Besatzungsmitglieder, einige Farbige aus den Südstaaten, zwei Filipinos und zwei wortkarge Europäer, gingen dem Burschen mit den harten Fäusten und der flinken Zunge lieber aus dem Weg.

Doch Brian Denley schien er in sein Herz geschlossen zu haben. Seit Brian in Lissabon auf der ›Junquera‹ angemustert hatte, war der Puertoricaner kaum von seiner Seite gewichen. Vielleicht, weil Brian nicht protestiert hatte, als man ihm die enge Koje in dem stickigen Loch über dem Hauptmaschinenraum anwies.

Brian war der Neuling an Bord. Für ihn stand fest, daß er nur diese eine Reise machen würde. Zurück nach Amerika.

Da hätte es sich nicht gelohnt, es auf eine Kraftprobe ankommen zu lassen, deren Ausgang ungewiß gewesen wäre.

Lino Carral, dem die Koje über ihm gehörte, hatte es Brian anscheinend hoch angerechnet, daß er sich mit dem unzureichenden Quartier abfand – und mit der Gesellschaft des kleinen, abgefeimten Halunken aus der Bronx.

Brian hielt sein Gesicht in den Wind. Nach dreizehn langen Jahren ging seine Reise jetzt zu Ende.

»Hast du schon gepackt?« fragte er den Puertoricaner, der sich neben ihm an der Reling festklammerte. Auch Lino hatte abgemustert.

»Ich habe noch Zeit«, sagte Lino. »Mich wollen sie erst gehen lassen, wenn die Ladung gelöscht ist.« Er spuckte über Bord und starrte wütend in die Wogen, die sich schwarzgrau an der fleckigen Bordwand entlangwälzten.

»Reine Schikane, Brian. Das machen sie nur, weil ich ein Chicano bin! Warum nehmen sie nicht die Filipinos? Oder die verdammten Schwarzen?«

»Vielleicht, weil du cleverer bist«, meinte Brian langsam.

Lino lachte geschmeichelt. »Wahrscheinlich hast du recht, Mann. Die Nigger können Maschinenteile nicht von Portwein unterscheiden. Verdammt, ich war gern auf diesem Schrotthaufen. Glaubst du das, Brian?«

Brian Denley lächelte. Nein, das glaubte er nicht, aber er sagte es nicht. »Du solltest es dir noch einmal überlegen«, sagte er dann. »Das mit dem Abmustern, meine ich.« Er deutete auf die Silhouette der großen Stadt. Das Loch in den Wolken hatte sich wieder geschlossen. Winzig klein lag die Insel vor ihnen. Klein wie eine Spielzeugstadt. Aber so abweisend wie eine Gefängnisinsel. »Das ist keine Stadt für dich, Lino, nach allem, was man da draußen so hört.«

»Ich habe ein paar Dollars gespart«, sagte Lino Carral. Sehnsüchtig starrte er nach Manhattan hinüber. Im Dunst verlor die Skyline allmählich ihre Konturen. »Meine Schwester lebt in East Harlem. Ihr Mann hat ein Geschäft. Verdammt, ich weiß nicht mal, was für eins.« Er grinste unbesorgt. »Wahrscheinlich kann er ein paar Dollars brauchen. Wenn er meine Dollars haben will, muß er auch mich nehmen. Komm mal vorbei, Brian!« Er sah wieder aufs Wasser hinunter. Als er weitersprach, klang seine Stimme so leise, daß Brian die Worte im Heulen des Windes kaum verstehen konnte. »Aber wahrscheinlich vergißt du mich sofort, wenn du deine großen Füße an Land setzt.«

»Warum sollte ich dich vergessen?«

»Weil dein Vater doch irgendein Bonze ist und er dir bestimmt gleich einen Job geben wird. Oder hast du mir da irgendeinen Scheiß erzählt?«

Brian Denley schüttelte den Kopf. »Ich weiß nicht mal, ob ich mit meinem Alten klarkommen werde, verstehst du?«

Matty hatte das mit seinem Vater herausgefunden. Brian Denley hob unbehaglich die Schultern. Er fürchtete sich vor dem Wiedersehen, und er fragte sich jetzt, ob es richtig war, seinem Vater die Hand zur Versöhnung entgegenzustrecken. Er wußte nicht, ob sein Vater die Hand ergreifen würde. Immerhin war er dreizehn Jahre ohne Vater ausgekommen. Wenn man es genau nahm, sogar sein Leben lang.

Er hatte es Matty zuliebe getan. Matty hatte eine richtige Familie, auch wenn ihre Mitglieder über die halbe Welt verstreut lebten.

Er wollte auch eine richtige Familie haben. Eine Familie, in der Verständnis und Toleranz den Ton angeben sollten.

Und nicht Vorstellungen von Moral und Recht und Ordnung, die ihren Sinn in sich selbst suchten und nicht im Menschen, den sie erstickten.

Vielleicht hatte sich sein Vater geändert. Vielleicht war er nicht mehr der selbstgerechte, hartherzige Frömmler, der seinen Sohn verstoßen hatte, weil er die Hölle von Vietnam nicht ertrug.

Er legte seinen Arm um die schmächtigen Schultern des Puertoricaners. Es war eine spontane, scheue Geste.

»Ich komme nach East Harlem«, versprach er. »Und ich bringe Matty mit. Sie wird dir gefallen. Und du ihr.«

Im Zollschuppen warf Brian Denley seinen Seesack auf den mit blankgewetztem Blech beschlagenen Tisch. An der Paßkontrolle hatte es keine Schwierigkeiten gegeben. Sein Paß war in Ordnung. Dafür hatte Matty gesorgt. Sie hatte ihm alle Schwierigkeiten aus dem Weg geräumt.

»Haben Sie was zu verzollen?« fragte der Zollbeamte.

»Nein«, antwortete Brian. Er hielt die Riemen seines Seesacks noch in der Hand und wollte weitergehen.

»Öffnen Sie bitte!« sagte der Customs Officer.

Brian Denley starrte ihn an. Sein Unterkiefer mahlte. Da kehrte er in die Heimat zurück und wurde behandelt wie ein Strolch.

»Ich habe nur eine Flasche Whisky da drin«, sagte er. »Außer meiner schmutzigen Wäsche.«

»Hören Sie schwer?« sagte der Zollbeamte.

Brian Denleys Blick fiel auf den anderen uniformierten Beamten, der am Ende des flachen Tisches stand. Zu seinen Füßen lagen zwei schwarze Hunde mit Maulkörben. Rauschgifthunde.

Er zerrte an den Schnüren. Er hatte jetzt keine Geduld mehr. Das Anlegemanöver hatte so verdammt lange gedauert. Und dann hatte ihn der Erste Offizier über eine Stunde auf seine Papiere warten lassen. Schikane, hatte Lino gemeint.

Er schüttete den Inhalt des Seesacks auf den Tisch. Der Officer schnalzte mit der Zunge.

»Ist gut«, sagte er.

Brian Denley stand starr. »Was heißt das – ist gut?«

»Sie können das Zeug wieder einpacken, Sir«, sagte der Beamte, wobei er das Wort Sir betonte.

Brian stopfte seine Sachen in den Seesack zurück. Wortlos warf er ihn über seine Schulter und verließ den Schuppen.

Es war jetzt dunkel. Die Luft war feucht und trug den Geruch von öligem Wasser, Abfällen und nassem Tuch.

Er stieg über die Schienen des Portalkrans, dessen Ausleger hoch über ihm kreiste und unermüdlich Kisten aus den Laderäumen eines Frachters hievte.

Er ging am Pier entlang, trat in eine tiefe Pfütze und fluchte. Ein Truck mit einem Container auf dem Hänger ratterte über den Kai. Im Zaun sah er das breite Tor. Dort standen zwei erleuchtete Telefonzellen. Er überlegte, ob er seinen Vater anrufen sollte, verwarf den Gedanken aber sogleich wieder. Er wollte zuerst ins Hotel.

Matty hatte ihm eins in der Lower Westside empfohlen.

Er hatte seinem Vater geschrieben, wo er absteigen würde.

Vielleicht hatte sein Vater ihm eine Nachricht geschickt. *Ruf mich an, sowie du ankommst! Wir gehen zusammen essen ...*

Wenn nicht, wollte er warten. Er wollte früh zu Bett gehen und morgen einige Besorgungen machen. Er brauchte einen guten Anzug. Am Nachmittag würde er Matty am Flughafen abholen.

Brian verließ den Pier und ging vor den Lagerhallen her auf das Tor zu. Sein Vater hatte ihn einige Male mit nach New York genommen, als er vierzehn oder fünfzehn war. Aber weniger, um ihm eine Freude zu machen, sondern mehr, um ihm die Verkommenheit der Stadt vor Augen zu führen und ihn vor den Verlockungen der Sünde zu warnen.

Er kannte sich deshalb nicht gut aus in der Stadt. Und er hatte nur eine ungefähre Vorstellung davon, wo er sich befand. Er überlegte, ob er ein Taxi nehmen sollte. Aber wahrscheinlich war es sehr weit von den Piers in South Brooklyn bis Manhattan. Wahrscheinlich gab es eine Buslinie. Er konnte am Tor fragen.

Zwei Gestalten in dunklen Overalls traten aus dem offenen Tor einer Lagerhalle. Sie sahen wie Schauerleute aus, die Feierabend hatten.

Breitbeinig gingen ihm die Kerle entgegen. Einer war ein massiger Schwarzer, der andere ein hagerer Weißer mit harten, kantigen Zügen. Brian Denley hatte gelernt, Ärger aus dem Weg zu gehen.

Er stieg über eine Seilrolle. Ein Gabelstapler stand ihm im Weg. Er blieb stehen, um die beiden Männer vorbeizulassen.

Der Weiße sah ihn plötzlich an. Die Augen in dem knochigen Gesicht fingen das Licht einer Lampe ein.

Sie glitzerten kalt.

»Hallo, Seemann«, sagte der Schwarze.

Er war um den Gabelstapler herumgegangen und stand plötzlich neben Brian.

Der Weiße sah sich um. Von der anderen Seite des Kais näherte sich ein Lastwagen. Ein Scheinwerfer brannte nicht. Der Portalkran auf dem Pier senkte sein Ladegeschirr in den Schiffsbauch. Eine Kette schlug gegen Metall.

Das sind keine Schauerleute, schoß es durch Brian Denleys Kopf. Er wußte es. Diese Kerle wollten etwas anderes.

Brian konnte seine Fäuste gebrauchen, aber er hatte die Erfahrung gemacht, daß Davonlaufen meistens nützlicher war. Selbst wenn er einen Fight gewann, was hatte er von einem zertrümmerten Nasenbein oder eingeschlagenen Zähnen!

Er wollte zurückweichen und davonrennen. Aber der Schwarze rempelte ihn mit der Schulter an. Der schwere Seesack zerrte an Brians Faust. Er ließ ihn los und stieß den Ellbogen nach außen.

Geschmeidig glitt der Schwarze zur Seite. Der Stoß ging ins Leere. Statt dessen empfing Brian einen Fußtritt in die Kniekehle.

Er knickte ein. Der Schwarze stieß ihn in den Rücken. Der Schwung beförderte ihn in die Arme des Weißen.

Arme wie Stahlklammern umfingen ihn, nagelten seine Arme gegen den Brustkorb und preßten ihm die Luft aus den Lungen.

Er riß sein Knie hoch. Er traf nur einen Oberschenkel,

aber der Druck der Arme lockerte sich ein wenig. Sofort stieß er noch einmal zu.

Der Weiße gab einen scharfen Laut von sich. Er schleuderte Brian herum, genau vor die Fäuste des Schwarzen.

Der Schwarze rammte eine Faust in Brians Seite. Der Schlag nahm ihm die Luft. Seine Beine erschlafften.

Der weiße Gangster zerrte Brian in den hinteren Durchgang neben der Lagerhalle. Der Schwarze folgte ihnen mit Brians Seesack.

Als der Lastwagen mit dem defekten Scheinwerfer vorbeirumpelte, fielen die beiden Gangster über den halb bewußtlosen Seemann her.

Phil Decker und ich erwischten Detective Lieutenant Kramer nach dem Lunch in seinem Büro in der Brooklyn Borough Hall. An den Wänden hingen Tatortfotos, Bilder von Verdächtigen, die gesucht wurden, und Fotos von Toten, die noch nicht identifiziert worden waren.

Der Leiter der Mordabteilung Brooklyn sah mich neugierig an. »Wieso interessieren Sie sich für einen erstochenen Seemann?« fragte er. »In den letzten vier Monaten hatten wir sechs solcher Fälle im Hafengebiet! Sechs erstochene oder erschlagene und ausgeraubte Seeleute. Von den ein, zwei Dutzend Opfern im Monat, die nur verletzt werden, gar nicht zu reden. Die Fälle landen bei den Revieren. Es hat sich anscheinend herumgesprochen, daß gerade die Sailors von den exotischen Reedereien Bares in den Taschen haben, wenn sie abmustern.«

»Also Raubmord?« fragte ich.

»Wenn Sie was anderes für möglich halten, nur raus damit, Jerry!«

»Rauschgift?« vermutete Phil.

Kramer hob die Schulter. »Es ist nicht auszuschließen. Irgendwie kommt das Zeug ja ins Land. Matrosen dienen den Banden oft als Kuriere. Aber die Kontrollen an den Brooklyn-Piers sind in der letzten Zeit beträchtlich verschärft worden. Wir haben mit den Kollegen vom Zoll am Pier 24, wo Denley an Land gegangen ist, gesprochen. Der Customs Officer hat Denleys Seesack untersucht. Dabei kann natürlich noch was durchgegangen sein. Aber die Rauschgifthunde haben keinerlei Reaktion gezeigt. Vielleicht gibt die Mikrofaseranalyse der Kleidungsstücke und des Seesacks Aufschluß darüber, ob der Tote Rauschgift bei sich gehabt hat. Jetzt wollen Sie sicher die Unterlagen einsehen. Larry!« brüllte Kramer gegen die geschlossene Tür.

Larry Brown, Kramers Assistent, kam mit der Akte herein.

»Wir sind noch nicht sehr weit«, erklärte Lieutenant Kramer, als er die Fotos auf dem Schreibtisch ausbreitete. »Das Obduktionsergebnis erhalten wir frühestens morgen. Und erst heute abend, wenn die Spätschicht läuft, können wir versuchen, Zufallszeugen aufzutreiben, die etwas Verdächtiges wahrgenommen haben.«

Die Fotos waren gestochen scharf. Sie zeigten den leblosen Körper des Seemanns, der mit dem Gesicht nach unten inmitten eines Haufens aus Abfällen lag. Die Mörder hatten ihm die Jacke über die Schulter herabgezerrt. Die Einstiche im Rücken waren deutlich zu erkennen. In der Umgebung der Wunden hatte sich das Hemd mit Blut vollgesaugt.

»Er hat vier Messerstiche empfangen«, erklärte Kramer. »Drei in den Rücken, einen in die Seite. Die Stiche sind mit großer Wucht geführt worden.«

»Der Täter hatte die Absicht zu töten«, meinte Phil.

»Der Ansicht bin ich auch«, bestätigte Kramer. »Seine Sachen lagen im Wasser.« Er schob uns ein Foto zu, das den Seesack und einige Wäschestücke zeigte, die zwischen Unrat im Wasser trieben.

»Heute morgen haben zwei Taucher das Hafenbecken mit Magnetsonden abgesucht. Sie haben nichts gefunden, was dem Opfer oder den Tätern gehören könnte. Insbesondere die Tatwaffe fehlt. Es gibt kaum Kampfspuren in der Umgebung des Tatorts. Dieser Umstand und die Tatsache, daß Denley ein handfester Mann war, lassen den Schluß zu, daß wir es mit mehreren Tätern zu tun haben. Sie haben ihn in den dunklen Durchgang neben der Lagerhalle gezerrt, ihn mit Fausthieben in die Nieren bewußtlos geschlagen und ihn dann bis auf den letzten Cent ausgeraubt.«

»Auch seine Papiere fehlen«, stellte Phil fest.

Kramer nickte. »Wenn der Mörder den Nerv dazu hat, kann er den Paß oder das Seemannsbuch für Schwindeleien benutzen. Oder die Fleppen verkaufen.«

»Wie haben Sie den Mann so schnell identifizieren können, wenn er keine Papiere bei sich hatte?« fragte Phil.

»Er trug spanische Schuhe und italienische Jeans. Das Hemd stammte aus einem Geschäft in Lissabon. Die Parka ist in Frankreich hergestellt. Da war uns klar, daß er von einem Schiff kommen mußte. Am Pier 24 liegen drei Frachter. Einer, die ›Junquera‹, hatte drei Stunden vor der angenommenen Tatzeit angelegt. Der Erste Offizier und ein Matrose, ein Puertoricaner namens Lino Carral, haben ihn noch am Tatort als den Mann identifiziert, der in Lissabon unter dem Namen Brian Denley angemustert hatte. Jetzt sind Sie aber dran, meine Herren«, sagte Kramer. »Sie haben mir immer noch nicht verraten, weshalb Sie sich für einen erstochenen und ausgeraubten Seemann interessieren.« Er hielt ein Fernschreiben hoch. »Deshalb kann es nicht sein.«

»Was ist das?« fragte ich.

»Ein Telex vom Pentagon. Die Jungs sind sehr fix, wenn es um eins ihrer verlorenen Schäfchen geht. Sie haben die Fingerabdruckformel bestätigt. Hier steht:

Denley, Brian, dreiunddreißig Jahre alt, weiß und so weiter, geboren in Heightstown, New Jersey, 1970 aus einem Army-Lazarett bei Saigon geflohen. Danach illegal in die Staaten eingereist, hielt sich einige Tage in Heightstown im Haus seiner Eltern auf. Bevor die Militärpolizei zugreifen konnte, verschwand er. Vermutlich gelangte er über Kanada nach Europa.«

Während des Vietnamkrieges gab es in Kanada und Schweden zahlreiche Helfer, die desertierten GIs bei der Flucht und nach der Flucht halfen.

»Aber Denley hat seinen Frieden mit Uncle Sam gemacht«, fuhr Kramer fort. »Sein Verstoß gegen die Militärgesetze fiel bereits unter die Bestimmungen der Carter-Amnestie. Heute wäre seine Fahnenflucht ohnehin verjährt. Vor zwei Wochen hat das Pentagon sowohl die Wirksamkeit der Amnestie als auch die Verjährung im Fall Denley der amerikanischen Botschaft in Lissabon auf Anfrage ausdrücklich bestätigt.«

Da kehrte ein Mann nach vielen Jahren nach Hause zurück und wurde am Tag seiner Ankunft getötet ...

Wahrscheinlich war das kein Fall für uns. Ein gewöhnlicher Raubmord, wie er fast täglich passierte.

Unserem Chef, John D. High, war der Name Denley im Wust der täglich einlaufenden Meldungen aufgefallen.

»Vielleicht ist er mit Paul Denley verwandt«, sagte der Chef. »Sehen Sie sich den Fall an! Prüfen Sie, ob es irgendwelche Verbindungen gibt! Ob es sich um einen Racheakt handeln kann, mit dem der Täter Paul Denley treffen wollte.«

Phil und ich wußten genau, was unser Chef in Wirklichkeit im Sinn hatte. Er hoffte, daß wir auf irgend etwas stoßen könnten, das Paul Denley das Genick brechen würde.

»Sie wissen, wer Paul Denley ist?« fragte ich Lieutenant Kramer.

Er kniff die Lider zusammen. »Verdammt, ja! Paul Denley! Das muß der Kerl sein, der Häuser in den Slums aufkauft!«

»Ganze Straßenzüge«, bestätigte Phil.

»Wie bei Monopoly«, ergänzte ich.

»Er beschäftigt ein paar Schlägerbanden.« Kramer nickte. »Ich weiß Bescheid. Die Leute, die noch in den Ruinen hausen, läßt er auf die Straße setzen. Dabei schert er sich einen Dreck um Recht und Gesetz. Wenn er die Leute draußen hat, fallen diese armen Teufel vollends der Stadt zur Last. Umgekehrt kann er, wenn die Häuser endlich geräumt sind, neue Bebauungspläne bei der Stadt einreichen ...«

»Und Gelder aus der Sanierungsumlage ausklinken«, bemerkte Phil. »Damit kauft er dann andere Häuserblocks. Auf diese Weise hat er sich hochgeschaukelt.«

»Er dürfte einer der bestgehaßten Männer New Yorks sein«, sann Kramer. »Ich glaube, wenn der Kerl mal die falsche Abfahrt erwischt und in der Bronx, in Harlem oder Williamsburg landet, wird er von den Leuten zerrissen.«

»Er zeigt sich nicht in der Öffentlichkeit«, sagte Phil.

Ich nahm ein Foto in die Hand, auf dem das Gesicht des Toten zu erkennen war. Die Nase saß etwas schief in dem flachen Gesicht, und der verzerrte Mund ließ den Schmerz ahnen, den der Mann im Augenblick seines Todes empfunden haben mochte.

»Sie nehmen also an, daß der Tote mit Paul Denley verwandt war«, stellte Kramer fest.

Ich nickte. »Das Pentagon hat Ihnen bestätigt, daß Brian Denley in Heightstown geboren wurde«, erklärte ich. »Paul Denley ist fünfundfünfzig Jahre alt und stammt ebenfalls aus Heightstown.«

»Brian Denley könnte also sein Sohn gewesen sein.« Kramer schüttelte langsam den Kopf. »Dann kann ich

Ihnen eine pikante Einzelheit mitteilen, meine Herren«, sagte er. Er hielt das Fernschreiben des Pentagon noch in der Hand. »Es war der eigene Vater, der vor dreizehn Jahren die Militärpolizei darauf hingewiesen hat, daß Brian sich bei ihm versteckte.«

»Der eigene Vater!« wiederholte Phil fassungslos.

»Solche Leute gibt es«, meinte Kramer. »Die ertragen es nicht, einen Deserteur zum Sohn zu haben. Die setzen Desertieren mit Feigheit gleich. Denley hätte es wahrscheinlich eher verkraftet, wenn sein Sohn in Vietnam gefallen wäre. Ich schicke ein Telex ans Standesamt in Heightstown, New Jersey«, sagte er dann. »In ein, zwei Stunden haben wir Gewißheit. Wollen Sie warten? Oder später anrufen?«

Ich nahm ein Foto des toten Brian Denley an mich und stand auf. »Ich weiß etwas Besseres«, sagte ich. »Ich werde ihn fragen. Und wenn er Brians Vater ist, soll er seinem toten Sohn ins Gesicht sehen.«

Obwohl es bei verschiedenen Behörden in den Staaten New York und New Jersey umfangreiche Aktensammlungen über Paul Denleys Aktivitäten gab, war über den Mann selbst sehr wenig bekannt.

Fotos existierten unseres Wissens nicht. Er war nicht vorbestraft. Ermittlungsverfahren wegen Bestechung, Erpressung oder Nötigung, wegen Androhung von Gewalt oder Anstiftung zur Körperverletzung waren bisher ausnahmslos im Sande verlaufen. In keinem einzigen Fall war es gelungen, sein persönliches Erscheinen vor Gericht oder einem Untersuchungsausschuß zu erzwingen. Jedesmal war bereits die Zustellung der Vorladungsurkunden mißlungen.

Deshalb hatte der FBI vor einigen Monaten begonnen, eigene Ermittlungen anzustellen. Es bedurfte keiner großen Klimmzüge, um eine Zuständigkeit der Bundespolizei zu begründen.

Allein die Tatsache, daß brutale Schlägerbanden die Häuser, die Denley kaufte, mit Gewalt räumten, erfüllte den Tatbestand der Verschwörung und des Bandenverbrechens. Bei Bandenverbrechen ist der FBI zuständig.

Wir brauchten nur zu beweisen, daß Denley die Befehle gab.

Der weiterreichende Tatbestand des organisierten Verbrechens würde zutreffen, wenn Denley der Mafia als Strohmann diente.

Seit langem war bekannt, daß die Mafia Geld in Slumgebiete steckte.

Wenn sich die wirtschaftlichen Voraussetzungen eines Tages besserten und die Behörden darangingen, die Infrastruktur solcher Bezirke, zum Beispiel in der Bronx, in Harlem oder Brooklyn, umzugestalten, würden astronomische Gewinne anfallen – vorausgesetzt, man hatte rechtzeitig investiert.

Selbst wenn Grund und Boden in den Slums vergleichsweise billig zu haben war, bedurfte es doch großer Geldmengen, um Häuserblocks in dem Umfang, wie Denley es tat, an sich zu raffen.

Woher das Geld stammte, das er in den Slums anlegte, konnte bisher nicht geklärt werden. Denleys Anwälte verweigerten dazu jede Auskunft, und Paul Denley äußerte sich überhaupt nicht, was sein gutes Recht war. Vielleicht hatte er tatsächlich klein angefangen, Glück gehabt und sich allmählich hochgeschaukelt, obwohl es unwahrscheinlich war. Denn Paul Denley war alles andere als der typische Spekulant, der schon mal alles auf eine Karte setzte.

Bis vor zehn Jahren hatte er in Heightstown als Sachbearbeiter in der Finanzierungsabteilung einer Bank gearbeitet. Korrekt, aber phantasielos und unbedeutend, lautete die Beurteilung durch seine Vorgesetzten. Geld unterschlagen hatte er nicht, das stand fest.

Der korrekte, phantasielose Bankangestellte hatte seine Vorgesetzten dennoch getäuscht. Er hatte sich zu einem mit allen Wassern gewaschenen Immobilien- und Finanzierungsfachmann gemausert. So brachte er die besten Voraussetzungen mit, um den großen Bossen von der ehrenwerten Gesellschaft zu dienen – als Experte oder Strohmann oder beides.

Wir brauchten Denley zwar nur zu beweisen, daß er mit Geld arbeitete, das aus unversteuerten Einnahmen oder aus Verbrechen stammte. Aber das war ein aussichtsloses Unterfangen, denn das Mafiageld, das in den Staaten investiert wurde, war längst in Europa gewaschen worden und floß als Kapital anonymer europäischer Anleger zurück.

Ob das Kapital, mit dem Denley arbeitete, ihm nun gehörte oder nicht – wir hatten jedenfalls nichts gegen ihn in der Hand.

Deshalb konnten wir ihn nicht zwingen, in eigener Sache Erklärungen abzugeben.

Aber jetzt konnte er sich nicht mehr verstecken. Im Schauhaus lag ein Toter, der möglicherweise sein Sohn war.

Von Denleys Immobilienimperium waren nur eine Postfach- und eine Telefonnummer bekannt. Unter der Telefonnummer meldete sich ein Auftragsdienst. Wahrscheinlich gab es noch andere Telefonanschlüsse. Doch die waren nicht auf Denleys Namen oder sein Büro registriert.

Wir wußten, daß er eine Wohnung in einem neueren Apartmenthaus in der Lower West Side besaß, den größten Teil seiner Zeit jedoch in seinem Büro verbrachte. Das Büro befand sich in einem alten Bürohaus in der Downtown, in unmittelbarer Nähe des Woolworth Building.

»Ich freue mich richtig, den Kerl endlich mal von nahem zu sehen«, sagte Phil, während der altmodische Käfigaufzug langsam aufwärts ruckte.

Ich nickte grimmig. »Seine Anwälte oder Sekretäre können uns jetzt nicht die Tür vor der Nase zuschlagen«, bestätigte ich.

»Ob er es schon weiß?«

In den Zeitungen hatte nur eine kleine Notiz im Innenteil gestanden. Ein ermordeter und ausgeraubter Seemann war keine Schlagzeile wert.

Es gehört zu meinem Job, daß ich häufig den Unglücksboten spielen muß. Zu oft eigentlich. Kaum einen anderen Teil meiner Arbeit verabscheue ich sosehr wie diesen.

Doch diesmal hoffte ich, daß ich derjenige wäre, der Denley die traurige Nachricht als erster überbrachte.

Denley war reich geworden, indem er die Ärmsten der Armen ihrer Behausungen beraubte. Er mußte ein hartherziger Mann sein. Ich würde gern sehen, wie hart er in Wirklichkeit war.

Im 18. Stock stiegen wir aus. Von irgendwoher sickerte ein wenig Tageslicht in das Foyer mit der hohen, stuckverzierten Decke. Das Licht betonte den düsteren Eindruck dieses Platzes mit dem abgetretenen Boden und den altersdunklen, holzverkleideten Wänden. Als sich das Aufzugsgitter hinter unserem Rücken schloß und die Kabine laut polternd in der Tiefe des Schachtes verschwand, hatte ich einen Augenblick das Gefühl, als hätte uns der Lift auf einer einsamen Insel abgesetzt.

»Er muß ein geiziger Hund sein«, meinte Phil. Unwillkürlich senkte er die Stimme. »Welche gesunde Firma unterhält in so einem alten Kasten schon ihre Büros!«

»Denley wird seine Gründe haben«, gab ich zurück. Ich bemühte mich um einen forschen Tonfall. Zwei doppelflügelige Türen mündeten in den Vorplatz. Hinter den

Glasfüllungen war es dunkel. »Siehst du eine Klingel?« fragte ich dann.

»Nein.«

Ich sah auch keine. Ich ging auf die rechte Doppeltür zu und rüttelte am Knauf. Die Tür war abgeschlossen. An der Wand bemerkte ich die hellen Flecke, wo früher die Firmenschilder der Wirtschaftsprüfer, Sekretärinnenschulen, Rechtsanwälte oder Verlagsvertreter gehangen hatten. Nicht einmal auf der großen Holztafel in der Halle hatte es einen Hinweis auf Denleys Firma *Maiden Realty* gegeben. Der Hausverwalter hatte uns geraten, es im 18. Stock zu versuchen.

»Das ist eine Scheinadresse«, behauptete Phil, als ich gegen die Glasfüllung klopfte.

Ich schüttelte den Kopf. Die Tür kam mir massiv, das Glas besonders dick vor.

Ich zuckte leicht zusammen, als Phil an meinem Arm zupfte. Ich drehte mich um.

In der gegenüberliegenden Tür stand ein Mann. Er trug eine uniformähnliche Kombination. Er mußte das Kunststück fertiggebracht haben, die Tür lautlos zu öffnen. Neben seinem rechten Bein stand ein gedrungener Hund mit breitem Kopf. Er war nicht angeleint, wie ich mit einem schnellen Blick feststellte. Mich beschlich ein unbehagliches Gefühl.

»Wo wollen Sie hin?« fragte der Mann.

Ich machte einen Schritt, blieb aber sofort wieder stehen, als ich sah, wie der Köter den Kopf ein wenig hob. Die kleinen braunen Augen schienen mich scharf anzusehen.

»Wir wollen Mr. Denley sprechen«, sagte ich.

»Wer sind Sie?«

Ich vermutete, daß irgendwo über uns in den Stuckverzierungen eine Fernsehkamera verborgen war. Das Kameraauge und verborgene Mikrofone übertrugen die

Szene vermutlich in einen Raum, wo sie von wachsamen Augen auf einem Bildschirm verfolgt wurde.

Nicht umsonst war es Paul Denley bisher gelungen, jeder gerichtlichen Vorladung aus dem Wege zu gehen.

»Ich bin Special Agent Jerry Cotton. Das ist mein Kollege Phil Decker.« Ich zog meinen Ausweis und hielt ihn hoch.

Der Mann in der Tür rührte sich nicht. »Sie können ruhig herkommen, Sir«, sagte er höflich. Er bemerkte meinen skeptischen Blick, der dem Köter galt. »Der Hund gehorcht aufs Wort. Auf mein Wort.«

Ich durchquerte das Foyer. Phil blieb zurück. Der Wachmann warf einen Blick auf meinen Ausweis. Ich versuchte, den Hund nicht zu beachten. Ganz gelang es mir nicht.

»Warten Sie bitte hier!« sagte der Wachmann.

Die Tür schloß sich. Ich sah mich nach Phil um.

»Ist ein lieber Hund«, sagte ich munter.

»Bestimmt«, meinte Phil.

Zur Abwechslung wurde die Tür auf Phils Seite geöffnet. Ein anderer Wachmann erschien, aber nur, um einen schlanken Mann in einem grauen Zweireiher vorbeizulassen. Der Mann hatte ein fahles Gesicht mit blutleeren Lippen und blassen Augen. Sein dünnes, helles Haar war sorgfältig frisiert.

Er sah unschlüssig zwischen Phil und mir hin und her. »Sie wünschen?« fragte er, ohne einen von uns direkt anzusprechen.

»Das haben Sie doch auf Ihrem Monitor gesehen und im Lautsprecher gehört!« sagte Phil ärgerlich.

»Wir möchten Mr. Denley sprechen«, sagte ich.

»Mr. Denley? Wie kommen Sie darauf, daß Sie hier einen Gentleman dieses Namens treffen könnten?«

»Lassen Sie den Bockmist, Mann!« sagte Phil. »Wo ist Denley? Auf dieser Seite? Oder der anderen?«

»Mein Name ist Mavis. Sie müssen mit mir vorliebnehmen. Mr. Denley ist beschäftigt ...«

»Er spielt Monopoly«, raunte Phil mir zu.

Mavis bedachte ihn mit einem eisigen Blick. »Also bitte, meine Herren«, sagte er. »Auch meine Zeit ist beschränkt.«

»Es handelt sich um eine Familienangelegenheit, Mr. Mavis«, sagte ich.

»Seit wann sind G-men in Familienangelegenheiten unbescholtener Bürger unterwegs?« Mavis zog die dünnen Brauen in die Höhe. »Wenn das ein neuer Trick sein soll, um Mr. Denley eine Vorladung anzudrehen, haben Sie Pech. Was ist es diesmal? Widerspruch gegen eine Räumungsklage, bei der sich ein verlauster Latino und sein Hungerleider von Anwalt aufspielen wollen? Oder behauptet ein Schläger, Mr. Denley hätte ihn zu irgend etwas angestiftet?«

»Eine Familienangelegenheit«, wiederholte ich ruhig. Ich wußte, daß ich schon etwas zulegen mußte, wenn ich Denley überhaupt sehen wollte. »Bei dem, was auf ihn zukommt, kann er sich nicht von einem Anwalt vertreten lassen, Mr. Mavis. Und ich brauche auch keinen Vorführbefehl, um ihn in der besagten Angelegenheit zum Leichenschauhaus zu zitieren. Ich kann unmittelbaren Zwang anwenden lassen. Sagen Sie das Ihrem Boß! Wir warten genau drei Minuten.«

Mavis blickte mich starr an. »Darf ich Ihre Versicherung, daß Sie keine Vorladung überbringen wollen, als verbindlich ansehen?« fragte er.

»Das dürfen Sie«, antwortete ich.

Mavis verschwand. Die Tür schlug zu. Nach drei Minuten und zehn Sekunden wurde sie wieder geöffnet.

»Mr. Denley hat fünf Minuten Zeit für Sie«, sagte Mavis. »Er fühlt sich nicht wohl. Nehmen Sie bitte Rücksicht!«

Mavis ging vor uns her über einen langen düsteren Flur. Am Ende öffnete er eine Tür. Die Tür war dick mit Leder abgepolstert, und wahrscheinlich verfügte sie auch über eine Stahleinlage.

Wir mußten noch durch zwei andere Türen treten, bevor wir in Mr. Denleys Allerheiligstes gelangten.

Die Vorhänge vor den Fenstern waren geschlossen, und nur in den Ecken brannten abgeschirmte Lampen. Vielleicht nahm ich deshalb als erstes den schwachen Parfümduft wahr, der in der trockenen Luft schwebte.

Außer Phil, Mavis und mir hielten sich bereits vier Männer in dem großen Raum auf. An die beiden muskulösen Affen, die in wachsamer Haltung schräg hinter dem Schreibtisch standen, verschwendete ich keinen zweiten Blick. Sie würde ich erst wieder ins Auge fassen, wenn sie mir draußen im Dunkeln über den Weg liefen.

Mein nächster Blick streifte einen Mann, dessen zottiges graues Haar sich um fleischige Ohren ringelte. Sein olivfarbenes, von Aknenarben entstelltes Gesicht zeigte einen mühsam beherrschten, wütenden Ausdruck. Er trug einen schwarzen Anzug wie ein Beerdigungsunternehmer. Das Jackett war offen und ließ einen mächtigen Bauch sehen, der wie ein Geschwür aus der Hose quoll.

Das alles nahm ich in Sekundenbruchteilen, gewissermaßen nebenher, wahr. Es war sicher, daß ich Paul Denley auch in einem größeren Kreis als ersten wahrgenommen hätte.

Dabei war auf den ersten Blick nichts Auffallendes an ihm, wenn man von den dunklen Brillengläsern absah, die die Augen verdeckten. Das gewellte dichte Haar war von so makellosem Schwarz, daß es nur gefärbt sein konnte. Die Gesichtshaut war dunkelbraun und straff, der Mund schmal und hart, das Kinn angriffslustig vorgeschoben.

Ich hatte mir Paul Denley als einen faden, trockenen

Finanzexperten vorgestellt. Statt dessen sah ich mich einem Mann gegenüber, der selbst im Sitzen und ohne sich zu bewegen, Energien ausstrahlte wie ein Vulkan, der kurz vor dem Ausbruch steht.

»Ich bin augenleidend«, erklärte Denley mit flacher Stimme. »Entschuldigen Sie bitte die Brille und die schwache Beleuchtung!«

»Schon gut«, sagte ich.

Mavis schaffte zwei Stühle herbei, die er vor den Schreibtisch stellte.

»Nehmen Sie bitte Platz!« sagte er mit gedämpfter Stimme.

Wahrscheinlich hat Denley auch empfindliche Ohren, dachte ich. All die Figuren im Zimmer schienen kaum laut zu atmen.

Wir setzten uns. Paul Denley beugte sich ein wenig vor, als wolle er uns durch die Gläser der Sonnenbrille schärfer ins Auge fassen.

»Was führt Sie hierher?« erkundigte er sich.

»Wer ist Brian Denley, geboren am 25. April 1940 in Heightstown?«

Die Lippen verwandelten sich in dünne Striche, die Nasenflügel bewegten sich leicht. »Brian ... er ist mein Sohn.«

»Wann haben Sie ihn zuletzt gesehen, Mr. Denley?«

»Darf ich fragen, weshalb Sie Brian erwähnen? Sie sind G-men. Weshalb beschäftigt sich der FBI mit ihm?«

»Er wurde gestern abend ermordet, als er von einem Schiff kam.«

Denley lehnte sich zurück. »Mein Gott«, murmelte er. »Das kommt so ... unerwartet. Brian ... seine Mutter ist sehr früh gestorben. Und jetzt Brian. So jung ...« Die glotzenden Brillengläser richteten sich auf mich. »Sind Sie sicher, daß es Brian ist?«

Ich griff in die Tasche und zog die Vergrößerung des

Tatortfotos heraus, das Brian Denleys Gesicht am deutlichsten zeigte. Ich schnippte es über den Tisch.

Denley nahm es zögernd in die Hand und hielt es ans Licht. Ich hatte Gelegenheit, seine schmale Nase mit dem scharfen Rücken zu bewundern und bekam sogar einen kurzen Blick auf ein leicht vorquellendes Auge hinter der Brille mit.

»Mein Gott, es ist so lange her«, sagte Denley schließlich und legte das Foto behutsam auf den Tisch.

»Sie brauchen sich jetzt nicht festzulegen, Mr. Denley«, sagte ich. »Sie müssen ihn offiziell erst im Schauhaus identifizieren.«

Er schluckte, sagte aber nichts.

»Wann haben Sie ihn zuletzt gesehen?« wiederholte ich meine anfangs gestellte Frage.

»Ich ... weiß es nicht mehr genau. Es muß zehn Jahre her sein, eher elf. Entschuldigen Sie, ich kann mich nicht genau erinnern.«

»Ihr Sohn hat die Staaten vor dreizehn Jahren verlassen«, sagte ich. Ich wartete. Als er nichts entgegnete, fragte ich: »Haben Sie ihn in der Zwischenzeit getroffen? Vielleicht im Ausland?«

»Nein, nein ... Entschuldigen Sie mich, ich kann mich jetzt nicht konzentrieren. Ich bin so ... betroffen. Das können Sie mir bestimmt nachfühlen.«

»Ich bin nicht sicher, ob ich das kann«, sagte Phil.

Die dunklen Brillengläser wandten sich ihm zu. Obwohl ich die Augen nicht erkennen konnte, bemerkte ich genau, wie Denleys Sinne auf höchste Wachsamkeit schalteten.

»Jetzt verstehe ich Sie nicht, Mister ...«

»Decker«, sagte Phil. »Sie waren es doch, der Ihren Sohn der MP gemeldet hat!«

»Wer sagt das?« fuhr Denley Phil an. Mavis, der neben Phil stand, machte eine unbestimmte Bewegung, erstarrte aber wieder zur Salzsäule. »Wenn ich so etwas getan habe, dann gewiß nur zu seinem Besten ...«

»Gewiß«, sagte Phil. »Wußten Sie, daß Ihr Sohn in die Staaten zurückkehrte?«

Denley antwortete nicht sofort. Er würde sich jetzt nicht mehr zu einer vorschnellen Äußerung hinreißen lassen.

»Er hat mir geschrieben«, sagte er leise. »Aus Lissabon. Er wollte den ersten Schritt machen, mir die Hand hinhalten ...«

»Zeigen Sie uns den Brief!« bat ich.

»Warum wollen Sie ihn sehen?«

»Ihr Sohn wurde ermordet«, erinnerte ich ihn. »Wir suchen nach einem Motiv.«

»Er schrieb, daß er in diesen Tagen nach New York komme und mich gern sehen wolle. Also kein Hinweis auf ein Mordmotiv, nicht wahr? Wieso ermittelt überhaupt der FBI?«

»Ihr Sohn wurde ausgeraubt im Hafen gefunden. Die Papiere fehlten. Die Mordabteilung hat uns hinzugezogen, weil es sich bei dem Opfer um einen ausländischen Seemann handeln konnte«, behauptete ich.

»Was nicht der Fall ist, wie inzwischen feststeht«, bemerkte Denley.

»Wir sind nun mal drin in dem Fall«, sagte ich leichthin. »Können wir den Brief jetzt sehen?«

»Ich habe ihn nicht mehr«, sagte Denley. »Ich habe ihn weggeworfen.«

Phil und ich starrten die Brillengläser an. Der grauhaarige Dicke mit dem Narbengesicht starrte irgendeinen Punkt hinter uns an.

»Dann hatten Sie also nicht die Absicht, die dargebotene Hand zu ergreifen«, stellte Phil fest. Seine Stimme klang nüchtern, und doch traf sie Denley wie eine Anklage.

»Ich war mir meiner Gefühle noch nicht sicher«, antwortete Denley steif. »Ich wollte abwarten. Wenn Brian es ernst meinte, hätte er sich gemeldet.«

»Was hatte Brian für Pläne?« fragte Phil.

»Ich glaube nicht, daß er seine Pläne erwähnt hat«, antwortete Denley sehr leise.

»Er hatte abgemustert, Mr. Denley. Er kam also nicht nur auf eine Stippvisite nach New York!«

»Tut mir leid, er hat seine Pläne nicht erwähnt.«

»An welche Anschrift hatte er den Brief gerichtet?« erkundigte ich mich.

»An meine Wohnung in der West 48th Street«, antwortete Denley.

»Woher kannte er die Adresse?« hakte Phil nach.

»Ich weiß es nicht«, antwortete Denley.

Ich nahm das Foto wieder an mich. »Was die formelle Identifizierung angeht ...«, begann ich, als Denley mich unterbrach: »Heute paßt es mir nicht«, sagte er schnell.

»Der Leichnam befindet sich noch in der Gerichtsmedizin«, erklärte ich. »Ich nehme an, daß Sie ihn morgen sehen können. Ich schlage vor, wir treffen uns gegen zehn Uhr in der Wartehalle des Schauhauses. Geben Sie mir eine Telefonnummer, unter der wir Sie erreichen können!«

Denley machte eine Handbewegung in Mavis' Richtung.

Mavis gab mir eine Karte, auf der er eine Telefonnummer unterstrichen hatte. Phil und ich standen auf.

»Versuchen Sie, den Brief Ihres Sohnes aus dem Gedächtnis zu rekonstruieren«, sagte ich. »Möglichst Wort für Wort. Schreiben Sie alles auf, was Ihnen einfällt, und bringen Sie den Text morgen mit!«

Mavis hielt die Tür für uns auf.

Bevor wir hindurchtraten, traf uns noch einmal Denleys flache Stimme.

»Finden Sie die Täter!« sagte er. »Um jeden Preis!«
Ich nickte. »Wir werden sie finden«, sagte ich grimmig. Ich hoffte, daß ich den Mund nicht zu voll nahm.

»Jetzt haben wir den FBI auf dem Hals!« sagte der Dicke, als die Tür zufiel. Er hieß Vito Perrini und vertrat die Interessen mehrerer großer Mafiafamilien aus dem Norden. Seine Augen funkelten vor mühsam zurückgehaltener Wut.

»Wir?« fragte Denley kalt. Er wandte sein Gesicht dem Dicken zu. »Sie wollen mein Fell, Vito, und nicht Ihrs. Wenn Sie kalte Füße bekommen, brauchen Sie es nur zu sagen.«

»Das könnte Ihnen wohl passen«, sagte Perrini mit gequetschter Stimme. »Den ganzen Kuchen für sich behalten!«

Paul Denley lächelte. Es war ein sprödes Lächeln, das geeignet war, anderen eine Gänsehaut zu verursachen. »Ihre Freunde wollen dabeisein, wenn abgesahnt wird, nicht wahr, Vito? Vergessen Sie dabei nicht, wer den Kuchen im Ofen hat!«

Perrini beugte sich vor, bis seine kleinen, glitzernden Augen nah vor Denleys Brillengläsern schwebten.

»Passen Sie auf, daß Sie an Ihrem verdammten Kuchen nicht ersticken, Paul!« warnte er. Seine Lippen zitterten ein wenig. »Es gibt Leute, die sich daran stoßen, daß Sie die Hälfte aller Investitionen für sich reservieren. Aber davon will ich jetzt nicht reden, Paul. Es sind zwanzig Millionen unterwegs. Zwanzig Millionen! Ein paar Leute werden verdammt sauer sein, wenn die nicht wie vorgesehen angelegt werden!«

»Machen Sie sich keine Gedanken, Vito«, sagte Denley kühl.

Perrini versuchte immer noch, hinter die Brillengläser

zu sehen. »Was haben Sie mit dem Tod Ihres Sohnes zu tun, Paul?« fragte er dann.

Denley lachte lautlos. »Mit dem Tod meines Sohnes? Nichts, Vito, überhaupt nichts!«

Perrini kniff argwöhnisch die Lider zusammen. Das Lachen in Denleys Gesicht erlosch so, wie es aufgeflammt war.

»Es wird den G-men nicht gelingen, dieses tragische Zusammentreffen dazu zu benutzen, um mich aus dem Sattel zu heben.« Denleys Nasenflügel weiteten sich. »Ich sage Ihnen Bescheid, sowie die Verträge beglaubigt werden können.«

Vito Perrini richtete sich auf, wobei er ein Ächzen hören ließ. »Schön, Paul, ich werde abwarten. Sie wissen, wo Sie mich erreichen können.«

Denleys Leibwächter begleiteten Perrini hinaus. Jay Mavis war zurückgekehrt. Lautlos schloß er die Tür.

»Setz dich, Jay!« sagte Denley. »Haben die G-men noch etwas gesagt?«

»Nichts von Bedeutung, Paul«, antwortete Mavis.

»Sie kamen so prompt«, überlegte Denley. »Ich hatte mit einem Beamten der Mordabteilung gerechnet ... Aber gleich G-men ... Wir müssen jetzt den Deckel draufhalten, Jay. Ich muß einfach mehr wissen. Ich muß wissen, wer das Mädchen ist und was sie weiß.«

Mavis warf einen Blick auf seine Uhr. »Ihre Maschine landet erst in zwei Stunden«, sagte er. »Duke und Rossi wissen, was sie zu tun haben.«

»Aber sie wissen nicht, worauf es ankommt«, murmelte Denley. »Vielleicht hat sie Papiere oder Fotos. Sie darf nicht mit den G-men zusammentreffen, bevor ich Gewißheit habe.«

»Die G-men wissen nichts von ihrer Existenz«, beschwichtigte Mavis. »Sie kennen den Brief nicht. Aber da war ein Puertoricaner auf dem Schiff, mit dem sich

Brian angefreundet hat. Der könnte die G-men auf das Mädchen bringen.«

»Woher weißt du das? Das mit dem Freund, meine ich.«

»Ich habe Koslo zum Hafen geschickt. Er sollte sich dort umhören. Koslo hat sich an den Steuermann rangemacht. Der Steuermann ist Jugoslawe. Koslo spricht noch serbisch, weißt du?«

»Und wo ist dieser Puertoricaner jetzt?«

»Er hat ebenfalls abgemustert«, berichtete Mavis. »Er hat eine Schwester. Vielleicht ist er bei ihr. Sie soll mit einem Gemüsehändler in Spanish Harlem verheiratet sein.«

»Gute Arbeit, Jay«, sagte Denley flach. »Koslo und Fortee sollen sich um den Burschen kümmern. Sie sollen rauskriegen, was er weiß, und ihn dann einige Zeit abschirmen. Oder verschwinden lassen, wenn es nicht anders geht. Dann aber spurlos.« Denley atmete plötzlich laut. »Jay, hast du auch das Gefühl, als ob plötzlich alles über uns zusammenstürzt?«

Jay Mavis' blasse Augen zuckten. »Ich verstehe deine Besorgnis nicht«, sagte er beunruhigt.

»Die kannst du auch nicht verstehen, Jay.« Denley schob das Kinn vor, seine Schultern strafften sich. »Aber du hast recht. Ich brauche mir keine Sorgen zu machen. – Wo ist Rita abgeblieben?« fragte er dann.

»Sie klagte über Rückenschmerzen«, antwortete Mavis. »Ich nehme an, daß sie nach unten zu ihrem Masseur gegangen ist.«

Denleys Fäuste verkrampften sich. »Sie war doch heute morgen schon bei diesem schwulen Mistkerl! Was hat sie mitbekommen, Jay?« fragte er heiser.

»Ich weiß es nicht genau. Sie war nebenan, als die G-men hier waren.«

»Wer ist bei ihr?«

»Eddie.«

»Schick Link hinter ihr her!« stieß Denley hervor. »Er soll sie zurückbringen. Sofort!«

»Ja, Paul«, sagte Mavis verwundert.

»So ein aalglatter, eiskalter Schurke ist mir lange nicht mehr über den Weg gelaufen«, sagte Phil, als wir in den Aufzug stiegen. »Warum hast du ihn eigentlich nicht gefragt, ob er ein Motiv für den Mord an seinem Sohn kennt?«

»Wenn er es wüßte, hätte er es uns nicht gesagt. Und weil ich mir nicht gern die Hucke voll lügen lasse, habe ich gar nicht erst gefragt. Logo? Aber du hättest ja selbst fragen können.« Ich drückte den Abwärtsknopf. Die Kabine ruckte zögernd. Dann entschloß sie sich doch, abwärts zu schaukeln.

»Weißt du – was?« überlegte Phil. »Vielleicht hat Denley seinen Sohn umbringen lassen!«

»Jetzt hör aber auf!« sagte ich böse. »Warum hätte er das tun sollen?«

»Keine Ahnung«, antwortete Phil gelassen. »Wir stehen ja erst am Anfang. Vielleicht gibt es einen wunden Punkt in der Vergangenheit . . .«

»Jetzt übernimm dich bloß nicht!« sagte ich.

»Zwei Dinge finde ich seltsam«, sagte Phil unbeirrt. »Denley erinnerte sich nicht mehr daran, daß er selbst es war, der seinen Sohn damals der MP gemeldet hat . . .«

»Er hat es verdrängt oder uns etwas vorgemacht«, meinte ich. »Denn wer gibt so etwas schon gern zu? Es kann sich bei der Information aber auch um einen Irrtum des Pentagon handeln. Wahrscheinlich hat ein freundlicher Nachbar der MP den Tip gegeben, daß sich Brian im Haus seines Vaters aufhielt, und sich dabei als Brians Vater ausgegeben.«

»Möglich«, räumte Phil ein. »Seltsam finde ich aber auch die Sache mit dem Brief. Glaubst du, daß er ihn weggeworfen hat? Einen Brief von seinem Sohn, den er seit dreizehn Jahren nicht mehr gesehen hat?«

»Er wollte eben nichts mehr mit ihm zu tun haben«, antwortete ich. »Was würdest du denken, wenn du reich geworden wärst, und plötzlich wanzt sich dein Sohn wieder an?«

»Ich würde denken, er wollte ein Stück vom Kuchen abhaben. Ich würde es ihm geben. In Denleys Fall ist der Kuchen weiß Gott groß genug.«

»Man sieht eben, daß du keinen Sohn hast«, sagte ich.

»Woher willst du das wissen?«

»Gib nicht so an, Alter!« entgegnete ich und lachte. »Aber okay, ich habe auch ein komisches Gefühl. Papa Denley war nicht gerade erschüttert. Ich meine, wir sollten dem Chef vorschlagen, die Morduntersuchung an uns zu ziehen.«

»Sagen wir es so – wir sollten uns nachher selbst am Hafen umsehen und noch einmal mit Kramer sprechen, bevor wir eine endgültige Empfehlung aussprechen«, meinte Phil.

»Einverstanden«, sagte ich.

Der Aufzug kam mit einem Ruck zum Stehen. Das Gitter rasselte zur Seite. Mein Blick fiel auf die breite Galerie des Zwischengeschosses über der Halle und auf einen Mann, dessen flaches Knittergesicht einen besorgten Ausdruck zeigte.

Ich dachte, er wolle einsteigen, weil er den Fahrstuhl der Rolltreppe vorzog, aber er stellte nur einen Fuß in die Schiene des Gitters, womit er eine Weiterfahrt des Aufzugs verhinderte. Meine Haltung spannte sich ein wenig.

»Entschuldigen Sie«, sagte der Mann. Er war nur mittelgroß, aber unter dem gutsitzenden Jackett wölbten sich breite Schultern. Seine Hände hingen locker herab und fummelten nicht nervös herum. Er verfügte über Kampferfahrung. »Jemand möchte Sie sprechen«, fügte er hinzu.

»Wer«, fragte Phil, »möchte wen sprechen?«

»Sie kommen aus dem 18. Stock. Sie sind die G-men.«

»Möglich. Wer sind Sie?«

»Nennen Sie mich Eddie, das genügt. Kommen Sie jetzt, bitte! Wie haben nicht viel Zeit!« Eddies Stimme klang drängend.

Phil sah mich an und hob eine Braue. Er war dafür, etwas zu riskieren. Versuchen wir's, dachte ich, und verließ den Aufzug.

Eddie arbeitete vermutlich für Denley. Er trug einen guten Anzug wie Denley selbst, Mavis und die beiden muskelbepackten Affen, die wir bei ihm gesehen hatten. Wahrscheinlich mußte jeder, der für Denley arbeitete, einen guten Teil seines Einkommens für Garderobe aufwenden.

Eddie eilte vor uns her.

An der Galerie lagen einige Arztpraxen, ein Kosmetiksalon und andere Dienstleistungsunternehmen. In den kleinen Läden gab es Zeitschriften, Blumen oder Sandwiches und Kaffee. Die Rolltreppe baggerte müde Angestellte herauf, die sich um ein dynamisches Lächeln bemühten.

»Hierher«, sagte Eddie. Er öffnete eine Tür für uns. Auf der Glasfüllung stand *Massagen, Bestrahlungen, medizinische Bäder.*

Im Vorraum täuschten goldgetönte Spiegel großzügige Dimensionen vor. Hinter einer Barriere aus Grünzeug hockte eine puppenhaft geschminkte Blondine. Sie bedachte Eddie mit einem honigsüßen Lächeln, das auf eine längere Bekanntschaft auf privater Basis schließen ließ.

Eddie kannte sich aus. Er winkte uns, und schon im nächsten Augenblick verschwand er wie ein Spuk zwischen zwei Spiegeln.

Wir folgten ihm in einen Gang, dessen Wände nur aus Türen zu bestehen schienen. Aus einer schoß ein schmächtiger Masseur. Mit hektischen Bewegungen hastete er an uns vorbei.

Eddie blieb vor einer Kabinentür stehen. Besorgt sah er Phil und mich an.

»Bitte, bleiben Sie nicht so lange!« bat er. Dann klopfte er kurz und öffnete die Tür.

Die Kabine war mit einem großen Spiegel, einem Waschtisch und einer gepolsterten Massagebank eingerichtet. Der Raum war gar nicht mal so klein, wie ich erwartet hatte, aber mit der Frau, die uns darin erwartete, wäre mir vermutlich sogar ein Baseballstadion zu eng vorgekommen.

Sie stand sehr nah vor mir, und ihr aufregendes Parfüm umnebelte meine Sinne. Alles, was eine Frau haben sollte, hatte sie im Übermaß. Die Beine waren lang, sehr lang, die Hüften weiblich rund und provozierend vorgeschoben, wie sie da neben der Bank stand, eine weiße, schmale Hand leicht wie ein Vogel auf den Waschbeckenrand gestützt. Das grüne Kleid modellierte die Formen des makellosen Körpers, wobei der dünne, fließende Stoff keinen Zweifel daran aufkommen ließ, daß sie einen Büstenhalter weder trug noch brauchte.

Unter schattierten Lidern hervor sah sie mich an. Ihre Augen waren von einem weichen Grau, das an schwelendes Feuer erinnerte.

Es waren Augen, die einem Mann den Verstand rauben konnten.

Phil knuffte mich in die Seite und machte mir bewußt, daß diese Puppe nicht auf einer Bühne stand, wo Anstarren nicht anstößig wirkt, sondern daß wir in einer Kabine wie in einer Zelle zusammengesperrt waren, was viel schlimmer war.

So eine Frau, schoß es durch meinen Kopf, dürfte man nicht frei rumlaufen lassen. Sie war wie flüssiges Feuer. So heiß, so gefährlich.

»Wer sind Sie?« fragte Phil. Seine Stimme klang ganz normal. Keine Spur belegt oder heiser.

»Ich bin Rita Shaffer«, sagte sie.

Ihre Stimme ließ mein Inneres erglühen. Sie bewegte leicht den Kopf. Im Schein der Lampe über dem Frisierstuhl schien ihr volles, rötliches Haar aufzuleuchten, als hätte es Feuer gefangen. Ich glaubte fast, es knistern zu hören. Das Haar umgab den Kopf mit der samtweichen Haut wie ein Rahmen aus züngelnden Flammen.

»Ich habe gehört, was Sie mit Paul gesprochen haben«, sagte der volle Mund.

Das Parfüm! Jetzt rastete es ein. Ich hatte es bereits in Paul Denleys Zimmer aufgenommen. Sie war Denleys Mieze. Das Brennen in meinem Inneren ließ nach. Ein wenig nur.

»Ich habe nicht gewußt, daß er einen Sohn hat ... hatte«, sagte sie dann.

Baby, um dich rumzukriegen, würde ich auch lügen, daß sich die Balken biegen.

»Ich habe nicht viel Zeit«, fuhr sie nüchtern fort. »Hat er noch mehr Kinder? Oder hatte sein Sohn Kinder?«

»Warum fragen Sie ihn nicht selbst, Miss Shaffer?« gab ich zurück.

»Seit neun Jahren hält er mich wie eine Gefangene! Seit fünf Jahren behandelt er mich wie einen ... Fußabtreter!« Das Gesicht blieb seltsam starr bei diesem plötzlichen Ausbruch. »Ich bin ihm immer treu gewesen. Ich will nicht noch einmal von vorn anfangen.«

»Ich wüßte nicht, was wir für Sie tun können, Miss Shaffer«, sagte ich behutsam.,

»Paul hat meinen Mann ruiniert, weil er mich haben wollte. Ich habe nichts, und ich bin nichts ohne ihn ...«

»Und Sie wollen nicht von vorn anfangen«, ergänzte ich ernsthaft, indem ich ihre eigenen Worte benutzte.

»Er hat eine Schwäche für Frauen, und er kann jede haben! Ich bin sechsunddreißig!« Sie wandte mir ihr Gesicht zu. »Von mir aus sagen Sie, daß man mir das nicht ansieht, aber ...«

Phil schnalzte plötzlich mit der Zunge.

»Wir sollten unsere Zeit besser nicht mit solchen Belanglosigkeiten vertrödeln«, meinte er. Er neigte lauschend den Kopf.

Ich hörte es jetzt auch. Laute Stimmen ertönten weiter vorn im Gang. Türen wurden aufgerissen und wieder zugeschlagen. Rita Shaffers Gesicht wurde bleich, ihre Unterlippe begann zu zittern.

Phil sprang zur Seite, als die Tür aufgestoßen wurde und Eddie seinen Kopf hereinsteckte. Sein zerknittertes Gesicht war verzerrt.

»Das ist Link«, stieß er atemlos hervor. »Mr. Denley ist sicher aufgefallen, daß Sie heute morgen schon hier waren!«

Am anderen Ende des Ganges schrie eine Frau empört auf.

»Eddie, sagen Sie Mario Bescheid!« sagte Rita Shaffer. »Er soll herkommen, aber sofort!«

»Ja, Miss Shaffer.«

Eddie verschwand. Rita Shaffer streifte die Schuhe ab und knöpfte das Kleid auf. Die großen Brüste sprangen hervor. Sie stieg aus dem Kleid und warf es mir zu. Groß und schlank, nur mit einem winzigen Slip bekleidet, stand sie vor uns.

»Glotzen Sie nicht! Geben Sie mir ein Handtuch!« fauchte sie.

Phil riß eins vom Haken und warf es ihr zu. Sie breitete

es über der Bank aus und legte sich darauf. Phil und ich drängten uns in den Winkel hinter der Tür.

Nebenan wurde eine Tür aufgerissen und wieder zugeschlagen. Und dann hörten wir Eddies Stimme.

»Link, du kannst da jetzt nicht rein! Sie ist noch nicht fertig!«

»Der Chef hat gesagt, ich soll sie holen«, antwortete Link stur.

Draußen im Flur entstand ein Handgemenge. Dann mischte sich eine andere Stimme in den Streit ein.

»Aber, aber meine Herren! Miss Shaffer ist noch nicht fertig! Ich muß Sie doch bitten, sich ruhig zu verhalten!«

»Das ist Mario«, flüsterte Rita. Ihr Rücken spannte sich und bildete einen geschwungenen Bogen.

Die Tür flog auf und krachte gegen meine Schulter. Ich hielt den Atem an und rührte mich nicht, wobei ich mir vorkam wie der Hausfreund aus den unzähligen Witzzeichnungen, der sich im Schrank oder unter dem Bett der Angebeteten versteckt. Oder in der Kabine ihres Masseurs.

Rita Shaffer fuhr in die Höhe. Mit einer Hand versuchte sie, ihre Brüste zu bedecken. Erfreulicherweise gelang es ihr nicht ganz.

Ich konnte Link nicht sehen. Ich hörte nur, wie er einen gurgelnden Laut ausstieß.

»Verschwinden Sie!« sagte Rita scharf. Ihre Stimme hatte das erotisierende Timbre verloren. »Ich werde Paul von Ihrem Auftreten hier erzählen!«

Mario betrat die Kabine und schloß die Tür. Phil und mich bedachte er mit einem anklagenden Blick. Dann trat er neben seine Kundin und rang die Hände, denen es sonst vergönnt war, den Körper dieser Prachtpuppe zu berühren, ohne Gefahr zu laufen, deswegen von Denley rausgeschmissen zu werden.

»Miss Shaffer! Welch ein Aufsehen!« klagte er.

»Ach, halten Sie doch den Mund!« Rita schwang ihre Beine von der Bank und streckte die Hand aus. Ich gab ihr das Kleid zurück. Unsere Blicke trafen sich. »Link darf Sie hier nicht sehen«, sagte sie.

Ich hob die Schultern.

Das war eigentlich ihr Problem. Aber ich hatte gar nicht die Absicht, jetzt schon zu verschwinden. Die Puppe hielt einen Faden in der Hand, und ich wollte zu gern wissen, wohin er führte. Denn wie hatte Phil eben noch gesagt? Wir stehen erst am Anfang.

»Wir waren noch nicht fertig«, erinnerte ich sie, ohne Mario, den Masseur, zu beachten.

»Wenn er erfährt, daß ich mit Ihnen spreche ...« Sie warf den Kopf zurück, als sie langsam das Kleid zuknöpfte. Sie war stolz auf ihren Körper. Zu Recht. »Er hat mir gewisse ... Zusagen gemacht«, sagte sie.

»Zusagen, die Sie einklagen können, wenn er Sie auf die Straße setzt?«

In den Augen erschien ein harter Ausdruck. »Deshalb war ich so ... geschockt, als ich hörte, daß er einen Sohn hatte. Es tut mir natürlich leid, was mit ihm geschehen ist ...«

»Was hat er Ihnen denn von seiner Vergangenheit erzählt?« fragte ich.

»Nichts. So gut wie nichts.«

»Er war verheiratet. Seine Frau ist schon vor zwanzig Jahren gestorben. Unseres Wissens hatte er nur diesen einen Sohn. Beruhigt Sie das?«

»Halten Sie mich für eine Hure?«

»Nein«, antwortete ich. »Wenn Sie Schwierigkeiten erwarten, könnten wir Sie schützen. Sie können mitkommen. Auf der Stelle, wenn Sie wollen.«

Rita Shaffer schüttelte den Kopf. »Ich kann nicht ...«

»Weil Sie Denley beerben wollen? Oder weil Sie ihn lieben?«

»Wir haben eine Tochter«, sagte sie mit tonloser Stimme. »Sie ist sieben ...«

»Wo ist sie?«

»In seinem Haus in Westchester. Verstehen Sie mich jetzt?«

»Warum sind Sie nicht bei ihr?«

»Eine Erzieherin kümmert sich um Angelina. Ich muß bei ihm bleiben. Er will es so.«

Ich suchte ihre Augen, aber sie wich meinem Blick aus. Wir hatten nicht gewußt, daß Denley im Westchester County ein Haus besaß. Das war jetzt nicht wichtig. Was mich betroffen machte, war der Umstand, daß er anscheinend ein Kind als Faustpfand benutzte, um diese Frau an sich zu binden.

Paul Denley begann mich zu interessieren.

Mathilda Wallin stand am Gepäckband in der Ankunftshalle der Pan Am. Ungeduldig wartete sie auf ihre beiden Koffer.

Nach dem langen Flug fühlte sie sich wie zerschlagen, und die Menge, in der sie eingekeilt stand, machte sie nervös.

Sie hatte über Paris fliegen müssen, weil sämtliche Direktflüge von Lissabon in die Staaten seit Wochen ausgebucht waren. Es schien, als hätten die Portugiesen ganz plötzlich ihre Vorliebe für Amerika wiederentdeckt. Nicht einmal ihr Status als Botschaftsangestellte hatte ihr einen aussichtsreichen Platz auf der Warteliste verschafft. Und sie hatte nicht warten wollen. Sie wollte Brian wiedersehen.

Sie drängte sich etwas vor, als die ersten Gepäckstücke aus dem Schacht auf das Band polterten. Ihre Handtasche preßte sie mit dem Arm fest gegen den Brustkorb.

Sie war eine große, braunhaarige Frau mit geschmeidigen Bewegungen. Die portugiesische Sonne hatte ihre Haut mit einem sanften Goldton überzogen und den braunen Augen einen sinnlichen Ausdruck verliehen.

Die ersten Passagiere zerrten ihre Koffer vom Band und schoben sich durch die Menge. Sie reckte den Kopf und sah an den langen Zolltischen vorbei. Hinter den Glasscheiben drängten sich Freunde und Angehörige der Fluggäste. Hier und da winkte jemand, wenn er einen Bekannten entdeckte. Ihr Herz klopfte schneller. Bisher war sie nie erwartet worden, wenn sie nach Hause gekommen war.

Ihr Vater und ihre Brüder waren Berufssoldaten. Bill war in Deutschland stationiert. Hank bewachte Raketenbunker in Nevada. Ihr Vater war vor kurzem zum Marineattaché ernannt und nach Japan versetzt worden.

Sie hatte ihre Eltern zuletzt in Belgien gesehen, als ihr Vater noch dem NATO-Stab angehörte. Als die Versetzung nach Japan bestätigt wurde, war ihre Mutter einem Nervenzusammenbruch nahe. Zum ersten Mal in ihrem Leben wollte sie an einem Ort bleiben. Um ein Haar hätte sie sich geweigert, ihrem Mann nach Asien zu folgen.

Matty lächelte unwillkürlich. Ihre Brüder und ihre Freunde nannten sie so. Matty. Aufmerksam musterte sie die Gesichter hinter der großen Scheibe.

Sie konnte Brian nicht entdecken.

In Lissabon hatte er versprochen, sie abzuholen. Von Paris aus hatte sie die Flugnummer an das Hotel telegrafiert, in dem sie sich verabredet hatten. Wenn sie in New York war, stieg sie immer im Rutley's an der Ecke Tenth Avenue und 57th Street ab. Dieses Hotel in der Nähe des CBS-Studios war ein ruhiges Haus mit behaglicher, an europäische Hotels erinnernder Atmosphäre.

Brian war ein Mann, der sich scheute, Gefühle zu zeigen. Vielleicht hielt er sich deshalb im Hintergrund, überlegte Matty, und wartete, bis sie vom Zoll kam.

Sie entdeckte ihren Koffer aus rotem Leder. Der andere erschien gleich dahinter auf dem Band. Mühsam schleppte sie ihr Gepäck am Zoll vorbei. Als ein Mann mit blassem Gesicht ihr seine Hilfe anbot, lehnte sie das Angebot höflich, aber mit Nachdruck ab.

In der Halle sah sie sich unsicher um. Sie wurde angerempelt und zog sich neben einen Kiosk zurück. Er ist im Verkehr steckengeblieben. Er kennt sich nicht mehr aus in den Staaten.

Das Gewicht des Koffer zerrte an ihren Armen. Brian, du Schuft, dachte sie, wo bleibst du? Läßt eine alte Frau hier verhungern.

Ein Gedanke schoß durch ihren Kopf, traf sie wie ein Pfeil aus dem Hinterhalt.

Da ist etwas mit dem Schiff! Er wollte ja unbedingt mit einem Seelenverkäufer fahren. Mit diesem schmierigen griechischen oder libanesischen Kapitän und der Mannschaft aus Halsabschneidern!

Sie hetzte durch die Halle, stieß andere Leute mit ihren Koffern an, wuchtete das Gepäck schließlich in eine enge Telefonkabine und zwängte sich mit hinein.

Die Telefonnummer des Hotels hatte sie in ihrem Notizbuch. Kleingeld hatte sie auch genug.

»Hotel Rutley's, Empfang«, meldete sich eine Stimme.

»Hier ist Miss Wallin ...«

»Oh, Miss Wallin!« sagte der Clerk erfreut. »Wir haben Ihre Reservierung erhalten.«

»Ist Mr. Denley schon eingetroffen? Brian Denley?«

»Nein, tut mir leid, Miss Wallin, er hat sich auch nicht gemeldet.«

»Dann liegt keine Nachricht für mich vor?«

»Nein ...«

»Hat er vielleicht mein Telegramm abgeholt? Sehen Sie bitte nach!« drängte sie.

»Das Telegramm liegt hier, Miss Wallin. Kann ich

etwas für Sie tun? Ihre Reservierung bleibt doch bestehen, nicht wahr?«

»Ja, ja, natürlich. Sagen Sie, wo kann man erfahren, ob ein bestimmtes Schiff im Hafen liegt? Ein Frachter aus Europa.«

»Bei der Hafenbehörde«, antwortete der Clerk prompt. »Soll ich Ihnen die Nummer raussuchen, Miss Wallin?«

»Ja, das wäre nett.«

Die Port of New York Authority ist eine riesige Behörde, die nicht nur für den Seehafen und die Schiffsbewegungen im Großraum New York zuständig ist. Sie kontrolliert auch die großen Verkehrsflughäfen und alle Flugbewegungen.

Matty wurde hin und her verbunden und mußte zweimal einen Dime nachwerfen, bis sie endlich bei der Hafenmeisterei Brooklyn landete.

»Die ›Junquera‹?« fragte der Angestellte. »Warten Sie, ich habe sie hier auf der Liste. Sie liegt in Brooklyn South, Pier vierundzwanzig.«

»Wann ist sie eingelaufen?«

»Gestern nachmittag um 5 Uhr 15.«

Matty legte auf und stolperte aus der Kabine. Die Ankunftshalle war immer noch überfüllt. Aber nicht so voll, daß Brian sie übersehen könnte. Oder sie ihn.

Brian, du Schuft, dachte sie. Sie stellte die Koffer wieder ab und massierte die schmerzenden Finger. Es war schön gewesen in Lissabon, und sie hatte geglaubt, daß es länger dauern könnte. Du bist eben eine dumme Gans, Matty. Es ist hoffnungslos. Fahr ins Hotel, erfrisch dich, ruf ein paar Bekannte an! Sag ihnen, daß du zurück bist! Die Erde wird sich weiterdrehen.

Entschlossen bückte sie sich nach ihren Koffern. Ein harter Stoß gegen die Hüfte ließ sie das Gleichgewicht verlieren.

Sie stolperte und prallte mit einem Knie gegen den

größeren der beiden Koffer. Der scharfe Schmerz fuhr wie ein Messerstich durch das Bein.

Eine breite Hand griff nach ihrem Arm und hielt sie mit kräftigem Druck fest, bevor sie lang hinschlagen konnte. Sie wandte den Kopf und blickte in ein offenes Gesicht mit hellen blauen Augen, die sie amüsiert musterten.

»Hoppla«, sagte der lächelnde Mund. »Das ist wohl gerade noch mal gutgegangen!«

»Sie haben mir das Leben gerettet«, sagte Matty schlagfertig. »Sie waren doch wohl nicht der Trottel, der mich gerammt hat?«

Der Mann lachte. »Natürlich nicht!« behauptete er.

Sie sah sich um. War der Übeltäter wieder in der Menge untergetaucht? Oder war es doch Blauauge mit dem markanten Mund gewesen, der sie auf die älteste Tour der Welt anmachen wollte?

Ihr Blick blieb auf einem blassen Gesicht haften, das hastig hinter einer Gruppe Reisender verschwand. Der Druck der fremden Hand an ihrem Arm kam ihr plötzlich aufdringlich vor.

»Kommen Sie, ich bringe Sie nach draußen«, sagte der Mann. Er wollte nach ihrem roten Lederkoffer greifen.

Sie riß ihren Arm los und hob die Koffer auf. Die Handtasche klemmte fest unter ihrem Arm. Sie kam sich selbst albern vor, als sie den Mann anfuhr.

»Danke, ich kann von jetzt an auf mich selbst aufpassen!«

Sie hastete zum Ausgang. Wahrscheinlich sah sie Gespenster. Denn wirkte sie etwa wie eine Provinzschnepfe, der man auf so albere Weise die Koffer klauen konnte?

Nicht mit mir, Matty.

Sie knallte einem Taxifahrer die Koffer vor die Füße.

»Sagten Sie etwas, Miss?« fragte der Driver.

Sie starrte ihn eisig an. Großer Gott, führte sie etwa schon Selbstgespräche?

»'tschuldigung, Ma'am«, sagte der Driver. Er lud Mattys Gepäck in den Kofferraum.

Sie setzte sich hinten in den Wagen. Der Fahrer stieg ein und fuhr an.

»Manhattan?« fragte er.

Matty blickte nach hinten raus. Ihr freundlicher Helfer stand neben der Tür und blickte dem Taxi mit skeptisch hochgezogenen Brauen nach. Er war blond und hatte ein angenehmes Gesicht. Vielleicht war das Kinn etwas zu hart. Und der Griff seiner Hand etwas zu besitzergreifend.

Das Taxi rollte auf den Federal Circle zu.

»Wo wollen Sie hin in Manhattan, Miss?« fragte der Fahrer. »Mitte oder Süd?«

»Wer hat Ihnen gesagt, daß ich nach Manhattan will?« fauchte sie ihn an. »Fahren Sie nach Brooklyn South! Zum Hafen. Pier vierundzwanzig.«

Sie lehnte sich zurück. Okay, Brian, du mußt es mir schon erzählen. Und dann scher dich zum Teufel! Matty Wallin ist noch nie einem Kerl nachgelaufen.

Wir fuhren durch das Hafengelände von South Brooklyn. Kurz vorher hatte es wieder geregnet. Über den feuchtglänzenden Dächern der Lagerhallen reckten sich die Gerüste und Ausleger der Ladekräne und die Funk- und Radarmasten der Frachtschiffe in den wolkenverhangenen Abendhimmel.

Wir hatten das Massagestudio verlassen, ohne Rita Shaffer kompromittiert zu haben. Mir war immer noch nicht klar, was sie von uns gewollt hatte. Hilfe? Oder nur Informationen?

Harrte sie an Denleys Seite aus in der Hoffnung, daß

sein Vermögen eines Tages an ihre Tochter Angelina fiel? Und benutzte Denley das Mädchen im buchstäblichen, im physischen Sinne als Faustpfand – oder Geisel –, um Rita an sich zu ketten?

Auf die entsprechenden Fragen hatte sie nur ausweichend geantwortet. Vor allem die eine Frage hatte sie nicht beantwortet – warum heiratete Denley sie nicht, wenn ihm etwas an ihr und der gemeinsamen Tochter lag?

Ich verschob die Gedanken an die ungeklärten Fragen auf später und konzentrierte mich auf das Naheliegende.

Wir wollten uns den Tatort ansehen und wenn möglich mit einigen Mannschaftskameraden des ermordeten Brian Denley sprechen.

Neben dem Tor zum Pier 24 lehnte ein hochaufgeschossener Farbiger am Zaun. Er trug eine Wollmütze auf dem Kraushaar. Seine Jeans waren verblichen und ausgefranst. Die Lederweste war mit Punkersymbolen bemalt. Seine Füße steckten in schmutzigen Joggingschuhen.

»Ob das Bennings ist?« überlegte Phil. »Die Detectives hier unten laufen schlimmer rum als ihre Kunden.«

Ich hatte Detective Lieutenant Kramer angerufen, um unser Vorgehen mit ihm abzusprechen. Noch war er für die Ermittlungen im Mordfall Brian Denley zuständig.

Kramer hatte vorgeschlagen, uns mit Detective Bennings vom 76. Revier zu treffen. Er war in dem Bezirk für Raubdelikte zuständig und kannte seine Kunden wie kein anderer.

Als ich meinen Jaguar vor der Schranke anhielt, löste sich der schlaksige Farbige vom Zaun und kam auf den Wagen zu. Phil kurbelte die Scheibe an seiner Seite herunter.

Der Schwarze stützte sich an der Fensterkante ab und spähte in den Jaguar. »Ich bin Peter Bennings«, sagte er. »Mit was für einem scharfen Roller rauscht ihr denn hier an? Kriegt ihr Stenze vom FBI so was als Dienstkutsche?« Er trat gegen den Vorderreifen und grinste.

»Das Auto ist mein Privateigentum«, erklärte ich freundlich.

»Es ist sein Hobby«, ergänzte Phil. »Er wird schnell sauer, wenn jemand dran rumtatscht oder gegen den Reifen tritt.«

»Ich tu ihm nichts!« beteuerte Bennings. »Legen Sie Wert auf meine besonderen Kenntnisse der kriminologischen Struktur des Reviers?«

»Kramer hält große Stücke auf Sie«, sagte Phil. »Wir sind ganz heiß drauf, Sie in Aktion zu erleben.«

Bennings ließ seine Zähne aufblitzen. »So 'n Schlitten ist auf Dauer wohl nicht abendfüllend, eh? Ihnen fehlt etwas Bewegung. Soll ich Ihnen ein paar schlimme Jungs vorführen?«

»In Handschellen?«

»In freier Wildbahn, Mann. Stellen Sie Ihr Spielzeug auf den Parkplatz! Hinter den Zaun, wenn Sie wollen, daß nachher die Räder noch dran sind.«

Er gab dem Mann im Pförtnerhaus ein Zeichen. Der Schlagbaum fuhr hoch.

Bennings lief vor meinem Renner her. Er deutete auf den freien Parkplatz neben einem vergammelten Buick mit Rostlöchern in den Kotflügeln und Türen. Einladend hielt er die hintere Tür für uns auf. Er grinste.

»Nicht ganz so bequem wie ihr nobler Jaguar, Mr. Cotton«, sagte er.

Phil und ich schwangen uns auf die Rückbank. Aus den aufgeplatzten Nähten der Sitzbezüge quoll büschelweise die Füllung.

Als Bennings den Motor anließ, knallten die Zündungen wie Maschinengewehrfeuer.

»Ich bräuchte gelegentlich 'ne neue Auspuffanlage«, meinte er, als er Gas gab.

»Die Stoßdämpfer sind auch durchgeschlagen«, sagte ich. »Ist das Funktelefon wenigstens in Ordnung?«

»Die Kiste hat keins«, antwortete Bennings. »Nachdem mir die Ganoven das dritte Gerät ausgebaut hatten, genehmigte die Verwaltung kein neues mehr.« Er zerrte ein Walkie-talkie unter seinem Sitz hervor und klemmte es zwischen den Vordersitzen fest. »Das Ding genügt, Mann«, sagte er.

Langsam klapperte der alte Wagen über die holprige Kaistraße. Trucks mit Containern auf den Hängern dröhnten vorbei. Bennings stoppte zwischen zwei hölzernen Lagerschuppen. Wir stiegen aus. Der Detective deutete in den engen, mit Abfällen gefüllten Gang zwischen den Schuppen.

»Hier ist es passiert«, erklärte Bennings. »Wenn die Täter ihn tiefer in den Gang geschleift hätten, wäre er wahrscheinlich erst viel später gefunden worden.«

»Und wieso wurde er früher entdeckt?« erkundigte sich Phil.

»Einer der Staplerfahrer aus dem Lagerhaus hier hat seinen Wagen auf dem Kai gewendet, als er Feierabend hatte«, erklärte Bennings. »Dabei fiel das Licht der Scheinwerfer in den Gang.«

Ich erinnerte mich an die Tatortfotos. Brian Denley hatte unmittelbar an der Schuppenwand gelegen. Sein Kopf lehnte an der Wand. Ich konnte mir das makabre Bild gut vorstellen. Das starre Gesicht, das im Licht der Scheinwerfer aufleuchtete, die erloschenen Augen darin, das Entsetzen des Mannes im Auto.

»Sind Sie auch der Ansicht, daß er vorsätzlich getötet wurde?« fragte ich.

Bennings nickte. »Ich war noch vor den Cops hier«, sagte er. »Es gab keine Kampfspuren am Boden, und soviel ich weiß, auch keine am Körper des Opfers. Er ist nicht mehr dazu gekommen, sich zu wehren. Es war nicht nötig, ihm das Messer gleich viermal in den Leib zu rammen.«

»Sie meinen, so was tun Ihre Kunden nicht«, sagte Phil ohne Spott.

Bennings sah ihn an. Sein Unterkiefer schob sich hin und her. »Ich kenne allein in diesem Abschnitt des Hafens ein gutes Dutzend Strolche, die ohne zu zögern einem Sailor eins überziehen würden, um an seine Brieftasche zu kommen. Aber warum sollten sie ihn gleich kaltmachen wollen?«

»Sie hatten vielleicht Angst, daß er sie bei einer Gegenüberstellung identifizieren könnte«, schlug ich vor.

»Was glauben Sie, wie deutlich er die Kerle gesehen haben kann? Sein Schiff liegt vierhundert Yards von dieser Stelle entfernt. Selbst wenn die Kerle ihm vom Zollschuppen aus gefolgt sein sollten, hätte er sie nicht genau genug sehen können, um sie später bei einer Identifizierungsparade herauspicken zu können. Meine Kunden, wie Sie diese Gangster nennen, wissen zudem ziemlich sicher, daß selbst die Opfer meistens unter Gedächtnisschwund leiden, wenn sie die Parade abnehmen sollen. Welcher Seemann hat schon Lust, tagelang vor Gericht rumzuhängen? Sein Geld sieht er deshalb doch nicht wieder.«

»Sie meinen also, es waren keine Halunken, die Sie kennen?« fragte Phil.

»Himmel, das will ich nicht sagen! Aber wenn er vorsätzlich umgebracht wurde, kommen eher andere in Frage. Weil das eigentliche Motiv nicht der Raub gewesen wäre.«

»Sondern?« fragte ich, weil mich die Ansicht des farbigen Detective interessierte.

»Ein Mädchen oder Streitigkeiten auf dem Schiff unter den Besatzungsmitgliedern. Vielleicht hat er Rauschgift oder die Beute aus einem Juwelenraub transportiert und wollte seine Auftraggeber übers Ohr hauen. Das sind hier im Hafen die Mordmotive. Aber für Mord bin ich nicht zuständig.«

Die Besatzungsmitglieder der ›Junquera‹ waren schon von Lieutenant Kramers Leuten vernommen worden. Sie hatten keine Verdachtsmomente festgestellt, was aber nicht hieß, daß sie sie, gäbe es welche, entdeckt hätten.

»Okay, Peter, sehen wir uns mal das Schiff und seine Besatzung an«, sagte ich.

»Ich dachte, Sie wollten ein paar meiner schlimmen Jungs kennenlernen«, meinte Bennings. »Der Kahn schwimmt uns nicht weg.« Er grinste mich lauernd an.

»Von mir aus«, sagte ich.

Wir stiegen wieder in den klapprigen Buick. Bennings wendete und fuhr zum Tor zurück. Es dämmerte bereits, aber der Detective schaltete die Scheinwerfer noch nicht ein.

Wir rollten an Schuppen, Verladeeinrichtungen, Garagen und Werkstätten vorbei. Mit seinen langen, dünnen Fingern trommelte Bennings eine Melodie aufs Lenkrad, die nur er hörte.

»Ich habe da ein paar Burschen im Auge, die hier das Gras wachsen hören«, sann er. »Vor drei Wochen hatte ich sie wegen eines schweren Raubüberfalls vor dem Bezirksgericht. Sie hatten drei japanische Seeleute ausgeplündert und zwei von ihnen verletzt. Einer liegt immer noch im Krankenhaus.«

Bennings hielt einen Arm aus dem Fenster, als er links abbog.

»Und was geschah?« fragte Phil.

»Die Gangster wurden freigesprochen«, antwortete Bennings bitter. »Der Verteidiger hat es fertiggebracht, daß die Identifizierung nicht anerkannt und nacheinander drei Dolmetscher abgelehnt wurden. Bis das Gericht einen neuen Dolmetscher finden konnte, mußte das japanische Schiff ablegen. Die Zeugen sind einfach nicht wiedergekommen. Der Seemann, der noch im Krankenhaus liegt, dürfte nicht ausreichen, um den Fall neu aufzurollen.« Bennings spuckte aus dem Seitenfenster. »Der Fall war astrein ermittelt. Die Kerle sind schuldig.«

»Und Sie glauben, die Kerle werden uns helfen, Brian Denleys Mörder zu finden?« zweifelte ich.

»Das kommt darauf an, ob die Kerle schon wieder was Neues angestellt und Angst haben, daß ich sie dieses Mal festnagle.«

Bennings beschrieb uns die vier Männer, die an dem Überfall auf die Japaner beteiligt gewesen waren, nannte ihre Namen und zählte ihre Besonderheiten auf. Er kannte die Gangster schon lange.

An einer Straßeneinmündung hielt er an und stellte den Motor ab.

»Sehen Sie die Bar dort an der Ecke?« fragte er.

Das Schild *Bar & Grill* über der Tür war kaum noch zu erkennen. Hinter dem einzigen Fenster blinkte eine Bierreklame. Die Baulücke zum Nachbargebäude, einem verkommenen dreistöckigen Lagerhaus, war mit einem Zaun versperrt, der mehr Lücken aufwies als das Gedächtnis eines mittelmäßigen Schülers.

Bennings klinkte die Tür an seiner Seite auf. »Sie bleiben besser hier und passen auf«, sagte er und grinste. »Ich werde erst mal allein die Lage peilen. Mich kennen die Halunken. Zu mir haben sie Vertrauen.«

Er stieg aus. Wir sahen ihm nach, wie er über die Straße tänzelte.

»Ich habe kein Vertrauen zu ihm«, nörgelte Phil. Er bot mir eine Zigarette an.

»Jetzt nicht«, sagte ich.

»Warum nicht? Der geht sich doch bloß ein Bier reinziehen und bindet uns gleich eine wilde Geschichte auf!«

»Mir gefiel sein Grinsen nicht«, sagte ich.

Phil hob die Schultern und steckte die Zigaretten wieder ein. Bennings wand sich durch eine Lücke im Zaun neben der Bar und verschwand auf dem verwilderten Grundstück.

»Er will tatsächlich nur nachsehen, ob die Kerle da sind«, meinte Phil. Er reckte sich, bis die Knochen knackten. »Mann, ist das hier eine trostlose Gegend!«

»Dann solltest du sie erst mal bei Tageslicht sehen«, sagte ich. »Im vorigen Jahr haben wir hier doch ...«

Ich unterbrach mich, weil in diesem Moment die Tür der Bar aufflog. Zwei Männer stürzten hindurch. Einer war ein glatzköpfiger Bulle in einem blauen Overall, der andere ein dürrer Kerl mit Affenarmen und einem starren Schlangenblick. Den Schlangenblick bildete ich mir vielleicht nur ein, denn auf die Entfernung konnte ich die Augen kaum genau sehen. Schlangenaugen. Vielleicht kam mir dieses Attribut nur deshalb in den Sinn, weil Bennings es benutzt hatte, als er einen der vier Gangster beschrieb. Ein anderes Mitglied des Räuberquartetts war ein kahlköpfiger Hüne ...

»Verdammt, dieser Mistkerl will uns ans Laufen bringen!« sagte ich und warf mich gegen die Tür.

Phil stieß einen Fluch aus. Die beiden Halunken kamen über die Straße auf uns zu. Wir hätten besser noch drei Sekunden gewartet.

Als sie die auffliegenden Türen sahen, stoppten sie mitten auf der Fahrbahn, warfen sich herum und rannten in die schmalere Straße hinein.

Phil und ich flitzten hinter ihnen her. Die Straße fiel etwas ab, was die Gangster begünstigte, denn sie waren nicht in Form, und vermutlich hatten sie ein paar Gläser Bier getrunken.

Die Straße endete an einer brusthohen Mauer. Unter der Mauer lief der brausende Verkehr einer Schnellstraße. Jenseits der Straße dehnten sich Hafenanlagen vor dem bleigrauen Wasser des East River. Die Skyline Manhattans versteckte sich hinter tiefhängenden Wolken und Nebelschleiern.

Die Kerle spritzten auseinander. Der Dürre mit den Affenarmen blieb links. Der bullige Kahlkopf lief auf die rechte Seite zu. Heraus aus der Mausefalle konnten sie allerdings nur geradeaus. Sie mußten dazu über die Mauer klettern oder springen.

»Nimm du die Glatze!« hechelte Phil und legte einen Zwischenspurt ein.

Der Bulle im Overall wurde bereits langsamer. Er sah sich nach mir um.

»FBI!« rief ich. »Bleiben Sie stehen!«

Er dachte nicht daran, der Aufforderung Folge zu leisten. Seine großen Füße knallten aufs Pflaster. Er flankte behende über die Motorhaube eines Ford, stolperte nur kurz, als er wieder auf dem Boden landete, und rannte weiter.

Ich war noch fünf Schritte hinter ihm, als er den Gehweg vor der Mauer erreichte. Er sprang an ihr hinauf. Sein Fuß, den er in eine Fuge setzen wollte, rutschte ab. Aber er schaffte es, ein Bein auf die Mauer zu schwingen. Wie ein gestrandeter Wal lag er einen Moment da, schnappte nach Luft und peilte auf der anderen Seite nach unten, bevor er um seine Körperachse rollte, um sich auf die Schnellstraße hinabfallen zu lassen.

Ich warf mich vor, streckte die Arme aus und schlug meine Hände in den Overall, gerade, als sich der Kerl fallen ließ.

Sein Gewicht riß mich gegen die Mauer. Ich prallte mit der Brust gegen die Kante.

Und dann hing der Kerl mit seinen ganzen zwei Zentnern in meinen Fäusten. Verdammt, laß den Idioten doch fallen!

Ich hörte das Zischen der Reifen und das Dröhnen der

Motoren. Und dann fing der Kerl auch noch zu brüllen an.

Jenseits der Mauer ging es mindestens zwanzig Fuß senkrecht abwärts. Das hatte er vorher wahrscheinlich nicht so genau gecheckt.

Ich winkelte die Arme an und zog mich behutsam höher, bis ich dem Glatzkopf in die entsetzt aufgerissenen wäßrigen Augen sehen konnte.

»Sie müssen auch schon was tun!« zischte ich in das Gesicht, das sich mit Schweiß bedeckte.

Ein Paar große Hände erschienen in meinem Blickfeld. Die Finger versuchten, sich in die Mauerfugen zu bohren.

Ich rollte auf die Mauer. Sie war oben nur ein paar Handspannen breit. Ich klammerte mich mit den Beinen auf der Krone fest wie auf einem Pferderücken. Und allmählich zog ich den schweren Kerl höher.

Meine Armmuskeln zitterten, als er sich endlich selbst festhalten konnte. Ich löste meine verkrampften Finger aus seinem Overall.

Das hätte ich besser nicht getan. Im Liegen feuerte der Strolch eine Faust ab. Ich hatte nicht viel Platz zur Verfügung, um dem Schlag auszuweichen. Ich hob die linke Hand, ließ die Faust hineinklatschen und bremste so die Wucht ein wenig ab. Ich schaffte es trotzdem nicht, meinen Kopf ganz aus der Gefahrenzone zu bringen.

Ich spürte einen harten Schlag am Wangenknochen. Mein Kopf wurde zur Seite gedreht. Muskeln und Knochen knirschten.

Und dann versuchte der Mistkerl, mich über die Mauer zu kippen, und zwar dort hinunter, wo der Feierabendverkehr toste. Er hatte mich an den Schultern gepackt und ruckte meinen Oberkörper hin und her.

Ich preßte die Beine zusammen, zog den Kopf ein und stieß beide Fäuste nach vorn. Eine traf genau die Nase in dem Mondgesicht, Blut spritzte über die Oberlippe und den zuckenden Mund, aber die Fäuste verstärkten den Druck.

Ich ließ meine Arme auseinanderschnellen, aber der Kerl hielt mich fest zwischen seinen großen Pranken, die mich nur noch heftiger beutelten.

Allmählich verloren meine Beine ihren Halt auf der Mauer. Mir mußte etwas einfallen. Ich stierte in das runde, feiste Gesicht mit den kleinen, blassen Augen. Der Kerl zog mich jetzt näher zu sich heran. Gleich würden mich die Fäuste herumdrehen.

Noch einmal stieß ich meine Hände vor. Ich war jetzt nah genug, um den breiten Schädel mit den Händen greifen zu können. Ich packte ihn und drehte ihn herum.

Der Mund in dem Mondgesicht öffnete sich zu einem schrillen Schrei. Die dicken Finger lösten sich aus meinem Jackett und schlossen sich um meine Handgelenke.

Ich warf meine Beine herum und ließ mich auf der ungefährlichen Seite von der Mauer fallen.

Aber den Schädel ließ ich nicht los.

Der Bullige tat das einzige Mögliche, wenn er nicht wollte, daß ich ihm den Kopf abriß. Er ließ sich von der Mauer rutschen. Etwas unbeholfen landete er neben mir auf dem Boden.

Ich rammte ihm den Ellenbogen in den Körper und preßte ihn so gegen die Mauer. Während er noch nach Luft schnappte, schlug ich ihm die stählernen Manschetten um die Handgelenke.

Dann erst sah ich mich nach Phil um. Er hatte den Dürren zu Boden geworfen und riß ihm einen Arm auf den Rücken.

»Okay, Jerry«, keuchte er, als er seinem Gefangenen die Handfesseln anlegte und ihn in die Höhe zerrte.

Wir stießen die beiden vor uns her die Straße hinauf. Detective Peter Bennings lehnte lässig am Kotflügel seines Buick und rauchte eine Zigarette.

Er grinste uns entgegen.

»Sie haben nicht so lange gebraucht, wie ich gedacht hatte«, sagte er. »Sie hatten doch keine Schwierigkeiten?« erkundigte er sich mit geheuchelter Besorgnis.

»Keine Spur«, behauptete Phil. Sein Atem ging immer noch schnell. »Sie sind ein famoser Kollege! Lassen uns hier rumjoggen . . .«

»Wenn die Bande komplett gewesen wäre, wäre ich natürlich dabeigewesen«, beteuerte Bennings. »Aber ich dachte mir, zwei durchtrainierte G-men werden doch mit zwei vollgesoffenen, abgeschlafften Halunken wie denen hier fertig!«

Er stieß die Kerle gegen die Flanke des Wagens und durchsuchte ihre Taschen. Er förderte ein Schnappmesser, einen Schlagring, eine Sammlung verschiedener Schlüssel und insgesamt etwas über hundertfünfzig Dollar zutage. Er verstaute den Besitz der Gangster in zwei Plastiktüten und hielt die hintere Tür für sie auf.

»Rein mit euch, Jungs!« sagte er munter.

»Was wollen Sie denn von uns?« schniefte der Glatzkopf. Ich gab ihm mein Taschentuch, damit er sich das Blut aus dem Gesicht wischen konnte.

»Wir möchten zu gern wissen, weshalb ihr wie die Raketen abgeflitzt seid, als ich durch die Hintertür in die Bruchbude da drüben kam.«

»Du kannst uns gar nichts, Bennings«, knurrte der Dürre. »Gegen uns liegt nichts vor.«

Bennings hielt die Plastiktüten hoch. »Und was ist das? Ein Messer und ein Schlagring! Mit dem Besitz dieser gefährlichen Waffen verstoßt ihr gegen Bewährungsauflagen aus früheren Strafen. Ihr seid vorläufig festgenommen. Also los jetzt, Leute, alles einsteigen!«

Lino Carral beugte sich über den Billardtisch. Mit einem zugekniffenen Auge visierte er die gegenüberliegende Bande an.

Der Stoß würde kein Problem sein, aber er mußte eine Show abziehen. Die beiden schwarzen Idioten hinter ihm dachten, sie könnten ihn abkochen, bloß weil er neu hier war. Dabei hatte er schon Billard gespielt, als er gerade erst über die Platte sehen konnte. Und in der Mannschaftsmesse der ›Junquera‹ war der Billardtisch das einzige Sportgerät gewesen. Meistens hatte er allein gespielt. Stundenlang. Brian hatte es versucht, aber er hatte kein Gefühl gehabt für das Queue und die Kugeln und die Winkel, in denen sie liefen.

Die beiden Typen hatten ihn schon drei Partien gewinnen lassen. Sie stellten es ziemlich plump an. Pro Spiel fünf Dollar, damit es sie nicht allzuviel kostete. Gleich würden sie vorschlagen, den Einsatz zu erhöhen. Er fragte sich, wie hoch sie gehen und ob sie ihn, um ihn weiter anzuheizen, noch einmal gewinnen lassen wollten.

Er würde den Idioten zeigen, was ein Chicano mit dem Queue anstellen konnte.

Dabei war er sauer. Sauer, weil ihn die beiden für einen Anfänger hielten, und sauer, weil ihn sein Schwager hatte abfahren lassen wie einen lausigen Bettler. Luisa konnte ihm nur noch leid tun. Er hatte nicht gewußt, was für ein Arschloch ihr Mann war.

»Komm, Al, ich habe ein paar Mäuse auf der Hand«, hatte er zu Alvaro Rivas, dem Mann seiner Schwester, gesagt.

Er war schnurstracks zu dem kleinen Laden an der oberen Lexington gefahren, als er endlich auf dem verdammten Kahn fertig war und der Zahlmeister mit den Papieren und der restlichen Heuer rüberkam. Al hätte ihn am liebsten gar nicht erst in seinen Laden gelassen, geschweige denn in seine Wohnung. Al begrapschte bloß seine Kinder und schüttelte die ganze Zeit wie blöde den Kopf.

»Al, zwei verdienen soviel wie drei!« sagte Lino. »Ich kann mit dem Wagen rumfahren oder einen Stand weiter downtown aufmachen!«

Al war ein sturer Bock. Sein Vater stammte von Haiti. Deshalb hatte Al mehr schwarzes Blut als die anderen Puertoricaner in seinen Adern. Aber ihm fehlte das Feuer der heißen Inseln. Er war stur wie ein Backstein und phantasielos wie ein toter Baum.

»Was meinst du, weshalb ich allein arbeite, Lino? Da werde ich nicht betrogen, ich brauche keinem nachzulaufen, und das Geld, das abends in der Kasse bleibt, brauche ich nicht mehr zu teilen.«

»Mann, ich investiere doch in deinen Laden! Du kannst einen neuen Wagen kaufen, den Laden umbauen, einen Laufburschen beschäftigen ...«

Al schüttelte den Kopf. »Lino, ich habe meine Erfahrungen gemacht, und ich habe genug von dir gehört. Du bist unzuverlässig ...«

Al verstummte unter Linos wildem Blick.

Wenn Luisa nicht dabeigewesen wäre, wäre er seinem Schwager wahrscheinlich an die Kehle gegangen.

»Du schwarzer Kaffer!« hatte er deshalb nur böse gesagt. »Du schwarzer Kaffer weißt alles so verdammt genau!« Klagend wandte er sich an seine Schwester. »Luisa, wie hältst du es bloß mit so einem Arschloch aus?«

Luisa rang die Hände. Ihr schmales Gesicht war ernst, als Al Lino aus dem Laden warf.

Lino verriß den Stoß. Die beiden Neger grinsten.

»Was wettest du, daß ich meine Kugeln hintereinander abräume?« fragte der Größere lauernd.

Lino hob die Schultern. Er griff in seine linke Hosentasche, zog die Geldrolle hervor, auf der genau hundert Dollar steckten, und zählte zehn ab. Die legte er auf den Rand des Tisches.

»Pack noch 'nen Zehner dazu«, schlug der andere vor. Er hielt einen Haufen schmutziger Scheine in der Hand, die er auf den Rand des Tisches legte. »Dann zeigen wir es dem Langen!«

Lino wunderte sich nur. Für wie blöd hielten die Kerle ihn bloß? Er betrachtete die Kugeln auf dem Filz. Es wäre interessant zu sehen, was der Große wirklich konnte.

»Okay«, sagte er und legte einen Zehner dazu.

Der Schwarze räumte seine Kugeln ab und strich das Geld ein. Er kicherte wie ein Geisteskranker.

»Komm, wir machen ein neues Spiel! Wer gewinnt, bekommt von den anderen 'nen Zwanziger.«

Lino tat, als müsse er kämpfen, als die Reihe an ihm war, aber er schaffte es und strich vierzig Dollar ein. Der Große ließ einen Mundvoll schneeweißer Zähne aufleuchten.

»Ich gönne es dir, Kleiner«, sagte er.

Lino stellte das Queue weg. Dem Großen fiel das falsche Grinsen aus dem Gesicht.

Lino lachte innerlich. Jetzt hielten sie ihn für einen total bescheuerten Amateur, der mit den paar gewonnenen Mäusen zufrieden war, mit denen sie ihn ja nur hatten anheizen wollen.

»Ich muß jetzt weg, Leute«, sagte Lino. »Vielleicht sehen wir uns mal wieder.«

»He, he!« die beiden bauten sich vor ihm auf. »Was ist mit unseren Bucks? Willst du uns keine Chance geben?«

»Mein Girl wartet, Mann! Ich habe sie seit vier Monaten nicht gesehen! Was meinst du, was die jetzt Dampf drauf hat!«

»Drei Partien, Chico«, schlug der Große vor. »Drei schnelle Runden ohne Kinkerlitzchen. Abräumen und aus. Das Spiel, na, sagen wir, zu Fünfzig« Lauernd sah er Lino an.

Sie dachten, sie konnten ihn abzocken, weil sie zwei waren und ihre Chancen deshalb schon rechnerisch besser standen. Sie wollten ihn um hundertfünfzig Dollar erleichtern.

Aber er konnte den Idioten dreihundert abnehmen.

»Habt ihr denn den Zaster?« fragte er.

»Wofür hältst du uns?« Sie zeigten ihm ihre Dollars. Dicke Packen in schmalen, beweglichen Fingern.

Lino blinzelte unschlüssig in die Wolken aus Tabakrauch, die unter den tiefhängenden Lampen schwebten, und blickte zur Tür.

Der Weg dorthin, vorbei an vier anderen Tischen, an denen ebenfalls gespielt wurde, war ziemlich lang. Neben der Tür standen zwei Weiße. Er konnte ihre Gesichter nicht genau erkennen, hatte aber den Eindruck, daß sie genau auf ihn schauten.

Hinter dem Pult hockte ein fetter Neger. Wahrscheinlich hielt er einen Baseballschläger zwischen den Knien, aber die beiden würden ihn sowieso erst draußen fertigmachen wollen, falls es ihm gelänge, ihnen die Dollars abzunehmen.

Er schnalzte mit der Zunge. »Na schön«, meinte er.

Der eine baute die Kugeln auf, der andere übernahm das Auslosen der Reihenfolge. Lino paßte genau auf, damit der Kerl nicht schummelte. Er hatte Glück und war als zweiter dran. Bei der nächsten Partie wäre er dann letzter, und bei der dritten würde er den Anfang machen. Besser hätte er es nicht erwischen können.

Der Große fing an. Er schaffte vier Kugeln und brachte auch noch seine fünfte ins Loch, aber er mußte dafür zuerst eine fremde anschießen. Deshalb war Lino dran.

Er spielte vorsichtig und konzentriert. Wenn er seine sieben Kugeln jetzt nicht in einer Tour abräumte, hätte der letzte leichtes Spiel, weil das Feld dann schon ziemlich frei wäre.

Er schaffte es in einem Zug und strich von jedem fünfzig Dollar ein. Der Große grinste nicht mehr.

Beim nächsten Spiel gingen sie es vorsichtiger an. Der Kleinere begann. Er knallte die weiße Kugel nur leicht gegen die vorderste der zu einem Dreieck zusammengelegten Kugeln und gab an seinen Kumpel weiter. Der knallte noch einmal drauf. Jetzt spritzten zwei Kugeln ab, aber keine ging ins Loch.

Lino schoß die eine ins Eckloch, es war die 13. Er hatte also die Kugeln mit der Nummer 8 bis 14. Weil seine anderen noch mitten zwischen den dicht zusammenliegenden Kugeln der beiden Neger steckten, schoß er eine Kugel, die nicht ihm gehörte, an und und gab weiter.

Jetzt mußten sich die Idioten etwas einfallen lassen. Der eine Neger bekam die ersten sieben Kugeln. Er brachte drei weg. Mit der vierten schoß er versehentlich eine von Lino ins Loch.

»Danke«, sagte Lino.

Aus den Augenwinkeln sah er, wie die beiden Weißen, die eben an der Tür gestanden hatten, durch den Saal schlenderten. Von ihm konnten sie doch nichts wollen. Er war gerade erst angekommen. Oder schickte Alvaro ihm ein paar Schläger auf den Hals, damit er aus der Gegend verschwände? Lino lachte lautlos. Dafür war Al zu geizig. Und zu phantasielos.

Als er wieder an der Reihe war, räumte er ab und kassierte. Er hatte jetzt zweihundert Dollar gewonnen, das Kleingeld von eben nicht mitgerechnet. Die beiden Schwarzen starrten ihn verkniffen an.

»He, was ist? Wollt ihr nicht mehr? Wir hatten von drei Partien gesprochen!«

Aus den Augenwinkeln musterte er die Weißen, die sich von der Seite heranschoben. Ob sie mit den lausigen schwarzen Betrügern unter einer Decke steckten? Er blickte nicht auf, sondern betrachtete nur die Beine.

Die Männer trugen sauber gebügelte dunkle Anzüge und glänzende schwarze Halbschuhe. Vielleicht waren es Bullen, die etwas von den schwarzen Idioten wollten. Sie vielleicht wegen betrügerischen Billardspiels festnehmen!

Die beiden Schwarzen legten die Kugeln für die letzte Partie zurecht. Also hatten sie von den Weißen nichts zu befürchten. Lino Carral wunderte sich.

Er hatte den ersten Stoß. Er schoß die weiße Kugel scharf auf die äußere Kugel hinten links. Er traf sie genau. Sie wurde abgesprengt, kam mit Effet an die Bande und sauste wie am Faden gezogen ins untere rechte Eckloch. Er hatte die letzten sieben Kugeln. Er gab kampflos weiter.

»Ein sauberer Stoß«, sagte eine Stimme neben ihm. »Hab' so was lange nicht mehr gesehen!«

Lino rührte sich nicht.

»Du bist doch Lino, eh?«

Jetzt wandte er den Kopf. Er sah in ein hartes, knochiges Gesicht mit kleinen, runden Augen, die einen wachen Verstand verrieten. Die dünnen, farblosen Lippen lächelten unpersönlich.

Der andere Kerl hatte ein graues, teigiges Gesicht mit großporiger Haut und unruhige helle Augen. Beide Männer waren hart wie Feuerstein, das sah man auf den ersten Blick, auch wenn sie sich wie smarte Buchhalter verkleidet hatten.

»Kann man sich irgendwo ein paar Minuten in Ruhe unterhalten?« fragte der mit dem grauen Gesicht. Er hatte eine schrille Fistelstimme. Solange er leise sprach, war sie zu ertragen.

»Ausgerechnet jetzt, wo ich die beiden Idioten da abzocke?« zischte Lino. »Was wollt ihr denn?«

»Nur reden. Vielleicht sind 'n paar Dollars für 'nen schnellen Denker drin.«

Lino war ein schneller Denker.

»Habt ihr 'nen Wagen?« fragte er.

»Klar, aber der steht drei Blocks von hier. Wir mußten ziemlich rumfragen. Dein Schwager war nicht sehr hilfsbereit.«

»Ich brauche noch drei Minuten«, raunte Lino dem Kerl mit den runden Augen zu. »Wartet unten an der Treppe!«

Die beiden zogen ab. Lino rieb die Kuppe seines Queues mit Kreide ein.

Es lagen noch ziemlich viele Kugeln auf dem Filz, als die Reihe an ihn kam. Die Neger machten lange Gesichter, als er seine Kugeln zügig abräumte.

»Ich habe nicht mehr viel Zeit«, sagte er, als er die vorletzte Kugel anpeilte. »Ich hab's euch ja gesagt ...«

Der Große murmelte etwas und zog sich nach hinten zurück, wo es dunkel war und wahrscheinlich eine Hintertür gab, für die ein Stammspieler wie er einen Schlüssel besaß.

Lino war es egal. Der Einsatz lag griffbereit auf dem Rand.

Die letzte Kugel verschwand im Loch. Lino legte die Hand auf die Dollars und grinste den Neger an.

»Mach dir nichts draus, Buddy!« sagte er. »Gegen mich haben schon Bessere als ihr verloren. Bis später!«

Er stopfte das Geld in seine Hosentasche. Bisher hatte sich der Abend gelohnt. New York, hier bin ich! Wenn du mich nicht arbeiten läßt wie mein blöder Schwager, ich kann auch so leben.

Er schob sich an der Wand entlang. Der fette Aufpasser an der Tür bedachte ihn mit einem hämischen Grinsen. Bevor er durch die Tür schlüpfte, drehte er sich noch einmal um.

Auch der andere schwarze Stümper, der ihn hatte abkochen wollen, war jetzt im Hintergrund des Billardschuppens verschwunden.

Lino sprang die Treppenstufen herunter.

Die beiden schwarzen Billardkünstler waren schon vor ihm da. Weiß der Teufel, wie sie es geschafft hatten. Sie lehnten links und rechts neben dem Aufgang. Der Große spuckte ein abgekautes Streichholz vor Linos Füße.

»Hallo, Chicano«, sagte er. »Wir wollten gerade ein Bier trinken. Die Luft da oben war so trocken. Du kommst doch mit? Gleich um die Ecke kennen wir eine Kneipe.«

Lino sah sich um. Von den beiden Weißen, die er für harte Burschen gehalten hatte, war keine Spur zu sehen.

Und die Straße, an der die Kneipe liegen sollte, war schmal und verdammt dunkel.

Die Neger packten ihn an den Oberarmen und nahmen ihn wie eine Puppe in ihre Mitte. Seine Füße baumelten in der Luft.

Im Revier trennten wir die beiden festgenommenen Gangster, versorgten sie mit Kaffee und riefen den Winkeladvokaten an, zu dessen Stammklientel sie gehörten. Das Schnappmesser des Dürren schickte ich durch Kurier zum Labor der City Police. Zuerst sollte es auf Blutspuren hin untersucht werden. Anschließend würde der Gerichtsmediziner feststellen, ob die Klinge zu Brian Denleys tödlichen Verletzungen paßte oder nicht.

Dann nahmen wir den Dürren in die Mangel. Er hieß Tom Lehman.

»Also, warum seid ihr geflitzt?« erkundigte sich Bennings.

»Ich rede erst, wenn der Anwalt da ist«, sagte Lehman. Er sah Bennings mit seinen starren Augen an.

»Komm, komm, Tom! Der Rechtsverdreher läßt sich Zeit, weil er mit euch keinen Blumentopf verdienen kann. Wir können uns die Zeit mit etwas Geplauder vertreiben. Niemand schreibt etwas auf. Es läuft kein Tonband, nichts. Wärt ihr Idioten sitzen geblieben, könntet ihr immer noch in Ruhe euer Bier schlabbern. Aber jetzt weiß ich, daß ihr Dreck am Stecken habt. Ganz verdammt viel Dreck!«

»Kein bißchen, du Scheißer«, sagte Lehman.

»Ihr hattet Angst, eure beiden anderen Kumpel hätten euch verpfiffen!«

»So 'n Quatsch hab' ich seit Jahren nicht mehr gehört!« Der Gangster probierte den Kaffee und verzog das Gesicht. »Wir sind abgehauen, weil wir dich kennen, Bennings. Du willst uns unbedingt in den Knast bringen!«

»Da hast du verdammt recht, Tom«, versicherte der Detective. »Und diesmal könnte es wegen Mord sein. Es sei denn, dein Anwalt dreht es auf Totschlag.«

»He, he! Was ist denn jetzt?« Der Gangster sah Phil und mich hilfesuchend an. »Mord? Totschlag?«

»Sie hatten ein Messer bei sich«, stellte Phil fest.

»Und gestern abend wurde ein Sailor auf Pier 24 erstochen«, ergänzte ich.

Tom Lehman wollte lachen, aber das Lachen blieb ihm in der Kehle stecken. »Und das wollen Sie mir anhängen?«

»Anhängen? Was ist das für ein Wort?« tadelte Bennings. »Wenn du es getan hast, werden wir es dir beweisen. Nicht mehr und nicht weniger.« Der farbige Detective zündete sich eine Zigarette an. Lauernd sah er den Gangster an. »Ihr kennt euch auf Pier 24 aus, und ihr habt die Flitze gemacht. Das kommt mir sehr verdächtig vor. Ihr habt sonst bessere Nerven. Ich kenne euch ...«

»Wir waren seit Wochen nicht mehr auf Pier 24«, versicherte der Gangster. »Wir haben die Flitze gemacht, weil wir dachten, der Gelbe ...«

»Wer?« schnappte der farbige Detective.

»Das Schlitzauge ...«

»Wer?«

»Na, der verdammte Japaner ... der liegt da im Hospital und läßt sich pflegen! Vielleicht hat der Ihnen irgendeinen Scheiß erzählt!«

»Was kann der schon erzählen?« höhnte Bennings. Er beugte sich vor. »Tom, du brauchst mir nur zu sagen, was du gestern abend zwischen sieben und neun Uhr getrieben hast. Wenn du auf dem Pier warst, sag es lieber gleich! Wir kriegen es doch raus. Wir werden den Dreck von deinen Schuhen kratzen und den Staub aus deiner Hose schütteln. Die Jungs im Labor werden uns berichten, ob ihr am Pier 24 wart, wo es den Sailor erwischt hat. Und wir werden noch einige andere Spielchen anstellen. Bei Mord tun wir eine Menge mehr als bei Raub, das weißt du doch. Und wir können dich so lange in Untersuchungshaft behalten, bis wir Beweise für deine Schuld oder Unschuld finden. Wir haben Zeit, Tom.«

Bennings rauchte gelassen. Aber er war genauso gespannt wie Phil oder ich. Hinter der Stirn des Gangsters arbeitete es.

»Mit Mord habe ich nichts zu tun«, murmelte er nach einer Weile.

»Aber die anderen? Der Glatzkopf? Und was ist mit Harbrough und Jack Rose?«

Tom Lehman schüttelte den Kopf.

»Du willst für deine Kumpel die Hand ins Feuer legen?« fragte Bennings verwundert. »Vielleicht war es einer von denen, und er zieht dich mit rein.«

Wieder schüttelte der Gangster den Kopf.

»Soll ich die Akten holen und nachsehen, was ihr schon alles auf Pier vierundzwanzig angestellt habt? Der gehört zu eurem Jagdrevier. Ich erinnere mich, daß du einmal zu einem Kranführer in die Kanzel geklettert bist. Hast ihm dein Messer in den Rücken gehalten und ihn gezwungen, eine Palette mit Schreibmaschinen in einen Laster zu laden, den der Glatzkopf fuhr.«

Bei der Erinnerung an diesen Überfall zuckte ein Lächeln um die Mundwinkel des Gangsters.

»Im vergangenen Jahr habt ihr mindestens fünf Matrosen und acht Schauerleute ausgeraubt. Ihr habt Lieferwagen und Container abgeschleppt, Lagerhäuser aufgebrochen und einen Wachmann niedergeschlagen. Wenn ihr mit dieser Bilanz vor einer Jury steht, seht ihr ganz alt aus, Tom. Die werden sagen, daß da ein Mord ganz einfach in der Luft hing. Was übrigens auch meine Ansicht ist. Die Jury wird euch ganz cool in den Knast schicken, Tom!«

»Wir hatten 'nen Laster drauf«, murmelte der Gangster.

»Was heißt das?«

»Den haben wir auf 'nen Parkplatz gelotst und abgeladen. War nicht viel drauf. 'n paar Kisten Marmelade, Käse und so Zeug. Harbourgh und Rose sind dabei, die Sore zu verscheuern.«

»Wo war das?« erkundigte sich Bennings.

»An der Hillside Avenue, hinter der 118th Street.«

Bennings sah mich an. »Das ist in Queens, im Bereich des 103. Reviers. Ich rufe die Kollegen an.«

Er verließ das Vernehmungszimmer. Phil setzte sich dem Gangster gegenüber und gab ihm eine Zigarette.

»Ich glaube Ihnen«, sagte Phil.

Der Gangster zog eine Braue hoch. »Oh?« sagte er.

»Ja. Ihr seid auf dem absteigenden Ast und wißt es bloß noch nicht. Ich will Ihnen was sagen, Tom – wen greifen die Cops als erste, wenn an den Piers in South Brooklyn was passiert? Sie und Lanny Green, den Glatzkopf. Und eure beiden anderen Kumpel. So was spricht sich rum. Da hocken dann ein paar Typen zusammen und sagen, jetzt schnappen wir uns 'nen Sailor auf Pier 24, den können wir ruhig fertigmachen. Wenn er draufgeht, greifen sich die Cops Tom Lehman und die anderen Nieten. So sieht es aus, Tom.«

Die Schlangenaugen wurden sehr klein. »Das waren keine Typen von hier!« sagte Lehman mit steifen Lippen.

Phil lachte. »Das reden Sie sich ein, Tom. Woher wollen Sie das wissen, wenn Sie oben an der Hillside Avenue waren?«

»In der Kneipe wurde darüber gesprochen. Einer hat die Kerle gesehen. Ein Schwarzer und ein Weißer. Ihr Wagen stand seit dem Mittag vor Millers Holzlager unter der Straßenbrücke.«

»Wer hat die Männer gesehen?« hakte Phil nach.

Tom Lehman lachte höhnisch. »Sie und Bennings haben mir die Daumenschrauben angelegt! Ich gehe jetzt wieder in den Knast, so oder so. Lösen Sie Ihre Probleme gefälligst selbst!«

Ich sah den Gangster an.

Sog er sich die Geschichte mit den fremden Männern und dem Wagen nur aus den Fingern, um von sich und seinen Komplizen abzulenken? Bennings meinte, diese Burschen, zu denen Tom Lehman gehörte, hörten das Gras wachsen.

Peter Bennings kehrte zurück. »Die Sache mit dem Überfall stimmt«, sagte er grimmig. »Sie haben den Fahrer mit Totschlägern und Schlagringen bearbeitet. Die Zeugen haben Tom und den Glatzkopf ganz gut beschrieben. Ich mache die Papiere fertig und lasse die Herren zum 103. Revier schaffen. Dann kümmere ich mich wieder um Sie.«

Ich zog den Detective nach draußen. »Sie haben uns schon genug geholfen, Peter«, wehrte ich sein Angebot ab. »Der Desk Sergeant besorgt uns sicher einen Streifenwagen, der uns zum Pier runterfährt.«

Ich erzählte Bennings von dem geheimnisvollen Wagen vor Millers Holzlager und den beiden Männern, von denen Tom Lehman gesprochen hatte.

Bennings versprach, sich umzuhören. Vielleicht war der Wagen auch anderen aufgefallen. Und vielleicht hatten auch andere die beiden Männer gesehen, die sich in der Umgebung von Pier 24 herumgetrieben hatten.

Weil sie auf ein bestimmtes Schiff warteten? Oder auf einen bestimmten Mann.

Lino Carral hatte keine Angst. Die schwarzen Bastarde an seiner Seite waren nur auf die Dollars aus, die er ihnen abgenommen hatte. Vielleicht würden sie ihn in der dunklen Gasse da vorn ein wenig rumschubsen. Mehr würden sie nicht tun.

Durch die Scheiben der Snackbar an der Ecke fiel ein großer Lichtfleck auf den schmutzigen Gehweg. Ein paar Jungen kickten leere Bierdosen gegen einen geparkten Wagen. Sie interessierten sich nicht für Lino Carral, der von zwei Schwarzen an ihnen vorbeigeschleift wurde. Die Kerle hatten Finger wie Stahlfedern.

»He, Freunde, laßt uns doch vernünftig reden!« sagte Lino. »Wir treffen uns morgen zu 'ner neuen Partie. Inzwischen übt ihr ein bißchen ...«

Der Große stieß ein tiefes, böses Grollen aus, und Lino hielt es für gesünder, die Kerle nicht weiter auf den Arm zu nehmen. Sie waren zu blöde, um einen Scherz zu vertragen.

Ein Wagen mit Doppelscheinwerfern fuhr die Lexington Avenue herauf. Hier oben in Spanish Harlem verdiente die Straße die Bezeichnung Avenue längst nicht mehr. Links und rechts standen verbeulte Wagen, viele schrottreif, viele lagen auf den Felgen, und es blieb nur eine enge Fahrbahn voller Schlaglöcher.

Die Scheinwerfer des herankommenden Wagens wurden aufgeblendet. Als die Lichtbündel Lino und die Neger erfaßten, heulte der Motor plötzlich auf, und der Wagen schoß heran. Die Köpfe der schwarzen Billardkünstler fuhren herum. Lino wollte sich aus ihren Fäusten winden. Aber sie packten noch härter zu und zerrten ihn in die Gasse.

Genau vor der Einmündung der Gasse wurde der Wagen hart abgebremst. Die Seitentüren flogen auf, und die beiden Männer in den dunklen Anzügen glitten heraus. Wortlos wanden sie sich zwischen den Hindernissen her.

Der große Neger ließ Linos Arm los, als die Männer sich ihm in den Weg stellten.

»He, was wollt ihr?« fragte er unsicher.

Der Kerl mit den kleinen runden Augen im harten Gesicht holte ohne Vorwarnung aus. Seine Linke schoß auf das Gesicht des großen Negers zu. Der ruckte noch mit dem Kopf zur Seite, aber die Faust des Weißen schrammte an seinem Wagenknochen entlang, und der Daumen fetzte ein Stück Haut aus dem abstehenden Ohr.

Der Neger riß die Fäuste hoch, was er besser nicht getan hätte. Denn darauf hatte der andere nur gewartet.

Er rammte seine Rechte in die Leber des Negers und knallte ihm gleich darauf die Linke von der Seite her in die Niere. Der Neger sackte zusammen, als hätte man ihm die Knochen aus den Beinen entfernt.

Lino Carral riß die Augen auf. Das sind Experten, schoß es ihm durch den Kopf, als der Bursche mit der Fistelstimme den anderen Schwarzen anging.

»Macht sie ruhig fertig!« hetzte Lino.

Der Schwarze ließ ihn los und zog den Kopf zwischen die Schultern wie ein Stier. Er grunzte gereizt. Aber bevor er zum Angriff übergehen konnte, schleuderte ihn ein wuchtiger Fausthieb über die Motorhaube eines geparkten Wagens.

Die weißen Schläger sahen Lino an.

»Ich hätte nicht gedacht, daß es so eilig war«, sagte der mit den kleinen, runden Augen lächelnd, wobei er die schmalen scharfen Lippen bis zu den Ohren hinauf verzerrte. »Sonst hätten wir nicht erst den Wagen geholt ...«

»Wir sollten lieber verschwinden«, meinte Lino. Er deutete mit dem Kopf auf die jungen Burschen, die ihr Gekicke abgebrochen hatten und sich zusammenrotteten. Zögernd kamen sie näher. Es waren Schwarze und Puertoricaner. »Eure weißen Ärsche sind hier nicht besonders beliebt.«

»Oh, Scheiße!« sagte die Fistelstimme.

Wie auf Kommando rannten sie los, sprangen über den großen Schwarzen, der sich auf dem Gehweg wälzte und nach Luft schnappte, flitzten auf die Straße und warfen sich in den Wagen, dessen Türen offenstanden. Der Motor brummte leise.

Die Türen knallten zu.

Der Kerl mit der Fistelstimme saß am Steuer. Er gab Gas. Der Wagen machte einen Satz. Die jungen Burschen stießen schrille Pfiffe aus. Ein paar Steine und leere Büchsen prasselten hinten gegen die Scheibe und auf die Kofferraumklappe, bis der Wagen mit jaulenden Reifen in eine Querstraße schlitterte.

Lino wurde gegen den Kerl mit dem harten Gesicht geworfen. Als er sich wieder aufrichtete, berührte er die Hüfte des Mannes. Er fühlte den Umriß einer großen Pistole, und plötzlich kam ihm die Idee, die beiden smarten Weißen für seinen Rückzug vor den schwarzen Billardganoven eingespannt zu haben, gar nicht mehr so genial vor.

Die Kerle wußten anscheinend genau, wer er war. Und

sie wollten etwas von ihm, dem abgemusterten Seemann. Aber was, zum Teufel?

Er beschloß abzuwarten, denn vielleicht gab es tatsächlich ein paar Dollars auszuklinken. Doch er würde auf der Hut sein. Bisher hatte er sich immer noch auf sein flinkes Mundwerk, seine harten Fäuste und notfalls auf seine schnellen Füße verlassen können.

Der Kapitän der ›Junquera‹ hieß Panayotis Sjikas. Er war ein kleiner, dicker Mann mit stechenden schwarzen Augen. Seine Uniform glänzte speckig. Der Krawattenknoten war herabgezogen und der Hemdkragen geöffnet.

Er wollte uns möglichst schnell wieder loswerden. Wir standen in der engen, zugigen Brückennock und sahen aufs Deck hinunter. Im Licht der großen Flutlichtlampen wurde die neue Fracht in den Bauch des Schiffes gesenkt.

»Ich habe alles schon den anderen Beamten gesagt«, sagte der Kapitän in undeutlichem Englisch. »Ich selbst habe Denley kaum gekannt. Der Erste Offizier war sein Vorgesetzter.«

»Dann lassen Sie ihn doch herkommen«, schlug Phil vor.

»Der Erste Offizier ist beschäftigt«, wehrte der Kapitän unwillig ab. »Er überwacht das Beladen. Wir laufen morgen wieder aus.«

Ich lächelte kühl. »Ob Sie ablegen oder nicht, Kapitän, wird zu einem großen Teil von Ihrer Bereitschaft abhängen, uns bei der Aufklärung des Mordes an Ihrem ehemaligen Besatzungsmitglied behilflich zu sein.«

Das war eine Sprache, die er verstand. Er riß die Tür zum Ruderhaus auf und rief etwas in einer Sprache, die ich für Griechisch hielt. Augenblicke später schepperte eine Lautsprecherstimme über das Deck.

Der Kapitän wandte uns den Rücken zu, bis ein gedrungener Mann in heller Khakiuniform die Eisenleiter heraufkam und sich gewandt in die Nock schwang.

»Das ist Mr. Karamal«, sagte der Kapitän. »Die Herren sind von der Polizei.«

»FBI«, berichtigte ich.

Karamal war Libanese. Er sprach ein sauberes Schulenglisch.

»Es geht wohl immer noch um Denley?« fragte er. »Er hat in Lissabon angemustert und hier wieder abgemustert. Das ist alles.«

»Wie sind Sie an ihn gekommen?«

»Wir brauchten einen zusätzlichen Mann. Wir wandten uns an das Heuerbüro im Hafen von Lissabon, und das schickte uns Denley.«

»Wieso brauchten Sie einen zusätzlichen Mann?« hakte ich nach.

Karamal tauschte einen schnellen Blick mit dem Kapitän. Dann sah er mich wieder an. »Die amerikanische Seeschiffsbesatzungsordnung schreibt für Schiffe, die amerikanische Häfen anlaufen, andere Arbeitszeiten vor.«

»Kürzere Arbeitszeiten«, stellte Phil fest. »Und deshalb brauchten Sie einen zusätzlichen Mann.«

»Ja, Sir«, bestätigte der Erste Offizier.

»Stand von vornherein fest, daß Denley nur diese eine Fahrt mit Ihnen machen würde?« fragte ich.

»Ja, er wies gleich drauf hin«, antwortete Karamal.

»Das ist nicht ungewöhnlich«, schaltete sich der Kapitän ein. »In allen Häfen lungern Halunken herum, die irgendwo andershin wollen.«

Phil lächelte starr. »Und Sie nehmen solche Halunken in Ihre Mannschaft auf, Kapitän?«

»Was wollen Sie noch wissen?« schnarrte der Kapitän.

Ich wandte mich wieder an den Offizier. »Wissen Sie,

auf welchem Schiff er vorher gefahren war? Woher er kam? Oder ob er sich längere Zeit in Lissabon aufgehalten hatte?«

»Ich weiß nur noch, daß seine letzte Heuer etwa vier Monate zurücklag. Er war zuletzt auf einem italienischen Frachter gefahren ...«

»Also hatte er sich vier Monate in Lissabon aufgehalten? Ist es schwierig, in Lissabon eine Heuer zu bekommen?«

Karamal hob die Schultern. »Nicht schwieriger als anderswo. Denley war ein erfahrener Seemann. Nein, ich glaube nicht, daß er Schwierigkeiten gehabt hätte, ein Schiff zu bekommen.«

Er hat auf eins gewartet, das in die Staaten zurückfuhr, dachte ich. »Seine Papiere waren demnach in Ordnung?«

»Die waren in Ordnung«, versicherte Karamal.

»Er war bei keiner amerikanischen Seemannsgewerkschaft eingetragen«, gab Phil zu bedenken.

»Sein Seemannsbuch war in Schweden ausgestellt. Es war alles in Ordnung. Er hatte einen neuen amerikanischen Paß. Es war alles in Ordnung ...«

»Wir sind nicht verpflichtet, ein Vorstrafenregister zu verlangen!« sagte der Kapitän laut.

»Hatten Sie Grund zu der Annahme, daß Denley vorbestraft war?«

»Nein, natürlich nicht!«

»Okay, Mr. Karamal. Wissen Sie, ob er Bekannte oder Freunde in Lissabon hatte? Irgendwelche Kontakte?«

»Ich habe mit ihm nicht über private Dinge gesprochen«, antwortete der Erste Offizier. »Er war sehr ... zurückhaltend. Aber ich habe zufällig gesehen, daß er von einer Frau zum Schiff gebracht wurde.«

»Einer Frau?« fragte ich, hellhörig geworden. Davon hatte ich in den Protokollen der Mordkommission nichts gelesen.

»Er kam mit einem Taxi«, schränkte Karamal ein. »Am Abend, bevor wir ausliefen. Ich habe gesehen, daß eine Frau hinten neben ihm saß. Sie ist nicht mit ausgestiegen. Sie haben sich geküßt.«

»Können Sie die Frau beschreiben?«

»Es war dunkel, tut mir leid, Sir.«

»Mit wem hier an Bord könnte er über die Frau gesprochen haben?«

»Er hatte keine Freunde an Bord. Er war ein Einzelgänger.«

»Was ist mit dem Mann, der ihn am Tatort identifiziert hat?«

»Carral, ja, mit diesem schlitzohrigen Puertoricaner hat er sich komischerweise verstanden. Sie teilten eine Kammer.«

»Wo ist er jetzt?«

»Er hat ebenfalls abgemustert. Heute morgen.«

Ich runzelte die Stirn.

Den Namen des Puertoricaners hatte ich in den Protokollen gelesen, aber kein Wort davon, daß er auch abmustern wollte.

»Er hat also gekündigt, nachdem Denley ermordet worden war!«

Karamal verstand meine Schlußfolgerung nicht sofort, weil sie falsch war. Er schüttelte den Kopf.

»Nein, nein, er wollte nach Hause, das stand fest«, versicherte der Erste Offizier. »Carral ist fast ein Jahr auf der ›Junquera‹ gefahren. Er hat immer gesagt, wenn die ›Junquera‹ nach Amerika fährt, mustert er ab. Dies war die erste Fahrt der ›Junquera‹ nach Amerika, seit Carral an Bord war.«

»Warum ist er erst heute morgen von Bord gegangen und nicht gestern schon wie Denley?« wollte Phil wissen.

»Wir hatten Stückgut geladen«, antwortete Karamal. »Da brauchten wir ihn noch im Laderaum.«

»Aber warum haben Sie Carral hierbehalten? Und nicht Denley? Oder beide?«

»Denley war Matrose, Carral nur Deckhand«, beantwortete der Erste Offizier die Frage.

»Carral war also billiger«, stellte Phil fest.

Vielleicht hatte Brian Denley dem Puertoricaner erzählt, wer die Frau war, was er in Lissabon getrieben hatte und weshalb er in die Staaten zurückkehren wollte. Und vielleicht konnte er uns bewußt oder unbewußt auf das Motiv des Mordes an Brian Denley bringen.

Wir mußten ihn nur finden. Und wir mußten uns beeilen. Denn wenn der Mord an Brian Denley kein gewöhnlicher Raubmord und Denley kein zufälliges Opfer war, waren wir möglicherweise nicht die einzigen, die den Puertoricaner suchten.

Davon, daß schon jemand den jugoslawischen Steuermann ausgeholt hatte, wußte niemand an Bord etwas, außer dem Steuermann selbst, und der war ein wortkarger Bursche, der von sich aus nicht den Mund aufmachte.

Wir gingen von Bord. Mein Jaguar stand unten auf dem Pier.

»Da sind ein paar Zufälle, die mir etwas unwahrscheinlich vorkommen«, sagte ich unzufrieden, als wir in den Wagen stiegen.

»Vielleicht hat er doch bloß ein Paket Heroin oder Kokain oder Diebesgut mitgebracht und wollte seine Auftraggeber übers Ohr hauen«, vermutete Phil.

»Ist Paul Denley nicht mehr dein Spitzenkandidat?« fragte ich spöttisch.

Phil zwängte sich in den Jaguar und rollte den Sicherheitsgurt ab. »Ich kann mir noch kein Bild machen«, gab er zu. »Kramer hat bei Interpol angefragt. Warten wir die Antwort ab. Und bis die Spuren ausgewertet sind und das Obduktionsergebnis vorliegt, beschäftigen wir uns mit Paul Denleys Rolle. So lautet schließlich unser Auftrag.«

»Viel interessanter finde ich die Rolle der Frau, die der Erste Offizier in Lissabon gesehen hat«, sagte ich. »Hast du eine Idee, wie wir diesen Lino Carral aufspüren können? Die Kollegen von der Mordabteilung haben nicht die richtigen Fragen gestellt. Sie wußten nicht, daß er abmustern wollte. Deshalb haben sie auch seine Adresse nicht.«

»Falls er überhaupt schon eine hatte«, sagte Phil. »Versuchen wir es bei der Seemannsmission! Die meisten hinterlassen dort irgend etwas.«

Ich startete, rangierte den Renner vorsichtig über den Pier und rollte am Zollschuppen vorbei. Der Officer ließ die Schranke hochfahren.

Auf der Kaistraße gab ich Gas. Ein Taxi kam uns entgegen. Genau an der Stelle, wo Brian Denley erstochen worden war, zischten wir aneinander vorbei.

Das Taxi stoppte zwischen den Schienen des Krans und der hoch aufragenden Bordwand der ›Junquera‹.

»Seien Sie vorsichtig, Ma'am!« warnte der Driver, als Matty Wallin die Tür öffnete und einen Fuß auf den Boden setzte.

»Ich passe schon auf«, gab sie zurück. »Warten Sie hier, Mann! Und ziehen Sie bloß nicht mit meinem Gepäck ab! Ich habe mir Ihren Namen gemerkt, und Ihr Gesicht erkenne ich auch wieder.«

Sie kletterte die steile Gangway hinauf. Ihr waren die Blicke der Kranführer, Lagerarbeiter und Seeleute bewußt. Aber sie dachte nur an Brian, und ihr Herz klopfte heftiger.

Es konnte doch nicht alles Lüge gewesen sein! Die Zeit in Lissabon, die Reise an die Algarveküste, das zögernde

Sichnäherkommen. Sie hatten beide ihre Erfahrungen gemacht. Sie hatten beide Enttäuschungen hinter sich. Beide hatten Panzer um sich herum errichtet, die sich nicht so ohne weiteres zerbrechen ließen.

Um so vertrauensvoller und inniger hatte sich ihre Liebe dann entwickelt.

Das glaubte sie jedenfalls.

Ihr Fuß rutschte aus, als sie ihn über das Ende der Gangway schwang und auf das glatte Deck setzte. Sie klammerte sich an der Reling fest und blickte nach oben.

Aus der Brückennock blickte der Kapitän auf sie hinab. Seine dunklen Augen musterten sie reglos. Sie fühlte sich erleichtert, als aus dem Licht über den offenen Ladeluken ein gedrungener Mann in heller Uniform auf sie zukam. Die Litzen auf der Jacke schimmerten golden.

»Kann ich Ihnen behilflich sein, Madam?« fragte er höflich. »Ich bin Romeo Karamal, der Erste Offizier.«

Sie fühlte sich plötzlich unsicher. Brian war aufgehalten worden, und sie machte ihn vor den anderen lächerlich, weil sie ihm wie eine eifersüchtige Braut nachstieg. Sie strich eine Haarsträhne aus ihrem Gesicht. Aber sie war nun mal da.

»Ich bin gerade in New York angekommen, aus Lissabon, da dachte ich, fahr am Hafen vorbei ...«

Die dunklen Augen im Gesicht des Offiziers schienen sich in die Höhlen zurückzuziehen, das Gesicht wurde ausdruckslos.

»Ist Brian Denley noch an Bord?« fragte sie, all ihren Mut zusammennehmend.

Karamal sah kurz nach oben, wo immer noch das Gesicht des Kapitäns über dem Schanzkleid hing.

»Ich weiß nicht, wie ich es Ihnen sagen soll, Madam«, begann Karamal zögernd. »Möchten Sie mit dem Kapitän sprechen? Oder ... kommen Sie doch bitte mit in die

Messe ...« Er griff nach ihrem Arm, aber sie zuckte zurück.

»Behandeln Sie mich nicht wie ein Kind!« sagte sie scharf. Sie klammerte sich an der Reling fest. Ihr Knöchel schmerzte. Vorhin am Flughafen war sie schon einmal gestolpert. Sie war müde, sie brauchte ein Bad und etwas zu essen und vor allen Dingen einen Drink. Und sie wollte wissen, was mit Brian war. »Warum sagen Sie mir nicht einfach, ob Brian noch an Bord ist oder wo er hingegangen ist?« sagte sie erschöpft.

»Fahren Sie zur Polizei, Madame, dort wird man Ihnen alles erklären«, sagte Karamal.

»Zur Polizei? Was hat Brian mit der Polizei zu schaffen?«

Sie starrte in das ausdruckslose Gesicht des Schiffsoffiziers. Eine jähe Furcht schnürte ihr die Kehle zu. Brian war kein Verbrecher. In dieser Frage hatte sie sich nicht allein auf ihre weibliche Intuition verlassen. Sie hatte einige Möglichkeiten, die ihr als Mitarbeiterin der amerikanischen Botschaft zur Verfügung standen, ausgenutzt. Gegen Brian lag nichts vor, weder in Europa noch in den Staaten. Der Vorwurf des unerlaubten Entfernens von der Truppe war längst verjährt.

»Warum sagen Sie mir nicht endlich, was passiert ist?« schrie sie in das fremde Gesicht.

»Er ... ist tot, Madam«, sagte Karamal. »Es tut mir leid.«

Sie atmete mit weit geöffnetem Mund. Nein, das glaube ich nicht, dachte sie, und doch wußte sie, daß es die Wahrheit war. Die Worte des Offiziers sickerten in ihr Hirn. Sie verstand nicht alles, nur das Wesentliche. Brian war irgendwo dort unten von ein paar gemeinen Strolchen erstochen worden.

Auf weichen Beinen tastete sie die Gangway hinunter.

Sie spürte die Hand des Offiziers, und diesmal wehrte

sie sich nicht, als er ihren Arm ergriff und sie zum Taxi begleitete.

»Gehen Sie zur Polizei, Madame!« sagte Karamal leise. »Dort wird man Ihnen alles erklären.«

Sie ließ sich ins Taxi fallen. Was sollte sie bei der Polizei? Sie hatte einen Menschen gefunden und wieder verloren. Es war nicht fair. Was blieb, waren die Monate in Lissabon. Die schönste Zeit ihres Lebens. Diese Tage der Erfüllung würde ihr niemand nehmen können. Oh, Brian, warum?

»Wohin, Miss?« fragte der Driver.

Wohin? Es spielte keine Rolle.

»Hotel Rutley's«, sagte sie.

Sie fuhren über die Park Avenue nach Süden. Der Fahrer hielt ein ganz schönes Tempo drauf, bis sie durch Yorkville kamen und die Straße heller und freundlicher wurde. »Jetzt mal langsam«, sagte Lino endlich. »Ich bin da oben zu Hause und will dahin zurück! Was soll ich hier in der Hektik?«

»Na schön, gehen wir irgendwo ein Bier trinken«, schlug Milan Koslo vor.

Lino hatte er sich als Mike vorgestellt. Der Mann am Steuer war Glen Fortee. Sie waren als Verwalter bei einer Immobiliengesellschaft angestellt, die von Paul Denley kontrolliert wurde.

Allerdings hatte keiner von ihnen eine Vorstellung davon, wie man ein Immobilienobjekt verwaltete. Sie waren Spezialisten für Terror und Gewalt. Sie verstanden etwas davon, wie man ein Haus von Bewohnern befreite, die nicht freiwillig ausziehen wollten, weil sie sonst kein Dach mehr über dem Kopf hatten.

»Was ist jetzt mit einem frischen Bier?« fragte Koslo. »Du hast doch heute nichts mehr vor?«

»Das weiß ich noch nicht«, behauptete Lino, »aber gegen ein Bier habe ich nichts.« In dem Wagen, zusammen mit den beiden fremden Kerlen, fühlte er sich unwohl. In einer Kneipe konnte er sich notfalls schnell verkrümeln. »Aber warum erzählst du mir nicht schon mal, wie ihr auf mich kommt und wie ihr mich gefunden habt?«

»Ich habe ein paar Takte mit dem Steuermann deines verrotteten Schiffes gesprochen«, sagte Koslo.

»Der ist doch Türke oder so was und versteht kein Wort Englisch!«

»Er ist Jugoslawe, und ich stamme ebenfalls aus Jugoslawien«, gab Koslo zurück.

»Ja und? Der verdammte Türke weiß nichts von mir, nicht mal, daß ich 'nen Schwanz hab'!«

»Er wußte aber, daß du und Brian dicke Freunde wart«, erklärte Koslo.

Brian! Das war es also. Lino wandte den Kopf. Im Licht der vorüberhuschenden Lampen leuchteten die runden Augen in dem knochigen Gesicht auf und erloschen wieder. Wie Leuchtfeuer.

Fortee bog in eine Seitenstraße und hielt vor einer Bar. Die Männer stiegen aus.

Wie zufällig nahmen sie den schmächtigen Puertoricaner in ihre Mitte. Es konnte wirklich Zufall sein, dachte Lino.

In der Kneipe setzten sie sich in eine Nische gleich neben der Tür. Fortee bestellte Bier und ein paar Sandwiches. Koslo lächelte. »Ein Freund von uns hat einen guten Draht zur Seeleutegewerkschaft«, sagte er. »Der hat rausgekriegt, daß du 'ne Schwester hast. Und 'n anderer Freund hat rausgefunden, daß sie mit 'nem Gemüsefritzen in Spanish Harlem verheiratet ist. Es war nicht schwer.«

Nicht schwer? Lino wollte da lieber nicht nachhaken.

Er ahnte, daß an den beiden Kerlen etwas faul war, aber er würde sich hüten, seine Zweifel laut werden zu lassen.

»Wir sind Freunde von Brian, alte Bekannte, verstehst du? Wir haben ihn lange nicht mehr gesehen.«

»Wie lange?« fragte Lino, bevor er seine Worte zurückhalten konnte.

Koslo zerrte die Lippen auseinander. »Ich wußte ja, daß du helle bist, mein Freund. Wir haben uns fast vierzehn Jahre nicht gesehen. Zuletzt in Heightstown, als er auf Urlaub da war. Zufrieden?«

Lino hob die Schulter. »Von mir aus«, sagte er und nahm einen Schluck aus seinem Bierglas. »Mir hat er nichts von seinen alten Freunden erzählt. Wahrscheinlich hat er euch von Lissabon aus geschrieben, als für ihn feststand, daß er in die Heimat zurückwollte.«

»Er hat uns nicht geschrieben«, erklärte Koslo, der Linos Worte für einen weiteren Test hielt, um seine Glaubwürdigkeit zu prüfen. »Er hat seinem Vater geschrieben, und der hat uns Bescheid gesagt.« Koslos Zähne leuchteten zwischen den straff gespannten Lippen. »Paß auf, Freund, wir haben uns verdammt auf das Wiedersehen gefreut, das kannst du glauben. Aber weißt du, ich will verdammt sein, wenn mir die Sache mit Brian nicht stinkt. Er kommt von seinem Kahn und wird von ein paar Halunken abgestochen ...«

»So was kommt vor«, murmelte Lino.

»Sicher. Aber weißt du, mein Freund und ich«, er sah Fortee kurz an, der sich gerade ein Sandwich in den Mund stopfte, »wir haben uns gefragt, war das wirklich unser alter Freund Brian, der da nach Hause kam?«

»Na klar war er das! Ich habe seine Leiche doch gesehen! Die Cops haben auf den Schiffen rumgefragt, und als sie hörten, daß bei uns einer abgemustert hatte, auf den die Beschreibung paßte, haben sie den Kapitän geholt. Und mich.«

»Du verstehst mich nicht richtig, Lino«, sagte Koslo. »Klar war der Tote der Bursche, den du unter dem Namen Brian Denley kanntest. Aber unser Freund war verdammt lange weg. Vielleicht hat ihn schon vor zehn Jahren jemand kaltgemacht und benutzte die ganze Zeit seine Papiere und seinen Namen.«

»Dann geht zur Polizei, die zeigen ihn euch«, schlug Lino vor.

»Mit den Bullen stehen wir uns nicht so gut«, gab Koslo zu.

Das war ein Argument, das Lino durchaus eingeleuchtet hätte, wenn er Brian nicht als einen Mann gekannt hätte, der für krumme Sachen nicht zu haben gewesen war. Und nach dem, was Brian ihm von seinem Vater erzählt hatte, fand er es seltsam, daß der solche Kerle wie die beiden Burschen hier angerufen und ihnen von der Rückkehr seines Sohnes erzählt haben sollte.

Jetzt war es Fortee, der sein teigiges Gesicht zu einem Grinsen verzog. »Er hat seinem Vater auch was von einem Mädchen geschrieben«, sagte er mit seiner Fistelstimme.

Lino bemerkte die lauernden Blicke der beiden, und rasch leerte er sein Glas.

»Er wollte sie hier irgendwo treffen«, fügte Koslo hinzu. Er grinste zynisch. »Sie wird sich schon irgendwie trösten.«

Lino sagte nichts dazu. Koslo fragte: »Hat er von ihr erzählt?«

Brian hatte die ganze Zeit von seiner Matty erzählt. Er war wie trunken von ihr gewesen.

»Er sprach von einem Mädchen, das er in Lissabon kennengelernt hatte und das er hier wiedertreffen wollte«, sagte Lino. »Aber wie sie heißt oder so, weiß ich nicht.«

Er hatte geglaubt, die Männer seien jetzt enttäuscht,

doch er irrte sich. Koslo lächelte entspannt und bestellte noch eine Runde Bier. Fortee biß das letzte Sandwich an.

»Schade«, heuchelte Koslo. »Das Mädchen hat sicher ein Foto von ihm. Wie sah er denn aus? Ich meine, hatte er besondere Kennzeichen?«

Lino mußte scharf nachdenken. Er war kein besonders guter Beobachter. »Er hatte dunkle Haare«, sagte er. Und weil er wußte, daß das als unterscheidendes Merkmal nichts hergab, runzelte er die Stirn und dachte angestrengt nach. Er konnte Brian ja nicht mehr schaden, wenn er den Kerlen eine möglichst genaue Beschreibung von ihm gab. Manchmal, wenn sie Freiwache gehabt hatten, hatten sie sich in der Dusche getroffen. »Er war sehr kräftig«, fuhr er fort. »Nur Muskeln. Ah ja, und seine Nase saß etwas schief, aber damit könnt ihr ja nichts anfangen. Die hat ihm nämlich ein norwegischer Seemann in einer Spelunke in Genua eingeschlagen, das hat Brian mir jedenfalls erzählt.«

»Narben?« fistelte Fortee. »Hatte er keine Narben?«

»O doch! Eine Blinddarmnarbe! Ziemlich groß sogar.« Lino sah die Kerle an. »Na, hilft euch das weiter?«

Koslo wölbte die Schultern und zog die dünne Oberlippe hoch.

»Wenn nicht, werden es die Behörden schon merken«, meinte er.

Lino sah auf die Uhr. »Es ist schon spät«, sagte er. »Ich verschwinde besser.«

Koslo bewegte sich kaum, und doch spürte Lino, daß sich der Mann spannte.

Fortee beugte sich vor. »Wo willst du denn hin?« fragte er.

Lino zuckte unschlüssig mit den Schultern. »Mal sehen«, antwortete er unbestimmt.

»Vorhin in der Billardbude habe ich dir gesagt, daß für ’nen schnellen Denker ’n paar Dollars zu machen wären.

Erinnerst du dich? Du bist 'n cleverer Bursche. Mit deinen Talenten kommst du überall zurecht.«

Lino lächelte geschmeichelt, weil der Mann von seinen Talenten angetan war.

Koslo übernahm das Wort. »Wir können 'nen fixen Jungen brauchen, der mit uns zusammenarbeitet«, sagte er.

»Was macht ihr denn?«

»So was wie Hausverwaltungen«, antwortete Fortee mit gesenkter Stimme. »Unsere Firma besitzt jede Menge Häuser in Harlem und in der Bronx. Wir kümmern uns darum, daß es da immer ruhig zugeht ...«

Lino nickte, obwohl er den Kerlen am liebsten seine Wut in die verschlagenen Gesichter gespuckt hätte. Zwei weiße Halunken, die in den Ghettohäusern für Ordnung sorgten! Er wußte, was sie taten. Sie beschäftigten braune und schwarze Schläger. Es gab genügend Straßenbanden. Für ein paar Dollars setzten diese Burschen selbst ihre eigenen Großmütter auf die Straße. Lino wußte Bescheid. Seine Mutter war von so einer bezahlten Bande aus ihrer Wohnung vertrieben worden.

Sie hatte keinen Dollar in der Hand gehabt, weil sie zwei Tage vorher, wahrscheinlich von denselben Banditen, beraubt worden war. In der folgenden Nacht war sie in einem Hinterhof erfroren. Er war damals noch bei der Navy gewesen, sein Schiff schwamm im Chinesischen Meer. Als ihn die Nachricht vom Tod seiner Mutter erreichte, war sie längst unter der Erde.

»Wir können ja mal darüber sprechen«, sagte er flach, um den Haß nicht laut werden zu lassen.

»Warum kommst du nicht gleich mit?« fragte Koslo kumpelhaft. »Wir haben 'ne nette Bude drüben auf der anderen Seite. Jede Menge Platz.«

Sie wollten ihn nicht mehr aus den Augen lassen.

Warum eigentlich? Wegen Brian? Es ergab keinen Sinn. Doch er ahnte, daß er nicht einfach aufstehen und gehen konnte. Er dachte an die Pistole, die der Knochige an der Hüfte trug.

Er nickte. »Ich muß aber noch meinen Seesack holen«, sagte er. »Ich habe mein Gewerkschaftsbuch da drin und alle meine anderen Sachen.« Zum Beispiel das Sparbuch, auf das er regelmäßig einen großen Teil seiner Heuer eingezahlt hatte.

»Wo hast du den Krempel? Bei deinem Schwager?« vergewisserte sich Koslo.

»Ja.«

»Is'n ungemütlicher Knochen, wie?«

»Ein Arschloch«, bestätigte Lino schlicht. »Er wird sich freuen, wenn er hört, daß ich nicht bei ihm penne.« Lino zwang sich zu einem Grinsen. »Der denkt noch, ich verderbe seine Kinder.«

Koslo und Fortee lachten. Koslo bezahlte. Sie gingen nach draußen und setzten sich wieder in den Wagen. Es war ein ziemlich neuer Dodge. Lino fiel auf, daß die beiden Kerle ihm jetzt nicht mehr so dicht auf der Haut hingen. Er setzte sich wieder hinten hinein. Koslo glitt neben ihn und knallte die Tür zu.

»Mußt du noch viel reden mit deinem Schwager?« erkundigte sich Koslo.

Es sollte beiläufig klingen, doch Lino ahnte, daß die Antwort wichtig war.

»Mit dem Kaffer?« schnappte Lino. »Ich greife mir meinen Seesack, und dann ist Sense!«

Koslo lehnte sich entspannt zurück. Lino sah nach draußen. Der Wagen fuhr nach Norden. Die Straße wurde wieder enger. Die Häuser wurden dunkler. Ein paar Gestalten machten sich an einem abgestellten Wagen zu schaffen. Als die Scheinwerfer des Dodge herantasteten, duckten sie sich hinter dem Wagen.

»Mann, Mann«, sagte Lino. »Ich frage mich allmählich, was ich hier verloren habe. Meinen Vater kenne ich nicht, meine Schwester ist mit diesem Arschloch verheiratet, andere Verwandte habe ich nicht ...«

»Arbeite mit uns, nach 'ner Zeit siehst du weiter«, sagte Koslo.

Der Dodge bog in die Lexington Avenue ein. Einen Block voraus auf der rechten Seite schimmerte Licht. Es kam aus Alvaro Rivas' Gemüseladen. Auf dem Gehweg standen noch die Kisten mit Chili und Melonen. Es war halb zehn durch. Um diese Zeit kamen keine Kunden mehr, aber Al, der Kaffer, hielt seinen Laden auf in der Hoffnung, doch noch ein paar Cents zu verdienen.

»Am besten haltet ihr nicht genau vorm Haus«, meinte Lino.

Der Vorschlag kam den Absichten der Kerle anscheinend gelegen. Fortee rangierte den Dodge in eine zu kleine Lücke an der Ecke. Der linke Kotflügel ragte in die Fahrbahn.

»Das geht schon«, sagte Lino. »Ich brauche nur zwei Minuten.«

Er stieß die Tür auf und glitt aus dem Wagen. Die Kerle ließen ihn gehen.

Er hatte sie getäuscht.

Sein Schwager trat hinter dem Tresen hervor, als er im Laden erschien. Das unterwürfige Grinsen im dunklen Gesicht erstarrte.

»Du?« stieß er hervor.

»Du kannst deinen Katzbuckel ruhig wieder gerade machen«, sagte Lino. »Das heißt, wenn es noch geht.«

Er ging an seinem Schwager vorbei in den Lagerraum. Der Seesack stand zwischen Kartoffel- und Zwiebelsäcken. Er nahm ihn hoch und kontrollierte den Verschlußbügel und das Schloß. Dann grinste er seinen Schwager an, der in der Tür stand.

»Hast du mir nichts durcheinandergebracht?« fragte er.

Al Rivas' stämmiger Hals schwoll an.

»Reg dich nicht auf, Mann!« sagte Lino heiter. »Ich verschwinde. Grüß meine Schwester!«

»Wo willst du denn hin?«

»Ich fahre wieder zur See. Du magst mich ja nicht.« Lino schob sich in den Gang, der zur Hoftür führte.

Al folgte ihm. »Warum gehst du nicht vorn hinaus?« fragte er.

»Da warten ein paar Freunde«, antwortete Lino, der wußte, daß sein Schwager kein schneller Denker war. »Ich will ihnen den Abschied nicht schwermachen.«

»Vorhin waren zwei Männer hier. Weiße. Ich hab' sie zu Harvey's Billard geschickt. Dachte mir, daß du dich da rumtreibst.«

»Das hast du großartig gemacht, Al«, sagte Lino. »Jetzt laß mich raus!«

Al Rivas entriegelte die Hoftür. Lino zwängte sich schnell hindurch.

Kopfschüttelnd kehrte Al Rivas in den Laden zurück. Er hatte jetzt doch ein schlechtes Gewissen. Immerhin war Lino der Bruder seiner Frau, und Luisa war ihm immer eine gute Frau gewesen. Vielleicht hätte er dem Jungen doch eine Chance geben sollen.

Die Ladentür wurde aufgestoßen. Koslo und Fortee kamen herein. Koslos Gesicht war hart, seine Augen zuckten.

»Wo ist er?« fragte Koslo.

»Lino? Er ist weg ...«

Mit einem Satz war Koslo bei Al Rivas. Er packte ihn mit beiden Fäusten am Kittel und schüttelte ihn.

»Was heißt das – er ist weg?« zischte Koslo in das dunkle Gesicht des Puertoricaners. »Wo ist er hin?«

Al Rivas tastete mit einer Hand nach dem Hartholzknüppel, der mit einer Klammer seitlich unter der Platte des Ladentisches befestigt war. Wenn unerwünschte Kunden in den Laden kamen und er hinter dem Tisch hervorschoß, konnte er den Knüppel im Laufen ergreifen.

Fortee bemerkte die Armbewegung. Er grinste und riß seinen Fuß hoch. Die Schuhspitze traf Rivas' Handgelenk.

Koslo stieß den Mann gegen ein Regal und rammte ihm den Ellbogen in den Leib. Rivas' Augen quollen aus den Höhlen. Koslo starrte den Mann an. Als er sprach, waren die Worte jedoch an Fortee gerichtet.

»Sieh mal nach, wo seine Frau und die Kinder sind!«

Fortee schnalzte begeistert mit der Zunge, als er die Verbindungstür aufriß. Dahinter wurde eine enge Stiege sichtbar. Sie führte in die kleine Wohnung über dem Laden. Die Schritte des Gangsters polterten die Stufen hinauf.

»Die Kinder schlafen doch schon!« ächzte Rivas voll Angst.

»Vielleicht ist Lino oben. Oder deine Frau sagt uns, wo er abgeblieben ist.«

»Er will wieder auf ein Schiff!«

»Verdammt, wo ist er jetzt?«

»Ich weiß es doch nicht! Er ist zur Hintertür raus!«

Koslo wirbelte den Puertoricaner herum.

Mit Fausthieben trieb er ihn durch das Lager bis zur Hintertür. Mit zitternden Händen zog Rivas die Riegel zurück.

Koslo schleuderte ihn zur Seite. Er packte den Knauf und rüttelte daran, aber die Tür ließ sich nicht bewegen. Rivas Gesicht wurde grau, als er in die kalten, harten Augen des Gangsters sah.

»Du denkst wohl, ich bin blöd!« zischte Koslo.

»Wahrscheinlich hat er einen Balken unter den Knauf gestemmt«, sagte Al Rivas tonlos. Er neigte lauschend den Kopf. Was machte der andere bloß da oben? Hatte da nicht eben die kleine Carmen geschrien? »Bitte, lassen Sie uns! Ich kenne Lino doch gar nicht ...«

Koslo warf sich wütend gegen die Tür. »Wo ist die nächste Subway Station?« fragte er.

»Zwei Blocks die Lexington rauf, Ecke 110th«, antwortete Rivas schnell. Er schöpfte Hoffnung.

Koslo wirbelte herum und rannte durchs Lager. »Glen!« rief er laut. »Glen, wo steckst du?«

Durch das Schaufenster fiel Licht auf die kümmerlichen Auslagen in den offenen Kisten vor Alvaro Rivas' Gemüseladen.

»Die besseren Sachen hat man ihm im Lauf des Tages wahrscheinlich weggeklaut«, meinte Phil.

»Oder er wird im Viertel respektiert«, vermutete ich.

Ich ging auf die Ladentür zu. Lino Carral hatte die Adresse seines Schwagers bei der Seemannsmission hinterlassen, damit man ihm Post nachschicken konnte. Nicht immer findet man eine abgerissene Spur so schnell wieder.

Ich stieß die Tür auf und stieg die eine Stufe in den tiefergelegenen Laden hinunter. Phil folgte mir auf dem Fuße.

In diesem Moment kam jemand aus dem Lager geschossen.

Ich sah einen hageren Mann mit harten Gesichtszügen, langen Armen und knochigen Fäusten. Die nackten kleinen Augen weiteten sich ganz kurz. Das Hirn dahinter erkannte in uns instinktiv die Polizisten und schaltete sofort auf Angriff.

Aus dem Stand schnellte er in meine Richtung. Ich konnte nicht zur Seite ausweichen. Jeder freie Platz in dem Laden war mit Säcken und Kisten vollgestellt.

Neben der Tür hatte Rivas zwei Pyramiden aus Konservendosen aufgetürmt.

Ich drehte mich in der Hüfte und schob die linke Schulter vor. Der Mann flog auf mich zu. Mit der Rechten warf er den Aufschlag seines Jacketts zur Seite. Ganz kurz sah ich den Griff einer Pistole aus dem Hosenbund ragen.

»Vorsicht!« schrie Phil, der hinter mir stand und nicht an mir vorbeikam.

Der Mann prallte gegen meine Schulter. Der Anprall schleuderte mich in eine der Pyramiden aus Konservendosen, die polternd in sich zusammenstürzte.

Ich verlor für Augenblicke den Halt, weil es nichts gab, woran ich mich hätte abstützen können.

Mein Gegner hatte allerdings größere Probleme. Dosen rollten vor seine Füße, und weil ich ihm nicht mehr im Weg stand, befand sich Phil genau vor ihm, und Phil brachte gerade seinen Smith & Wesson heraus.

Denn er hatte die gleitende Bewegung unter den Jackenaufschlag richtig gedeutet.

Der rechte Arm des Angreifers schwang nach oben. In der Faust lag eine schwere Pistole.

»Zur Seite!« Seine Stimme klang böse wie das Zischeln einer Kobra.

Ich hatte mich gefangen. Aus den Knien heraus ruckte ich hoch. Seine Beine lagen in meiner Reichweite. Meine rechte Hand, gestreckt und flach wie ein Brett, schwang herum. Die Handkante knallte in seine Kniekehle und säbelte ihn förmlich von den Beinen. Er stürzte mitten zwischen die immer noch herumkollernden Dosen, die rote Bohnen enthielten.

Während ich mich auf den gestürzten Gangster warf, setzte Phil ihm einen Fuß aufs rechte Handgelenk.

»Wir haben ihn«, erklärte er gelassen, als er ihm die Pistole entwand.

Ich zerrte ihn in die Höhe. Ich wollte gerade etwas

sagen. Etwa: Was ist in Sie gefahren, Mann? Doch da fiel mein Blick auf die Tür und den Ansatz der engen Stiege, die nach oben führte.

Auf der Stiege erschien ein zweiter Kerl, ein Grinsen im grauen, teigigen Gesicht.

Auf dem Arm hielt er ein kleines Mädchen mit langen pechschwarzen Haaren und riesengroßen kakaobraunen Augen, und während oben eine Frauenstimme gellend zu schreien begann, erstarrte die Szene unten im Laden wie ein Standbild.

Niemand rührte sich. Das dümmliche Grinsen hing wie angeklebt im teigigen Gesicht. Mein Gegner stand leicht nach vorn gekrümmt da, weil ich ihm den rechten Arm auf den Rücken gebogen hatte. Phil starrte aus schmalen Augen auf das kleine Mädchen im Arm des Gangsters.

Keiner von uns beiden glaubte auch nur einen Moment daran, daß es sich bei dem massigen Kerl um einen guten Onkel der Familie oder gar um Alvaro Rivas handeln konnte.

Dagegen sprach schon die schreiende Frau im Obergeschoß.

Ganz langsam schien der Film weiterzulaufen. Phil atmete vorsichtig ein. Auch mein Gegner holte Luft. Es war ein tiefer, Erleichterung verratender Atemzug.

Ich hielt seinen Arm weiterhin fest und zwang ihn, sich nach vorn zu beugen. Ich schluckte den Kloß in meiner Kehle hinunter.

»Bevor jetzt einer was sagt und eine Katastrophe auslöst«, sagte ich leise und ruhig, »schaltet er seinen Verstand ein!«

Mein Gegner schnappte nach Luft und riß den Mund auf. Ich bog seinen Arm höher, und er stöhnte auf.

»Ganz ruhig!« sagte ich.

In der Tür zum Lagerraum erschien ein mittelgroßer

Mann mit sehr dunklem Gesicht und kurzgeschnittenen, wie lackiert glänzenden Haaren. Seine Augen flackerten.

»Bleiben Sie, wo Sie sind!« sagte ich in beschwörendem Ton. Der Kerl an der Treppe rührte sich immer noch nicht. Nur das Grinsen hatte einem bestürzten Ausdruck Platz machen müssen. »Wir sind G-men, Leute. Was immer ihr bisher angestellt habt, ist wahrscheinlich nichts im Vergleich zu dem, was passiert, wenn jetzt einer etwas Falsches tut oder durchdreht.«

Phil hatte seinen Smith & Wesson wieder eingesteckt. Diese Situation mußten wir aus dem Stand auflösen. Ohne Gewalt. Es mußte einfach so gehen.

Aber die Frau oben schrie immer weiter. Sie schrie spanische Hilferufe. Sie schrie den Namen ihres Mannes. Wahrscheinlich kam sie deshalb nicht herunter, weil sie bei ihren anderen Kindern bleiben wollte. Das Mädchen im Arm des Gangsters begann jetzt zu weinen. Die Lage wurde kritisch.

»Freier Abzug«, sagte der andere.

»Die schießen uns doch in den Rücken!« sagte Teiggesicht schrill.

»Niemand schießt! Niemand!« sagte ich. Phil schwieg. Ich hatte den Dialog begonnen. Jetzt mußte ich ihn weiterführen. Ich spürte, wie mir eiskalter Schweiß am Brustkorb herabströmte.

»Freier Abzug!« wiederholte mein Gegner.

Ich sah Teiggesicht an. »Kommen Sie da aus der Tür!« sagte ich zu ihm. »Stellen Sie sich von mir aus hinter den Ladentisch!«

Er musterte mich argwöhnisch aus hellen Augen. »Das ist doch nur ein Trick!« fistelte er.

»Mr. Rivas soll nach oben zu seiner Frau gehen«, sagte ich.

»Damit er die Bullen anrufen kann! Und die machen dann ganz Harlem dicht!«

»Er wird nicht tetelefonieren!« sagte ich bestimmt. »Wir schaffen es allein!«

Mein Gegner stieß einen scharfen Laut aus. Dann sagte er: »Mach schon! Damit endlich das Geschrei aufhört!«

Teiggesicht verließ den Schutz des Treppenaufgangs. Er schob sich an Alvaro Rivas vorbei, der die Hände ballte.

»Gehen Sie jetzt nach oben, Mr. Rivas!« sagte ich. »Bleiben Sie bei Ihrer Frau! Rufen Sie niemanden an!«

Alvaro Rivas warf seiner kleinen Tochter einen Blick zu, der ihr Mut machen sollte. Tatsächlich lächelte sie tapfer unter den Tränen, die aus den schönen braunen Augen quollen. Dann ging er nach oben. Augenblicke später verstummten die Schreie der Frau.

»Haben Sie eine Waffe?« fragte ich den Gangster.

Starr erwiderte er meinen Blick, ohne sich zu rühren.

»Er hat nur einen Schlagring«, sagte sein Kumpan an seiner Stelle.

»Schlagen Sie Ihr Jackett auf!« befahl ich, jetzt in bestimmterem Ton.

Teiggesicht zögerte. Dann löste er eine Hand, die das Mädchen hielt, faßte sie mit der anderen fester und zerrte die Jackenaufschläge zur Seite.

Unter der Achsel und am Gürtel trug er keine Schußwaffe.

Ich schob meinen Gegner tiefer in den Laden hinein, so daß der Weg zur Ausgangstür frei wurde. Phil zog sich hinter die noch stehende Pyramide zurück.

»Sie können gehen, wenn Sie das Kind absetzen«, sagte ich.

In dem teigigen Gesicht arbeitete es. Unsicher suchten die Augen den Blick seines Komplizen.

»Freier Abzug für uns beide!« sagte er.

»Ist nicht drin«, gab ich in neutralem Ton zurück. »Er kann gehen. Das ist ein Sonderangebot. Bei Geiselnahme ist sonst nichts drin. Nichts, versteht ihr? Aber wenn er das Kind absetzt und einfach weggeht, habe ich nichts von einer Geiselnahme gemerkt. Was aus Ihnen wird«, sagte ich dann zu Teiggesicht, »werden wir sehen.«

»Keine Beschuldigung wegen Kidnapping oder Geiselnahme?« vergewisserte er sich.

»Nein«, antwortete ich.

Ich überschritt bei weitem meine Kompetenzen, aber ich war entschlossen, die Zusage einzuhalten.

Wieder erstarrte das Bild. Niemand schien zu atmen. Ich sah Teiggesicht reglos an. Selbst das Kind in seinen Armen glich in diesen Augenblicken einer Puppe. Verdammt, dachte ich, als sich die Sekunden dehnten, verdammt, wenn jetzt jemand in den Laden stolpert, weil ihm einfällt, daß er noch ein paar Tomaten oder eine Dose Pfirsiche braucht, war alles umsonst.

Kurz bevor der Film riß, krächzte mein Gegner: »Geh schon, Mann! Hau endlich ab!«

Teiggesicht verzerrte die Lippen zu einem ungläubigen Grinsen. Langsam schob er sich hinter dem Ladentisch vor. Seine Augen zuckten zwischen Phil und mir hin und her. Das Mädchen an seiner Brust bewegte sich unruhig, als sich der Mann der Tür näherte.

»Setzen Sie das Kind jetzt ab!« sagte ich.

»Draußen ... Wenn ich draußen bin!« Die Fistelstimme klang hoch und angestrengt.

»Wenn Sie den Türgriff in die Hand nehmen, solange Sie das Kind noch tragen, sind Sie Freiwild«, sagte ich.

Teiggesicht keuchte. Er stierte mich unschlüssig an, ging aber weiter.

»Verdammt noch mal, tu, was er sagt!« zischte der Komplize.

Teiggesicht schob sich an mir vorbei. Er setzte seinen rechten Fuß auf die Stufe unter der Tür. Ich berechnete meine Chancen. Ich konnte meinen Gegner von mir stoßen, in die stehengebliebene Konservendosenpyramide hinein, und mich auf Teiggesicht stürzen. Phil würde dann den anderen übernehmen.

Teiggesicht bückte sich. Das Mädchen streckte die Beine, bis die kleinen Füße den Boden berührten. Der Gangster hob einen Arm und ergriff den Türknauf. Dann versetzte er der Kleinen einen Stoß. Sie schrie auf, mehr erschreckt als vor Schmerz, als sie über eine Konservendose stolperte und hinfiel.

Der Gangster riß die Ladentür auf und stürzte hindurch.

Phil glitt um einen Kistenstapel herum. Er hob die Kleine auf und drückte sie an sich.

»Es ist alles in Ordnung«, sagte er heiser. Er drehte sich um und preßte sein Gesicht gegen die Türscheibe, als draußen ein Wagen vorbeijagte.

»Es ist ein Dodge«, sagte er. »Braun mit hellen Seitenstreifen. Das Kennzeichen kann ich nicht erkennen.«

»Dieser Gentleman hier wird uns sicher erschöpfend Auskunft geben«, sagte ich hoffnungsvoll, als ich meinem Gegner die Handfessel anlegte.

»Ich?« höhnte er. »Was Sie da machen, ist Willkür! Wir sind in den Laden gekommen, weil wir ein paar Äpfel kaufen wollten! Nicht wahr, Mister?« Er sah Alvaro Rivas an, der eben wieder den Laden betrat und seine Tochter in die Arme schloß. »Stimmt es, Mister?« fragte er scharf.

»Ja, ich denke schon«, antwortete Rivas dumpf.

»Mein Freund hat sich um die Kleine gekümmert, weil sie beinahe die Treppe runtergefallen wäre! Das ist alles! Und da kamen Sie rein ...«

»Und weil Sie dachten, wir wollten die Kasse ausrauben, haben Sie mich angegriffen«, bemerkte ich sarkastisch.

»So ungefähr«, knurrte der Gangster.

Ich knirschte mit den Zähnen. Wenn der Kerl bei dieser

Geschichte blieb und Rivas nicht den Mut aufbrachte zu sagen, was wirklich vorgegangen war, würde kein Richter einen Haftbefehl unterschreiben. Immerhin konnte ich ihn wegen unerlaubten Waffenbesitzes festnageln, denn ich glaubte nicht, daß er einen Waffenschein besaß.

Das Telefon hing hinter dem Ladentisch an der Wand. Phil rief das Revier an und bestellte einen Streifenwagen, der den Festgenommenen zum District Office bringen sollte.

»Zur Personalienfeststellung«, erklärte ich ruhig.

Er protestierte wütend. Er war bereit, mir seine Identität an Ort und Stelle nachzuweisen. Aber ich wollte mit Rivas allein sprechen.

Mir war klar, daß die beiden Kerle in Rivas' Laden Lino Carral gesucht hatten. Sie hatten ihn noch nicht gefunden. Das zu wissen stellte eine gewisse Erleichterung dar. Vielleicht wußte Rivas, wo wir ihn finden konnten.

Um es kurz zu machen – Alvaro Rivas oder seine Frau, Linos Schwester, wußten es nicht. Rivas wußte nur, daß er weggegangen war. Angeblich, um eine neue Heuer zu suchen.

Die Spur verlor sich wieder.

Der Clerk an der Rezeption des Rutley's lächelte bedauernd, als er Matty erkannte.

Er schob ihr die Anmeldekarte zu und sagte: »Es tut mir leid, Miss Wallin. Mr. Denley hat sich immer noch nicht gemeldet.«

Matty preßte die Lippen zusammen. Ihre Augen brannten vor ungeweinten Tränen. Sie wollte allein sein. Sie wollte die Tür hinter sich schließen und endlich weinen. Hastig setzte sie ihren Namenszug unter die Karte.

»Aber der Gentleman dort hinten hat nach Ihnen

gefragt«, sagte der Clerk. Er deutete diskret mit dem Kopf zu einer Sesselgruppe hinüber.

Matty drehte sich um.

Der Clerk mußte dem schlanken, gutgekleideten Mann schon vorher unauffällig ein Zeichen gegeben haben, denn er stand auf und ging zielstrebig auf sie zu. Sie war sicher, ihn noch nie gesehen zu haben. Er war um die Vierzig. Das fahle Gesicht mit den blassen Augen und den blutleeren Lippen machte ihn ihr auf Anhieb unsympathisch.

Abrupt wandte sie sich wieder dem Clerk zu. Sie nahm ihren Zimmerschlüssel in Empfang und überließ ihr Gepäck einem Pagen.

»Miss Wallin? Mein Name ist Mavis, Jay Mavis.«

Ihr entging sein schneller Blick, der dem Schlüsselanhänger in ihrer Hand galt. Die Zimmernummer war deutlich zu sehen.

»Ich bin ein Mitarbeiter von Mr. Denley ...«

Bei der Nennung dieses Namens zuckte sie zusammen.

»Mr. Denley«, fuhr Mavis schnell fort, »möchte Sie gern kennenlernen, Miss Wallin.«

»Dazu sehe ich keinen Anlaß«, erklärte sie schroff. Sie setzte sich in Bewegung und ging auf die Aufzüge zu. Mavis blieb an ihrer Seite. »Mr. Denley ist außerordentlich betroffen über den Tod seines Sohnes«, sagte er mit leiser Stimme. »Brian hat ihm von Ihnen geschrieben ...«

»Ich habe Brian nicht lange genug gekannt, als daß ich versessen darauf wäre, jetzt in Familie zu machen«, sagte sie, immer noch in barschem Tonfall. Warum sagte sie nicht die Wahrheit? Warum sagte sie diesem gelackten Lakaien an ihrer Seite nicht, was sie von Brians Vater hielt? Okay, sie hatte Brian ermutigt, Frieden mit seinem Vater zu schließen, weil er sich mit Schuldgefühlen plagte. Wahrscheinlich erging es dem Alten genauso. Aber was hatte sie mit seinem Seelenleben zu tun? Er hatte aus Brian einen seelischen Krüppel gemacht. Damit sollte er leben.

Mavis lächelte bittend, als sie in eine Aufzugskabine steigen wollte. »Warten Sie wenigstens eine Minute, Miss Wallin!«

Sie zögerte. Die Aufzugtür glitt vor die Kabine.

»Danke«, sagte er. »Mr. Denley möchte alles über seinen Sohn wissen. Er meint es ehrlich. Glauben Sie mir!«

Matty seufzte. »Na schön. Er kann mich morgen anrufen.«

»Er lädt Sie zu einem späten Supper ein, Miss Wallin. Wo Sie möchten. Vielleicht bei Mamma Leone, das ist nicht weit ...«

»Ich könnte keinen Bissen herunterbekommen«, sagte sie. »Außerdem bin ich hundemüde. Er kann mich anrufen. Morgen. Aber nicht vor elf ...« Dabei wußte sie genau, daß sie jetzt doch nicht schlafen konnte und daß sie, wie jedesmal, wenn sie aus Europa zurückkehrte, morgens schon um fünf Uhr wieder hellwach sein würde.

»Sagen Sie es ihm selbst, Miss Wallin! Er wartet an der Bar.«

Matty fühlte sich überfahren. Andererseits, warum sollte sie nicht jetzt gleich mit ihm sprechen? Dann hätte sie es hinter sich gebracht. Und vielleicht würde sie Brian dann besser verstehen.

»In zehn Minuten«, sagte sie. »Ich will mich nur etwas frisch machen.« Sie stieg in einen freien Aufzug. Sie blickte in Mavis' glattes, ausdrucksloses Gesicht, bis die Tür zuglitt.

Jay Mavis durchquerte die Halle. Hinter einer Schutzwand aus wucherndem Grün stand eine Bank. Darauf saßen zwei Männer. Duke Vernon hatte ein auffallend blasses Gesicht. Der andere, Jack Rossi, war von kräftiger Statur. Sein offenes Gesicht mit den blauen, immer ein wenig belustigt dreinschauenden Augen, erweckte rasch Vertrauen. Nur bei Matty am Flughafen hatte es keine Wirkung gezeigt.

»Zimmer 724«, sagte Mavis. »Wartet, bis sie runterkommt! Ihr werdet nicht viel Zeit haben. Aber ich passe auf und rufe über die Hausleitung an, wenn ihr verschwinden müßt.«

»Mach dir keine Sorgen, Jay!« sagte Rossi lächelnd.

Mavis erwiderte das Lächeln nicht. »Ihr habt heute schon einmal Mist gebaut. Zwei Fehler an einem Tag läßt der Boß nicht durchgehen.«

Jetzt wurde auch Rossis Gesicht fahl.

Der Boy wartete mit ihren Koffern vor ihrer Zimmertür. Sie schloß auf und ließ ihn vorgehen. Er schaltete die Lichter an.

»Stellen Sie die Sachen irgendwohin!« sagte sie und suchte in ihrer Handtasche nach Kleingeld.

»Soll ich nachsehen, ob die Klimaanlage und der Fernseher in Ordnung sind?« bot er an.

»Nein, nein«, sagte sie hastig und drückte dem Boy zwei Dollar in die Hand. »Ich komme jetzt zurecht. Danke.« Sie begleitete ihn zur Tür, schloß sie und legte die Kette vor.

Erleichtert streifte sie die Schuhe ab. Sie öffnete den kleinen Koffer und holte eine frische Bluse und den hellen Rock heraus, den sie vor zwei Wochen in Lissabon gekauft hatte.

Ihr fiel ein, daß Brian dabeigewesen war, als sie ihn anprobierte. Schnell legte sie ihn zurück. Sie nahm das Etui mit den Make-up-Sachen und öffnete die Tür zum Bad.

Als sie das Licht einschaltete, sah sie den Mann vor sich.

Ihr Herzschlag drohte auszusetzen. Sie öffnete den Mund, aber kein Laut drang aus ihrer Kehle, nur ein hilfloses, krampfhaftes Ziehen. Aus erschreckt geweiteten Augen sah sie in das längliche, dunkelbraune Gesicht mit den Augen, die selbst erschrocken wirkten und eher sanft aussahen, auf keinen Fall aggressiv, wie sie es von einem Einbrecher erwartet hätte.

Der Mann breitete beschwichtigend die Hände aus. »Entschuldigen Sie, Miss Wallin ... Matty ...«, stammelte Lino Carral. »Ich wollte Sie nicht erschrecken. Ich wußte nur nicht, ob Sie schon allein waren!«

»Woher kennen Sie meinen Namen?« fragte sie. Die Frage war unlogisch, weil sie fehl am Platz war. *Raus!* hätte sie sagen müssen. *Verlassen Sie sofort mein Zimmer! Oder: Was suchen Sie hier?*

»Ich war mit Brian auf demselben Schiff«, sagte Lino. »Bitte haben Sie keine Angst! Ich will doch nichts von Ihnen!«

Jetzt bemerkte sie auch den großen Seesack, der am Bidet lehnte. Sie musterte den Mann. Er war schmächtig. Seine Jeans waren verschossen. Der blaue Seemannspullover bestand nur noch aus Flicken. Aber der Junge sah sympathisch aus. Sie lächelte plötzlich. Ganz kurz nur. Es war ein schmerzliches Lächeln.

»Wie kommen Sie hier rein?« fragte sie. »Und was wollen Sie von mir?«

»In jedem Hotel arbeiten Puertoricaner«, antwortete er, als ob diese Tatsache erklärte, daß er sich durch den Lieferanteneingang ins Haus geschlichen und bis zu den Umkleideräumen der Zimmermädchen hinaufgearbeitet hatte. Dort hatte er sich an ein Girl herangemacht, das aus Utuado auf Puerto Rico stammte und noch kein Wort Englisch sprach.

Er hatte ihr eine wilde, romantische Geschichte erzählt. Aber erst, als er sie einen Blick auf die Guthabenseite seines Sparbuches werfen ließ, war ihr Mißtrauen besänftigt.

Sie hatte für ihn herausgefunden, welches Zimmer für Miss Wallin reserviert war. Und sie hatte ihn mit ihrem Hauptschlüssel hineingelassen.

»Ich weiß nicht, wer Brian umgebracht hat«, fuhr er fort, »Aber irgend etwas stimmt nicht. Da sind ein paar Kerle hinter mir her. Zuerst wollten sie eine Menge über Brian wissen. Und dann wollten sie mich nicht mehr aus den Augen lassen. Sie behaupteten, Freunde von Brian zu sein. Aber ich glaubte ihnen kein Wort. Sie fragten auch nach Ihnen. Aber ich habe nichts gesagt«, fügte er schnell hinzu. »Ich wollte Sie nur warnen, Miss Wallin. Vielleicht haben es die Kerle auch auf Sie abgesehen. Brian hat immer nur von Ihnen gesprochen, während der ganzen Überfahrt ... Daher weiß ich auch, daß Sie hier absteigen wollten.« Mitleidig sah er, wie sich ihre Augen mit Tränen füllten. Einen Moment stand er mit hängenden Armen da. Dann warf er sich den Seesack über die Schulter.

»Wo wollen Sie jetzt hin?« fragte Matty.

Lino hob die Schultern. »Vielleicht kriege ich noch ein Bett im Seemannsheim drüben in Brooklyn«, meinte er. »Dann sehe ich weiter. Vielleicht heuere ich wieder auf der ›Junquera‹ an!«

»Brians Vater wartet unten in der Bar auf mich«, sagte sie. »Ich habe versprochen, kurz mit ihm zu reden. Wollen Sie warten? Ich beeile mich. Dann unterhalten wir uns.« Über Brian, dachte sie.

»Wenn Sie meinen«, sagte er unsicher.

»Dann lassen Sie mich jetzt schnell ins Bad! Brians Vater soll nicht denken, sein Sohn hätte sich in das Gespenst einer Frau verliebt.«

Lino Carral sah auf die Tür, die sich hinter Matty Wallin schloß.

Er fragte sich, ob es richtig war, daß er jetzt in ihrem Zimmer hockte und auf sie wartete.

Was hatte er mit dieser gepflegten, selbstbewußten Frau gemeinsam? Er war sechs Tage mit Brian zusammengewesen, sie vier Monate. Sie war seine Freundin gewesen, er nur ein Mannschaftskamerad. Ihr Zusammentreffen war zufällig gewesen. Brian hatte das Schiff verlassen, und er hätte ihn, Lino Carral, den Puertoricaner, vergessen. Gut, Brian hatte versprochen, ihn zu besuchen, aber was hätten sie beide davon gehabt? Sie stammten aus verschiedenen Welten, und sie würden immer in verschiedenen Welten leben.

Lino sah sich im Zimmer um. Das war nicht seine Klasse und würde es vermutlich auch nie sein. Ein Hotelzimmer mit Bad und Farbfernseher und Teppichboden, in dem eine einzige Nacht fünfundvierzig Dollar kostete. Er schüttelte den Kopf und trat gegen seinen Seesack, der vor ihm stand. Schmeiß ihn dir über die Schulter und verschwinde!

Er zuckte kurz zusammen, als ein Schlüssel an der Tür kratzte. Er sprang auf und packte seinen Seesack, doch dann ließ er sich in den Sessel zurückfallen. Vielleicht war Brians Vater nicht gekommen, und Matty kehrte schon zurück. Wenn es das Zimmermädchen war, das die Handtücher wechseln wollte, spielte es auch keine Rolle. Er brauchte sich nicht wie ein Dieb im Schrank zu verstecken.

Er blieb ruhig sitzen.

Aber als die Tür aufsprang und die beiden Männer mit verstohlenen Bewegungen ins Zimmer glitten, schoß er doch wieder in die Höhe.

Die Männer erstarrten einen Augenblick, als sie ihn bemerkten.

Der redegewandtere Jack Rossi fing sich als erster.

»Wer sind Sie?« fragte er. Duke, der hinter seinem Rücken stand, tastete nach der Pistole.

»Ein Bekannter von Miss Wallin«, antwortete Lino.

»Das sind wir auch. Gute Bekannte«, behauptete Rossi.

Lino nahm seinen Seesack. Lässig warf er ihn sich über die Schulter. Er wußte, daß es jetzt von seiner Kaltschnäuzigkeit abhing, wenn er hier ungeschoren herauskommen wollte. Denn die Kerle waren keine Freunde oder Bekannten von Matty, das stand für ihn fest. Und Bullen waren es auch nicht. Eher Freunde oder Komplizen der Kerle, die er vorhin in Spanish Harlem abgehängt hatte.

»Ich wollte sowieso gerade gehen«, sagte er.

Rossi lächelte. »Wir halten dich nicht auf«, sagte er. Sein offenes Lächeln und die heiteren blauen Augen täuschten den kleinen Puertoricaner.

Duke hielt den Türknauf in der Hand, als wollte er die Tür für Lino öffnen. Lino ging an Rossi vorbei.

Rossis Faust traf seinen Magen wie ein Hammerschlag. Seine Hand ließ den Seesack los. Er bekam keine Luft. Die Knie gaben nach. Rossis lächelndes Gesicht blähte sich auf. Dann fuhr ein scharfer Schmerz durch seine Seite, als Rossi ihn in die Nierengegend schlug, und der Boden raste auf ihn zu.

»Schließ ab!« sagte Rosso zu Duke.

Er stieg über den bewußtlosen Lino Carral hinweg, trat ans Telefon und wählte die Nummer der Zentrale.

»Verbinden Sie mich mit der Bar!« sagte er, als die Telefonistin sich meldete.

Jay Mavis kam Matty entgegen, als sie die Bar betrat. Sie wehrte seine Hand ab und folgte ihm zu einem kleinen, runden Tisch im hinteren Teil. Es war dunkel in der Ecke.

Sie konnte nur den Umriß des Mannes erkennen, der dort saß und ihr den Rücken zuwandte.

Sie hatte ein rotes Kleid mit schwarzen Applikationen angezogen, das sie in Lissabon einige Male bei Cocktailempfängen getragen hatte. Ihr Haar hatte sie schnell durchgekämmt und im Nacken zusammengebunden. Ihr Gesicht wirkte dadurch strenger und unnahbar.

Ein Effekt, den sie beabsichtigte.

Ihr Herz klopfte jetzt doch ein wenig, als Mavis sich zu dem Mann hinunterbeugte.

»Miss Wallin, Paul«, sagte er.

Paul Denley stand auf. Langsam wandte er sich um. Die Sonnenbrille verdeckte seine Augen. Er hob die Hand und nahm die Brille kurz ab. Im schwachen Licht, das von der Bar herüberfiel, sah sie ein Paar vorquellende, gerötete Augen.

»Entschuldigen Sie, wenn ich die Brille aufbehalte«, sagte er mit angenehm klingender Stimme. »Ich bin sehr lichtempfindlich. Nehmen Sie doch Platz!«

Sie setzte sich auf die gepolsterte Bank. Mavis zog sich an die Bar zurück. Sie stellte ihre Tasche neben sich und legte die Hände auf den Tisch.

»Ich weiß nicht, was die Spezialität des Barmixers ist«, sagte er. »Sagen Sie einfach, was Sie möchten! Vielleicht Portwein?«

»Ich könnte ein Glas Champagner vertragen«, sagte sie.

Er bestellte eine ganze Flasche. Ein teure französische Marke. Während er mit dem Barkellner sprach, hatte sie Gelegenheit, sein Gesicht zu mustern. Die spiegelnden Gläser der Sonnenbrille verwirrten sie und verhinderten, sich ein Gesamtbild zu machen. Die gebräunte, straffe Haut, die schmale Nase und der gerade Mund ließen das Gesicht jünger aussehen. Es war ein grausamer Mund, dachte sie, und ein hartes Kinn.

So ein Gesicht kann ein Kind schon ängstigen.

Mit einer jähen Bewegung, als habe er ihren forschenden Blick wie eine körperliche Berührung gespürt, wandte er sich ihr wieder zu. Sie wich den Augen, die sie nicht sehen konnte, aus.

»Was hat er Ihnen von mir erzählt?« fragte er unvermittelt. »Sagen Sie es offen, Miss Wallin! Dreizehn Jahre habe ich mit einer Schuld leben müssen. Ich muß wissen, wie er mich gesehen hat. Verstehen Sie das?«

Sie war verwirrt und suchte nach Worten. Dann war sie dankbar, daß der Champagner gebracht wurde. Denley schickte den Kellner sofort wieder weg. Er schenkte selbst ein.

»Er hat mir nie eine Chance gegeben, wissen Sie? Ich hatte immer gehofft, daß er mir einmal schreiben würde – wenigstens das!«

»Sie haben ihn eingeengt. Sie haben über sein Leben verfügt!«

Er sah sie starr an, und sie glaubte, die Kälte zu spüren, die von ihm ausging. Sie wollte ihm die Wahrheit sagen, ihn mit der Wahrheit verletzen, aber sie fand die richtigen Worte nicht auf Anhieb.

Das Summen eines Telefons war in der wattigen Stille deutlich zu hören. Ein Gast wurde ausgerufen. »Telefon für Mr. Mavis!«

Denleys Nasenflügel bewegten sich kurz. Sie spürte, daß die Augen hinter den dunklen Gläsern an ihr vorbeiblickten. Dann trat Jay Mavis an den Tisch.

»Entschuldigen Sie die Störung, Paul!« sagte Mavis. »Das Büro. Es ist wichtig.«

Denley murmelte eine Entschuldigung und stand auf. Nach einer Weile wandte Matty den Kopf. Denley und Mavis standen vor der Kabine des Gästetelefons. Mavis redete auf Denley ein. Denley bewegte nur einmal kurz die Lippen. Mavis nickte und betrat die Telefonkabine.

Sorgfältig schloß er die Tür hinter sich. Matty wandte schnell wieder den Kopf.

Denley setzte sich wieder an seinen Platz. »Entschuldigen Sie!« sagte er. Seine Hände ergriffen das Glas, das vor ihm stand. Es enthielt Whisky. Er trank einen großen Schluck und setzte es wieder ab. Sie beobachtete seine Finger. Sie waren völlig ruhig. Dabei war sie überzeugt gewesen, daß Mavis ihm eben irgendeine Katastrophennachricht überbracht haben mußte.

»Sie hatten gerade so schön angefangen«, sagte er. »Warum sprechen Sie nicht weiter?«

Sie nippte an ihrem Champagner. Das Prickeln war angenehm, aber der Alkohol ging ihr sofort ins Blut. Ihr fiel ein, daß sie die letzte Mahlzeit im Flugzeug ausgelassen hatte. Ihr Magen mußte leer sein wie eine ausgetrunkene Bierdose. Matty, hüte deine Zunge, dachte sie.

»Sie wollten ihn nach Ihrem Ebenbild formen«, sagte sie. »Sie waren hochmütig, geizig und kalt. Haben Sie nie gespürt, wie er gelitten hat? Wußten Sie nicht, wie verletzt und allein er war; als er das letzte Mal aus Vietnam nach Hause kam? Haben Sie nicht gemerkt, daß er nicht zurückkehren konnte in den Wahnsinn? Er konnte es nicht!«

Sie schluckte und lehnte sich zurück. Er hatte die Hölle noch nicht überwunden gehabt, als sie ihn kennenlernte. Nach dreizehn Jahren waren die Wunden immer noch offen. Sein Vater hätte sie schließen können. Mit Liebe und Verständnis.

»Sprechen Sie weiter!« sagte er.

Sie schüttelte den Kopf. »Ich kann nicht«, sagte sie erstickt. »Ich habe erst vor zwei Stunden erfahren, was geschehen ist ...« Fasziniert beobachtete sie seine rechte Hand, die über den Tisch kroch. Sie erschauerte, als die Finger ihre Haut berührten. Es war eine kurze, scheue und impulsive Geste. Die Hand zuckte zurück.

Denley beugte sich vor. »Sie wollten heiraten?« fragte er.

»Heiraten oder nicht«, antwortete sie ausweichend, »wir wollten zusammenbleiben.«

Er nickte langsam. »Ich weiß nicht, ob wir eine neue Basis gefunden hätten.« Die Brillengläser waren unverwandt auf ihr Gesicht gerichtet. »Sie sind die eigentliche Hinterbliebene. Es tut mir leid ... Für Sie, Miss Wallin.«

Sie war überrascht. War Paul Denley ein Heuchler? Brian hatte ihn als einen Mann von strengen Grundsätzen beschrieben, der allen Freuden des Lebens ablehnend gegenüberstand. Sie beobachtete sein Gesicht. Die Schatten machten es weicher. Sie hatte einen starrsinnigen, verknöcherten Puritaner zu treffen erwartet. Statt dessen saß sie einem kultivierten Mann gegenüber, hinter dessen kalter Fassade spröder Charme spürbar wurde. Er ist auch unsicher, dachte sie. Er wird von Schuldvorstellungen geplagt. Er hatte sich anscheinend geändert. Das sprach für ihn. Sie trank zu hastig und verschluckte sich. Sie mußte husten.

»Entschuldigen Sie«, sagte sie.

»Das macht doch nichts!«

»Ich meine, entschuldigen Sie mich, ich muß jetzt gehen. Ich weiß nicht mehr, wie lange ich schon auf den Beinen bin.«

»Bleiben Sie noch!« sagte er. Seine Stimme hatte einen zwingenden Unterton. Der Kopf bewegte sich ein wenig. Sie konnte nicht sehen, daß er einen Blick mit Mavis tauschte, der wieder an der Bar saß. »Bitte«, fügte er hinzu. »Es ist wichtig für mich. Glaubte Brian wirklich, daß ich ihn bei der Militärpolizei ...«

»Denunziert«, schlug sie vor, als ihm das richtige Wort nicht über die Lippen kam. »Daß Sie ihn denunziert haben? Nein, das wußte er nicht.«

»Aber Sie glauben es? Woher wollen Sie es wissen?«

»Ich war Botschaftssekretärin in Lissabon. Ich habe mich für ihn vergewissert, daß kein Verfahren mehr auf ihn wartete. Ich habe die entsprechenden Aktenkopien gesehen.«

»Es war ein Irrtum«, sagte er. »Jemand hat meinen Namen mißbraucht . . .«

»Ich habe es ihm nicht gesagt«, sagte sie, jetzt wieder kühl. »Es bestand kein Anlaß für mich, das Bild, das er von seinem Vater hatte, noch mehr zu beschädigen.«

»Warum sind Sie jetzt wieder so aggressiv?« fragte er.

»Vielleicht weil ich müde bin.«

Er nahm die Champagerflasche aus dem Kühler und füllte ihr Glas auf.

»Sie sind eine bemerkenswerte Frau, Miss Wallin. Ich nehme an, daß sie ihn ermutigt haben, in die Staaten zurückzukehren.« Die Brillengläser waren auf sie gerichtet wie Radarantennen. »Und seinen Frieden mit mir zu machen«, fügte er flach hinzu. Seine nächste Frage kam plötzlich und überfallartig. »Haben Sie mich gefunden?«

»Ja«, antwortete sie.

»Sie haben Nachforschungen angestellt.«

»Nein. Jedenfalls nicht das, was Sie darunter verstehen. Nachdem ich festgestellt hatte, daß Sie unter der alten Anschrift in Heightstown, New Jersey, nicht mehr bekannt waren, habe ich eine Anschriftenermittlung in die Wege geleitet. Auf dem Dienstweg, wie es jede Botschaft laufend tut. Sie glauben gar nicht, wie viele Leute umziehen, ohne ihre neue Adresse zu hinterlassen, während nahe Angehörige im Ausland herumreisen!«

»Sie brauchen sich nicht zu verteidigen, Miss Wallin«, sagte er sanft. »Sie haben sehr viel für Brian getan. Ich nehme an, daß er mit keinem seiner alten Freunde mehr in Verbindung stand.«

Seine Haltung bekam etwas Lauerndes.

»Nein, ich glaube nicht«, sagte sie.

»Und ... hatte er neue Freunde, die man benachrichtigen müßte?«

Sie schüttelte den Kopf. Sie dachte kurz an den kleinen Puertoricaner, der in ihrem Zimmer auf sie wartete. »Brian war nicht der Typ, der leicht Freundschaften schloß.«

Sie stand abrupt auf und nahm ihre Handtasche. Denley sah in Mavis' Richtung. Mavis nickte unmerklich. Denley stand ebenfalls auf. Er begleitete sie in die Halle. Am Aufzug gab er ihr die Hand.

»Wer kümmert sich um die Beerdigung?« fragte sie.

»Ich natürlich«, antwortete er. »Ich gebe Ihnen Nachricht.«

Matty entzog ihm ihre Hand. Rasch betrat sie die Kabine. Der Absatz ihres hochhackigen Schuhs verfing sich in der Türschiene. Sie stolperte.

Verdammt, dachte sie, ich entwickle mich allmählich zu einem Trampel.

Als sie im siebten Stock ausstieg, hielt sie ihren Zimmerschlüssel bereits in der Hand. Rasch steckte sie ihn ins Schloß.

Das Licht im Zimmer brannte noch, aber der Sessel, in dem sie ihn zuletzt gesehen hatte, war leer, und der Seesack fehlte ebenfalls.

Sie biß sich auf die Unterlippe, als sie ihre geöffneten Koffer bemerkte, und Tränen schossen in ihre Augen. Tränen der Wut und der Enttäuschung. Sie war einem Betrüger aufgesessen. Matty, du bist eine blöde Kuh, dachte sie. Blöde. Fällst auf den simpelsten Trick herein!

Immerhin war das Kästchen mit dem Schmuck noch da. Ihr Bargeld, ihre Reiseschecks und Kreditkarten befanden sich in der Handtasche. Du mieser Chicano hast Pech gehabt, dachte sie. Immerhin war er so schlau gewesen, den Schmuck liegenzulassen. Einen Burschen wie ihn hätten die Cops beim ersten Versuch, eins der Beutestücke zu verkaufen, hochgenommen.

Sie warf sich aufs Bett. Und endlich weinte sie.

»Ist er das?« fragte der alte Neville, als ich ihm am nächsten Morgen im Archiv gegenübersaß.

Ich betrachtete das Bild, das er mir zuschob, und nickte. Es zeigte das Gesicht des Mannes, den ich am vergangenen Abend hatte laufenlassen, um eine gefährliche Situation gefahrlos auflösen zu können.

»Er heißt Glen Fortee«, sagte Neville. »Nachdem ich den Namen dieses Milan Koslo kannte, war es nicht schwer, den Strolch auszusortieren. Sie arbeiten beide für eine Firma, die Häuser verwaltet. Im Auftrag von Maiden Realty.«

Maiden Realty war Paul Denleys Holding. Ich hatte eigentlich nichts anderes erwartet. Denley interessierte sich für einen Kameraden seines ermordeten Sohnes. Weshalb, zum Teufel?

»In ihrer Jugend haben sich Koslo und Fortee als Mitglieder verschiedener Gangsterbanden hervorgetan«, berichtete Neville. »Beide haben einige Jahre Knast auf dem Buckel. Erst seit sie für diese ominöse Verwaltungsgesellschaft arbeiten, mit Sozialversicherung und Steuererklärung, überlassen sie die heiklen Dinge anscheinend anderen. Gegen sie liegen haufenweise Beschwerden und Anzeigen wegen Nötigung, Sachbeschädigung und Anstiftung zur Körperverletzung vor, aber nur in wenigen Fällen hat es zu Verurteilungen gereicht – läppische Geldstrafen. Das weiß ich von einem Gewährsmann drüben im Gewerbeaufsichtsamt.«

Auch diesmal würde den beiden nicht viel geschehen. Milan Koslo befand sich bereits wieder auf freiem Fuß, weil sein Anwalt mit einer Kautionsgarantie in ausreichender Höhe für den Vorwurf des unerlaubten Waffenbesitzes erschienen war.

Neville lächelte verschmitzt. »Mein Gewährsmann hat mir auch einiges über einen Typ namens James Shaffer erzählt«, sagte er.

»Großartig«, sagte ich.

»Seine Frau hieß Rita, es muß also der Richtige sein«, meinte Neville. »Er war ein Grundstücksspekulant, ein Immobilienhai. Vor zehn Jahren hat er sich erhängt, weil er sich übernommen hatte. Er ließ sich mit zu hohen Fremdmittelanteilen in wilde Spekulationen ein. Als die Zinsen stiegen, konnte er sie nicht mehr aufbringen. Andererseits waren die Preise für Immobilien wegen der gestiegenen Zinsen gefallen. Hinzu kam, daß es kaum Kaufinteressenten gab, jedenfalls nicht während der damaligen Hochzinsphase. Shaffer konnte nicht einmal mit Verlust einzelne Objekte abstoßen, um mit dem Erlös Löcher zu stopfen. Er ging den Weg des Ehrenmannes.«

Die schöne, heiße Rita hatte uns also die Wahrheit erzählt.

»Mein Gewährsmann wußte sogar noch, bei wem Shaffer voll in der Kreide hing«, fuhr Neville fort.

»Bei Denley«, sagte ich.

»Wenn Sie ja doch schon alles wissen!«

»Kommen Sie, Neville, es war nur ein Schuß ins Blaue«, schmeichelte ich dem alten Kollegen.

»Denley oder seine Strohmänner haben Shaffers übrige Gläubiger ausgezahlt und sich Shaffers Immobiliensammelsurium unter den Nagel gerissen. Mit dem Grundstock machte er dann weiter.«

»Danke, Neville, Sie haben uns sehr geholfen«, sagte ich.

Der alte Kollege brummelte nur.

Ich traf Phil in der Einsatzzentrale, wo er Fernschreiben und Telefonnotizen sortierte.

Er sah auf die Uhr. Es war 8 Uhr 45.

»Hast du nicht eine Verabredung mit Denley?« erkundigte er sich.

»Ich habe sein Büro angerufen und ihn für zehn Uhr zum Leichenschauhaus bestellt«, antwortete ich. »Was hast du herausgefunden?«

»Interpol hat ein Telex geschickt«, begann er. »International ist Brian Denley ein unbeschriebenes Blatt. Dasselbe gilt für Lino Carral. Carral ist zwar in den Staaten vorbestraft, und seine Militärstammrolle enthält eine lange Latte Disziplinar- und Kriminalstrafen, überwiegend wegen Schlägereien. Aber im Augenblick liegt nichts gegen ihn vor. Es gibt übrigens keine Spur von ihm. Im Seemannsheim ist er nicht abgestiegen, und bei der Seemannsmission hat er noch keine neue Adresse hinterlegt.«

»Er kann in einem beliebigen Hotel abgestiegen sein«, sagte ich. »Hat die Botschaft Lissabon geantwortet?«

»Sie hat. Dort ist es schon fast Mittag. Das Mädchen, das der Erste Offizier der ›Junquera‹ mit Denley im Taxi gesehen hat, kann eine gewisse Mathilda Wallin gewesen sein. Sie ist Botschaftssekretärin. Sie hat sich sehr um Brian Denley bemüht. Anscheinend mehr, als es ihrer Aufgabenstellung entsprach.«

»Dann sollten wir sie rüberkommen lassen«, sagte ich.

»Ich habe es noch nicht amtlich, aber ich nehme an, daß sie bereits hier ist«, sagte Phil. »Sie ersuchte um ihre Rückversetzung in die Staaten und gab ihren Posten in Lissabon unter Anrechnung ihres Urlaubs und angelaufener Überstunden auf. Sie flog gestern morgen nach Paris. Wahrscheinlich nahm sie dort einen Anschlußflug in die Staaten. Chris Fenwick macht Dienst am Kennedy Airport. Er geht die Passagierlisten sämtlicher Maschinen durch, die gestern von Paris aus in die Staaten geflogen sind.«

»Sie kann irgendwo ein paar Tage Zwischenstopp gemacht haben«, gab ich zu bedenken.

»Möglich«, räumte Phil ein. »Wir werden es sehen. Ich habe vorsorglich ein Fernschreiben an ihre vorgesetzte Dienststelle im Ministerium geschickt. Man wird uns benachrichtigen, sowie sie sich dort meldet, um ihren hiesigen Aufenthaltsort bekanntzugeben.«

Ich runzelte die Stirn. Da war noch eine Spur, die sich verlor. Ein Seemann und eine Botschaftsangestellte, die über einen CC-Ausweis verfügte. Der CC-Ausweis gewährte zwar keinen diplomatischen Schutz wie der CD-Ausweis, aber er verschaffte seinem Inhaber doch einige Vorteile. So eine bevorzugte Abfertigung am Zoll.

Aber mir wollte es nicht in den Kopf, daß wir es mit einem simplen Heroinschmuggel zweier blutiger Anfänger zu tun haben sollten.

Ich konzentrierte mich erneut auf Phil, der gerade von seinem Telefongespräch mit Detective Lieutenant Kramer berichtete.

»Kramers Leute suchten während der ganzen Nacht Zeugen in der Umgebung von Pier 24. Tatsächlich sind auch anderen Personen zwei Männer aufgefallen, die sich vorgestern seit dem späten Nachmittag in der Umgebung des späteren Anlegeplatzes der ›Junquera‹ herumgetrieben haben. Die Beschreibungen sind vage. In zwei entscheidenden Merkmalen stimmen sie jedoch überein – ein massiger Farbiger und ein hagerer Weißer, beide in Overalls oder Jeans und Pullovern. Auch der Wagen vor Millers Holzhandlung wurde von anderen Leuten beobachtet. Aber das Kennzeichen hat sich niemand gemerkt, und über den Fahrzeugtyp gibt es widersprüchliche Angaben. Es kann sich um einen hellgrünen Pontiac oder blauen Olds gehandelt haben. Unsere beiden Joggingpartner sind sowieso aus dem Schneider. Es steht jetzt fest, daß sie an dem Überfall an der Hillside Avenue in

Queens beteiligt waren. Das Messer, das Lehman bei sich hatte, paßt auch nicht zu Brian Denleys Verletzungen. Was sagt Neville denn zu Koslo und Fortee?«

»Denleys Männer«, antwortete ich, »und Rita Shaffers Geschichte dürfte ungefähr zutreffen. Denley hat ihren Mann in den Ruin getrieben. Aber nicht, wie sie sich einbildet, weil er sie, sondern weil er Shaffers Immobilien haben wollte. Wahrscheinlich hat er sie billig bekommen.«

»Er arbeitet mit Mafiageld«, behauptete Phil. »Wie wir von Anfang an vermutet haben. Die großen Bosse haben sich einen biederen, phantasielosen Bankangestellten ausgeguckt ...«

»Phil, es paßt nicht! Du warst dabei. Ist der Denley, den wir erlebt haben, der pedantische Buchhalter? Er handelt selbst, Phil. Er hat keinen Boß, allenfalls Partner.«

»Okay, wahrscheinlich hast du recht. Aber bringt uns diese Erkenntnis weiter? Es bleibt nämlich die Schlüsselfrage für unseren Auftrag – woher kam das Geld, mit dem er vor ungefähr zehn Jahren in New York auftauchte?«

»Den Bankjob hatte er schon drei Jahre früher aufgegeben«, gab ich zu bedenken.

»Dann hat er in drei Jahren mal eben ein paar Millionen verdient? Mann, Jerry!«

»Er hatte vielleicht schon einen Finanzier ... oder ...« Mir kam ein wahnwitziger Gedanke, den ich nicht zu Ende zu denken wagte.

»Er wird mir einige Fragen beantworten müssen«, sagte ich. »Kommst du mit, Phil?«

»Ich vertraue dir, Jerry-Boy«, antwortete er. »Ich habe mir vorgenommen, nach Heightstown rüberzufahren. Mal sehen, was man dort noch von unserem Freund Denley hält.«

Mit einer genau kalkulierten Verspätung von einer Viertelstunde, für die ich mich nicht entschuldigte, betrat ich den Warteraum des Leichenschauhauses. Paul Denley war schon da. Er wurde von Jay Mavis begleitet.

»Diese Identifizierung ist doch eine Farce!« sagte Denley gepreßt. »Oder soll ich sagen – eine Schikane?«

Ich öffnete meine Aktentasche und zog den Packen Formularsätze hervor, der in einem solchen Fall ausgefüllt und unterschrieben werden muß.

»Seine Fingerabdrücke sind doch registriert wie bei allen Angehörigen der Streitkräfte«, sagte Denley, als ich nicht antwortete.

Ich sah ihn an. Seine Augen waren wieder hinter den dunklen Gläsern der Brille verborgen. »Das Gesetz schreibt eine förmliche Identifizierung durch Angehörige vor«, sagte ich. »Wollen Sie Ihren Sohn denn nicht noch einmal sehen?«

»Ich bin nicht sicher, ob ich ihn erkennen werde«, sagte er steif. »Aber von mir aus bringen wir es hinter uns.«

Jay Mavis sah mich an. »Mir ist nicht klar, weshalb diese sogenannte Identifizierung von Ihnen, vom FBI, durchgeführt wird, und nicht von der zuständigen Mordabteilung«, sagte er.

»Die Mordabteilung hat uns um Amtshilfe ersucht«, erklärte ich leichthin. »Das geschieht öfter. Wenn Mr. Denley darauf besteht, wird ein Beamter der Mordabteilung Brooklyn herüberkommen und die Protokolle ausfertigen.«

»Es ist gut, Jay«, sagte Denley. »Du wartest hier.«

Wir fuhren ins Tiefgeschoß.

Ich führte Denley an Labors und Sektionsräumen vorbei in einen kahlen Raum, dessen eine Wand aus Glas bestand. Die Jalousie auf der anderen Seite war geschlossen. Über der breiten Scheibe war ein Lautsprecher angebracht.

Ich schob ein Formular durch einen Schlitz neben der Scheibe und drückte den Klingelknopf.

»Es wird nicht lange dauern, Mr. Denley«, sagte ich.

Sein sonst gebräuntes Gesicht sah im kalten Schein der Leuchtstofflampen grau und schlaff aus. Die Minuten dehnten sich. Denley konnte nicht ahnen, daß ich mit dem Assistenten des Pathologen telefoniert und ihn gebeten hatte, die Vorführung des Leichnams etwas hinauszuzögern.

Denley setzte sich auf die harte Bank. Ich blieb stehen. Nach einer Minute stand er wieder auf. Langsam ging er im Raum auf und ab. Das Schweigen hing zwischen uns wie ein dichter Vorhang.

»Was hat die Obduktion ergeben?« fragte Denley schließlich.

»Keine neuen Erkenntnisse«, antwortete ich.

»Ist er ... der Leichnam freigegeben?«

»Ja.«

Denley machte zwei Schritte, wendete vor der Scheibe und blieb wieder stehen. »Wie weit sind Sie mit der Fahndung nach den Tätern gekommen?« fragte er.

»Die Mordabteilung geht einigen erfolgversprechenden Hinweisen nach«, erwiderte ich.

Die dunklen Gläser glotzten mich an. Denley preßte die Lippen zusammen, bis sie eine dünne, gerade Linie bildeten. Das Schweigen wurde zäh. Denleys Stirn überzog sich mit einem dünnen Schweißfilm. Als die Jalousie endlich in die Höhe fuhr, mußte er mit den Nerven ziemlich am Ende sein.

Langsam drehte er sich um.

Ich beobachtete ihn genau von der Seite. Seine Kinnmuskeln strafften sich. An der Schläfe trat eine Ader deutlich hervor.

Ein Gehilfe schob einen länglichen Tisch, der auf Rollen fuhr, an die Glaswand heran. Unter dem blauen

Abdecktuch war der Umriß eines menschlichen Körpers zu erkennen. Der Gehilfe kurbelte die Liegefläche höher.

Der Pathologe betrat den Schauraum durch eine Seitentür. Er nickte uns durch die Scheibe knapp zu und ergriff das Mikrofon, das von der Decke herabbaumelte. Über unseren Köpfen knackte es. Dann schepperte die metallisch verzerrte Stimme des Gerichtsmediziners aus dem Lautsprecher.

»Guten Morgen, meine Herren«, sagte er. »Wenden Sie sich bitte der Scheibe zu, wenn Sie sprechen, damit das Raummikrofon Ihre Stimmen aufnehmen kann! Unser Gespräch wird auf Tonband aufgezeichnet. Hat jemand Einwände? Nein? Dann beginne ich.«

Der Gehilfe gab dem Pathologen das Formular, das ich durch den Schlitz geschoben hatte. Der Pathologe verlas die Aktenzeichen, die Namen der Anwesenden, das Datum und die Uhrzeit und vergewisserte sich, daß es sich bei dem erschienenen Zeugen Paul Denley um den Vater des Toten handelte, der identifiziert werden sollte.

Er gab seinem Gehilfen ein Zeichen. Der zog das Tuch vom Kopf des Toten bis zu den Schultern herab. Denley betrachtete das Gesicht. Eine Gemütsbewegung war ihm nicht anzumerken.

»Lassen Sie sich ruhig Zeit!« schepperte die Stimme des Pathologen.

»Was ist mit seiner Nase?« fragte Denley.

»Sie ist gebrochen, vermutlich nach einer Schlägerei, und schlecht zusammengeheilt«, antwortete der Mediziner. »Haben Sie Zweifel?« Er blätterte in seinem Protokoll.

»Nein, ich habe keine Zweifel«, antwortete Denley. »Er ist es.«

Der Pathologe blickte auf. »Kennen Sie andere unverwechselbare Merkmale?« fragte er.

Denley wandte mir das Gesicht zu. Seine Lippen

waren steif, die Nasenflügel gebläht. »Was soll das? Ich habe ihn identifiziert!«

»Beantworten Sie die Frage!« sagte ich.

»Nein, er hatte keine ... Bis auf die Blinddarmnarbe. Er wurde am Blinddarm operiert ...«

Der Pathologe nickte und ergänzte das Protokoll. Denley stand starr vor der Scheibe. Er schien über den Toten hinwegzublicken.

»Warum fürchteten Sie sich vor der Rückkehr Ihres Sohnes?« fragte ich.

Denley zog den Kopf ein wenig zwischen die Schultern. Dann sah er mich an. »Was soll diese Frage? Wollen Sie mich etwa mit seinem Tod in Verbindung bringen?«

»Nein, so weit will ich nicht gehen«, antwortete ich.

»Dann verstehe ich Ihre Frage nicht«, sagte er. Seine Haltung verriet gespannte Wachsamkeit.

»Sie behaupten, daß Sie seinen Brief weggeworfen haben«, sagte ich.

»Und als psychologisch geschulter G-man ziehen Sie daraus Ihre Schlüsse? Welche? Schuld? Neid? Haß?«

»Ich ziehe keine Schlüsse. Ich ermittle nur. Ich stelle Tatsachen und Beobachtungen zusammen.«

»Was haben Sie beobachtet?«

»Koslo und Fortee. Oder kennen Sie die Namen nicht?«

»Ich habe mir gedacht, daß Sie die Namen erwähnen würden«, sagte Denley. »Ich kannte sie nicht – bis vor wenigen Stunden.«

»Dann waren die Herren also auf eigene Faust hinter einem Mannschaftskameraden Ihres Sohnes her?« fragte ich ungläubig. Ungläubig deshalb, weil ich mir nicht vorstellen konnte, daß er mir einen solchen Bären auftischen wollte.

»Das nicht«, sagte Denley. »Ich habe Mavis beauftragt, gewisse Nachforschungen anstellen zu lassen.«

»Welche?«

»Ich wollte wissen, weshalb Brian nach Hause kommen wollte.«

»Ich denke, das hatte er Ihnen geschrieben?«

»Er schrieb, daß er kommen werde, aber nicht weshalb.«

Ich sah in Brian Denleys Gesicht. Die Augen waren tiefer in die Höhlen gesunken, als es noch auf den Tatortfotos zu erkennen war.

»Und?« fragte ich. »Sind Sie dahintergekommen?«

»Nein ...«

»Sie wissen also nicht, wo sich Lino Carral aufhält?«

»Wer soll das sein?«

Ich starrte Denley an. Ich hatte gehofft, ihn erschüttern zu können, aber er hielt meinem Angriff stand wie ein Fels.

»Das ist der Mannschaftskamerad, mit dem Brian, sagen wir, befreundet war.«

»Ich bin über Einzelheiten nicht informiert, Mr. Cotton. Ja, ich glaube, daß Koslo oder Fortee mit jemandem von diesem Schiff gesprochen haben. Der hat ihnen wohl den Namen eines Mannes aus New York genannt. Aber sie haben ihn nicht gefunden. Ein Puertoricaner, wie man sagt. Diese Leute tauchen in ihren Vierteln unter und verschwinden spurlos. Mavis hat mir berichtet, daß sie sich ungeschickt verhalten haben.«

»Wir lassen nach ihm fahnden, Mr. Denley. Wenn wir ihn gefunden haben, gebe ich Ihnen Bescheid.«

»Danke«, sagte Denley ernsthaft.

»Was ist Ihnen zu dem Brief Ihres Sohnes eingefallen?« fragte ich ihn dann.

»Ich habe es Ihnen aufgeschrieben«, antwortete Denley. »Mavis hat das Blatt.«

Der Pathologe schob den Formularsatz durch den Schlitz zurück. Ich nahm ihn an mich. Die Jalousie rasselte wieder herab.

Schweigend fuhren wir nach oben. Im Warteraum gab Mavis mir einen zusammengefalteten Papierbogen. Ich faltete das Blatt auseinander. Die wenigen Sätze darauf waren mit der Maschine getippt.

Dad, du wirst überrascht sein, nach so langer Zeit von mir zu hören. Ich kehre in die Staaten zurück und möchte dich gern wiedersehen.

Ich hätte den Wisch am liebsten zusammengeknüllt und weggeworfen, aber ich steckte ihn ein. Ich ließ Denley das Protokoll unterschreiben und setzte meine Unterschrift als Zeuge daneben. Dann händigte ich Denley einen Durchschlag aus.

»Werden Sie für die Beisetzung aufkommen?« fragte ich.

»Selbstverständlich!«

»Ich nehme an, daß der Bezirksstaatsanwalt die Leiche heute noch freigibt«, sagte ich. »Sie können dann die entsprechenden Verfügungen treffen.«

Ich ließ die beiden allein. Ich hätte es keine Sekunde länger in Paul Denleys Gegenwart ausgehalten, ohne zu erfrieren.

»Ich lasse den Wagen kommen«, sagte Mavis. Der Chauffeur wartete mit dem Cadillac auf einem Parkplatz an der Worth Street.

Denley schüttelte den Kopf. »Ich möchte ein paar Schritte gehen«, sagte er. »Ich muß nachdenken.«

Mavis hielt die Tür für ihn auf, nachdem sie die Halle durchquert hatte. Denley schritt schnell die Stufen hinunter. Dann gingen die beiden Männer nebeneinander her über die belebte Centre Street.

»Hat er Koslo erwähnt?« erkundigte sich Mavis.

»Und Fortee. Ich weiß nicht, ob er meine Antwort geschluckt hat.«

»Es bleibt ihm nichts anderes übrig«, meinte Mavis unbesorgt.

»Wir haben einen Fehler gemacht«, sagte Denley. Mavis' Gesicht blieb unbewegt. »Es war ein Fehler, den G-men den Brief vorzuenthalten. Irgendwann werden sie das Mädchen ermitteln und feststellen, daß ich von ihr wußte, daß ich sie bereits gesprochen habe ...«

Schweigend gingen sie nebeneinander her. Nach einer Weile meinte Mavis: »Wir könnten sie aus dem Verkehr ziehen!«

Denley wehrte den Vorschlag brüsk ab. »Sie ist nicht irgendwer! Mit ihrem Verschwinden wird man sich nicht zufriedengeben.«

»Ich meine für eine begrenzte Zeit«, erklärte Mavis.

»Wie lange sollte diese begrenzte Zeit dauern?«

»Bis die Polizei die Täter gefaßt hat«, sagte Mavis mit neutraler Stimme. »Dann wird sie ihr Interesse an Miss Wallin und dem Puertoricaner verlieren.«

Denley blieb abrupt stehen. Ein Passant prallte gegen ihn und stieß eine Verwünschung aus. Langsam ging er dann weiter zum Parkplatz, wo der lavendelblaue Cadillac stand. Der Fahrer hielt die hintere Tür auf.

Denley blieb vor der offenen Wagentür stehen. Er gab dem Fahrer ein ungeduldiges Zeichen, der sich daraufhin hinter das Lenkrad setzte.

»Ich könnte sie nach Westchester einladen«, meinte Denley nachdenklich.

»Das wäre ideal«, stimmte Mavis zu. »Wenn sie nicht kommen kann oder will, solltest du sie überreden, ihre Aussage ein wenig abzuändern, für den Fall, daß die Polizei die Täter doch nicht so schnell findet und die G-men bei ihr auftauchen.«

Denley sah Mavis aufmerksam an. »Ja?« sagte er auffordernd.

»Sie könnte angeben, daß sie sich bei dir gemeldet

hätte«, sagte Mavis. »Dafür müßte sie nur eine Begründung angeben.«

»Du bist ein schlauer Fuchs, Jay«, sagte Denley. »Mir sollte es recht sein, wenn die Polizei die Täter recht bald findet. Am besten noch vor der Beerdigung.«

»Ich verstehe«, sagte Mavis.

Denley setzte sich in den Fond des Cadillac. »Hotel Rutley's«, sagte er zum Fahrer.

Matty Wallin öffnete die Tür ihres Hotelzimmers. Überrascht sah sie Paul Denley an. Denleys Lippen zeigten die Andeutung eines Lächelns. Es war ein trauriges Lächeln.

»Sie? Ich wollte gerade etwas einkaufen gehen. Und dann muß ich zum Frisör ...«

»Ich war gerade bei ihm«, sagte er tonlos. Seine Arme hingen herab.

»Bei ... Brian?« Sie gab die Tür frei. Er betrat ihr Zimmer.

Unsicher sah er sich um. Sie trug einen grobgestrickten weiten Pullover und einen einfachen grauen Rock. Sein Blick verharrte ein wenig zu lange auf ihren schlanken Beinen. Er schien es zu merken. Hastig drehte er sich um und trat ans Fenster.

Sie stellte sich neben ihn und folgte seinem Blick. »Ich hatte ihm extra ein Zimmer im obersten Stock reservieren lassen«, sagte sie mit kleiner Stimme. »Von dort aus kann man den Park und das Rockefeller Center sehen.«

Denley nickte stumm.

»Er hatte riesiges Interesse an New York«, sagte sie. »Er las mit Vorliebe Bücher, die in New York spielten, und war wie versessen hinter Filmen her, die hier gedreht worden waren.«

Sie schwieg, weil sie plötzlich ein Würgen spürte. Nur ein einziges Mal hatte Denley Brian mit nach New York genommen. Nicht, um ihm eine Freude zu machen, sondern um ihm die Stadt als Symbol für den bevorstehenden Untergang der Menschheit vor Augen zu führen. Bei Brian hatte diese Vorführung einen unauslöschlichen Eindruck hinterlassen, der gewiß nicht im Sinne seines Vaters gelegen hatte.

Eigenartig, daß sich ein Mensch so verändern konnte, dachte Matty. Sie sah Denley von der Seite an. Jetzt lebte er in dieser Stadt ...

»Ich habe ein großes Haus im Westchester County«, sagte er. »Meine kleine Tochter lebt dort ...« Er spürte ihren Blick. »Ich bin nicht verheiratet«, erklärte er. »Aber ich lebe mit der Mutter zusammen. Sie würden mir – uns – eine große Freude machen, wenn Sie hinauskämen.« Er richtete die Gläser seiner Sonnenbrille auf sie.

Sie versuchte, ihre Überraschung zu überwinden. »Ich werde in der nächsten Zeit sehr beschäftigt sein«, sagte sie. »Ich muß bald nach Washington, und dann wollte ich meinen Bruder treffen ... Wann ist die Beerdigung?«

»Ich kann es noch nicht sagen. Vielleicht schon am Freitag.«

So bald ... Heute war Mittwoch.

»Vielleicht nach der Beerdigung?« Sie erschrak vor der Kälte, die sein Gesicht plötzlich ausstrahlte.

»Ja, vielleicht«, sagte er gleichmütig. »Kann ich Ihnen in irgendeiner Form helfen? Brauchen Sie etwas?«

»Ich komme zurecht«, sagte sie. »Danke.«

»Wenn Sie in New York bleiben wollen, könnte ich Ihnen eine Wohnung besorgen. Vielleicht auch einen Job, der Ihren Fähigkeiten entspricht.«

»Danke, Mr. Denley, ich werde im Dienst des Auswärtigen Amtes bleiben.« Brian war tot. Wegen ihm hatte sie in New York leben wollen. Sie hatte um ihre Versetzung an irgendeine der zahlreichen Bundesbehörden in New York gebeten. Jetzt war sie wieder frei. Vielleicht gab es eine freie Stelle an der Botschaft in Tokio. Dann konnte sie ihre Eltern sehen.

Sie lächelte unvermittelt.

Denley bezog das Lächeln auf sich. »Ich hätte Ihnen gern eine Freude gemacht oder einen Gefallen erwiesen.«

»Danke«, sagte sie.

»Ich muß jetzt gehen«, sagte er. »Ach, da ist noch etwas ... Ich habe in der letzten Zeit gewisse Schwierigkeiten mit den Behörden ...«

»Wegen Brian?«

»Nein, nicht wegen Brian. Es hängt mit dem zusammen, was ich tue. Ich kaufe Häuser und Grundstücke.«

Matty ließ sich nicht anmerken, daß sie Bescheid wußte. Nachdem sie Brian kennengelernt und sich um seine Papiere bemüht hatte, war sie auch auf den Namen Paul Denley gestoßen. Aus Neugier hatte sie Informationen angefordert, die man ihr auch prompt geschickt hatte.

»Der Erwerb und Wiederverkauf von Häusern und Grundstücken ist legal«, erklärte er. »Trotzdem ermittelt man gegen mich wie gegen einen Verbrecher. Es gibt Härtefälle, wenn Häuser abgerissen werden sollen. Aber die hat der Gesetzgeber zu verantworten, weil er es versäumte, die richtigen Gesetze zu erlassen. Er wußte nicht, wem er dienen sollte. Da wurde Flickwerk daraus ...« Er bemerkte ihren verständnislosen Blick und räusperte sich. »Die Bundespolizei nimmt Brians Tod zum Vorwand, um mich zu bedrängen. Der FBI ist nicht zuständig, aber die G-men kümmert das nicht. Ich war zuerst sehr schroff zu ihnen. Ich habe zwar den Brief erwähnt, den Brian mir aus Lissabon geschrieben hat. Aber, und ich weiß selbst nicht mehr, warum, ich habe den G-men verschwiegen, daß er auch Sie darin erwähnt hat. Es war eine Lappalie, ich weiß, aber jetzt würde ich in ein schiefes Licht geraten, wenn es mir plötzlich einfiele.«

Matty legte den Kopf schräg. »Soll ich vielleicht sagen, ich hätte Sie nie gesehen?«

Denley lächelte dünn. »Natürlich nicht. Wahrscheinlich wird man sich für Sie überhaupt nicht mehr interessieren, wenn diese gemeinen Mörder erst mal gefaßt sind. Aber sollte man Sie fragen, wie wir in Verbindung gekommen sind, sagen Sie doch einfach, Sie hätten sich bei mir gemeldet. Sie hätten mich gleich nach Ihrer Ankunft angerufen.«

Matty überlegte mit gerunzelter Stirn. »Von mir aus«, sagte sie schließlich.

Arthur Noyes, der Anwalt, war so schwarz wie seine beiden Klienten, die ihm im Anwaltszimmer des Untersuchungsgefängnisses von Queens gegenübersaßen. Sein Gesicht war breit und voll. Die Augen blinzelten listig.

»So, ihr Idioten, mal sehen, was ich für euch tun kann«, sagte er zu Tom Lehman und Lanny Green, die auf der anderen Seite des Tisches hockten. »Wenn ihr einen Job hättet, könnte ich euch vielleicht loseisen, aber so ... Kaution gibt es keine mehr für euch. Nee, Jungs, euch leiht niemand mehr was.«

Tom Lehman hob die Schultern. »Dann eben nicht«, meinte er.

»Warum habt ihr Idioten den Überfall auf den Laster überhaupt zugegeben? Das verstehe ich einfach nicht!«

Lanny Green grunzte böse. »Das hat Tom uns eingebrockt!«

»Die G-men haben mir die Pistole auf die Brust gesetzt! Die hätten uns doch glatt einen Mord angehängt!« verteidigte sich der dürre Neger heftig.

»Den Mord an diesem Seemann, nicht wahr? Ihr habt ihnen von den beiden Fremden unten in Brooklyn am Hafen erzählt. Und von dem Wagen, stimmt's?«

Tom Lehman nickte.

»Vielleicht braucht ihr keine Kaution«, meinte Arthur Noyes' nachdenklich. »Die Polizei ist richtig scharf auf diesen Killer. Oder die beiden Killer. Wenn ihr etwas mehr gesehen hättet ...«

»Wir haben überhaupt nichts gesehen«, brummte Lehman. »Ich hab' nur gehört, wie ein paar Typen miteinander gesprochen haben. Aber die wußten nicht viel.«

Arthur Noyes dachte nach. »Es kann sein, daß ich die Typen kenne«, sagte er. »Das heißt, einen von ihnen, den Schwarzen. Ich habe ihn vor ein paar Jahren einmal verteidigt.«

Tom Lehman starrte den Anwalt an. »Was haben wir denn davon, wenn Sie ihn kennen, Mann?«

Arthur Noyes hob die Schultern. »Solche Burschen gehören hinter Gitter, das ist meine Meinung. Daraus mache ich keinen Hehl. Aber ich kann den Kerl nicht anzeigen. Er war mal mein Klient.«

Lehman nickte. Der Glatzkopf zündete sich eine Zigarette an. »Leute, ist das langweilig«, gähnte er.

»Wenn ich euch sage, wen ich im Auge habe, könnt ihr euch einen weißen Fuß holen.«

Jetzt war auch Lanny Green hellwach. Er vergaß die eben angesteckte Zigarette. »Das würden Sie tun?« fragte er atemlos.

»Ich müßte mich darauf verlassen können, daß ihr nicht sagt, woher ihr die Information habt. Auf Biegen und Brechen.«

»Kein Problem«, beteuerte Lanny Green.

»Mir ist eben ein Licht aufgegangen«, flüsterte Lehman.

Arthur Noyes grinste. »Okay, Jungs, ich weiß ja, daß ich mich auf euch verlassen kann. Mein Honorar in diesem Fall ist doppelt so hoch wie üblich. Und ohne Quittung.«

»Versteht sich von selbst«, versicherte Lehman.

Als er zehn Minuten später von einem Aufseher in seine Zelle zurückgebracht wurde, sagte er: »Ich will Detective Bennings vom 76. Revier sprechen.«

»Schreib einen Antrag!« sagte der Aufseher.

»Es geht um Mord«, sagte Lehman.

»Willst du ein Geständnis ablegen?«

»Ich? Ich hab' niemand umgebracht. Aber ich kann dem Bennings was erzählen! Rufen Sie ihn an?«

»Mal sehen, Lehman, mal sehen.«

»Es liegen keine neuen Hinweise auf Brian Denleys Mörder vor, und Paul Denley gibt sich keine Blöße«, sagte ich, als wir am nächsten Morgen unserem Chef gegenübersaßen.

»Was ist mit Lino Carral? Und Mathilda Wallin?«

»Carral bleibt verschwunden«, antwortete ich. »Er hat sich auch nicht wieder bei seiner Schwester oder seinem Schwager gemeldet oder sich um eine neue Heuer bemüht, wie er es anscheinend vorhatte. Von Mathilda Wallin wissen wir inzwischen, daß sie am Montagabend mit einer Pan-Am-Maschine in New York eingetroffen ist. Aber sie hat Urlaub und sich deshalb noch nicht bei ihrer Personalstelle im Außenministerium gemeldet. Wir wissen nicht, ob sie weitergeflogen oder in New York abgestiegen oder bei Freunden untergekommen ist.«

»Vielleicht hält sie sich versteckt«, überlegte der Chef. »Wie Carral.«

Wenn nicht sogar etwas Schlimmeres geschehen war, dachte ich. Laut sagte ich: »Ich lasse mich nicht davon abbringen, daß Denley die Rückkehr seines Sohnes gefürchtet hat. Er hat etwas zu verbergen. Fragt sich nur, was.«

John D. High sah Phil an.

»Sie waren gestern in Heightstown«, sagte er. »Haben Sie etwas Neues herausgefunden?«

Phil blätterte in seinen Notizen. »Ich will nicht behaupten, daß die Fahrt besondere Aufschlüsse erbracht hat. Denley war ein bedeutungsloser Mann. Selbst in der Bank, in der er fast zwanzig Jahre gearbeitet hat, erinnert man sich kaum noch an ihn. Man weiß nur noch, daß er pedantisch und korrekt war. Und unerbittlich, wenn andere Fehler machten. Er hat damals schon sehr zurückgezogen gelebt. Er gehörte einer Sekte an, die nicht mehr existiert. Ich hatte Mühe, jemand aufzutreiben, der dieser Sekte ebenfalls angehörte und sich an Denley erinnerte. Denley muß wie ein Asket gelebt haben.«

Phil blickte auf. »Das alles wissen wir bereits aus den Akten, die inzwischen über Denley geführt werden«, fuhr er fort. »Auch, daß er seine Stelle eines Tages ohne Angaben von Gründen kündigte. Aber aus den Akten ging nicht hervor, was er anschließend gemacht hat. Ich habe jetzt ein Gerücht aufgeschnappt. Es heißt, er sei zu einer Bank nach Harrisburg, Pennsylvania, gegangen, die der Sekte gehörte oder ihr nahestand.«

»Das hört sich glaubwürdig an«, meinte der Chef. »Und es würde zu Denley passen. Daß er seinen Bankjob in Heightstown aufgibt, um seine Fähigkeiten in den Dienst seiner Sekte zu stellen.«

»Vielleicht«, gab Phil zu. »Das war vor über zwölf Jahren. Es erklärt aber nicht, daß er etwa drei Jahre später hier in New York auftauchte und sich auf dem Immobilienmarkt breitmachte.«

»Vielleicht legte er das Geld der Sekte an?« meinte der Chef.

Phil schüttelte den Kopf. »Die Sekte existiert nicht mehr«, wiederholte er. »Ich habe eine Anfrage nach Harrisburg geschickt, aber ob sich nach so langer Zeit noch eine Spur von Denleys damaliger Tätigkeit finden läßt, bezweifle ich.«

Der Chef faßte den Inhalt unserer Ausführungen in einem Satz zusammen. »Wir können also kein Motiv für den Mord an Brian Denley feststellen. Aber nach Ihrem Gefühl, Jerry, hat Denley im Zusammenhang mit dem Tod seines Sohnes etwas zu verbergen.«

»Es ist mehr als ein Gefühl«, sagte ich grimmig. »Mit Denley stimmt etwas nicht!« Ich konnte es nicht packen. Da spukte eine Wahnsinnsidee in meinem Kopf herum, der ich nachgehen wollte, ohne zu wissen, wie ich sie angehen konnte.

»Aber es fehlen Tatsachen«, gab der Chef zu bedenken.

»Die müssen wir eben suchen«, sagte ich stur.

»Ich wollte die Ermittlungen eigentlich abbrechen, weil wir in einer Sackgasse stecken«, sagte John D. High. »Ich bin bereit, ein paar Tage zuzulegen. Vielleicht gelingt es Ihnen oder Kramer in der Zeit, die Täter festzustellen. Das war's für heute.«

Eine schlanke Frau mit braunen Haaren und einem schmalen hübschen Gesicht wartete im Flur vor unserem Office. Ihre Haut war goldbraun und glatt und samtweich. Mit ausdrucksvollen Augen sah sie zwischen uns hin und her.

»Können wir Ihnen helfen, Miss?« fragte Phil freundlich.

»Man sagte mir, daß Sie wegen des Mordes an Brian Denley ermitteln«, sagte sie.

»Die Morduntersuchung liegt bei der Mordabteilung Brooklyn«, erklärte Phil. Er öffnete die Tür zu unserem Büro. »Bitte, treten Sie doch ein! Weshalb kommen Sie zu uns?«

»Ich habe mit meiner Dienststelle telefoniert. Dort

sagte man mir, daß der FBI nach meiner Adresse gefragt habe. Ich bin Mathilde Wallin. Oder einfach Matty Wallin.«

»Oh«, sagte Phil überrascht. »Bitte, nehmen Sie Platz! Ich bin Phil Decker. Das ist mein Kollege Jerry Cotton. Wir danken Ihnen, daß Sie gekommen sind. Kann ich Ihnen etwas anbieten? Kaffee? Zigaretten?«

Sie schüttelte den Kopf.

»Danke, nein.«

»Seit wann wissen Sie, daß Brian tot ist?« fragte ich.

»Seit Montagnachmittag. Als er mich nicht am Flughafen abholte, wie wir es vereinbart hatten, fuhr ich zum Hafen. Ein Offizier des Schiffes hat es mir gesagt.«

»Warum haben Sie sich nicht sofort bei der Polizei gemeldet?«

Mattys Augen wurden groß. »Man sagte mir, daß es sich um einen Raubmord handelte! Als er ... ums Leben kam, war ich noch in Europa!«

»Es macht Ihnen niemand einen Vorwurf, Miss Wallin«, sagte Phil sanft, wobei er mir einen vernichtenden Blick zuwarf.

Ich beachtete Phils Vorwurf nicht. »Eine Zeitlang haben wir die Möglichkeit in Betracht gezogen, daß Sie und Brian Denley gemeinsam etwas abgezogen haben könnten.«

»Etwas abgezogen? Himmel, was wollen Sie damit sagen?«

Ich betrachtete sie forschend. Ihre Wangen überzogen sich mit roten Flecken. Die Augen blitzten.

»Vielleicht haben Sie ihm etwas mitgegeben? Oder er Ihnen? Die Angehörigen des diplomatischen Dienstes sind mancherlei Versuchungen ausgesetzt.«

»Das mag sein. Ich bin nie einer Versuchung erlegen!« erklärte Matty Wallin bestimmt.

Wenn sie etwas in ihrem Reisegepäck gehabt hätte, was

der Zoll nicht finden durfte, hätte sie inzwischen Zeit genug gehabt, es loszuwerden.

»Wie nahe standen Sie Brian Denley?« forschte ich.

»Wir gehörten zusammen«, antwortete sie schlicht.

»Warum fuhr Brian mit dem Schiff, während Sie das Flugzeug nahmen?«

»Es ergab sich so. Ich hatte meine Stelle in Lissabon aufgegeben. Ich mußte einiges aufarbeiten und meine Nachfolgerin einführen. Ich hätte keine Zeit für ihn gehabt. Da bot sich die Heuer auf der ›Junquera‹ geradezu an.«

»Wie ist er an die Heuer gekommen? Zufall? Oder haben Sie sie ihm besorgt?«

Matty Wallin runzelte die Stirn.

Dann sah sie Phil hilfesuchend an. »Was soll die Frage?« fragte sie ratlos.

»Sie sind ihm sehr behilflich gewesen, Miss Wallin«, erklärte ich, bevor Phil eine beschwichtigende Antwort geben konnte. »Da liegt der Gedanke doch nahe, daß Sie ihm auch die Heuer verschafft haben könnten.«

»Er hat das Schiff selbst gesucht«, sagte Matty beherrscht. »Ich wollte, daß wir zusammen fliegen, aber er bestand darauf, das Schiff zu nehmen. Er sparte nicht nur Geld, er verdiente sogar noch welches ...«

»Kannte er ein Besatzungsmitglied der ›Junquera‹, bevor er die Heuer bekam?«

»Nein, bestimmt nicht«, antwortete Matty spontan.

»Aber mit einem Besatzungsmitglied der ›Junquera‹ verband ihn so etwas wie eine Freundschaft«, sagte ich.

»Meinen Sie den Puertoricaner? Ich habe seinen Namen vergessen ...«

»Lino Carral?« half ich. Als sie nickte, fragte ich sofort: »Woher kennen Sie ihn? Eben haben Sie noch behauptet, daß Brian kein Besatzungsmitglied der ›Junquera‹ kannte, bevor er die Heuer antrat!«

»Er kam zu mir ins Hotel«, berichtete Matty. »Brian hatte ihm gesagt, wo wir uns treffen wollten.«

Ich starrte sie an. Das war die Überraschung des Tages. »Wann war er bei Ihnen? Und warum?«

»Er kam am Montagabend. Es muß so gegen zehn gewesen sein. Er behauptete, ein paar Leute seien hinter ihm her, und er wollte mich warnen. Aber es war gelogen.«

Es war nicht gelogen, dachte ich. Lino war gerade Koslo und Fortee entwischt, und sein Schwager schien kein Fan von ihm zu sein.

»Wovor oder vor wem wollte er Sie warnen?«

»Ich weiß es nicht, es war so verworren. Und dann war er ja wieder verschwunden.«

»Kommen Sie, Miss Wallin!« sagte ich ärgerlich. »Da kommt ein Mannschaftskamerad Ihres Freundes, macht ein paar Andeutungen und verschwindet wieder?«

»Genauso war es! Ich habe ihn in meinem Zimmer sitzen lassen, weil Paul Denley unten an der Bar auf mich wartete.«

»Am Montagabend haben Sie sich bereits mit Denley getroffen? Wer hatte es denn da so eilig?«

Sie errötete und wich meinem Blick aus. Warum hatte sie es so eilig gehabt, daß sie, kaum in New York eingetroffen, Denley bereits angerufen und sich mit ihm getroffen hatte? Oder erzählte sie uns nicht die Wahrheit? Mir fiel der Brief ein, den Denley angeblich weggeworfen hatte. Hatte sich Denley mit Matty in Verbindung gesetzt? Aber warum sollte sie uns anlügen? Ich tauschte einen skeptischen Blick mit Phil.

»Sie sagten eben, Carral hätte Sie belogen«, sagte Phil. »Wie sollen wir das verstehen?«

»Als ich in mein Zimmer zurückkam, war er nicht mehr da«, antwortete sie, und ihr Mund wurde klein. »Meine Sachen waren durchwühlt ...«

»Er hat sich an Sie rangemacht, um Sie zu bestehlen?« vergewisserte sich Phil.

Matty nickte.

»Was hat er denn genommen?«

»Nichts. Ich hatte mein Geld bei mir. Den Schmuck hat er nicht angerührt.«

»Es fehlte also nichts, gar nichts? Keine Papiere, keine Fotos, nichts?« fragte Phil verwundert.

Matty schüttelte den Kopf.

»Kann es sein, daß Ihnen jemand in Lissabon etwas untergeschoben hat, das er hier auf irgendeine Weise wieder in seinen Besitz bringen mußte?« fragte ich.

Sie hob die Schultern. »Großer Gott, wie kann ich das wissen? Möglich ist es natürlich, aber mein Gepäck war nicht sehr umfangreich. Das meiste kommt mit dem Kurierdienst der Botschaft ...«

Brian Denleys Gepäck war komplett gestohlen, Matty Wallins Sachen waren durchsucht worden. Von Lino Carral? Ich kannte den Mann nicht. Er war kein Waisenknabe. Aber durchwühlte er die Sachen einer Frau, die die Freundin des Mannes war, den er als seinen Freund betrachtet hatte? Verdammt, es paßte einfach nicht.

»Haben Sie Denley von Ihrem Besucher erzählt?« fragte ich.

»Nein ...«

»Warum nicht?«

»Ich ... weiß es nicht. Wir haben über Brian gesprochen. Mr. Denley hatte ihn so lange nicht mehr gesehen. Und dann kam er endlich nach Hause und wurde ermordet.« Ihre Stimme wurde schwach. »Mr. Denley wollte alles von Brian wissen. Das kann ich verstehen. Sie nicht?«

»Ich weiß nicht«, sagte ich. »Wir hatten den Eindruck gewonnen, als ob zwischen den beiden nicht das gewohnte Vater-Sohn-Verhältnis bestanden hat.«

»Brian hat sehr darunter gelitten«, räumte sie ein. »Er hat immer Angst vor seinem Vater gehabt. Aber die beiden hätten jetzt zueinander gefunden, davon bin ich überzeugt. Brian hatte sich verändert, und sein Vater ist mit Sicherheit nicht mehr derselbe Mann, den Brian gekannt hatte. Brian hat viel durchgemacht. Vor allen Dingen hatte er Angst. Er hatte immer Angst.«

»Vor seinem Vater?«

»Ja. Aber es war eine mehr mystische Angst. Sein Vater war Mitglied einer Sekte, müssen Sie wissen. Die Drohung des geistigen Todes hing wie ein Damoklesschwert über Brian.«

»Der geistige Tod? Was hat das zu bedeuten?«

»Wissen Sie nicht über die Todsünden Bescheid? Die Begehung einer Todsünde hat den Verlust des Gnadenstandes zur Folge und bedingt den geistigen Tod des Sünders. Die Mitglieder der Sekte waren verpflichtet, sündenfrei zu leben im Sinne der Todsünden.«

Ich schüttelte den Kopf. Großer Gott, dachte ich, so schlimm hatte ich es mir nicht vorgestellt.

»Brian muß eine schreckliche Kinder- und Jugendzeit gehabt haben«, fuhr Matty Wallin fort. »Alles war Sünde. Es ließ sich ja alles beliebig in diese Form pressen. Was sind die Todsünden? Hochmut, Geiz, Wollust, Zorn, Völlerei, Neid, Trägheit des Herzens. Was ist das – Trägheit des Herzens? Oder Völlerei? Ist das Besitz? Denley hatte Besitz mit Völlerei gleichgestellt. Völlerei – die fünfte Todsünde. Deshalb konnte Brian nicht begreifen, daß sein Vater ein reicher Mann geworden sein sollte. Ein Mann, der Mißbrauch mit seinem Besitz trieb. Er hat seiner Familie das Leben zur Hölle gemacht. Zuerst seiner Frau, dann seinem Sohn. Aber wahrscheinlich konnte er nicht anders ...« Sie blickte auf. Ihre Augen blieben an Phil hängen. »Ich könnte jetzt doch eine Tasse Kaffee vertragen«, sagte sie.

»Ich besorge Ihnen einen guten«, erklärte Phil und ging hinaus.

Matty Wallin erzählte von Brian. Sie waren nur vier Monate zusammengewesen, aber er hatte endlich einen Menschen gefunden, dem er von sich und seinen Empfindungen erzählen konnte. Die Erinnerung an diese Gespräche war bei Matty noch frisch. Sie berichtete von der Hölle, die Brian in Vietnam durchgemacht, von seiner Flucht nach Europa, von seinen Irrfahrten, seinen Ängsten und seinem schlechten Gewissen, das er seinem Vater und seinem Vaterland gegenüber gehabt hatte.

»Er ist dann bald zur See gefahren. Das entsprach wohl seiner inneren Ruhelosigkeit. Wie Odysseus auf den Meeren, heimatlos. Ich glaube, er hat sogar den Tod gesucht, ihn aber nicht gefunden. Obwohl er einmal wohl sehr nahe drangewesen sein muß. Er war auf einem Schiff in der Nordsee, bei schlechtem Wetter und rauher See, als er krank wurde. Zuerst hatte er nur an eine Magenverstimmung geglaubt, bis er zusammenbrach. Der Kapitän forderte einen Notarzt an, aber der Hubschrauber konnte zuerst wegen des starken Seegangs und des Sturms nicht an Deck landen. Als er dann endlich an Bord niedergehen konnte, wäre es fast zu spät gewesen. Ein durchgebrochener Blinddarm. Der Arzt hat ihn an Bord operiert. In der Mannschaftsmesse ...«

Matty unterbrach sich, weil Phil in diesem Moment mit einem Tablett hereinkam. In meinem Hirn blitzte ein Gedanke auf, der sich aber wieder zurückzog, als Phil den Kaffee verteilte. Der Gedanke hinterließ ein bohrendes Gefühl.

Das Telefon klingelte. Phil schnappte den Hörer. Er lauschte und warf mir die Mithörmuschel zu.

»Es ist Detective Bennings!« sagte er.

Die Ahnung, der Wahrheit zum Greifen nahe gewesen zu sein, verflog.

»Cotton? Kann er mithören?« fragte Bennings. »Wenn ihr gerade nichts Besseres vorhabt, Leute, schwingt eure Hintern in den scharfen Roller und rauscht mal hierher! Ich habe was für euch, Leute.«

»Und was?« fragte Phil, der sich vom Enthusiasmus des Kollegen nicht beeindrucken ließ.

»Hat man da Töne? Er will wissen, was ich habe! Ich habe die beiden Killer von eurem Sailor! Ich serviere sie euch auf dem silbernen Tablett!«

Am Pier 24 stiegen wir wieder in Bennings' klapprigen Buick. Aus Vorsicht hatten wir darauf verzichtet, unterwegs über Funk Informationen auszutauschen.

»Wir müssen uns beeilen«, sagte Bennings. Er warf uns zwei Karteikarten zu und gab Gas. »Das sind die Kerle«, behauptete er dann.

Ein Schwarzer und ein Weißer. Der Farbige hieß Bob Powers, der andere war Ron Truppin. Truppin wurde mit Haftbefehl wegen Mordes gesucht. Er war vierunddreißig Jahre alt und schon einmal wegen Totschlags und mehrmals wegen anderer Gewaltdelikte verurteilt worden.

Bob Powers war etwas jünger als Truppin. Zuletzt war er wegen versuchten Totschlags und mehrerer schwerer Raubüberfälle zu einer Gesamtstrafe von acht bis fünfzehn Jahren Haft verurteilt worden. Er war auf Bewährung draußen. Beide Gangster hatten bei früheren Straftaten Messer als Waffen benutzt.

»Woher haben Sie die Namen?« erkundigte sich Phil.

»Aus dem Hut. Wie der Zauberer das Kaninchen.« Bennings grinste. »Erinnern Sie sich an Ihre Joggingpartner? Tom Lehman und Lanny Green. Ihnen ist eingefallen, daß sie die Kerle doch gesehen haben, bevor sie zu ihrem Raubzug zur Hillside Avenue aufbrachen. Sie haben die beiden haarscharf beschrieben. Sie hoffen freizukommen, wenn wir die Killer durch ihre Hilfe erwischen.«

»Die haben zwei beliebige Halunken angeschwärzt«, meinte Phil skeptisch.

»Ich hatte auch meine Zweifel, als die beiden plötzlich zu reden anfingen«, sagte Bennings. »Aber passen Sie auf! Lehman konnte sogar den Wagen beschreiben, der vor Millers Holzhandlung stand. Es war ein blauer Pontiac. Weder Truppin noch Powers besitzen einen Wagen. Bevor ich also Alarm schlug, bin ich die Listen der gestohlenen Wagen durchgegangen. Ich hatte Glück. Heute morgen erst wurde ein blauer Pontiac, der am Sonntag als gestohlen gemeldet worden war, unten am Dyker Beach Park gefunden. Der Wagen war seinem Besitzer noch nicht zurückgegeben worden. Ich habe die Kollegen gebeten, die Kiste mit dem feinen Kamm abzusuchen. Sie wissen sicher, bei einem gestohlenen Auto reißt sich niemand mehr ein Bein aus. Wenn auf dem Lenkrad keine Fingerspuren gefunden werden, geht man davon aus, daß der Dieb Handschuhe getragen hat, und sucht nicht weiter. Okay, ich hatte wieder Glück. Am Hebel der Sitzverstellung des Beifahrersitzes fand sich ein Daumenabdruck, der von Ron Truppin stammt. Er mußte sich vielleicht mal kratzen und hat vergessen, den Handschuh wieder anzuziehen. Er saß auf dem Beifahrersitz, Leute. Das heißt, er war nicht allein.«

Ich blickte aus dem Fenster.

Der alte Buick rollte immer noch durch das Hafengelände von Brooklyn.

»Was gefällt Ihnen nicht?« erkundigte sich Bennings.

»Er mag es nicht, wenn ihm eine Lösung in den Schoß fällt«, erklärte Phil.

»Wie geht es weiter?« fragte ich.

»Ich habe Kramer informiert«, antwortete Bennings.

»Kramer hat mich übrigens für die Festnahme angefordert, weil ich sonst nicht außerhalb meines Bezirks tätig werden dürfte. Kramer hat sich mit Powers' Bewährungshelfer in Verbindung gesetzt. Powers hat einen Halbtagsjob in einer Großhandlung für Schiffslacke und Chemikalien in Greenpoint. Er wohnt in einer billigen Pension für Dauergäste an der Atlantic Avenue. Kramer war mit ein paar Mann bei der Großhandlung, aber Powers hatte schon Feierabend. Er fährt immer mit der Subway nach Haus.«

Bennings zog den Buick um eine Kurve. Ein Rad scheuerte am verbogenen Kotflügel. Er sah auf die Uhr.

»Es könnte noch so gerade hinkommen«, meinte er und trat das Gas durch.

»Sie meinen, daß wir ihn erwischen, wenn er gerade aus der Subway kommt?« vergewisserte sich Phil.

»Genau«, bestätigte Bennings.

»Vielleicht genehmigt er sich erst ein Bier. Oder er kauft sich was zum Lunch.«

Bennings grinste. »Nehmen wir einmal an, er hätte vor ein paar Tagen zusammen mit einem steckbrieflich gesuchten Komplizen einen Mann ermordet. Er selbst geht wie gewohnt zur Arbeit, als ob nichts geschehen wäre. Aber was macht der andere inzwischen?«

»Okay«, räumte Phil ein. »Er versteckt sich in seinem Zimmer.«

»Wenn das der Fall ist, wird Powers nichts Eiligeres zu tun haben, als nach Feierabend nach Hause zu kommen und zu sehen, ob noch alles in Ordnung ist.«

»Okay, okay, aber mir gefällt die Eile nicht«, gab Phil zu bedenken. »Wenn etwas schiefgeht, gehen uns beide durch die Lappen!«

»Wenn wir Powers auf der Straße sicher identifizieren und festnehmen können, haben wir wenigstens einen«, meinte Bennings. »Was ist Ihre Ansicht, Cotton?«

»Wie weit ist es von der Subway Station bis zur Pension?« fragte ich.

»Eine halbe Meile«, antwortete Bennings. »Die Pension liegt in einer Nebenstraße zwischen Clinton und Washington Avenue.«

»Nicht schlecht«, meinte ich.

»Nicht wahr?« Bennings grinste unternehmungslustig. »Kramer und seine Truppe sind unterwegs. Er wird den Block mit der Pension umstellen.« Er nahm das Gas weg. »Da vorn, sehen Sie? Das ist die Subway Station.«

Bennings fuhr an dem Treppenaufgang vorbei und stoppte dann am Straßenrand. Es war 2 Uhr 36. Ich sah mir das Bild des Verdächtigen noch einmal an. Es zeigte ein fleischiges, fast schwarzes Gesicht mit aufgeworfenen Lippen und flacher Nase. Die Augen hinter den schmalen Schlitzen schienen tückisch zu glitzern.

Wir wandten uns um und beobachteten den Aufgang von der Subway und die Straße davor. Der Fußgängerverkehr war nicht sehr lebhaft. In der Seitenstraße konnten wir den Gangster vermutlich stellen, ohne andere Personen zu gefährden. Ich war auch dafür, Powers hier draußen zu greifen, statt ihn nach Hause gehen zu lassen, wo er zusammen mit seinem Komplizen ganz andere Möglichkeiten hätte, sich gegen die Festnahme zu wehren.

»Was meinst du, Phil?« fragte ich.

»Ich bin doch schon überstimmt«, antwortete er.

»Verdammt, du sollst sagen, was du denkst!«

»Okay, okay, ihr habt mich überzeugt.«

Matty ging zur Rezeption. »Ist Post für mich da?« fragte sie.

Der Clerk wandte sich um. »Nein, Miss Wallin«, sagte er nach einem Blick über die Postfächer.

»Danke.«

Auf dem Weg zum Fahrstuhl kam ihr Paul Denley entgegen. Es lag nicht allein an seinen dunklen Brillengläsern, daß er sich von der Menge abhob. Sein gebräuntes Gesicht mit der scharfen Nase und das schwarze Haar zogen die Blicke auf sich. Mattys Herz schlug etwas schneller.

Denley reichte ihr die Hand. Sie erwiderte den Händedruck.

»Ich habe auf Sie gewartet«, sagte er. »Sie haben doch hoffentlich noch nicht gegessen?«

»Nein«, antwortete sie, und zögernd fügte sie hinzu: »Ich wollte den Lunch eigentlich auslassen ...«

»Machen Sie mir die Freude!« bat er. Seine Stimme hatte wieder diesen zwingenden Unterton, dem sie sich diesmal nicht zu entziehen vermochte. »Ich kenne ein hervorragendes Fischrestaurant in der West Side. Was meinen Sie?«

»Ja, gut, ich glaube, ich bekomme jetzt doch Hunger.«

Er lächelte und nahm ihren Arm. Der Druck seiner Hand war warm und fest und doch nicht aufdringlich. Als sie durch die Drehtür kamen, fuhr der lavendelblaue Cadillac vor. Er half ihr beim Einsteigen und setzte sich mit hinten hinein.

»Zu Gambelli's«, sagte er zum Fahrer und schloß dann die Trennscheibe.

Unmerklich fuhr der schwere Wagen an. Matty entspannte sich.

»Bei Gambelli bekommt man die besten Clams und die frischesten Hummer«, sagte er.

»Die fünfte Todsünde«, sagte sie und lächelte leicht.

Er wandte ihr das Gesicht zu. Sie konnte seine Augen nicht sehen, aber sie erkannte auch so, daß er sie nicht verstand. »Völlerei«, sagte sie. »Sie haben ihm beigebracht, daß Völlerei eine Todsünde sei.«

Er nickte »O ja. Brian war immer ein starker Esser.« Sie sah ihn verwirrt an. Denleys Gesichtsausdruck veränderte sich unmerklich, wurde hart und strahlte Kälte aus.

»Wo waren Sie heute morgen?« fragte er dann im Plauderton.

»Ich war beim FBI«, antwortete sie. Allmählich begann ihre Kopfhaut zu prickeln, und dann wußte sie plötzlich, was falsch war.

Er sah ihr die Erkenntnis am Gesicht an. Sie konnte sich nicht mehr verstellen. Zu plötzlich hatte sie das Erkennen der Wahrheit getroffen.

Als der Wagen an einer Ampel hielt, griff sie zum Türhebel. Sie sah nicht, wie Denley einen kleinen Knopf berührte. Sie hörte aber das scharfe metallische Schnappen, mit dem die Türriegel elektrisch blockiert wurden.

»Lassen Sie mich aussteigen, bitte!« flüsterte sie.

Er hob die Oberlippe wie ein Wolf. »Das kann ich nicht. Das werden Sie doch einsehen, Miss Wallin. Es tut mir leid ...« Er nahm den Hörer des Autotelefons aus der Halterung und nannte eine Nummer. »Mavis? Ich brauche Duke und Rossi ...«

»Das ist er!« sagte Bennings.

Nur wenige Minuten waren vergangen, seit wir in der Nähe des Aufgangs Stellung bezogen hatten.

Er kam inmitten eines Pulks Menschen die Treppe herauf. Er trug eine blaue Jacke und Jeans. Er war groß und massig. Sein Aussehen und sein wiegender Gang verschafften ihm Platz in der Menge, die er jedoch bald hinter sich ließ.

Bennings ließ den Motor an. »Ich fahre vor«, sagte er.

Er rangierte seinen Schrotthaufen aus der Lücke und fuhr um die Ecke. Bevor er abbog, sah ich, wie Powers einen kleinen Lebensmittelladen betrat.

Der Laden hatte auch einen Eingang von der Seitenstraße her. Wahrscheinlich würde er dort herauskommen. Die Straße war nicht sehr breit. Die Ränder waren mit zumeist alten Wagen vollgeparkt.

Bennings fand eine Lücke auf der linken Straßenseite an einem Hydranten. An der Seite erhob sich eine sechs Fuß hohe Backsteinmauer. Äste eines Ahornbaumes ragten über die Mauerkrone. Ein Stück weiter vorn hing ein verrostetes Eisentor schief in den Angeln.

»Wir warten am besten, bis er vorbeigeht«, schlug Phil vor.

Das Straßenstück war in diesen Augenblicken menschenleer. Wir rutschten tiefer in die Sitze. Ich saß hinten links. Ich würde also unmittelbar auf dem Gehweg landen, wenn es soweit wäre. Ich peilte nach hinten. Der Ausgang des Ladens lag in meinem Blickfeld.

Nach wenigen Minuten trat Powers heraus. Er trug eine prall gefüllte Papiertüte auf den Armen. Nur seine Augen waren über dem Rand zu erkennen.

»Er kommt«, meldete ich.

Bennings flüsterte eine letzte Kurzmeldung in sein Walkie-talkie. Kramer und seine Männer steckten zwischen Greenpoint und Williamsburg in einem Stau.

»Wir werden es auch allein schaffen«, meinte Bennings zuversichtlich, als er das Funkgerät unter seinem Sitz verstaute.

Powers näherte sich. Ich begann zu zählen. »Fünf. Vier ... Drei ...«

»Passen Sie auf, Cotton!« sagte Bennings. »Die Tür auf Ihrer Seite hakt manchmal ...«

O Scheiße, warum konnte er mir das nicht früher sagen!

»Zwei ...«

»Sie brauchen sich nur fest dagegenzuwerfen!«

»Eins. Raus!« zischte ich.

Ich zerrte am Hebel und warf mich mit der Schulter gegen die Tür.

Sie hakte nicht. Ich flog aus dem Wagen und landete genau vor Powers' großen Füßen. Ich prallte mit der Hüfte auf den Boden, fing den Sturz mit der linken Hand ab und wollte mich nach oben schnellen.

Powers knallte mir seine Einkaufstüte auf den Schädel. Unten in der Tüte hatte er ein Sechserpack Bierdosen verstaut. Ich landete auf dem Hintern, und bevor Bennings richtig draußen war und Phil um den Wagen herumkam, ließ Powers die Tüte los und flitzte davon. Im Vorbeilaufen packte er die Fahrertür und schmetterte sie Bennings gegen die Hüfte.

Ohne sich umzudrehen, sprang der Gangster am Eisentor hinauf. Er war schwer, aber er war auch kräftig und gewandt wie eine Katze.

Ich riß meinen Smith & Wesson heraus. Phil schrie eine Warnung. Aber bevor einer von uns zum Schuß kam, rollte der Neger bereits über die Oberkante des Tors und verschwand auf dem unbekannten Grundstück.

»Hinterher! Los, verdammt, worauf wartet ihr!« stöhnte ich.

Phil und Bennings waren bereits unterwegs. Bennings kletterte am Tor hinauf. Phil flitzte in einen schulterbreiten Durchgang neben dem umzäunten Grundstück.

Ich rieb meinen schmerzenden Schädel. Als ich mich aufrichtete, mußte ich mich am Wagen abstützen. Die Straße drehte sich einmal um mich herum, kam für einen Moment zur Ruhe und schwankte dann wie ein Schiff.

Ich steckte meine Kanone ein, spähte zur Mauerkrone hinauf und stieg hinten in den Wagen. Ich bückte mich und tastete unter dem Vordersitz herum, um das Walkie-talkie in die Finger zu bekommen. Dabei ließ ich jedoch die Mauerkrone keinen Moment aus den Augen.

Als sich die Äste des Ahorns bewegten, ließ ich mich

ganz in den Fußraum hinter den Vordersitzen fallen. Die Fahrertür stand noch einladend offen.

Ich hielt den Atem an, als ich den Aufprall zweier Füße hörte. Dann sackte der Wagen auch schon tief ein, und die Tür knallte zu.

Bennings hatte den Schlüssel steckenlassen.

Als der Gangster den Anlasser drehte, richtete ich mich auf und bohrte ihm die Mündung meines Smith & Wesson hinter das Ohr.

»FBI, Mr. Powers!« sagte ich in das große Ohr. »Ihr Spiel ist aus!«

Als er den Zündschlüssel losließ, sprang der Motor an. Die Räder waren noch vom Einparken nach rechts eingeschlagen.

Powers gab Gas und ließ die Kupplung kommen.

Der Wagen machte einen Satz. Die Stoßstange riß dem Wagen davor ein Stück Blech aus dem Kotflügel. Dann schoß der alte Buick im Halbkreis über die Straße.

Ich wurde nach hinten geworfen. Powers' Hände griffen ans Lenkrad. Er stieß ein hohles Lachen aus.

Ich schmetterte ihm den Revolverkolben hinters Ohr.

Er ließ das Lenkrad los. Ich warf mich über den halb Bewußtlosen. Das Lenkrad glitt durch meine linke Hand. Powers' Fuß stand noch auf dem Gas.

Mit lautem Krachen bohrte sich der Buick in die Flanke eines ziemlich neuen Toyota auf der anderen Straßenseite.

Ich sah mich um. Ein paar Sekunden später erschien Bennings auf der Mauerkrone. Er starrte herüber. Als er seinen Wagen mit verbeulter Vorderfront dastehen sah, sprang er von der Mauer und sprintete herüber. Es war ein rekordverdächtiger Sprint.

Er riß die Fahrertür auf. Powers kippte ihm entgegen. Entgeistert starrte der Detective auf die Handfesseln, die ich dem Gangster angelegt hatte.

»Sie hätten sich nicht so zu beeilen brauchen, Peter«, sagte ich lässig. »Man muß eben nicht immer rennen, um seine Leute zu erwischen.«

Bob Powers hockte jetzt hinten im Buick und preßte sich ein Taschentuch auf die blutende Stelle hinter seinem Ohr, während Bennings versuchte, den Buick noch einmal flottzubekommen.

Ich leerte Powers' Taschen.

Er hatte ein Schnappmesser bei sich und mehrere Schlüssel. Einen mit einem Anhänger, auf dem eine Zahl stand. 5-C.

Ich hielt das Messer hoch. »Haben Sie damit den Sailor umgebracht?« fragte ich den Gangster.

»Ich wollte es nicht!« stieß er benommen hervor. »O Gott, ich wollte es nicht! Aber Ron war so wild ...«

»Das ist ein Geständnis!« stieß Phil hervor.

Bennings fuhr herum und las dem Gangster schnell seine Rechte vor, damit er sein Geständnis später nicht wegen eines Formfehlers widerrufen konnte.

»Hat Ihnen oder Truppin jemand gesagt, daß Sie ihn umbringen sollten?« fragte ich.

»Nein, nein ...«

»Warum haben Sie diesen Sailor auf Pier 24 überfallen?«

»Jemand hat Ron den Tip gegeben. Der Sailor sollte ein halbes Kilo reines Heroin bei sich haben. Es stimmte aber nicht. Er hatte nichts bei sich. Nur alte Klamotten und seine Papiere.«

»Was haben Sie mit den Sachen gemacht?«

»Weggeschmissen. Ron hat nur ein Paar Schuhe behalten ... Und die Papiere hat Ron verkauft.«

»An wen?«

»An den Kerl, der ihm den Tip gegeben hat. Der hat

ihm fünfhundert Dollar dafür gegeben. Für den Paß, das Seemannsbuch und die Brieftasche.«

Ich richtete mich auf und sah Phil an. Mein Freund runzelte die Stirn. Es ging um die Papiere. Den Reisepaß? Oder die Brieftasche?

Die Wahrheit lag vor mir. Zum Greifen nah.

»Wo steckt Truppin?« fragte Phil, und der Gedanke zerriß wieder.

»In meinem Zimmer«, antwortete der Gangster.

Ich hielt den Schlüssel hoch. »5-C?«

»Ja.«

»Haben Sie ein Signal vereinbart?« fragte Phil.

»Bevor ich den Schlüssel ins Schloß stecke, klopfe ich einmal.«

Wir mußten uns beeilen, wenn wir den anderen erwischen wollten, bevor er wegen des längeren Ausbleibens seines Komplizen Verdacht schöpfte und sich davonmachte.

Das Zimmer mit der Nummer 5-C ging nach hinten hinaus, aber ich wollte trotzdem weder Sirenengeheul noch eine Auffahrt von Streifenwagen. Ich wollte handeln.

Einer mußte bei Powers bleiben. Weil Phil und ich ein eingespieltes Team bildeten, fiel Bennings die Aufgabe zu.

»Lassen sie sich nicht anschmieren!« rief er uns nach.

Die Pension war in einem achtstöckigen Gebäude untergebracht, wo sie die 4. und 5. Etage einnahm. Der Aufzug war nicht in Betrieb.

Phil und ich liefen die Treppen hinauf. Ein paar Kinder kamen uns entgegen. Auf einem Absatz kläffte uns ein Hund an. Eine leise Annäherung war nicht nötig.

Im vierten Stock gab es keine Rezeption, nur eine Tür, an der BÜRO stand und die Hausordnung hing.

Wir sahen uns die Tür von 4-C an, die wahrscheinlich

genau unter 5-C lag. Am Ende des Flurs gab es ein Fenster, das sich in die Höhe schieben ließ.

Phil schob seinen Kopf hinaus. »Ich komme an die Feuertreppe«, berichtete er.

»Okay«, sagte ich. »Wenn ihm was verdächtig vorkommt, will er vielleicht hinten raus. Kommst du mit drei Minuten hin?«

»Gib mir vier!« sagte Phil.

Ich sah auf die Uhr.

Phil kletterte nach draußen. Ich ging zur Treppe zurück und stieg langsam die Stufen ins nächst höhere Stockwerk hinauf.

Die vereinbarte Zeit war fast abgelaufen, als ich in den rechten Flur eintauchte. Die Bodenbretter knackten unter meinen Füßen. Auf der anderen Seite knallte eine Tür. Jemand ging zur Treppe. Ich sah mich nicht um. Es war dunkel hier oben, weil das Flurfenster mit Pappe vernagelt war. Ich fand die richtige Tür jedoch dank der vorangegangenen Orientierung.

Ich holte tief Luft. Dann klopfte ich einmal und steckte sofort den Schlüssel ins Schloß. Die Tür sprang auf und schwang zurück.

Ich blickte in einen quadratischen, nüchtern eingerichteten Raum mit hoher Decke. Eins der beiden Fenster auf der anderen Seite stand offen. Aber kein Mensch war zu sehen. Vielleicht war er nach unten gegangen, um Zigaretten zu holen. Oder er hatte an meinem Schritt gehört, daß es nicht sein Komplize gewesen war, der da auf die Tür zukam, und versteckte sich jetzt in der Kochecke.

Ich zögerte auf der Schwelle. Warum gehst du nicht rein? Wo blieb Phil? Zigarettenrauch stieg in meine Nase. Der Rauch roch frisch und nicht abgestanden. Meine Augen saugten sich am offenen Fenster fest. Hatte er etwa Phil erwischt?

Ich machte einen kleinen Schritt. In dem Moment erschien Phils Kopf über der Fensterkante.

»Jerry!« schrie er.

Ich sprang ins Zimmer und warf mich gleichzeitig zur Seite.

Ein Zentnergewicht fiel von oben herab. Die Kerle hatten eigens ein paar lange Bolzen in die Mauer über der Tür gedübelt. Bei Gefahr konnte sich dort einer festklammern und sich wie ein Geier auf einen Eindringling stürzen.

Ron Truppin hielt ein langes Messer in der Hand. Im Fallen stieß die Klinge herab. Die Spitze drang hinter meiner rechten Schulter in den Stoff des Jacketts und fuhr kalt an meinem Schulterblatt entlang, ohne die Haut auch nur anzuritzen.

Dafür schlitzte sie meine Jacke bis zum unteren Saum auf.

Ich wirbelte herum und riß den Smith & Wesson heraus. Ich sah den Umriß einer hageren Gestalt in der Tür, ein kantiges Gesicht mit Augen wie Pistolenmündungen darin.

»Stopp! FBI!« rief ich schneidend.

Der Kerl bewegte den rechten Arm. Es war eine blitzschnelle, harmonische Bewegung. Schwach blitzte der Stahl der Klinge.

Wieder warf ich mich zur Seite. Phil sprang durch das Fenster.

Wir feuerten beide gleichzeitig.

Während sich die Messerspitze neben meinem Hals in ein Tischbein bohrte, trafen unsere Kugeln den Gangster an der Schulter und am rechten Oberarm. Sein Gesicht wurde blaß.

Die Augen verdrehten sich nach oben und zeigten das Weiße. Bewußtlos sackte er zu Boden.

Phil rammte den Revolver ins Holster.

»Du warst zu früh«, stellte er fest.

»Ich muß mir endlich wieder eine Uhr mit Beleuchtung kaufen«, sagte ich entschuldigend.

Der Notarzt brachte Ron Truppin sehr schnell wieder zu Bewußtsein.

»Sie werden es überleben«, erklärte er.

Als Truppin bewußt wurde, daß er in der Patsche saß, begann er zu fluchen.

Danach beklagte er sein Schicksal, das Pech, ausgerechnet den Sohn eines Bonzen erwischt zu haben. Truppin kannte den Burschen nicht, der ihm den Tip mit dem Seemann gegeben hatte, der angeblich Heroin bei sich hatte. Er hatte den Kerl in einer Kneipe kennengelernt, in die er sich einige Male mit seinem Komplizen Powers getraut hatte. Truppin glaubte, daß der Mann mit dem Heroin unbehelligt durchgekommen sei und daß er den Falschen erwischt habe.

Ich war der Ansicht, daß er sehr wohl den Richtigen erwischt hatte.

»Jerry, das ergibt doch keinen Sinn!« meinte Phil, als wir nach Manhattan zurückfuhren und ich ihm meine Überlegungen erklärte. »Wer soll ein Interesse daran gehabt haben, Denleys Sohn umzubringen? Doch allenfalls Rita Shaffer, Denleys Geliebte, die ein Kind von ihm hat. Vielleicht hat sie einen Liebhaber. Mavis, und der ...«

»Hör auf!« sagte ich.

Immer wieder riß der Gedanke, mit dem ich mich abplagte. Es war zum Verzweifeln.

Wir fuhren in unser Office zurück. Ich warf das aufgeschlitzte Jackett in mein Spind und tauschte es gegen eine Lederjacke ein, die ich darin vergessen hatte. Sie paßte sogar zu meiner braunen Hose. Ich richtete mich notdürftig her. Von dem ebenfalls zerschnittenen Hemd war unter der Jacke nichts zu sehen.

Ich drehte mich um, als die Tür aufgestoßen wurde. Phil stand im Rahmen. Sein Gesicht war ungewöhnlich ernst.

»Komm mit rauf in die Einsatzzentrale!« sagte er. »Es kam eben durch. Sie haben Lino Carral gefunden. Er ist tot.«

Steve Dillaggio, der Einsatzleiter vom Dienst, hatte bereits mit den Kollegen von der Mordabteilung Manhattan Nord telefoniert

»Er lag in einem Schalkasten, der heute morgen mit Beton ausgegossen werden sollte«, berichtete er. »Er war mit Schutt abgedeckt. Der Polier mußte noch einmal runter, um die Schalung zu inspizieren. Da hat er ihn entdeckt.«

»Er sollte also verschwinden«, stellte ich fest. »Für immer und ewig im Fundament eines Bürohauses.«

»Seine Papiere, sein Geld, alles fehlt«, sagte Steve. »Klar ...«

»Warum?« fragte Phil laut. »Verdammt, Jerry, Warum?«

»Sie waren hinter ihm her. Sie haben Brian Denleys Brieftasche und Papiere in ihren Besitz gebracht. Und sie haben Matty Wallins Sachen durchsucht. Das war nämlich nicht der kleine Puertoricaner! Den haben sie nur in Mattys Zimmer getroffen, als Denley Matty unten an der Hotelbar festhielt. Steve, ruf im Rutley's an! Wenn sie da ist, sag ihr, daß wir ihr einen Wagen schicken! Sie muß Farbe bekennen. Ich glaube nämlich nicht, daß Matty Denley angerufen hat. Es war umgekehrt. Er mußte sie sprechen. Er mußte etwas wissen ...«

»Was, Jerry? Was haben er oder seine Leute gesucht?«

»Verdammt, Phil, red nicht soviel!« knirschte ich. »Ich komme nicht drauf ...«

»Vielleicht Fotos?« schlug Steve Dillaggio vor, nachdem er mit dem Hotel telefoniert und erfahren hatte, daß Matty nicht in ihrem Zimmer war.

»Fotos!« rief Phil. »He, Jerry! Denley wollte sich vergewissern, ob das wirklich sein Sohn war, der sich da angemeldet hatte!«

Ich starrte ihn an. Phils Gesicht, eben noch erhellt von der vermeintlichen Erleuchtung, verfinsterte sich wieder.

»Quatsch«, meinte er dann. »Quatsch, Quatsch! Er hätte ihn sich ja bloß anzusehen brauchen! He, was starrst du mich so an?«

»Er wußte nicht mehr, daß er es war, der seinen Sohn denunziert hat, erinnerst du dich? Es war dir aufgefallen!«

»Ja ...«

»Matty Wallin hat da etwas gesagt ... Er ist nicht mehr derselbe ...«

»Nein. Erst war er der verknöcherte Frömmler ...«

»Sie hat noch etwas gesagt. Du warst nicht dabei ...« Und dann hatte ich es. »Phil!« schrie ich. »Phil! Er ist es nicht! Denley ist nicht Denley!« Ich keuchte. »Phil, Steve! Ich war gestern mit Denley bei der Identifizierung. Er hat als besonderes Kennzeichen die Blinddarmnarbe zu Protokoll gegeben!«

»Ja, und?« fragten die Kollegen. »Hatte er denn keine?«

»Doch, er hatte eine! Aber der Blinddarm wurde ihm erst vor vier Jahren unter dramatischen Umständen bei einer Notoperation auf hoher See herausgenommen!«

»Er konnte es also nicht wissen!« sagte Phil tonlos.

»Nein.«

Steve schaltete sich ein. »Verdammt, bin ich begriffsstutzig? Wenn er es nicht wissen konnte, woher wußte er es dann? Und warum hat er es zu Protokoll gegeben?«

»Wann, in welchem Alter, bekommen die Menschen vorwiegend Schwierigkeiten mit ihrem Wurmfortsatz?« fragte ich.

»Als Kinder oder Jugendliche, glaube ich«, antwortete Steve.

»Siehst du! Denleys Leute haben Carral nach besonderen Kennzeichen gefragt, damit Denley bei der Identifizierung keinen Fehler machte. Carral hatte die Blinddarmnarbe bei Brian gesehen, aber er wußte nicht, wann und unter welchen Umständen die Operation stattgefunden hatte. Aber Denley – der falsche Denley, müssen wir von jetzt an sagen – ging einfach davon aus, daß Brian als Kind oder Jugendlicher operiert worden war.«

»Wir müssen Gewißheit haben«, sagte Phil.

»Steve, ruf noch mal in Rutley's an! Laß dich mit dem Empfang verbinden! Man kennt sie dort. Vielleicht weiß man, wo sie ist oder wann sie zurückkommt.«

John D. High, unser Chef, war unbemerkt eingetreten und hatte den größten Teil unserer Diskussion schweigend verfolgt.

»Wie beweisen wir jetzt, wer der falsche Denley in Wirklichkeit ist und was aus dem echten geworden ist?« fragte er.

»Wir brauchen Prints von ihm«, sagte Phil. »Er wird jetzt auf der Hut sein.«

»Ich habe seine Prints«, sagte ich. Ich zog meine Brieftasche. Mit einer Pinzette zupfte ich das Tatortfoto mit dem Gesicht des toten Brian hervor. »Er hat es in der Hand gehabt!« sagte ich. »Seitdem hat es niemand mehr angefaßt!« Ich ließ es in einen durchsichtigen Plastikumschlag fallen.

Steve Dillaggio schwang auf seinem Drehsessel herum. Seine Lippen waren steif.

»Miss Wallin ist mit Mr. Denley zum Lunch gefahren und noch nicht zurückgekehrt«, sagte er.

Meine Augen zuckten zur Uhr. Es war 5 Uhr 11. Mein Mund wurde trocken. Phil dachte dasselbe wie ich.

»Wenn sie auch dahintergekommen ist und sich verraten hat . . .«

»Er braucht ein bombensicheres Alibi, bevor er sie töten läßt«, sagte ich gepreßt.

»Deshalb ist er wahrscheinlich in seiner Wohnung oder in seinem Büro«, meinte Phil.

»Ich tippe auf das Büro. Dort hat er seine Leute um sich.«

»Sie können einen Haftbefehl bekommen«, sagte John D. High. »Blanko, solange wir seinen richtigen Namen nicht kennen.«

»Wir werden ihn erst festnehmen, wenn wir wissen, was mit Matty Wallin ist«, sagte ich. »So oder so!«

Mit entnervender Langsamkeit rumpelte der Fahrstuhl aufwärts. In der Kabine hing wieder der schwache Parfümduft, den ich bereits kannte und der mich ganz kurz an Rita Shaffers hinreißenden reifen Körper erinnerte.

Auf dem Vorplatz im 18. Stock lief die gleiche umständliche Prozedur ab wie bei unserem ersten Besuch. Zuerst erschien ein Wachmann mit seinem Köter. Dann kam Mavis heraus.

Das fahle Gesicht schien noch fahler als sonst, die Lippen noch blutleerer. Das sonst so sorgfältig frisierte dünne Haar zeigte Zeichen von Nachlässigkeit – ein paar Härchen standen dem Mann zu Berge.

»Wo ist Denley?« fragte Phil.

»Bin ich verpflichtet, es Ihnen zu sagen?« gab Mavis zurück.

Noch mußten wir mit unserem Wissen zurückhalten.

»Wir haben ihm einige Fragen zu stellen, im Zuge einer Morduntersuchung«, sagte ich. »Mr. Denley ist zu Auskünften verpflichtet, solange er nicht selbst einer strafbaren Handlung im Zusammenhang mit derselben Tat, zu der er befragt wird, beschuldigt wird. Sie sind doch Jurist, Mr. Mavis?«

Mavis schaffte es, eine Augenbraue in die Höhe zucken zu lassen. Das sollte seinem Gesicht vermutlich einen ironischen Ausdruck verleihen.

»Immer noch dieselbe Morduntersuchung?« fragte er.

»Es handelt sich um eine neue«, antwortete ich, und mit Befriedigung beobachtete ich, wie die Braue schlaff herabfiel.

Einige Minuten später betraten wir erneut das abgedunkelte Büro. Denley saß hinter seinem Schreibtisch, flankiert von seinen beiden Leibwächtern. Ich wußte nicht, wer von beiden Link war. Ich hatte seine Stimme nur durch die dünne Tür der Massagekabine vernommen, als ich mich dort versteckte.

»Worum geht es diesmal?« fragte Denley. Oder der Mann, der sich als Denley ausgab.

Ich sah ihn an. Jetzt fiel mir wieder ein, daß mir schon bei meiner ersten Begegnung das tiefe Schwarz seiner Haare und die glatte, straffe Gesichtshaut aufgefallen waren. Paul Denley wäre fünfundfünfzig Jahre alt. Der Mann, der in seine Identität geschlüpft war, mußte einige Jahre jünger sein. Vielleicht trug er deshalb die Brille. Vielleicht hielt er sich deshalb überwiegend in abgedunkelten Räumen auf.

»Im Zuge einer Morduntersuchung müssen wir mit Mathilda Wallin sprechen«, sagte ich.

»So? Warum halten Sie sich dann hier auf?«

»Sie waren zuletzt mit ihr zusammen, Mr. Denley. Sagen Sie uns nur, wo Sie waren und wo Sie sie abgesetzt haben!«

Du Bastard, ich mache dir angst, damit du deine Killer zurückpfeifst – wenn es nicht schon zu spät ist.

Ich konnte nicht beurteilen, ob meine Frage irgendeine Wirkung bei ihm hervorrief.

»Sie wollte irgendwo in der Stadt aussteigen«, antwortete er betont gleichmütig.

»Wo haben Sie gegessen?«

»Nirgendwo. Sie hat es sich anders überlegt.«

»Wo ist sie ausgestiegen?«

»Ich weiß es nicht mehr genau

»Gut, wir sprechen gleich mit Ihrem Fahrer.«

»Bitte, er wird Ihnen die genaue Ecke sagen können. Es war Fifth Avenue, Ecke 53rd Street, glaube ich. Warum wollen Sie sie so unbedingt sprechen?«

Ich beugte mich vor, damit ich sein Gesicht besser beobachten konnte. »Wir haben Lino Carral gefunden, den Kameraden Ihres Sohnes.« Ihres Sohnes! Ich erstickte fast an dem Wort. Die Lippen in Denleys Gesicht zuckten. »Carral war bei Miss Wallin, bevor er starb. Sie kann uns vielleicht bei der Suche nach einem Motiv behilflich sein.«

Die Lippen öffneten sich. Ich hörte einige kurze, stoßende Atemzüge. Dann wurden die Lippen wieder fest aufeinandergepreßt.

»Das wäre schön, wenn sie Ihnen helfen könnte.« Der Mann, der sich Denley nannte, hatte sich gefangen.

»Ich hoffe, es stößt ihr nichts zu, Mr. Denley«, sagte ich leise, damit er nicht hören konnte, wie rauh meine Stimme klang. Rauh vor Furcht, daß es zu spät sein könnte.

»Ich halte es für falsch, Denley nicht zu verhaften«, sagte Phil, als der Aufzug abwärts schwebte.

»Ich weiß nicht«, gab ich zurück. »Verdammt, warum erwartet man von mir, daß ich in jeder Situation weiß, was richtig und was falsch ist! Er ist jetzt gewarnt. Wenn wir ihn festgenommen hätten, könnte er seine Killerhunde nicht mehr zurückpfeifen. Er entwischt uns doch nicht. Er hat verspielt. Er kriegte den Hals nicht voll genug, und das bricht ihm das Genick.«

»Die fünfte Todsünde«, murmelte Phil. Der Aufzug stoppte im Zwischengeschoß. Ich stieg aus.

»Komm schon!« sagte ich zu Phil, der wohl glaubte, ich hätte mich vertan. Zielbewußt steuerte ich die Tür mit der Aufschrift *Massagen, Bestrahlungen, medizinische Bäder* an.

»Rita hat es dir angetan, wie?« fragte Phil, der ebenfalls den schwachen Parfümduft wahrgenommen hatte, der noch im Aufzug hing. »Willst du eine Seele retten oder der Wollust nachgeben?«

»Im Zweifelsfall lieber der Wollust nachgeben«, meinte ich.

»Die dritte Todsünde«, murmelte Phil.

Ich öffnete die Tür und sah mich im Vorraum um. Die puppenhaft geschminkte Blondine erschien hinter den Blättern eines Gummibaumes.

»Ist Eddie hier?« fragte ich sie.

Sie nickte und rief seinen Namen. Eddie, Rita Shaffers stämmiger Leibwächter, erschien lautlos. Als er uns erblickte, spannte sich seine Haltung. Es war nicht sicher, daß er auch diesmal vergessen würde, von wem er seinen Gehaltsscheck erhielt.

»Wir müssen noch einmal mit Miss Shaffer sprechen«, sagte ich. »Es ist sehr wichtig.«

»Für wen?«

»Vielleicht auch für Sie, Eddie«, antwortete Phil.

Er überlegte eine halbe Minute. Dann sagte er: »Kommen Sie!«

Er ging durch den schmalen Gang voraus und klopfte an eine Tür. Der Masseur, der mit Rita Shaffer beschäftigt war, stieß unwillige Schimpflaute aus.

»Spiel dich nicht auf, Rudy, komm schon raus! Hier ist Besuch . . .«

Rudy kam heraus und zog mit beleidigter Miene ab. Rita Shaffer hielt ein großes Handtuch vor ihre nackten Brüste, als sie sich aufsetzte. Ihre Augen waren groß. Und sie wurden noch größer, als Phil Eddie mit hereinschob. Es war von jetzt an besser, alle Beteiligten unter Kontrolle zu halten.

Ich sagte ihr, was wir wußten. Kurz und hart. Und daß es aus war mit dem Mann, der sich Denley nannte.

»Der Haftbefehl ist nur eine Formsache«, sagte ich. »Uns geht's zuerst um Matty Wallin. Sind Sie bereit, sich uns zur Verfügung zu stellen?«

Rita Shaffer sah mich aus leeren Augen an. Ich packte ihre Schultern und schüttelte sie, bis der Kopf hin und her flog und ihre Zähne aufeinander klirrten.

»Mrs. Shaffer! Wir haben keine Zeit!« Ich sah Eddie an. »Wie steht es mit Ihnen? Auf wessen Seite schlagen Sie sich?«

»Halten Sie mich nicht für eine Ratte, die das sinkende Schiff verläßt!« sagte er.

»Mann, Eddie, über Ehre und solche Sachen können wir später philosophieren! Wenn Sie selbst keine Schwerverbrechen begangen haben, bekommen sie jetzt eine Chance!«

»Okay, okay . . .«

»Wer macht die Dreckarbeit für Denley?«

»Duke und Rossi.«

»Wo sind sie jetzt?«

»Oben, im linken Flügel.«

»Gegen 2 Uhr 45 heute mittag hat Denley Miss Wallin getroffen. Wo waren Duke und Rossi zu dem Zeitpunkt?«

»Um drei Uhr kam ein Anruf. Da sind sie mit dem Kastenwagen weg. Eine Stunde später waren sie aber schon wieder da.«

Rita Shaffer stieß einen langen Seufzer aus. Ihr Blick klärte sich. »Sie ist oben, glaube ich«, sagte sie mit zitternder Stimme. »Ich habe gehört, wie er mit Mavis über sie gesprochen hat. Er ... sie wollen sie in der Nacht wegbringen.«

Sie lebte!

»Wie kommt man dort hinein?« fragte Phil drängend. »Im Foyer sind doch Kameras installiert!«

»Laß gut sein!« sagte ich zu Phil. »Jetzt, wo wir wissen, daß sie da oben ist und lebt, haben wir alles Recht auf unser Seite.«

»Warten Sie!« sagte Rita Shaffer. »Er kann die Etage in eine Festung verwandeln! Die Leute hören nur auf sein Kommando. Und dann sind da noch die Hunde ...«

»Eddie, würde man – Ihnen die Tür zum linken Flügel öffnen?«

»Natürlich. Ich wohne ja dort.«

»Wo ist Matty Wallin?«

»Ich habe sie nicht gesehen, aber ich nehme an, daß man sie im Zimmer hinter der Gangbiegung festhält. Der Flur macht am Ende noch einen Knick.«

»Gut, Eddie, kommen Sie mit uns! Wir müssen telefonieren.« Ich wandte mich an Rita. »Sie bleiben am besten hier, bis alles vorbei ist, Mrs. Shaffer«, sagte ich. »Ich bitte eine Kollegin, mitzukommen. Sie wird sich um Sie kümmern.«

Vom Büro des Managers aus telefonierte ich mit meinem Chef.

Der Mann, der sich Denley nannte, war anhand der Fingerspuren, die er auf dem Foto des toten Brian Denley hinterlassen hatte, bereits identifiziert worden. Es handelte sich um einen Mafiagangster namens Vicente Calabria aus Chicago. Vor zwölf Jahren hatte er eigenhändig in einem Anfall rasender Wut ein siebzehnjähriges Mädchen getötet. Für diesen Mord gab es Zeugen, die er nicht hatte bestechen, bedrohen oder umbringen können.

Er tauchte unter. Anscheinend hatte er zwei Jahre gebraucht, um in die Haut des puritanischen Bankangestellten Paul Denley zu schlüpfen. Die Einzelheiten würden später geklärt werden. Wahrscheinlich sah Denley ihm ähnlich. Möglicherweise trat Calabria derselben Sekte wie Denley bei und erwarb allmählich sein Vertrauen. Und dann brachte er ihn um und ließ ihn in seinem Wagen verbrennen. Irgendwie schaffte er es sogar, die Gebißabdrücke des echten Denley gegen seine bei seinem Zahnarzt auszutauschen. Obwohl es bei dem »Unfall« Zweifel gab, wurde der Tote amtlich als Vicente Calabria identifiziert.

Calabria hatte nur mit einem nicht rechnen können – daß der hartherzige Paul Denley seinen Sohn so vollkommen aus seinem Denken verbannt hatte, daß er seinem angeblichen Freund Calabria gegenüber diesen Sohn mit keinem einzigen Wort erwähnt hatte.

Der Brief aus Lissabon mußte Calabria wie ein Stich mitten ins Herz getroffen haben.

»Nehmen Sie ihn sofort fest, Jerry!« sagte der Chef abschließend. »Ich schicke jeden verfügbaren Mann.«

Ich weihte Eddie in seine Aufgabe ein. Dann gab ich Phil einen Wink. Draußen im Vorraum hatte ich eine Idee. Ich lieh mir ein großes Handtuch und eine kleine Flasche Franzbranntwein aus, der sonst zum Einreiben verkrampfter Muskeln verwendet wird. Phil schnalzte verstehend mit der Zunge und nahm sich ebenfalls ein Handtuch. Die Handtücher versteckten wir unter unseren Jacken.

Wir fuhren erneut in den achtzehnten Stock hinauf.

»Wir haben etwas vergessen«, behauptete ich dreist, als wir Mavis erneut begegneten. Jetzt standen noch ein paar Haare mehr von seinem Schädel ab, und einige rote Flecken breiteten sich vom Hals über die fahlen Wangen aus.

»Mr. Denley ist nicht bereit, Ihnen weiterhin zur Verfügung zu stehen, meine Herren«, sagte er mühsam beherrscht.

Phil klopfte auf seine Jackentasche, in der ein flaches Walkie-talkie steckte. Mein Handfunkgerät, das mit Phils auf derselben Welle arbeitete, hatte ich Eddie, unserem Verbündeten, überlassen. »Ein einziges Wort, Mr. Mavis, und alle Cops dieser Stadt kommen herauf. Was würden die Nachbarn dazu sagen?«

Mavis erkannte, daß Widerstand wenig Zweck hatte. Er konnte sich glücklicherweise nicht vorstellen, daß das Spiel seines Bosses aus sein sollte. Calabria schien eher zu spüren, was die Stunde geschlagen hatte. Er stand langsam auf, als wir den Raum betraten. Phil blieb in der Nähe der Tür stehen, während ich auf den Schreibtisch zuging. Ich versuchte, Calabria und die beiden Gorillas im Auge zu behalten. Von Mavis erwartete ich keine unmittelbare Gefahr. Außerdem deckte Phil meinen Rücken.

»Sie sind vorläufig festgenommen, Mr. Calabria«, sagte ich ruhig. »Und zwar wegen Anstiftung zum Mord in einer Vielzahl von Fällen und wegen Freiheitsberaubung. Ich mache Sie darauf aufmerksam, daß Sie das Recht haben, die Aussage zu verweigern ...

»Ich kenne meine Rechte!« brüllte der Gangster. »Ich werde nicht aufgeben. Ich bin hier der Herr im Haus! Link, Chuck! Tut etwas ...«

Ich hechtete über den Schreibtisch und packte den zurückzuckenden Gangster an den Jackenaufschlägen. In dem Moment, in dem Phil die Deckenbeleuchtung einschaltete, fiel Calabrias Brille herunter. Er preßte eine

Hand über die vorquellenden Augen. Ich zerrte ihn in eine Ecke. Phil hielt seinen Revolver in der Faust.

»Keine Bewegung, Leute!« sagte er scharf.

Die Leibwächter erstarrten. Ich legte Calabria Handschellen an.

Er kniff die Lider zusammen. »Ich habe eine Geisel! Meine Leute werden sie nicht herausgeben! Sie werden sie töten! Töten!«

Ich hatte mit einer solchen Schwierigkeit gerechnet. Deshalb wollte ich die Festnahme überraschend vornehmen, damit Calabria keine Befehle mehr geben konnte.

Ich nickte Phil zu. »Es ist soweit«, sagte ich.

Phil deutete mit seinem Revolver auf Mavis und die beiden Leibwächter. »Legt die Kanonen auf den Schreibtisch und stellt euch an die Wand! Gesicht zur Wand!«

Die beiden Gorillas legten ihre Kanonen ab und bauten sich an der Wand auf. Mavis gesellte sich zu ihnen. Er trug keine Waffe.

Phil zog das Walkie-talkie.

»Decker an Einsatzleiter. Wie weit seid ihr?«

»Sechs Einheiten sind bereits eingetroffen, weitere befinden sich in Anmarsch«, kam die Antwort aus dem Lautsprecher.

Ich wandte mich an Calabria, der die gefesselten Hände vor sein Gesicht hielt.

»Geben Sie auf, Calabria!« sagte ich. »Es hat keinen Sinn!«

»Sie werden es nicht wagen! Meine Leute haben Befehl, die Geisel zu töten, wenn Sie dort eindringen!«

Ich nickte Phil zu. Phil drückte die Sprechtaste. »Okay, Eddie, kommen Sie jetzt rauf!«

»Verstanden«, bestätigte Ritas Shaffers Bodyguard.

Ich legte den Leibwächtern Handschellen an, damit Phil keine Probleme bekam. An der Tür nickte ich ihm zu.

»Du kannst mein Handtuch haben«, sagte er. »Du wirst es vielleicht brauchen.«

Ich wickelte es mir um den linken Unterarm. Das andere hielt ich locker in der Hand, womit ich die Flasche mit dem Franzbranntwein verbarg.

Dann ging ich ins Foyer zurück.

Eben kam der Aufzug mit Eddie an. Eddie trat an mir vorbei. »Nico, mach auf!« rief er.

Ich stieg in den Aufzug. Bevor die Tür zufuhr, verließ ich ihn wieder. Die Tür auf der linken Seite wurde eben geöffnet.

Der Köter neben dem Bein des Wachmannes glotzte mich an.

»Ach, Eddie«, sagte ich. »Ich wollte Sie etwas fragen ...«

Eddie drehte sich um.

Der Wachmann schöpfte keinen Verdacht. Ich ging auf Eddie zu. Der Hund begann böse zu knurren. Eddie wandte sich an den Mann. »Mensch, Nico, laß die Töle doch drin!«

Ich ging auf den Mann zu. Er starrte mit gerunzelter Stirn auf das Handtuch in meiner Hand und den umwickelten Arm.

»Sie wissen, wer ich bin«, sagte ich, und als er nickte, fügte ich hinzu: »Mr. Denley ist verhaftet. Ich weiß, daß Sie eine Frau dort drinnen gegen ihren Willen festhalten. Ich fordere Sie auf ...«

Er wollte die Tür zuschlagen. Ich sprang vor und setzte meinen Fuß in den Spalt. Die Tür knallte gegen meinen Schuh, und im selben Moment schnappte der Hund nach meinem Bein.

Ich zog das Bein zurück. Nico stemmte sich noch mit seinem Gewicht gegen die Tür, als der Widerstand plötzlich nicht mehr da war.

Aber der Hund hatte seinen Hals in der Tür.

Er jaulte erbärmlich, als er eingeklemmt wurde. Nico riß die Tür weit auf.

Ich spritzte etwas Franzbranntwein vor die Nase des Hundes, der draußen jaulend davonzog. Mit der Schulter stieß ich Nico zur Seite und sprang in den Flur. Das Gejaule des Hundes lockte andere Bewohner dieses Geschoßteils herbei. Unter ihnen Duke und Rossi, die Killer. Und zwei andere Hunde.

Sie rasten auf mich zu. Ich spritzte reichlich Franzbranntwein auf das lose Handtuch, ließ die Flasche fallen und riß meinen Smith & Wesson heraus.

»FBI!« schrie ich. »Widerstand ist zwecklos!«

Der eine Hund drehte jaulend ab. Der andere hatte anscheinend keine so empfindliche Nase. Er sprang mich an. Ich hielt ihm den linken Arm hin. Die Zähne schnappten zu. Ich spürte ihren Druck durch die Stofflagen.

Mir brach der Schweiß aus. Ich warf mich herum. Der Hund hing schwer an meinem Arm. Dabei war der Köter nicht mein eigentliches Problem.

Duke und Rossi, die beiden Killer, hatten nichts zu verlieren.

Während der knurrende und hechelnde Hund an meinem Arm hing und ich seinen Körper gegen den Türrahmen schmetterte, ging Duke in die Knie und griff zur Hüfte. Rossi hetzte durch den langen Flur nach hinten, wo der Gang einen Knick machte.

Ich feuerte einen Warnschuß in die Decke. Dann zielte ich auf Duke. Der Hund zerrte mit seinem ganzen Gewicht an meinem Arm. Einer seiner spitzen Zähne hatte sich durch den Stoff gebohrt und grub sich jetzt schmerzhaft in meine Armmuskeln. Ich mußte den verdammten Köter loswerden! Duke schoß. Der Hund hing plötzlich schlaff an meinem Arm. Der Fang öffnete sich. Ich sah in Dukes Gesicht, sah sein Auge über dem Pistolenlauf und schoß. Er kippte nach hinten.

Ich rannte durch den langen Flur, sprang über den sterbenden Duke und warf mich in den kurzen Gang, der vor einer massiven Tür endete.

Rossi, der Killer, warf sich mit der Schulter gegen die Tür.

»Hände hoch!« schrie ich.

Rossi drehte sich um. Sein Gesicht war verzerrt. Er spreizte die Arme. »Nicht schießen! Bitte, nicht schießen!«

Langsam ging ich auf ihn zu. »Umdrehen! Los, drehen Sie sich um!« Ich hatte keine Handfesseln mehr bei mir. Ich stieß ihm die Revolvermündung in den Rücken.

Ein Schlüssel steckte auf dem Türschloß, aber die Tür ließ sich nicht öffnen. Ich hämmerte gegen das Holz.

»Matty! Sind Sie da drin?« rief ich. »Hier ist Cotton, FBI!« Hinter der Tür polterte es. Dann sprang sie auf. Matty hatte sich in ihrem Gefängnis verbarrikadiert. Sie war eine großartige Frau.

»Mein Gott«, sagte sie schwach, »ich habe nicht mehr daran geglaubt . . .«

»Die Kavallerie kommt doch immer im letzten Moment«, sagte ich. Im Flur hörte ich laute Rufe und Schritte. Die Kollegen rückten an. »Hierher!« rief ich.

Augenblicke später wurde Jack Rossi abgeführt. Ich nahm Mattys Arm und führte sie ins Foyer. Phil kam uns entgegen. Er grinste angespannt.

»Wie haben Sie es gemerkt?« fragte er Matty.

»Er wußte nicht, was die Todsünden sind«, antwortete sie. »Mein Gott, hatte ich plötzlich Angst . . .«

»Kommen Sie, es ist alles vorbei«, sagte ich und schob sie in den Aufzug.

ENDE

Ballett in Sing Sing

Das Leder des Schreibtischsessels knarrte leise, als sich Seamus O'Driscoll zurücklehnte.

Er entblößte die Zähne und klemmte den brennenden Zigarillo dazwischen. Als er sprach, klang es wie ein Nuscheln.

»Diesmal wird es der größte Freundschaftsdienst sein, den wir den Leuten in Nordirland je erwiesen haben.«

Der Mann, der O'Driscoll gegenübersaß, verzog das schmale Gesicht zu einem Grinsen. »Hauptsache, die Bezahlung stimmt.«

»Worauf du dich verlassen kannst.«

»Und?«

»Du meinst Einzelheiten?« O'Driscoll nahm den Zigarillo aus dem makellosen Gebiß und betrachtete gedankenverloren den sich kräuselnden Rauch. »Im Grunde ist es ein glücklicher Zufall. Unsere Auftraggeber haben Informationen aus Kanada. Da oben wird in Kürze eine britische Spezialtruppe erwartet, auf einem der militärischen Übungsplätze.«

Der Mann mit dem schmalen Gesicht lachte abgehackt. »Sollen wir etwa mit denen Krieg spielen?«

»Unsinn. Wir blasen den ganzen Verein in den Himmel. Das ist alles. Die Anti-Terror-Spezialisten werden für ihren Einsatz in Ulster nicht mehr zur Verfügung stehen.«

Die Heiterkeit des anderen schwand. »Hör mal, als Witz ist das ganz gut. Aber jetzt komm auf den Teppich zurück. Ich arbeite für dich als Bodyguard, und ich überwache auch mal Waffenlieferungen an die Auftraggeber. Aber du kannst nicht verlangen, daß ich mich mit Sprengstoff oder Bomben oder so was abgebe.«

O'Driscoll piekte mit dem Zigarillo in die Richtung seines Gesprächspartners. »Bud, mein Junge, davon war nie die Rede. Deine Kumpels und du, ihr erledigt nur die Vorbereitungen. Und dann ... tja, gegen Spezialisten setzt man einen Spezialisten ein.«

»Da gibt es nur einen, der brauchbar ist. Und der sitzt zur Zeit in Sing Sing.«

»Ist das ein Hindernis?«

»Ich kenne kein größeres.«

O'Driscoll beugte sich vor und tippte auf die Zeitung, die im matten Lichtkreis der Schreibtischlampe lag. »Die Wege werden unserem Mann von selbst geebnet.«

Der andere blickte auf die fette Schlagzeile, auf die O'Driscolls gepflegter Zeigefinger wies.

BALLETT IN SING SING!

»Na und?«

»Du wirst schon sehen, Bud. Sie lassen die Puppen ein bißchen tanzen – aber die Begleitmusik liefern wir.«

Im abendlichen Blechstrom von Manhattan ist selbst ein Jaguar eine lahme Ente. Gezwungenermaßen. Und gäbe es in meinem roten Flitzer keine gut funktionierende Klimaanlage, so bestünde die erste Feierabendtätigkeit darin, zu Hause sämtliche Kleidungsstücke auszuwringen. Vermutlich lag es an dem eintönigen Dahinkriechen in der Betonschlucht der Sixth Avenue, daß Phil an diesem Abend auf düstere Gedanken kam.

»Eigentlich ist das unmöglich«, sagte er nach minutenlangem Nachdenken und verfiel sofort wieder in angestrengtes Schweigen.

Zwischen Bremse, Gas und Bremse warf ich ihm einen forschenden Seitenblick zu. Sein Gesicht war ein einziges Zweifeln.

»Wenn deine Überlegungen reif sind für die Öffentlichkeit, laß es mich wissen!« bat ich.

Er sah mich an, als sei er aufgewacht. »Diese Klimaanlage!«

Ich bereute es im selben Moment, ihn wachgerüttelt zu haben. Wenn mein Freund und Kollege über Klimaanlagen nachdenkt, entwickelt er sich zum Nörgler. Für diese Apparate empfindet er ein übersteigertes Mißtrauen.

»Der Wagen war erst letzte Woche zur Inspektion«, erklärte ich vorsorglich. »Es ist alles in Ordnung.«

»Das glaube ich«, sagte Phil erstaunlicherweise. »Was ich meine, ist etwas anderes. Sieh dich mal um!«

»Wozu? Den Anblick kenne ich auswendig. Blech und Chrom, so weit das Auge reicht.«

»Und Abgase. Wir haben uns schon so sehr daran gewöhnt, daß wir gar nicht mehr darüber nachdenken. Zum Beispiel über die Frage: Wie kann eine Klimaanlage noch frische Luft erzeugen, wenn sie von außen nichts als verpestete Luft ansaugt? Ist es nicht eher so, daß wir hier drinnen in deinem Jaguar gekühlte Abgase einatmen?«

»Filtersysteme«, sagte ich geduldig.

»Völlig unzureichend«, behauptete Phil. »Bei Großanlagen in Büros und Kaufhäusern funktioniert so etwas vielleicht. Aber in Autos ...«

Das Rufzeichen der Sprechfunkanlage bewahrte mich vor weiteren Gedankenausflügen meines Freundes. Widerwillig klinkte er das Mikro aus der Halterung.

Unser Kollege Joe Brandenburg meldete sich. Er hatte vor einer Dreiviertelstunde die Leitung der Nachtbereitschaft übernommen. »Ich nehme an, ihr befindet euch noch in Midtown.«

»Stimmt«, antwortete Phil knapp. Der Blick, mit dem er mich bedachte, war ahnungsvoll.

»Sehr gut«, sagte Joe. »Tut mir leid, wenn ich euren Feierabend stören muß, aber ich habe niemanden sonst. Wir haben einen Notruf aus einem Stripteaseschuppen. Nennt sich ›Southern Star‹ und liegt an der West 47th Street zwischen Eighth und Ninth Avenue. Einer der Wachmänner will einen entflohenen Strafgefangenen im

Publikum entdeckt haben. Jefferson Forbes aus Fort Leavenworth. Die City Police ist zur Amtshilfe bereit, besteht aber darauf, daß der FBI die Verantwortung übernimmt.«

»Sieht so aus, als ob wir uns nicht drücken können«, seufzte Phil.

»Ich weiß, daß ihr das niemals tun würdet.« Wir konnten Joe regelrecht grinsen sehen.

»Okay, wir sind schon unterwegs. Ende.« Phil schob das Mikro zurück in die Halterung.

Ich pappte das Rotlicht aufs Dach und schaltete dazu die Sirene ein. Trotzdem dauerte es quälend lange Minuten, bis wir uns aus dem Blechgewühl freigekämpft hatten. In der Straßenmitte kamen wir etwas zügiger voran. Bis zur West 47th Street hatten wir noch sechs Häuserblocks vor uns. Eine Weile konnten wir uns Konzert und Lichtorgel also noch leisten.

Dann, als wir nach links abbogen, verwandelte ich den Jaguar wieder in ein stilles Zivilauto. In der 47th war der Verkehr weniger dick. Wir überquerten die Seventh und die Eighth Avenue. Ich nahm Gas weg und zog den Jaguar nach rechts. Hinter einem Müllcontainer, der mit Bauschutt gefüllt war, fand ich einen Platz zum Parken.

Das ›Southern Star‹ war ein ehemaliges Kino, mit einfachen Mitteln für den neuen Zweck umgestaltet. Eine schreierische rote Schrift über dem Eingang verhieß ›*Striptease non stop*‹. Handgemalte Plakate zeigten wohlgeformte Schönheiten in dürftiger Bekleidung, wie sie die geltenden Vorschriften über Fassadenwerbung eben noch zuließ.

Phil gab an Joe Brandenburg durch, daß wir unser Einsatzziel erreicht hätten. Wir erfuhren, daß ein halbes Dutzend Streifenwagenbesatzungen der City Police im Anmarsch wären und nur auf unseren Einsatzbefehl warten würden.

Ich rüstete mich vorsorglich mit einem Walkie-talkie

aus. Nach der Personenbeschreibung war Jefferson Forbes ein hochgewachsener schlanker Mann mit schwarzem Haar. Verurteilt zu lebenslänglich, weil er bei einem Banküberfall eine Geisel erschossen hatte. Nach mehreren Jahren guter Führung war er einem Arbeitskommando beim Straßenbau außerhalb von Fort Leavenworth zugeteilt worden. Und er hatte gezeigt, daß er die ganzen Jahre nur auf diese Fluchtchance gewartet hatte.

Phil und ich überprüften unsere Dienstrevolver und kletterten aus meinem Flitzer. In dem Strip-Schuppen herrschte ein ständiges Kommen und Gehen. Wir fielen nicht auf. Wir konnten gut und gern Angestellte oder Verwaltungsbeamte sein, die sich nach Feierabend eine kleine Aufmunterung gönnten.

Nur die Bühne war hell beleuchtet. Ein blondes Girl, noch mit einem enganliegenden Trikotanzug bekleidet, wirbelte zu einer schnellen Jazzmelodie, die aus den Lautsprecherboxen swingte. Zwischen den Sitzreihen gab es kleine Tische mit gedämpften Lämpchen.

Es wurde geraucht und getrunken. Kurzberockte Serviererinnen nahmen geflüsterte Wünsche entgegen.

In den Seitengängen lungerten Zuschauer, die noch keinen Platz gefunden hatten. Und auch die Wachmänner waren zu sehen, die in ihren Uniformen ähnlich aussahen wie unsere Kollegen von der City Police. Ein vertrautes Bild in New Yorker Kinos und Etablissements wie diesem.

Bevor wir uns unauffällig an einen der Uniformierten heranschieben konnten, nahmen die Dinge ihren Lauf.

Der Schlußakkord dröhnte aus der Anlage. Federnd verharrte das blonde Girl am vorderen Bühnenrand und badete im Beifall. An die hundert Männer trampelten, klatschten und grölten, daß der Saal bebte.

Die Blonde schnappte sich das Mikro. »Habt ihr noch nicht genug?«

Der ganze Saal brülle einstimmig zurück. »Nein, Baby!«

»Okay, okay, beruhigt euch! Wir machen was Besonderes. Wer von den Gentlemen fühlt sich stark genug, mit mir gemeinsam einen Strip hinzulegen?«

Sekundenlang herrschte Stille. Das Angebot war offenbar atemberaubend.

Ich sah mich um. Und hatte das Verlangen, einen Fluch auszustoßen. In den Eingängen an beiden Seiten erschienen weitere Uniformen. Cops diesmal. Hölle und Teufel, unsere Kollegen glaubten, daß sie sich auf einem Spaziergang befanden.

Ich stieß Phil an.

Mein Freund und Kollege sah, was ich meinte. Er preßte die Lippen aufeinander.

Aber es war zu spät, die Cops unbemerkt zurückzuschicken.

Das Publikum tobte jetzt vor Begeisterung. Einen Moment lang glaubte ich, sämtliche Zuschauer würden die Bühne stürmen. Doch einer von ihnen war schneller als alle zusammen.

Hochgewachsen, schlank und schwarzhaarig löste er sich aus einer der vorderen Sitzreihen. Seine Schnelligkeit war nicht nur körperlicher Art. Auch mit seiner Beobachtungsgabe und seiner Reaktionsfähigkeit war er überragend. Der Instinkt des Gejagten beflügelte ihn dazu.

Ich begriff es in dem Augenblick, in dem ich ihn nach vorn springen sah.

»Oh, ein ganz Mutiger!« rief das Girl am vorderen Bühnenrand. »Na, dann wollen ...« Der Rest ihrer Worte ging trotz Verstärkeranlage im Johlen unter.

Ich reagierte als erster. Ich ließ Phil Decker hinter mir zurück.

Der Schwarzhaarige war noch zwei Schritte von der Bühne entfernt.

Ich stürmte durch die Gasse zwischen Publikum und Wachmännern. Den Vorsprung konnte ich unmöglich aufholen.

Einer der Wachmänner brüllte etwas. Er griff zum Revolverfutteral, denn er hatte begriffen, wer dort vorn zum Gemeinschafts-Striptease aufbrach.

Mit einem raubtierhaften Satz sprang der Schwarzhaarige auf die Bühne. Das blonde Girl lachte, strahlte und tänzelte ein paar Schritte zurück. Sie klemmte sich das Mikro unter den Arm und klatschte Beifall.

Das Toben des Publikums verstärkte sich. Herdentrieb! Einer von ihnen war bereit, sich zur Schau zu stellen. Alle anderen weideten sich daran und genossen das Schauspiel aus dem Schutz der Masse heraus. Sie hatten noch nicht einmal erfaßt, was sich wirklich abspielte.

Ich streckte den rechten Arm aus, als ich den Uniformierten erreichte, der seinen Revolver in Anschlag bringen wollte. Er bemerkte mich aus den Augenwinkeln heraus und blinzelte verwirrt. Welche Katastrophe er mit einem Schuß auslösen konnte, schien ihm nicht klar zu sein.

Der Schwarzhaarige war jetzt bei der Blondine auf der Bühne und ergriff ihre freie Hand. Der Lärm im Saal wollte kein Ende nehmen.

»FBI!« zischte ich den Wachmann an. »Die Waffe weg!« Er begriff jetzt, denn auch meine Geste und mein Gesichtsausdruck waren unmißverständlich.

»Das ist Forbes!« keuchte er.

Ich nickte nur.

Noch vier Schritte trennten mich von der Bühne, als die Boxen losdröhnten. Ein schwüler Slowfox, Hintergrund für den bevorstehenden Strip.

Zwei rasante Schritte schaffte ich noch.

Das blonde Girl wollte das Mikrofon weglegen. Sie wollte sich im Rhythmus winden.

Jefferson Forbes zerstörte die Show im nächsten Sekundenbruchteil.

Ich prallte zurück, wie von einer Eisenfaust gestoppt.

Das Mädchen schrie auf. Jähes Entsetzen grub sich in ihr hübsches Gesicht, als der Mann sie an sich riß. Blitzartig preßte er ihr den Unterarm vor die Kehle. Mit der anderen Hand packte er das Mikrofon. Immer noch dröhnten die Boxen. Nur das Beifallsgegröl war verstummt.

Forbes starrte mich an. Das kreidebleiche Gesicht des Girls war neben seinen funkelnden Augen. Ihr Körper, unter dem Trikotanzug eben noch voller jugendlicher Spannkraft, schien erschlafft. Der Mann hinter ihr wußte, daß ich ihn fast erwischt hätte. Und er wußte, welche Gefahr ihm von mir drohte.

Die Musik zerrte an den Nerven. Denn das aufreizende Bühnengeschehen, dem sie entsprochen hätte, war nicht mehr vorhanden.

Dann, endlich, nach ewigen Sekunden, wurde es still.

Forbes hob das Mikro an die Lippen. Seine Augen feuerten Blitze auf mich ab. »Keinen Schritt mehr!« befahl er. Aus den riesigen Lautsprecherboxen klang es wie das Fauchen eines Tigers. »Und das gilt für sämtliche Bullen, die sich eingeschlichen haben. Macht einer hier im Saal eine falsche Bewegung, drücke ich dem Girl die Kehle zu.«

Ihre Augen flackerten vor Entsetzen. Ein verzweifeltes Flehen lag darin, das mir galt. Sie ahnte, zu welchem Verein ich gehörte.

Ich nickte und ließ es gleichmütig aussehen. Hinter mir waren die Leute so still, daß man glauben konnte, sie atmeten nicht mehr.

»Habe verstanden«, sagte ich so ruhig wie möglich. Die Arme ließ ich hängen, hielt die Hände aber deutlich vom Körper weg. »Und wie soll es weitergehen, Forbes?«

Er zog die Brauen zusammen. Wenn er erschrak, daß ich seinen Namen kannte, so zeigte er es nicht. »Ich muß wissen, mit wem ich verhandeln kann.«

»Mit mir.«

»Tatsächlich? Woher soll ich wissen, daß du nicht irgendein Spinner bist, der sich wichtig machen will?«

»Mein Name ist Jerry Cotton«, antwortete ich. »Ich bin Special Agent des FBI.«

Er lachte hart und trocken. »Und jetzt glaubst du, daß mich das beeindruckt, was?« Sein muskulöser Unterarm lag unter dem Kinn der Blondine. Sie hatte schon jetzt Mühe, richtig zu atmen.

Ich schluckte den Spott, ohne mir etwas anmerken zu lassen. Meine Gedanken waren von eiskalter Ruhe erfüllt. In dieser Situation konnte ich mir nicht das geringste Nervenflattern leisten. Ich wog Entfernungen und Zeitbedarf ab. Der Mann stand schräg links von mir, etwas mehr als zwei Schritte vom Bühnenrand entfernt. Bis dorthin hatte ich auch nur zwei Schritte zurückzulegen, und die Bühne war zwei Fuß hoch.

Zugegeben, die Chancen für das Stripmädchen standen schlecht. Aber der Mann, der sie im Würgegriff hielt, besaß offenbar keine Waffe. Er mußte sich auf seine Muskeln verlassen.

Das Unwägbare war jedoch der Zustand seiner Nerven. Ich konnte nicht abschätzen, wie er reagieren würde. Überhastet? Oder verzögert? Jedenfalls konnte ich die kleine Stripperin mit Worten allein nicht schützen.

Ich schüttete den gesamten Gedankenballast ab. »Wie lauten Ihre Forderungen?« fragte ich.

»Eine Frage, die sich gut anhört«, entgegnete Forbes. Er grinste verkrampft. Sein Gesicht war gerötet. Ein augenfälliger Gegensatz zu der bleichen Hautfarbe des Mädchens. »Dann hör mal gut zu, du Oberbulle! Ich verlange nicht mehr und nicht weniger als meine Freiheit.

Dazu brauche ich einen Wagen zum Floyd Bennett Field, wo ihr eine Militärmaschine mit großer Reichweite für mich bereitstellt. Einzige Passagiere sind die kleine Lady und ich. Reiseziel unbekannt.« Wieder ließ er sein Lachen hören.

»Dafür kriegen Sie noch mal Lebenslänglich«, sagte ich. »Denken Sie nach! Wenn Sie jetzt aufgeben, haben Sie noch eine Chance, bei guter Führung vorzeitig entlassen zu werden.«

»Unsinn!« zischte er. »Komm mir nicht mit Faselei, Mann! Damit erreichst du überhaupt nichts. Die Sache läuft so, wie ich es sage.«

Ich schüttelte den Kopf. »Das glaube ich nicht.«

Der andere runzelte die Stirn. »He, was soll das heißen: du glaubst es nicht?«

»Das soll heißen, daß ich Ihre Forderungen nicht erfüllen werde. Keiner der Polizeibeamten hier im Saal wird sich darauf einlassen.« Meine Worte hallten in der Stille nach, als sollte ihre Bedeutung dadurch unterstrichen werden.

Die Blondine verdrehte die Augen. Sie mußte annehmen, daß ich den Verstand verloren hatte.

»Sag mal«, schrie Forbes, »bist du nicht ganz richtig im Kopf? Das Girl stirbt, wenn ihr nicht mitmacht!«

»Und dann?« Ich lächelte kalt. Durch nichts ließ ich mir anmerken, daß meine Muskeln zum Zerreißen gespannt waren. Ich wandte mich an die junge Stripperin. »Hören Sie, Miss, versuchen Sie jetzt, die Nerven zu bewahren! Ich weiß, daß ich fast Unmögliches von Ihnen verlange. Aber Sie müssen es versuchen. Dieser Mann hat keine Chance, Sie umzubringen. Ich werde schneller sein als er. Vielleicht wird er Ihnen weh tun, und vielleicht verlieren Sie auch das Bewußtsein. Aber er kann sie unmöglich töten. Also seien Sie tapfer!«

»He, he, he!« Die Stimme des Schwarzhaarigen überschlug sich. In seinem Gesicht zuckten die Muskeln in der Nähe der Mundwinkel. Seine Nerven gerieten in Panik. »So läuft das nicht, Mann! Willst du das Girl auf dem Gewissen haben? Machst du auch nur einen Finger krumm, drehe ich ihr den Hahn zu. Kapiert?«

»Nein«, widersprach ich und ließ einen Bluff folgen: »Denn eine Sekunde später wären Sie selbst tot. Die City Police hat inzwischen Scharfschützen im Saal postiert.«

Seine Augen schienen aus den Höhlen zu quellen, und seine Stimme steigerte sich zu schrillen Tönen. »Menschenskind, rede ich denn so undeutlich? Ich bringe das Girl um. Ich bringe sie um, wenn ihr nicht spurt. Mann, hau endlich ab! Ich verhandle doch nicht mit einem Verrückten. Ich will mit einem reden, der vernünftig genug ist. Ist denn keiner da, der ...«

»Nein!« Mit dem einen Wort schnitt ich sein Geschrei ab wie mit einem Peitschenhieb.

Sein Kinn sackte kraftlos nach unten. Er stierte mich an.

Ich schnellte los.

Die Schrecksekunde überwand er erst, als ich schon die Bühne erreicht hatte. Der gellende Schrei der Stripperin stach mir in die Ohren. Erst jetzt reagierte Forbes. In seinem Gesicht stand noch immer Fassungslosigkeit, als er zudrückte. Wie in einer Momentaufnahme sah ich die sich anspannenden Muskelstränge seines Unterarms.

Ich überwand die letzten beiden Schritte mit einem Riesensatz.

Der Schrei des Mädchens erstarb in einem Gurgeln. Ihre Augen kippten hinter die Lider weg.

Forbes wollte zurückweichen und sie mit sich zerren. Er schaffte es nicht.

Aus dem Sprung heraus schmetterte ich meine Handkante auf seinen Oberarm, haarscharf neben dem Kopf des Girls. Die Muskelstränge hingen jäh durch. Unter der

Wucht des Hiebes wankte Forbes rückwärts. Sein Entsetzen war größer als der Schmerz. Er konnte mich nur anstarren.

Die Stripperin sank zu Boden. Ich bremste meinen Schwung ab, federte über sie hinweg und machte kurzen Prozeß. Nur noch zweimal schlug ich zu. Es krachte dumpf, als Forbes auf die Bretter prallte. Die große weite Welt brachten sie ihm nicht mehr ein. Er hatte sich nicht einmal zur Wehr gesetzt, so schockartig hatte ihn mein Angriff getroffen.

Eine Sekunde später war die Lage unter Kontrolle.

Auf der Bühne wimmelte es plötzlich von Beamten in Uniform. Ein Notarzt, vorsorglich alarmiert, versorgte die bewußtlose Stripperin. Ganz hinten standen ihre Kolleginnen zwischen den Kulissen. Jemand legte mir die Hand auf die Schulter. Ich drehte mich um und erkannte Phil.

»Wahnsinn«, sagte er dumpf. Mehr nicht.

Ich nickte und versuchte vergeblich, die Trockenheit in meiner Kehle hinunterzuschlucken. Dann, als ich mir eine Zigarette anzündete, bemerkte ich, daß meine Hände zitterten. Kurz darauf nickte mir der Arzt im Gedränge zu. Erst jetzt war ich beruhigt.

Nur der undichte Wasserhahn in der kleinen Teeküche tropfte nervtötend. Die vier Frauen blickten schweigend in den angrenzenden Raum, wo sie bis eben anstrengende Übungsstunden verbracht hatten. Sonnenstrahlen stachen spitzwinklig durch die gardinenlosen Fenster und ließen den neu versiegelten Parkettfußboden funkeln. Die Stereoanlage war so stumm wie das elektrische Klavier, das Nell Dorson für einen sündhaft hohen Preis bei einem Antiquitätenhändler an Land gezogen hatte.

Das Pfeifen des Kessels durchbrach die Stille.

Nell atmete hörbar ein und aus, stützte die Hände auf die Tischplatte und wollte aufstehen.

Lily Langtry, klein, drahtig und blond, erwachte unvermittelt aus ihren Gedanken, sprang auf und drückte Nell mit einer sanften und beinahe fürsorglich wirkenden Geste auf ihren Platz zurück.

»Nein, laß mich das erledigen! Ich muß etwas zu tun haben, und wenn's nur Teekochen ist. Vom Herumsitzen wird man nur noch träger.«

Sie schwang auf dem Absatz herum und eilte mit federnden Schritten in die Küche, von wo im nächsten Moment geschäftiges Geschirrklappern zu hören war.

Nell Dorson lächelte, und ihre Wangen hoben die Schar der Sommersprossen an, die sich um ihre Nase gruppierten.

Deborah Lane ließ die Handflächen auf den Tisch fallen, daß es klatschte. Dann stand sie mit einem Ruck auf. »Wißt ihr was, Ladys? Ich spendiere uns ein Kuchenpaket. Tee im Alleingang ist mir denn doch zu fade.«

»Miss Lane!« rief Dixie Maine, die einzige Farbige in der Ballett-Truppe, mit strengem Ton. »Ich darf Sie daran erinnern, daß in einer Stunde bereits Mittagszeit ist. Weiter erinnere ich Sie an Ihr Versprechen, bis Ende des Monats zehn Pfund weniger auf die Waage zu bringen.«

»Dixie, ich bitte dich.« Deborah, die schon unter der Portiere zum großen Tanzzimmer stand, verzog schmollend das Gesicht. »Drei Wochen habe ich noch vor mir, und in der letzten Woche habe ich schon zwei Pfund geschafft. In nur einer Woche! Vergiß das bitte nicht!«

»Dafür haben wir dich genug gelobt«, sagte Nell Dorson. »Jetzt kommt die Phase des Durchhaltens. Und nach dem Kuchenpaket sehe ich dich heute mittag schon vor einer riesigen Pizza Napoletana.«

»Wenn's zuviel wabbelt, wird der beste Bauchtanz unästhetisch«, fügte Dixie Maine feixend hinzu. »Hättest du zu Rubens' Zeit gelebt, wärest du ein gefragter Typ gewesen.«

»Das ist nun wirklich Neid«, fauchte Deborah. »Es gibt auch heutzutage Männer, die sich an einem Brett nicht vergreifen würden.«

Dixie sprang auf.

»Wenn du damit sagen willst, daß ich aussehe wie ein ...«

»Schluß jetzt!« fuhr Nell Dorson energisch dazwischen und konnte sich doch ein Grinsen nicht verkneifen. »Debbie, du holst deinen Kuchen. Dixie, du hütest deine spitze Zunge. Schluß, aus!«

Deborah Lane nickte zufrieden. Sie griff zum Garderobenhaken und marschierte mit beachtenswertem Hüftschwung los.

Im Gehen warf sie den leichten Sommermantel über das schwarze Trikot. Ihre Schritte endeten mit dem Quietschen der ewig ungeölten Türangeln.

Ein Wortwechsel folgte. Deborahs Stimme und eine andere Frauenstimme. Dann schwang die Tür wieder auf, und Schritte näherten sich über das Parkett. Unter der Portiere erschien Deborah mit einer Begleiterin, bei deren Anblick jeder Mann das Wort »Rasse« auf der Zunge zergehen lassen mußte.

»Wir haben Besuch«, verkündete Deborah fröhlich. »Eine Kollegin. Ich überlasse sie euch und kümmere mich jetzt um den Kuchen.«

»Danke.« Die junge Frau mit dem schulterlangen jettschwarzen Haar blickte ihr lächelnd nach. Dann wandte sie sich Nell und Dixie zu, die sie vom Tisch her erwartungsvoll ansahen. »Ich bin eurer Mitstreiterin in die Arme gelaufen, als ich gerade euer Firmenschild studieren wollte.«

»Wir sind ein Kleinunternehmen«, sagte Dixie. »Deshalb ist unser Schild noch nicht so auffällig.«

Lily Langtry spähte neugierig aus dem Küchendurchgang herüber.

»Du gehörst zur Branche?« fragte Nell Dorson interessiert. »Komm, setz dich!«

»Entschuldigt, ich habe mich noch nicht vorgestellt. Ich heiße Gabriela Romero.« Sie folgte Nells Aufforderung. Weiße Edeljeans und eine duftige rote Seidenbluse unterstrichen die Biegsamkeit ihres vollendet geformten Körpers. Feine Riemchensandalen mit hohen Absätzen ließen ihre Schritte graziös und federnd wirken.

»Bist du Portorikanerin?« erkundigte sich Dixie ungeniert.

»Nein, ich stamme aus Spanien. Andalusien, genauer gesagt.«

Lily Langtry, die das Tablett mit dem Teegeschirr hereintrug, stieß einen Pfiff aus. »Das Land des Flamenco, olé!« Sie stampfte kurz nacheinander mit beiden Füßen auf, daß das schwerbeladene Tablett bedrohlich ins Wanken geriet.

»Lily Langtry, unser Wirbelwind«, erklärte Nell schmunzelnd. Dann deutete sie auf ihr Gegenüber mit dem dunklen Krauskopf. »Dixie Maine, Expertin für die zwanziger Jahre, vom Cakewalk bis zum Blackbottom. Und ich bin Nell Dorson.«

»Der Kopf des Unternehmens«, fügte Dixie hinzu.

»Daher die Firmenbezeichnung«, sagte Gabriela mit einem verstehenden Nicken. »Nell's Dancing School. Ich habe über euch in der Zeitung gelesen. Deshalb bin ich hier. Also, ich falle einfach mit der Tür ins Haus. Ich würde gern bei euch mitmachen. Natürlich nur, wenn ihr mich haben wollt. Mit Probezeit und so.«

Nell Dorson zog die Augenbrauen hoch, und die Gruppierung ihrer Sommersprossen verkündete Interesse.

Lily Langtry setzte sich und legte das Tablett auf den Fußboden. »Flamenco?«

»Was sonst?« sagte Dixie Maine im Brustton der Überzeugung. »Wenn man aus Andalusien stammt ...«

Gabriela Romero lachte. Es klang wie das Schwingen einer Glocke. »Genau! Du hast es erfaßt, Dixie. Aber ehrlich gesagt, der Flamenco ist mir nicht in die Wiege gelegt worden. Meine Eltern sind einfache Leute und hatten mit der Tanzerei nie etwas im Sinn. Nicht jeder Andalusier ist ein Flamenco-Fan.«

»Und wie kamst du zum Tanzen?« fragte Nell Dorson.

Die Andalusierin seufzte, öffnete ihre kleine Lederhandtasche und zündete sich eine Zigarette an. Den ersten Zug inhalierte sie tief, und dann gab sie sich einen Ruck.

»Also, das war so: Damals in Spanien lernte ich einen Americano kennen, einen G.I. Ich war noch ein junges Ding von neunzehn Jahren und verliebte mich Hals über Kopf in ihn. Zwei Jahre später war seine Dienstzeit auf dem Stützpunkt zu Ende. Ich verlobte mich mit ihm, verließ meine Eltern im Streit und ging mit ihm nach Amerika. Wir lebten eine Zeitlang in Pennsylvania. Dann stellte ich fest, daß mein Americano in seinem Heimatland ein völlig anderer Mensch war. Er führte sich auf wie ein göttliches Wesen, bevormundete mich, war rasend eifersüchtig und so weiter. Zum Glück habe ich das erkannt, bevor ich mit ihm zum Traualtar ging. Tja ...« Gabriela seufzte tief und drückte ihre halb gerauchte Zigarette im Aschenbecher aus. »Ich hatte zwar meine Freiheit, aber nur ein paar Dollars in der Tasche. Zurück nach Spanien konnte ich nicht. Es reichte gerade bis nach New York. Soviel hatte ich gehört, daß man hier immer etwas findet, um sich über Wasser zu halten.«

»Und wenn man sich an die Bordsteinkante stellt.« Dixie Maine grinste, hob die Teekanne und sah die Andalusierin fragend an.

Gabriela nahm mit einem dankenden Nicken an und blickte ernst in den Dampf, der aus ihrer Tasse stieg. »Manchmal war ich kurz davor«, sagte sie leise. »Es gibt wohl immer Momente im Leben, in denen man die letzte aller Möglichkeiten ins Auge faßt.«

»Aber so weit ist es nicht gekommen«, faßte Nell zusammen. »Jedenfalls siehst du nicht so aus, als ob du in der Gosse gelandet wärst.«

Schritte hallten über den Parkettfußboden nebenan, und Deborah Lane rauschte mit ihrem Kuchenpaket durch die Portiere herein.

»Laßt euch nicht unterbrechen!« flüsterte sie, stellte das Paket auf den Tisch, schlüpfte aus dem Mantel und setzte sich auf den noch freien Stuhl neben der Andalusierin.

»Wir befinden uns mitten in einer ergreifenden Lebensgeschichte«, erklärte Lily Langtry. »Das Küchenmädchen, arm, aber hübsch, wurde vom lasterhaften Sohn des Grafen mit vielen Versprechungen in ein fremdes Land entführt. Dort ließ er sie fallen wie eine heiße Kartoffel, und sie stand klein und hilflos in der riesengroßen Stadt.« Lily kicherte hinter der hohlen Hand.

Deborah öffnete raschelnd das Kuchenpapier, nickte ungerührt und verteilte Sahnestücke auf die Teller. Zwischendurch wandte sie sich mit einem Seitenblick an ihre Nachbarin. »Lilys besondere Art von Humor wirst du noch verstehen lernen. Meistens bringt sie sich durch ihr Mundwerk nur selbst in Schwierigkeiten.«

Gabriela Romeros Augen hatten sich nach Lilys Worten kaum merklich verengt – für einen so kurzen Moment, daß keine der Frauen es sah.

»Ich denke«, meinte Nell Dorson »du solltest uns noch sagen, wie du zum Flamenco gekommen bist.«

»Tja, das war ein reiner Glücksfall. Nach meiner Ankunft in New York habe ich natürlich ein paar Lokale aufgesucht, in denen sich Spanisch sprechende Leute aufhalten. Und dann lernte ich einen Gitarristen kennen, der den klassischen Flamenco drauf hat. Er besorgte mir Bücher und half mir, die Tänze einzustudieren. Seitdem treten wir zusammen auf. Zur Zeit im Gitano an der Ecke Canal Street und Mercer Street.«

»Willst du damit aufhören?« fragte Dixie Maine.

»Nein. Die Auftritte sind unregelmäßig und meist nur abends. Ich habe noch viel Zeit auszufüllen.«

»Gut«, sagte Nell mit einem bedächtigen Nicken. »Aber bei uns müßtest du auf das Begleitpersonal verzichten. Aus Kostengründen könnten wir dir die Gitarrenmusik nur aus der Stereoanlage liefern.«

»Oh, das ist selbstverständlich!« rief Gabriela. »Was mich begeistert hat, ist eure Idee. Wenn ich den Zeitungsbericht richtig verstanden habe, dann habt ihr euch zum Ziel gesetzt, vor Publikum aufzutreten, das sich unter normalen Umständen kaum eine Tanzvorführung ansehen würde.«

»Gefängnis-Insassen kann man als Publikum dienstverpflichten«, sagte Lily Langtry lächelnd. »Da ist ein voller Saal garantiert. Und die Kerle sind dankbar für ein bißchen Beinschwenken und hautenge Trikots.«

»Was in den Zeitungen steht, ist im Grunde richtig«, sagte Nell. »Wir treten auch bei Betriebsfesten auf, wenn die Leute uns haben wollen. Und bei Straßentheatern haben wir auch schon mitgemacht. Die Idee mit den Gefängnisauftritten habe ich, offen gestanden, auch aus einem Zeitungsbericht. Seit kurzem sind nämlich in kanadischen Gefängnissen Striptease-Vorführungen erlaubt.«

Während Nells Freundinnen schmunzelten, blickte Gabriela Romero die Leiterin der Truppe mit großen Augen an.

»So etwas habe ich natürlich nie im Sinn gehabt«, fuhr Nell fort. »Aber ich habe mir gesagt: Wenn in Kanada solche harten Sachen erlaubt sind, warum soll es dann bei uns nicht möglich sein, mit einem Tingeltangel-Programm in die Gefängnisse zu gehen?«

»Und es hat geklappt«, folgerte Gabriela.

»Mit viel Mühe. Bis endlich alle Genehmigungen da waren, hätte ich fast das Handtuch geworfen. Daß jetzt doch noch etwas daraus wird, haben wir in erster Linie dem FBI zu verdanken. Die G-men haben sich nämlich für die Sicherheitsmaßnahmen verbürgt.«

»Ich drücke euch die Daumen«, sagte Gabriela ernsthaft. »Und wie steht es mit mir?«

Nell Dorson wechselte einen Blick mit den anderen. Deborah Lane nickte kaum merklich, während sie mit Hingabe einen Riesenhappen Sahnetorte hinter ihren vollen Lippen verschwinden ließ. Dixie Maine lächelte zustimmend, und Lily Langtry zog die Schultern hoch, was bei ihr bedeutete, daß sie keine Einwände hatte.

»In Ordnung«, sagte Nell und wandte sich wieder der Andalusierin zu. »Flamenco wäre eine Bereicherung unseres Programms. Und ich denke, wir würden auch persönlich gut miteinander auskommen.«

Gabriela Romero strahlte. »Ich danke euch allen«, sagte sie mit einem Blick in die Runde. »Wißt ihr, für mich ist es so wichtig, daß ich mit Menschen zusammen bin, mit denen ich auf einer Wellenlänge liege. Ich bin nicht der Typ, der sich in sein Kämmerlein verkriecht und über Problemen brütet. Finanziell stelle ich wenig Ansprüche. Ich komme einigermaßen zurecht. Das genügt.«

»In der Beziehung haben wir auch nicht viel zu bieten«, entgegnete Nell. »Die Auftritte außerhalb der Tanzschule werden nach der Gage abgerechnet. Damit sind keine Reichtümer zu verdienen. In der Tanzschule selbst haben wir ein festes Programm, das wir zur Zeit nicht erweitern können. Ballettunterricht für Kinder und Jugendliche, Unterricht in den Standardtänzen für

Erwachsene, und das Neueste sind Debbies-Bauchtanz-Kurse. Vielleicht kriegst du später mal einen Flamenco-Kursus zustande. Darüber ließe sich dann reden.«

»Wer sollte daran schon Interesse haben?« Gabriela lächelte zweifelnd.

Deborah hob ihre Kuchengabel mit einer schulmeisterhaften Geste. »In New York ist alles möglich. Was glaubst du, wie vielen überdrehten Ladies ich schon beigebracht habe, daß Bauchtanz die beste Medizin ist!«

Das herzhafte Lachen der jungen Frau klang durch die großen Räume des Hauses an der West 42nd Street in Manhattan.

John D. High, unser Chef, rief Phil und mich am nächsten Morgen bei Dienstbeginn in sein Büro. Helen, seine Sekretärin, servierte ihren unvergleichlich duftenden Kaffee. Doch die Behaglichkeit täuschte nicht darüber hinweg, daß etwas Ungewöhnliches in der Luft lag. Wir sahen es schon an der Miene unseres Chefs.

Erwartungsvoll blickten wir den schlanken Mann mit dem silbergrauen Haar und den feinnervigen Künstlerhänden an. Ungewöhnlicher Ernst schimmerte in seinen graublauen Augen.

»Der Auftrag, den ich für Sie habe, fällt etwas aus dem Rahmen«, sagte er bedächtig, fast zögernd. »Das Schwierigste daran ist, daß Sie von Anfang an im Licht der Öffentlichkeit stehen werden.«

Wir bemerkten den Stapel von Zeitungen, den der Chef vor sich auf dem Schreibtisch liegen hatte. Er hob die oberste auf und zeigte uns die Titelseite. Die Schlagzeile sprang uns förmlich an. Riesengroß.

BALLETT IN SING SING!

Phil und ich wechselten einen Blick. Wir kannten die Berichte, und wir wußten von den Diskussionen, die nun schon seit Wochen über dieses Thema geführt wurden. Im Zuge der Vorbesprechungen hatten wir auch Nell Dorsons Tingel-Truppe besucht und uns einen Eindruck von ihrem Programm verschafft. Jetzt hatte Nell die Erlaubnis erhalten, den ersten Auftritt in einer Außenstelle von Sing Sing zu veranstalten.

»Wir sollen also für die Sicherheitsmaßnahmen verantwortlich zeichnen«, sagte ich.

Der Chef legte die Zeitung zurück und nickte. »Sie kennen die Probleme. Bis gestern war noch alles offen. Heute morgen wurde nun in Washington die Entscheidung getroffen. Justizministerium und FBI-Hauptquartier sind sich einig. Die Sicherheitsüberwachungen von Gefängnisauftritten werden vom FBI geleitet.«

»Wäre es nicht doch besser gewesen, wenn die Strafanstalten das selbst übernommen hätten?« wandte Phil ein.

»Darüber haben wir oft genug gesprochen«, sagte ich. »Aber schließlich liegt die Entscheidung nicht bei uns.«

»Richtig.« John D. High blickte mich an. »Aber wir sollten uns nicht dahinter verschanzen, daß Washington uns die Zuständigkeit zudiktiert hat. Auch ich bin der Meinung, daß eine solche Angelegenheit bundesweit geregelt werden muß. Nur der FBI gewährleistet, daß wir Probleme sofort in den Griff bekommen.«

Phil und ich nippten an unserem Kaffee.

»Unser gestriger Einsatz wegen eines entflohenen Gefangenen muß wohl so etwas wie ein Vorzeichen gewesen sein«, sagte Phil.

»Bleibt nur zu hoffen, daß wir bei dem Auftritt in Sing Sing weniger Schwierigkeiten haben«, entgegnete ich.

Wie wenig sich diese Hoffnung erfüllen sollte, konnte ich mir zu diesem Zeitpunkt noch nicht einmal vorstellen.

Der Flamenco-Gitarrist steigerte den Schlußakkord zu einem Furioso. Auf der kleinen, kreisrunden Bühne schlugen die hochhackigen Schuhe der Tänzerin den wilden Rhythmus, den der Gitarrist immer mehr anfachte. Das blutrote Kleid der Andalusierin wogte und hob sich im Takt und ließ im grellen Schein der Spotlights feurige Reflexe entstehen. Alle Nischen und Gänge des überfüllten Lokals lagen im Halbdunkel.

Mit einem jähen Schlag endete der Gitarrenakkord. Und ebenso abrupt endete auch die rasante Bewegung der Tänzerin. Sekundenlang stand sie mit stolz erhobenem Kopf, die Hände in klassischer Pose auf die Hüften gelegt.

Nach einem Moment der Stille brach tosender Beifall los. Vereinzelte begeisterte Rufe forderten eine Zugabe.

Gabriela Romero lächelte, verbeugte sich und verließ die Bühne mit rauschendem Kleid. Für einen Augenblick funkelte noch das Licht auf ihrem schwarzen Haar, das sie zu einem straffen Knoten zurückgebunden hatte. Dann verschwand sie in der Dunkelheit neben der Theke des Lokals, das mit der spanischen Bezeichnung für ›Zigeuner‹ benannt war – ›Gitano‹.

Gabrielas Schritte hallten durch den schmucklosen Korridor, der zu den hinteren Zimmern führte. Ihre Garderobe war ein früherer Abstellraum, zehn Quadratyards groß, fensterlos und vollgestopft mit Kostümen und Kleidern.

Licht floß ihr entgegen, als sie die Tür öffnete. Der Mann, der vor dem Ankleidespiegel saß, schwang mit dem Drehstuhl herum und breitete die Arme aus. Ein breites Lächeln stand in seinem Gesicht mit dem dünnen Oberlippenbart.

»Gabriela, Darling! Haben sie wieder eine Zugabe von dir verlangt?« Anders, als es seine nur mittlere Körpergröße vermuten ließ, war seine Stimme ein dunkler Baß.

Die Andalusierin erwiderte sein Lächeln, drückte die Tür hinter sich zu und drehte den Schlüssel herum. Dann lief sie auf ihn zu und umarmte ihn, indem sie sich zu ihm hinabbeugte. Er zog sie auf seinen Schoß und küßte sie. Sie grub ihre Finger in sein dunkelblondes Haar, legte ihre Hände schließlich um seinen Nacken und löste sich von ihm. »Seamus, Darling, du glaubst nicht, wie gut der Tag für mich gelaufen ist!«

Seamus O'Driscoll lachte dumpf. »Du irrst dich. Ich glaube es dir, ohne daß du ein Wort sagen müßtest. Deine Augen verraten es.«

Sie verzog das Gesicht zu einer hochmütigen Miene. »Das bildest du dir ein. Du könntest niemals erraten, was ich wirklich empfinde. Ich habe meine Gefühle besser unter Kontrolle, als du denkst.«

O'Driscoll gluckste. »Ich kenne Momente, in denen du völlig außer Kontrolle gerätst.«

Sie kniff ihn in die Nase. »Du Mistkerl. So etwas zählt doch nicht.« Ihr Blick wanderte zu dem winzigen Tisch vor dem Ankleidespiegel. Dann bog sie ihren Oberkörper zur Seite und nahm einen Schluck aus dem halb mit Whisky gefüllten Glas. »Ich sehe, du fühlst dich schon ganz wie zu Hause.«

»Ein Drink gehört zum Gastrecht, auch wenn der Gastgeber nicht anwesend ist. Jetzt mach es nicht länger spannend! Erzähle!«

Gabriela stand auf und kickte die hochhackigen schwarzen Schuhe in eine Ecke, wo sie unter den Kleiderständern verschwanden. Sie drehte sich um und wartete geduldig, bis O'Driscoll den Reißverschluß ihres rauschenden Kleides geöffnet hatte. Als seine Hände über ihre nackte Haut zu wandern begannen, wich sie von ihm weg. Ich sicherer Entfernung schlüpfte sie aus dem feuerroten Stoff. Nur noch mit Slip und Büstenhalter bekleidet, zog sie sich einen Hocker heran, setzte sich dem Iren gegenüber und ließ sich Feuer für ihre Zigarette geben.

O'Driscolls Augen tasteten die verlockenden Rundungen ihres Körpers ab, und sie spürte es. Aber er beherrschte sich, denn er wußte, daß es nicht gut war, ihr gegenüber zuviel Schwäche zu zeigen. Wenn er sein Verlangen Überhand gewinnen ließ, hatte sie ihn in der Hand. Darüber war er sich im klaren. Das wußte sie auch. Es war ein ständiger Machtkampf zwischen ihnen.

Das Lächeln schwand aus ihrem Gesicht. Ein harter Glanz trat in ihre Augen, und ihre Mundwinkel zogen sich verächtlich nach unten.

»Diese Weiber sind so naiv wie Dorftrampel. Ich brauchte mich überhaupt nicht anzustrengen, um sie zu überzeugen. Ich wurde mit offenen Armen empfangen, als hätten sie nur auf mich gewartet.«

»Du vergißt, daß du ein ungewöhnliches Mädchen bist«, grinste O'Driscoll. »Du bist ja schon eine Augenweide, wenn du dich nur auf die Bühne stellst und ein bißchen Bein zeigst. Das wird die gute Miss Dorson mit fachmännischem Blick erkannt haben.«

»Werde nicht unverschämt, Seamus!« fauchte Gabriela. »Falls du irgendwann glauben solltest, ich wäre so was wie eine Spielzeugpuppe für dich, dann sind wir geschiedene Leute. Ausnutzen lasse ich mich nämlich nicht. Du weißt genau, daß ich ...«

»Sind wir wieder bei dem Thema!« unterbrach er sie mit einem gespielten Stöhnen.

»Allerdings«, entgegnete sie giftig. »Du weißt genau, daß ich nicht aus Geldgier auf deiner Seite stehe.« Sie ließ die Worte nachklingen, starrte ihn an und wartete auf seine Reaktion.

Er tat ihr den Gefallen nicht, erwiderte lediglich ihren Blick mit der gleichen Kälte, die sie ihn spüren ließ. Es war typisch für sie, und im Grunde brauchte er diese

Bestätigung nicht. Niemals würde sie die Worte wählen »ich arbeite für dich«. Nein, sie stand auf seiner Seite, oder sie unterstützte ihn oder sonstwas in der Art. Ihr Stolz ließ es nicht zu, daß sie sich ihm unterstellte. Und trotzdem konnte er sich keine bessere Verbündete wünschen.

»Ich weiß deinen Einsatz zu schätzen«, sagte er müde und war sich dabei bewußt, wie oft er ihr dies schon vorgebetet hatte, um sie zu besänftigen.

»Nicht ganz.« Gabrielas Gesicht formte ein abfälliges Grinsen. »Dir geht es nur ums Geld, mein Lieber. Du würdest deine Waffen und Bomben an jeden verschachern, wenn er dir nur genug Geld dafür böte. Ich dagegen handle aus Überzeugung. Es geht um den Freiheitskampf eines unterdrückten Volkes. Um die Rechte einer unterdrückten Minderheit.«

Seamus O'Driscoll beugte sich vor. »Wenn es so ist«, sagte er schneidend, »solltest du nach Nordirland gehen und mit den Überzeugungstätern Seite an Seite kämpfen.«

»Und warum tust du es nicht?« zischte sie. »Du weißt genau, daß die Unterstützung von den Vereinigten Staaten aus viel wirksamer ist. Der kleine Schönheitsfehler bei dir ist nur, daß es dir einzig und allein um den Profit geht, den die Geldgeber dir verschaffen.«

Er blies die Luft durch die Nase, lehnte sich wieder zurück und schwieg. Es hatte keinen Sinn, mit ihr zu diskutieren. Sie gehörte zu jener Sorte Frau, die Tatsachen bestritt und mit verbissener Überzeugungskraft das Gegenteil behauptete.

Und es war gefährlich, ihr vor Augen zu halten, daß es auch ihr nur ums Geld ging.

Sie redete sich ein, daß sie um der Sache willen handelte. Und sie war imstande, alles hinzuwerfen, wenn man sie auf den Boden der Tatsachen zurückführte. Ihr

Temperament wurde zügellos, wenn man sie beleidigte und an ihrem Stolz kratzte.

O'Driscoll erinnerte sich daran, wie oft er mit diesen Gedanken gespielt hatte. Damals, als er sie von der Bordsteinkante an der Eighth Avenue aufgelesen hatte, war sie klein, hilflos und unendlich dankbar gewesen. Dankbar vor allem auch, daß er den Zuhälter hatte beseitigen lassen, der ihr das Leben zur Hölle gemacht hatte. Heute hatte sie diesen Teil ihres Lebens aus ihrem Bewußtsein gelöscht. Niemals und unter keinen Umständen würde sie zugeben, daß sie sich verkauft hatte.

O'Driscoll wischte die Gedanken weg und zündete sich einen Zigarillo an. »Wir müssen die Sache durchziehen, Gabriela«, sagte er leise und versöhnlich. »Du weißt, wieviel davon abhängt.«

»Allerdings«, sagte sie schnippisch. »Und vergiß nicht, daß es meine Idee war!«

Alle Barackenfenster standen weit offen. Dennoch wollte der Kochdunst nicht weichen, denn kein Lufthauch regte sich. Die Hitze, die die Großküchenanlage ausstrahlte, wurde von der Sonne des späten Vormittags unterstützt.

Chuck Conrad griff in die große Plastikwanne, die vor ihm auf der Arbeitsfläche stand, ohne hinzusehen. Ebenso geistesabwesend verrichtete er seine Tätigkeit, wie ein Dutzend andere Männer auch, die zwischen dampfenden und brodelnden Kübeln schwitzten. Conrad benutzte das kleine Messer mit routinierter Geschicklichkeit. Die Möhren, die er zu putzen hatte, stammten vom anstaltseigenen Gemüsefeld.

Der hochgewachsene, breitschultrige Mann blickte aus dem Fenster, doch seine Augen waren ins Leere gerichtet. Den sonnenüberfluteten Hof, den doppelten Maschendrahtzaun, die Stacheldrahtrollen und die Wachtürme nahm er nicht mehr wahr. Die Fähigkeit, von seiner Phantasie eigene Bilder zeichnen zu lassen, hatte er im ewig gleichen Trott des Eingesperrtseins entwickelt. Vor seinem geistigen Auge formten sich die Straßenschluchten einer Großstadt, schillerten die Leuchtreklamen in ihrer farbigen Vielfalt, fuhren Autos und bewegten sich Menschen, die heiter und entspannt ihren Feierabend genossen.

Chuck Conrad mischte sich in seinem Tagtraum unter diese Menschen, die frei entscheiden konnten, auf welches Vergnügen der beginnenden Nacht sie sich stürzen wollten.

Eine Berührung an seiner Schulter ließ ihn erwachen. Er zuckte zusammen, sah plötzlich Wachtürme und Stacheldraht und fuhr herum. Das einfallende Sonnenlicht ließ die dünne Klinge des Küchenmessers in seiner Hand funkeln.

»He, nicht so schreckhaft!« empörte sich eine kratzende Stimme.

Der Mann, dem sie gehörte, war einen halben Kopf kleiner als Conrad. Deutliches Erschrecken stand in seinem schmalen, eingefallenen Gesicht, als er einen halben Schritt zurückwich.

Conrad entspannte seine Haltung. »Gewöhn dir so was ab, Alfred!« sagte er warnend. »Keiner hat hinten Augen. Kann passieren, daß du durch so eine Dummheit ein Messer zwischen die Rippen kriegst.«

»Doch nicht von dir«, entgegnete Alfred Buckland mit einem schiefen Grinsen. Seine dunklen Knopfaugen ruhten tiefliegend über schattenartigen Rändern. Das strähnige graue Haar klebte unter Frisierkrem erstarrt auf seinem langen Kopf. »Du tust doch keinem was, Chuck. Das weiß ich, und der Direktor weiß es auch.«

Conrad warf das kleine Messer in die Wanne mit den fertig geputzten Möhren und wischte sich die Hände an der grauen Leinenschürze ab. »Was ist los, Alfred? Gibt's Neuigkeiten?«

»Muß dir was zeigen, Kumpel. Hast du deine Pause schon gemacht?« Die Knopfaugen begannen zu funkeln.

»Nein, noch nicht.« Conrad schnaufte. Buckland, der Schwachkopf, ging ihm auf den Nerv. Aber er mußte es ertragen, weil zuviel davon abhing. »Geh schon vor! Ich melde mich ab.«

Der Knopfäugige strahlte und schlurfte los. Chuck Conrad schob die Hände in die Hosentaschen, marschierte durch den Kochdunst und sagte dem Küchenaufseher, daß er seine zehnminütige Pause zu nehmen gedenke.

Alfred Buckland wartete im Aufenthaltsraum und winkte ihn mit dürrem Zeigefinger heran. Seine glitzernden Augen lugten hinter einer geöffneten Blechspindtür hervor. »So was hast du noch nicht gesehen, Chuck.«

Seine Stimme kratzte heiserer als zuvor. Er wartete, bis der breitschultrige Mann mit dem rotblonden Haar neben ihm stand. Dann griff er in ein Spindfach, das mit schmutziger Wäsche vollgestopft war. Besitzerstolz leuchtete aus den Furchen seines Gesichts, als er einen Packen funkelnagelneuer Hochglanzmagazine hervorzog. »Du bist wie immer der erste, dem ich sie zeige. Sind heute morgen mit der Post gekommen.«

Conrad spielte den Interessierten, als Buckland in den Magazinen zu blättern begann und mit Lauten der Begeisterung auf großformatige Fotos zeigte, die er für besonders gelungen hielt. Einen großen Teil seines schmalen Gehalts, das er als Küchen- und Wäscherei-Faktotum verdiente, investierte der Knopfäugige in Pornographie. Wenn er sich an Riesenbusen und Hinterteilen sattgesehen hatte, verschacherte er die meist schon halbzerfledderten Hefte an die Insassen von Guilford.

Chuck Conrad gehörte nicht zu Bucklands Kundenkreis. Er verachtete die Frauen nicht. Und deshalb erniedrigte er sie nicht einmal in seinen Gedanken. Aber komischerweise fand Alfred immer wieder Gefallen daran, ihm die schlüpfrigen Machwerke zu zeigen. Vielleicht hielt er ihn für eine Art unvoreingenommenen Bewerter.

»Dafür würd' ich was geben«, murmelte der Knopfäugige und versteckte den Stapel wieder unter den Wäscheknäueln, »mal dabei zu sein, wenn sie so was fabrizieren.«

»Wovon redest du?« Conrad spielte den Ahnungslosen. Er ging zum Kaffeeautomaten, warf eine Münze ein, ließ den Becher vollaufen und ging damit zum Tisch.

Buckland knallte seinen Spind zu, folgte ihm und setzte sich ihm gegenüber. Er hielt ihm die zerknautschte Zigarettenschachtel hin. »Wenn die solche Aufnahmen schießen, Chuck. In so 'nem Studio. Da möcht' ich mal Zuschauer sein.«

Conrad zupfte einen Glimmstengel aus der Packung und gab Alfred und sich selbst Feuer. Mit einem kurzen Blick vergewisserte er sich, daß sie nach wie vor allein waren.

»Ich kenne einen«, sagte er in beiläufigem Tonfall. »In New York. Der Typ hat als Model bei solchen Sachen mitgemischt. Wenn du willst, rufe ich ihn später mal an. Vielleicht kann er was für dich vermitteln.«

Buckland beugte sich vor und starrte den Breitschultrigen mit großen Augen an. »Echt? Hat der richtig ... vor der Kamera? Ich meine, mit allem Drum und Dran?«

»Klar«, Conrad grinste. »Soll ganz schön anstrengend sein.«

»Kann ich mir denken.« Buckland nickte mit wissender Miene. Er schnaufte. »Muß irre sein, so was.«

»Ist es auch. Im übrigen ...« Conrad senkte die Stimme. »... eins von den Girls, die demnächst hier aufkreuzen ...«

»Ja?« Dem Knopfäugigen war anzusehen, daß er innerlich vor Neugier zappelte.

»... arbeitet auch für solche Magazine. Hab' das Bild auf dem Programmzettel gleich erkannt. Der besagte Typ aus New York hat sie öfter angeschleppt, wenn's was zu feiern gab.«

»Ist das wahr?« Alfred Buckland bekam den Mund nicht wieder zu.

»Warum sollte ich dir was vorflunkern?« Chuck Conrad wußte, daß der Schwachkopf ihm tatsächlich jedes Wort glaubte. Er beugte sich weiter vor und flüsterte jetzt. »Hör mal, Alfie! Wenn du deinen Spezialauftrag ordentlich erledigst, kannst du die Puppe hinterher von mir kriegen. Das ist keine von der mageren Sorte, verstehst du. Genau das Format, das du am liebsten hast.«

Bucklands Augen wollten aus den Höhlen quellen. »Läuft alles wie besprochen«, keuchte er heiser. »Der Direktor sagt, es hat sich nichts geändert.«

Chuck Conrad grinste, nahm einen Schluck von dem schon abgekühlten Kaffee und lehnte sich zurück.

Mein Jaguar zog eine Staubfahne von mindestens hundert Yards Länge hinter sich her. Die Schotterstraße führte durch hügliges Gelände. Erbarmungslos brannte die Sonne vom wolkenlosen Himmel. In dieser Gegend mußte es seit Tagen nicht mehr geregnet haben.

Phil und ich hatten die Seitenscheiben heruntergekurbelt. Aber mehr als dreißig Meilen pro Stunde konnte ich auf der holprigen Piste nicht riskieren, und deswegen brachte der Fahrtwind praktisch überhaupt keine Abkühlung.

Endlich tauchte das Hinweisschild auf, das wir beinahe sehnsüchtig erwartet hatten.

STATE PROPERTY –
DEPARTMENT OF CORRECTION –
GUILFORD, CHENANGO COUNTY,
STATE OF NEW YORK

Nach Passieren des Schildes rollte mein roter Flitzer auf staatseigenem Gelände dahin. Sonst änderte sich nicht viel am Landschaftsbild. Wir befanden uns auf dem Grund und Boden der Vollzugsbehörde des Bundesstaates New York, der Außenstelle von Sing Sing. Von Gebäuden oder auch nur Einzäunungen war vorläufig noch nichts zu sehen.

Guilford ist ein kleiner Ort von knapp fünftausend Einwohnern, nordwestlich des Naturschutzgebietes Catskill Mountains gelegen. Wir hatten in dem verschlafenen Städtchen eine Tankpause eingelegt und versucht, unseren Durst mit einem eiskalten Fruchtdrink zu löschen. Es hatte wenig genutzt.

»Daran kann man sich einfach nicht gewöhnen«, knurrte mein Freund und Kollege zusammenhanglos.

»Was schlägt dir jetzt auf den Magen?« fragte ich, ohne den Kopf zu wenden.

»Die trockene Luft. Kein Benzingestank, keine Duftwolken aus der Kanalisation, kein aufgeweichter Asphalt und so weiter und so weiter. Manhattan fehlt mir richtig.«

»Versuch's mit einer Zigarette!« schlug ich vor. »Dann kannst du wenigstens etwas Vertrautes inhalieren.«

»Guter Gedanke.« Phil bediente sich aus meiner Packung, die auf der Mittelkonsole lag.

Für einen eingefleischten Großstadtmenschen war die Gegend entweder hinreißend idyllisch oder nervtötend öde. Es hing eben ganz von der persönlichen Einstellung ab. Nach der Wegbeschreibung, die wir von Gefängnisdirektor Gordon Hostetter erhalten hatten, lag die

Außenstelle des Staatsgefängnisses etwa fünf Meilen westlich von Guilford.

Die Schotterpiste führte über eine Anhöhe, und dann sahen wir unser Ziel vor uns. Weite Getreidefelder und auch saftig grüne Weiden bestimmten jetzt das Landschaftsbild. Die Außenstelle Guilford war so etwas wie ein landwirtschaftlicher Musterbetrieb.

Die üblichen Zäune mit Stacheldraht und Wachtürmen sahen wir erst, als wir das Lager selbst erreichten. Wenn die Gefangenen auf den Feldern arbeiteten, wurden sie wahrscheinlich scharf bewacht. Kein Bundesstaat kann es sich leisten, hundert Hektar Farmland einzuzäunen. Aber Ausbrüche hatte es hier noch nicht gegeben. Nach Guilford, so war uns versichert worden, schickte das Staatsgefängnis in Albany nur einwandfreie Leute. Gute Führung und Interesse an der Farmarbeit waren Voraussetzung.

Ich stoppte den Jaguar vor dem großen Tor. Ein Posten hatte das hölzerne Wachhäuschen bereits verlassen. Seine Uniform war sandfarben, und ein breitkrempiger Hut beschirmte seine Augen. Die Thompson-Maschinenpistole hielt er in der rechten Armbeuge, und der gesenkte Lauf war auf das Karosserieblech der Tür an der Fahrerseite gerichtet, als er unsere Dienstausweise betrachtete. Dann nickte er und gab seinem Kollegen einen Wink. »Sie sind angemeldet, Gentlemen. Direktor Hostetter erwartet Sie im Verwaltungsgebäude.«

Ich wartete geduldig, bis das Tor ganz geöffnet war. Dann fuhr ich im Schrittempo durch.

Mit den modernen Wirtschaftsgebäuden, den vielen Unterkunftsbaracken und den Nebengebäuden sah die Außenstelle eher wie ein Industriebetrieb als wie eine Farm aus. Der Geruch von Viehställen, der uns beim Aussteigen vor dem Verwaltungsgebäude empfing, war aber eindeutig.

»Fast so gut wie Benzingestank«, sagte Phil naserümpfend.

Ich grinste und klopfte ihm auf die Schulter. »Ich sehe, du wirst dich schnell einleben.«

Zu einer weiteren Flachserei kam es nicht, denn Gordon Hostetter empfing uns auf der kleinen Veranda. Er führte uns in sein Büro, in dem es angenehm kühl war.

Der eiskalte Zitronentee, der in einer Isolierkanne bereitstand, war genau das richtige, damit wir uns den Staub aus der Kehle spülen konnten.

»Meine Mitarbeiter, die die Außenstelle leiten, stelle ich Ihnen später vor«, sagte Hostetter. »Gibt es irgendwelche Änderungen oder Ergänzungen?«

Ich reichte meine Zigarettenschachtel herum, und wir rauchten zu dritt. »Nein«, antwortete ich. »Der Sicherheitsplan bleibt, wie er ist. Es sei denn, Sie haben neue Erkenntnisse.«

Hostetter schüttelte den Kopf. »Unsere Auswahl steht bereits seit einer Woche fest. Das Publikum bleibt auf fünfzig Männer beschränkt. Außerdem sind die fünfzig die wirklich zuverlässigsten, die wir hier haben.«

»Ich denke, Sie haben in Guilford nur Leute mit guter Führung«, warf Phil ein.

»Richtig«, entgegnete Hostetter mit einem angedeuteten Lächeln. »Aber zwischen gut und besser gibt es doch einen Unterschied, nicht wahr?»

Mein Freund erwiderte das Lächeln des Direktors.

»Also weiter im Text«, sagte ich. »Die State Police schickt uns heute nachmittag zwanzig Beamte für die Saalsicherung. Gordon, ich hoffe, Ihre Leute sind nicht beleidigt, daß wir ihnen die wichtigste Aufgabe aus der Hand nehmen.«

»Ganz und gar nicht. Die Wichtigkeit ist immer eine Frage des Standpunktes, meine ich. Jedenfalls legt unser Wachpersonal eine Sonderschicht ein, so daß wir insgesamt achtundvierzig Männer für die Außensicherung haben. Im übrigen werden die Räumlichkeiten, in denen sich die Tänzerinnen aufhalten, hermetisch abgeriegelt. Für die kleinen Hilfsdienste hinter der Bühne – vom Kulissenschieben bis zum Kaffeeholen – setzen wir nur anstaltseigenes Personal ein, also keine Gefangenen. Damit bleibt das einzige Risiko der Saal. Und das ist Ihre Aufgabe, Gentlemen.«

Darüber waren wir uns im klaren. Denn hier hatten wir es mit Kapitalverbrechern zu tun. Mit Männern zwar, die einsichtig waren und sich seit Jahren hervorragend geführt hatten.

Trotzdem gab es einen Rest von Ungewißheit. Denn Chorknaben waren sie allesamt nicht.

»Was ist mit der An- und Abreise?« wollte Phil wissen.

»Der ursprüngliche Zeitplan bleibt bestehen«, antwortete Hostetter. »Nell Dorsons Truppe trifft drei Stunden vor dem Auftritt im Bus ein. Danach wird die Sicherheit so lange aufrechterhalten, bis sie samt Ausrüstung wieder im Bus sitzen und die Außenstelle verlassen haben. Übernachten werden die Ladys im Hotel in Guilford.«

Phil stieß mich an. »Du hast vergessen, daß es doch eine Änderung gibt.«

Ich dachte im selben Moment daran. »Wir brauchen ein zusätzliches Hotelzimmer«, sagte ich. »Nell Dorsons Truppe hat ein neues Mitglied.«

Hostetter zog die Augenbrauen hoch und sah uns überrascht an. »Ist das so ohne weiteres möglich?«

»Natürlich nicht«, antwortete ich. »Die Frau wurde mit allen erkennungsdienstlichen Mitteln überprüft. Ihre Personalpapiere stimmen. Gabriela Romero, eine gebürtige Spanierin. Ihr Name taucht in keiner behördlichen Akte in den Vereinigten Staaten auf. Ein völlig unbeschriebenes Blatt.«

Hostetter nickte. Er wußte wie wir, daß sich Überprüfungen heute im Handumdrehen erledigen lassen. Die moderne Computertechnik hilft uns dabei. Jede erkennungsdienstliche Information, die irgendwann und irgendwo in den Staaten gespeichert wird, geht sofort auch an das Zentralarchiv des FBI-Hauptquartiers in Washington. Und unsere Bildschirmsysteme liefern uns jede gewünschte Information innerhalb von Sekundenbruchteilen.

»Seit wann besteht diese Tanzschule überhaupt?« fragte Gordon Hostetter. »Als Schule hat es Nell Dorson doch ursprünglich aufgezogen, nicht wahr?«

»Dabei ist es auch geblieben«, antwortete ich und nickte. »Nell's Dancing School an der West 42nd Street in Manhattan. Sie hat die erste Etage eines alten Bürgerhauses gemietet. Phil und ich haben es uns angesehen. Das ehemalige Wohnzimmer ist fast wie ein Saal und hat den Parkettfußboden, den sie für den Ballettunterricht braucht.«

»Das hört sich ernsthaft an«, entgegnete Hostetter. »Paßt jedenfalls nicht zu der Tingeltangel-Show von Rikers Island.«

»Warum nicht?« sagte Phil. »Nell Dorson ist ein patentes Mädchen. Ich meine, sie tut gut daran, sich in keinen Rahmen zwängen zu lassen. Immerhin kann sie es sich leisten, auf verschiedenen Hochzeiten zu tanzen. Sie hat eine klassische Ausbildung hinter sich und war Ballettänzerin an der Metropolitan Opera. Bis dann ihre Ehe in die Brüche ging. Das Scheitern im Beruf blieb nicht aus. Mit dem Geld, das sie hinüberretten konnte, hat sie ihre Tanzschule aufgebaut. Der reguläre Unterricht ist vor allem für Kinder. Aber dann hatte sie die Idee, gemeinsam mit ein paar Kolleginnen diese Show aufzuziehen.«

»Unter anderem mit Lily Langtry.« Hostetter beugte sich vor. »Der Name ist doch nicht echt, oder? Gab es nicht im Wilden Westen irgendeine Berühmtheit, die so hieß?«

»Richtig«, antwortete ich und lachte. »Die echte Lily Langtry war Engländerin und hielt sich lange Jahre in den Staaten auf. Eine Schauspielerin. Daß ihr Name heute noch bekannt ist, verdankt sie dem berüchtigten Richter Roy Bean, der damals westlich des Pecos in Texas seine eigenen Gesetze machte. Roy Bean hatte einen Narren an Lily gefressen und träumte sein ganzes verrücktes Leben lang von ihr. Dabei hat er sie nur ein einziges Mal auf der Bühne gesehen.«

»Donnerwetter«, sagte Hostetter anerkennend. »Ihre Geschichtskenntnisse sind umwerfend, Jerry.«

»Unsere heutige Lily Langtry hat es ihm erzählt«, sagte Phil grinsend.

Ich konnte nicht widersprechen.

Pünktlich um sieben Uhr abends begann die Show im Speisesaal der Außenstelle Guilford.

Genau nach Plan hatten die zwanzig Beamten der State Police ihre Posten eingenommen – beiderseits der provisorischen Bühne, neben den beiden Ausgängen, an den Wänden und vor der mit einem Vorhang verdunkelten Fensterfront. Die Männer trugen Uniform und waren mit Pump-Action-Schrotflinten und Smith-&-Wesson-Revolvern bewaffnet.

Über diesen Punkt hatten die Psychologen lange mit uns diskutiert. Hatten gefordert, die Beamten sollten Zivil tragen, damit sie keine ›aggressionsauslösende Reizwirkung‹ auf die Gefangenen hatten. Ich hatte diese Forderung abgelehnt. Irgendwo war Schluß mit den Samthandschuhen. Wir befanden uns in einer Strafanstalt und nicht in einer psychiatrischen Klinik.

Diszipliniert und ruhig nahmen die Männer in der

grauen Gefängniskluft ihre Plätze ein. Direktor Hostetter hatte ihnen an mehreren Tagen ausführliche Vorträge über die Bedeutung dieses Abends gehalten. Es schien gewirkt zu haben. Ihre Gespräche waren gedämpft. Sie erinnerten fast an ein normales Theaterpublikum, das sich der Würde des bevorstehenden Ereignisses bewußt ist.

Unsere behelfsmäßige Tribüne war an der rechten Längswand aus Holzplanken zusammengezimmert. Außer Phil und mir waren zwei Führungsbeamte der State Police aus Albany vertreten sowie der umfangreiche Troß der Journalisten von Presse, Rundfunk und Fernsehen und die schon bekannte Schar der Vollzugsbeamten und der Psychologen.

Aus den Lautsprecherboxen der Verstärkeranlage rieselte leise Hintergrundmusik. Hostetter, der neben mir saß, warf einen Blick auf seine Armbanduhr und sah mich an. Ich nickte.

Er verließ unsere Holzplankentribüne, ging an den Sitzreihen entlang und trat ganz vorn auf die flache Bühne, wo ein einsames Mikrofon stand. Innerhalb von Sekunden versiegten die Gespräche. Ich betrachtete einige Gesichter in der Nähe. Die gespannte Erwartung der Männer war echt. Ich versuchte, mich in ihre Lage zu versetzen. Eine fast kindliche Freude schien sie ergriffen zu haben. Außer Bücherei, Fernsehzimmer, Hobbyräumen, Turnhalle und Sportplatz hatten sie keine Abwechslung. Das reichte nicht aus, behaupteten die Psychologen.

»Männer!« rief Gordon Hostetter in heiterem Tonfall. »Keine Angst, ihr werdet meinen Anblick nicht lange ertragen müssen ...« Er legte eine Pause ein und wartete das Gelächter ab. »Aber als Hausherr muß ich ja wenigstens meine Pflicht tun und euch unsere sympathischen Stars des Abends vorstellen.« Er wandte sich halb zur Seite. »Begrüßen wir als erstes Nell Dorson!«

Der Vorhang teilte sich, und Nell schlüpfte mit strahlendem Lächeln heraus. Sie trug ein glitzerndes Ballett-Trikot. Donnernder Beifall brandete ihr entgegen, und sie hob die Arme über den Kopf und winkte mit beiden Händen.

Dann ging es Schlag auf Schlag. Die Instrumentalmusik aus den Lautsprechern nahm kaum merklich an Lautstärke zu. Hostetter kündigte die einzelnen Mitglieder von Nells Tanz-Truppe wie ein geübter Conférencier an. Deborah Lane, Lily Langtry, Dixie Maine und schließlich Gabriela Romero. Alle trugen jetzt noch den sportlichen hellblauen Hosenanzug, und als sie in eindrucksvoller Front neben dem Direktor aus Albany standen, wollte der Applaus kein Ende nehmen.

Aber die Männer gerieten nicht aus dem Häuschen. Hostetter und seine Mitarbeiter in der Außenstelle Guilford mußten wirklich gute Vorarbeit geleistet haben. Die Insassen schienen begriffen zu haben, daß alle geplanten weiteren Aufführungen gefährdet waren, wenn es dieses erste Mal einen Zwischenfall gab.

Nach wenigen Minuten, als Hostetter um Ruhe bat, zeigten unsere fünfzig Zuschauer lammfrommen Gehorsam. Beinahe machte ich mir Vorwürfe, daß meine Entscheidung, die State-Police-Beamten schwerbewaffnet und in Uniform aufmarschieren zu lassen, doch zu hart gewesen war. Kannten sich die Psychologen doch besser aus, als unsereins, als die Praktiker?

Die Girls in Hellblau verschwanden hinter dem Vorhang. Gordon Hostetter verließ die Bühne und kehrte auf seinen Platz neben mir zurück.

Klassisches zwitscherte unvermittelt aus den Lautsprechern. Nell Dorson ging in Positur und begann dann mit einer Parodie auf ein Ballettstück. Mal knickte sie beim Spitzentanz ein, dann landete sie nach einem mißglückten Sprung auf dem Allerwertesten, und schließlich endete eine Pirouette mit einem scheinbaren Schwindelanfall.

Die Graugekleideten wollten sich ausschütten vor Lachen. Ich begriff, daß sie keine besonderen Ansprüche an den Humor stellten. Sie waren mit wenigem und einfachem zufrieden. Nell Dorson hatte das bewußt einkalkuliert. Nach dem Applaus verbeugte sie sich lachend und trat ans Mikrofon.

»Wie ihr seht, Freunde, ist mein Wahlspruch, daß man sich selbst nicht zu ernst nehmen sollte. Dabei soll es heute abend auch bleiben, denn meine Kolleginnen haben die gleiche Meinung wie ich. Als nächstes seht ihr jetzt einen echten orientalischen Bauchtanz, vorgeführt von einer waschechten Amerikanerin – Deborah Lane!«

Arabische Klänge tönten aus den Boxen, und die mollige Deborah erschien in einem phantasievollen Glitzerkostüm, das den für ihren Auftritt entscheidenden Körperteil freiließ. Einen Atemzug lang befürchtete ich, daß die Burschen in den Sitzreihen jetzt aus dem Häuschen geraten würden. Aber ich hatte mich getäuscht. Ich sah nichts als große Augen, offene Münder und über den Knien verkrampfte Hände. Mit ihren Windungen zur schlangenbeschwörerischen Musik raubte Deborah ihren Zuschauern den Atem.

Den nächsten Auftritt boten Lily Langtry und Dixie Maine in fransenbesetzten Lederkostümen nach Western-Art. Bei Lilys Erscheinen blickte ich unwillkürlich auf meinen Plan. Zehn Minuten waren für sie und ihre Partnerin Dixie vorgesehen.

Die beiden servierten eine abwechslungsreiche Folge von amerikanischen Country Dances. Dabei wurde mir klar, weshalb in Nell Dorsons Bühnenshow keine Männer auftraten. Es sollten keine Gefühle von Neid oder Eifersucht in den Zuschauern geweckt werden. Sie sollten glauben, daß sie »ihre« Stars ganz für sich allein hatten – wenigstens diesen einen Abend lang.

Lily und Dixie hielten sich peinlich genau an die eingeplanten zehn Minuten.

Nach den letzten Schritten eines wirbelnden Step Dance aus dem alten Irland verbeugten sie sich unter einer Flut von Applaus. Dann wurde der Vorhang zugezogen. Die Hilfskräfte erledigten das von den Nebenräumen hinter der Bühne aus.

Ich warf einen erneuten Blick auf meinen Zettel. Kulissenwechsel! Die bisherigen Auftritte hatten sich vor Landschaftsbildern aus den Rocky Mountains abgespielt. Fototapeten, auf Pappstellwände geklebt. Nell Dorson arbeitete mit einfachsten Mitteln.

Als der Vorhang wieder geöffnet wurde, war eine südländische Steppenlandschaft zu sehen. Das konnte irgendwo in Spanien oder in Südamerika sein. Das Tremolieren einer Flamenco-Gitarre schwoll aus den Lautsprechern, und Gabriela Romero rauschte in feurigem Rot auf die Bühne.

Wieder starrten die Männer in den Sitzreihen wie gebannt nach vorn. Für mich selbst mußte ich sagen, daß mir Gabriela von allen am besten gefiel. Ihr Temperament war ungekünstelt, und nach meiner Einschätzung beherrschte sie den Klassischen Tanz ihrer andalusischen Landsleute wirklich hervorragend. Was sie auf der Bühne entfachte, glich einem Feuer, das der Farbe ihres Kleides entsprach. Doch obwohl es den Anschein hatte, als lasse sie sich von ihren entfesselten Gefühlen mitreißen, hielt sie sich genau an die fünf Minuten, die für ihren Auftritt vorgesehen waren.

Als der Schlußakkord aus den Lautsprechern verhallte, blieben die Zuschauer eine Sekunde lang stumm. Dann erst, als erwachten sie aus einer Art Ergriffenheit, brach der Beifallssturm los. Ich sah, daß auch einige Beamten auf unserer Behelfstribüne klatschten. Die Kameras der Presseleute surrten und klickten.

Gabriela Romero verneigte sich tief. Mehrmals hintereinander.

Phil beugte sich zu mir herüber und sah auf meinen Plan. Dann nickte er mir zu. Ich wußte, was er sagen wollte. Grund zum Aufatmen. Der erste Teil der Schlacht war geschlagen. Ohne Zwischenfälle. Das Programm bestand aus drei Abschnitten. Es war jetzt eine Pause von zehn Minuten vorgesehen. Die Gefangenen durften allerdings ihre Plätze nicht verlassen. Hilfskräfte würden Getränke hereinbringen.

Auf der Bühne erschienen Nell Dorson und ihre restlichen Mitstreiterinnen. Vor den Pappfotowänden formierten sie sich zu einer Linie und nahmen Gabriela dabei in die Mitte. Wieder donnerte Beifall. Die Männer in der grauen Kluft hielten sich aber an die Anweisung, nicht von den Stühlen aufzuspringen. Die Disziplin blieb gewahrt.

Ich las Erleichterung auch in den Gesichtern der uniformierten Beamten.

Nell Dorson und ihre Freundinnen verneigten sich immer wieder. Deshalb fiel die zusätzliche Bewegung kaum auf.

Ich sah den Kerl erst, als es schon zu spät war. Und er kam aus einer Richtung, aus der wir nicht mit der geringsten Gefahr gerechnet hatten. Er mußte hinter den Pappwänden gelauert haben.

Blitzartig schnellte er hervor und umklammerte Gabriela Romero von hinten.

Weder mir noch einem der anderen Beamten gelang es, rechtzeitig zu handeln. Nicht einmal die Uniformierten schafften es, ihre Shotguns hochzureißen und in Anschlag zu bringen.

Der Mann auf der Bühne hielt plötzlich eine Schrotflinte in der freien Hand. Unmittelbar vor dem Vorderschaft war der Doppellauf abgesägt. Er verfügte also über zwei Schüsse, und jeder einzelne hatte eine mörderische Streuwirkung.

»Keiner rührt sich!« schrie der Mann mit schriller Stimme. »Eine falsche Bewegung im Saal, und die Puppen kriegen eine Ladung verpaßt!« Er war hager und hatte einen länglichen Schädel mit erschreckend eingefallenem Gesicht.

Atemlose Stille war eingekehrt. Nell Dorson und die anderen Tänzerinnen standen regungslos. Sie wußten, welche tödliche Gefahr ihnen von der abgesägten Flinte drohte. Gabriela Romeros Gesicht war vor Angst verzerrt.

»Wer, um Himmels willen, ist das?« flüsterte ich tonlos. Aus den Augenwinkeln heraus sah ich Hostetters entsetzte Miene.

»Buckland«, hauchte er kaum hörbar. »Alfred Buckland, Küchengehilfe. Aber ich begreife nicht ...«

Weiter kam er nicht.

In der Mitte der Sitzreihen stand einer der Graugekleideten auf. Ein rotblonder Hüne, breitschultrig, graublaue Augen.

Alle Blicke richteten sich auf ihn. Ein Fernsehmann ließ seine Kamera todesmutig weiterlaufen.

»Chuck Conrad«, flüsterte Hostetter fassungslos. »Das hätte ich nicht erwartet ... nie im Leben ...«

Ich tippte Phil leicht mit dem Ellbogen an. Er wandte den Kopf nicht, aber ich sah, daß er kaum merklich nickte. Ich mußte etwas tun, ich konnte einfach nicht tatenlos zusehen. Aber meine Aktion durfte nicht in einem direkten Vorstoß bestehen. Alle Aufmerksamkeit galt jetzt Chuck Conrad. Auch Buckland mit seiner kurzen Schrotflinte stierte ihn an. Wenn es einen günstigen Moment für mich gab, dann diesen.

Vorsichtig ließ ich mich von der Sitzbank gleiten. Zum Glück war unsere Tribüne nach vorn durch eine geschlossene Balustrade abgegrenzt.

»Dies ist eine gründlich geplante Sache!« rief Conrad. »Ich rate jedem hier im Saal, sich ab sofort an meine Anweisungen zu halten. Bei der kleinsten falschen Bewegung wird mein Freund Alfred Buckland zuerst auf die beiden Girls schießen, die rechts von ihm stehen. Das sind Nell Dorson und Deborah Lane, wenn ich mich nicht irre.«

Ich sah noch, wie Nell und Deborah totenbleich wurden. Dann tauchte ich in den Sichtschutz der Balustrade und duckte mich auf die Planken. Ich schickte ein Stoßgebet zum Himmel, daß mich keiner der Männer auf der Tribüne ungewollt verriet. Die Sitzbänke ruhten lediglich auf Querbalken. Darunter sah ich den Hallenfußboden. Und ich wußte, daß einer der Ausgänge unmittelbar rechts von der Tribüne, also von der Bühne aus nicht einzusehen war.

Aber vorerst mußte ich abwarten.

»Folgendermaßen geht es weiter«, hörte ich wieder Conrads Stimme. »Meine Leute sind Warren Page, Gary Strasburg und Ben Donelson. Die drei gehen jetzt los und sammeln sämtliche Waffen ein. Kein anderer steht auf, und keiner rührt sich vom Fleck. Hostetter!«

»Ja, bitte?« hörte ich den Direktor sagen.

»Haben Sie ein Walkie-talkie?«

»Ja, selbstverständlich.«

»Gut. Dann geben Sie Ihren Leuten, die draußen in Stellung sind, den Befehl, sich auf keinen Fall einzumischen. Sagen Sie ihnen, daß sich hier drinnen eine Geiselnahme abspielt. Ist das klar?«

»Ja.« Hostetter räusperte sich angestrengt. »Conrad, seien Sie doch vernünftig! Noch können Sie alles ungeschehen machen, wenn Sie ...«

»Ist das klar?« brüllte Conrad.

»Ja«, sagte Hostetter noch einmal gepreßt.

Ich hielt den Atem an. Hostetter behielt zwar die Nerven und gab mit keinem unbedachten Blick zu erkennen, daß zu seinen Füßen jemand auf den Brettern kauerte. Aber mußte Conrad nicht zwangsläufig bemerken, daß der Platz neben dem Direktor auf einmal frei geworden war? Ich konnte nur hoffen, daß Conrad und seine Komplizen wegen der nervlichen Anspannung auf solche Einzelheiten nicht achteten.

Hostetter zog sein brieftaschengroßes Walkie-talkie unter dem Jackett hervor und gab die geforderte Anweisung an den Leiter des Außen-Wachdienstes durch.

»Gut so«, ertönte Conrads eisige Stimme. Mehr nicht. Dann waren Schritte zu hören. Schritte von mehreren Männern. Sie begannen mit dem Einsammeln der Waffen.

Endlose Minuten harrte ich in meiner unbequemen Stellung aus. Unvermittelt begannen meine Nerven erneut zu vibrieren, als sich Schritte außerhalb der Balustrade näherten, und ich sah, wie Phil seine Dienstwaffe aus dem Schulterholster zog, am Lauf nahm und nach vorn reichte.

»Besten Dank«, sagte eine rauhe, hohntriefende Stimme.

Sekunden später atmete ich auf. Die Balustrade war hoch genug, um mich auch vor Blicken aus unmittelbarer Nähe zu schützen.

Wieder meldete sich Chuck Conrads Stimme, jetzt verstärkt durch die Lautsprecherboxen. Er stand also hinter dem Mikrofon auf der Bühne.

»Okay. Schön, daß ihr pariert habt. Jetzt unsere Bedingungen. Wir verlangen freien Abzug, und zwar mit einem Hubschrauber, der ausreichenden Passagierraum haben muß. Die fünf Girls nehmen wir nämlich mit. In der Maschine dürfen keine Wanzen, Minisender oder sonstige Kinkerlitzchen eingebaut sein. Warren Page ist Spezialist für so was. Er würde es sofort aufspüren. Hostetter, haben Sie alles mitgekriegt?«

Der Direktor bejahte es, und seine Stimme klang heiser vor mühsam unterdrücktem Zorn.

»Dann sorgen Sie dafür, daß die Libelle so schnell wie möglich hier ist!« brüllte Conrad. »Länger als eine halbe Stunde warten wir nicht!«

Hostetter nahm abermals mit dem Leiter des Außen-Wachdienstes Verbindung auf. Ich wartete nicht mehr ab, was er sagte. Da keine Schritte zu hören waren, befanden sich Conrads Komplizen wohl jetzt ebenfalls auf der Bühne und hielten den gesamten Saal mit ihren Beutewaffen in Schach.

Lautlos ließ ich mich durch den freien Raum unter der Sitzbank auf die Fußbodendielen gleiten. Sofort kroch ich weiter bis zur Wand. Dort war ich am besten vor Blicken geschützt. Über mir sah ich die Beamten und die Journalisten auf ihren Sitzbänken. Einige mußten mein heimliches Verschwinden bemerkt haben. Aber keiner zeigte auch nur mit einer Kopfbewegung an, daß er von meinem Vorhaben wußte.

Robbend bewegte ich mich nach rechts. Conrads Lautsprecherstimme erscholl von neuem. Er gab Anweisung, daß sich das gesamte Hilfspersonal aus den Räumen hinter der Bühne in den Saal zu begeben habe. Dann folgten Einzelheiten über den Verpflegungsvorrat, den Conrad und seine Komplizen mitzunehmen wünschten.

Ein offener Durchgang mündete unmittelbar neben der Tribüne in den Korridor, der parallel zum Saal verlief. Dort befanden sich Waschräume und Toiletten. Und der Ausgang, der der wichtigste Punkt meines Unternehmens war.

Ich sah die biesenbesetzten Hosenbeine zweier Uniformierter vor mir. Die waffenlosen Beamten von der State Police, die beiderseits des Durchgangs postiert waren. Einerseits durfte ich sie nicht auf mich aufmerksam machen. Andererseits mußte ich damit rechnen, daß sie erschraken, wenn sie mich sahen. Ein Journalist über mir kam mir zu Hilfe. Ich hätte ihm auf die Schulter klopfen können, denn ich war sicher, daß er mich bemerkt hatte und mich auf seine Weise unterstützte.

»Mister!« rief er zur Bühne hin. »Sind Sie bereit, eine Erklärung abzugeben, die wir veröffentlichen können?«

»Keine Erklärung«, dröhnte Conrads Stimme zurück.

Schnell huschte ich auf allen vieren weiter. Hinter den Beinen des vorderen Uniformierten flitzte ich um die Ecke und tauchte nach links in den schützenden Korridor.

»Beantworten Sie dann wenigstens eine Frage?« fuhr der Pressemann hartnäckig fort. »Welche Gründe haben Sie für Ihre Aktion?«

Conrad und seine Komplizen lachten. »Nur einen einzigen Grund, Mann. Wir wollen unsere Freiheit.«

»Verstanden. Wann und unter welchen Bedingungen werden Sie die Geiseln freilassen?«

»Das binde ich Ihnen doch jetzt nicht auf die Nase, Mann! Das entscheiden wir, wenn's soweit ist.«

Ich richtete mich auf und schlich auf leisen Sohlen auf den Ausgang zu, der sich in einer Nische zwischen den beiden großen Waschräumen befand. Vom Saal aus konnte man mich jetzt nicht mehr sehen. Vorsichtig drückte ich den linken der beiden halbverglasten Türflügel auf.

Und starrte in die Mündung einer Schrotflinte!

Das Gesicht des Mannes, der mir die Waffe unter die Nase hielt, war steinhart vor Anspannung.

»Streck sie hoch, Freundchen! « zischte er. »Oder ich blase dir das Hirn aus dem Schädel.«

Er trug die Uniform des anstaltseigenen Wachpersonals.

Ich zwang mich, ruhig zu bleiben. Der Mann war jung, unerfahren und vor allem nervös. Ich mußte damit rechnen, daß er mir tatsächlich die Schrotladung ins Gesicht jagte.

»Hören Sie mir zu, bevor Sie einen Fehler begehen!« sagte ich leise und so beruhigend wie möglich. »Ich bin FBI-Agent. Mein Name ist Jerry Cotton. Mir gehört der rote Jaguar da draußen auf dem Hof.«

Sein Mund öffnete sich. Etwas in seinen Gehirnwindungen schien sich in Bewegung zu setzen.

»Es hat mich höllische Mühe gekostet, unbemerkt aus dem Saal zu verschwinden«, fuhr ich in der gleichen Stimmlage fort. »Jetzt machen Sie nicht alles kaputt! Sehe ich wie ein Sträfling aus? Aber wenn Sie mir nicht glauben, bringen Sie mich meinetwegen mit vorgehaltener Waffe zu Ihrem Vorgesetzten.«

Jetzt war es endgültig bei ihm eingerastet.

»Ver ... Verzeihung, Sir«, stammelte er. »Ich dachte ...«

»Still!« flüsterte ich. »Gehen Sie jetzt zur Seite, damit man Sie von drinnen nicht sehen kann!«

Er gehorchte. Ich trat endgültig ins Freie und hielt den Türflügel vorsichtig fest, bis er sich geschlossen hatte.

»Wo finde ich den Leiter des Wachdienstes?« fragte ich.

»Im Verwaltungsgebäude, Sir. Da ist auch die Funkzentrale und ...«

Ich hörte nicht mehr hin. Geduckt rannte ich los. Möglich, daß Conrad die Fenstervorhänge öffnen ließ. Ich durfte nicht das geringste Risiko eingehen.

Hinter dem Küchentrakt, der an den Speisesaal grenzte, befand sich der Besucherparkplatz. Dort waren außer dem Bus von Nell Dorsons Truppe auch die Fahrzeuge der Presseleute und der übrigen Gäste abgestellt.

Einen besseren Sichtschutz konnte ich mir nicht wünschen.

Ohne Zwischenfall erreichte ich das Verwaltungsgebäude. Zwei Uniformierte, die auf der Veranda postiert waren, sahen mich von weitem. Sie begriffen rechtzeitig und ließen mich ungehindert eintreten.

Der Leiter des Wachdienstes war ein erfahrener Beamter. Als ich ihm mit knappen Worten die Lage schilderte, verstand er sofort.

»Der Hubschrauber ist bereits angefordert, Sir. Die Maschine kommt von der State Police, Flugstützpunkt Norwich. Ich rechne mit der Landung in fünfzehn Minuten.«

»Bitte geben Sie eine Zusatzanweisung über Funk durch!« sagte ich und erklärte ihm, was ich vorhatte.

Der Beamte starrte mich an. Dann gab er sich einen Ruck.

»Sie haben die Entscheidungsbefugnis, Sir. Ich kann Sie nicht zurückhalten.«

»Bitte beeilen Sie sich!« sagte ich nur. Dann verließ ich das Gebäude und lief zum Haupttor. Dabei achtete ich sorgfältig darauf, daß sich stets andere Gebäude zwischen mir und dem Speisesaal befanden. Die Posten am Tor ließen mich anstandslos passieren.

Dann rannte ich in das Hügelgelände.

Im Speisesaal der Gefängnis-Außenstelle Guilford vertickten die Minuten beklemmend langsam. Alle Anwesenden hatten das Gefühl, eine Ewigkeit unter der Bedrohung der Geiselnehmer zugebracht zu haben. Doch nicht mehr als zwanzig Minuten waren vergangen, als sich der Hubschrauber endlich näherte.

Das typische Wummern und das Klatschen der Rotorblätter kündigten das Herannahen der Maschine an.

»Ruhig bleiben!« rief Chuck Conrad warnend ins Mikrofon. »Jeder bleibt auf seinem Platz. Es wird sofort geschossen, wenn sich einer rührt.«

Seine drei Komplizen hoben die Läufe der Schrotflinten an, die sie in der Armbeuge hielten. Längst hatten die Graugekleideten in den Sitzreihen begriffen, daß sie von ihren Mitgefangenen dort oben auf der Bühne keine bevorzugte Behandlung zu erwarten hatten.

Das Hubschraubergeräusch schwoll rasch an.

Alfred Buckland hatte die Andalusierin losgelassen und sich mit der abgesägten Flinte vor den fünf Frauen aufgebaut. Sein eingefallenes Gesicht war verkniffen vor Spannung, doch in seinen Knopfaugen flackerte der Eindruck seines Erfolgserlebnisses.

»Wo ist der FBI-Knilch, der die Sicherheitsmaßnahmen leitet?« fragte Chuck Conrad mit dröhnender Lautsprecherstimme.

Phil Decker stand auf, ohne mit der Wimper zu zucken. »Hier«, sagte er kalt. »Special Agent Decker vom FBI-Distrikt New York.«

Es schien, als musterte Conrad ihn eine Sekunde lang prüfend. Doch der Eindruck mochte täuschen, denn der breitschultrige Sträfling grinste jetzt.

»Okay, Special Agent. Dann wollen wir mal. Wir beide gehen zusammen raus, und Sie sorgen dafür, daß die Kerle draußen nicht durchdrehen. Der Rest läuft dann wie besprochen. Gibt es den kleinsten Zwischenfall – hier im Saal oder draußen auf dem Hof –, wird das erste Girl umgelegt.«

Eine der jungen Frauen stieß einen spitzen Entsetzensschrei aus. Phil sah, daß es Gabriela Romero gewesen war, denn sie schlug sich die flache Hand vor den Mund. Ihre vier Kolleginnen, vor Angst immer noch kreidebleich, brachten keinen Laut hervor.

Der Hubschrauber lärmte jetzt in unmittelbarer Nähe.

Er mußte bereits über dem Gelände der Außenstelle sein.

Chuck Conrad beschrieb eine auffordernde Bewegung mit dem kurzläufigen Smith & Wesson, den Phil Decker längst als seinen Dienstrevolver wiedererkannt hatte.

Der G-man hob die Hände bis in Schulterhöhe und verließ die Tribüne. Zur Seite gewandt, blieb er vor der Balustrade stehen, bis Conrad von der Bühne herabgestiegen und auf drei Schritte Entfernung heran war. Decker blickte aus unmittelbarer Nähe in die Mündung seiner eigenen Waffe.

»Vorwärts!« sagte der Breitschultrige nur. Mit einem letzten Rundblick vergewisserte er sich, daß im Saal alles seine Ordnung hatte.

Zügig, doch nicht überhastet, marschierte Phil Decker los. Er nahm den Weg, von dem er wußte, daß auch sein Freund ihn benutzt hatte, um klammheimlich zu verschwinden. Er hielt die mit einem automatischen Schließer versehene Tür fest, damit Conrad ungehindert ins Freie treten konnte.

Das Hubschraubergetöse war ohrenbetäubend. Wie ein riesiges, dickes Insekt schwebte die Maschine aus der Richtung des Haupttors heran.

Vom uniformierten Wachpersonal war niemand zu sehen. Auf Befehl von Conrad trat der G-man vier Schritte weit ins Freie. Der Breitschultrige baute sich schräg hinter ihm auf, den Revolverlauf auf seinen Rücken gerichtet. Deutlich genug, damit der Pilot schon bei der Landung sehen konnte, wie die Dinge standen.

Wie erwartet, setzte der Hubschrauber über dem freien Platz zwischen Speisesaal und Unterkunftsbaracken zum Sinkflug an. Gelblicher Staub wurde aufgewirbelt. Phil Decker unterdrückte den Hustenreiz.

Der Staub verdichtete sich zu einem undurchdringlichen Sandsturm. G-man und Gangster waren gezwungen, die Augen zu schließen. Einen Atemzug lang spielte

Phil mit dem Gedanken, daß er Conrad jetzt überwältigen konnte.

Herumkreiseln, ein Sprung, und dann zuschlagen? Es konnte klappen.

Aber es war nichts dadurch gewonnen. Conrads Komplizen würden die Nerven verlieren, und die Gefahr für die Tänzerinnen war nicht mehr abzuschätzen.

Das Heulen der Hubschrauberturbine ließ nach, und die Schleier aus Sand und Staub senkten sich. Phil öffnete die Augen wieder und sah, daß die Maschine den Schriftzug der State Police trug. Ein Bell UH 1 B, wie er bei der Army seit mehr als zehn Jahren im Einsatz war. In diesem Fall handelte es sich offenbar um eine umgerüstete ehemalige Militärmaschine. Die Farben waren Schwarz und Weiß, wie auch bei den Streifenwagen der State Police üblich.

Der Pilot ließ die Turbine mit geringer Drehzahl weiterlaufen. Er war über die Lage unterrichtet worden und wußte daher, wie er sich zu verhalten hatte.

»Vorwärts!« brüllte Conrad.

Gehorsam ging der G-man auf die Pilotenkanzel zu. Die Maschine zeigte mit der Nase zum Speisesaal. Phil sah, daß der Pilot die Kanzel an seiner Seite öffnete.

Dann hoben beide Männer im Cockpit die Hände, damit Conrad es deutlich sehen konnte. Zwei Schritte vor dem Piloten blieb Phil stehen.

Im nächsten Moment mußte er alle Willenskraft aufbringen, um sich nicht vor Verblüffung über die Augen zu wischen.

Der Mann auf dem Co-Pilotensitz war niemand anders als Jerry Cotton!

Decker hielt die Luft an, um sich nichts anmerken zu lassen. Er hatte damit gerechnet, daß sein Freund und Kollege Überwachungsmaßnahmen und alle sonst erforderlichen Schritte einleiten würde, damit sie den Hubschrauber nach dem Abflug nicht aus den Augen verloren. Doch statt dessen begab er sich mitten in die Höhle des Löwen.

Jerry trug den orangefarbenen Overall und den weißen Pilotenhelm mit der größten Selbstverständlichkeit. Er hatte eine teilnahmslose Miene aufgesetzt und verhielt sich so, als hätte er in den letzten zehn Jahren nichts anderes getan, als Polizeihubschrauber zu fliegen.

Chuck Conrad trat jetzt dicht hinter den G-man und hielt ihm die Revolvermündung in den Nacken. Den beiden Männern im Cockpit konnte es nicht entgehen.

»Sagen Sie ihnen, wer Sie sind!« brüllte der Gangster. »Und dann, wie es abläuft.«

Phil blickte den Piloten an. Ein Mann mit kantigem Kinn, dichtem Schnauzbart und dunkelbraunen Augen; älter als Mitte Dreißig konnte er nicht sein.

»Ich bin Special Agent des FBI«, brüllte Decker gegen das Turbinengeheul an. »Ich leite die Sicherheitsmaßnahmen in der Außenstelle. Sind Sie über die Lage informiert?«

Der Pilot hatte seinen Helm abgenommen. Sein Haar war dunkelblond. Er nickte. Die Anspannung war aus den Furchen seiner Mundwinkel zu lesen.

»Sie werden als erstes Proviant an Bord nehmen«, fuhr der G-man fort. »Dann folgen insgesamt zehn Passagiere. Fünf Geiselnehmer, fünf Frauen als Geiseln. Alle weiteren Anweisungen erhalten Sie von diesem Mann.« Er deutete mit einer Kopfbewegung auf Conrad. »Sie werden völlig auf sich allein gestellt sein. Wir dürfen Sie nicht im Auge behalten.«

»Das will ich euch auch geraten haben«, grölte der Breitschultrige. »Sonst werfen wir die erste Leiche aus dem Hubschrauber. Okay. Wir fangen jetzt an. Ihr da, im Cockpit, ihr bleibt auf euren Plätzen, verstanden!«

Der Pilot nickte abermals.

Chuck Conrad dirigierte den G-man zurück zum Saaleingang. Er ließ weder Decker noch den Hubschrauber aus den Augen, öffnete die Tür halb und brüllte einen Befehl.

Kurz darauf tauchten die Küchen- und Lagerhelfer auf. Sie trugen große Kartons mit Proviant, die sie im Passagier- und Laderaum der Maschine verstauten. Decker zählte genau ein Dutzend Kartons. Sofort nachdem die Helfer ihre Arbeit beendet hatten, verschwanden sie von der Bildfläche.

Der G-man fühlte sich so hilflos wie selten zuvor, während er dastand und den schußbereiten Revolver hinter seinem Rücken wußte. Es trieb ihm Schweißperlen auf die Stirn, daß er keine Möglichkeit hatte, sich mit seinem Freund und Kollegen zu verständigen. Jerry würde bei seinem Wahnsinnsunternehmen völlig auf sich allein gestellt sein. Das stand schon jetzt fest. Und es war verteufelt niederschmetternd, daran nichts ändern zu können.

Conrads Komplizen erschienen mit den Geiseln.

Buckland, der Küchenhelfer, öffnete die beiden Türflügel und klemmte sie fest. Vor den Läufen der Schrotflinten traten Nell Dorson und ihre Kolleginnen mit wachsbleichen Gesichtern ins Freie. Die Häftlinge Page, Donelson und Strasburg hatten sich noch zusätzlich mit Dienstrevolvern der Polizeibeamten bewaffnet. In ihren Hosentaschen zeichneten sich kantige Umrisse ab. Päckchen mit Reservemunition.

Buckland kletterte als erster in den Hubschrauber. Er trug noch immer die abgesägte Schrotflinte, von der bislang niemand wußte, wie sie in den Saal geschmuggelt worden war. Conrads Komplizen überwachten das Einsteigen der fünf Frauen.

Alles weitere spielte sich in Minutenschnelle ab.

»So long, G-man!« rief Chuck Conrad höhnisch. »Und

lassen Sie sich keine Dummheiten einfallen! Denken Sie immer daran, wie schlecht es den hübschen Ladys ergehen könnte.« Er lief zu der Maschine. Bevor er sich in den Passagierraum schwang, drehte er sich noch einmal um.

Phil Decker beging nicht den Fehler, sich vom Fleck zu rühren. Er wußte, daß Conrad und die anderen in diesem Moment höchster Anspannung zu allem fähig waren.

Die Luke wurde geschlossen. Gleich darauf schwoll das Turbinengeräusch der Maschine an. Wieder wurden gelbliche Sandschwaden aufgewirbelt. Als sie sich verflüchtigten, jagte der Hubschrauber bereits über den Barackendächern nach Nordwesten davon.

Meine Rechnung ging auf.

Ich hatte mich kurz vor dem Start einmal umgedreht, um mich zu vergewissern, daß sie die Luke zum Passagierraum ordnungsgemäß geschlossen hatten. Dann, als wir uns schon in der Luft befanden, hatte ich mich ein zweites Mal umgedreht und Conrad auf den freien Helm hingewiesen, den er sich überstülpen solle. Dadurch konnte er über Bordfunk mit Lieutenant Burt Raymore, dem Piloten, und mit mir reden.

Auch beim zweiten Mal merkten weder Conrad noch einer seiner Komplizen etwas.

Nur in den Blicken Nell Dorsons und ihrer Freundinnen las ich, daß sie mich erkannt hatten. Aber sie verhielten sich prächtig, hatten sich trotz ihrer Todesangst in der Gewalt und blinzelten nicht einmal. Ich zog kaum merklich die Augen zusammen und versuchte, soviel Beruhigendes in meinen Blick zu legen, wie ich nur konnte. Dann wandte ich mich wieder nach vorn.

Ob es für Nell und ihre Tanztruppe überhaupt einen Grund zur Hoffnung gab, stand in den Sternen. Ich kannte Conrads Absichten nicht. Ich wußte nicht, wieviel

Zeit mir zur Verfügung stand. Folglich konnte ich noch keine Pläne schmieden.

Der Leiter des Wachdienstes hatte meine Anweisung rechtzeitig über Funk durchgegeben. In einem Tal hinter einer bewaldeten Hügelkuppe war Raymore mit dem Bell gelandet. Von der Gefängnisaußenstelle hatte das niemand beobachten können, denn der Sichtschutz durch die Anhöhe und die Bäume war perfekt. Der Copilot stellte mir seine Kluft zur Verfügung. Sobald er gesehen hatte, daß der Hubschrauber von der Außenstelle abgeflogen war, würde er die knappe halbe Meile dorthin zu Fuß zurücklegen.

Und nun, eine Viertelstunde später, wußte ich, daß meine Rechnung aufging.

Weder Conrad noch einer der anderen hatten mich erkannt. Auf der Tribüne hatten viele Leute gesessen. An die fünfzig, wenn man außer den Beamten und den Psychologen auch die vielen Journalisten mitrechnete. Kein Gefängnisinsasse hatte genügend Zeit gehabt, sich die Gesichter auf der Tribüne einzuprägen. Denn das Geschehen auf der Bühne hatte alle in seinen Bann gezogen. Auch Conrad und seine Komplizen.

»Wir sind jetzt etwa fünf Meilen westlich von Guilford«, meldete Raymore über Bordfunk. »Derzeitige Flughöhe zweihundertfünfzig Fuß.« Damit hatte der Lieutenant die Forderungen des Geiselnehmers genau eingehalten.

»Sehr schön«, hörte ich Chuck Conrads Stimme aus den Kopfhörern. »Dann gehen Sie jetzt auf Nordkurs, Raymore! Die maximale Flughöhe beträgt dreihundert Fuß, die Reisegeschwindigkeit hundertfünfzig Meilen pro Stunde. Wiederholen Sie das.«

Lieutenant Raymore befolgte den Befehl prompt.

»Gut«, sagte Conrad. »Wie groß ist unsere Reichweite noch?«

»Einen Moment.« Raymore beugte sich vor, um die Instrumente besser ablesen zu können. Dann hob er wieder den Kopf. »Hundertachtzig Meilen, ohne daß es knapp wird.«

»Prächtig, prächtig«, freute sich Conrad. »Soviel werden wir gar nicht brauchen.«

Danach gab es keine weitere Unterhaltung.

Durch einen kleinen Spiegel unter dem vorderen Kanzeldach konnte ich einen Teil des Passagierraums überblicken. Nell Dorson und ihre Tänzerinnen saßen stocksteif. Sie wagten nicht, sich zu bewegen. Die Gangster hockten auf der Sitzbank gegenüber.

Als eine halbe Stunde seit dem Start vergangen war, stand Buckland plötzlich auf und bewegte sich mit ausgestreckten Händen auf die Andalusierin zu. Ich hörte Conrads schneidende Befehlsstimme.

Buckland zuckte zusammen und wich wie ein geprügelter Hund auf seinen Platz zurück. Als er sich umdrehte, sah ich seine fiebrig glänzenden Augen.

Gabriela Romero verzog angewidert das Gesicht.

Chuck Conrad leistete sich keinen Zwischenfall. Er legte Wert auf Disziplin. Ich folgerte daraus, daß er auf die Geiseln vorerst noch nicht verzichten wollte. Seine Kursanweisung und die Frage nach der Reichweite bedeuteten, daß er ein festes Ziel im Auge hatte. Und die Flughöhe hatte er haargenau so festgelegt, daß wir jegliche Radarüberwachung unterflogen.

Die Minuten unmittelbar nach dem Start des Hubschraubers waren riskant. Sechsundvierzig Gefangene gingen möglicherweise auf die waffenlosen Beamten der State Police los, wenn irgendeine Sicherung durchbrannte. Wenn sie die Hemmschwelle überschritten, von denen die Psychologen so gern redeten.

Aber der Leiter des Außen-Wachdienstes reagierte prompt und zuverlässig. Er schickte seine Männer, die noch bewaffnet waren, in den Saal. Ohne daß es ein Aufmucken gab, marschierten die Gefangenen in ihre Unterkunftsbaracken. Die Lage war entschärft.

Phil Decker und Gordon Hostetter hatten einen Schwarm von Presseleuten auf ihren Fersen, als sie zum Verwaltungsgebäude eilten. Der echte Co-Pilot des Hubschraubers war inzwischen eingetroffen und von seinen State-Police-Kollegen in Empfang genommen worden. Kopfschüttelnd hatte Phil gehört, wie sich Jerry Cotton an Bord der Maschine begeben hatte. Das reinste Himmelfahrtskommando, dachte Phil. Aber es war wie immer: Wenn er sich etwas in den Kopf gesetzt hatte, ließ er sich nicht davon abbringen.

Die Presseleute schickten sich an, das Verwaltungsgebäude zu stürmen.

Phil und Hostetter wandten sich auf der Veranda um.

»Gentlemen!« rief der G-man schneidend. »Sie haben vorerst keinen Zutritt. Ich bitte Sie dringend, die polizeilichen Maßnahmen nicht zu behindern. Mr. Hostetter und ich werden Sie informieren, sobald es die Lage zuläßt.«

»Wir brauchen ein Telefon!« rief ein Reporter.

»Mehrere Telefone!« fügte ein anderer lautstark hinzu.

»Wie sollen wir denn sonst unsere Redaktionen verständigen?« schrie ein dritter.

»Wo steckt Cotton?« meldete sich eine weitere Stimme. »Er leitet doch die Sicherheitsmaßnahmen, oder?«

Phil Decker lächelte hart und unnachgiebig. Normalerweise wäre die Pressemeute nach der Vorstellung nach Guilford gefahren, um dort von den verfügbaren öffentlichen Telefonen aus ihre Berichte durchzugeben. Jetzt aber wollte sich keiner von ihnen vom Brennpunkt des Geschehens entfernen. Alle witterten, daß sich Entscheidendes abspielen konnte. Und das ging ihnen durch die Nase, wenn sie nach Guilford fuhren.

»Kein Kommentar«, sagte der G-man gewollt schroff. »Ich wiederhole: Sie erhalten Informationen, sobald es die Lage erlaubt.«

»Das ist unfair!« brüllte der Reporter, der sich zuerst zu Wort gemeldet hatte. »Unsere Leser haben ein Recht auf Information. Wir können verlangen ...«

Decker unterbrach ihn mit eisiger Stimme. »Mister, ich warne Sie. Die Geiseln, die sich an Bord des Hubschraubers befinden, haben ein Recht auf ihr Leben. Das und nichts anderes steht an erster Stelle aller Überlegungen. Wenn Sie und Ihre Kollegen unsere Arbeit in irgendeiner Weise behindern sollten, lasse ich das Anstaltsgebäude für die Öffentlichkeit schließen. Ende der Unterhaltung.«

Er wandte sich ab und sah noch aus den Augenwinkeln heraus, daß einige der Journalisten zornige Blicke auf ihren Kollegen abschossen.

Nicht alle von ihnen waren Sensationsgeier.

In Hostetters Office nahm der G-man sofort Telefonverbindung mit dem Hauptquartier der State Police in Albany auf. Der Direktor kümmerte sich unterdessen um das benötigte Aktenmaterial.

Der Beamte am anderen Ende der Leitung war ein Captain, der erst vor einer halben Stunde das Kommando über die Nachtbereitschaft übernommen hatte. Er hörte aufmerksam zu, als Phil Personalien und Kurzbeschreibungen der Geiseln durchgab.

»Einzelheiten werden sofort an alle Dienststellen weitergeleitet«, antwortete der Captain kurz und bündig. »Die Angaben über den Hubschrauber hole ich mir vom Stützpunkt Norwich. Anhand der Reichweite können wir einen Radius für die einzuschaltenden Dienststellen ziehen.«

»Vergrößern Sie den Radius auf das Doppelte!« entschied Phil. »Die persönlichen Daten des Piloten bekommen Sie ebenfalls aus Norwich, denke ich.«

»Und die des Co-Piloten.«

»Nein. Der Mann sitzt hier in der Außenstelle. Die Rolle des Co-Piloten hat mein Kollege Jerry Cotton übernommen.«

»Himmel! Weiß Ihr Kollege, auf was er sich da eingelassen hat?«

»Ich bin mir nicht ganz sicher«, gab Phil zu. »Noch eins: Sie erhalten außerdem die Personendaten der Geiselnehmer über Bildschirmgerät. Bitte geben Sie dann das ganze Daten-Paket auch an den FBI-Distrikt New York weiter. Ich gebe unserem Chef, Mr. High, telefonisch Nachricht.«

Der Captain wiederholte die Anweisungen in Stichworten und beeilte sich, das Gespräch zu beenden. Er hatte begriffen, daß es keine Zeit zu verlieren gab.

Direktor Hostetter kehrte mit einem Stapel Akten aus dem Nebenraum zurück. Er setzte sich an das Bildschirmgerät, schob die Programmdiskette ins Laufwerk und wartete, bis der Schirm seine Aufnahmebereitschaft mit einem giftgrün leuchtenden Symbol aus Zahlen und Buchstaben anzeigte. Dann klappte Hostetter die Aktendeckel nacheinander auf und tastete die einzelnen Codes ein.

Phil schnappte sich den ersten Schnellhefter, der den Namen *Chuck Conrad* trug. In einem Wust von behördlichem und juristischem Schriftverkehr fand er sehr schnell das Hintergrundmaterial, das ihn interessierte.

Chuck Conrad war in den Vereinigten Staaten als Sohn einer Irin und eines Deutsch-Amerikaners geboren. Vor zehn Jahren mußte sich sein Leben entscheidend gewandelt haben. Damals war seine Mutter, die sich in den USA politisch für die Freiheit Nordirlands eingesetzt hatte, bei einem Besuch in Nordirland in eine blutige Straßenschlacht verwickelt und von britischen Soldaten erschossen worden.

Chuck Conrad hatte anschließend die Arbeit der Mutter fortgesetzt. Gegen den Willen des Vaters, der daraufhin alle Kontakte zu seinem Sohn abgebrochen hatte. Der vermutliche Grund dafür wurde auch in einer anderen Tatsache deutlich: Chuck war offenbar seine eigenen Wege gegangen. Er hatte mit verbrecherischen Organisationen zusammengearbeitet, die mit Waffenlieferungen an Nordirlands Freiheitskämpfer ihre Geschäfte machten.

Letzteres stand allerdings nur als Mutmaßung der an den Ermittlungen beteiligten Beamten in den Akten. Eindeutige Beweise hatte es für Chuck Conrads Beziehungen zu verbrecherischen Kreisen nie gegeben.

Vor viereinhalb Jahren war es geschehen: Bei einem Bombenanschlag auf britische Botschaftsangehörige in New York City waren drei Menschen getötet und fünfzehn weitere schwer verletzt worden. Chuck Conrad war als Täter ermittelt und zu lebenslänglich Gefängnis verurteilt worden. Wegen guter Führung hatte man ihn vor nunmehr einem Jahr von Sing Sing zur Außenstelle Guilford verlegt.

In Zusammenhang mit den Mutmaßungen über Conrads sogenannte Geschäftsverbindungen tauchte mehrfach der Name Seamus O'Driscoll auf. Dieser Mann hatte damals offenbar eine Schlüsselrolle gespielt, als die Polizeibeamten versuchten, Conrads Unterwelt-Hintergrund aufzurollen. Es war ihnen nicht gelungen, denn es hatte in dieser Richtung nicht die geringsten Beweise gegeben.

Ein Pfeifton war aus dem Bildschirm zu hören. Gordon Hostetter hatte die Personencodes über die Leitung nach Albany durchgegeben. Dort würde der Archiv-Computer in Sekundenschnelle sämtliche persönlichen Daten der Geiselnehmer ausspucken.

Die Kumpane waren gewöhnliche Kriminelle, verglichen mit Chuck Conrad, der zumindest teilweise politische Beweggründe für sein Verbrechen hatte.

Das Polizeifoto in der Akte Warren Page zeigte einen schlanken schwarzhaarigen Mann mit bartlosem Gesicht. Er stammte aus Jersey City und hatte sich in New Yorker Zuhälterkreisen einen zweifelhaften Ruf erworben. Bei einem blutigen Machtkampf konkurrierender Zuhälterbanden hatte er einen der Pimps von der Gegenseite erschossen. Die Richter hatte keine Nachsicht gezeigt. Pages Urteil lautete auf lebenslängliches Gefängnis.

Gary Strasburg war mittelgroß und untersetzt, mit kurzgeschorenem Haar auf dem kantigen Schädel. In New York hatte er als Angehöriger einer berüchtigten Gang mehre Raubüberfälle begangen. Beim Überfall auf eine Bankfiliale hatte er kaltblütig einen Angestellten erschossen, der nicht schnell genug gehorcht und das geforderte Bargeld eingepackt hatte.

Das Polizeifoto zeigte Ben Donelson so, wie der G-man ihn von dem kurzen Moment im Speisesaal in Erinnerung hatte. Donelson hatte sich seit seiner Verurteilung kaum verändert. Ein schwammiger Typ mit rundem Schädel, weißblondem Haar und blaßblauen Augen. In den Außenbezirken von New York City hatte er eine Reihe von Tankstellen überfallen. Dabei war er stets als Einzelgänger aufgetreten. Niemand hatte ihm jemals eine Zugehörigkeit zu einer Bande nachweisen können. Beim letzten seiner Überfälle hatte der Tankwart die Alarmanlage betätigt. Donelson hatte die Nerven verloren und den Mann erstochen.

Phil klappte die Akten zu.

»Und Buckland?« wandte er sich an Hostetter, der das Bildschirmgerät ausgeschaltet hatte.

Der Direktor blies die Luft durch die Nase. Er bot dem G-man eine Zigarette an und bediente sich selbst.

»Schwer zu sagen. Ein Mann, der immer nur Dreckarbeit verrichtet hat. Hier in Guilford ist er jetzt seit sechs Jahren. Vorher war er bei der State Police in Norwich und hat die Kantinen und Hörsäle gefegt. Daß er bei uns als Küchengehilfe arbeiten durfte, war für ihn schon eine Art Beförderung. Seine geistigen Fähigkeiten sind gering.«

Phil runzelte die Stirn. »Einer, der kaum seinen Namen schreiben kann?«

»Nein, so schlimm ist es nicht.« Hostetter schüttelte den Kopf. »Er hat eine vollständige Schulausbildung hinter sich, soviel ich weiß. Nur muß er immer ein Sonderling gewesen sein. Hat nie geheiratet. War stets mit seinem bescheidenen Lebensstandard zufrieden. Wenn Sie mehr über ihn wissen wollen, müssen Sie seinen direkten Vorgesetzten in der Küche fragen.«

Phil Decker winkte ab. »Ich kann mir ein ungefähres Bild machen. Wichtiger ist es, die Frage zu klären, wie Buckland eine kurzläufige Schrotflinte einschmuggeln konnte, und wie es Chuck Conrad gelungen ist, den Mann umzudrehen.«

Gordon Hostetter rieb sich nachdenklich das Kinn. »Sie haben recht, Phil. Die Presseleute werden sich an diesen Fragen festbeißen.«

Der G-man nickte. Die Akten hatten ihm zumindest ein wenig Klarheit gebracht. Chuck Conrad war der führende Kopf des Ausbruchsunternehmens, und er hatte es von langer Hand vorbereitet. Das galt auch für Alfred Buckland, den er in langwieriger Kleinarbeit für seinen Bühnenauftritt gedrillt haben mußte. Page, Strasburg und Donelson waren für Conrad nur Handlanger.

Der Verdacht lag nahe, daß Conrad und auch die drei anderen von Anfang an darauf hingearbeitet hatten, nach Guilford versetzt zu werden. Die gute Führung war nur Schein gewesen. Sie mußten einfach darauf gehofft haben, daß ein Ausbruch aus einer Außenstelle leichter sein würde. Und der Auftritt von Nell Dorsons Truppe war die Chance für sie gewesen.

Was Alfred Buckland anging, waren die Dinge ziemlich klar. Der Mann gehörte zu jener Sorte, die eine starke Bezugsperson brauchte. Wahrscheinlich vergötterte er Chuck Conrad regelrecht. Und für diesen war es schließlich ein Leichtes gewesen, Buckland zu seinem Werkzeug zu machen.

Phil nahm den Telefonhörer ab und wählte die Nummer des FBI-Distrikts New York. John D. High war noch in seinem Büro. Mit keinem Wort erhob er einen Vorwurf, nachdem Phil ihm alle Einzelheiten geschildert hatte.

Wir flogen. Die Anspannung schlug mir auf den Magen. Ich sah flüchtig zu dem Lieutenant. Er war wachsbleich.

Buckland öffnete einen Proviantkarton und verteilte Schokoladenriegel. Auch Dorson und ihre Kolleginnen nahmen welche. Aber ihre Hände zitterten.

Keiner rauchte. Lieutenant Raymore hatte es verboten. Und der Killer Conrad schnauzte seine Komplizen an: »Hände weg von den Glimmstengeln!«

Nach meiner Schätzung befanden wir uns irgendwo über dem nördlichen Teil des Bundesstaates New York, zwischen dem Lake Ontario und den Adirondack Mountains. Mit Raymore konnte ich darüber aber nicht sprechen, weil Conrad unser Gespräch mitgehört hätte. Er würde Verdacht schöpfen, wenn ich zuviel Interesse an unserer augenblicklichen Position zeigte.

Conrad ließ sich eine Karte geben. Danach hockte er mehr als eine Viertelstunde kniend auf der Sitzbank. Über meine linke Schulter hinweg spähte er nach vorn durch das Cockpitglas. Die Landschaft unter uns war hüglig und waldreich. Kleine Ortschaften, weit verstreut, bildeten rötliche Farbtupfer.

Die Dämmerung brach herein. Bis zur Dunkelheit blieb noch etwa eine halbe Stunde. Vorher mußten wir landen, denn die Maschine hatte keine Nachtflugeinrichtung. Außerdem ging der Treibstoffvorrat zur Neige.

Ich fragte mich, wie Conrad das Problem seiner weiteren Flucht gelöst hatte. In einer dünnbesiedelten Gegend gab es weniger Möglichkeiten, sich ein Fortbewegungsmittel zu verschaffen, als in einer Großstadt.

»Da!« rief Conrad unvermittelt. »Der Fabrikschornstein! Und der kleine See westlich davon. Genau zehn Meilen nördlich davon ist unsere Landestelle. Richten Sie sich darauf ein, Raymore!«

»Ich hoffe, daß der Landeplatz ausreichend ist«, sagte der Lieutenant über Bordfunk.

»Keine Sorge«, entgegnete Conrad.

Ich wußte, daß er grinste, obwohl ich mich nicht umdrehen konnte, um ihn anzusehen. Die Tatsache, daß seine Flucht offenbar auch außerhalb des Gefängnisbereiches gut vorbereitet war, ließ nur einen einzig denkbaren Schluß zu: Er mußte zuverlässige Verbindungsleute haben.

Im Spiegel sah ich, daß die Komplizen Conrads voller gespannter Erwartung aus den Seitenfenstern blickten. Sie wußten, daß die Landung unmittelbar bevorstand.

Nell Dorson wurde von wachsender innerer Unruhe erfaßt. Ich las es in ihren Augen, die sich in meinem Spiegelblick festhakten. Es war wie ein Stich, der mich mitten ins Herz traf. Wie, in aller Welt, sollte ich ihr und den anderen Frauen Mut machen? Nell war sich darüber im klaren, daß Chuck Conrad irgendwann seine Entscheidung treffen mußte. Vielleicht schon bald, gleich nach der Landung. Und dann würde es eine Entscheidung auf Leben und Tod sein.

Wir überflogen eine Hügelkuppe. Rechts tauchte ein kleiner Ort in einem langgestreckten Tal auf. Felder und

Weiden umgaben die Ansiedlung mit einem schachbrettartigen Muster.

Gut die Hälfte der von Conrad genannten zehn Meilen hatten wir hinter uns.

Nach einer weiteren Hügelkuppe ging Raymore tiefer. Die Ortschaft war nun außer Sicht.

»Gut aufpassen jetzt!« tönte Conrads Stimme aus den Kopfhörern. »Wir überfliegen eine Überlandleitung, und dann sind es noch etwa zwei Meilen. Unser Ziel ist auf einer Anhöhe. Leicht zu erkennen, weil es sonst keine Häuser in der Umgebung gibt. Eine alte Scheune und ein Farmhaus. Bilden zusammen einen rechten Winkel. Genau in dem Winkel landen wir.«

Lieutenant Raymore brauchte keine weiteren Anweisungen. Die Stahlskelette der hohen Leitungsmasten tauchten auf, und dann war auch das eigentliche Ziel bereits zu sehen.

Nördlich der beiden Gebäude erstreckte sich ein Waldgebiet. Sonst gab es ringsherum nur Brachland. Die Farm schien seit langem nicht mehr genutzt worden zu sein. Wie von einem unsichtbaren Faden gezogen, wuchs das Anwesen auf uns zu.

Raymore legte eine saubere Landung hin, trotz des für ihn fremden Geländes. Ich konnte ihn nur bewundern. Zwar besitze ich selbst eine Pilotenlizenz, auch für Hubschrauber. Aber von Burt Raymore konnte ich doch noch einiges lernen.

Butterweich setzte die Maschine mit ihren Kufen auf. Augenblicklich ging das Turbinengeräusch in einen langgezogenen, ausklingenden Heulton über.

»Helme runter«, befahl Conrad und zog sich selbst die weiße Kunststoffhaube vom Kopf.

Der Lieutenant und ich folgten seinem Beispiel. Vorläufig durften wir den Gangster nicht unnötig reizen. Ich spürte die Anspannung meiner Nerven. Noch besaßen

Raymore und ich Bewegungsfreiheit. Aber wie lange noch?

»Alles bleibt in der Maschine«, ordnete Conrad an. »Wir tanken auf. Warren und Gary, bewegt euch!«

Der schwarzhaarige und der untersetzte Gangster stiegen aus und schlossen die Luke zum Passagierraum sofort wieder. Wir sahen, wie sie zur Scheune liefen und das große Schiebetor öffneten, das auf verrosteten Rollen kreischte.

Das Schwirren der auslaufenden Rotorblätter übertönte jetzt bereits das Turbinengeräusch, das immer mehr nachließ.

Donelson hockte den Frauen gegenüber und hielt sie grinsend mit einem Revolver in Schach. Conrad kniete nach wie vor hinter Raymore und mir. Am Rand meines Gesichtsfelds sah ich, daß er ebenfalls einen schußbereiten Revolver in der Hand hielt.

Und Minuten später konnten wir nur noch staunen. Die Rotorblätter standen jetzt still. Das Nageln eines Dieselmotors ertönte, und ein rot-weiß lackiertes Fahrzeug rollte schaukelnd aus der Scheune. Ein Tankwagen.

Die ehemalige Firmenaufschrift war mit roter Farbe übermalt, aber das amtliche Kennzeichen, das aus New York City stammte, war noch gültig. Kein Zweifel also, daß das Fahrzeug gestohlen worden war. Bei Nacht und Nebel mußte es in der Scheune untergestellt worden sein.

Chuck Conrads Helfer mußten ein verteufelt großes Interesse daran haben, daß seine Flucht reibungslos klappte.

Beklemmende Stille herrschte im Innern des Hubschraubers. Burt Raymore erhielt Befehl, die beiden Männer mit dem Tankwagen einzuweisen. Danach mußte er sofort wieder ins Cockpit zurückkehren. Nur das Brummen des Motors und das Rauschen des in die Tanks strömenden Treibstoffs waren jetzt zu hören.

»Okay«, sagte Conrad schließlich, als Page und Strasburg ihre Arbeit beendet hatten. »Gleich gibt's Luftveränderung für unsere kleinen Hübschen.«

Was er damit meinte, erläuterte er nicht näher. Im kleinen Innenspiegel sah ich deutlich die Angst in Nell Dorsons Gesicht.

Der Tankwagen rollte von der Maschine weg. Page spielte den Einweiser, als Strasburg das schwere Fahrzeug rückwärts in die Scheune rangierte. Page folgte seinem Komplizen ins Halbdunkel des Holzgebäudes. Das Nageln des Dieselmotors erstarb. Kurz darauf kehrten die beiden mit einem Handkarren zurück, auf dem drei olivgrüne Bündel lagen, die die Größe von Kartoffelsäcken hatten. Tarnnetze, wie sie bei der Armee verwendet wurden.

Conrads Helfer hatten nicht nur Interesse am Gelingen seiner Flucht, sie hatten auch ausgesprochen gute Beziehungen. Ich fragte mich, ob sie die Tarnnetze dort aufgegabelt hatten, wo sie auch den Treibstoff für den Hubschrauber besorgt hatten.

»Unsere sämtlichen Schützlinge begeben sich jetzt in die Scheune«, sagte Conrad, nachdem Page und Strasburg draußen mit dem Karren stehengeblieben waren. »Das gilt auch für unser fliegendes Personal.«

Ich spürte seinen Atem im Nacken, als er sprach. Und wieder wußte ich, daß er sein breites Grinsen aufgesetzt hatte. Er fühlte sich als Herr der Lage, und er hatte allen Grund dazu.

»Natürlich sind die besseren Quartiere im Wohnhaus für meine Freunde und mich reserviert«, fuhr er höhnisch fort. »Aber wenn ihr euch anständig benehmt, wird es auch in der Holzbude ganz gemütlich sein.«

»Darf ich etwas fragen?« sagte ich, um Zeit zu gewinnen. Ich mußte Klarheit über die Lage haben, ehe wir eingesperrt wurden. Ich riskierte es, mich halb umzudrehen.

»Wenn's nicht zu lange dauert«, entgegnete Conrad. Seine grau-blauen Augen sprühten vor Überheblichkeit.

Ich räusperte mich. »Bekommen wir zu essen und zu trinken?«

Conrads Augen verengten sich. »Eine dämlichere Frage konnte dir nicht einfallen, was? Sehe ich aus wie ein Menschenschinder? Habe ich mich in irgendeiner Weise unfair verhalten?«

»Nein«, antwortete ich und preßte die Lippen aufeinander.

Ich wußte etwas mehr über ihn, denn ich hatte ihn an einer empfindlichen Stelle getroffen. Er mußte eine komische Art von Ehrgefühl haben. Vielleicht war er entschlossen, die Geiseln unversehrt zu lassen.

»Ben«, sagte er, »du bringst zuerst die Girls rüber. Sobald du sie drinnen auf Nummer sicher hast, folge ich dir mit unseren beiden Freunden aus dem Cockpit.«

Donelson wollte sich aufrichten.

Eine giftige Frauenstimme ließ ihn wieder zurücksinken. »Moment mal«, fauchte Gabriela Romero. »Ich sehe doch nicht ein, daß ich in diesem stinkigen Schuppen herumlungern soll. Wer bin ich denn! Ich denke nicht im Traum daran . . .«

»Halt den Rand!« Conrads Stimme war wie ein Peitschenhieb.

Die Andalusierin zuckte zusammen. Unglauben und Überraschung mischten sich in ihren großen Augen, als sie den Breitschultrigen anstarrte.

»Du Mistkerl!« hauchte sie tonlos. »Das wirst du noch bereuen. Du kannst doch nicht einfach . . .«

Conrad war mit einer blitzschnellen Bewegung bei ihr. Mit der freien Linken versetzte er ihr eine schallende Ohrfeige. Sie schrie auf, mehr vor Schreck als vor Schmerz.

»Dir wird hier keine Extrawurst gebraten«, knurrte er

sie an. »Reiß dich zusammen, du Schlampe oder du kriegst eine richtige Tracht Prügel von mir!«

Gabriela hielt sich das brennende Gesicht mit beiden Händen. In ihren Augen loderte jäh aufgeflammter Haß. Aber sie beherrschte sich und wagte es nicht noch einmal, sich gegen Conrad aufzulehnen.

Lily Langtry und Dixie Maine sahen die Andalusierin mitleidig an. Die Mienen von Nell Dorson und Deborah Lane zeigten keinerlei Reaktion, doch das war vielleicht nur Vorsicht.

Stirnrunzelnd musterte ich die Andalusierin, deren Hände auf dem Gesicht zitterten, soviel Kraft kostete es sie, ihre Wut zu unterdrücken. Eine höchst sonderbare Ahnung stieg in mir auf. Was es war, konnte ich beim besten Willen noch nicht in festumrissene Gedanken kleiden.

Grauschwarz senkte sich inzwischen die Dunkelheit über die Landschaft. Bestenfalls noch eine Viertelstunde, und es würde stockfinster sein. Es gab zwei Möglichkeiten, was Chuck Conrads Absichten betraf: Entweder wartete er lediglich das neue Tageslicht ab, um den Flug mit dem Hubschrauber fortzusetzen. Oder er wartete auf seine Verbindungsleute, mit denen er sich möglicherweise hier treffen wollte.

In jedem Fall aber hatte er vor, den Hubschrauber noch einmal zu benutzen. Denn andernfalls hätte er sich das Auftanken sparen können. Burt Raymore wurde also dringend benötigt. Mit mir sah es da schon anders aus. Auf den Copiloten konnte man schlimmstenfalls verzichten.

Zwei Drittel der Scheune waren durch doppelt mannshohen Maschendraht abgeteilt. Dahinter stand der Tankwagen. Diesseits des Drahts war unser Aufenthaltsraum, der wiederum auf der anderen Seite durch hoch aufgetürmte modrige Strohballen begrenzt wurde.

Donelson hatte zwei Camping-Gaslampen angezündet und in Kopfhöhe am Maschendraht aufgehängt. Conrad stand breitbeinig im halboffenen Tor und hielt eine Schrotflinte im Hüftanschlag. Draußen waren Page und Strasburg noch damit beschäftigt, die letzten Tarnnetze über Rotorblätter und Hubschrauberrumpf zu werfen. Falls meine Kollegen auf die Idee kamen, Luftaufnahmen schießen zu lassen, so würden sie damit keinen Erfolg haben.

Chuck Conrad hatte uns einen Stapel Wolldecken hingeworfen, die ebenfalls aus Armeebeständen stammten. Raymore und ich hockten vor dem Maschendraht und hatten die oberen Reißverschlüsse unserer Pilotenkluft ein Stück geöffnet. Der festgefahrene Sandboden der Scheune war mit Strohresten übersät, die sich im Laufe der Jahre schon grau gefärbt hatten.

Nell, Deborah, Lily und Dixie hatten sich bei den Strohballen ein paar Decken zurechtgelegt und kauerten nahe beieinander. Sie hatten die Köpfe gesenkt und wagten es nicht zu sprechen. Es war ein beinahe rührendes Bild, wie sie dasaßen. Sie erinnerten an verängstigte kleine Mädchen, die sich durch die körperliche Nähe gegenseitig Schutz zu spenden suchten.

Gabriela Romero spielte die Beleidigte. Sie stand drei Schritte abseits von Nell und den anderen, hatte die Arme über dem Busen verschränkt und blickte mit stolz erhobenem Kopf ins Leere. Die Pose hätte aus einem ihrer Flamenco-Auftritte stammen können.

Alfred Buckland schleppte einen Lebensmittelkarton herein. »Im Haus habe ich alles untergebracht«, sagte er keuchend und richtete sich vor Conrad auf.

»Hast du fein gemacht, Alfred«, entgegnete der Breitschultrige mit einem väterlichen Grinsen.

Buckland errötete wie ein Schuljunge, der vom Lehrer gelobt worden war. Er stieß mit der Schuhspitze gegen den soeben abgestellten Karton.

»Außer dem da habe ich noch einen Karton mit Getränken. Sollen sie den auch kriegen?« Sein Knopfaugenblick wanderte zur Seite und haftete etwas länger auf Nelly Dorson, die mit ihrem Trikot von allen am leichtesten bekleidet war.

»Klar«, sagte Conrad lachend. »Die Süßen sollen doch nicht verdursten, oder?«

»Oh, nein, das wäre schade um sie.« Buckland schlurfte los. Donelson lachte leise und glucksend, und seine schwammigen Gesichtsfalten hüpften dabei auf und ab.

Ich hob den Kopf, sah Conrad fragend an und tippte auf die Zigarettenschachtel, die aus der offenen Brusttasche meines Overalls lugte.

»Von mir aus.« Er grinste breit. »Aber wenn ihr euch nicht selbst in die Luft jagen wollt, solltet ihr ein bißchen aufpassen. Hinter euch steht ein Tankwagen, der noch nicht ganz leer ist. Und das Stroh ist noch trocken genug, um Feuer zu fangen.«

»Danke«, sagte ich. »Es wird schon nichts passieren.«

Burt Raymore gab mir Feuer, nachdem er sich aus meiner Schachtel bedient hatte.

Conrad beobachtete uns eine Weile schweigend, und nach seiner Miene zu urteilen, war er mit unserem Verhalten zufrieden.

»Ich hoffe, ihr seid weiter so vernünftig«, sagte er unvermittelt. »Innerhalb der Scheune könnt ihr euch frei bewegen. Macht ihr mir keine Schwierigkeiten, mache ich euch auch keine.«

Raymore und ich nickten nur. Wir spielten weiter die Folgsamen.

»Sehr gnädig!« zischte Gabriela Romero in die sekundenlange Stille. Dabei blickte sie unverändert ins Leere.

Conrad trat auf sie zu und legte ihr den Zeigefinger unter das Kinn. »Du hast es erfaßt, Biene. Denk immer dran, wer hier der Boß ist!«

Sie wandte den Kopf mit einem Ruck zur Seite. »Darüber sprechen wir noch.«

Conrad grinste und drehte sich um. Page und Strasburg hatten mittlerweile ihre Arbeit mit den Tarnnetzen beendet. Sie schoben den Karren herein, den Buckland der Einfachheit halber mit dem Getränkekarton beladen hatte. Beide Hände in den Hosentaschen, schlurfte der Knopfäugige auf Conrad zu.

»Soll ich die erste Wache übernehmen, Chuck?« Wieder wanderte sein Blick zu den jungen Frauen hinüber.

Conrad legte ihm die Hand auf die Schulter. »Du bist später dran, Alfred. Erst mal brauchst du ein bißchen Ruhe.«

»Aber wieso? Ich bin doch noch fit.«

»Keine Widerrede, Alfie! Was du in Guilford geleistet hast, war bisher der schwierigste Job von allem. Es ist wichtig, daß wir mit unseren Kräften haushalten. Das gilt auch für hier oben.« Er tippte sich auf den Kopf.

Erneut strahlte Alfred Buckland vor Stolz. Conrad wußte haargenau, wie er mit ihm umgehen mußte. Er redete mit ihm wie mit einer kranken Kuh, und Buckland war die denkbar willigste Marionette für ihn.

Page und Strasburg wurden zur ersten Wache eingeteilt. Mit Schrotflinten und Revolvern bewaffnet, hockten sie sich auf Strohballen, nachdem Conrad und die beiden anderen das Tor von außen geschlossen hatten.

»Ihr dürft euch was zu trinken nehmen«, sagte Warren Page und zeigte auf den Getränkekarton. »Und zwar hübsch der Reihe nach. Einer nach dem anderen.«

»Komm, Flamenco-Girl«, fügte Gary Strasburg grinsend hinzu. »Du darfst anfangen, damit du nicht immer denkst, dir geht es schlechter als den anderen.«

Gabriela Romero folgte der Aufforderung. Doch sie würdigte die Gangster keines Blickes, als sie mit hocherhobenem Kopf auf den Karren zuging und eine Dose Limonade aus dem Karton nahm.

Ich bemerkte, daß Nell Dorson und die anderen die Andalusierin forschend beobachteten. Deborah Lane kniff dabei die Augen zusammen. Es sah aus, als ob sie angestrengt nachdachte.

»Jetzt die kleine Lily«, sagte Strasburg, nachdem Gabriela zu ihrem Platz zurückgekehrt war.

Lily Langtry eilte mit kurzen, schnellen Schritten auf den Karren zu. Ihr Frohsinn war dahin. Nichts erinnerte mehr an den Bühnen-Wirbelwind, als den ich sie bei ihren Auftritten erlebt hatte.

»Und jetzt unser Girlie mit dem Wackelbauch!« rief Warren Page glucksend.

Deborah Lane stand auf, sah ihn an und lächelte mit gespielter Freundlichkeit. »Wie kann ein Mann nur so schön sein«, sagte sie kopfschüttelnd. »Dir müssen doch die Mädchen reihenweise zu Füßen liegen.«

»Besonders die mit den hübschen Bäuchen!« Strasburg lachte grölend und schlug sich vor Vergnügen auf die Schenkel.

»He, he!« Page blinzelte verblüfft. »Unsere Suleika hat Haare auf den Zähnen, was?«

Deborah beachtete ihn nicht mehr.

Sie ahmte die Andalusierin nach, indem sie mit hocherhobenem Haupt zum Getränkekarton ging und sich mit einer Dose versorgte. Doch ihr Rückweg führte in eine andere Richtung.

Unversehens baute sie sich vor der Andalusierin auf, die sie mit scheinbar gelangweiltem Blick aus halb geschlossenen Lidern ansah.

»Wie sollen wir das eigentlich verstehen?« sagte Deborah kühl.

»Was?« entgegnete Gabriela. Es klang wie das Zuschnappen einer Hundeschnauze.

»Daß du nichts mehr mit uns zu tun haben willst.«

Die Andalusierin riß mit einem Ruck ihre Limonadendose auf. »Laß mich in Ruhe mit dem Unsinn!«

»Unsinn?«

»Was denn sonst! Meine Privatsachen gehen euch nichts an. Kümmert euch um euren eigenen Kram!«

»Privatsachen? Wovon redest du? He, was hat das zu bedeuten?« Deborah ereiferte sich zusehends.

Page und Strasburg grinsten und wechselten belustigte Blicke. Mir wurde indessen klar, daß Deborah und die anderen von einer ähnlichen Ahnung befallen waren wie ich. Gabrielas Wortwechsel mit Conrad hatte ihnen Rätsel aufgegeben.

Das Gesicht der Andalusierin verzerrte sich vor Wut. »Ich sag's nicht noch einmal«, fauchte sie. »Laß mich in Ruhe! Hau ab, du Schlampe!«

Es traf Deborah wie ein Schock. Sie brachte keine Antwort hervor.

Nell Dorson, Lily Langtry und Dixie Maine waren nicht weniger entgeistert. Ich konnte es selbst kaum fassen. Gabriela zeigte auf einmal ein häßliches Gesicht. Es schmerzte regelrecht, das mitzuerleben. Auch Burt Raymore schüttelte ungläubig den Kopf, obwohl er die Andalusierin vorher nicht gekannt hatte.

Nur Page und Strasburg hatten ihr Vergnügen an der Szene. Sie beugten sich gespannt vor. Deborah hatte sich vom Schock erholt. »Habe ich richtig gehört?« sagte sie tonlos.

Gabriela explodierte im selben Moment. »Geh mir nicht auf den Nerv!« schrie sie. Ihre Hand mit der offenen Dose zuckte hoch.

Ein Schwall kristallklarer Limonade klatschte in Deborahs Gesicht.

Nell Dorson sprang auf. »Debbie, nicht! Laß es sein, um Himmels w ...« Der Rest blieb ihr im Hals stecken.

Die junge Frau im orientalischen Bauchtänzerinnenkostüm packte so blitzschnell zu, daß es für die Andalusierin völlig überraschend kam. Und Deborah Lane bewies, daß sie nicht gerade schwächlich gebaut war. Mit einem Ruck schleuderte sie ihre Gegnerin zur Seite.

Gabriela konnte sich nicht auf den Beinen halten. Hart stürzte sie zu Boden, und ihre Unterröcke rauschten empor.

Die beiden Gangster klatschten Beifall.

»Bravo!« brüllte Strasburg. »Wenn ihr wollt, holen wir euch einen Kübel voll Schlamm!«

Weder Deborah noch die Andalusierin hörten hin. Deborah stand vornübergebeugt, angespannt und wartete in verbissener Entschlossenheit auf den Gegenangriff. Gabriela warf sich auf dem Boden herum, zog die Beine an und federte hoch.

Schlagartig erkannte ich die vollendete Körperbeherrschung dieser jungen Frau. Und die Ursache dafür war beileibe nicht nur ihr Tanztraining. Nein, Gabriela Romero war eine Kämpferin mit Erfahrung.

Der Angriffsschrei drang tief aus ihrer Kehle, als sie losschnellte. Das bauschige Kleid schien sie kaum zu behindern. Aber sie hatte sich getäuscht, wenn sie glaubte, daß Deborah Lane eine leicht zu bezwingende Gegnerin war. Gabriela biß buchstäblich auf Granit.

Es sah fast mühelos aus, wie Deborah den Angriff abblockte. Grenzenloses Erstaunen malte sich in die Gesichtszüge der Andalusierin, als sie blitzschnell hintereinander von zwei Handkantenhieben getroffen wurde. Deborah ließ einen heiseren Schrei hören und ging erneut breitbeinig in Abwehrstellung.

Ich wechselte einen Blick mit Burt Raymore. Wir wußten beide, was sich hier abspielte. Deborah Lane beherrschte fernöstliche Kampftechniken. Für eine New Yorkerin nicht verwunderlich. Es gibt in unserer Stadt heutzutage zahlreiche Frauen, die an einem Kampfsport-Lehrgang teilgenommen haben, um sich gegen Diebstähle, Überfälle und Vergewaltigungen zu schützen.

Gabriela Romero brauchte eine Sekunde, um die Überraschung hinunterzuschlucken. Dann ging sie erneut auf die Bauchtänzerin los. Stumm diesmal. Doch um so mehr glich sie einer Raubkatze, die sich in einen Blutrausch zu steigern begann.

Deborah schaffte es, einer sausenden Handkante auszuweichen. Halbwegs glückte auch ihr Versuch, den Ansturm zu unterlaufen. Doch sie konnte es nicht verhindern, von Gabrielas hochzuckendem Knie getroffen zu werden. Deborah schrie auf, krümmte sich und stolperte vorwärts.

Dem nächsten Hieb war sie hilflos ausgeliefert. Nell, Lily und Dixie waren an die Strohballen zurückgewichen und beobachteten das Geschehen voller Entsetzen. Denn die Art und Weise, wie die Andalusierin kämpfte, war unfair und gemein.

Mir kribbelte es in den Fingern, einzugreifen und dem unwürdigen Geschehen ein Ende zu setzen. Meine Muskeln spannten sich, ohne daß ich etwas dagegen tun konnte.

Doch Deborah dachte nicht daran, schon die Segel zu streichen. Sie bewies, daß sie härter im Nehmen war, als wir alle geglaubt hatten. Ihr Schmerzensschrei endete. Schon im Fallen, wirbelte sie mit großer Willenskraft herum und war federnd wieder auf den Beinen. So rechtzeitig, daß die erneut heranstürmende Andalusierin ins Leere stieß.

Blitzartig setzte Deborah nach und verpaßte ihrer Gegnerin ein Trommelfeuer von Hieben. Gabriela schrie auf. Aus dem eigenen Schwung heraus geriet sie ins Stolpern, fing ihr Gleichgewicht nicht mehr, schlug hin und schlidderte mit dem Gesicht nach unten über den Boden. Ihr Schrei versickerte in einem dumpfen Gurgeln.

Deborah war nicht mehr zu halten. Jetzt war sie die Raubkatze, die sich auf ihr schon fast unterlegenes Opfer stürzte. Mit einem Satz war sie bei der am Boden Liegenden, packte sie an den Schultern und riß sie herum. Kleiderstoff riß prasselnd. Schmerzhafte schallende Ohrfeigen trafen die Andalusierin, und wieder schrie sie auf. Deborah feuerte eine zusätzliche Handkante ab und nagelte sie damit auf dem Boden fest.

Die Begeisterung der beiden Gangster war in Betroffenheit übergegangen. Sie sahen sich an. Page knurrte etwas. Als Strasburg nickte, legte er seine Schrotflinte beiseite und sprang auf.

»Schluß jetzt!« brüllte er. »Das könnte dir so passen, unser Flamenco-Girl zusammenzuschlagen!«

Deborah hörte nicht auf. Ihre Wut war entfesselt. Sie schlug weiter auf die Schreiende ein. Page lief auf sie zu und wollte sie packen, kassierte aber einen Handkantenschlag, der ihn fluchen ließ. Abermals versuchte er es.

Mir fiel es wie Schuppen von den Augen. Gabriela Romero gehörte zu den Gangstern! Page und Strasburg durften es nicht dulden, daß sie Schaden nahm. Ihre Rolle als Mitglied der Tänzerinnentruppe war nur zum Schein aufrechterhalten worden.

Conrad mußte sich etwas dabei gedacht haben. Vielleicht hatte er gehofft, daß die Geiseln keinen Verdacht schöpften und später nichts über mögliche Hintergründe aussagen konnten. Aber er hatte die Rechnung ohne Gabrielas Widerborstigkeit gemacht.

Page hatte höllische Mühe, Deborah zu packen. Sie schlug wie wild um sich, trat, kratzte und biß.

Strasburg starrte wie gebannt hinüber. Er war im Begriff, aufzustehen und einzugreifen. Gabriela wälzte sich stöhnend auf dem Boden. Jäh erkannte ich die Chance.

Ich handelte in dem Moment, in dem Strasburg sich aufrappelte und die Flinte an seinen Strohballen lehnte.

Ich spannte die Beinmuskeln, federte hoch und schnellte los. Fünf Schritt Entfernung hatte ich zu überwinden. Ich brauchte nur Sekundenbruchteile dafür.

Strasburg zuckte zusammen, als er seinen Fehler erkannte. Seine Rechte fuhr zum Revolver. Aber er schaffte es nicht mehr. Aus dem Sprung heraus schmetterte ich ihm den Arm mit einem einzigen trockenen Hieb nach unten.

Er brüllte vor Schmerz. Durch meinen Anprall stürzte er rücklings über den Strohballen.

Ich bremste meinen Schwung gerade noch rechtzeitig, um nicht ebenfalls in die Waagerechte zu gehen. Aus den Augenwinkeln heraus sah ich, daß Page nach wie vor große Mühe hatte, Deborah zu bändigen. Burt Raymore war aufgesprungen. Er wußte, daß es sein Job war, Gabriela Romero in Schach zu halten.

Ich flankte über den Strohballen. Strasburg wollte hochkommen. Ich schickte ihn mit einer brettharten Geraden erneut zu Boden. Sofort wirbelte ich herum, um eine der Schrotflinten zu packen, die zum Greifen nahe waren.

Ein Kreischen schnitt das Geschehen ab. Rostige Stahlräder rollten über rostige Stahlschienen.

Sie stürmten herein, als das Tor erst um Schulterbreite geöffnet war. Im selben Augenblick stürzten sich Conrad und Donelson auf mich. Meine Finger berührten schon den Vorderschaft der Flinte.

Einen Sekundenbruchteil zu spät! Hämmernde Fausthiebe trieben mich von der Waffe weg. Ich sah noch, daß Buckland mit seiner abgesägten Schrotflinte in die

Scheune wieselte. Sein schriller Befehl ließ Burt Raymore zurückzucken. Die Chance war vertan.

Eine Faust schrammte über meine Wange. Der Schmerz durchzuckte mich brennend. Ich wankte rückwärts. Ich versuchte vergeblich, noch eine Deckung aufzubauen. Conrad und Donelson erstickten meinen Versuch im Keim. Ihre höhnisch grinsenden Gesichter waren nahe vor mir. Dann war auch noch Strasburg zur Stelle, der sich aufgerappelt hatte.

Hoffnungslos für mich! Gegen die Übermacht konnte ich nichts mehr ausrichten. An der Wand aus Strohballen rammten sie mich fest. Brutale Schläge trommelten auf mich ein. Mein Oberkörper war ein einziger glühender Schmerz. Schleier wallten vor meinen Augen auf. Meine Knie knickten ein. Ich sackte zu Boden.

Erst jetzt ließen die Gangster von mir ab. Mit aller Energie kämpfte ich gegen die drohende Bewußtlosigkeit an. Aus einem verrückten Stolz heraus wollte ich ihnen die Genugtuung nicht gönnen, vor ihren triumphierenden Augen alle viere von mir zu strecken. Ich tat ihnen nicht einmal den Gefallen, einen Schmerzenslaut hören zu lassen.

Wie durch einen Nebel sah ich die Einzelheiten.

Page hatte Deborah Lane endlich bezwungen, und den Rest besorgte die Andalusierin. Mit drei Hieben zerschlug sie Deborahs Widerstandskraft. Dann trat sie ihr die Beine weg, als sie schon wankte.

Nell Dorson hielt sich erschrocken die flache Hand vor den Mund. Lily Langtry schrie entsetzt, als sich Deborah nicht mehr rührte. Dixie Maine bebte vor Wut. Fast hatte es den Anschein, als würde sie sich trotz allem auf Gabriela stürzen.

Page wandte sich Raymore zu, der von Buckland mit der Kurzflinte in Schach gehalten wurde.

»Zurück auf deinen Platz, Mann! Eine falsche Bewegung, und du liegst flach.« Page hatte seinen Revolver gezogen.

Burt Raymore gehorchte. Durch die Schleier vor meinen Augen bemerkte ich seinen Blick. Ich fühlte mich hundeelend. Dazu trug auch Donelsons schwammiges Grinsen bei. Er stand immer noch vor mir. Ich mußte damit rechnen, daß er mir Fußtritte verpaßte, wenn ich auch nur den Finger krümmte.

Gabriela Romero strich ihr verschmutztes Kleid glatt. Ihre Bewegungen waren ruckartig und voller Wut. Über dem Ausschnitt war in Schulterhöhe der Stoff eingerissen. Mit flammendem Blick starrte sie Conrad an.

»Ich will hier raus«, zischte sie. »Mit diesen dämlichen Weibern will ich nichts mehr zu tun haben. Und ich warne dich, Conrad. Dir wird es verdammt leid tun, wenn du mich weiterhin wie ein Stück Dreck behandelst.«

»Vor wem sollte ich denn wohl Angst haben?« entgegnete Conrad gedehnt. »Hat dir die Tracht Prügel noch nicht genügt, von deinem hohen Roß runterzukommen?«

»He, Chuck!« rief Buckland kichernd. »Soll ich ihr noch mal unter den Rock greifen? Vielleicht wird sie dann vernünftiger.« Er schwenkte die abgesägte Schrotflinte.

»Halt die Klappe!« knurrte Conrad.

Ich brauchte keine weiteren Erklärungen. Jetzt war mir klar, auf welchem Weg die Kurzflinte in den Speisesaal eingeschmuggelt worden war. Unsere Sicherheitsvorkehrungen hatten eine entscheidende Lücke gehabt. Wir hatten Nell Dorsons Tänzerinnen-Truppe nicht gründlich genug überprüft, als sie in Guilford eingetroffen war.

Gabriela Romero ruckte herum. Einen Moment lang sah es aus, als würde sie sich auf Buckland stürzen. Der zog unwillkürlich den Kopf zwischen die Schultern.

»Alfred«, sagte Chuck Conrad, »hol was zum Fesseln!«

Buckland nickte dankbar und rannte los.

Die Andalusierin wandte sich dem Breitschultrigen zu und stemmte die Fäuste in die Hüften.

»Ich warte noch auf eine Antwort«, sagte sie giftig. »Wenn du dich nicht entscheiden kannst, Conrad, dann laß darüber abstimmen. Ich will mit diesen Schnepfen nicht länger unter einem Dach sein. Du müßtest mich schon mit Gewalt dazu zwingen.«

Nell Dorson und ihre Freundinnen waren weiß vor Zorn.

Chuck Conrad schien angestrengt nachzudenken.

»In Ordnung«, sagte er schließlich. »Ich will keinen unnötigen Ärger. Was sich eben abgespielt hat, reicht. Ist einer dagegen, daß Gabriela drüben im Haus Quartier bezieht?« Er blickte in die Runde.

Keiner seiner Komplizen meldete sich. Strasburg, der sich inzwischen einigermaßen erholt zu haben schien, beschränkte sich ohnehin darauf, mich haßerfüllt anzustarren. Conrad nickte bedächtig. »Okay. Unseren Freund Alfie brauche ich nicht erst zu fragen. Denn der wird sich besonders freuen, Gabriela in seiner Nähe zu haben.«

Die Männer grinsten anzüglich. Doch die Andalusierin nahm keine Notiz davon. Mit hocherhobenem Kopf rauschte sie an ihnen vorbei. In der Nähe des halboffenen Scheunentors blieb sie mit verschränkten Armen stehen. Den Knopfäugigen, der zwei fabrikfrisch verpackte Abschleppseile brachte, würdigte sie mit keinem Blick.

Lieutenant Raymore wurde als erster gefesselt. Arme auf den Rücken, Fußgelenke fest zusammengeschnürt. Dann schleiften sie mich hinüber und verpackten mich auf die gleiche Weise.

»Ihr könnt euch weiter frei bewegen«, wandte sich Conrad an die Frauen. »Aber ich warne euch. Gibt es noch einen einzigen Zwischenfall, seid ihr genauso dran.«

Nell Dorson hob den Kopf. Mit einer matten Handbewegung deutete sie auf Deborah Lane, die stöhnend zu Bewußtsein kam.

»Bitte! Können wir Verbandszeug und etwas frisches Wasser haben?«

Conrad zögerte einen Moment. Dann nickte er. »In Ordnung. Keiner soll sagen, daß ich euch schlecht behandelt habe.«

Wieder schickte er Buckland los, der kurz darauf mit einem Eimer Wasser und dem Verbandskasten aus dem Hubschrauber zurückkehrte. Page blieb als Aufpasser allein. Strasburg schien sich erholen zu müssen, und Conrad hielt es offenbar für übertrieben, zwei Gefesselte und vier Frauen von Doppelposten bewachen zu lassen.

Nell, Lily und Dixie kümmerten sich um Deborah, die einige Schrammen davongetragen hatte. Nachdem sie von Warren Page Erlaubnis erhalten hatte, verpflasterte Nell auch meine Kratzer. Es tat gut, ihre sanften Finger zu spüren.

Willow Brook Avenue, Staten Island. Wer hier ein Grundstück sein eigen nannte, zählte zu denen, die es geschafft haben. New York City hat nur wenige Wohngegenden aufzuweisen, in denen die Preise für Grundstücke noch höher liegen.

Steve Dilaggio brachte den Dienstwagen zum Stehen und stellte den Motor ab. Er beugte sich über das Lenkrad und spähte in das verschwenderische Licht. Die Straßenlampen standen hier dichter als anderswo.

»Und da gibt es Leute, die behaupten, die Iren wären nicht geschäftstüchtig.« Er schüttelte den Kopf. Sein blondes Haar, das in krassem Widerspruch zu seinem italienischen Namen stand, erzeugte schimmernde Reflexe.

Der Bungalow stand auf einem Hügel. In dem Garten

hätten sich hundert Leute mühelos verlaufen, wäre er zum öffentlichen Park erklärt worden.

»Das haben sie von den Italienern gelernt«, meldete sich Zeerookah von der hinteren Sitzbank. »Hat zwar einige Zeit gedauert, aber schließlich haben die Iren genug Lehrgeld bezahlt.«

Die Zeit der blutigen Bandenkriege würde an der Ostküste wohl nie in Vergessenheit geraten. Noch in den vierziger Jahren hatten sich Rollkommandos der Mafia und irische Schlägertrupps mörderische Kämpfe geliefert. Heutzutage gab es diese Feindschaft nicht mehr. Man pflegte die Zusammenarbeit gegen die gemeinsamen Widersacher von FBI und Polizei.

Phil Decker stieß die Tür an der Beifahrerseite auf und schwang sich ins Freie.

»Fünf Minuten«, sagte er knapp und schlug die Tür wieder zu.

Steve und Zeery nickten nur. Wenn er nach der vereinbarten Zeit kein Lebenszeichen gab, würden sie den Bau stürmen.

Der G-man blieb vor dem Tor mit den kitschigen schmiedeeisernen Schnörkeln stehen und betätigte den Klingelknopf im Pfeiler. Das Messingschild bezeichnete den Hauseigentümer O'Driscoll als Finanzmakler. Darunter konnte man alles mögliche verstehen, wenn man ein bißchen Phantasie hatte.

Phil hatte sich kurzerhand entschlossen, Guilford mit einem Polizeihubschrauber zu verlassen. Er haßte es, tatenlos herumzusitzen.

Die Kollegen von der State Police in Albany brauchten ihn nicht, um vom Schreibtisch aus Fahndungsmaßnahmen zu überwachen.

In New York City, hier auf Staten Island, hatte er wenigstens einen handfesten Ansatzpunkt. Und der Hubschrauber stand noch bereit. Wenn es etwas Neues gab, konnte sich Phil in Windeseile an den Ort des Geschehens begeben.

Zu seiner Überraschung summte der elektrische Öffner der kleinen Pforte. Dann sah er beim Eintreten eine Videokamera, die ihn vom Torpfeiler herab beäugte. Kein Besucher konnte sich unbemerkt in die Büsche schlagen und dem Hausherrn mit finsteren Absichten nahe kommen.

Zügig legte Phil die hundert Yards über einen breiten Plattenweg zurück. Unter dem Vordach des Eingangs brannte Licht. Ein Mann in cremefarbenem Sommeranzug stand lässig abwartend da. Mit seinem gelackten schwarzen Haar hätte er auf jede Hotelterrasse in Acapulco gepaßt.

»Guten Abend, Sir«, sagte er mit falscher Höflichkeit. »In diesem Haus ist Gastfreundschaft oberstes Gebot. Wir lassen auch unangemeldete Besucher herein, selbst zu später Stunde. Dann können sie wenigstens sagen, was sie wollen, bevor sie wieder verschwinden.«

»Eine ausgesprochen nette Gepflogenheit«, entgegnete Phil spöttisch. »Nur in einem Punkt muß ich Sie enttäuschen. Ich werde Ihnen nicht verraten, was ich im Sinn habe. Denn ...«

»... Sie wollen nur mit Mr. O'Driscoll persönlich sprechen«, fiel ihm der Gelackte ins Wort. Er nickte wie ein alles verstehender Psychiater, der seinem Klienten mit gutbezahlter Geduld zuhört. »Nun werden Sie noch behaupten, daß Sie Polizeibeamter sind. Und Sie werden Ihren Dienstausweis vorzeigen, damit ich es Ihnen glaube.«

Der G-man lächelte kalt. Die aalglatte Taktik des Burschen war nicht schlecht, aber durchschaubar.

»Ich kann es Ihnen nicht ersparen«, sagte er, zupfte das Lederetui aus der Tasche und ließ den silbernen Adler blinken. »FBI. Special Agent Phil Decker.«

Der Gelackte pfiff zischend durch die Zähne. »Donnerwetter! Eine sehr gelungene Fälschung! Meistens versuchen es die Leute nur mit ID Cards der City Police. Die lassen sich leichter nachmachen. Wie ist es? Haben Sie auch noch einen gefälschten Durchsuchungsbefehl?«

Phil steckte das Etui wieder ein. Er hatte keine Lust, das alberne Spiel noch länger mitzuspielen.

»Leider nein«, sagte er und imitierte den überfreundlichen Tonfall des anderen. »Ich bitte in aller Form darum, Mr. O'Driscoll sprechen zu dürfen. Aber da Sie mich für eine Fälschung halten, werden Sie mich wohl wie einen unerwünschten Eindringling behandeln.«

»Leider haben Sie recht«, der Gelackte seufzte. »Heutzutage kann man nicht vorsichtig genug sein. Wenn Sie jetzt plötzlich auf mich losgehen, habe ich ja nicht einmal einen Zeugen, um beweisen zu können, daß es sich um Hausfriedensbruch handelte.«

»Mir geht es da nicht besser.« Auch Phil seufzte. Er ging einen Schritt auf den Mann zu. »Ich habe ebenfalls keinen Zeugen dafür, daß ich von Ihnen ohne Grund angegriffen wurde. Dazu könnte es kommen, nicht wahr?«

Dem Gelackten fiel die Freundlichkeit aus dem glatten Gesicht. »Du hast es erraten«, knurrte er. »Und jetzt verschwinde!« Noch während er die letzten Silben aussprach, fuhr seine Hand unter das Jackett und schnellte mit mattglänzendem Waffenstahl ins Lampenlicht zurück. Eine Beretta, Modell 951. Nicht gerade das modernste, was es auf dem schwarzen Markt gab.

Phil Decker blieb äußerlich ruhig, obwohl seine Muskeln angespannt waren. »Da drängt sich auch einem falschen FBI-Beamten die Frage auf, ob Sie die New Yorker Waffengesetze kennen. Wenn ja, wäre es gut für Sie, einen Waffenschein zu besitzen. Wenn nicht, komme ich um eine Festnahme nicht herum.«

»Hör mal!« zischte der Gelackte. »Du kannst dir das

Gelaber sparen. Auf O'Driscolls Grundstück kann ich mit einer Panzerfaust spazierengehen, wenn ich will. Ich kenne die Waffengesetze nämlich.«

Der G-man nickte gelassen. »Nur sollte man auch mit einer Panzerfaust keinen FBI-Beamten in Ausübung seines Dienstes bedrohen.«

Im selben Atemzug vollführte er einen blitzschnellen Sidestep. Der Gelackte zuckte zusammen und reagierte um eine Schrecksekunde zu langsam. Als er den Waffenlauf herumschwenkte, hatte der G-man seinen Seitwärtsdrall bereits in eine rasante Vorwärtsbewegung umgewandelt. Seine Handkante traf den Unterarm des Mannes, ohne daß der Schlag überhaupt mit einem Blick zu verfolgen war.

Der Gelackte schrie auf. Mit kreisrunden Augen und offenem Mund stierte er auf die Pistole, die aus seinen plötzlich kraftlosen Fingern zu Boden fiel.

Phil packte ihn am gesunden Arm, ehe er sich von der Überraschung erholen konnte. Er riß ihn herum, löste mit geübtem Griff die stählerne Acht vom Hosenbund und ließ sie um seine Handgelenke schnappen.

»Sie sind vorläufig festgenommen«, erklärte er. »Einen gefälschten Haftbefehl und auch einen gefälschten Durchsuchungsbefehl liefere ich Ihnen nach, sobald ich Sie ins falsche FBI-District-Office gebracht habe. Die Echtheit können Sie dann von Ihrem Anwalt überprüfen lassen. Begriffen?«

Er preßte die Lippen aufeinander, gab keinen Ton mehr von sich und bewies damit, daß er von Anfang an begriffen hatte.

Der G-man rief seine Kollegen per Walkie-talkie. Zeery übernahm es, den Festgenommenen zu bewachen, während Phil und Steve einen Rundgang durchs Haus unternahmen. Sie trafen eine Küchengehilfin und einen Hausdiener, der wie ein englischer Butler gekleidet war.

Der Junggeselle O'Driscoll konnte sich einen solchen Lebensstil leisten.

Keine maßgebliche Menschenseele war anwesend. Der Butler rückte nach einigem Herumdrucksen damit heraus, daß Seamus O'Driscoll schon in den frühen Morgenstunden das Haus verlassen habe. Mit seinem Mercedes 500. Mit seinem Fahrer. Mit seinem persönlichen Berater.

Die beiden letzteren waren vermutlich gewöhnliche Bodyguards.

Die G-men forderten zwei Streifenwagenbesatzungen von der City Police an, die das Haus bewachen würden, bis die Erkennungsdienstler zur Durchsuchung eintrafen. Der Federal Attorney hatte sich bereit erklärt, trotz der späten Stunde noch den erforderlichen Schein auszustellen, wenn sich nur der geringste Verdacht gegen O'Driscoll ergab. Den Gelackten, der jetzt überaus einsilbig war, nahmen die FBI-Beamten auf direktem Weg mit ins District-Office an der Federal Plaza.

Gabriela Romero klopfte an die Tür des kleinen Zimmers, in das sich Chuck Conrad zurückgezogen hatte. Es überraschte sie nicht, daß er sie nur mit einem unwilligen Knurren eintreten ließ.

Er lag auf einem Feldbett, die Arme hinter dem Kopf verschränkt. Eine Kerze, die auf eine leere Munitionskiste geklebt war, streute blakendes Licht aus.

Gabriela lehnte sich an die Tür, nachdem sie sie leise ins Schloß gedrückt hatte. »Was hast du gegen mich? Ich erspare es dir, das vor den anderen zur Sprache zu bringen.«

»Nimm es nicht persönlich«, erwiderte er, ohne den Blick von der Zimmerdecke zu lösen. »Ich habe O'Driscolls Idee von Anfang an nicht für gut gehalten. Erstens habe ich noch nie mit einer Frau zusammengearbeitet.

Zweitens gefällt es mir nicht, daß ich jetzt einen Haufen Geiseln am Hals habe.«

»So ähnlich habe ich es mir gedacht«, sagte Gabriela und lachte verächtlich. »Du wirst dich an mich gewöhnen müssen. Seamus weiß, was er an mir hat.«

»Meinetwegen kann er dich behalten.« Conrad grinste. »Den Job in Kanada ziehe ich allein durch. Du wirst keinen Flamenco tanzen, bevor die Ladungen hochgehen.«

»Du bist ein kaltschnäuziger Hund«, fauchte sie. »Freu dich, daß wir dich rechtzeitig rausgeholt haben! Die Sache mit den Tanztanten war die beste Gelegenheit.«

»Weil es dir am besten in den Kram gepaßt hat. Und weil du Seamus beweisen wolltest, was für ein raffiniertes Mädchen du bist.« Conrad schnaufte. »Vergiß es!«

»Und was ich dir von Seamus mitzuteilen habe, interessiert dich überhaupt nicht?«

»Es gibt nichts, was ich nicht schon wüßte. Er wird noch in dieser Nacht hier aufkreuzen und die Lagepläne mitbringen. Sonst noch was?«

Gabriela zog die Augenbrauen hoch und lächelte spöttisch von oben herab. »Siehst du, du bist nicht auf dem laufenden, mein Lieber. Die Lagepläne befinden sich im Depot, zusammen mit der übrigen Ausrüstung.«

Conrad fuhr hoch, schwang die Beine über die Bettkante und funkelte die Andalusierin an. »Was, zum Teufel, soll das? Seamus weiß genau, daß ich meine Pläne und mein Handwerkszeug niemals zusammen am selben Ort aufbewahre.« In einem plötzlichen Verdacht kniff er die Augen zusammen. »Sag mal, ist das auf deinen Mist gewachsen?«

Gabriela lachte schallend. Im nächsten Moment brach sie jedoch ab, als Conrad Anstalten machte aufzuspringen.

»Reg dich ab, Chuck« sagte sie besänftigend. »Seamus,

ich und die anderen haben lange darüber diskutiert. Wir haben uns darauf geeinigt, daß es zu gefährlich sein kann, die Pläne in der Gegend herumzuschleppen. Deshalb haben wir sie ins Depot gebracht. Nun kann nichts passieren.«

»Sehr weise«, knurrte der Breitschultrige. »Heißt das, daß Seamus überhaupt nicht mehr auftaucht?«

»Unsinn. Er legt Wert darauf, die Einzelheiten mit dir durchzusprechen. Schließlich mußt du wissen, wie es im Camp aussieht. Genaue Mannschaftsstärken, Zahl der vorhandenen Fahrzeuge und so weiter.«

»Ach! Und darüber bist du nicht informiert?«

»Ausnahmsweise nicht. Himmel noch mal, Chuck, du hast keinen Grund, eifersüchtig zu sein.«

»Ich bin nicht mit Seamus verheiratet.«

»Du weißt genau, wie ich es gemeint habe. Menschenskind, wir stehen doch auf einer Seite! Wir kämpfen für eine gemeinsame Sache.«

Conrad grinste wieder. »Du siehst nicht aus wie eine Irin.«

»Was hat das damit zu tun? Kannst du dir nicht vorstellen, daß es auch heutzutage Spanier gibt, die etwas gegen Engländer haben? Weil die sich beispielsweise immer noch auf Gibraltar breitmachen? Und hast du davon gehört, daß in früheren Jahrhunderten Spanier und Iren gemeinsam gegen die Engländer gekämpft haben?«

»Und mächtig die Jacke vollgekriegt haben«, sagte Conrad grinsend. »Wir leben im zwanzigsten Jahrhundert, Baby. Warum gibst du nicht einfach zu, daß es dir bei der guten Sache vor allem ums Geld geht? Davon hat Seamus eine ganze Menge angehäuft, stimmt's?«

Gabriela atmete tief durch. »Es hat keinen Zweck, mit dir zu diskutieren.«

»Stimmt. Ich bin mehr für Taten. Und ich will dir

Gelegenheit geben, deinen Eifer in der gemeinsamen Sache unter Beweis zu stellen.«

»Wie meinst du das?«

»Alfred Buckland.« Conrad musterte forschend ihre Gesichtszüge.

Ihre Augen verengten sich, und in der Tiefe ihrer Pupillenschächte begann ein gefährliches Feuer zu lodern. »Glaubst du, du kannst mich damit in Verlegenheit bringen?«

»Ich glaube erst dann etwas, wenn ich es sehe. Das Problem Buckland muß aus der Welt geschafft werden. Wenn du nicht in der Lage bist, das zu erledigen, übernehme ich es selber. Oder Strasburg. Oder Donelson. Die beiden schaffen so was, ohne mit der Wimper zu zucken.«

Gabriela schüttelte energisch den Kopf. »Wann soll es passieren?«

»Sofort.«

Sie wandte sich ab und verließ den Raum, ohne noch ein Wort von sich zu geben.

Das Zimmer, in dem sich Conrads Komplizen aufhielten, befand sich auf der anderen Seite des Korridors. Die Auswahl dieser Männer war seine Entscheidung gewesen, das wußte Gabriela. Von Seamus wußte sie auch, daß Conrad sich nicht gern die Dinge aus der Hand nehmen ließ. Als Spezialist auf seinem Gebiet konnte er sich das eben leisten.

»Hallo, Partner!« Sie spielte unbeschwerte Heiterkeit, als sie eintrat. »Immer noch nicht müde?«

Die drei Männer pokerten. Auf der umgekippten Kiste, die sie als Tisch benutzten, lagen bekritzelte Papierstückchen. Schuldscheine als Geldersatz. Sie rechneten schon jetzt mit der Bezahlung, die sie nach dem Job erwartete.

»Ist zu einsam so allein.« Gary Strasburg hob grinsend

den Kopf. »Wenn man daran denkt, was wir nebenan in der Scheune haben ...«

»Wozu in die Ferne schweifen ...« Ben Donelson feixte und tastete Gabrielas Oberweite mit seinem Blick ab.

»Paß auf, daß du nicht eins auf die Finger kriegst!« sagte die Andalusierin scheinbar gutgelaunt. Unter normalen Umständen hätte sie dem unverschämten Kerl den Marsch geblasen, daß er sich so schnell nicht wieder erholte. Aber sie konnte sich keinen weiteren Ärger leisten. Conrads Geduld war sicherlich nicht grenzenlos. Und man durfte ihn nicht bis zum äußersten reizen.

»Lust auf ein Spielchen?« fragte Alfred Buckland, und seine Knopfaugen glitzerten.

»Nicht mit Karten«, erwiderte Gabriela keck. »Eigentlich suche ich einen unerschrockenen Beschützer. Ich brauche ein bißchen frische Luft. Aber allein ist es mir in der Dunkelheit zu unheimlich.«

»Soll ich das übernehmen?« fragte Buckland einfältig und sah die beiden anderen an. »Mit der Kurzläufigen mache ich jeden fertig, der da draußen rumstrolcht.«

Er bemerkte nicht den Blick, den Gabriela den beiden Männern zuwarf.

»Klar doch, Alfie«, sagte Donelson breit. »Ist sowieso angebracht, daß einer mal nach dem Rechten sieht.«

Buckland hob die abgesägte Flinte auf. Mit linkischen Bewegungen ging er auf Gabriela zu. »Dann wollen wir mal«, sagte er heiser krächzend. »Soll ich Chuck Bescheid sagen?«

»Schon erledigt.« Gabriela winkte ab. »Ich habe Erlaubnis, einen von euch Hübschen mitzunehmen.«

Buckland lief feuerrot an. Dann beeilte er sich, der Andalusierin zu folgen, die hüftenschwingend vorausging. Wie hypnotisiert starrte er auf ihre wohlgeformten Waden, die vom rauschenden Kleiderstoff umspielt wurden.

Sie wartete auf ihn, nachdem sie die vordere Haustür geöffnet hatte. »Stockfinstere Nacht«, sagte sie und gab sich den Tonfall eines ängstlichen kleinen Mädchens. »Ehrlich gesagt, ich hätte wirklich Angst, jetzt allein rauszugehen.«

»Ich überhaupt nicht«, entgegnete der Knopfäugige prahlerisch.

»Gib mir lieber die Hand!« hauchte sie. »Dann fühle ich mich doch wohler.«

Sie spürte sein Zögern. Seine Hand zitterte, als er ihrer Aufforderung endlich folgte. Und nun, so nahe neben ihr, war sein keuchender Atem zu hören. Gabriela überwand ihren Abscheu mühelos. Wenn sie ein Ziel vor Augen hatte, war es ihr noch immer gelungen, die eigenen Gefühle völlig zu unterdrücken. Seamus hatte einmal gesagt, sie könne selbst dann eiskalt sein, wenn ein Mann es am allerwenigsten vermutete. Vielleicht hatte er recht.

Nur ein paar Schritte weit führte sie den Knopfäugigen, bis an die Seite des Hauses. Dort wucherten die Büsche fast bis an die Dachkante. Der betäubende Duft von Jasmin wehte ihnen entgegen. Gabriela bewegte ihre Finger über Bucklands knochige Hand. Er wertete es als eindeutiges Signal.

Sein Atem ging rasselnd, als er stehenblieb, die Kurzflinte fallen ließ und die Andalusierin an sich riß. Sie drängte sich ihm entgegen und steigerte seine Gier dadurch noch mehr. Scheinbar bereitwillig wartete sie, bis die knochigen Hände ihre Brüste erreichten. Seine Gier wurde zur Raserei.

»Langsam, Alfred«, flüsterte sie und griff unter das Kleid, als wolle sie ihm noch mehr entgegenkommen. »Du kriegst ja alles, wirklich alles.«

Als er sie zu Boden ziehen wollte, stach sie zu. Dreimal rasch hintereinander stieß sie die Klinge in seinen Rücken.

Der hagere Körper erschlaffte in ihren Armen.

Ein Grinsen verzerrte die Gesichtszüge der Andalusierin. Sie verstaute das Messer wieder in dem eingenähten Futteral unter ihrem Kleid.

Ohne sonderliche Anstrengung warf sie den Toten in das Gebüsch, wo er auch bei Tageslicht nicht gleich zu sehen sein würde.

Chuck Conrad hockte bei Strasburg und Donelson auf einer leeren Kiste, als Gabriela ins Haus zurückkehrte. Er blickte fragend zu ihr auf. Sie nickte nur, rückte eine Kiste zurecht, setzte sich und zündete sich eine Zigarette an.

»Ein Problem weniger«, sagte Conrad zufrieden. »Aber nur das kleinste. Wenn O'Driscoll hier ist, müssen wir uns darüber im klaren sein, was mit den Girls passieren soll. Ich will diesen Klotz am Bein loswerden. Ab jetzt brauchen wir doch nur noch die beiden Piloten.«

»Soll ich das auch noch übernehmen?« Gabriela blies ihm den Zigarettenrauch entgegen. »Ein Wort von dir, und die Sache ist im Handumdrehen erledigt.«

»Kann ich mir denken«, knurrte Conrad. »Die Bauchtänzerin abzuservieren wäre dir ein Vergnügen, was?«

»He, Moment mal!« rief Ben Donelson aufbrausend. »Ich mache ja alles mit. Aber vorher will ich mit den Puppen noch meinen Spaß haben.«

»Ganz meine Meinung«, pflichtete ihm Strasburg eifrig nickend bei. »Dagegen kann doch auch dieser O'Driscoll nichts haben.«

»Warum warten wir überhaupt auf den Knilch?« sagte Donelson unwillig. »Ich denke, du bist hier die ganz große Nummer, Chuck.«

»Bin ich auch. Im Grunde sind wir auf O'Driscoll nicht mehr angewiesen.« Er sagte es mit einem deutlichen Seitenblick auf die Andalusierin. »Immerhin verdanken wir ihm unsere Freiheit. Dafür brauchen wir ihm nicht in den Hintern zu treten.«

»Aber wir brauchen ihm auch nicht reinzukriechen«, entgegnete Donelson unwirsch.

Gary Strasburg lachte hinter vorgehaltener Hand.

»Ihr Geier«, sagte Gabriela und grinste. »Was schwebt euch denn so vor?«

Chuck Conrad erkannte, daß sie sich mit dem Gedanken bereits angefreundet hatte. Alles, womit Nell Dorson und ihre Freundinnen zu demütigen waren, würde Gabriela Romero gefallen. Conrad begriff erst jetzt, wozu diese Frau fähig war. Es war gut, sie nicht zur Feindin zu haben.

Und seine Komplizen mußte er bei Laune halten. Sie konnten die höheren Zusammenhänge nicht begreifen. Doch auf ihre Handlangerdienste war er angewiesen. Die Warterei zerrte verständlicherweise an ihren Nerven. Denn sie wußten, daß wahrscheinlich sämtliche Polizeidienststellen der nordöstlichen Bundesstaaten in Aufruhr waren. Kein schönes Gefühl, wenn man gezwungen war, auf einen Mann zu warten, von dem man nicht mehr als den Namen wußte. Aber mehr sollten sie nicht wissen. Conrad hatte nicht vor, sie in seine Pläne einzuweihen. Sobald sie ihre Hilfsdienste erledigt hatten, wurden sie ausgezahlt und konnten verschwinden. Auch deshalb mußte er auf Seamus O'Driscoll warten. Er hatte nicht einen einzigen Cent bei sich.

Den eigentlichen Job würde er allein bewältigen. Er brauchte keine Mitwisser, und ohnehin war er schon immer ein Einzelgänger gewesen. Dieser Grundsatz sollte sich wieder bewähren. Den Schiffbruch in New York hatte es seinerzeit nur gegeben, weil O'Driscoll zu viele Leute in die Aktion eingeschaltet hatte. Alte Sprichwörter bewahrheiteten sich eben immer wieder. Zu viele Köche verderben den Brei.

Ben Donelsons glucksende Stimme riß ihn aus seinen Gedanken. »Worauf sind denn unsere Girls spezialisiert?«

»Aufs Tanzen«, sagte Gabriela Romero trocken.

»Richtig!« Donelson hieb sich mit der flachen Hand auf den Schenkel. »Und was bedeutet das für uns, Mr. Strasburg?«

»Daß wir ein paar Spezialtänze zu sehen kriegen«, sagte der Mann mit dem kurzgeschorenen Haar und lachte. Dabei sah er Chuck Conrad fragend an.

Conrad nickte. »Holt sie rüber! Und Warren soll auch seinen Spaß haben.«

Nell Dorson befolgte die Anweisung des Bewachers. Sie nahm die Sandwichpakete aus dem Karton und verteilte sie an ihre Kolleginnen. Dann ging sie zu den beiden Gefesselten, um sie zu füttern. Auch dafür hatte sie Pages Erlaubnis erhalten. Während sie sich hinkniete, dachte sie daran, daß die Gangster noch nicht einmal wußten, wer der Copilot in Wirklichkeit war.

Sie war dabei, einen Sandwich auszuwickeln, als sich draußen Schritte näherten.

Page sprang auf und packte die Schrotflinte. »Zurück auf deinen Platz!« herrschte er sie an.

Nell gehorchte sofort. Sie sah den G-man mit einem bedauernden Blick an. Er lächelte kaum merklich und nickte ihr beruhigend zu. Das Kreischen des Tors zerriß die Stille.

Schon an den Mienen der Eintretenden sah Nell Dorson, daß sie etwas im Schilde führten. Gabriela Romero, die Strasburg und Donelson begleitete, hatte ein teuflisches Grinsen aufgesetzt.

»Was ist los?« fragte Warren Page stirnrunzelnd, da seine Komplizen nicht sofort eine Erklärung abgaben.

Donelson ging wortlos auf den Maschendraht zu und überprüfte die Fesseln der beiden Männer.

»Gleich gibt's ein Sonderprogramm«, sagte Strasburg geheimnisvoll.

Donelson, der mit dem Ergebnis seiner Untersuchung zufrieden zu sein schien, richtete sich auf. Nell Dorson hielt dem Blick aus seinen blaßblauen Augen stand.

»Ihr vier sollt's auch ein bißchen gemütlich haben«, sagte der Schwammige mit spotttriefender Stimme. »Ihr dürft uns drüben im Haus Gesellschaft leisten. Allerdings müßt ihr eine Kleinigkeit dafür tun.«

Nell zwang sich, ruhig zu bleiben. Sie hatte die ganze Zeit über damit gerechnet. Jetzt, da es soweit war, traf es sie dennoch wie ein Schock. Aber sie hatte ihre Nerven schnell wieder unter Kontrolle.

Deborah, Dixie und Lily schienen noch nicht ganz begriffen zu haben. Sie starrten den Gangster stirnrunzelnd an.

»Wir sind zu allen Schandtaten bereit«, sagte Nell entschlossen. Sie sah, wie die Köpfe ihrer Freundinnen herumruckten. Ihre Fassungslosigkeit spürte sie beinahe körperlich.

Den Kerlen fiel die höhnische Vorfreude aus dem Gesicht. Das Grinsen der Andalusierin zerfaserte.

»Im Ernst?« grunzte Donelson.

»Aber ja«, antwortete Nell. »Wir wissen, daß wir unter den gegebenen Umständen für jedes Entgegenkommen dankbar sein müssen.«

»Freut euch nicht zu früh!« rief die Andalusierin bissig. »Die Jungs werden euch hart rannehmen. Erst dürft ihr tanzen. Und dann ... « Sie ließ den Rest absichtlich unausgesprochen.

»Niemals«, sagte Deborah Lane. »Nell, du kannst von mir aus tun und lassen, was du willst. Aber du kannst nicht über mich verfügen.«

Nell wandte den Kopf und sah ihre Freundin eindringlich an. »Debbie, versteh doch! Sie werden uns zwingen, wenn wir es nicht freiwillig tun. Also ist es besser, wenn wir die Angelegenheit von vornherein positiv sehen.«

Sie hoffte inständig, daß Deborah das verstand, was sie nicht aussprechen konnte. Daß dieses sogenannte Sonderprogramm vielleicht eine Chance war, die Gangster einzulullen.

Vielleicht konnten sie ihnen die Köpfe so verdrehen, daß sie unvorsichtig wurden. Oder irgend etwas ergab sich, was man nicht vorhersehen konnte.

Deborah runzelte die Stirn. »Du machst es dir ziemlich einfach«, murmelte sie nachdenklich.

»O nein, ganz bestimmt nicht.« Nell schüttelte energisch den Kopf und versuchte weiter, der Freundin mit Blicken deutlich zu machen, was sie nicht in Worte kleiden konnte.

Dixie Maine und Lily Langtry sprangen auf. Lily tätschelte Deborahs Schulter und versuchte, Fröhlichkeit auszustrahlen.

»Reiß dich zusammen, Debbie! Ist doch ganz einfach: Wir legen eine Show hin, daß den Burschen Hören und Sehen vergeht. Und dann haben wir unsere Ruhe.«

Donelson, Strasburg und Page klatschten johlend Beifall. Gabriela Romeros Miene spiegelte eher Mißmut. Sie hatte gehofft, Nell Dorson und die anderen würden vor Angst auf die Knie fallen.

»Ich begreife, was du vorhast, Nell«, sagte Deborah leise, so daß die lärmenden Gangster es nicht mitkriegten. »Aber stell es dir nicht zu einfach vor! Es wird die Hölle sein.«

»Nun übertreib aber nicht!« Dixie Maine knuffte sie freundschaftlich in die Seite. »Nur wer die Hölle erlebt hat, kann später die Sonne genießen. Machen wir doch einfach gute Miene zum bösen Spiel.«

Deborah zog die Schultern hoch und ließ sie wieder sinken.

»Es wird uns wohl nichts anderes übrigbleiben.«

Nell Dorson lachte, hakte sich bei ihr unter und zog sie mit sich auf den Scheunenausgang zu. In Wahrheit war ihr speiübel. Sie hatte die Gier in den Gesichtern der Gangster gesehen. Doch es war schon eine kleine Genugtuung, die saure Miene der Andalusierin zu beobachten. Dixie Maine und Lily Langtry folgten den beiden Freundinnen und ließen sich von Nells gespielter Zuversicht anstecken.

»Langsam, langsam!« rief Strasburg und stellte sich ihnen in den Weg. »Wir brauchen doch wohl noch Musik, oder?«

»Du kannst ja auf dem Kamm blasen!« rief Donelson und lachte dröhnend.

»Quatsch«, knurrte Strasburg. »Wenn die Girls richtig tanzen sollen, brauchen sie auch richtige Musik. Sonst fehlt die Stimmung.«

»Das Problem läßt sich lösen«, meldete sich Page. »Habt ihr das Kofferradio im Tankwagen vergessen?«

»Hoffentlich hast du's bald geholt«, sagte Strasburg nur.

Page drückte ihm seine Schrotflinte in die Hand und lief in den abgeteilten Bereich der Scheune. Er kletterte in das Führerhaus des Tank-Trucks und kehrte mit einem verbeulten Blechradio zurück, dessen Antenne durch einen oval gebogenen Draht ersetzt worden war.

Donelson knipste seine Taschenlampe an und wies den Weg.

»Bildet euch keine Schwachheiten ein!« rief Strasburg den Gefesselten zu, bevor er das Tor verriegelte. »Wir kontrollieren euch regelmäßig. Immer dann, wenn ihr am wenigsten damit rechnet.« Er lachte brüllend, als hätte er den Witz des Monats gerissen.

Chuck Conrad hatte das große Zimmer bereits aufgeräumt als sie im Haus eintrafen. Die Sitzkisten standen an den Wänden. Conrad selbst hatte sich in die Ecke beim Fenster zurückgezogen. Neben ihm lehnte eine der Polizeiflinten an der Wand.

»Gary und Ben«, sagte er, »ihr bewacht die Tür. Die Girls stellen sich neben euch an der Wand auf. Gabriela und Warren, ihr setzt euch auf die andere Seite.«

Nell Dorson und ihre Freundinnen gehorchten sofort.

»Halt, alles wartet auf den Musikmeister!« rief Warren Page kichernd. Er schaltete das Radiowrack ein, das zunächst nichts als Rauschen und Knacken von sich gab. Dann, nach kurzem Suchen, ertönte Swingmusik mit blechernem Klang. Eine Bigband spielte einen Blues im Glenn-Miller-Sound. Page hob den Kopf und blickte in die Runde. »Ist das was?«

»Klar«, sagte Gabriela Romero grinsend. »Schön schmalzig und schwül. Da kommt ihr doch richtig in Stimmung.«

»Gut, daß wir in der Bude so viele Zimmer haben«, sagte Donelson und fuhr sich mit dem Handrücken über die Lippen.

»Tja, Ausweichquartiere werden wir wohl brauchen«, fügte Strasburg hinzu und wollte seine Flinte neben sich an die Wand stellen.

»Nein!« rief Chuck Conrad schneidend. »Die Waffen behaltet ihr in der Hand.«

Strasburg öffnete den Mund zum Protest. Doch er überlegte es sich, schwieg und befolgte den Befehl.

»Ist das nicht ein bißchen unfair?« rief Warren Page in Conrads Richtung. »Wenn er die Knarre halten muß, kann er doch nichts anderes in die Hand nehmen.«

»Ihr löst euch ab«, entschied Conrad kurzerhand. »Und jetzt keine Diskussionen mehr!«

»Dann fangen wir endlich an!« rief Gabriela Romero.

Sie sprang auf, vollführte einen wirbelnden Tanzschritt und blieb in der Mitte des Raumes stehen. »Na, wer ist die erste? Unsere Bauchtänzerin, denke ich!«

Nell Dorson schloß für einen Moment die Augen. Klar, daß die Andalusierin ausgerechnet an Deborah ihr Mütchen kühlen mußte. Nell schickte ein Stoßgebet zum Himmel, daß Debbie jetzt nicht durchdrehte.

Deborah Lane zögerte.

»He!« brüllte Donelson und hob die Schrotflinte. »Unsere Freundin Gabriela hat Befehlsgewalt! Wird's bald?«

Immer noch schmalzte die Bigband ihren Blues aus dem Blechradio.

Die Andalusierin tanzte hüftenwiegend vor den Frauen. »Vielleicht braucht die liebe Debbie ein wenig Aufmunterung? Wenn es sein muß, kann ich dich mit dem Messer kitzeln!«

Deborah gehorchte jetzt. Ihre Gesichtszüge waren verkrampft, als sie sich mit sanften Tanzschritten in die Mitte des Raumes bewegte. Sie hob die Arme, kreiste mit den Hüften und ließ ihren Oberkörper schlangenartige Linien beschreiben.

»Nein!« schrie die Andalusierin, die wie eine lauernde Katze um sie herumtanzte. »Das ist keine Musik für einen Bauchtanz! Das ist genau das richtige für einen Strip!«

Ehe Deborah reagieren konnte, war Gabriela hinter ihr. Blitzschnell packte sie mit beiden Händen zu und zerriß ihr den Verschluß des Oberteils. Triumphierend hielt sie es in der einen Hand und ließ es wie ein Lasso über ihrem Kopf kreisen.

Die Männer klatschten, trampelten und brüllten Beifall.

Erschrocken versuchte Deborah, ihre Blöße mit den Händen zu bedecken.

»Da brauchst du vier Hände, Baby!« schrie Warren Page.

Die anderen wieherten vor Vergnügen.

Nell Dorson, Lily Langtry und Dixie Maine standen wie erstarrt. Erst jetzt begriffen sie, worauf sie sich eingelassen hatten. Aber es gab kein Zurück mehr. Es hatte von Anfang an keine andere Entscheidung gegeben.

Gabriela Romero schleuderte das Oberteil in die Ecke und baute sich mit einem Sprung vor Deborah auf.

»Mach uns nicht die Stimmung kaputt!« fauchte sie. »Hände runter! Weitertanzen! Der Strip hat doch gerade erst angefangen.«

Deborahs Gesicht verhärtete sich vor Trotz.

Die Andalusierin griff unter ihren Rock. Im nächsten Moment funkelte die Messerklinge in ihrer Hand.

»Hände runter, habe ich gesagt. Wenn du nicht parierst, muß ich dir ein paar Verzierungen verpassen, gegen die deine jetzigen Kratzer gar nichts sind.«

Sekundenlang starrte Deborah die andere an. Dann gab sie sich einen innerlichen Ruck. Sie schaffte es, ihren Zorn und ihre Empörung in Durchhaltewillen umzukehren. Nell hatte recht gehabt.

Es mußte gelingen, diese widerwärtige Horde in Verwirrung zu bringen.

»In Ordnung«, sagte Deborah so leise, daß nur Gabriela es verstehen konnte. »Wenn die Kerle sehen, was ich zu bieten habe, wirst du sowieso vor Neid erblassen.«

Gabriela starrte sie entgeistert an, als Deborah die Hände hob, ein rhythmisches Klatschen begann und weitertanzte. Und die Andalusierin sah, wie die Männer große, runde Augen kriegten.

Gabriela verstaute das Messer und tanzte nun selber mit aufreizenden Bewegungen. Dabei schob sie sich immer mehr in Chuck Conrads Nähe.

Dann beugte sie sich zu ihm hinunter. »Na? Willst du

etwa sagen, daß dir das nicht gefällt? Ich wette, du wirst auch gleich mitmischen, wenn es erst richtig losgeht.«

Conrad antwortete nicht.

Die Andalusierin lachte und wirbelte von ihm weg.

Chuck Conrad sah die Selbstvergessenheit seiner Komplizen, die auf die nackten Brüste der Bauchtänzerin stierten. Ein unangenehmes Gefühl stieg in ihm auf. Wenn sich die Sache steigerte, würden sie nicht mehr zurechnungsfähig sein. Er spielte schon mit dem Gedanken, den ganzen Zirkus abzublasen.

Es war zwecklos.

Ich konnte anstellen, was ich wollte – die Fesseln hielten. Zähneknirschend sah ich es ein. Und kein glücklicher Zufall spielte mir ein verstecktes Messer in die Hände. Es gelang mir auch nicht, einen der Knoten mit den Fingern zu erreichen. Ich hätte doppelt so lange Finger haben müssen.

Aber wir waren doch zu zweit!

»Versuchen müssen wir es wenigstens«, sagte ich zu Burt Raymore.

Er sah mich an. Was ich meinte, wußte er sofort.

»Das klingt aber nicht sehr optimistisch«, entgegnete er leise.

Ich blies die Luft durch die Nase. »Nein. Weil ich befürchte, daß die Kerle ihr Handwerk viel zu gut verstehen. Glaubst du, sie hätten uns sonst allein gelassen?«

Wir ließen uns auf die Seite sinken und schoben uns aufeinander zu, Rücken an Rücken. Nach einigem Hin- und Herrutschen hatte ich die richtige Position erreicht und konnte Raymores Handfesseln mit den Fingern erfassen.

Schon jetzt lief mir der Schweiß aus allen Poren. Das lag nicht allein an der körperlichen Anstrengung. Der

Gedanke, was mit Nell Dorson und ihren Freundinnen im Haus passieren mochte, war nicht gerade Balsam für die Nerven.

Bei jeder Bewegung meiner Finger schnitten die Fesseln schmerzhaft in die Handgelenke. Ich biß die Zähne zusammen und versuchte mein Bestes. Bald ertastete ich die Stelle, an der die Fesseln meines Mitgefangenen zusammengeknotet waren.

Aber die Windungen des Nylonseils waren glatt wie Fischschuppen. So sehr ich mich auch anstrengte, ich schaffte es nicht einmal, den Knoten auch nur richtig zu packen.

Nach endlosen Minuten gab ich es auf. Ich keuchte. Meine Handgelenke brannten wie Feuer.

»Jetzt bin ich dran«, sagte Raymore.

Regungslos blieb ich liegen und spürte, wie er sich ebenfalls abmühte. Aber alles Zupfen und Zerren an meinen Fesseln war vergeblich. Die Knoten schienen regelrecht verschweißt zu sein. Auch Burt gab es schließlich auf.

»Alles umsonst«, ächzte er. »Ich werde bald verrückt, wenn ich daran denke, was die Halunken drüben mit den Frauen anstellen.«

Mir erging es nicht anders. Fieberhaft kramte ich in meinen Gedanken nach einem Ausweg. Die Möglichkeit, daß Conrad oder einer seiner Komplizen unerwartet nach dem Rechten sehen würden, mußte man als Risiko in Kauf nehmen. Doch welche Chance gab es überhaupt für uns?

Ich zwang mich, mein Hirn nicht länger zu zermartern. Es gelang mir, die Gedanken aus allen Richtungen kommen zu lassen. Unkontrolliert, ohne feste Absicht.

Und dann, plötzlich, durchzuckte mich die Idee.

»Burt«, sagte ich, »hast du noch dein Feuerzeug?«

»Ja. Warum? Das Rauchen haben sie uns ja gnädigerweise erlaubt. Nur werden wir das mit den Fesseln wahrscheinlich nicht zustande bringen.«

»Das habe ich auch nicht vor. Wir stecken den Bau in Brand.«

Sekundenlang blieb es still. Mühevoll richtete sich Raymore auf. Dann starrte er mich an, als hätte ich soeben verkündet, ich wolle bei der nächsten Wahl Präsidentschaftskandidat werden. Er blinzelte und schüttelte ungläubig den Kopf.

»Du siehst nicht aus wie der Typ für solche Scherze. Ist das deine Art von Galgenhumor?«

»Nein, Burt, es ist mein Ernst. Vorausgesetzt, Conrad und seine Kerle stören uns nicht, können wir es schaffen. Wir schlagen zwei Fliegen mit einer Klappe.«

»Allerdings. Wir rösten uns selbst, und dann fliegen wir mit in die Luft, wenn der Tankwagen hochgeht.«

Natürlich wußte ich, daß es ein großes Wagnis war.

»Die Chance ist gering«, räumte ich ein. »Aber es gibt nur diese eine und keine andere. Du erinnerst dich, daß die alte Farm auf einem Hügel liegt und von Wald umgeben ist? Der nächste Ort ist etwa fünf Meilen entfernt.«

»Richtig. Worauf willst du hinaus?« Raymore runzelte die Stirn.

»Zwei Fliegen mit einer Klappe, Burt. Erstens werden sie das Feuer im Ort bemerken. Alle Fahndungsmaßnahmen waren bis jetzt garantiert ergebnislos. Aber mit dem Feuer geben wir das Zeichen, das meine Kollegen brauchen. Und zweitens werden wir uns aus dem Bau befreien.«

»Okay. Punkt eins klingt einleuchtend. Aber Punkt zwei ist heller Wahnsinn. Wir sind gefesselt, und das Scheunentor ist von außen verriegelt. Wir werden bei lebendigem Leib verbrennen.«

Ich schüttelte den Kopf. »Nicht, wenn wir ein paar Vorkehrungen treffen.« Ich erklärte ihm in knappen Zügen, was ich vorhatte.

Er sah mich mit gefurchter Stirn an und dachte angestrengt nach.

Schließlich nickte er zögernd.

»Könnte sein, daß es klappt. Versuchen wir es! Nachher sind wir schlauer.«

Ich lächelte. Wenn ich Bewegungsfreiheit gehabt hätte, hätte ich ihm einen Hieb auf die Schulter versetzt. Wir durften keine Zeit verlieren.

Ich begann mit der Arbeit, indem ich mich auf den Handkarren zuwälzte, mich daran hochschob und den noch halbgefüllten Getränkekarton herunterriß.

Die Dosen rollten mit klackenden Geräuschen über den Scheunenboden.

Burt Raymore hatte sich unterdessen zwei Decken zwischen die Beine geklemmt und robbte damit auf das Tor zu. Er benutzte die Zähne und die gefesselten Hände, um die Decken auszubreiten. Die Strohballen, die Page und Strasburg dort aufgebaut hatten, stieß er mit den Füßen immer weiter weg, bis sie sich etwa in der Mitte der Scheune befanden.

Ich benutzte gleichfalls die Füße, um die Getränkedosen in Richtung Tor zu befördern. Es war eine Arbeit, die verdammt langwierig erschien. Sekunden und Minuten dehnten sich zu Ewigkeiten. Und der Schweiß floß uns in Bächen von der Stirn.

Dann jedoch hatten wir es irgendwann geschafft. Burt holte zwei weitere Decken heran, und ich begann die Dosen hinter dem Rücken aufzureißen und den schäumenden Inhalt über die Decken auszugießen. Insgesamt sechzehn Dosen hatten wir, das machte eine Gallone Flüssigkeit. Es reichte, um die Decken einigermaßen zu durchtränken.

Einige Atemzüge lang verharrten wir schnaufend.

»Jetzt das Feuerzeug!« sagte ich.

»In der Brusttasche«, entgegnete Burt.

Mehr Worte waren nicht nötig. Wieder legten wir uns auf die Seite. Dann robbte ich rücklings an ihn heran. Mit den Fingern tastete ich über seinen Overall, bis ich die Verschlußklappe der Brusttasche erwischte. Der Reißverschluß war nicht zugezogen. Es war ein Kinderspiel, hineinzugreifen und das Feuerzeug herauszuziehen.

»Fertig«, sagte ich und drehte mich um. »Roll dich jetzt ein!«

»Wieso ich?« protestierte Burt. »Es ist mein Feuerzeug. Ich lege den Brand.«

»Kommt nicht in Frage. Es war meine Idee. Ich muß das größere Risiko tragen.«

Widerwillig fügte er sich und rutschte auf die untere Decke, die für ihn vorgesehen war.

Ich wartete nicht, bis er sich die zweite klitschnasse Decke über den Körper gezogen hatte. Ich mußte die Zeit nutzen. Das Feuerzeug hielt ich fest umklammert, als ich in die Mitte der Scheune robbte. Dort schob ich mich an die Wand aus Strohballen heran.

Ohne Schwierigkeiten betätigte ich die Zündelektronik. Nach zweimaligem Klicken spürte ich, wie es an meinen Händen warm wurde. Die kleine Flamme fraß sich in das Stroh, und die Wärme verstärkte sich.

Ich stieß mich ab, als die Hitze an den Händen unerträglich wurde. Das Feuerzeug ließ ich zuschnappen. Ich beging nicht den Fehler, es fallen zu lassen. Das Stroh war teilweise vermodert. Vielleicht erloschen die Flammen wieder, und ich mußte einen zweiten Versuch starten.

Doch als ich mich umdrehte, sah ich, daß meine Vorsichtsmaßnahme überflüssig war.

Mehr als yardhoch leckten die Flammen bereits an den Strohballen empor. Ein prasselndes Geräusch entstand, das sich rasch verstärkte. Blaßgrauer Qualm stieg aus dem Inneren der Strohballen auf.

Ich verlor keine Zeit mehr, sondern robbte im Eiltempo zurück. Burt Raymore blickte mir entgegen. Natürlich brauchten wir die Decken erst dann über den Kopf zu ziehen, wenn es ernst wurde. Ich ließ das Feuerzeug fallen und bugsierte mich auf mein vorbereitetes Lager.

Die Feuchtigkeit war klebrig und strömte den süßlichen Geruch künstlicher Limonade aus. Mit den Fingern packte ich die nasse Decke und rollte mich damit herum. Den Rest konnte ich mit den Zähnen erledigen, wenn es soweit war.

»Verdammte Rauchentwicklung«, sagte Burt Raymore gepreßt.

»Dreh dich auf die andere Seite, wenn es zu schlimm wird!« erwiderte ich. Er wußte, wovon ich sprach. Die untere Kante des Rolltors hing ein paar Fingerbreit über dem Boden. Wenn wir Mund und Nase nahe genug heranbrachten, konnten wir genügend frische Luft einatmen.

Immer höher schlugen jetzt die Flammen. Vor dem Rauch hatten sie eine rötlichgelbe, schweflige Färbung. Auch nach beiden Seiten breitete sich das Feuer in den Strohballen aus. Wie gebannt beobachteten wir das Schauspiel. Gleichzeitig horchten wir auf Geräusche.

Noch war außerhalb der Scheune nichts zu sehen. Wenn Conrad und seine Komplizen nicht ausgerechnet jetzt aufkreuzten, mußte unser Vorhaben glücken.

Minuten später leckten die obersten Flammen an das Trägergebälk, auf dem der Dachstuhl ruhte. Das Prasseln wuchs zu knackenden und knallenden Geräuschen an, als die Faserstränge des Holzes unter der Hitze zerplatzten. Rasend schnell griff das Feuer jetzt um sich. Das Holz, das trockener war als das Stroh, bot den Flammen eine raschere Nahrung.

Die zunehmende Hitze erreichte mittlerweile auch uns. In einem Punkt hatten wir indessen Glück, wie ich jetzt feststellte. Der Rauch drückte nicht nach unten. Er sammelte sich nicht einmal unter dem Dach.

In den altersschwachen Schindeln gab es genügend Ritzen, um die Schwaden ins Freie quellen zu lassen. Schon zerplatzten die ersten Schindeln unter der Hitzeentwicklung. Die Flammen erhielten dadurch zusätzlichen Sauerstoff. Mit einem Funkenregen fielen brennende Schindelstücke herab und setzten das Stroh in Brand, das auf dem Boden verstreut lag.

Ich hielt den Atem an. Der Lärm, den das Feuer entwickelte, wurde immer stärker. Wenn die Gangster nicht allzusehr mit sich selbst beschäftigt waren, mußten sie über kurz oder lang Verdacht schöpfen.

Ein Gluthauch strömte über uns hinweg und wirbelte am Tor hinauf. Die brennenden Balken prasselten und krachten. Manchmal hörte es sich wie Schüsse aus einem Maschinengewehr an. Ich packte die nasse Decke mit den Zähnen und zog sie höher.

Das Feuer um uns herum wurde zur Gluthölle. Die Flammen brüllten in immer wilderer Gier. Sie rasten wie urwelthaft und gefräßig durch das Gebälk, wüteten in den Strohballen und sprangen in den anderen, vom Maschendraht abgetrennten Teil der Scheune über.

Und dann geschah es.

Von Flammen umzüngelt, fielen die ersten Balkenteile krachend herab. Fontänen von Funken stiegen auf. An einer Stelle wirbelten mehrere Schindeln auf einmal hoch, als wären sie Papier. Ein großes Loch klaffte plötzlich im Dach, und die Flammen leckten in die Dunkelheit hinaus wie die geifernde Zunge eines riesigen Drachen.

Immer mehr brennende Balkenstücke krachten jetzt zu Boden.

Die Hitze wurde fast unerträglich. Ich sah, daß Burt

Raymore meinen Rat befolgt und sich dem Spalt unter dem Scheunentor zugewandt hatte. Ich folgte seinem Beispiel, indem ich die Decke weiter hochzog und mich umdrehte. Die frische Luft, die unter dem Tor hereinströmte, tat wohl.

Das Krachen, Prasseln und Brüllen des Feuers wurde ohrenbetäubend. Ich meinte, aufgeregte Stimmen zu hören, war mir aber nicht sicher. Niemand konnte sich der Scheune jetzt noch nähern, ohne selbst in Gefahr zu geraten.

In immer rascherer Folge polterten die brennenden Teile des Dachstuhls herab. Ich hörte, wie Funken zischend in meiner nassen Decke erloschen.

Weder Burt Raymore noch ich konnten sehen, wie die glühenden Balken auf den Tankwagen fielen, und wie die Flammen sehr rasch das ganze Fahrzeug einhüllten.

Die Detonation traf meine Trommelfelle wie ein Hammerschlag.

Ich hatte das Gefühl, vom Erdboden hochgehoben und wieder fallen gelassen zu werden. Instinktiv schloß ich die Augen. Ich rechnete damit, daß Balken auf mich herabstürzten und mich erschlugen.

Unvermittelt war ein weiteres Krachen im Nachhall der Explosion zu hören. Ich begriff nicht sofort. Aber eine Sekunde später spürte ich die hereinströmende frische Luft.

Die Druckwelle hatte das Scheunentor aus seinen Lagern gehoben und nach außen geschleudert!

Ich reagierte geistesgegenwärtig und blitzschnell. Ich rollte mich über die Planken des Tors, das noch kein Feuer gefangen hatte, ins Freie. Um Burt Raymore konnte ich mich jetzt nicht mehr kümmern. Er war bestimmt in der Lage, auf sich selbst aufzupassen.

Kühle Nachtluft umfing mich. Ich ließ die Decke von mir abfallen und spürte feuchtes Gras unter mir. Dann wurde der Boden abschüssig. Meine Drehbewegung beschleunigte sich.

Ich rollte einen Abhang runter. Jedesmal, wenn ich mit dem Kopf nach oben kam, sah ich das Bild wie eine Momentaufnahme.

Eine grellrote Feuerglocke stand unter dem Nachthimmel!

Chuck Conrad stürmte als erster ins Freie.

Er prallte zurück, als ihm die Hitzewoge entgegenschlug. Schützend hob er die Hände vor das Gesicht. Noch immer war der Nachhall der Detonation zu hören, die sogar das Wohnhaus erschüttert hatte.

Der Dachstuhl der Scheune war schon teilweise eingestürzt. Die Reste bildeten ein wirres glühendes Skelett vor dem Nachthimmel. Das Tor war herausgeschleudert worden. An verschiedenen Stellen klafften bereits Löcher in den Holzwänden. Dahinter loderte ein Flammenmeer. Nichts und niemand konnte in dieser Feuerhölle überleben.

Hinter sich hörte Conrad die erschrockenen Stimmen der anderen.

Die Dinge stürmten auf ihn ein. Er mußte Entscheidungen treffen. Viel zu viele auf einmal.

Da war der Hubschrauber. Er stand nur fünfzig Yards vom Brandherd entfernt und war durch Funkenflug gefährdet.

Da waren die Frauen, die nicht unbewacht im Haus bleiben durften.

Und plötzlich sah Conrad einen Schatten, der von dem Flammenmeer wegrollte. Oder waren es zwei? Es ließ sich beim besten Willen nicht feststellen, denn die grelle Glut blendete ihn.

Er wirbelte herum.

Die anderen Gangster standen wie versteinert vor Entsetzen. Der Flammenschein ließ züngelnde Schatten in ihren Gesichtern entstehen. Auch die Frauen drängten sich im Hauseingang. Deborah Lane hatte ihre Nacktheit notdürftig bedeckt.

»Warren! Ben!« brüllte Conrad gegen das tosende Feuer an. »Die Tarnnetze weg! Los, beeilt euch! Gary und Gabriela, ihr kümmert euch um die Geiseln!«

Page und Donelson stürmten los. Conrad folgte ihnen mit zwei Schritten Abstand.

Mehrmals hintereinander krachte es im brüllenden Brandherd. Ein Teil des Dachstuhls war eingestürzt. Funken stiegen wie ein aberwitziges Feuerwerk hoch zum Himmel hinauf, wurden vom leichten Wind mit den Rauchschwaden davongetragen und schienen nicht verglühen zu wollen.

Conrad hatte das Gefühl, daß die Hitze ihm die Atemluft nahm. Der Feuerhauch traf sengend sein Gesicht. Es schmerzte. Aber er preßte die Zähne aufeinander und rannte weiter. Auch Page und Donelson hielten nicht inne. Sie wußten, was auf dem Spiel stand.

Sekunden später sah er den Schatten wieder. Er hatte sich am Rand eines der Tarnnetze verfangen und wand sich vergeblich, um freizukommen.

Conrad jagte auf die Gestalt zu.

Page und Donelson hatten bereits begonnen, in fieberhafter Hast die Bodenverankerungen der Tarnnetze herauszureißen. Conrad bückte sich und packte mit zu. Er griff in eine feuchte, klebrige Decke. Mit einem Ruck zog er daran, und der orangefarbene Stoff eines Pilotenoveralls kam zum Vorschein.

Raymores Gesicht war verzerrt vor Anstrengung.

Conrad unterdrückte seine aufkeimende Wut. Er packte den Gefesselten unter den Armen und schleifte ihn vom Tarnnetz weg auf das Haus zu.

Im selben Moment wehte Geschrei herüber.

Ein Schuß krachte.

Chuck Conrad ruckte herum.

Eine Silhouette! Sie bewegte sich, rannte geduckt und schlug Haken. In wilder Flucht stürmte sie vom Haus weg.

Strasburg hatte seine Polizeiflinte im Anschlag. Aber er konnte kein zweites Mal abdrücken. Denn er hätte Gabriela Romero gefährdet, die hinter der fliehenden Gestalt herhetzte.

Conrad spürte, wie sich sein Herzschlag vor Wut beschleunigte. Aber er bezwang sich. Der Pilot war jetzt wichtiger als eine fliehende Geisel. Mit kurzen, schnellen Schritten schleifte er Raymore rückwärts vom Feuer weg.

Nur noch wenige Schritte war er vom Wohnhaus entfernt, als der gesamte Rest des Dachstuhls mit Getöse in sich zusammenstürzte. Der hochstiebende Flammenregen mußte meilenweit zu sehen sein.

Conrad stieß einen wilden Fluch aus.

Jetzt schien sich alles gegen ihn verschworen zu haben.

Der Abhang wurde steiler. Meine Rollbewegung steigerte sich zu irrsinniger Geschwindigkeit. Ich hatte das Gefühl, daß die Fesseln meine Handgelenke zerreißen würden. Immer wenn ich mit meinem ganzen Körpergewicht auf die Arme schlug, zuckte der Schmerz bis in die Schultern hoch. Nahm dieser Abhang denn überhaupt kein Ende?

Ich hörte das Krachen des einstürzenden Dachstuhls und sah die dunkelrote Glut aufsteigen, die von sprühenden Funken begleitet wurde.

Unvermittelt wurde mein Abwärtsrollen gestoppt. Es war wie ein struppiges Netz, das mich auffing. Die Zweige eines mächtigen Busches schlugen über mir zusammen. Unter mir splitterte und barst das dürre Holz. Dann war Ruhe.

Ich versuchte, mich zu bewegen, sackte aber nur noch ein Stück tiefer und war endgültig hilflos. Die dickeren Äste im Zentrum des Buschwerks hielten mich gefangen. Meine Arme waren eingeklemmt. Schmerzhafter als zuvor schnitten die Fesseln in meine Handgelenke.

Wieder waren Stimmen von der verlassenen Farm her zu hören. Einmal in meinem rasenden Fall hatte ich geglaubt, einen Schuß zu vernehmen. Aber ich war mir nicht sicher. In dem Tosen des Feuers ließen sich Geräusche nicht eindeutig identifizieren.

Unvermittelt näherten sich Schritte. Eilige, gehetzte Schritte. Erst jetzt kam ich dazu, mich umzusehen. Durch den Flammenschein war auch die Senke in meiner unmittelbaren Nähe mit rötlicher Helligkeit ausgefüllt.

Die Silhouette, die sich näherte, kam mir bekannt vor. Und im nächsten Atemzug sah ich den krausen Haarschopf.

Dixie Maine!

Ihr Vorsprung vor der Verfolgerin war winzig und schmolz in Sekundenschnelle zusammen. Das Kleid der Andalusierin wehte in feurigem Rot. Ihr verzerrtes Gesicht hatte im rötlichen Licht etwas Satanisches.

Noch zwei Schritte betrug der Abstand zwischen beiden Frauen.

Ich hörte Dixies verzweifeltes Keuchen. Sie versuchte, aus der Senke freizukommen, mußte dazu aber die Steigung zur nächsten Hügelkuppe überwinden.

Jäh stockte mir der Atem.

Die Andalusierin hob den rechten Arm im Laufen. Etwas blitzte in ihrer rechten Hand. Sie setzte zum alles entscheidenden Sprung an.

»Dixie!« brüllte ich.

Der Krauskopf zuckte zusammen, ruckte herum und

schlug instinktiv einen Haken. Die hastige Bewegung rettete ihr das Leben.

Mit einem gellenden Angriffsschrei schnellte Gabriela Romero auf die Stelle zu, an der sich Dixie eben noch befunden hatte. Die tödliche Klinge zischte ins Leere. Gabriela konnte ihren Schwung nicht mehr bremsen.

Dixie blieb stehen und sah sich verdutzt um. Sie begriff die immer noch drohende Gefahr gar nicht. Sie schaute in die Richtung, in der sie meine Stimme gehört hatte. Erst in der nächsten Sekunde wurde sie wach, als sich die Andalusierin auf dem Boden herumwälzte, die Beine anzog und aufspringen wollte.

Überlebenswille und der Mut der Verzweiflung trieben Dixie Maine zum Handeln. Ihre Reaktion war unglaublich schnell. Mit einem kraftvollen Fußtritt fegte sie ihrer Gegnerin das Messer aus der Hand.

Gabriela schrie vor Schmerz und Wut. Ihre Stimme hatte fast nichts Menschliches mehr.

Deutlich sah ich, wie sich Dixies Haltung straffte. Sie spannte die Muskeln. Die Dinge hatten sich zu ihren Gunsten gewendet, und das verlieh ihr neuen Mut.

Mit einem Satz stürzte sie sich auf die Gegnerin, die nicht rechtzeitig vom Boden hochkam.

Gabrielas Wutschrei ging in ein ersticktes Keuchen über. Dixie drückte sie mit ihrem Körpergewicht auf die Erde und versuchte gleichzeitig, die Andalusierin kampfunfähig zu schlagen.

Doch die Romero war noch lange nicht am Ende.

Jäh bekam sie den linken Arm frei. Ich sah es überdeutlich im Feuerschein und verfluchte die Fesseln, weil ich mich nicht von ihnen befreien konnte. Die Andalusierin versetzte Dixie einen brutalen Hieb in die Seite.

Dixie schrie vor Schmerz laut auf. Ihre Widerstandskraft brach zusammen. Sie krümmte sich.

Gabriela hatte keine Mühe mehr, sie von sich zu schleudern. Katzenhaft federte sie hoch, als Dixi sich stöhnend auf die Seite wälzte.

Aber noch gab Dixie nicht auf. Sie spürte die tödliche Gefahr, und das schien ihr neue Kräfte zu verleihen. Buchstäblich in letzter Sekunde wich sie Gabrielas Ansturm aus und kam, noch leicht benommen auf die Beine.

Die Andalusierin, von dem eigenen Schwung ins Leere getrieben, wirbelte herum. Ihr Gesicht war zu einer häßlichen Fratze geworden.

»So schnell kommst du mir nicht davon!« fauchte sie. »Warte, du Miststück, jetzt kriegst du es!«

Dixie antwortete nicht. Statt dessen setzte sie zu einem Gegenangriff an. Aber ihre Reflexe waren zu langsam. Mühelos blockte die Andalusierin ihre Schläge ab. Und dann geschah das Unvermeidliche. Unter einem blitzartigen Handkantenhieb brach Dixie zusammen. Der Schlag lähmte sie. Es sah aus, als würden ihr die Muskeln jäh abgeschnitten.

Sie sank in sich zusammen und blieb auf dem Rücken liegen. Die Arme streckte sie auf dem trockenen, steinigen Boden aus. Einen Moment lang schien es, als hätte sie das Bewußtsein verloren. Oder hatte sie sich beim Sturz eine Kopfverletzung zugezogen?

Aber ich täuschte mich. Während sich Gabriela umwandte und den Erdboden absuchte, begann Dixie bereits wieder, sich zu bewegen.

Ich verstand die Welt nicht mehr. Die Andalusierin schien besessen zu sein von ihrer Wut. Sie mußte es einfach gehört haben, als ich Dixie gewarnt hatte. Sie konnte doch nicht wissen, daß ich es war und daß ich noch immer von meinen Fesseln behindert wurde. Aber offenbar hatte sie ihre Umgebung völlig vergessen. Nur noch blinder, mörderischer Haß beseelte sie.

Plötzlich sah ich das Messer in ihrer Hand. Sie hatte es gefunden. Triumphierend richtete sie sich auf und wandte sich der am Boden liegenden Dixie zu. Die Lichtreflexe auf der schmalen Klinge, vom Feuerschein verursacht, waren wie glutrote Blitze.

Ich hatte das Gefühl, mein Herzschlag setze aus.

Dixie Maine war noch immer benommen. Sie versuchte vergeblich, wenigstens den Oberkörper aufzurichten. Geduckt ging die Andalusierin auf sie zu. Sie weidete sich offenbar an der Todesangst, die Dixie empfand.

Ich mußte die Teufelin auf mich aufmerksam machen. Vielleicht erwachte sie aus ihrem Blutrausch. Vielleicht ließ sie dann von Dixie ab. Ich dachte nicht einmal darüber nach, daß ich das wehrlose Opfer sein würde, wenn mein Vorhaben gelang. Ich sträubte mich mit allen Sinnen dagegen, einen eiskalten Mord mitansehen zu müssen.

»Halt!« brüllte ich, daß mir die Kehle schmerzte. »Zurück, Gabriela Romero! Keine Bewegung, oder ich schieße!« Ich ahnte, daß es lächerlich klang. Aber ein besserer Bluff fiel mir in der Hektik nicht ein.

Leider war die Wirkung gleich null. Die Andalusierin stieß nur ein höhnisches Lachen aus. Sie drehte sich nicht einmal um.

Ich versuchte es noch einmal. Diesmal brüllte ich Dixie eine Warnung zu.

Die Kraushaarige konnte aber nicht mehr ausweichen. In panischer Angst bewegte sie die Arme. Sie schien etwas zu suchen, um sich daran festzuklammern. Sie erwischte einen Stein, so groß wie zwei Männerfäuste zusammen.

Die Todesangst verlieh ihr neue Kräfte. Mit beiden Händen schleuderte sie den Stein aus dem Liegen heraus.

Gabriela Romero wurde im Sprung getroffen. An der Stirn oder im Gesicht? Ich konnte es nicht erkennen. Ein

Zucken lief durch ihren Körper, und ein markerschütternder Schrei drang aus ihrer Kehle.

Dixie rollte sich auf die Seite. Es war gerade noch rechtzeitig.

Vor Schmerz krümmte sich die Andalusierin im Fallen. Einen Sekundenbruchteil lang sah es so aus, als erstarre sie in der Bewegung. Doch dann kippte sie vornüber und schlug mit dem Gesicht auf. Ihr Schrei brach ab.

Nur noch das Prasseln der Flammen und das Krachen der einstürzenden Holzwände waren jetzt zu hören.

Dixie Maine hockte auf der Erde und starrte die Andalusierin an, die sich nicht mehr rührte.

Eine Ahnung kroch in mir hoch.

»Dixie!« rief ich. »Hierher! Schnell!«

Sie erwachte aus ihrer Geistesabwesenheit, sah sich um und blickte dann in meine Richtung. Sehen konnte sie mich nicht, da ich hinter den dichtbelaubten Zweigen verborgen war.

Ich rief sie noch einmal an, und sie begriff endlich. Mit unsicheren Schritten kam sie näher heran. Sie umrundete das Gebüsch, entdeckte mich und kroch auf mich zu.

»Jerry!« hauchte sie. »Jerry Cotton!« Es klang nach grenzenloser Erleichterung.

»Still!« zischte ich.

Schritte näherten sich. Noch im selben Moment begann das Heulen der Hubschrauberturbine. Chuck Conrad mußte begriffen haben, wie schlecht es für ihn stand. Ich wußte jetzt, daß es Burt Raymore nicht gelungen war, sich in Sicherheit zu bringen. Der Lieutenant mußte das Risiko eines Nachtflugs eingehen.

Das Geräusch der Schritte ging im anschwellenden Hubschrauberlärm unter. Aber durch die Lücken zwischen den Zweigen sah ich im nächsten Moment die beiden dunklen Gestalten.

Strasburg und Donelson! Suchend sahen sie sich um,

als sie in die Bodensenke liefen. Dann entdeckten sie Gabriela. Fluchend blieben sie stehen und ließen ihre Schrotflinten sinken.

Donelson drehte die Andalusierin auf den Rücken.

Mir gefror das Blut in den Adern. Ich hoffte nur, daß Dixie Maine keinen Entsetzenslaut ausstieß, der uns verraten hätte.

Der Messergriff, den Gabriela Romeros Hand noch umklammerte, ragte aus ihrer Brust. Wie es passiert war, begriff ich erst beim zweiten Hinsehen. Beim Fallen mußte ihre Hand zuerst aufgeschlagen und umgeknickt sein. Dadurch hatte sich die Klinge in ihren Oberkörper gebohrt.

Die beiden Gangster starrten die Tote an. Sie wirkten unschlüssig.

Doch einen Atemzug später war etwas zu hören, das ihre Entschlußkraft beflügelte.

Sirenengeheul!

Es durchstach das Wummern des Hubschraubers und näherte sich rasch aus der Richtung des nächsten Ortes.

Donelson und Strasburg warfen sich herum und rannten davon. Der Hubschrauber, der inzwischen startbereit sein mußte, war ihnen wichtiger als die Suche nach der entkommenen Geisel.

Dixie und ich verharrten noch, bis wir vor dem flammendroten Hintergrund des Brandherds die Silhouette des großen Helikopters aufsteigen sahen. Als sich das Wummern entfernte, hörte ich das leise Schluchzen der jungen Frau neben mir. Sie mußte bereits gesehen haben, was mit der Andalusierin passiert war.

»Sie trifft keine Schuld, Dixie«, sagte ich, obwohl es in ihren Ohren albern klingen mußte. »Sie haben in Notwehr gehandelt. Daß Gabriela durch das eigene Messer gestorben ist, war ein reiner Zufall. Ich bin Ihr Zeuge.«

Dixie holte tief Luft. »Sie war eine Bestie«, sagte sie

leise. »Sie hat uns alle getäuscht. Aber trotzdem hat sie ein solches Ende nicht verdient. Ich glaube, ich kann das nie vergessen.«

»Vielleicht nicht«, entgegnete ich behutsam. »Aber Sie müssen begreifen, daß Sie jetzt an ihrer Stelle da drüben liegen würden, wenn Sie sich nicht rechtzeitig zur Wehr gesetzt hätten.«

»Und das verdanke ich Ihnen.«

Ich konnte ihr mattes Lächeln im Feuerschein sehen. Sie würde sich erholen. Davon war ich jetzt überzeugt.

»Was habe ich schon getan?« erwiderte ich. »Mit meinen Fesseln bin ich hilflos wie ein Wickelkind.«

»Oh!« rief Dixie erschrocken. »Daran habe ich überhaupt noch nicht gedacht. Warten Sie! Ich werde Sie sofort erlösen.« Das war leichter gesagt als getan.

Mit Dixies Hilfe wälzte ich mich aus dem Busch ins Freie. Sie vermied es, die Tote anzusehen, während sie vergeblich versuchte, die glatten Nylonfesseln aufzuknoten. Erst als sie einen scharfkantigen kleinen Stein zu Hilfe nahm, klappte es.

Das Sirenengeheul war mittlerweile aus unmittelbarer Nähe zu hören.

Ich streifte die letzten Seilwindungen ab. Doch ich mußte mich minutenlang auf Dixies Schulter stützen, bis mein Blutkreislauf wieder voll funktionierte und das Stechen und Prickeln in meinen Hand- und Fußgelenken nachließ.

Kreisendes Rotlicht mischte sich in den Flammenschein. Mit versiegenden Sirenen bogen die ersten Feuerwehrfahrzeuge auf das Grundstück der ehemaligen Farm ein. Wenig später waren auch Streifenwagen der State Police zur Stelle.

Gemeinsam mit Dixie ging ich auf die Fahrzeuge zu. Die Beamten, die ausgestiegen waren und den Löscheinsatz der Feuerwehrmänner beobachteten, blickten uns an, als wären wir Wesen von einem fremden Stern. Ein Sergeant, der ranghöchste der Beamten, trat auf mich zu.

»Mein Name ist Jerry Cotton«, sagte ich. »Ich bin Special Agent des FBI, aber ich kann mich nicht ausweisen.« Ich erklärte ihm den Grund und fügte in Stichworten hinzu, was vorgefallen war.

»Die Fahndung!« entfuhr es ihm. »Die Entflohenen aus Guilford! Hier bei uns?«

Ich nickte nur.

Der Sergeant wirbelte herum und rannte zu seinem Funkgerät.

Die Feuerwehrleute hatten insgesamt vier Tanklöschfahrzeuge zur Verfügung. Es gelang ihnen, den Brand einzudämmen. Die Flammen konnten nicht mehr auf das Wohnhaus übergreifen.

Unterdessen hatte der Sergeant alles Erforderliche veranlaßt. Ein Leichenwagen war eingetroffen, außerdem ein Spezialfahrzeug des Erkennungsdienstes. Auch Alfred Buckland wurde gefunden. Dixie Maine hatte berichtet, daß der Küchenmann nach dem gemeinsamen Verschwinden mit Gabriela Romero nicht wieder aufgetaucht war. Die Messerstiche, die zu seinem Tode geführt hatten, waren eindeutig.

Nachdem die Spurensicherer ihre Arbeit beendet hatten, wurden die beiden Leichen abtransportiert. Standscheinwerfer erhellten jetzt die Szenerie, denn das Feuer war zu einem glimmenden, stinkenden Aschehaufen zusammengesunken.

Gegen Dixies Protest veranlaßte ich, daß sie mit einem Ambulanzwagen ins nächstgelegene Hospital gebracht wurde. Der fünf Meilen entfernte Ort hieß Greenboro. Er lag etwa auf halber Strecke zwischen Utica und Watertown an der Provincial Route 285. Den Fahndungsanweisungen entsprechend, war der FBI-Distrikt New York bereits verständigt worden.

Nachdem der Funkverkehr erledigt war, nahm ich vom Streifenwagen des Sergeants aus Funkverbindung mit New York City auf. Trotz der späten Stunde erreichte ich John D. High wie gewohnt in seinem Büro. Er war hörbar erleichtert, mit mir reden zu können.

»Phil ist unterwegs zu Ihnen«, teilte er mir als erstes mit. »Wir haben inzwischen den Fahndungsradius um Greenboro gelegt.«

Ich berichtete in knappen Zügen über die Einzelheiten der Flucht Chuck Conrads und seiner Komplizen.

»Er hat jetzt noch Nell Dorson, Deborah Lane und Lily Langtry als Geiseln bei sich«, schloß ich. »Vermutlich wird er kaum noch Hemmungen haben, sie als Druckmittel zu gebrauchen.«

»Hoffen wir, daß der Pilot es in der Dunkelheit schafft.«

»Raymore wird seine Aufgabe meistern«, sagte ich zuversichtlich. »Er ist ein erfahrener Mann.«

Ich beendete das Gespräch und fuhr mit dem Sergeant nach Greenboro.

Eine Stunde später traf Phil mit einem Bell Jet Ranger ein, der mit einer Nachtflugeinrichtung ausgerüstet war. Der Hubschrauber landete auf dem von Flutlicht erhellten Sportplatz des Ortes.

Phil schüttelte mir stumm die Hand. Der Kaffee, den wir uns im Sportler-Café gönnten, war eine Wohltat. Dann schilderte mir mein Freund und Kollege seine Ermittlungen in Sachen Seamus O'Driscoll. Schon vor seinem Abflug von New York City hatte Phil Anweisung gegeben, sämtliche Zufahrtsstraßen um Greenboro abzusperren.

Burt Raymore hielt die Reisegeschwindigkeit, wie der Gangster es vorgeschrieben hatte. Auch mit dem Kurs schien es zu klappen. Der Himmel war sternenklar, und die unterschiedlich ausgedehnten Lichtflecken von größeren und kleineren Ansiedlungen dienten als halbwegs brauchbare Orientierungspunkte. Außerdem war da am westlichen Horizont die schillernde, nachtschwarze Wasserfläche des Lake Ontario zu erblicken.

Raymore kannte jeden Zipfel des Bundesstaates New York. Das verdankte er seinen Dienstjahren als Pilot. Das Gelände im nordwestlichen Teil des Bundesstaates war nicht übermäßig schwierig. Es gab keine gefährlichen Höhenzüge und nur wenige Industrieanlagen, deren hochaufragende Schornsteine eine Bedrohung für einen Helicopter darstellen konnten.

Lieutenant Burt Raymore war fest entschlossen, es zu schaffen – doch keineswegs aus Angst vor Conrad und seinen Komplizen. Sein eigenes Leben einzusetzen, war Raymore ebenso bereit, wie es von jedem Polizeibeamten im schlimmsten Fall erwartet wurde.

Nein, es standen zu viele andere Menschenleben auf dem Spiel. An erster Stelle die drei Frauen, die sich stumm in ihr Schicksal ergeben hatten.

Nell Dorson, Deborah Lane und Lily Langtry hockten schweigend auf der rückwärtigen Sitzbank des Passagierraums. Beim Start hatte Burt Raymore in ihren Gesichtern gelesen, welche Ängste sie durchgestanden haben mußten. Vermutlich quälte sie auch die Ungewißheit über das Schicksal Dixie Maines.

Immerhin hielt Conrad seine Kumpane im Zaum. Der Tod der Andalusierin hatte nicht dazu geführt, daß die Gangster ihre Wut an den Frauen ausließen. Raymore hatte aus Conrads Verhalten ohnehin geschlossen, daß ihm an einer Zusammenarbeit mit Gabriela Romero nicht sonderlich viel gelegen war.

Doch das alles änderte nichts daran, daß das Leben der drei Geiseln in größerer Gefahr war als zuvor. Und weitere unschuldige Menschen würden hineingezogen werden, wenn sich die Gangster durch einen unvorhersehbaren Zufall in die Enge getrieben fühlten.

All dies ging Burt Raymore während des gefahrvollen nächtlichen Fluges durch den Kopf. Und wegen all dieser Gründe beseelte ihn der eiserne Wille, es durchzustehen. So widersinnig es auch klang, er mußte alles tun, damit Conrad und seine Ganoven ihr Ziel erreichten.

Sie hatten die kanadische Grenze wahrscheinlich bereits überflogen.

Unvermittelt meldete sich Conrads Stimme über Bordfunk. Der Gangster hatte den Platz des Co-Piloten eingenommen.

Nach Jerry Cotton hatte er nicht lange gefragt. Es war keine Zeit dazu gewesen, und Conrad war nicht der Mann, der das Geschehene durch viel Gerede rückgängig zu machen suchte.

»Jetzt wird es ein bißchen schwierig«, sagte er.

»Es war die ganze Zeit schwierig«, entgegnete Raymore ruhig. »Schlimmer kann es kaum noch kommen.«

»Gut, daß Sie die Lage so nüchtern sehen. Wenn wir uns das Leben nicht gegenseitig versauern, wird es für alle Beteiligten leichter sein.«

Raymore wagte einen direkten Vorstoß. »Warum lassen Sie die Frauen nicht frei?« fragte er in versöhnlichem Ton. »Was gewinnen Sie denn noch dadurch, daß Sie sie weiter gefangenhalten? Notfalls haben Sie ja immer noch mich.«

Conrad warf ihm einen Seitenblick zu. Sein Grinsen war im schwachen Schein der Armaturenbeleuchtung zu erkennen.

»Lieutenant Raymore«, sagte er gedehnt, wobei er den Dienstgrad besonders betonte. »Seien Sie ehrlich, und machen Sie sich nicht selber was vor! Sie wissen genau, daß Sie als Geisel nicht halb so viel wert sind wie auch nur eine Frau. Auf einen Polizeibeamten nehmen Ihre Kollegen nun mal weniger Rücksicht, wenn es mit uns hart auf hart gehen sollte.«

»Das will ich nicht hoffen«, entgegnete Raymore dumpf.

»Dann sind wir uns also einig.« Conrad lachte kurz und abgehackt. Er zog die Karte ein Stück höher und schaltete die winzige Leselampe ein. Er warf einen Blick auf seine Armbanduhr. »Passen Sie auf! Unter uns liegt bereits die Provinz Ontario. Nach meiner Schätzung sind wir etwa zehn Meilen nördlich des St.-Lorenz-Stroms. Die nächste Ortschaft, die jetzt vor uns auftauchen müßte, heißt Bishops Mills. Ein Nest von dreitausend Einwohnern. Nördlich davon folgt freies Farmland. Dann ein schmaler See, ungefähr drei Meilen lang, von Nordosten nach Südwesten. Dahinter kommt wieder freies Feld. Und dann mitten auf der freien Fläche ein rechteckiges Waldstück. Wir müßten so nahe wie möglich an der Westseite dieses Waldes landen. Wir haben noch fünf Minuten, bis wir die Position erreichen. Kriegen Sie das hin?«

»Wenn die Sichtverhältnisse nicht schlechter werden, müßte es klappen«, antwortete der Lieutenant. »Gibt es in der Nähe der Landestelle Hochspannungsleitungen?«

»Auf der Karte sind keine eingezeichnet.«

»Dann hoffen wir, daß die Karte stimmt.«

»Keine Sorge. Das Kartenmaterial der Polizei ist immer auf dem neuesten Stand.«

»Stimmt, soweit es das Hoheitsgebiet der Vereinigten Staaten betrifft«, sagte Raymore. »Bei Kanada bin ich mir aber nicht so sicher. Wir fliegen selten über die Grenze.«

Das Gespräch brach ab, denn in der Dunkelheit vor ihnen tauchten jetzt die spärlichen nächtlichen Lichter einer Ortschaft auf. Es konnte sich nur um Bishops Mills handeln.

Chuck Conrad beugte sich gespannt vor.

Es waren fast ausschließlich Straßenlampen, die in der kleinen Stadt noch brannten. Wie leuchtende Perlen, an rechtwinklig angeordneten Schnüren aufgezogen. Die Einwohner von Bishops Mills hatten sich zur Ruhe begeben, und vielleicht wurde nicht einmal jemand durch das Hubschraubergeräusch aus dem Schlaf gerissen.

Burt Raymore fragte sich, ob die Kollegen von FBI und State Police die Fahndungsmaßnahmen auf Kanada ausgedehnt hatten. Die kanadischen Polizeibehörden mußten in einem solchen Fall um Amtshilfe gebeten werden. Keine komplizierte Angelegenheit wegen des gutnachbarschaftlichen Verhältnisses zwischen den beiden Staaten.

In der abgebrannten Scheune würden sie die Reste des Tankwagens gefunden haben. Wenn sie dann zwei und zwei zusammenrechneten, wußten sie, daß der Hubschrauber aufgetankt worden war. Die Kollegen brauchten dann nur den neuen Radius nach der Reichweite zu ziehen, um zu wissen, daß Conrads Ziel auch auf kanadischem Gebiet liegen konnte.

Die wenigen Lichter von Bishops Mills blieben zurück. Der Hubschrauber jagte über eine endlos scheinende dunkle Ebene, die sich irgendwo am Horizont im Blauschwarz des Nachthimmels verlor. Vereinzelt zeichneten sich im blassen Licht von Mond und Sternen schnurgerade hellere Linien ab. Die Wirtschaftswege der Farmer zwischen riesigen Getreidefeldern.

Kurze Zeit später war der diagonal verlaufende schlauchartige See zu erkennen. Kleine Lichtreflexe blinkten auf der Wasseroberfläche. Raymore wußte jetzt, daß er den Kurs genau eingehalten hatte. Er überflog den See etwa in der Mitte und hielt nach dem angekündigten

Waldstück Ausschau. Chuck Conrad beugte sich weiter vor. Seine Anspannung wuchs.

Noch zwei Minuten verstrichen.

Dann, unvermittelt, schrie Conrad begeistert, daß es schmerzhaft aus den Kopfhörern auf die Trommelfelle stach: »Der Wald! Himmel, wir haben ihn! Jetzt kann nichts mehr schiefgehen.«

Burt Raymore sah das schwarze Rechteck im selben Moment und bereitete sich auf die Landung vor. Eine knappe halbe Minute verging, bis er die Maschine butterweich in ein Getreidefeld setzte, etwa hundert Meter vom westlichen Waldrand entfernt.

Die Turbine erstarb mit einem langgezogenen Heulton.

»Jetzt gibt's Knochenarbeit«, kündigte Conrad an. »Leider haben wir's hier nicht so bequem wie mit dem Tankwagen in Greenboro. Raymore, Sie müssen mit anfassen. Aber kommen Sie nicht auf dumme Gedanken! Die Ladys müßten es sonst ausbaden.«

Der Lieutenant nickte.

Er löste seinen Gurt und folgte Conrad ins Freie, nachdem der ihm einen Wink gegeben hatte. Der Gangster öffnete die Luke des Passagierraums. Im schwachen Schein der Innenbeleuchtung sahen die Gesichter der drei Frauen kalkweiß aus. Überdeutlich stand die Furcht in ihren Augen. Sie wußten nicht, was aus ihrer Freundin Dixie geworden war. Und sie wußten noch viel weniger, was aus ihnen selbst werden würde.

Warren Page erhielt Befehl, die erste Wache bei den Geiseln zu übernehmen. Conrad, Strasburg und Donelson ließen ihre Schrotflinten zurück und behielten nur ihre Revolver unter dem Hosenbund, als sie Raymore in die Mitte nahmen und durch das brusthohe Getreide einen Weg zum Wald platt trampelten.

Nachdem sie das Unterholz erreicht hatten, knipste Conrad seine Taschenlampe an. Zielstrebig bahnte er sich seinen Weg, und die anderen folgten dem kleinen Lichtkegel, mit dem er ihnen die Richtung angab.

Etwa zwanzig Meter waldeinwärts befand sich das Treibstofflager, gut versteckt unter Gestrüpp, das sorgfältig auf die ausgehobene Grube gedeckt worden war. Strasburg und Donelson schlugen die Plane beiseite, mit der die Kanister umhüllt waren. Außerdem gab es in der Grube eine gummibereifte Handkarre und einen Füllstutzen mit Trichter.

»Raymore«, sagte Conrad, »Sie bleiben mit Ben Donelson hier und schaffen die Kanister aus dem Loch, damit wir sie zügig auf die Karre packen können.«

»Verstanden«, antwortete der Lieutenant. Für einen Moment spielte er mit dem Gedanken an Flucht. Vielleicht war die Gelegenheit günstig. Er konnte sich ins Unterholz schlagen und das Weite suchen. In der Dunkelheit würden sie ihn kaum aufstöbern können.

Aber er verwarf den Gedanken wieder. Conrad hatte ihn gewarnt. Sie hatten drei Frauen in ihrer Gewalt. Und kaltlächelnd würden sie eine der Geiseln umbringen, um ihren Piloten zur Rückkehr zu zwingen. Nein, es gab keine Chance. Burt Raymore dachte daran, daß er die Schreie der Gemarterten selbst dann noch hören würde, wenn er schon eine halbe Meile Vorsprung gewonnen hatte.

Er fügte sich und leistete seinen Teil der Arbeit, als die Gangster mit dem Auftanken der Maschine begannen. Ihre Verbindungsleute hatten die Flucht hervorragend vorbereitet.

Dünne Nebelstreifen krochen wie Geisterfinger von den Feldern und Weiden her über den Asphalt. Die Luftfeuchtigkeit, die in die Kleidung eindrang und sich auf die Atemwege legte, ließ ein baldiges Morgengrauen ahnen. Die Patrolmen George Forreston und Herb Kingman schlenderten auf die Barriere zu, die mit zuckenden roten Lichtzeichen versehen war. Forreston und Kingman hatten die Hände auf den Rücken gelegt, damit ihnen die Maschinenpistolen, die sie an Schulterriemen trugen, nicht herunterrutschten.

»Zwei Stunden«, sagte Kingman und atmete schnaufend aus. »Ich komme mir vor wie bei der Army. Wache schieben für nichts und wieder nichts.«

Forreston lachte. »Verwöhnt, was? Du bist zu lange im Innendienst, Alter. Das bißchen Bewegung tut dir gut.«

»Bewegung nennst du das? Zwanzig Schritte vor, zwanzig Schritte zurück, und nichts tut sich. Walsh und McRae sitzen schön bequem im Trockenen.« Er deutete mit einer Kopfbewegung auf den Streifenwagen, der kurz hinter der Absperrung in einem Feldweg stand und von hohem Buschwerk beiderseits des Weges fast vollständig verborgen wurde.

»Noch eine halbe Stunde, und sie lösen uns ab«, sagte Forreston besänftigend. »Dann kannst du wieder deiner Lieblingsbeschäftigung nachgehen.«

Kingman sah ihn erstaunt von der Seite an. »Was meinst du damit?«

»Auf dem Hintern sitzen. Ist es nicht das, was du am liebsten tust?« Forreston lachte. Mit einem Sprung wich er einem Boxhieb aus, der jedoch eher freundschaftlich gemeint war.

Sie erreichten die Barriere, und die batteriebetriebenen Lichter warfen zuckendes Rot auf ihre Uniformen und ihre Gesichtszüge. Die Provinzstraße 285 verlief an dieser Stelle, eine gute Meile außerhalb von Greenboro, schnurgerade.

Ein weißer Lichtpunkt erschien in der Ferne.

»Sieht so aus, als ob wir Arbeit kriegen«, brummte Kingman.

»Vielleicht gibt's ein Strafmandat. Abgefahrene Reifen, verdreckte Rückleuchten oder irgend etwas.«

»Willst du aus Langeweile irgendeinen armen Kerl schikanieren?«

Forreston schüttelte den Kopf und wurde ernst. »Du solltest mich besser kennen, Herb. Wenn wir aber einen erwischen, der mit Alkohol am Lenkrad sitzt, gibt's kein Pardon.«

»Das dürfte um diese Zeit schon wahrscheinlicher sein. Auf das, womit unsere hochverehrten FBI-Kollegen rechnen, werden wir sowieso warten, bis wir schwarz werden.«

Das nagelnde Röhren eines Dieselmotors schwoll aus der Dunkelheit heran.

Schon in einiger Entfernung blendete der Fahrer die Scheinwerfer ab, und die beiden Lichtkegel glitten wie verschämt über den Asphalt.

Forreston und Kingmann wechselten einen vielsagenden Blick, als sie das Fahrzeug erkannten. Der Milchtankwagen, der bei Hellwerden seine Rundreise zu den Farmen beginnen würde, um die frische Milch aus den Großbehältern der Melkanlagen abzusaugen. Die Druckluftbremsen fauchten, als der Truck mit dem Aluminiumaufbau zum Stehen kam.

Der Driver beugte sich aus dem Führerhaus. »Hallo, George! Hallo, Herb! Wen oder was sucht ihr? Ihr könnt gern in den Tank kriechen. Vielleicht hab' ich jemanden drin versteckt.«

Die beiden Patrolmen stimmten in das Lachen des Fahrers ein und gingen auf das Führerhaus zu.

»Sieh zu, daß du weiterkommst, Henry!« sagte Forreston. »Erzähl's keinem, aber wir warten auf den Präsidenten! Der will seinen Urlaub in Greenboro verbringen.«

»Deine Witze waren auch schon mal besser«, entgegnete der Tankwagenfahrer. »Hat's irgendwas mit dem Feuer zu tun? Sucht ihr den Brandstifter?«

»So ungefähr«, antwortete Forreston ausweichend. »Fahr los, Henry! Die Farmerstöchter warten auf dich.«

»Schön wär's.« Der Mann im Führerhaus grinste. »Angenehme Nachtruhe noch!«

Kingmann hatte bereits die Barriere zur Seite geschoben. Nachdem der Truck vorbeigedröhnt war, brachte er die zuckende Lichterkette wieder an ihren Platz. Die beiden Patrolmen wollten sich abwenden, als sie in der Ferne einen weiteren Lichtpunkt sahen.

»Was kriegen wir jetzt?« brummte Forreston. »Eine frühe Rushhour?«

»Wird die Post sein«, meinte Kingman.

Minuten später stellten sie fest, daß die Vermutung nicht stimmte. Eine schwere Limousine rollte in die Ausläufer des nervösen Rotlichts. Ein Mercedes 500, dunkelblau, amtliches Kennzeichen aus New York City. Noch während der Wagen ausrollte, gab Kingman routinemäßig die Ziffern- und Buchstabenfolge des Nummernschildes an Sergeant McRae durch. Dann schaltete er das Walkie-talkie aus und verstaute es in der Tasche seiner Uniformjacke. Forreston näherte sich dem Wagen bereits an der Beifahrerseite. Kingman folgte seinem Beispiel an der Fahrerseite.

Die Maschine des Mercedes summte leise im Leerlauf.

Kingman legte die linke Hand auf den Vorderschaft der Maschinenpistole. Den Tragriemen behielt er auf der Schulter. So sah es die Dienstvorschrift bei der Kontrolle unbekannter Fahrzeuginsassen vor. Im Notfall konnte der Beamte die vollautomatische Waffe blitzschnell in Anschlag bringen. Ein Ruck nach vorn genügte, und er hatte die rechte Hand am Abzug.

Kingman runzelte die Stirn, als er in das Wageninnere blickte. Drei Männer. Zwei vorn, einer hinten. Politiker oder hohe Staatsbeamte auf Dienstreise? So sahen sie aus. Aber um diese Zeit? Spätheimkehrer von einem Nachtbummel in Utica waren sie jedenfalls nicht. Dazu wirkten sie zu nüchtern. Vor allem das New Yorker Kennzeichen sprach dagegen.

Der Fahndungshinweis des FBI durchzuckte Kingmans Gedanken. Jäh vibrierten seine Nerven. Doch nicht hier, nicht bei uns! schrillte eine innere Stimme, die sich gegen die Möglichkeit sträubte.

Forreston stand auf der anderen Seite, die Maschinenpistole im Anschlag, jedoch mit dem Lauf nach unten.

Er wußte, daß Kingman den aktiven Part der Kontrolle zu übernehmen hatte.

Die drei Männer im Wagen saßen ruhig, wie es sich bei einer Polizeimaßnahme gehörte.

Kingman forderte den Fahrer mit einer Handbewegung auf, die Scheibe herunterzulassen. Es surrte leise. Elektrischer Fensterheber.

»Guten Morgen, Sir«, sagte der Patrolman höflich.

»Verkehrskontrolle. Die Fahrzeugpapiere und Ihren Führerschein bitte!«

»Selbstverständlich, sofort«, antwortete der Fahrer, ein hagerer Mann mit strohblondem Haar. »Ist etwas passiert?«

»Nein. Nur eine gewöhnliche Kontrolle. Die Alkoholsünder nehmen in der letzten Zeit wieder überhand.« Kingman wunderte sich über seine Redseligkeit. Verdammt, welchen Anlaß hatte er überhaupt, Erklärungen abzugeben? Es mußte an den kalten, gelangweilten Augen des Mannes liegen, die ihn verunsicherten.

Der Fahrer griff mit einer lässigen Bewegung unter sein Jackett, um die Papiere aus der Innentasche zu ziehen. So sah es für den Patrolman Herb Kingman aus. Er wollte schon die Hand ausstrecken, um die Papiere entgegenzunehmen.

Doch jäh zuckte er zurück. Seine Augen weiteten sich fassungslos.

Er blickte in die Mündung einer Colt Automatik. Modell Government, Kaliber 45 ACP. Auf die kurze Entfernung hätte diese schwere Waffe ausgereicht, um einen Elefanten zu erschießen.

»Bewegen Sie sich nicht, Officer!« sagte der Strohblonde im Plauderton. »Und sagen Sie Ihrem Kollegen, er soll sein Schießeisen fallen lassen und zwei Schritte zurücktreten! Andernfalls müssen Sie darunter leiden. Begriffen?«

Herb Kingman begriff noch viel mehr. Es war ein Fehler, daß sie den Streifenwagen in den Feldweg gefahren hatten. Und es war ein weiterer Fehler, daß McRae und Walsh nicht ausgestiegen waren. Die drei Kerle im Mercedes mußten also annehmen, daß sie es nur mit zwei Beamten zu tun hatten.

Und George Forreston konnte nicht sehen, was sich an dieser Seite des Wagens abspielte. Er stand aufrecht, da es lediglich seine Aufgabe war, den Beifahrer und den Mann auf dem Rücksitz zu beobachten.

»Wird's bald?« zischte der Fahrer. Der Sicherungsflügel seiner Pistole knackte.

Kingman wußte, daß er es nicht schaffen konnte, die MPi noch in Anschlag zu bringen. Das stundenlange Warten in der Einöde hatte ihn und die anderen leichtsinnig werden lassen.

O Himmel, warum hatte er McRae und Walsh nicht gleich aus dem Wagen gescheucht, als der Mercedes aufgetaucht war!

»George«, sagte er über das Wagendach hinweg. »Bleib jetzt ganz ruhig und tue, was ich dir sage! Du sollst deine MPi fallen lassen und zwei Schritte zurücktreten. Der Fahrer wird sonst mit seiner Pistole auf mich schießen.«

Forrestons Augen verengten sich. Aber sein

Erschrecken dauerte weniger als eine Sekunde. Als er antwortete, sprach er so leise, daß Kingmann es nur mit Mühe verstehen konnte.

»Herb, wir werden diese Sache nicht in den Sand setzen. Laß dir nichts anmerken! Reagiere nicht auf das, was ich jetzt sage. Ich habe von dem Fahrer nichts gehört, also wird er auch von mir nichts hören. Ich werde genau das Gegenteil von dem tun, was er verlangt. Halte ihn hin! Und dann volle Deckung!«

»He!« knurrte der Strohblonde. »Das dauert mir zu lange. Verdammt noch mal, wenn dein Partner nicht gleich spurt ...«

»Aufpassen!« schrie eine Stimme aus dem Fond. »Der Kerl denkt gar nicht daran!«

Alles überschlug sich.

Einen Atemzug lang war der Fahrer verwirrt. Sein Instinkt drängte ihn, den Kopf herumzuwerfen, um zu sehen, was sich abspielte. Das reichte, um seinen Pistolenlauf aus der Visierlinie wandern zu lassen.

Geistesgegenwärtig warf sich Herb Kingman zu Boden.

Im selben Moment hämmerte die MPi seines Kollegen.

Ein Schrei gellte. Glaskrümel regneten.

Kingman lag auf dem Rücken und sah, wie die Einschüsse den Fahrer fast aus dem Fenster schleuderten. Sein Kopf hing leblos nach außen, und die Pistole mußte drinnen aus seiner Hand gefallen sein.

Die Maschinenpistole verstummte.

»Keiner rührt sich mehr!« brüllte George Forreston. »Sonst ...«

Das trockene Bellen einer Pistole unterbrach ihn.

Forreston schrie auf.

Herb Kingman wurde von jäh aufflackernder Wut beseelt. Mit einem Satz schnellte er auf die Beine. Er hatte die MPi im selben Moment im Anschlag. Aus der Hüfte heraus zog er durch. Die Waffe hämmerte ohrenbetäubend, zersiebte das Verbundglas des Wagens und brachte die Pistole zum Verstummen.

Patrolman Herb Kingman jagte den gesamten Inhalt seines Magazins in den Fahrgastraum des Wagens.

Sergeant McRae und Patrolman Walsh stürmten mit schußbereiten Waffen herbei. Aber in dem Mercedes bewegte sich nichts mehr. Forreston lag zusammengekrümmt am Fahrbahnrand neben dem Wagen. Eine Blutlache hatte sich unter seinem Oberkörper gebildet.

Kingman stand regungslos, die MPi immer noch im Anschlag und starrte auf das Bild, das sich ihm bot. Er hatte Mühe, in die Wirklichkeit zurückzufinden.

Unter dem Schutz von Walsh riß der Sergeant die Beifahrertür und die hintere Tür auf. Dann sah er, daß keine Vorsicht mehr nötig war.

»Himmel noch mal«, flüsterte er. »Wir hatten keinen Auftrag, diese Leute in Stücke zu schießen.«

»George ist nur verletzt«, rief Walsh, der sich über seinen Kollegen beugte. »Zum Teufel, Herb, steh nicht herum! Ruf den Rettungshubschrauber!«

Kingman erwachte jetzt aus seinem tranceähnlichen Zustand. Er ließ die leergeschossene MPi fallen, wirbelte herum und rannte zum Streifenwagen.

Sergeant McRae sah, daß der Mann im Fond ebenfalls noch lebte. In seiner kraftlosen rechten Hand hing noch die Pistole, mit der er auf Forreston gefeuert hatte. Der Atem des Bewußtlosen ging schwach. Mehrere Kugeln hatten ihn in den Oberkörper getroffen. Für den Beifahrer und den Fahrer gab es keine Hilfe mehr.

McRae zog die durchlöcherte Brieftasche aus dem Jackett des Schwerverwundeten. Der Namenszug im Führerschein war unversehrt.

Seamus O'Driscoll.

Unser Bell Jet Ranger kreiste nur wenige Minuten lang über dem städtischen Hospital von Utica. Das beleuchtete Landedeck befand sich auf dem Dach des mittleren Gebäudetrakts. Nachdem der Rettungshubschrauber auf die Abstellfläche gerollt worden war, gab uns die Funkleitstelle Landeerlaubnis.

Wie mit samtweichen Katzenpfoten setzte unsere Maschine auf. Pilot und Copilot waren Beamte der New Yorker City Police. Phil und ich schwangen uns ins Freie. Die beiden Kollegen blieben in der startbereiten Maschine. Wenn es einen weiteren Einsatz für den Rettungshubschrauber geben sollte, mußten sie sofort das Feld räumen.

Ein Captain der State Police empfing uns vor dem Eingang zum Fahrstuhlschacht. Auf dem Weg nach unten berichtete er über die Einzelheiten des Geschehens bei Greenboro. In groben Zügen waren wir bereits über Funk informiert worden.

»Ich kann keinem der Beamten einen Vorwurf machen«, schloß er. »Sie haben keine Erfahrung mit Profigangstern von New York City-Format. Forrestons Absicht war im Grunde logisch und gut durchdacht. Er wollte den Fahrer, der seinen Kollegen bedrohte, kampfunfähig schießen. Aber er hat nicht mit der Kaltblütigkeit der beiden anderen Wageninsassen gerechnet. Und Kingman drehte ganz einfach durch, als er glaubte, daß sein Kollege erschossen worden war.«

»Dem FBI gegenüber braucht sich die State Police nicht zu rechtfertigen«, sagte ich.

»Außerdem ist wohl zu bezweifeln, daß es gegen die Beamten überhaupt ein Ermittlungsverfahren geben wird«, fügte Phil hinzu.

Unser Fahrstuhl stoppte im zweiten Stock, wo sich die unfallchirurgische Abteilung des Hospitals befand. Der Oberarzt der Station erwartete uns in seinem Dienstzimmer. Trotz seiner Aufforderung nahmen wir uns nicht die Zeit, uns zu setzen.

Ich brauchte keine Fragen zu stellen.

»Beide Verwundeten werden auf die Operation vorbereitet«, sagte der Arzt. »Was den Polizeibeamten betrifft, bin ich sicher, daß er es ohne Schwierigkeiten überstehen wird. Bei dem anderen Mann habe ich allerdings keine Hoffnung. Drei Einschüsse im Herz-Lungen-Bereich. Wir versuchen unser Möglichstes.«

»Ich muß mit O'Driscoll reden«, sagte ich.

»Das habe ich erwartet.« Der Arzt nickte. »Unter normalen Umständen könnte ich niemals zustimmen.«

»Ich danke für Ihr Verständnis«, entgegnete ich. »Es hängen Menschenleben davon ab.« Mit drei Sätzen erklärte ich die Lage, in der sich Nell Dorson, Deborah Lane, Lily Langtry und Burt Raymore befanden.

»Kommen Sie!« sagte der Mann im weißen Kittel. »Ich bringe Sie hin. Aber ich kann Ihnen nichts versprechen. Wenn Sie Glück haben, ist er für Sekunden bei Bewußtsein. Ob er dann überhaupt ansprechbar ist, bleibt noch offen.«

Phil und der Captain blieben auf dem Korridor. Die ohnehin herrschende Aufregung sollte nicht unnötig verstärkt werden. Der Oberarzt führte mich in einen Nebenraum des Operationsbereiches. Schwestern, Pfleger und Ärzte in dunkelblauer Kluft rannten hin und her. Ihre Bewegungen waren von energischer Zielstrebigkeit. Es wurde nur wenig und gedämpft gesprochen.

O'Driscoll lag auf einer fahrbaren Trage, mit weißen Laken bedeckt, die über seiner Brust durchzubluten begannen. Der Oberarzt nickte einem Pfleger zu, der neben der Trage stand. O'Driscolls Gesicht hatte eine seltsam wächserne Färbung. Ich sah es nicht zum ersten Mal bei Menschen, die auf der Schwelle vom Leben zum Tod standen. Seine Augen waren geschlossen, aber ich hatte den Eindruck, daß sich seine Lider kaum merklich bewegten.

Ich beugte mich über ihn. »O'Driscoll«, sagte ich eindringlich. »Seamus O'Driscoll, können Sie mich hören?«

Keine Reaktion.

Trotzdem gab ich es nicht auf. Immer wieder sprach ich ihn an, bis ich endlich, nach schweißtreibenden Sekunden, aufatmen konnte. Mühsam, mit unsäglich scheinender Anstrengung, öffnete er die Augen.

»Hören Sie, O'Driscoll«, sagte ich. »Mein Name ist Jerry Cotton. Ich bin G-man. Wir suchen Chuck Conrad. Er hat drei Frauen als Geiseln und einen Piloten in seiner Gewalt.«

O'Driscolls Augen waren groß und stumpf auf mich gerichtet, während ich sprach.

»Sie können nichts mehr für Conrad tun«, fuhr ich fort. »Aber Sie können sich selbst und Ihrem Gewissen helfen. Conrad erwischen wir so oder so. Helfen Sie uns, die Geiseln zu retten!« Einen Atemzug lang zögerte ich. Dann fügte ich hinzu: »Ich bitte Sie darum, O'Driscoll.«

In seinen stumpfen Augen flackerte etwas Winziges auf. Er bewegte die Lippen. Ich mußte mich tiefer hinabbeugen, um ihn verstehen zu können.

»Warum ... Kontrolle?«

Ich begriff sofort, was er meinte. Die Polizeikontrolle außerhalb von Greenboro mußte für ihn und seine Bodyguards völlig überraschend gewesen sein. Er hatte nicht wissen können, daß Conrads Schlupfwinkel aufgeflogen war. O'Driscoll hatte nicht einmal mehr den Flammenschein sehen und Verdacht schöpfen können, denn als die Beamten der State Police ihn gestoppt hatten, war das Feuer längst gelöscht gewesen.

»Der Copilot hat Feuer gelegt«, berichtete ich. Mit Einzelheiten brauchte ich mich nicht aufzuhalten. »Dadurch wurde Conrads Versteck verraten. Er mußte seine Flucht im Hubschrauber fortsetzen. Alfred Buckland ist tot. Auch Gabriela Romero.«

Das winzige Flackern in O'Driscolls Augen erlosch. »Dann ... ist sowieso ... alles aus«, hauchte er. »Das Ziel ... ist ... Truppenübungsplatz Deacon, Ontario ... britische Elite-Einheit ... Unterkünfte ...« Seine Stimme versiegte, und die Augenlider fielen wieder zu.

Ich richtete mich auf und sah den Oberarzt fragend an.

»Er lebt noch, Mr. Cotton. Aber wie gesagt, er hat praktisch keine Chance.«

Noch während wir uns abwandten, wurde O'Driscoll in den Operationssaal geschoben. Auf dem Korridor informierte ich Phil und den Captain über meinen geglückten Versuch. Wir durften keine Zeit mehr verlieren. Jede Minute war kostbar.

Im Dienstzimmer des Oberarztes benutzte ich das Telefon, um Verbindung mit New York City aufzunehmen. Der Kollege von der Nachtbereitschaft stellte in das Büro des Chefs durch. John D. High würde in dieser Nacht die Fäden der Einsatzleitung nicht aus der Hand geben. Ich kannte ihn gut genug, um das zu wissen.

»Deacon, Ontario«, wiederholte der Chef, nachdem ich die Einzelheiten durchgegeben hatte. »Das ist ein Übungsplatz für Anti-Terror-Einheiten. Die Zusammenhänge liegen also auf der Hand. Chuck Conrad ist Sprengstoffexperte. Deshalb organisierte O'Driscoll seine Befreiung aus dem Außenlager Guilford. Conrad hat also den Auftrag, die Unterkünfte dieser britischen Elitetruppe in die Luft zu jagen.«

»Und zwar dann, wenn sich die Männer in den Gebäuden befinden«, ergänzte ich. »Mit O'Driscoll hatte er vermutlich ein Treffen in Greenboro vereinbart. Das hat nicht geklappt. Die Frage ist jetzt, ob er trotzdem seinen Auftrag durchführen wird ... oder kann.«

»Ich habe die Akten studiert«, antwortete John D.

High. »Conrad, so sagen die Psychologen, wirkt zwar äußerlich eiskalt und ruhig. Aber auf seine Weise ist er doch ein Fanatiker. Das Schicksal seiner Mutter läßt ihn nie in Ruhe. In einem der Gutachten über ihn heißt es, daß er unter einem Zwang steht, immer wieder zu töten.«

»Ich verstehe, Sir. Dann wird es richtig sein, wenn wir mit unserer Maschine sofort Kurs auf Ontario nehmen.«

»Genau das, Jerry. Ich lasse Sie über Funk informieren, sobald ich Neuigkeiten habe. Bei den kanadischen Kollegen beantrage ich Amtshilfe und die Erlaubnis, daß Sie dort in Aktion treten dürfen.«

Ich bedankte mich und legte auf.

Viel zu besprechen gab es nicht mehr. Ich bat den Captain der State Police, sich um Dixie Maine zu kümmern, die in einer anderen Abteilung des Hospitals wegen eines etwaigen Schocks zur Beobachtung lag.

Dann eilten wir zu unserem startbereit wartenden Hubschrauber. Wir schlossen die Luke des Passagierraums und legten die Gurte an. Nachdem ich den ungefähren Kurs genannt hatte, legte sich der Copilot die Karte der Provinz Ontario zurecht und fand die Position des Truppenübungsplatzes Deacon nach kurzem Suchen.

Die Maschine hob ab. Unter uns schmolzen die Lichter des Hospitals und der Stadt zu immer kleineren Punkten zusammen. Sekunden später lag unter uns nur noch die Schwärze des flachen Landes.

Wir waren für alles gerüstet, womit wir rechnen konnten. Im kleinen Laderaum des Jet Ranger befanden sich Thompson-Maschinenpistolen, Remington-Präzisionsgewehre, Smith & Wessons im Kaliber 357 Magnum, Zielfernrohre, Nachtsichtgeräte und Kampfmesser – jeweils in doppelter Ausführung. Dazu ein ausreichender Munitionsvorrat, Tränengasgranaten, Schock-Blitz-Granaten und Schutzmasken. Außerdem Proviantvorräte in Normverpackung, wie sie auch bei der Army verwendet wurden. Alles in allem reichte das Zeug aus, um einen wochenlangen Belagerungszustand durchzuhalten.

Zehn Minuten nach dem Start erhielten wir Funknachricht aus Utica. Seamus O'Driscoll war während der Operation gestorben. Patrolman George Forreston hatte seine Operation indessen gut überstanden. Die Ärzte sahen bei ihm kein Risiko mehr.

Eine weitere Funkmeldung folgte kurz darauf. John D. High hatte die Kollegen in Kanada informiert. Unser Eingreifen war kurzerhand und unbürokratisch genehmigt worden. Die Umgebung des Übungsplatzes Deacon wurde in ausreichendem Umkreis beobachtet. Und für die auf dem Übungsplatz stationierten Einheiten, einschließlich der Anti-TerrorTruppe aus Großbritannien, war erhöhte Alarmbereitschaft ausgelöst worden.

Kurz vor Beginn der Morgendämmerung brachte Burt Raymore den Hubschrauber sicher auf die Erde zurück. Er mußte feststellen, daß Conrad seinen Zeitplan und den Kurs trotz der übereilten Flucht hervorragend berechnet hatte.

Der Landeplatz befand sich diesmal unmittelbar südlich einer Hügelkette. Als Orientierungshilfe hatte das rote Leuchtzeichen eines Sendemastes gedient, der etwa eine halbe Meile nordöstlich auf einem Hügel stand. Raymore machte sich keine Hoffnung, daß diese Sendeanlage bemannt war. Conrads Planungen und die Vorbereitungen durch seine Verbindungsleute waren bisher erstklassig gewesen. Unvorstellbar, daß sie eine Landestelle ausgewählt hätten, bei der man damit rechnen mußte, beobachtet zu werden.

Auf Befehl von Conrad schaltete Raymore das Triebwerk sofort nach der Landung aus. Der Treibstoffvorrat reichte jetzt noch für etwa zweihundert Meilen. Auch die weitere Flucht war also eingeplant. Das bedeutete aber, daß es sich hier nicht um einen Tankaufenthalt handelte. Wofür wollte Conrad die Dunkelheit nutzen?

Der Gangster zog sich den Helm vom Kopf und wandte sich auf seinem Sitz um. Seine Komplizen waren hellwach. Eine Folge der wachsenden nervlichen Anspannung, in der sie sich befanden.

Deborah Lane und Lily Langtry lagen zusammengekrümmt auf den Sitzen. Sie waren vor Erschöpfung eingeschlafen.

Lediglich Nell Dorson hielt mit Mühe die Augen offen. Die Gangster hatten ihr eine Decke gegeben, da sie nur mit ihrem Ballett-Trikot bekleidet war.

»Warren«, sagte Conrad herrisch, »du gehst mit mir. Die beiden anderen bleiben hier und bewachen die Geiseln. Warren und ich werden in etwa zwei Stunden zurück sein. Dann ...«, er wandte sich dem Lieutenant zu, »... wird es an Ihnen liegen, Raymore, ob wir mit heiler Haut verschwinden können oder nicht. Es wird möglicherweise ein bißchen brenzlig werden.«

Burt Raymore nickte.

»Werden Sie dann wenigstens die Frauen freilassen?« fragte er vorsichtig.

Chuck Conrad grinste. »Noch ist alles offen. Ich muß erst endgültig Klarheit haben.«

Warren Page hatte sich Reservemunition in die Tasche gestopft.

Er griff sich die Maschinenpistole, die zur Ausrüstung des Hubschraubers gehörte, öffnete die Luke und sprang mit einem Satz ins Freie.

»Hör mal, Chuck«, sagte Ben Donelson. Seine Stimme klang rauh, mit einem Hauch von Gereiztheit nach den schlaflosen Stunden. »Bist du eigentlich sicher, daß das Ganze noch einen Sinn hat? Ich meine die Dollars, die du uns versprochen hast. Wo willst du die denn herkriegen? Wir haben deinen Auftraggeber verfehlt. Irgendwie hängen wir doch in der Luft, oder?«

Gary Strasburg nickte beipflichtend.

Conrad hatte geduldig zugehört. Im Gegensatz zu seinen Kumpanen wirkte er völlig ausgeglichen. Die Schlaflosigkeit zeigte bei ihm nicht die geringsten Spuren.

»Habt ihr sonst noch was zu sagen?« Er schob auffordernd das Kinn vor.

»Wie meinst du das?« Donelson blinzelte ihn verdutzt an. »Habe ich mich nicht klar genug ausgedrückt?«

Conrad grinste mit falscher Freundlichkeit. »Doch, doch. Es ist klar und deutlich bei mir angekommen. Aber wenn ihr schon eine Meckerrunde einlegen wollt, dann könnt ihr euch auch gleich alles von der Seele reden. Gary, was ist mit dir? Hast du noch irgendwas, worüber du dich aufregst?«

Strasburg schüttelte unsicher den Kopf. »Ben hat ganz recht. Mehr gibt's dazu nicht zu sagen.«

Warren Page schob den Kopf durch die offene Luke. »Was ist los? Soll ich mir hier draußen die Beine in den Bauch stehen?«

»Nur einen Moment noch, Warren.« Conrad wandte den Blick nicht von den beiden anderen. Sein Grinsen schwand, und seine Miene verfinsterte sich jäh. »So. Dann seid ihr also fertig mit eurem Gefasel. Hört mir gut zu, Freunde! Wenn es euch bei mir nicht mehr paßt, könnt ihr gehen. Bitte! Steigt aus und verschwindet! Die Bewachung der Geiseln schaffen wir auch allein. Aber fragt mich nicht, wohin ihr gehen sollt! Und fragt mich auch nicht, womit ihr euch schützen könnt, wenn die Bullen euch in die Enge treiben! Die Ladys bleiben nämlich bei mir. Noch Fragen?«

Strasburg und Donelson wechselten einen betroffenen Blick. Donelson preßte sekundenlang die Lippen aufeinander. Dann gab er sich einen Ruck und rang sich zu einer Antwort durch.

»Verdammt, Chuck, spiel doch nicht gleich den Beleidigten! Ist es denn so unverschämt, wenn wir wissen wollen, woher wir unser Geld kriegen? Schließlich hast du uns selbst damit geködert. Vielleicht wären wir sonst lieber in Guilford geblieben. Wir hätten doch eher noch die paar Jahre abgesessen, als mit leeren Taschen nach Hause zu gehen.«

»Verständlich«, antwortete Conrad versöhnlich. »Okay, ich kann eure Bedenken verstehen. Aber ihr könnt es mir abnehmen, daß ich selbst nichts tue, ohne meinen Anteil dafür zu kassieren. O'Driscoll – das ist mein Auftraggeber – hat uns verpaßt. Aber deswegen ist er doch nicht aus der Welt. Sobald wir hier fertig sind, holen wir uns das Geld von ihm.«

»In Ordnung«, sagte Strasburg. »Und was läuft hier eigentlich? Was soll die Geheimniskrämerei?«

»Ist jetzt nicht mehr nötig«, entgegnete Conrad und grinste wieder. »Ich rede nie über eine Sache, wenn sie noch nicht reif ist. Dann baut keiner Mist oder verplappert sich ungewollt. Jetzt kann aber nichts mehr schiefgehen. Deshalb nur soviel fürs erste: Es dreht sich um ein paar Sprengladungen, die ich zusammenbasteln werde. Zeitzünder, versteht ihr? Wenn die Dinger hochgehen, sind wir längst weg.«

Strasburg und Donelson gaben sich mit der Erklärung zufrieden.

Bevor er ausstieg, erteilte Conrad Anweisungen für die Zeit seiner Abwesenheit. Raymore mußte in den Passagierraum hinüberwechseln, und die Luke hatte geöffnet zu bleiben. Der weitere Befehl lautete, daß jeweils ein Gangster außerhalb des Hubschraubers Wache zu halten und die Lage zu sondieren hatte. Strasburg übernahm diese Aufgabe als erster.

Als Conrad und Page in der Dunkelheit verschwanden, stellte Raymore fest, daß Conrad lediglich den erbeuteten Revolver bei sich hatte. Wahrscheinlich brauchte er Beweglichkeit und wollte sich nicht mit zuviel Ausrüstung belasten.

Ben Donelson hockte in der Nähe der offenen Luke und versperrte den Ausstieg mit ausgestreckten Beinen. Die hereinströmende kühle Nachtluft schien ihm nichts auszumachen. Aus zusammengekniffenen Augen sah er Raymore an, der sich gehorsam auf der anderen Seite der Sitzbank niedergelassen hatte.

»Du solltest besser schlafen«, empfahl der Gangster. »Wer schläft, der sündigt nicht. Ich habe nämlich keine Lust, mit dem Ding noch großen Krach zu veranstalten.«

Er klopfte auf den Griff des Revolvers, der unter seinem Hosenbund steckte.

»Werde mich bemühen«, antwortete der Lieutenant bereitwillig. Es hatte keinen Sinn, dem Gangster Anlaß zu Gereiztheit zu geben. Wenn es eine Fluchtchance geben sollte, dann mußte man so ruhig wie möglich auf einen geeigneten Moment warten.

Bevor er die Augen schloß, bemerkte er, daß Nell Dorson ihm einen merkwürdig eindringlichen Blick zuwarf. Was wollte sie ihm zu verstehen geben?

Er sollte es gleich darauf begreifen.

Lily und Deborah bewegten sich unruhig im Halbschlaf, waren aber zu erschöpft, um wirklich wach zu werden.

Nell räusperte sich unvermittelt. »Mir ist kalt«, sagte sie mitleidheischend und ließ ihre Stimme dabei zittern.

»Trotz der Decke?« entgegnete Donelson erstaunt.

Burt Raymore konnte es sich nicht verkneifen, die Augenlider kaum merklich zu öffnen, um zu beobachten, was sich abspielte. Donelson rieb sich das schwammige Kinn mit dem Handrücken. Stirnrunzelnd musterte er die junge Frau, deren fröhliche Sommersprossen mit ihrer Fröhlichkeit jetzt im Widerspruch zu ihrem betrübten Gesicht standen.

»Ich habe schon immer leicht gefroren«, sagte Nell. »Diese Kälte von draußen kriecht einem richtig an den Beinen hoch.«

»Kälte nennst du das, Baby?« Donelson lachte, daß sein Oberkörper hüpfte. »Frische Luft haben wir hier, nichts weiter. Die Luke bleibt jedenfalls auf. Anordnung vom Boß. Sieh dir deine Kolleginnen an! Denen macht's auch nichts aus.«

»Die haben auch ein dickeres Fell«, erwiderte Nell und brachte ein verschmitztes Lächeln zustande. Ihre graugrünen Augen strahlten den Gangster an. »Zuhause habe ich in so einer Situation meistens jemanden, der mich wärmt.«

Raymore wußte jetzt endgültig, was sie vorhatte. Offenbar wurde sie vom Teufel geritten. Es war höllisch gewagt.

Donelson hörte auf, sich das Kinn zu reiben. »Du hast doch nicht etwa 'ne Gänsehaut?« sagte er mit belegter Stimme.

»Und ob«, antwortete Nell prompt. Ohne zu zögern, schlug sie die Decke auseinander und gewährte ihm einen Blick auf ihre nackten, wohlgerundeten Schenkel.

Raymore sah, wie sich Donelsons Adamsapfel ruckend auf und ab bewegte. Nell Dorson schlug ihre Decke hastig wieder zu und tat dabei, als erschauere sie vor Kälte.

»Die Luke muß jedenfalls aufbleiben«, sagte der Gangster noch heiserer. »Aber wenn dir an meiner grünen Seite wohler ist …« Er brachte es nicht fertig, den Satz zu Ende zu sprechen.

»Oh, danke!« hauchte Nell. Sie warf die Decke beiseite und hüpfte hinüber wie ein freudestrahlendes Kind.

Neben Donelson zog sie die Beine hoch und legte ihre Arme über die Knie.

»He, was ist mit deiner Decke?«

»Die brauche ich doch jetzt nicht mehr in deinem Windschatten, Großer.« Sie schob sich noch etwas näher an ihn heran, senkte den Kopf fast bis auf die Knie und blickte ihn von der Seite her wie ein verträumtes Mädchen an.

Donelson brachte keinen Ton mehr hervor. Er schluckte nur noch heftiger.

Wenn der Hintergrund nicht tödlicher Ernst gewesen wäre, hätte Burt Raymore laut aufgelacht. Aber er zwang sich, weiterhin ruhig zu bleiben und so zu tun, als versuche er zu schlafen.

Nach endlosem Zögern entschloß sich der Gangster, seine rechte Hand langsam herabzusenken. Es sah plump und linkisch aus, als er schließlich Nells Oberschenkel berührte. Sie stieß ein begeistertes Seufzen aus. »Oh, das durchströmt einen wie Feuer. Du bist ein ziemlich aufgeheizter Typ, was?«

»Kann schon sein«, krächzte Donelson dümmlich, und er ließ sich durch ihre Worte ermutigen, auch noch die andere Hand zur Erkundung einzusetzen.

»Ho, ho, was sehe ich!« ertönte plötzlich eine röhrende Stimme von draußen. »Mein lieber Alter, Ben! Sieht so aus, als sollten wir tauschen, was?«

»Schwenk dich!« zischte Donelson giftig. »Du bist zur Außenwache eingeteilt, und dabei bleibt's.«

»Oh, es spricht der große Eroberer!« Strasburg kicherte. »Aber warte ab! Wenn's soweit ist, nehme ich mir zwei von den Puppen auf einmal vor. Dann kannst du vor Neid grün werden.« Er wandte sich ab und verschwand wieder in der Dunkelheit, immer noch kichernd.

»Neidisch ist er selber«, wisperte Nell verführerisch. »Laß dich dadurch nicht stören, Großer.«

Lieutenant Burt Raymore spannte die Muskeln an. Über kurz oder lang würde ihm Nell die Gelegenheit liefern.

Unser Jet Ranger landete auf dem Campus der High School von Deacon, einem Ort, der allem Anschein nach kaum größer war als Greenboro. Die kanadischen Kollegen hatten eine Batterie von Standscheinwerfern aufgebaut, um den Landeanflug zu erleichtern.

Der Beamte, der uns im Rotorwind empfing, stellte sich als Captain Jean Leclerq von der Royal Canadian Mounted Police vor – allerdings in schlichtem Zivil, ohne Pferd und ohne Uniform mit breitkrempigem Hut.

»Wir haben die Nachricht erst vor einigen Minuten erhalten!« brüllte er gegen die ausklingende Hubschrauberturbine an. »Eine unbekannte Maschine ist gesichtet worden, etwa zwei Meilen südlich vom Truppenübungsplatz. Der Standortkommandant hat Beobachtungsposten eingesetzt, die alle mit Infrarotgeräten ausgerüstet sind. Der Hubschrauber wurde von einem Sendemast aus gesichtet. Es soll sich um eine Maschine der New York State Police handeln.«

»Hoffentlich halten sich die Leute an unsere Anweisungen!« brüllte ich zurück, während wir auf Leclerqs Dienstwagen zuliefen.

»Ich habe es dem Kommandanten noch einmal eingeschärft«, entgegnete der Captain. »Absolutes Stillhalten, kein Eingreifen.«

Wir schwangen uns in den Fond, Leclerq auf den Beifahrersitz, und der Fahrer jagte sofort los. Unterwegs erfuhren wir, daß der Truppenübungsplatz etwa sechs Meilen nordwestlich von Deacon lag. Freies Gelände, hügelig und waldreich. Der Übungsplatz selbst war als militärisches Sperrgebiet umzäunt und zusätzlich von-

Wachen gesichert. Außerhalb des Sperrgebiets befanden sich die Wohnblocks der Stammeinheiten von der Royal Canadian Army, die für Hilfsdienste auf dem Übungsplatz eingesetzt wurden.

Wir fuhren bis an den Stadtrand. Vor uns lag das breite Betonband der Straße, die in die Wildnis hinaus zum Übungsgelände führte. Kurz nachdem wir ausgestiegen waren, jagte ein weiteres Fahrzeug heran. Ein Range Rover, das bewährte geländegängige Fabrikat aus England.

Leclerq hatte unsere Ausrüstung aus dem Hubschrauber in den Heckraum des Wagens verladen. Der Fahrer, ein uniformierter Beamter, stieg aus und salutierte vor dem Captain.

Leclerq bedeutete ihm mit einer Handbewegung, mit dem Streifenwagen in die Stadt zurückzufahren. Der Captain überließ mir den Platz am Lenkrad des Range Rover, da er das Funkgerät auf der Beifahrerseite bedienen mußte. Phil ließ sich auf der hinteren Sitzbank nieder.

»Zunächst in die Richtung«, sagte Leclerq und deutete auf einen Sandweg, der nach links von der Straße wegführte. Er nahm das Funkmikro aus der Halterung und schaltete den rauschenden und krachenden Lautsprecher ein.

Mit Vierradantrieb scheuchte ich den Rover zügig ins Gelände. Der Boden war ziemlich eben, so daß wir nicht übermäßig durchgeschüttelt wurden. Phil konnte die Zeit nutzen, um die beiden 357er Smith & Wessons vorzubereiten und die dazugehörigen Speedloader mit Patronen zu füllen.

Noch konnte ich es riskieren, mit abgeblendeten Scheinwerfern zu fahren. Die Umgebung bestand aus Mischwald mit überwiegend dichtem Unterholz. Von Zeit zu Zeit gab es Wegeabzweigungen. Wer sich in diesem Labyrinth auskannte, konnte auf Nimmerwiedersehen verschwinden.

Captain Leclerq rief die Funkzentrale seiner Dienststelle, knipste die Leselampe am Armaturenbrett an und glättete die Landkarte auf seinen Knien. Phil und ich hörten mit, wie der Beamte am anderen Ende der drahtlosen Verbindung eine gründliche Geländebeschreibung lieferte. Als Orientierungshilfe diente dabei der Sendemast, den unser kanadischer Kollege schon erwähnt hatte. Mit den weiteren Einzelheiten konnte jedoch nur ein Ortskundiger etwas anfangen.

An einer Weggabelung schickte Leclerq mich nach links. »Schalten Sie jetzt besser Standlicht ein!« empfahl er. »Wir sind noch etwa zwei Meilen von der Position des gelandeten Hubschraubers entfernt. Aber der Wald lichtet sich in Kürze und geht dann in verstepptes Gelände über.«

Ich befolgte seinen Rat. Nur minutenlang hatte ich Schwierigkeiten, meine Augen an das schwache Licht zu gewöhnen. Mit zwanzig Stundenmeilen kamen wir immer noch zügig voran. Die Maschine des Rover dröhnte dumpf. Phil reichte seine Zigarettenschachtel herum, und wir rauchten schweigend.

Aus dem Krachen und Rauschen des Lautsprechers meldete sich die Stimme des Beamten in der Funkzentrale.

»Letzte Beobachtung von Punkt Alpha! Zwei Personen haben die Maschine verlassen und nähern sich in nordöstlicher Richtung dem Höhenzug. Eine dieser beiden Personen ist mit einer Langwaffe ausgerüstet, Schnellfeuergewehr oder Maschinenpistole. Genauer Waffentyp durch Nachtsichtgerät nicht festzustellen. Eine weitere Person befindet sich außerhalb des Hubschraubers, vermutlich als Wache. Over.«

»Verstanden«, antwortete Captain Leclerq. »Geben Sie

weitere Meldungen sofort an mich durch. Over und Ende.« Er klinkte das Mikro in die Halterung.

Ich überschlug die Angaben im Kopf und gelangte zu einem raschen Ergebnis. »Damit haben wir noch zwei Gangster bei der Maschine«, sagte ich. »Außerdem Raymore und die drei Frauen.«

»Die Zahlen stimmen zwar«, wandte Phil ein. »Aber woher willst du wissen, daß Raymore im Hubschrauber geblieben ist? Angenommen, einer der beiden, die nach Nordosten marschieren, ist Conrad. Könnte es nicht sein, daß er Raymore mitgenommen hat? Als Geisel?«

»Unwahrscheinlich«, entgegnete ich. »Wenn Conrad seinen Job durchführen will, wäre Raymore nur eine Belastung für ihn. Trotzdem hast du mit deinem Unsicherheitsfaktor recht. Behalten wir ihn im Gedächtnis!«

Leclerqs Vorhersage bewahrheitete sich jetzt. Das dichte Waldgelände lichtete sich. Buschgehölze folgten. Bald standen sie nur noch als vereinzelte Tupfer wie übergroße Rasierpinsel in der dunklen Landschaft. Ich verringerte das Tempo und schaltete dann auch das Standlicht aus.

Fünf Minuten später forderte mich der Captain auf, in einer Bodensenke zu stoppen. Die Entfernung bis zum Hubschrauber-Standort betrug noch eine knappe Meile. Ich schaltete den Motor aus und nahm eins der Nachtsichtgeräte für die Remington-Gewehre von Phil entgegen. Gemeinsam mit Leclerq und meinem Freund und Kollegen drang ich bis zum Rand der Senke vor und ging im Schutz eines flachen Dornenstrauchs in Stellung.

Das Nachtsichtgerät erzeugte für mein Auge ein milchiges Dämmerlicht über der angrenzenden Ebene. Büsche zeichneten sich schwarz und mit deutlichen Umrissen ab.

Dann sah ich den Hubschrauber mit seinen herabhängenden Rotorblättern. Der untere Teil der Maschine war meinem Blick durch Buschwerk verborgen. Sekundenlang sah ich eine schattenhafte Bewegung vor dem Cockpitglas. Der Wachposten schien sich noch immer außerhalb der Maschine aufzuhalten.

»Von jetzt an ist es wieder unser Fall«, sagte ich zu Leclerq. »Würden Sie in der Nähe des Funkgeräts bleiben? Nehmen wir folgendes Zeichen: Ein volles Magazin MPi-Dauerfeuer in die Luft, wenn wir Verstärkung brauchen.«

»Einverstanden«, sagte Leclerq. »Lassen sie mir eins von Ihren Remingtons hier, damit ich notfalls eingreifen kann! Im übrigen stehen meine Beamten an allen Zufahrtsstraßen rings um Deacon in Bereitschaft. Sie brauchen sich keine Sorgen zu machen.«

Wir bedankten uns. Unsere Ausrüstung war rasch zusammengestellt. Die gewohnten 38er tauschten wir gegen die Smith & Wessons mit dem Kaliber 357 Magnum aus. Ich schulterte außerdem eine Thompson-Maschinenpistole, die bewährte Waffe im Kaliber 45. Die Speedleader verstaute ich in meinen Hosentaschen.

Die beiden Reservemagazine für die Thompson befestigte ich mit einem Leinenfutteral am Gürtel. Phil nahm eins der Remington-Gewehre mit Zielfernrohr und Nachtsichtgerät.

Die zweite Waffe des gleichen Typs übergaben wir Captain Leclerq. Er drückte mir ein Walkie-talkie in die Hand, das ich in der Innentasche meines Jacketts verstaute.

Ohne Zeit zu verschwenden, marschierten wir los. Jeden Busch und jeden Strauch nutzten wir als Sichtschutz. Und bei jedem Schritt achteten wir darauf, den Fuß so geräuschlos wie möglich aufzusetzen. Es gab keine Schwierigkeiten. Das Heranpirschen erschien so verteufelt einfach, daß es uns fast Unbehagen bereitete. Der Pferdefuß mußte ganz einfach noch kommen. Es konnte nicht so problemlos verlaufen wie ein Jagdausflug.

Bis auf zweihundert Yards näherten wir uns dem stummen Rieseninsekt ohne Unterbrechung. Dann verharrten wir in der Deckung eines verkrüppelten Nadelbaums. Hinter uns, am östlichen Horizont kündigte ein blasser Streifen bereits das nahende Morgengrauen an.

Ich brauchte kein Nachtsichtgerät mehr, um den Mann zu erkennen, der mit schlurfenden Schritten seine Runden um den Hubschrauber zog. Meine Augen hatten sich an die Dunkelheit gewöhnt. Die untersetzte Statur war unverwechselbar. Gary Strasburg!

Ich verständigte mich mit Phil, ohne daß Worte erforderlich waren. Die Thompson und das Remington-Gewehr ließen wir hinter dem Krüppelbaum zurück. Auf die kurze Distanz waren die Langwaffen nur hinderlich.

Wir drangen weiter vor, hielten dabei einen Sicherheitsabstand von drei bis vier Schritten. Die Schnellziehhalfter der Smith & Wessons ermöglichten es uns, innerhalb von Sekundenbruchteilen schußbereit zu sein. Lautlos näherten wir uns der Maschine an der Seite, an der die offene Luke zum Passagierraum zu erkennen war.

Noch vierzig Yards!

Strasburg tauchte hinter dem Heckrotor der Maschine auf und schlenderte uns entgegen. Wir verharrten hinter Buschwerk. Der Untersetzte blieb neben der Luke stehen und wechselte ein paar Worte mit seinem Komplizen im Passagierraum. Kurzes Gelächter. Dann setzte er seinen Weg fort. Wir warteten, bis er um die Nase der Riesenlibelle bog.

Unser Sprint begann. Phil und ich ließen die Beinmuskeln im selben Moment explodieren. Die Aufgaben waren verteilt.

Strasburg zuckte zusammen, als wir schon zwanzig Yards hinter uns gebracht hatten. Er wirbelte herum, riß die Maschinenpistole von der Schulter und wollte sie in Anschlag bringen.

Aus den Augenwinkeln heraus sah ich, daß er es nicht mehr schaffte. Phil überbrückte die letzten Schritte mit einem pantherhaften Satz.

Auf den letzten Metern, die ich vor mir hatte, zog ich den 357er. Die Passagierraumluke gähnte mir entgegen. Ich hörte den Ansatz von Strasburgs Warnschrei, der aber sofort in einem dumpfen Schlag erstickt wurde.

Aus dem Hubschrauber tönte ein gellender Ruf.

»Jetzt!« Eine Frauenstimme. Nell Dorson!

Ich begriff nicht. Doch im nächsten Moment erfaßte ich die Situation blitzschnell. Nell Dorson hatte sich in den Fußraum vor der Sitzbank fallen lassen. Sie trug nur ihr Ballett-Trikot. Burt Raymore war im Begriff, sich auf den Gangster zu werfen. Nicht schnell genug.

Donelson riß seinen Beute-Revolver aus dem Hosenbund.

Ich vollführte einen Hechtsprung schräg nach oben. Ich hatte keine andere Wahl, mußte alles auf eine Karte setzen. Den schweren Lauf des 357ers ließ ich noch im Sprung herabsausen. Und traf.

Der Hieb lähmte Donelsons Arm schlagartig. Er brachte es nicht mehr fertig, den Zeigefinger zu krümmen. Dabei war nicht einmal zu erkennen, ob er auf Nell Dorson oder auf Burt Raymore angelegt hatte.

Ich packte den Gangster mit der Linken und riß ihn vom Sitz. Er schrie vor Schmerzen. Hart schlug er auf den Boden, zappelte und wollte hochkommen. Mit einem unbarmherzigen Handkantenschlag brachte ich ihn zur Ruhe. Ich holsterte den Revolver und legte dem Bewußtlosen Handschellen an.

Phil schleifte den anderen heran. Wir betteten die beiden vor die Landekufe des Hubschraubers. Sie würden die Freiheit kaum noch wiedersehen. Zuvor hatten sie eine Chance gehabt, wegen guter Führung vorzeitig entlassen zu werden. Jetzt erwartete sie lebenslängliches Zuchthaus.

Nell Dorson, Lily Langtry und Deborah Lane fielen uns um den Hals. Und als ich ihnen sagte, daß Dixie Maine in Sicherheit war, wollte ihre Freude kein Ende mehr nehmen. Burt Raymore reichte Phil und mir schweigend die Hand.

Dann mußten wir Nell und ihre beiden Freundinnen eilends auf eine Wiedersehensfeier in New York City vertrösten. Ich rief Captain Leclerq über Walkie-talkie. Burt Raymore blieb als Wache beim Hubschrauber. Wir nahmen die drei jungen Frauen mit zu der Stelle, an der wir unsere Langwaffen zurückgelassen hatten. Leclerq kam uns entgegen und brachte sie zum Land Rover. In Sicherheit!

Raymore hatte Strasburgs Maschinenpistole und Donelsons Revolver. Um ihn brauchten wir uns keine Sorgen zu machen. Wir orientierten uns an dem Sendemast und nahmen den zweiten Teil unseres Geländemarschs in Angriff.

Modrig feuchter Geruch stieg aus dem Laub, das Chuck Conrad beiseite geräumt hatte. Der Deckel der in die Erde eingegrabenen Kiste ließ sich mühelos öffnen. Kleine Päckchen in Ölpapier waren dicht an dicht darin verstaut.

»Mann!« staunte Warren Page. »Das sieht gefährlich aus.« Er hockte neben Conrad und stützte sich dabei auf die MPi.

»Ist es auch«, antwortete der Breitschultrige leise und beinahe andächtig. »Zwanzig Kilo TNT, elektronische Zeitzünder, Verdämmungs- und Befestigungsmaterial. Sämtliches Drum und Dran ist vorhanden.«

»Woher, zum Teufel, weißt du das alles? Ich meine, die Zwischenlandungen mit dem Auftanken, die ganzen Einzelheiten und jetzt dies. Wie konntest du den Sprengstoff finden?«

»Ich habe Liebesbriefe gekriegt«, sagte Conrad mit leisem Lachen. »Die schlaue Gabriela hat sie mir unter falschem Namen geschickt, und in jedem Brief waren ein paar Codewörter. So einfach ging das.«

Page stieß einen leisen Pfiff aus. »Und jetzt?«

»Nur noch ein Kinderspiel. Wir schaffen es, bis es hell wird. Die Wohnblocks der Kanadier sind eine halbe Meile von hier entfernt. Ich klebe die Ladungen unter ihre Autos, und dann fahren sie damit zum Dienstbeginn. Zu der Zeit sitzen die britischen Hundesöhne im Kantinengebäude und frühstücken. Der Parkplatz für das Stammpersonal liegt genau davor. Kapiert?«

»Paff!« sagte Page mit einem langgezogenen Zischen. Seine Augen leuchteten voller Bewunderung.

»Fangen wir an!« entschied Conrad. »In der Kiste sind ein paar Leinenbeutel für den Transport. Jeder von uns trägt zehn Kilo. Du brauchst keine Angst zu haben. Das Zeug ist so harmlos wie Knetgummi, solange keine Sprengkapseln und Zünder dran s ...« Er schluckte das letzte Wort hinunter und erstarrte.

»Was ist?« flüsterte Page.

Conrad brachte ihn mit einer Handbewegung zum Schweigen. »Da war was. Ein Geräusch!«

»Ich höre nichts.«

»Dann bist du taub«, zischte Conrad. »Halt jetzt die Klappe, schnapp dir deine MPi und geh in Deckung! Du feuerst, wenn ich es dir sage. Nicht eher.«

Page gehorchte, ohne noch einen Ton von sich zu geben. Chuck Conrad tastete nach dem Griff des kurzläufigen Revolvers, der dem FBI-Agenten Phil Decker gehörte.

Wir waren der Richtung gefolgt, die uns von den Beobachtungsposten angegeben wurde. Und wir befanden uns in einem Nadelwald ohne jegliches Unterholz. Nachteil und Vorteil zugleich. Wir konnten sehen und gesehen werden. Aber mit Phils Nachtsichtgerät hatten wir zweifellos einen zusätzlichen Pluspunkt.

Bis auf Gewehrschußweite kamen wir heran. Selbst mit bloßem Auge konnte ich die Schatten erkennen, die zwischen den Baumreihen kauerten. Es war nicht mehr völlig finster. Die heraufziehende Morgendämmerung hatte ihr erstes schwaches Grau bis in den Wald geschickt. Conrad mußte sich schon höllisch beeilen, wenn er noch etwas auf die Beine stellen wollte.

Plötzlich gab Phil mir ein Handzeichen. Reaktionsschnell verharrte ich hinter einem Baumstamm, wie mein Freund und Kollege auch. Ich sah, daß er das Gewehr in Schulteranschlag geschoben hatte und durch das Nachtsichtgerät spähte. Ich begriff. Conrad und Page mußten Verdacht geschöpft haben. Es war unmöglich, auf dem trockenen Waldboden ohne jedes Geräusch vorzudringen. Wir hatten von vornherein nicht damit gerechnet, bis auf Tuchfühlung mit den beiden Gangstern zu gelangen.

Auch unser weiteres Verhalten war geplant. Minutenlang blieben wir regungslos. Dann gab Phil mir ein erneutes Zeichen.

Ich verließ meine Deckung und huschte voran. Dabei nutzte ich den Schutz der Baumreihen so gut es ging. Nach fünf Schritten verharrte ich abermals hinter einem Stamm und brachte meine Thompson in Anschlag.

Phil folgte meinem Beispiel. Und dann wiederholten wir das Spiel Schlag auf Schlag. Wir kümmerten uns jetzt nicht mehr um unbeabsichtigte Geräusche. Sie sollten wissen, woran sie waren.

Die kauernden Schatten waren verschwunden.

Und sie reagierten, als wir uns bis auf fünfzig Yards

vorgearbeitet hatten. Ich verließ meine Deckung und stürmte weiter.

Jäh zerfetzte das Hämmern einer MPi die frühmorgendliche Stille. Die Geschoßgarbe prasselte bedrohlich nahe in einen Baumstamm, fetzte weiße Splitter heraus, die mir ins Gesicht wehten, als ich Deckung hinter dem nächsten Stamm suchte.

Phils Remington-Gewehr peitschte. Einmal. Kurz und trocken. Ich hatte die Thompson zum Feuerschutz im Anschlag, als er sofort darauf die Stellung wechselte.

Doch der MPi-Schießer hatte den Remington-Mündungsblitz wohl nicht gesehen, denn er nutzte seine Chance nicht. Er reagierte erst im nächsten Moment wieder, als ich meinen Vormarsch mit federnden Sprüngen fortsetzte.

Die MPi hämmerte bösartig, anhaltend.

Ich sah die bläulich-grellen Mündungsblitze, hörte das Sirren und die prasselnden Einschläge der Bleihummeln. Mit einem letzten Satz brachte ich mich hinter einem Stamm in Sicherheit.

Phil feuerte in die ausklingende MPi-Garbe hinein. Zweimal kurz hintereinander peitschte sein Präzisionsgewehr.

Der Schrei, der in den Nachhall der Schüsse stach, war gellend und langgezogen.

Dann lähmende Stille.

Doch wir dachten nicht daran, unseren Ansturm zu beenden. Wieder hetzten wir nach bewährter Methode vorwärts.

Es blaffte in rasender Folge. Abgehackt und hell. Der typische Klang eines 38ers. Ich dachte an den Dienstrevolver, den Phil vermißte.

Längst waren wir in Deckung. Zweimal sah ich die Mündungsblitze. Wer die Kugeln auf diese Art und Weise aus einem Revolver jagte, mußte sich in Panik befinden. Noch bevor ich den Gedanken zu Ende gebracht hatte, hörte ich den Schlagbolzen, der auf eine leergeschossene Patronenhülse klickte. Ein gepreßter Fluch folgte.

Ich riskierte einen Blick. Entweder hatten sich meine Augen noch mehr an die Dunkelheit gewöhnt, oder die Helligkeit des beginnenden Zwielichts hatte in den letzten Minuten zugenommen.

Und ich sah Conrad. Nur noch einen Steinwurf weit entfernt.

Er bückte sich in das Erdloch, riß ein gelbes Päckchen heraus und richtete sich ruckhaft damit auf.

»Bleibt, wo ihr seid, ihr Hunde!« brüllte er. Seine Stimme war rauh und geifernd. »Noch eine Bewegung von euch, und ich jage uns alle zusammen in die Luft! Mir ist es egal, versteht ihr! Ich habe nichts zu verlieren!«

Ich gab Phil ein Zeichen und ließ ihn damit wissen, daß ich die Sache in die Hand nehmen wollte.

»Conrad«, rief ich so ruhig wie möglich. »Geben Sie auf! Es hat keinen Sinn mehr. Mit Ihrer Drohung schüchtern Sie uns nicht ein.«

»So?« Er lachte schrill und meckernd. »Glaubt ihr, ich bluffe? Hier in der Kiste liegen neunzehn Kilo Sprengstoff. Bestes TNT. Ein Kilo mit Sprengkapsel und Zünder habe ich in der Hand. Das lasse ich fallen, wenn ihr nicht abhaut. Kapiert? Von uns allen wird nur ein Riesenkrater übrigbleiben, ihr Schweinehunde!« Wieder folgte das schrille Lachen.

Mir sträubten sich die Nackenhaare. Meine Gedanken rasten und überschlugen sich. Der Mann war nicht mehr bei Sinnen. Fast zwanzig Kilogramm TNT! Diese Menge reichte wahrscheinlich aus, um die gesamten Unterkünfte des Übungsplatzes auszuradieren. Ich wußte, daß ich ihn nicht von seinem Wahnwitz abhalten konnte. Wie hatte der Chef gesagt? Auf seine Weise ist er doch ein Fanatiker ...

Sein Ziel, die verhaßten britischen Anti-Terror-Spezialisten zu töten, konnte er nicht mehr erreichen. Dieses Wissen brachte ihn um den Verstand. Sein eigenes Leben war ihm nichts mehr wert. Er würde den Sprengstoff zünden. Himmel, ja, er würde es tun! Aber wie, in aller Welt, konnte ich das noch verhindern?

Jäh durchzuckte die Lösung meinen Gedankenkreisel. Wirklich eine Lösung? Nicht eher eine lächerlich geringe Chance?

Nein, es gab keinen anderen Weg.

»Volle Deckung, Phil«, sagte ich halblaut, so daß nur er es hören konnte.

Mein Freund und Kollege antwortete nicht. Aber am äußersten Rand meines Blickfelds sah ich, wie er sich vorsichtig, vom Baumstamm geschützt, zu Boden gleiten ließ.

Ich zog den Kolben der Thompson fester an die Schulter und ließ den Wählhebel auf Dauerfeuer.

»Meine letzte Warnung!« rief ich. »Geben Sie auf, Conrad!«

Er lachte wieder, mehr schon ein Kreischen.

»Fahrt zur Hölle, elende Greifer! Mit mir zusammen!«

Ich zog durch, als sich die Hand mit dem gelben Päckchen zu bewegen begann. Die Waffe rüttelte wie wild an meiner Schulter.

Über den grellen Mündungsblitzen sah ich die Silhouette des Mannes, wie er von den Einschüssen zurückgeschleudert wurde. Er warf die Arme hoch. Das gelbe Päckchen flog durch die Luft.

Hinter einen Baum! Hinter einen Baum!

Dieses Stoßgebet schickte ich zum Himmel, als ich die Waffe wegwarf, mich zu Boden fallen ließ und den Kopf unter den Armen barg.

Die Detonation brüllte durch den Wald. Unter mir erbebte die Erde, schien mich anzuheben und wieder fallen zu lassen. Die Druckwelle packte mich und schleuderte mich gegen einen Stamm. Schmerz tobte durch meine Hüftgegend.

Sekunden vertickten. Ungläubig öffnete ich die Augen.

»Phil?« sagte ich.

»Alles in Ordnung, Alter.«

Ich hörte seine Stimme mit grenzenlosem Staunen. Mein Freund und Kollege trat auf mich zu und half mir auf die Beine. Der Schmerz in der Hüfte rührte nur von einer Prellung her.

Was wir sahen, ließ uns den Atem stocken.

Chuck Conrad war von der Sprengladung zerfetzt worden. Aber die neunzehn Kilo TNT im Erdloch waren nicht detoniert. Ein halb zerfetzter Baumstamm zeigte an, daß meine Rechnung aufgegangen war. Der Stamm hatte als Eindämmung der Sprengwirkung ausgereicht. Warren Page fanden wir leblos in geringer Entfernung.

Minuten später jagten Geländefahrzeuge aus allen Richtungen heran. Soldaten und Polizeibeamte waren zur Stelle, um uns zu unterstützen. Bleierne Müdigkeit erfaßte uns plötzlich. Wir waren Captain Leclerq dankbar, als er uns wegbrachte.

Und merkwürdigerweise dachte ich in diesen Minuten an Nell Dorsons Gefängnis-Aufführungen. Sie und ihre Freundinnen würden weitermachen. Jetzt erst recht.

Wir hatten bewiesen, daß das Gesetz den stärkeren Arm hatte. Immer und in jedem Fall.

ENDE

Die Jackpot-Königin

»Mach Schluß, Zatky!«

Phils Ruf hallte durch die Finsternis der Fabrikruine. In den glaslosen Fensteröffnungen flackerte das bunte Wetterleuchten des allnächtlichen Reklamegewitters über Manhattan, zu fern und zu schwach, um die Schwärze zwischen den Mauern zu verdrängen.

»Du hast keine Chance!«

Zatky war anderer Meinung. Er zog durch. Wie Blitzschläge erhellte das Mündungsfeuer für Sekundenbruchteile ein paar Dutzend Quadratyards und die bizarren Umrisse verrotteter Werkzeugmaschinen.

»Ich besorg's dir, Schnüffler!« brüllte Zatky. »Ich schaff dich, Junge! Komm ran! Hol mich! Kennst du das Kaliber meiner Kanone? Fünfundvierziger und abgefeilt!«

›Mad‹ Zatky, der verrückte Zatky! Er trug seinen Spitznamen zu Recht. Verrückt war er immer gewesen. Aber jetzt machte das Kokain einen Tobsüchtigen aus ihm. Das Höllenzeug putschte ihn immer häufiger in einen Zustand der Raserei und richtete solche Verwüstungen in seinen Nerven an, daß er zeitweise jeden Wirklichkeitssinn verlor.

Als Dealer und Gangster taugte Zatky schon lange nicht mehr viel. Wir wunderten uns, daß Al Mahon, sein großer Boß, ihn am Leben ließ. Immerhin hatte Zatky harte Jobs in seinem Auftrag erledigt. Dinge, derer er sich rühmte. Und Mahon hatte nie lange gezögert, einem Schwätzer den Mund zu schließen.

Wieder wummerte Zatkys großkalibrige Kanone. Ich sah das Mündungsfeuer zehn Fuß unter mir, denn ich kauerte in halber Mauerhöhe auf einer brüchigen Kranbühne, die bei jeder Bewegung knirschte und ächzte.

Phil erwiderte das Feuer nicht. Wir wollten Zatky lebend, denn wir konnten beweisen, daß er zwei Männer in Jersey getötet hatte. Wenn wir ihn zu der Aussage bringen konnten, daß es eine Auftragsarbeit für Al Mahon gewesen war, konnten wir endlich ein Feuerchen unter Mahons lederbezogenem Mahagonisessel entzünden.

»Laß den Quatsch, Zatky!« rief Phil. »Je öfter du auf den Abzug drückst, desto größer werden deine Schwierigkeiten.«

»Fahr zur Hölle, Bastard!« brüllte Zatky und versuchte noch dreimal, Phil eine Fahrkarte aus Blei zu verkaufen.

Während unten die Meinungsverschiedenheiten zwischen Phil und Zatky tobten, arbeitete ich mich auf der schwankenden Kranbühne so weit vor, daß ich den Verrückten genau unter mir zu haben glaubte. Ich wartete, daß er noch einmal feuerte, um am Mündungsfeuer zu erkennen, wohin ich springen mußte. Fünf Minuten lang beschränkte er sich darauf, eine Flut von Schimpfwörtern von sich zu geben.

Ich ertastete ein handgroßes Stück Stahl und schleuderte es weit in die Finsternis hinein. Klirrend schlug es irgendwo auf. Zatky reagierte wie gewünscht. Dreimal in schneller Folge drückte er auf den Abzug. Im Mündungsfeuer erahnte ich die Umrisse seiner Gestalt und sprang.

Mir zuckte der Gedanke durch den Kopf, daß es einen verdammt harten Aufprall geben würde, falls ich Zatky mit dem Gerüst einer Werkzeugmaschine verwechselt hatte.

Nein, es war Zatky. Mit dem vollen Körpergewicht und der Fallgeschwindigkeit aus zehn Fuß Höhe krachte ich in seinen Rücken. Er brach nach vorn zusammen und prallte mit dem Schädel gegen den Stapel Eisenbarren, der ihm als Deckung gedient hatte.

Das genügte auch für einen Dickkopf wie Zatky. Ich brauchte nichts mehr zu tun.

»Okay?« fragte Phil.

»Erledigt!«

Phil schaltete die Stablampe ein.

Die Scheinwerfer flammten auf. In ihrem Schnittpunkt stand mit erhobenen Armen eine blonde, perfekt gewachsene Frau.

Sie war nackt. Nur ihre Brüste, ihr flacher Bauch und, als sie sich langsam drehte, auch die Rundungen ihrer Rückseite wurden von einem Material bedeckt, das vor Kälte nicht schützt, im Regen aufweicht, nicht besonders hübsch aussieht und doch wertvoller ist als jedes noch so kostbare Stück Stoff vergleichbarer Größe.

Tausend-Dollar-Geldscheine, gedruckt und herausgegeben von der Casinoverwaltung, in Größe und Farbe von echten Dollarnoten nicht zu unterscheiden, ohne Wert jenseits der Mauern des Spielsaals. Innerhalb des Casinos aber galt die aufgedruckte Zahl. Tausend Dollar wurden für jedes schmale, grasgrüne Blatt Papier gezahlt.

»Ladys und Gentlemen!« dröhnte es aus den Lautsprechern. »Das Jackpot-Girl dieser Nacht!«

Beifall! Gejohle! Schrille Pfiffe!

Zwei Männer in Smokings betraten die Bühne. Sie brachten eine Aluminiumkassette mit. Während sich das Mädchen langsam um die eigene Achse drehte, begannen sie, die Tausender von ihrer Haut zu pflücken. Jeden Schein legten sie in die Kassette, und jeder Schein wurde vom Klatschen der Zuschauer begleitet.

Auf der linken Bühnenseite stand die Attrappe einer altmodischen übergroßen Registrierkasse, in deren Sichtfenster mit jedem gepflückten Schein neue Zahlen aufleuchteten.

Fünftausend! Siebentausend! Elftausend Dollar!

Schon lagen die Brüste des Mädchens frei. Der sanfte Schwung ihrer Hüften wurde sichtbar. Nackte Haut leuchtete in den Lücken zwischen grünen Dollarnoten.

Achtundzwanzigtausend! Sechsunddreißigtausend! Einundvierzigtausend Dollar! »Ladys und Gentlemen!

Nur noch wenige Sekunden bis zum letzten Tausender! Achtung!« Die Stimme des Sprechers überschlug sich. »Sechs, fünf, vier, drei, zwei, eins ... zero!«

Der letzte Tausender wurde von der intimsten Stelle des Mädchenkörpers gerissen. Die Zuschauer brüllten. Mit einem Schlag erloschen die Scheinwerfer. Nur die roten Leuchtziffern der Kasse blieben sichtbar.

Nüchtern verkündete der Sprecher: »Im Jackpot liegen vierundfünfzigtausend Dollar! Der Einsatz beträgt fünfhundert Dollar! Ladys und Gentlemen! Bitte, setzen Sie!«

Die Menschen drängten sich um die Croupiertische. Zahlen wurden geschrien, Dollarscheine in der Luft geschwenkt. Die dreihundert Leute im Saal schienen sich in einem Zustand von Hysterie zu befinden.

In der Seitenloge, die immer für ihn reserviert war, hob Al Mahon sein Champagnerglas und trank der Frau an seiner Seite zu. »Du bist ein Genie, Gloria! Wieviel bringt die Show?«

»Ungefähr das Dreifache des Jackpots, selten weniger«, antwortete die Frau. »Wirst du mir glauben, wenn ich behaupte, daß es von der Ausstrahlung des Mädchens abhängt? Wenn ein Mädchen mit Sexappeal abgepflückt wird, setzen viele Männer sechs- oder siebenmal, um ihre Chance zu vergrößern, nicht wegen des Geldes, sondern wegen des Mädchens. Sie wissen, daß der Jackpot immer von dem Girl überreicht wird, das ihn vorher auf dem Leib trug.«

Mahon lachte. »Was machst du, wenn eine Frau den Pot gewinnt?«

»Wie viele Frauen siehst du im Saal, Al? Kaum ein Dutzend. Sie bleiben lieber an den Slotmaschinen. Die Wahrscheinlichkeit, daß eine Frau gewinnt, ist verschwindend gering. Aber wenn es vorkommen sollte, wird das Mädchen vor dem Überreichen der Kassette in einen schönen, dichten und hochgeschlossenen Umhang gehüllt.« Gloria Race griff nach ihrem Glas. »Und natürlich wird sie die Gewinnerin nicht auf ihr Hotelzimmer begleiten.«

Wieder lachte Mahon. »Machen die Girls es immer, wenn ein Mann gewinnt?«

»Das hängt davon ab, wieviel er von seinem Jackpot-Gewinn abzugeben bereit ist.«

Mahon beugte sich zu ihr und küßte Gloria auf die Wange.

Sie ertrug seinen Kuß, obwohl sein Atem schlecht roch. »Bleibst du über Nacht?« fragte sie.

»Nein, ich möchte mit dir essen und ein paar Gläser trinken, bevor ich nach New York zurückfahre. Morgen früh habe ich eine wichtige Besprechung mit Corelli. Ich muß ihm klarmachen, daß er sich jede Menge Ärger einhandelt, wenn er seine Dealer nicht aus meinem Revier zurückzieht.«

Gloria war erleichtert. Seit zwanzig Jahren war sie Mahons Freundin. In diesen zwanzig Jahren hatte sie sich von einer sexsprühenden Schönheit in eine reife, immer noch attraktive Frau verwandelt. Aber aus Mahon war ein aufgeschwemmter, ewig schwitzender sechzigjähriger Mann an der Schwelle des Greisenalters geworden. Sie haßte es, mit ihm in einem Bett zu liegen. Doch sie war ihm dankbar für alles, was er für sie getan hatte.

»Wie geht es Sue?« fragte Mahon.

»Prächtig! Sie hat die Tennismeisterschaft ihres College gewonnen.«

Die Lautsprecherstimme dröhnte: »Die letzte Minute für Ihre Einsätze ist angebrochen, Ladys und Gentlemen. Der Countdown läuft!«

Fünfzig Sekunden später begann der Sprecher zu zählen: »Neun, acht, sieben ... vier, drei, zwei, eins ... Nichts geht mehr!«

Wieder flammten die Scheinwerfer auf. Diesmal richteten sich die Lichtkegel auf eine mannshohe Scheibe, die in vier gegenläufige Sektoren unterteilt war. Jeder Sektor trug die Ziffern 0 bis 9. Von links war ein armlanger, roter Pfeil auf die Scheibe gerichtet.

Im Saal herrschte atemlose Stille.

Aus den Kulissen betrat das Mädchen die Bühne, eingehüllt in einen Brokatumhang, der bei jedem Schritt ihre langen Beine freigab.

Sie blieb an der Scheibe stehen.

»Go!« befahl die Lautsprecherstimme.

Das Mädchen warf den Umhang ab, bot ihre strahlende Nacktheit allen Blicken. Keine Hand rührte sich zum Beifall. Kein Pfiff gellte. Alle Augen starrten auf die Scheibe.

Das nackte Mädchen drückte einen Knopf.

Die vier Zahlensektoren der Scheibe begannen sich mit immer höherer Geschwindigkeit zu drehen, bis alle Ziffern zu einem unentwirrbaren Muster verflimmerten.

Zwanzig Sekunden lang raste die Scheibe.

»Stopp!« hallte es aus dem Lautsprecher in die Stille.

Das Mädchen drückte den Bremsknopf. Die Zahlensektoren verlangsamten die rasende Drehung. Der vorderste Ring blieb zuerst stehen, dann der mittlere, der zweite und der vierte.

Der rote Pfeil zeigte auf die vierstellige Zahl: 9506.

Ein Aufschrei gellte. Eine überkippende Stimme schrie: »Ich! Ich! Ich!«

Bewegung entstand im Saal. Ein Mann mit wirrem schwarzem Haar und in einer karierten Jacke drängte zur Bühne. »Das ist meine Nummer!«

Aus dem Lautsprecher dröhnte die Ansage: »Der Jackpot der heutigen Nacht fiel auf die Zahl 9506!«

Rufe der Enttäuschung, Flüche und Beifallklatschen mischten sich.

Der Mann stürmte die Bühne. Mit seinem wirren Haar

und der zerdrückten, grellfarbigen Jacke stand er erregt und geblendet im Scheinwerferlicht.

Lächelnd und nackt mit geübtem Mannequinschritt, die Kassette in beiden Händen, ging das Mädchen auf ihn zu und hielt ihm den Behälter hin, der ein Vermögen barg.

Der Mann ergriff die Kassette. Im Augenblick, in dem er sie berührte, stieß er einen unartikulierten Jubelschrei aus und riß die Kassette an sich.

Die Frau beugte sich vor. Auf ihren hochhackigen Schuhen war sie ein paar Zoll größer als er. Sie küßte ihn auf die Wangen und auf den Mund. Dann hakte sie sich bei ihm unter und zog ihn, ihre Anatomie schwenkend, mit sich in die Dunkelheit der Kulissen.

Die Zuschauer und Spieler tobten und brüllten. Die Szene wischte das Gefühl der Enttäuschung, selbst nicht gewonnen zu haben, weg. Gute Ratschläge wurden dem Mann nachgerufen. Eindeutige Ratschläge.

Als der Tumult sich legte, teilte der Lautsprecher mit: »Ladys und Gentlemen, alle Roulettische, Blackjack Boards und sonstige Spielanlangen des Casinos *Jackpot Queen* bleiben ohne Unterbrechung in Betrieb.«

Mahon füllte Glorias Champagnerglas.

Seine Hand zitterte. Der Champagner floß auf das Tischtuch. Für eine Sekunde preßte Gloria die Lippen zusammen.

»Ich möchte wissen, wieviel Überschuß du gemacht hast!« Gloria Race griff zum Telefon, das auf einem niedrigen Nebentisch stand. Sie drückte drei Knöpfe der Tastatur.

»Gloria«, sagte sie, als der Kassierer sich meldete. »Habt ihr das Resultat?«

»Eine Sekunde, Madam! Reggie ist bei der letzten Addition.«

»Ich warte.«

Mahon beobachtete sie und schlürfte an seinem Champagnerglas.

»Danke!« Gloria legte auf.

»Ein Reingewinn von hundertsechsundzwanzigtausend Dollar, eingefahren in weniger als fünfzehn Minuten.« Mahon legte eine schwere, feuchte Hand auf ihre nackte Schulter. »Ich bewundere dich!«

»Vergiß die Kosten nicht!« sagte Gloria kühl. »Allein das Mädchen bekommt dreihundert Dollar für seinen Auftritt.«

Unter dem weißen Turban des Kopfverbands wirkte Zatkys Gesicht eingefallen, spitznasig und ungesund gelblich. Die Ärzte hatten ihn verpflastert und für uneingeschränkt vernehmungsfähig erklärt.

Obwohl er mit gefesselten Händen im Vernehmungsstuhl saß, sah er sich noch immer als Sieger. Denn noch kreiste genügend Koks in seinem Blut, um sein Selbstgefühl von Größe, Kraft und Überlegenheit aufrechtzuerhalten.

»Ihr heimtückischen Bastarde habt unfair gekämpft!« brüllte er. »Nehmt mir die Handschellen ab und stellt euch zu einem fairen Kampf! Dann werdet ihr sehen, daß ich euch wie Fliegen an die Wand klatsche.«

»Halt die Luft an, Mad!« sagte Phil friedlich und setzte in ernstem Ton hinzu: »Joseph Zatky, der Staat New Jersey beschuldigt Sie, den Autohändler Rino Zafferaldi und den berufslosen Carlo Mazza am 6. Mai des vergangenen Jahres unter Benutzung einer Handfeuerwaffe getötet zu haben. Alle Aussagen können gegen Sie verwandt werden.«

»Fuck yourself!« heulte Zatky.

»Sie haben Anspruch auf die Anwesenheit eines Anwalts.«

»Fuck the lawyer!« brüllte er.

Phil lehnte sich zurück. »Fassen wir uns in Geduld! In einer Stunde oder zwei wirst du mehr zu sagen haben als Vier-Buchstaben-Wörter!«

Der prophezeite Zusammenbruch kam schon nach fünfundvierzig Minuten. Zatky verstummte. Er hockte in sich zusammengesunken auf dem Stuhl. Speichel floß aus dem Mundwinkel. Als er wieder zu sprechen begann, klang seine Stimme flach und tonlos.

»Hört mal, Leute!« Zwischen den Worten japste er nach Atem. »Ich habe wahrscheinlich 'ne Menge Blödsinn geredet. Ihr dürft nichts ernst nehmen. Ich fühle mich nicht wohl. Ich habe die falschen Medikamente genommen.«

»Medikamente? Nenn das Zeug beim richtigen Namen! Du hast dir eine Ladung Kokain reingejubelt. Schniefst du oder spritzt du?«

»Kein Koks, nein! Ein Medikament! Ich hatte rasende Kopfschmerzen. Der Drugstorekeeper muß mir den falschen Stoff gegeben haben. Wenn ich hier rauskomme, bringe ich den Kerl um.«

»Du kommst nicht raus, Mad! Wir haben Zeugen und Beweise für zwei Morde, die du begangen hast, ganz zu schweigen von der Auseinandersetzung zwischen dir und uns. Der Staatsanwalt wird es wahrscheinlich Mordversuch an FBI-Agenten in Ausübung ihres Dienstes nennen.«

»Ich wußte nicht, daß mir G-men gegenüberstanden«, sagte er weinerlich. »Ich hielt euch für Killer, die mich stumm machen wollten.«

»Killer? In wessen Auftrag?«

Jetzt hatten wir ihn am richtigen Punkt. Es dauerte noch zehn Minuten, bis er den Namen Al Mahon nannte, und noch einmal eine Viertelstunde, bis er ein Protokoll unterschrieb, in dem er zugab, Rino Zafferaldi und Carlo

Mazza gegen ein Honorar von zwanzigtausend Dollar im Auftrag von Al Mahon getötet zu haben.

Phil hängte sich ans Telefon. Er rief ein paar Leute an, die über Mahons Gewohnheiten Bescheid wußten. Eine halbe Stunde nach Mitternacht kannte er Mahons Aufenthaltsort.

»Atlantic City! Er besucht seine Freundin Gloria Race, die Jackpot-Königin.«

»Knapp zweihundert Meilen! Im Jaguar können wir die Strecke in gut zwei Stunden schaffen. Es würde mir Spaß machen, den großen Al Mahon im Schlafanzug zu sehen.«

»Okay!« Phil grinste ein wenig. »Laß uns fahren!«

Um zwei Uhr morgens ließ sich Al Mahon einen doppelten Mokka bringen. Ein Serviermädchen im knappen roten Kostüm des Casinos brachte die silberne Kanne in Glorias Privatbüro, in dem das Essen serviert worden war. Mit einem Lächeln beobachtete Gloria, wie Mahons Blicke die langen, in schwarze Netzstrümpfe gehüllten Beine des Mädchens abtasteten. Sie war nicht eifersüchtig. Ihre Beziehungen zu Mahon änderten sich nicht dadurch, daß er sich gelegentlich junges Gemüse ins Schlafzimmer holte. Außerdem kam es seit zwei, drei Jahren immer seltener vor.

Der Mokka belebte ihn. Er begann, von Geschäften zu sprechen. »Das Casino wirft in diesem Jahr satte fünfzig Millionen Dollar an Gewinn ab. Dreißig Millionen müssen an den Staat abgeführt werden. Zehn Millionen brauche ich, um Politiker, Polizisten und zwei Dutzend Zeitungsschmierer auf unserer Seite zu halten, damit sie nicht eine Kampagne gegen das Glücksspiel entfesseln, jeder auf seine Weise und mit seinen Möglichkeiten. Ich würde gern einen Zweigbetrieb eröffnen, in dem wir kassieren können, ohne alle Schmarotzer beteiligen zu müssen. Denk darüber nach! Deine Jackpot-Show ist eine glänzende Idee, aber die Einnahmen müssen versteuert werden. Ich denke an einen Club im Club, eine irgendwie attraktive Einrichtung, zu der nur ausgesuchte Gäste Zutritt erhalten und in der besonders hoch und scharf gespielt wird.«

»Im normalen Betrieb haben wir fünf Baccarat-Tische ohne Limit und Rouletts mit einer Achthundert-Dollar-Grenze für die Zahl und vierundzwanzigtausend Dollar für die einfache Chance. Höher und schärfer können nur Multimillionäre spielen, und du weißt, daß die großen Kaliber die Börse vorziehen.«

»Dann bring Sex ins Spiel!« Mahon schlürfte seinen Mokka. »Deine Jackpot-Show läuft nur wegen des Girls. Ohne die nackten Mädchen würden sich die Spieler ausrechnen, daß eine Eins-zu-vierhundert-Chance mehr als zehnmal schlechter ist als die Eins-zu-fünfunddreißig-Gewinnmöglichkeit des Rouletts. Nur der Anblick der Mädchen bringt sie um den Verstand.«

Er beugte sich vor und pflanzte seine Lippen auf Glorias nackte Schultern. »Ich weiß, wovon ich rede«, sagte er. »Dein Anblick hat mich schon vor zwanzig Jahren um den Verstand gebracht.«

Sie sah ihn aus verschleierten Augen an. »Willst du nicht bleiben, Al?«

Sie wußte, daß er nie seine Pläne änderte. Ihr Angebot war ohne Risiko.

»Nein, ich muß morgen Corelli auf die Finger hauen. Man darf die Sizilianer nicht übermütig werden lassen. Wer ihren Übergriffen nicht sofort energisch entgegentritt, steht am Ende ohne Hosen da.«

Sie begleitete ihn zum Wagen, der draußen vor dem Eingang des Casinos wartete. Sie durchquerten den Spielsaal, in dem noch immer die Slotmaschinen rasselten und klingelten, die halblauten Ansagen der Croupiers ertönten und die erregten Aufschreie von Menschen, wenn die Entscheidung über Gewinn oder Verlust fiel.

Mahon hatte den Arm um Glorias Schultern gelegt. Er ging mit dem schweren, schleppenden Schritt eines übergewichtigen, unsportlichen Mannes, der zuviel gegessen und getrunken hatte. Sie fühlte die Last seines Körpers, wenn er sich bei den Treppen auf sie stützte.

Draußen empfing sie das Brausen des Meeres. Nur die Fahrbahn und der Strand trennten die Häuserzeile der Casinos, Hotels und Nightclubs vom weißen Saum der Brandung.

Die Luft war frisch und schmeckte nach Salz. Gloria Race fröstelte im dünnen Abendkleid.

»Gute Nacht, Darling!«

Mahon küßte sie auf den Mund. Sie erwiderte den Kuß mit vorgetäuschter Leidenschaft. Er hob die linke Hand und streichelte ihre Brüste.

»He, Süße«, sagte er schnaufend, »du bringst mich dazu, Corelli zu vergessen.«

Der Satz war nur eine Phrase. Er gab Gloria frei und wandte sich dem Wagen zu. Flush, sein schwarzer Leibwächter, hielt den Schlag des Lincoln offen. Key Prissoc, der Fahrer, saß bereits hinter dem Steuer.

»Ich rufe dich an!« Mahon ließ sich in die Polster fallen. Bevor Flush den Wagenschlag zuwarf, setzte er hinzu: »Beim nächsten Besuch werde ich über Nacht bleiben. Das verspreche ich.«

Gloria lächelte, als wäre das Versprechen ein Geschenk. Als der Lincoln anrollte, winkte sie, und sie blieb auf dem Platz, bis die Rücklichter des Wagens in der Nacht verglüht waren.

Flush, der auf dem Beifahrerplatz saß, drehte sich um, schob die Trennscheibe ein paar Zoll zur Seite und fragte halblaut: »Irgendwelche Wünsche, Boß?«

Al Mahon antwortete nicht. In sich zusammengesunken hockte er in der linken Ecke des riesigen Innenraums seines Lincoln. Die Brust hob und senkte sich regelmäßig. Er schnarchte deutlich. Ron Flush schloß die Trennscheibe zwischen Fond und Vordersitzen.

»Er schläft«, teilte er dem Fahrer Prissoc mit.

»Verdammt, ich weiß nicht, warum er sich nicht zu seiner Jackpot-Königin ins Bett gelegt hat«, antwortete Prissoc. »Dann hätten auch wir unsere Chance bekommen. Atlantic City wimmelt von Mädchen auf der Suche nach Gewinnern.«

Er trat den Gashebel einen Zoll weiter durch. Mit noch zehn Meilen höherer Geschwindigkeit rauschte der Lincoln über den nächtlichen Highway. Zu dieser Stunde war der Verkehr gleich Null.

Von Zeit zu Zeit tauchten die Rückleuchten eines Trucks auf. Prissoc hielt den Lincoln ständig auf der Überholspur. Sobald sie den Truck passiert hatten, dauerte es nur ein paar Sekunden, bis dessen Scheinwerfer aus den Rückspiegeln verschwanden. Mit satten hundert Meilen lag ihre Geschwindigkeit weit über dem vorgeschriebenen Limit.

Ron Flush sah als erster das einzelne Scheinwerferlicht im Rückspiegel auf seiner Seite.

»Ein Motorrad«, warnte er Prissoc. »Könnte ein Highway-Cop sein!«

Prissoc blickte in den Rückspiegel. »Der fährt ein noch höheres Tempo als wir. Könnte tatsächlich ein Bulle sein, obwohl sie im allgemeinen zu faul sind, zu dieser Stunde ihre Ärsche in die Sättel zu schwingen.«

Er nahm den Fuß vom Gas, bis die Tachonadel in der Nähe der erlaubten fünfundfünfzig Meilen pendelte.

Das Motorrad schoß heran. In Sekundenschnelle füllte das grelle weiße Licht des starken Scheinwerferkegels den Innenraum und machte die Rückspiegel zu gleißenden Flächen.

»Warum blendet der Scheißkerl nicht ab?« brüllte Prissoc.

Das donnernde Röhren des schweren Motorrads brandete gegen den Lincoln an wie eine Flutwelle. Es riß Al Mahon aus dem Schlaf.

Er fuhr auf, drehte verwirrt den Kopf nach links und rechts und schrie: »Was ist los?«

Im Chaos des weißen Lichts zeichneten sich Umrisse einer Gestalt ab, menschenähnlich und doch durch die Kugel des Sturzhelms ins Groteske verzerrt. Sekundenlang, so schien es, blieben Motorrad und Lincoln auf einer Höhe.

Der Fahrer hielt die Maschine so dicht an Mahons Fahrzeug, daß es aussah, als würde er sie mit den Schultern berühren.

»Verrückter Bastard!« schrie Prissoc, zog den Lincoln nach rechts und trat auf die Bremse.

Im nächsten Augenblick war alles vorbei. Der Mann auf dem Motorrad drehte den Gashebel auf. Seine Maschine erhielt einen Schub wie von einer Rakete. Das weiße Licht seines Scheinwerfers verschwand aus Innenraum und Rückspiegel, und er selbst wurde von den Lichtkegeln des Lincoln erfaßt.

»Kein Cop!« rief Flush.

Der Mann im Sattel des Motorrads trug rotes Leder und einen schwarzen Rennfahrerhelm, auf dessen Rückseite ein fingergroßes weißes Kreuz gezeichnet war.

»Den Schweinehund kaufen wir uns!« Wütend trat Prissoc den Gashebel bis zum Anschlag durch. Verglichen mit dem Motorrad kam der Lincoln nur langsam auf Touren.

Mahon beugte sich vor und schob die Trennscheibe zur Seite. »Was ist passiert, Key?« fragte er.

Eine Antwort erhielt er nicht. Die Welt des Al Mahon zerbarst in einer Explosion aus rotem und gelbem Feuer.

Mein Jaguar lag auf der Fahrbahn wie ein Brett. Die Stoßdämpfer schluckten die Unebenheiten des Highways weg. Der Motor röhrte satt. Die Scheinwerfer fraßen den Asphalt meilenweise in sich hinein. Von Zeit zu Zeit rauschten wir an Trucks vorbei, die im Vergleich zu uns so langsam krochen, daß sie stillzustehen schienen. Ich hatte das Rotlicht aufs Dach gepflanzt, damit die Highway Patrol-Leute bei unserem Anblick nicht auf dumme Gedanken kämen. Die Tachonadel vibrierte dicht am Anschlag.

Natürlich frage ich mich manchmal selbst, warum ich so viel Geld für meinen Schlitten ausgebe. Dies war einer der Augenblicke, in denen ich es wußte.

Dann leuchteten vor uns gelbe Warnlampen auf, und der Augenblick reinen Geschwindigkeitsglücks war vorbei. Ich nahm das Gas weg und hielt den Fuß einsatzbereit über dem Bremspedal. Phil, der den Hut über die Augen gezogen hatte, richtete sich auf und schob den Hut zurück. »Ein Unfall?«

»Sieht so aus.«

Auf der rechten Fahrspur waren ein gutes Dutzend Trucks zu einer kompakten Mauer aufgelaufen. Die Zahl der Warnleuchten vermehrte sich. Das erste Rotlicht kreiste. Ein Wagen der Highway Patrol stand quer und sperrte die Fahrbahn.

Der eigentliche Unfall hatte sich auf der Gegenfahrbahn abgespielt. Dort flackerte das Blaulicht von Ambulanzautos. Suchscheinwerfer beleuchteten die verdrückte, zerknäulte Karosse einer großen Limousine. Der

Wagen war offenbar auch in Brand geraten, denn weißer Feuerlöschschaum machte die Straße glitschig.

Ich brachte den Jaguar zum Stehen. Wir stiegen aus und gingen zum Highway-Patrol-Wagen. Ein Polizist lehnte an seinem Fahrzeug und musterte uns unfreundlich.

»Keine unnützen Fragen, Leute!« knurrte er.

Der Highway führt dicht an der Küste entlang. Man hörte das Rauschen der Brandung. Ein breiter, heller Streifen am Horizont zeigte die Nähe des neuen Tages.

»FBI!« sagte ich und zückte die ID-Card. »Wir sind unterwegs nach Atlantic City. Können Sie uns den Weg freigeben, Officer?«

»Kann ich«, antwortete er, »aber sie riskieren Schrammen an Ihrem schönen Schlitten. Eine Menge Trümmer sind bei der Explosion auf die andere Fahrbahn geflogen, und das Räumkommando darf sie nicht zusammenfegen, bevor die Experten ihr Okay gegeben haben.«

»Explosion?«

Er nickte. »Sie haben einen Lincoln in die Luft geblasen, einen gepanzerten Lincoln.«

»Wer saß drin?«

»Fragen Sie Lieutenant Lanner!«

Der Chef des Highway-Abschnitts stand mit Männern der Ambulanz an der ausgebrannten Karosse.

»Es ist sinnlos, daß wir ihn abtransportieren«, sagte der Ambulanzfahrer. »Sie sehen doch, daß er tot ist.«

Mit grausamer Genauigkeit tauchte ein Standscheinwerfer die verbrannten Körper von zwei Männern in weißes Licht.

»Die Straße muß freigemacht werden. In spätestens zwei Stunden setzt der Verkehr ein. Wenn wir bis dahin nicht geräumt haben, bekommen wir einen Dreißig-Meilen-Stau in beiden Richtungen.«

Ich sprach den Lieutenant an. »Cotton vom FBI!«

»Haben Sie etwas mit der Sache zu tun?«

»Was bringt Sie auf den Gedanken, Lieutenant?«

»Der Wagen ist gepanzert. Er wurde durch eine Explosion zerstört. Ich denke an ein politisches Attentat.«

»Konnten Sie den Besitzer feststellen?«

»Ein Mann wurde von der Explosion aus dem Wagen geschleudert. Seine Kreditkarten sind auf den Namen Allan Maxwell Mahon ausgestellt.«

Das Knattern eines Hubschraubers erfüllte die Luft.

»Na, endlich!« Der Lieutenant stieß einen Seufzer der Erleichterung aus. »Ich habe die Mordkommission und einen Sprengstoffexperten angefordert.«

»Sagten Sie Mahon?« fragte Phil.

»Kennen Sie ihn? Sie können ihn sich ansehen. Er liegt am Rand unter der Plane.«

Er schickte einen Polizisten mit, der die Plane von dem Toten zurückschlug.

Die Explosion hatte dem Mann einen Arm abgerissen, aber sein Gesicht fast unverletzt gelassen.

Vor uns lag Al Mahon, Boß der größten Gangsterorganisation an der Ostküste.

Um fünf Uhr morgens machte Atlantic City den Eindruck einer grauen und schmutzigen Stadt. Die Lichtreklamen an den Casinos, Hotels und Nachtclubs waren abgeschaltet nur ein Gewirr häßlicher Glasröhren. Der Wind trieb Papierfetzen, leere Bierdosen, Abfall jeder Art durch die Straßen.

Wir stoppten den Jaguar und betraten das Spielcasino der Jackpot-Königin. Es gehört zur Tradition aller Spielcasinos, daß sie nie schließen. Las Vegas hat in diesem Punkt Maßstäbe gesetzt.

Viel los war nicht zu dieser Stunde. Drei Slotmaschinen rasselten in den langen Reihen. An einem Blackjack

Board verteilte ein übermüdeter Bankhalter Karten an vier unentwegte Spieler. Nur noch ein Roulettisch war in Betrieb. Eine Brigade dunkelhäutiger Putzfrauen rumpelte mit Staubsaugern und Bohnermaschinen durch den Saal.

Ich sprach einen Wächter an. Er trug ein dunkelblaues Hemd mit dem Abzeichen des Casinos, einer stilisierten, schwach bekleideten Schönheit, die mit beiden Händen Dollarscheine verstreute. Darunter der Name: *Jackpot Queen.*

»Können wir Gloria Race sprechen?«

»Wer sind Sie?«

»FBI!«

Er versuchte, seine Chefin zu verteidigen. »Haben Sie einen Blick auf die Uhr geworfen, G-man? Es ist fünf Uhr morgens. Gloria kommt nie vor zwei Uhr ins Bett.«

»Tut uns leid. Wir haben eine wichtige Nachricht.«

Er griff nach einem Wandtelefon. Nach ein paar Sekunden zeichnete sich Überraschung in seinem Gesicht ab. Er legte auf und sagte: »Gloria ist in ihrem Büro. Ich bringe Sie zu ihr.«

Wir hatten nie mit Gloria Race gesprochen. Aber wir kannten ihre Fotos, ihre Laufbahn und ihre Beziehungen zu Al Mahon. Vor zwanzig Jahren hatte Mahon sie von der Bühne eines drittklassigen Nightclubs geholt und zu seiner Dauerfreundin gemacht. Er fand schnell heraus, daß Gloria nicht nur schön, sondern auch intelligent war.

Mahon verschaffte ihr die Möglichkeit, ihre Fähigkeiten zu erproben. Ein Nightclub, den sie in New York führte, wurde zu einem großen Erfolg in der High Society. Die Börsenhaie der Wall Street, Showstars vom Broadway, UN-Diplomaten und US-Politiker drängten sich auf der Tanzfläche.

Später, als der Staat New Jersey beschloß, das Glücksspiel in Atlantic City zuzulassen, und damit einen Machtkampf um die Lizenzen auslöste, stieg Mahon selbstverständlich mit aller Brutalität ein. Die Statistik verzeichnete neun ungeklärte Morde im Zusammenhang mit dem sogenannten Lizenzkrieg. Zweifellos kamen einige davon auf Mahons Konto. Da kein noch so korrupter Politiker gewagt hätte, einen bekannten Gangsterboß wie Al Mahon als Lizenzträger vorzuschlagen, schickte Mahon Gloria Race ins Rennen.

Glorias Bewerbung wurde von ihren einflußreichen Nightclubgästen begeistert unterstützt. Das Kapital aufzubringen, war kein Problem. Eine anonyme Gesellschaft brachte die notwendigen Millionen für die Renovierung eines verfallenen Casinogebäudes aus den zwanziger Jahren auf. Gloria Race hielt einen bescheidenen Anteil von zehn Prozent. Auf ihren Namen wurde die Lizenz ausgestellt. Sie übernahm die Rolle der Geschäftsführerin, und sie spielte diese Rolle mit solcher Energie und Perfektion, daß sie nach wenigen Monaten die Jackpot-Königin genannt wurde.

Kurz entschlossen taufte sie das Spielcasino, das ursprünglich unter der Bezeichnung Atlantic Bazaar eröffnet worden war, auf den Namen Jackpot Queen um. Sie machte die legale Spielhölle zum erfolgreichsten Casino an der Ostküste.

Al Mahon sorgte mit harter Hand dafür, daß die Konkurrenz stillhielt und ihre Neidgefühle runterschluckte. Aber jetzt war Al Mahon tot.

Der Wächter klopfte an die Tür mit dem polierten Messingschild: *Privat! Kein Zutritt!*

Ein junger Farbiger öffnete. Er trug weiße Jeans und ein blaues Hemd:

»Die G-men!« meldete der Wächter.

»Wissen Sie etwas über das Schicksal von Ron Flush?« fragte der junge Neger. »Er ist mein Bruder! Ich bin Randy Flush. Ron fuhr im Wagen des Bosses mit.«

»Kommen Sie herein, G-men!« rief eine Frauenstimme.

Randy Flush gab den Weg frei.

Gloria Race saß in einem weißen Ledersessel. Noch immer war sie eine schöne Frau. Ihre grauen Augen hoben sich wirkungsvoll von der schwarzen Fülle des Haares ab. Der große rote Mund verriet Energie und Sinnlichkeit. Ihre Gestalt hatte nichts von der Straffheit ihrer Tänzerinnenjahre verloren.

Sie trug kein Make-up. Eine schwarze Hose und ein weiter Pullover waren die Kleidungsstücke, die sie in aller Eile übergestreift hatte. Als einziger Schmuck blitzte an der linken Hand ein Solitär.

Wir nannten unsere Namen.

»Jerry Cotton? Phil Decker?« wiederholte sie. »Ich erinnere mich, daß Al von Ihnen sprach. Er nannte euch die gefährlichsten Schnüffler im New Yorker FBI.« Ohne Übergang setzte sie hinzu: »Er ist also tot?«

Der Satz klang wie eine Feststellung, nicht wie eine Frage.

»Woher wissen Sie es?«

»Ich wurde angerufen.«

»Von wem?«

»Glauben Sie, er hätte seinen Namen genannt? Er sagte: ›Honey, wir haben deinen großen Beschützer in die Luft geblasen. Nun wirst du ein artiges Mädchen sein müssen.‹«

»Wann rief er an?«

»Eben vor vier. Ich hatte mich gerade ins Bett gelegt. Er kannte meine geheime Telefonnummer. Ich rief die Highway Patrol an. Sie hatten die Meldung von einer Explosion erhalten und wußten noch keine Einzelheiten. Sagen Sie mir, wie es geschah!«

»Der Wagen explodierte und brannte aus.«

»Keine Überlebenden?«

»Niemand hatte eine Chance.«

Ein lautes Aufschluchzen unterbrach mich. Dem jungen Farbigen liefen die Tränen übers Gesicht. Er weinte laut.

»Bring Randy raus, Lee!« befahl die Frau. »Du kannst auch gehen, George.« Von den vier Männern, die sich im Raum befanden, verließen drei das Office. Zurück blieb ein ungefähr vierzigjähriger, breitschultriger Sportlertyp mit kurzgeschnittenem blondem Haar, der aussah, als sei er gerade ehrenvoll aus dem Marinekorps entlassen worden.

»Ich bin Jonny Slide«, sagte er. Seine grauen Augen hätten jedem Filmregisseur sofort den Gedanken an eine packende Großaufnahme nahegelegt.

»Sind Sie ein Mann der Mahon-Organisation, Slide?« fragte ich.

Er antwortete nicht, sondern blickte Gloria an.

»Jonny arbeitet seit einem halben Jahr als Geschäftsführer für mich. Er hat Al Mahons Vertrauen ... hatte sein Vertrauen.«

»Sie stehen nicht auf unserer Liste, Slide. Wir hielten unser Verzeichnis von Leuten, die für das Mahon-Syndikat arbeiten, für ziemlich vollständig.«

Er lächelte. Auch seine Zähne waren weiß und komplett, als hätte er sich das Gebiß für eine Filmkarriere aufarbeiten lassen.

»Wahrscheinlich registrieren Sie nur Leute mit Vorstrafen, G-man. Ich bin nicht vorbestraft. Meine Weste ist so sauber, daß ich auch Senator werden könnte.«

»Warum haben Sie ihn zum Geschäftsführer gemacht?« fragte ich Gloria.

»Al Mahon hielt es für richtig.«

»Mißtraute Al Ihnen?«

»Durchaus nicht. Aber er fürchtete, daß gewisse Leute auf den Gedanken verfallen könnten, das Spielgeschäft zu stören.«

»Ich verstehe. Mr. Slide sollte verhindern, daß irgendwelche Schlägertrupps Ihre Spielautomaten mit der Brechstange bearbeiteten. Bringen Sie für den Job Erfahrungen mit, Slide?«

»Zwei Jahre Vietnam und eine Spezialausbildung bei den Green Berets.«

Marinekorps und ehrenvolle Entlassung, wie ich vermutet hatte.

Ich wandte mich an Gloria Race. »Aus welcher Ecke kam der Anschlag gegen Mahon? Wir wissen, daß er viele Feinde hatte. Vielleicht hat er mit Ihnen über irgendwen gesprochen, der Grund hatte, besonders sauer zu sein.«

Zu meiner Überraschung mischte sich Slide ein. »Überleg dir die Antwort, Gloria! Al arbeitete niemals mit der Polizei zusammen.«

»Slide, geben Sie Ihrer Chefin keine schlechten Ratschläge!«

»Es ist ein guter Rat. Wenn Gloria euch einen Namen nennt, handelt sie sich Ärger mit New Yorks gefährlichsten Bossen ein.«

»Ärger bekommt sie auf jeden Fall. Was sagte der Anrufer? ›Nun wirst du ein artiges Mädchen sein müssen‹ oder so ähnlich. Wollen Sie ein artiges Mädchen sein, Gloria?«

»Nein«, antwortete sie. In ihren Augen sprang ein Funke böser Entschlossenheit auf. »Ich werde Als Killern die Zähne zeigen. Also hören Sie zu, G-man! Al fuhr nach New York zurück, weil er irgend etwas gegen Corelli unternehmen wollte. Er sagte wörtlich: ›Ich muß Corelli auf die Finger hauen.‹«

»Rocco Corelli?«

»Den Vornamen weiß ich nicht. Ich weiß auch nicht, um welche Übergriffe es sich handelte.«

Phil und ich wechselten einen Blick. Wir kannten

Rocco Corelli und seine Stellung in der New Yorker Unterwelt. Er war ein Emporkömmling innerhalb der vielfach verzweigten Gangster-Society der Cosa Nostra.

Vor zwei Jahren hatte er den Capo einer kleinen Cosa-Familie weggeblasen und sich selbst zum Boß des Clans aufgeschwungen. Er überstand einen Rachefeldzug der enterbten Neffen und übrigen Verwandten des Padrone mit List und Brutalität und saß nach unserer Einschätzung jetzt fest im Sattel. Trotzdem war er unter den Mächtigen der großen Familien ein kleiner Fisch. Zu klein, um sich an einen Hai wie Al Mahon heranzuwagen.

»Danke für den Hinweis«, sagte ich. »Sie müssen damit rechnen, daß sich Mahons Mörder nicht mit Drohungen begnügen. Was werden Sie tun, wenn Sie ernsthaft unter Druck gesetzt werden?«

Wieder antwortete Slide an Stelle seiner Chefin: »Wir werden zurückschlagen.«

»Okay, Jonny Slide, nur vergessen Sie nicht, daß manche Bereiche in diesem Land einem Dschungel ähneln mögen und trotzdem nicht in Vietnam liegen! Wenn Sie hier einen Mann töten, kommen Sie vors Gericht.«

Er lächelte und zeigte sein Filmschauspielergebiß.

»Jonny hat recht«, sagte Gloria Race. »Wir werden uns unserer Haut wehren.« Sie beugte sich vor und legte die Hand mit dem blitzenden Solitär auf Slides Arm.

In diesem Augenblick machte sie durchaus nicht den Eindruck einer trauernden Witwe.

Die Trümmer waren abgeräumt. Der Verkehr floß. Nur die versengten Sträucher des Mittelstreifens und der verfärbte Asphalt verrieten die Stelle.

Im Stützpunkt des Highway-Police-Abschnitts fanden wir den Patrol Lieutenant Lanner, den County Sheriff und zwei Männer in Overalls, die verformte Stahl- und Blechsplitter in Plastikbehälter verpackten.

Lieutenant Lanner machte uns mit den Männern bekannt.

Beide waren Sprengstoffexperten. Der ältere, ein dicklicher, grauhaariger Mann mit einer großen Hornbrille, hieß Willard Akerman.

»Ich arbeitete sieben Jahre im zentralen Sprengstofflabor des FBI in Washington«, erklärte Akerman. Er wies auf die Plastikbehälter. »Ich werde meinen Exkollegen ein paar Stücke einsenden, um mir meine Vermutung bestätigen zu lassen.«

»Was vermuten Sie?«

»Genau betrachtet ist es keine Vermutung, sondern ich bin fast sicher. Der Wagen wurde mit einer Haftmine in die Luft geblasen.«

»Haftmine? Was ist das?«

»Eine Sache für Helden. Erfunden wurde das Ding während des Zweiten Weltkrieges von den Deutschen, als sie nichts Richtiges mehr besaßen, um einen Panzerangriff zu stoppen. Sie drückten ihren Leuten die Haftminen in die Hand und versprachen ihnen für jeden zerstörten Panzer einen hübschen Streifen auf dem Uniformärmel. Es ist ziemlich einfach, mit einer Haftmine einen Panzer zu zerstören. Man muß ihn nahe genug herankommen lassen. Dann springt man auf, pappt dem Panzer die Mine an eine empfindliche Stelle und macht sich aus dem Staub. Die Mine explodiert nach wenigen Sekunden. Sie ist mit einer Hohlladung ausgerüstet, deren Explosionswirkung ganz auf den Panzer ausgerichtet ist. Die Wahrscheinlichkeit für den Ankleber, von Splittern getroffen zu werden, ist ziemlich gering. Trotzdem kamen während des Krieges nicht viele davon. Entweder wurden sie von anderen Panzern oder von mitgehender Infanterie abgeschossen, oder sie wurden schon in ihren Erdlöchern überrollt und zerquetscht. Eine Haftmine war eine Kamikaze-Waffe.«

»Wenn ich Ihren Ausflug in den Zweiten Weltkrieg richtig verstehe, so wurde nach Ihrer Meinung Al Mahons Lincoln von einer Haftmine zerstört, und zwar fast vierzig Jahre nach Kriegsende?«

»Glauben Sie nur nicht, die Dinger würden nicht mehr gebaut! Es gibt noch manche Armee, in der nichts so billig ist wie ein Soldatenleben. Die Russen lieferten Haftminen zu Tausenden an die Vietnamesen, und im dichten Dschungel entpuppten sie sich als eine verhältnismäßig wirksame Waffe. Mancher Panzer und vor allen Dingen viele Lastwagen wurden von Einzelkämpfern durch Haftminen zerstört.«

»Okay, Willard, sie identifizieren also den Sprengkörper, durch den Mahons gepanzerte Lincoln zerstört wurde, als eine Haftmine. Mit welcher Sicherheit?«

»Neunzig Prozent! Wir haben genügend Teile gefunden, davon zwei mit kyrillischen Buchstaben.«

»Wie wurde sie angebracht?«

»Magnethaftung. Sie hat Magnete. Ein Auto oder ein Panzer bestehen aus Stahl und ...«

»Ich verstehe. Wie wurde sie gezündet?«

»Abreißzünder! Der Mann, der sie anbringt, schlingt einen Drahtring um sein Handgelenk. Sobald er vom Panzer abspringt, wird die Mine scharf.«

»Akerman, Sie vergessen, daß es sich nicht um einen Panzer handelte, sondern um ein Auto, das mindesten siebzig Stundenmeilen schnell war. Niemand kann bei solcher Geschwindigkeit auf- oder abspringen.«

Er rückte an seiner Hornbrille. »Ich bin Sprengstoffexperte. Ich stelle fest, daß der Lincoln von einer Haftmine zerstört wurde. Die Frage, wie die Mine auf den Wagen kam, gehört nicht in meine Zuständigkeit.«

»Wenn wir annehmen, daß die Mine heimlich angebracht wurde, während der Wagen stand, konnte sie auf andere Weise gezündet werden?«

»Jede Sprengladung kann auf verschiedene Weise hochgejagt werden. Ich lasse Ihnen die Wahl zwischen Zeit-, Säure- und Fernzündung. Aber gefunden habe ich nichts, was auf eine dieser Methoden hindeutet. Hingegen ...«, er hielt einen Plastikbeutel mit einem kompliziert verdrehten, ungefähr fingerlangen Draht hoch, »... ist das ein Teil der klassischen Abreißzündung.«

Er zog den Verschluß des Overalls nach unten und begann, sich aus der Schutzhülle zu schälen. »Wollen Sie eine Wette halten, daß eure Leute in Washington meine Diagnose bestätigen werden, G-man?«

Ich verzichtete. Willard Akerman schien mir zu viel von seinem Fach zu verstehen.

Phil fuhr sich mit der Hand übers Kinn. Die Bartstoppeln knirschten.

Seit gut dreißig Stunden waren wir auf den Beinen, hatten uns mit Mad Zatky herumgeschossen und waren die Strecke New York – Atlantic City rauf- und runtergerast.

Eine heiße Dusche, ein frisches Hemd und ein starker Kaffee waren überfällig.

Vorher wollten wir uns noch Rocco Corelli vornehmen. Wir fuhren zu seinem Hauptquartier, West 42nd Street, nur zwei Blocks von Pier 80 entfernt.

Zwölf Uhr mittags ist nicht ganz die richtige Zeit für einen Besuch bei Corelli. Zwölf Uhr Mitternacht hätte besser gepaßt, denn auf drei Etagen des alten Hauses betreibt ein Corelli- Strohmann einen Nightclub mit Sex-Sauna und Rückzugsmöglichkeiten für Individualisten. Die Tür war vergittert, alle Fenster waren verhängt. Die Neonreklame bildete ein totes Röhrengewirr. Es dauerte lange, bis sich eine rauhe Stimme über die Sprechanlage meldete.

»Che c'è?« (Was ist los?)

Ich sagte ihm, daß wir Corelli zu sprechen wünschten. Er wechselte vom Italienischen ins Englische und empfahl uns, den kürzesten Weg zur Hölle zu suchen.

Ich fügte meinem Wunsch drei Buchstaben hinzu: »FBI!« Ich hörte, wie er schluckte. Dann palaverte er lange mit irgendwem im Raum auf italienisch, bevor er uns mitteilte, er werde runterkommen und öffnen.

Phil lehnte an der Hauswand. Er studierte die Fotos der nackten Mädchen im Schaukasten. »Typen wie Corelli ruinieren sogar die Cosa Nostra«, sagte er. »Kein Boß der großen Familien würde in einem Haus wohnen, an dessen Wände solche Fotos hängen. Ihren Frauen und Kindern dürfen nackte Girls nicht unter die Augen kommen, nicht mal als Foto. Dazu sind sie zu moralisch.«

»Zu verlogen«, verbesserte ich. »Mit nackter Haut Geld zu machen, haben sie sich nie gescheut.«

Die Tür wurde entriegelt, das Gitter von einem finster blickenden Lockenkopf zurückgeschoben. Er war jung, vermutlich unter Dreißig. Die breitgeschlagene Nase und die flachen Augenbrauen verrieten, daß er eine Berufsboxerlaufbahn hinter sich hatte.

Wortlos führte er uns über eine schmale Treppe nach oben. Das ganze Haus roch nach den Dünsten des Nachtgeschäfts, nach jener Mischung aus kaltem Tabakrauch, abgestandenem Alkohol und fünfzehn verschiedenen Sorten Parfüm.

Corellis Wohnung nahm die oberste, die vierte Etage ein. Er wartete in einem Raum, dessen Fenster auf die Piers hinausging. Ein Strom Touristen ergoß sich auf einen Ausflugsdampfer für die Rundfahrt um die Insel Manhattan.

Phil hatte recht. Corelli hatte wenig Ähnlichkeit mit

den Bossen der alten Mafiafamilien. Von ihnen waren die meisten verheiratete, ältere Männer mit zahlreichen Kindern, Neffen, Verwandten und oft schon Enkeln. Sie trennten Familie und Geschäft streng, befolgten einen absurden Ehrenkodex, vermieden bei allem Reichtum jeden Aufwand und bevorzugten noch immer die feierlich schwarzen Anzüge sizilianischer Dorfbürgermeister.

Rocco Corelli steckte in einem rotseidenen Schlafrock. Um den Hals trug er eine fingerdicke Goldkette, an der ein großer Talisman hing, der sich in Corellis schwarzem Brusthaar so tief verfangen hatte, daß nicht zu erkennen war, was er darstellte.

»He, G-men!« rief Corelli. »Was will der FBI von einem kleinen Gemüsehändler?« Als offiziellen Job betrieb er einen Exporthandel von kalifornischen Früchten und Gemüsen nach Kanada. Er war ein grobknochiger Bursche mit einem langen Pferdegesicht. Die kleinen schwarzen Augen lagen tief in den Höhlen und flippten ständig unruhig hin und her wie Schlangenzungen.

»Du hattest eine Verabredung mit Al Mahon?«

»Nein, davon weiß ich nichts.«

»Zwischen dir und Mahon hat es Ärger gegeben. Anscheinend hast du dich zu weit vorgewagt.«

»Unsinn! Ich bin doch nicht lebensmüde. Jeder weiß, wie gefährlich es ist, Mahon herauszufordern.«

»Es ist nicht mehr gefährlich. Mahon ist tot, und niemand weiß es besser als du.«

Entweder war er ein vorzüglicher Schauspieler, oder die Nachricht bedeutete tatsächlich eine Neuigkeit für ihn. Er erstarrte. Sein Unterkiefer klappte herunter. Für ein paar Sekunden zeigte er sprachlose Überraschung. Dann begriff er, warum wir ihn aufsuchten.

»Wollt ihr mir den Mord anhängen?«

»Woher, weißt du, daß es ein Mord war? Mahon könnte auch an einem Herzschlag gestorben sein.«

»Natürlich war es Mord. Sonst würdet ihr nicht bei mir herumschnüffeln. Aber ich war's nicht! Klar, daß ich den alten Bastard in die Hölle gewünscht habe. Den Wunsch teilen mit mir ein paar hundert Leute an der Ostküste. Der verdammte Hundesohn hat sich einfach zu breitgemacht. In jedem Geschäft steckten seine Finger. Überall schlürfte er das Gelbe vom Ei und ließ den anderen nur die Schalen.«

Er rieb sich die großen, grobgliedrigen Hände. »Ich werde einen Riesenkranz zu Old Mahons Beerdigung schicken.«

»Corelli, du hattest allen Grund, Mahon zu fürchten. Es gibt Zeugenaussagen, daß Mahon sich heute mit dir befassen wollte.«

»Mag sein«, gab er halb und halb zu. »Vielleicht habe ich mich tatsächlich ein paar Zoll zu weit vorgewagt. Wenn Mahon die Augenbrauen gerunzelt hätte, wäre ich schleunigst zurückgewichen und hätte um Erbarmen gefleht. Er war zwanzig mal größer als ich. Außerdem habe ich genug Schwierigkeiten am Hals. Ein Krieg mit Al Mahon wäre das letzte gewesen, was ich mir hätte leisten können.«

»Einen Killer, der dich von Mahon befreit, konntest du dir leisten.«

»Einen Killer, der sich Mahon vornimmt, gibt es nicht. Jeder Profi weiß, daß Mahon ein zu großes Risiko ist.«

»Irgendwer ist das Risiko eingegangen, und er hat es geschafft.«

»Muß ein Amateur gewesen sein, der nicht wußte, worauf er sich einließ.« Er zog den Talisman aus dem Filz seiner Brusthaare und ließ ihn an der Kette so schnell kreisen, daß ich noch immer nicht erkennen konnte, was sich Corelli als Glücksbringer ausgesucht hatte.

»Mahons Himmelfahrt wird euch mächtig in Atem halten«, sagte er mit einem genußvollen Grinsen. »Sein Syndikat zerfällt. Die kleinen Gauner, die bisher für ihn einen Bezirk beackert haben, werden versuchen, sich zum Boß aufzuschwingen. Die großen Haie werden sich auf Mahons Erbe stürzen und dabei aneinandergeraten. In den nächsten Wochen können die Sarghersteller mit einem Boom rechnen.«

Rocco Corellis Voraussage erfüllte sich. Zwanzig Stunden nach Mahons Tod lieferten sich zwei Gruppen von Klein-Dealern ein Feuergefecht um einen Verkaufsbezirk in Manhattan Downtown. Ein Lagerhaus in South Brooklyn wurde ausgeraubt, und ein gewisser Lexington Frazer, der als Mahons Buchhalter galt, verschwand von der Bildfläche. Niemand konnte sagen, ob er sich abgesetzt hatte oder ob er von einer Gang entführt worden war, weil er mehr über Mahons Geschäfte wußte als jeder andere.

Dann traten die Padrini der mächtigen Mafiafamilien auf den Plan und schickten ihre Truppen los, um an sich zu reißen, was Mahon dreißig Jahre lang mit Geschick und Brutalität gegen ihre Gier verteidigt hatte. Natürlich war der Rauschgiftmarkt am einträglichsten.

Wem es gelang, Mahons Verteilernetz und die Warenbestände zu übernehmen, machte auf einen Schlag ein Geschäft in zweistelliger Millionenhöhe, ganz zu schweigen von den Zukunftsaussichten.

Bei solchen Summen hört die Verständigungsbereitschaft auf, und selbst verwandtschaftliche Bindungen gelten nicht mehr viel.

Innerhalb von achtundvierzig Stunden knallten in Newark Mitglieder der Parazzi-Familie einen Untercapo der Lavignas ab, und ein Killerkommando von weißen Mafiosi tötete mitten im Marktgetümmel der 125th Street von Harlem den schwarzen Gangsterboß Harry Rex Fashew, der als Großverteiler für Mahon gearbeitet hatte und jetzt in die eigene Tasche wirtschaften wollte.

Natürlich versuchten alle Polizeiorganisationen nicht nur den Deckel auf dem kochenden Kessel zu halten, sondern das Mahon-Syndikat zu zerschlagen und die Übernahme seines Imperiums durch andere Gangs zu verhindern. State Police, Narcotic Squad, FBI und die scharfen Jungens von der Steuerfahndung schlugen zu, wo sich eine Chance bot.

Den größten Erfolg verbuchte die Narcotic Squad. Sie fing zwei Flugzeuge voll Kokain ab, das für die Mahon-Organisation bestimmt war. Die Maschinen landeten, als Al Mahon schon im Leichenschauhaus lag. Der Erfolg trocknete den Koksmarkt an der Ostküste für Wochen aus. Die Preise schossen in die Höhe. Die reichen Schnupfer reisten bis Frisco und Los Angeles, um an den begehrten »Schnee« zu kommen.

Acht Tage nach Mahons Ende auf dem Highway gab der Coroner seine Leiche frei. Drei Tage später fand die Beerdigung auf dem Ocean-View-Friedhof in Staten Island statt.

Die Cosa Nostra pflegt gewisse makabre Zeremonien. Zur Beerdigung eines großen Bosses schicken die lebenden Gang-Häuptlinge riesige, unglaublich kostbare Kränze und Blumenarrangements, gleichgültig, ob der Tote zu Lebzeiten ein bitterer Feind war oder ein Partner. Ja, selbst wenn seine Ermordung auf ihre Rechnung geht, lassen sie sich nicht abhalten, ihm die letzte Ehre zu erweisen.

Zwar hatte Allan Mahon niemals im eigentlichen Sinne zur Cosa Nostra gehört. Er hatte kein Wort Italienisch gesprochen und keinerlei Familienbindungen zu den Clan-Padrini geknüpft. Er war immer ein Gegner gewesen. Gerade aus diesem Grund kamen alle zu seiner Beerdigung, denn die Teilnahme an der endgültigen und letzten Verscharrung eines Feindes ist zugleich Triumph und Demonstration der eigenen Macht.

Die Beerdigung des Allan Maxwell Mahon wurde zu einer Parade der Ostküsten-Unterwelt. Eine Flotte schwerer Limousinen blockierte die Zufahrtstraßen zum Ocean View Cemetery. Sonderkommandos der Polizei regelten den Verkehr. Cops der Special Squads standen im Kampfdreß und mit schußbereiten Maschinenpistolen zwischen den Grabsteinen, um jeden Ausbruch von Feindseligkeiten zu unterbinden, obwohl es noch nie, nicht einmal in den wilden Zeiten der Prohibition, vorgekommen ist, daß rivalisierende Gangmitglieder bei einer Beerdigung übereinander hergefallen wären.

Umringt von ihren Leibwächtern, strebten die Bosse dem Grab zu. Mahons Sarg verschwand unter einem Gebirge von Blumen. Die Trauerfeier hatte das Direktorium des vornehmen Golf- und Country-Clubs organisiert, dessen ehrenwertes Mitglied Al Mahon gewesen war.

Phil und ich hatten uns schwarze Krawatten umgebunden und beobachteten die Teilnehmer der Trauerfeier aus einiger Entfernung.

»Einer der Leute, die dort so ernst in ihre Hüte blicken, hat dafür gesorgt, daß die Feier stattfindet«, sagte Phil, während ein Chor ein erbauliches Lied sang. »Warum ist es so verdammt schwierig, ihn zu finden?«

»Wir wissen nicht einmal, wie er es gemacht hat«, antwortete ich.

Die Untersuchung in den Sprengstofflabors der FBI-Zentrale hatte Willard Akermans Meinung voll bestätigt. Mahons Limousine war durch eine Haftmine russischer Bauart zerstört worden, und es gab keinen Hinweis, daß sie auf andere Weise als durch die serienmäßige Abrißzündung zur Explosion gebracht worden war. Niemand unter den Eierköpfen in Washington hatte auch nur den Versuch unternommen zu erklären, wie man eine Haftmine auf einem siebzig Meilen schnellen Auto anbringt.

Die Mitglieder des Golf- und Country-Clubs, ein Senator der Republikanischen Partei, dessen Wahlkampf Mahon mit fetten Schecks unterstützt hatte, und andere ehrenwerte Bürger standen dem Grab am nächsten. Direkte Verwandte gab es nicht. Wahrscheinlich würden die Nachlaßgerichte ein paar Neffen und Nichten dritten oder vierten Grades ausgraben, die Anspruch auf den legalen Teil von Mahons Vermögen erheben konnten. Der größte Teil würde ohnedies in den Erbschaftsprozessen bei den Rechtsanwälten hängenbleiben.

Auch Gloria Race hielt sich im Hintergrund. Zweifellos war sie der Mensch, für den Mahon mehr empfunden hatte als für irgendwen sonst. Das alles galt an seinem Grab nicht. Hier zählte sie zu den vielen hundert Personen, die Mahon zu seinen Lebzeiten gekannt hatten. Sie beanspruchte keine Sonderstellung. Sie hielt einen Strauß weißer Rosen im Arm. Links neben ihr stand ein blondes, ungefähr achtzehnjähriges Mädchen, das sich in seinem schwarzen Kleid offensichtlich unbehaglich fühlte.

Auch Gloria hatte ihre Leibwache mitgebracht. Randy Flush, der jüngere Bruder von Mahons dunkelhäutigem Gorilla Ron, Lee Wan, ein halber Koreaner, und George Chesbeen, ein vierschrötiger Graukopf aus einer Schlägergruppe, die schon in den sechziger Jahren für Mahon gearbeitet hatte, umringten sie, während sich Jonny Slide, der vorstrafenlose Green-Berets-Kämpfer, an Glorias rechter Seite aufgebaut hatte und sie diskret und gentlemanhaft stützte.

Er paßte gut zu Gloria. Zusammen sahen sie aus wie ein Ehepaar mit gemeinsamer Tochter.

Natürlich war es eine schöne Feier. Ein halbes Dutzend Lobreden wurden auf Mahon gehalten. Niemand erwähnte, daß er in seinen jungen Jahren zweimal unter Mordanklage gestanden hatte. Niemand sprach von den Süchtigen, den Huren, den erpreßten Händlern, den Glücksspielern und Armen, die Wucherzinsen für winzige Kredite zahlten. Niemand sprach von dem Netz des Verbrechens, das Mahon über das Land gesponnen hatte wie eine riesige, gierige Spinne.

Nein, sie nannten ihn einen ehrenwerten Mann. Und als sein Sarg ins Grab gesenkt wurde, bliesen sie für ihn das »Letzte Farewell« wie für einen Helden.

Die Bosse traten ans Grab zum letzten Gruß und zum letzten hämischen Grinsen. Dann strebten sie eilig, geschützt von einem Ringwall aus menschlichen Körpern, ihren schweren Limousinen zu. Auch Gloria Race trat an die offene Grube. Sie verharrte eine halbe Minute und ließ den Strauß weißer Rosen fallen. Das junge blonde Mädchen schleuderte ein kleines Bukett Veilchen mit einer Geste ins Grab, als werfe sie einen Ball.

Wir fingen Gloria am Ausgang ab.

»Hallo, G-men«, sagte sie. »Ich sah Sie vom Grab aus.« Ihre Augen waren klar und ohne jede Spur von Trauer. »Haben Sie herausgefunden, wer Al ermordet hat?«

»Nein. Wen von den Leuten an Mahons Grab kannten Sie, Miss Race?«

»Vielleicht fünfzehn oder zwanzig mag ich schon im Jackpot Queen gesehen haben – als Spieler. Die Namen kenne ich nicht.«

»Einige Trauergäste zählen zu den größten Kanonen der Unterwelt. Von ihnen kommt jeder als Organisator des Mordes in Frage.«

Sie wandte sich an das blonde Mädchen. »Geh zum Wagen, Sue!«

Das Mädchen gehorchte. Nach vier Schritten konnte Sue der Versuchung nicht wiederstehen, drehte sich noch einmal um und betrachtete uns neugierig.

»Ihre Tochter?«

Gloria Race nickte. Ich konnte nicht fragen, ob Sue auch Mahons Tochter war. Gloria Race war nie verheiratet gewesen, und als Sue geboren wurde, bestand die Freundschaft zu Mahon seit mindestens zwei Jahren. Trotzdem hatte Mahon das Mädchen nie adoptiert.

»Sind Sie seit Mahons Ermordung weiter bedroht worden?«

»Ständig«, antwortete sie lakonisch. »Ich werde angerufen. Eine Männerstimme verlangt Geld.«

»Viel Geld?«

»Den Reingewinn aus dem Jackpot-Spiel.«

»Wieviel ist das?«

Ihre Mundwinkel zuckten in einem unterdrückten Lächeln. »Mehr als Sie und Mr. Decker in einem Jahr verdienen.«

»Jeden Abend?«

»Genau! Vergessen Sie nicht, daß ich nur eine Zehn-Prozent-Beteiligung habe! Neun Zehntel fließen in die Abrechnung mit der Casino-Gesellschaft. Der Anrufer verlangt die volle Gewinnsumme. Wenn ich zahlte, wäre ich in kürzester Zeit ruiniert. Ich müßte meine Lizenz verkaufen. Vermutlich ist das sein Ziel.«

»Sie zahlen also nicht?«

»Ich denke nicht daran.«

»Haben Sie nie versucht, dem Erpresser eine Falle zu stellen?«

Jonny Slide, der zwei Schritte hinter Gloria stand, räusperte sich warnend.

Sie drehte sich zu ihm um und schüttelte den Kopf. »Nein, Jonny, ich werde den G-men nicht verschweigen, daß ich versuche, an den Bastard heranzukommen. Schon beim zweiten Telefongespräch habe ich den Hundesohn aufgefordert, sich mit mir zu treffen. Ich zog alle Register. Ich sagte, ich wäre dem Mann nicht böse, der mich von einem fetten, alten Burschen befreit hätte, und ich würde gern mit ihm teilen, nicht nur mein Geld, sondern auch mein Bett.«

Sie zuckte mit den Schultern. »Er sagte, die Bedingungen stelle er, und er sei nicht scharf darauf, mit mir zu schlafen, sondern von mir zu kassieren. Ich solle ihm den Jackpot der nächsten Nacht zu einem Treffpunkt bringen. Danach würden wir weitersehen.«

»Gingen Sie hin?«

»Ja!«

»Mit den Jackpot-Dollars?«

»Mit Zeitungspapier im Gewicht der Jackpot-Dollars!«

»Allein?«

»Mit Jonny, Randy Flush und George Chesbeen in einem zweiten Wagen.«

»Was geschah?«

»Er schoß mich an«, sagte Jonny Slide. »Falls Sie darauf bestehen, ziehe ich die Jacke aus und zeige Ihnen die Streifschußnarbe am Oberarm.«

»Bekamen Sie ihn zu Gesicht?«

»Nein. Der Schuß wurde aus großer Entfernung abgefeuert. Er benutzte ein Gewehr und wahrscheinlich auch ein Zielfernrohr.«

»Sie hatten Glück, Jonny!«

»Weniger Glück als in Vietnam, wo ich niemals auch nur angekratzt wurde.«

»Warum haben Sie uns nicht benachrichtigt, Gloria?«

»Weil er drohte, er werde den Spielbetrieb stören, falls ich die Polizei einschaltete. Vor dieser Drohung habe ich Angst.«

»Jetzt haben Sie uns eingeschaltet.«

»Nein, ich habe Sie nur informiert. Ich werde meine Probleme allein lösen.«

»Behauptet Jonny Slide, Sie könnten es allein schaffen? Hören Sie nicht auf ihn, Gloria! Slide mag ein erstklassiger Dschungelkämpfer gewesen sein, aber der Betondschungel von New York ist noch gnadenloser als die grüne Hölle von Vietnam.«

»Gloria trifft ihre Entscheidungen allein«, sagte Slide.

Sie nickte, machte zwei Schritte auf uns zu und kam so dicht heran, daß ich ihr Parfüm riechen konnte.

»Zwanzig Jahre lang war ich Al Mahons Freundin, Geliebte und Mädchen für alles. Er hat mir die Lizenz beschafft. Es war kein Geschenk, G-man, es war eine Bezahlung. Ich habe dafür gearbeitet. Niemand wird mir die Lizenz abpressen. Das schwöre ich Ihnen.«

Phil und ich sahen ihr nach, wie sie und Slide den Weg zu den Parkplätzen hinuntergingen. Slide faßte nach ihrem Arm, und Gloria Race duldete die Berührung, als geschehe es nicht zum ersten Mal.

»Was hältst du davon, wenn wir heute nacht in Atlantic City zwanzig Spesendollar riskieren?« fragte Phil.

Wenn Sie jemals in Las Vegas gespielt haben, wird Ihnen Atlantic City als ein verdammt öder und grauer Ort erscheinen. Die Stadt hat sich von der großen Depression der dreißiger Jahre und ihrem langen Siechtum noch nicht wieder erholt. Noch immer klaffen Lücken in der Kette der Hotels und Spielcasinos längs der Seepromenade. Viele pompöse Bauten vom Anfang unseres Jahrhunderts, für die sich neue Investoren nicht gefunden haben, verfallen zu rattenverseuchten Ruinen. An manchen Tagen fegt eine kalte Brise vom Atlantik durch die Straßen und läßt die Spieler schaudern, wenn sie die klimatisierten Räume der Casinos verlassen.

In Las Vegas ist das Spiel eine verrückte, hitzige, fiebrige Aktivität, so bizarr, so irre wie die ganze von den Neongewittern der Lichtreklamen durchtoste Stadt in der glühenden Wüste.

Spielen in Atlantic City ähnelt dem wütenden Anrollen der Atlantikwellen gegen die Kaimauern der Stadt. Wer in Atlantic City spielt, will das Glück zwingen, die Bank besiegen, die Tresore der Casinos aufbrechen.

In Atlantic City besitzt das Spiel immer einen Geruch von Verzweiflung.

Im großen Automatensaal des Jackpot Queen schepperten und rasselten die Maschinen. Fünfhundert waren in langen Reihen aufgestellt, die gerade genug Zwischenraum boten, daß sich zwei Spieler aneinander vorbeizwängen konnten. Ein breiter Mittelgang führte in den Roulett-, Black Jack- und Baccarat-Saal. Über allen Tischen flackerten grellrote Leuchtbuchstaben: *Jackpot*.

Das Wort bedeutete, daß der Bankgewinn in das große Jackpot-Spiel dieser Nacht floß. Wer hier verlor, erhielt die Chance, noch einmal und alles zu gewinnen.

Der Betrieb lief auf Hochtouren. Die Rouletts waren von dichten Menschengruppen umlagert. Alle Plätze an den Baccarattischen, die isoliert durch Absperrung mit einer dicken roten Kordel auf niedrigen Emporen standen, waren besetzt.

Phil und ich strebten der Bar zu. Wir ließen uns zwei Orange-Drinks servieren und sahen uns um.

»Busineß wie üblich«, sagte Phil. »Kein Schild an der Tür: Wegen Trauerfalls geschlossen.«

Von der Bar ließ sich der größte Teil des Saals überblicken. Mir fiel die Gestalt eines Mannes an einem Roulettisch auf. Er trug eine Jacke aus weichem rotgefärbtem Leder, die so knapp geschnitten war, daß seine breiten Schultern die Nähte zu sprengen drohten. Das schwarze Haar fiel straff gebürstet und pomadisiert bis über den Kragen. Die Bewegungen und die Gestalt kamen mir bekannt vor. Als er einmal kurz den Kopf zur Seite drehte, sah ich Rocco Corellis grobes Pferdegesicht.

»Corelli spielt an Tisch neun«, informierte ich Phil.

Phil ließ das Eis in seinem Drink kreisen. »Als wir mit ihm sprachen, tat er, als hätte er nie von Atlantic City gehört. Jetzt hat er immerhin den Weg hierhergefunden.«

»Bitte, versuch herauszufinden, ob er seine Crew mitgebracht hat! Ich werde mit Corelli selbst sprechen.«

Phil glitt vom Barhocker und verschwand in Richtung zum Ausgang. Ich wartete, bis am Spieltisch ein Platz neben Corelli frei wurde. Er bemerkte mich nicht sofort, weil er Hundert-Dollar-Chips fürs nächste Spiel setzte.

Erst als die Kugel lief, blickte er auf. »He, G-man!« rief er und zog die Lippen von den langen, gelben Zähnen. »Überwachst du mich?«

»Nein! Ich wundere mich, dich im Jackpot Queen zu treffen. Wolltest du dich nicht von allem fernhalten, was mit Al Mahon zusammenhängt?«

»Ich hatte Lust auf ein Spielchen. Warst du bei der Beerdigung? Hast du meinen Kranz gesehen? Zweihundert gelbe und rote Rosen und vierzig Orchideen! Ein Kranz so groß wie ein Scheunentor. Er hat mich ein kleines Vermögen gekostet, und ich dachte, ich könnte die Dollars hier wieder reinholen.«

Die Kugel fiel in ein Fach. Der Croupier rief Zahl und Farbe. Corelli bekam eine fingerhohe Säule Chips zugeschoben.

»Läßt sich nicht schlecht an!« Er setzte neu und warf mir einen Blick voller Spott zu.

»Nichts übriggeblieben vom Gehalt, G-man? Soll ich dir hundert Dollar leihen?«

Ich zog einen Fünf-Dollar-Chip aus der Tasche und setzte ihn auf Schwarz.

Corelli lachte laut. »Fünf Dollar? Bezahlt dich Onkel Sam so miserabel, daß du nur einen Fünfer riskieren kannst? Hör zu, G-man! Ich beteilige dich an meinem Spiel. Ich setze hundert Dollar für dich. Nenn eine Zahl, die du bevorzugst!«

Ich schwieg. Corelli ließ sich nicht entmutigen. »Okay, nehmen wir eine Zahl, die für uns beide Bedeutung hat. Mahon hat am sechzehnten ins Gras gebissen. Ich setze die sechzehn für dich, G-man!«

Er warf einen Hundert-Dollar-Chip auf die 16, während der Croupier schon sein »Nichts geht mehr!« rief.

Die Kugel kreiste und fiel in ein Fach.

»Achtundzwanzig schwarz, gerade!« rief der Croupier.

Die 16 war nicht gekommen, aber Corelli erhielt eine Menge Chips zugeschoben, weil er auch die 28 und ein paar Kombinationen gesetzt hatte.

»Da siehst du es! Wir beide sind ein erstklassiges Team!« rief er und schob die Chipsäulen mit beiden Händen zu mir weiter. »Ein Team von Gewinnern!«

Seine unruhigen schwarzen Augen suchten meinen Blick. Ich lächelte, und er nahm mein Lächeln für ein Zeichen des Einverständnisses.

»Wenn wir zusammenspielen, werden wir noch oft gewinnen«, sagte er, während er beiläufig ein gutes Dutzend roter Hundert-Dollar-Chips über das Einsatzfeld verstreute. »Ich habe zwar Mahon nicht weggeblasen, aber da es nun einmal geschehen ist, sehe ich nicht ein, warum nicht auch ich mir eine Scheibe vom großen Kuchen, den er hinterlassen hat, abschneiden soll. Dieses Casino wäre genau der richtige Bissen. Allerdings brauche ich einige Informationen, die du mir geben könntest, G-man.«

Er sah mich lauernd an. Ich schwieg und ordnete den Haufen Chips.

Corelli hatte mir Jetons im Wert von über fünftausend Dollar zugeschoben.

»In New York, New Haven, New Jersey tobt der Krieg um Mahons Erbe«, fuhr er fort. »Hier scheint noch alles ruhig zu sein. Ich muß wissen, ob sich Gloria Race schon mit einem Boß geeinigt hat, ob andere Familien ihre

Hand im Spiel haben, ob sie sich auf ihre Leute verlassen kann und so weiter. Du wärst eine wertvolle Hilfe für mich, G-man. Du könntest die Konkurrenz abschrecken, bis ich mich mit Gloria geeinigt hätte. Es wäre kein illegales Geschäft oder gar ein Verbrechen. Ich würde ihr die Lizenz abkaufen. Zu einem fairen Preis!« Er lachte laut. »Vielleicht würde ich sie sogar samt ihrer Lizenz heiraten.«

»Nichts geht mehr!« rief der Croupier und warf die Kugel in den Kessel.

»Wer hinter der Bank steht, ist auf eine Glückssträhne nicht angewiesen«, sagte Corelli. »Er gewinnt immer!«

»Sieben, rot, ungerade!« hallte die Ansage.

Wieder erhielt Rocco Corelli vier Säulen Chips zugeschoben. Er legte beide Hände um sie, bereit, seinen Gewinn an mich weiterzugeben, wenn ich seinem Vorschlag zustimmte.

Ich fischte einen blauen Fünf-Dollar-Chip aus dem Stapel. »Du erinnerst dich, Rocco! Ich hatte auf Schwarz gesetzt, und Schwarz kam«, sagte ich.

In seinen Augen sprang ein Funken der Wut auf. Er beherrschte sich. Das Gesicht entspannte sich zu einem hämischen Grinsen.

»Manche Leute sind einfach dämlich und setzen immer die falsche Zahl.« Er wandte sich dem Spiel zu und begann, von den Chips zu setzen, die er mir zugedacht hatte.

Ich schlenderte an die Bar zurück. Wenige Minuten später kam Phil.

»Corelli hat nur einen Mann mitgebracht«, sagte er, »und zwar den Typ, der uns die Tür öffnete. Er heißt Pasquale Nello. Sie kamen in Corellis Wagen, der auf dem Casino-Parkplatz steht.«

»Mir hat er eine Gewinnbeteiligung angeboten.«

»Am Spiel?«

»Für den Anfang am Spiel, später am Jackpot Queen, sobald es ihm gehört.«

»Und der Mord an Mahon?«

»Nach wie vor behauptet er, daran unschuldig zu sein.«

Während ich mit Phil sprach, sah ich Gloria Race, die den Haupteingang herunterkam. Sie trug ein tiefblaues, hautenges Abendkleid und hatte das schwarze Haar aufgesteckt. Als einziger Schmuck außer dem Solitär an der linken Hand prangte im Haar eine weiße Orchidee. Jonny Slide, der sie begleitete, steckte in einem weißen Dinnerjacket, in dem er so überragend aussah, daß er einige Ladys vom Spiel ablenkte.

Gloria Race entdeckte uns, wechselte die Richtung und kam mit Slide an die Bar.

»Warum sind Sie hier?« fragte sie unfreundlich.

Ich zog den Chip aus der Tasche. »Ich habe Sie um fünf Dollar ärmer gemacht.«

»Ihre Einmischung ist unerwünscht, G-man!«

»Bei Mord mischt sich die Polizei immer ein, Gloria.«

»Ich sagte Ihnen, daß ich meine Probleme selbst lösen werde.«

»Ein Problem steht an Tisch neun. Der Mann in der roten Lederjacke ist Rocco Corelli. Er möchte Ihr Partner werden. Er ist sogar bereit, Ihnen einen Heiratsantrag zu machen, um an Ihre Lizenz zu gelangen.«

Über die Schulter befahl sie Slide: »Jonny, sag ihm, daß ich ihn nach der Jackpot-Show in meinem Office sprechen will!«

Slide ging zum Tisch neun und tippte Corelli auf die Schulter. Gemächlich drehte sich Rocco um. Für ein paar Sekunden standen sich die Männer in einer Haltung gegenüber, als rechne jeder mit dem Angriff des anderen.

Slide richtete Glorias Botschaft aus. Corelli wandte den Kopf in Richtung Bar und nickte sein »Okay« Gloria zu.

Ein Gong hallte aus den Lautsprechern durch alle Räume des Jackpot Queen.

»Ladys und Gentlemen«, sagte ein Sprecher. »In zwanzig Minuten beginnt das große Spiel um das Jackpot-Girl dieser Nacht und um die vielen tausend Dollar des heutigen Jackpots. Wer daran teilnehmen möchte, wird gebeten, sich in den Showsaal zu begeben.«

An den Tischen und Automaten setzte Bewegung ein. Viele Besucher brachen ihr Spiel ab und gingen zum Showsaal.

Slide kehrte zurück.

»Er wird kommen«, meldete er trocken, schüttelte den Kopf und setzte hinzu: »Eine widerliche Type! Der Kerl stinkt nach Verbrechen.«

Gloria Race berührte vorsichtig die Orchidee in ihrem Haar. Die Blütenblätter waren weiß, aber der Kelch glühte in einem grellen Rot.

»Sie werden nicht lange bei mir herumschnüffeln«, sagte sie böse. »Ich kenne Leute, die dafür sorgen, daß sie zurückgepfiffen werden.«

»Kennen Sie auch Leute, von denen sich Corelli zurückpfeifen läßt?«

Sie zuckte die nackten Schultern und wandte sich zum Gehen.

»Dürfen wir uns die Jackpot-Show ansehen?« fragte Phil.

»Selbstverständlich, wenn Sie zehn Dollar Eintritt bezahlen«, antwortete sie und rauschte davon.

Gloria Race verstand es, Geld zu machen. Zehn Dollar kassierte sie von jedem, der in den Showsaal drängte. Bei rund dreihundert Personen brachte allein das Eintrittsgeld drei satte Tausender und verhinderte gleichzeitig, daß nur Gaffer den Saal füllten.

Pünktlich um ein Uhr dröhnte ein Gong. »Ladys und Gentlemen! Das Jackpot-Girl dieser Nacht!«

Die Scheinwerfer flammten auf und erfaßten eine junge Frau, die im Zentrum der Bühne stand. Sie hatte tizianrotes Haar, frisiert im Afrolook zu krauser Fülle. Sie hob die Arme und drehte sich langsam um die eigene Achse.

Arme und Beine waren nackt. Den Körper bedeckten schmale grüne Geldscheine, jeder in Format und Farbe von einem echten Greenback nicht zu unterscheiden, und doch wäre ein Bankkassierer, ja, jeder blinde Bettler in Hohngelächter ausgebrochen, dem man versucht hätte, einen Schein anzudrehen, denn die Noten trugen die Zahl Tausend. Es war Spielgeld, gültig nur in den Wänden des Jackpot Queen.

Auf der linken Bühnenseite stand der Nachbau einer überdimensionalen, uralten Registrierkasse. Die Ziffern in dem Sichtfenster standen auf Null. Dahinter leuchtete das Dollarzeichen.

Zwei Männer betraten die Bühne und stellten eine Kassette aus glitzerndem, goldgefärbtem Aluminium auf. Langsam drehte sich das Mädchen, während die Männer Schein um Schein von ihr abpflückten, und unter jedem Schein wurde nackte Haut sichtbar.

Die Leute begannen zu johlen und zu klatschen.

Mit jeder Note, die in die Kassette gelegt wurde, sprangen die Ziffern im Sichtfenster der Registrierkasse um einen Tausender.

Sechstausend! Siebentausend! Neuntausend!

In diesem Augenblick geschah etwas Schreckliches.

Am Körper des Jackpot-Girls züngelte eine weiße Flamme hoch, setzte zwei, drei Geldscheine in Brand, breitete sich blitzschnell über den Körper des Mädchens aus.

Das Beifalljohlen schlug um in Geschrei. In Panik

wichen die Zuschauer von der Bühne zurück. Das Kreischen des Mädchens gellte durch den Saal.

Phil und ich kämpften uns nach vorn. Wir stießen Menschen zur Seite, die zu den Ausgängen drängten, und gebrauchten die Ellbogen. Wir wühlten uns durch wie bei einem Footballkampf. Aber wir wären viel zu spät gekommen, um irgend etwas für das unglückliche Mädchen zu tun.

Ich sah, wie ein Mann aus einer Seitenloge auf die Bühne sprang. Im Sprung riß er sich das weiße Jacket vom Körper, stürzte sich auf das Mädchen, warf sich mit ihr zu Boden und versuchte die Flammen zu ersticken.

Phil erreichte die Bühne als erster. Wie der andere riß er sich die Jacke von den Schultern und half dem Mann. Die beiden Casinoangestellten, die die Noten von dem Mädchen gepflückt hatten, standen zu Salzsäulen erstarrt abseits.

Das Mädchen lag still, in einer Ohnmacht weggesackt. Noch deckten Phil und der andere ihren Körper mit den Jacken ab. Der andere war Jonny Slide. Er hatte schnell und richtig reagiert.

Ich schnauzte die Geldscheinpflücker an. »Ruft eine Ambulanz! Bewegt euch!«

Unten im Saal hatten die Leute mitbekommen, daß die Gefahr vorbei war. Der Kampf um die Ausgänge gelangte zum Stillstand.

Gloria Race erschien auf der Bühne. Sie schnappte sich ein Mikrofon.

»Ladys und Gentlemen, bitte, verlassen Sie den Saal! Sie erhalten das Eintrittsgeld zurück. Die Casinoleitung setzt den Jackpot der heutigen Nacht auf hunderttausend Dollar fest. Die Ausspielung wird ohne Show um zwei Uhr vorgenommen.«

Wenige folgten der Aufforderung. Neugierige vom

Schauplatz einer Katastrophe wegzubringen, ist ein schwieriges Geschäft.

Gloria zögerte nicht lange. »Los! Lee! George! Randy! Schafft die Leute aus dem Saal!«

Die drei Bodyguards machten sich an die Arbeit, unterstützt von fünf uniformierten und bewaffneten Casinowächtern.

Ich nahm Gloria das Mikrofon aus der Hand. »Sie vergessen das Wichtigste! Das Mädchen braucht einen Arzt.« Ich hob das Mikrofon vor die Lippen. »Falls sich ein Arzt im Raum befindet, bitten wir ihn auf die Bühne.«

Ein grauhaariger Mann rief: »Ich bin Arzt!«

»Kommen Sie herauf.«

Gloria starrte auf Rocco Corelli, der dicht vor der Bühne stand, die Arme verschränkt, einen Ausdruck von Neugier und Schadenfreude auf dem Gesicht.

»Raus mit Ihnen, Corelli!« schrie sie.

»Was soll das, Honey? Du hast mir sagen lassen, du wolltest mich sprechen.«

»Jetzt nicht mehr!«

»He, glaubst du, ich hätte das Mädchen in Flammen gesetzt?«

»Raus! Oder meine Leute werden sich mit dir befassen!«

Er grinste breit. »O nein, du wirst mich nicht vor den Augen eines G-man zusammenschlagen lassen oder gar umbringen.« Er rief mich an: »G-man, ich werde bedroht. Ich beanspruche den Schutz des FBI vor dieser hübschen schwarzen Katze.« Er brach in Gelächter aus, drehte sich um und schickte sich an, den Showsaal zu verlassen.

Der Arzt kniete neben dem rothaarigen Jackpot-Girl. Vorsichtig löste er die verkohlten Reste der Spieldollars von ihrer Haut.

»Sieht aus, als habe sie Glück gehabt«, sagte er, »weil das Feuer schnell erstickt wurde.« Er sah Jonny Slide an.

»Sie waren großartig! Ihnen verdankt das Mädchen, daß es mit ein paar Narben davonkommt.«

Slide zeigte sein Filmstargebiß. »Meine Jacke können Sie nicht reparieren, Doc, oder? Immerhin hat sie dreihundert Dollar gekostet.«

Ein Wächter brachte einen Erste-Hilfe-Kasten. Der Arzt deckte die Brandwunden mit steriler Gaze ab.

Gloria Race nahm sich die beiden Angestellten vor, die die Tausender von dem Mädchen hätten pflücken sollen.

»Wie geschah es? Hat einer von euch mit Feuer hantiert?«

»Natürlich nicht, Gloria!« versicherten beide.

»Wieso konnte sie dann in Brand geraten?« Sie drehte den Kopf über die Schulter. »Jonny, nimm dir die Leute vor!« schrie sie. »Wenn sich einer von euch hat kaufen lassen, wird er es bereuen.«

Phil, immer noch ohne Jacke, rückte das Halfter mit dem 38er zurecht. »Mrs. Race, rufen Sie die Mordkommission, und sagen Sie dem Beamten, sie sollen einen Spezialisten für Brandstiftung mitbringen!«

Sie fauchte auch Phil an. »Ich habe schon Ihrem Freund gesagt, daß ich meine Probleme selber löse.«

»Ihr Showgirl wurde Opfer eines Mordversuchs. Niemand benutzte ein Feuerzeug. Bei über dreihundert Zuschauern wäre das mit Sicherheit gesehen worden. Sie sollten darüber nachdenken, wer die Möglichkeit hatte, Ihre schönen Tausender so zu präparieren, daß sie sich auf dem Körper des Mädchens entzündeten.«

»Ist das denkbar?«

»Durchaus! Aus diesem Grund brauchen wir einen Experten bei der Untersuchung. Mit Do it yourself kommen Sie nicht weiter, Mrs. Race.«

»Ich werde Detective Lieutenant McSean anrufen«, sagte Jonny Slide. »Ich kenne ihn!«

Das rothaarige Mädchen kam zu Bewußtsein und

begann zu wimmern. Der Arzt sprach beruhigend auf sie ein. Wenig später erschienen die Männer der Ambulanz mit einer Trage.

»Wo wird das Mädchen mit den Geldscheinen beklebt?« fragte ich. »Zeigen Sie uns den Raum!«

»Reggie kann Ihnen alles zeigen. Er hat die Verantwortung für die Organisation des Jackpot-Spiels. Ich muß mich darum kümmern, daß der übrige Betrieb weiterläuft.«

Sie winkte einen mageren Glatzkopf heran. »Reggie Moire«, nannte sie knapp den Namen. »Zeig den G-men, was sie sehen wollen, und beantworte ihre Fragen!«

Moire war ein Buchhaltertyp, den die Ereignisse in völlige Verwirrung gestürzt hatten. »Ich verstehe nicht, wie es passieren konnte«, stotterte er.

»Verwahren Sie die Tausender, bevor sie aufgeklebt werden?« fragte Phil.

Er schüttelte den Kopf. »Nein, die Scheine liegen in einem offenen Karton in der Garderobe. Niemand kann etwas damit anfangen. Wenn sie auch wie Dollarnoten aussehen, so sind sie doch wertloses Papier. Sobald die Jackpot-Summe der Nacht feststeht, rufe ich Lizzy an und sage ihr, wieviel sie aufkleben soll.«

»Wer ist Lizzy?«

»Die Garderobiere.«

»Wir möchten mit ihr sprechen.«

Moire führte uns hinter die Bühne und in eine kleine Garderobe, in der eine dunkelhäutige, dicke Frau in einem Kittel saß. Ihre fetten Wangen waren naß von Tränen.

»Ich kann nichts dafür«, jammerte sie und rang verzweifelt die Hände. »Ich habe alles so gemacht wie immer.« Sie griff nach einem Topf, aus dem der Stiel eines Pinsels ragte. »Hier ist der Klebstoff. Noch nie hat er gebrannt.«

»Wo verwahren Sie die Geldscheine?«

Sie schwang ihre Massen herum, nahm einen offenen Karton, dessen Aufdruck verriet, daß er früher Bierdosen umhüllt hatte, und hielt ihn uns hin.

»Daraus habe ich das Geld genommen! Noch vorgestern bat ich Mr. Moire um neue Scheine. Er gab mir zweihundert, aber ich nehme immer zuerst die gebrauchten, wenn sie noch einigermaßen ansehnlich sind.«

»Viele Scheine zerreißen beim Abpflücken«, erklärte Moire.

Phil steckte die Nase in den Karton und sog die Luft ein.

»Riecht nach Papier und Druckfarbe«, stellte er fest.

»Halten Sie sich den ganzen Abend in der Garderobe auf?«

Sie schüttelte den Kopf so heftig, daß ihr Dreifachkinn wie ein Pudding schwabbelte. »Bis Mitternacht helfe ich in den Waschräumen für Besucher. Heute war ich besonders spät. Das Mädchen, das ich bekleben mußte, hatte sich schon ausgezogen und beschimpfte mich, weil sie fror und ...«

»Danke! Seien Sie unbesorgt! Sie trifft keine Schuld.«

Wir gingen auf die Bühne zurück. Der Saal war leer bis auf ein paar Casino-Angestellte, die herumstanden und auf die Mordkommission warteten. Ein paar grüne Papierfetzen und schwarze Asche waren alles, was von der papiernen Bekleidung des Jackpot-Girls übergeblieben war. Eine Menge Füße hatten darauf herumgetrampelt und die Reste über die ganze Fläche der Bühne verstreut.

Kein Wunder, daß Detective Lieutenant McSean von der Atlantic City Police mißmutig befahl, alles zusammenzufegen. McSean war ein bulliger Ire, der sich nicht wunderte, auf zwei FBI-Agenten zu stoßen.

»Ich weiß, daß Al Mahon eine große Kanone war«,

knurrte er. »Mit Ärger habe ich immer gerechnet, und ich war erleichtert, daß es ihn jenseits der Stadtgrenzen erwischte. Ich hoffte, wir würden verschont bleiben. Jetzt sieht es aus, als bekämen wir unseren. Teil am Krieg um sein Erbe mit. Mag sein, daß das Spiel viel Geld in die Stadt bringt. Trotzdem wünschte ich, es würde verboten.«

Er wandte sich an den Brandexperten, der die Uniform der Fire Police trug.

»Kannst du mit dem Material etwas anfangen, Harvey?«

»Läßt sich noch nicht beurteilen! Falls unsere Möglichkeiten nicht ausreichen, müssen wir das Zentrallaboratorium des FBI einschalten. Wir schicken das Zeug dann Ihren Leuten nach Washington, G-man.«

»Die G-men waren Augenzeugen«, sagte der Lieutenant. »Sie behaupten, niemand habe eine Feuerzeugflamme an das Mädchen gehalten. Wie konnte sie dann brennen?«

»Es gibt viele Stoffe, die sich von selbst entzünden, zum Beispiel Phosphor oder metallisches Natrium. Man kann ein Papier damit bestreichen, und es entzündet sich von selbst.«

McSean schüttelte ungeduldig den Kopf. »Unsinn, Harvey! Das Mädchen trug die Papierlappen seit mindestens einer halben Stunde auf dem Körper. Sie hätte schon in der Garderobe anfangen müssen zu brennen.«

»Es gibt Lösemittel, die verhindern, daß solche selbstentzündlichen Stoffe sofort Feuer fangen. Erst wenn das Lösemittel verdunstet ist, kommt es zur Entzündung.«

Er blickte sich um. »Stand das Mädchen im Scheinwerferlicht?«

»Richtig!«

»Bühnenscheinwerfer geben viel Wärme ab. Das beschleunigt die Verdunstung des Lösungsmittels.«

»Verdammt kompliziert!« brummte der Lieutenant. »Wozu der Unsinn?«

Mit einer halbstündigen Verspätung fand zwischen zwei und drei Uhr morgens das Spiel um den Jackpot der Nacht statt. Noch mehr Menschen als beim ersten Versuch drängten in den Saal. Eintritt wurde nicht verlangt. Es gab keine Show. Die Attrappe der Registrierkasse wurde nicht in Betrieb gesetzt.

Ein Mann teilte nüchtern mit: »Im Jackpot befinden sich hunderttausend Dollar. Der Einsatz beträgt fünfhundert Dollar. Ladys und Gentlemen, kaufen Sie Ihr Los!«

Der Andrang zu den Croupiertischen hielt sich in Grenzen. Bei weitem nicht alle Menschen im Saal machten ihren Einsatz. Immer wieder forderte der Sprecher auf, die Chance zu nutzen. Schließlich entstand eine Verlegenheitspause. Die Leute wurden unruhig. Irgendwer im Saal rief: »Werft das Rad an! Ich will nicht die ganze Nacht hier zubringen!«

»Anscheinend wird das Jackpot-Spiel heute nacht ein Verlustgeschäft«, sagte Phil.

Ich nickte stumm.

Die Scheinwerfer wurden auf die mannshohe Spielscheibe gerichtet. Ein Casino-Angestellter setzte die gegenläufigen Segmente in Bewegung und bremste sie nach dreißig Sekunden Laufzeit ab. Vor dem roten Pfeil bildete sich die Ziffer: 0045.

Im Saal schrie ein Mann: »Ich habe gewonnen! Her mit dem Zaster!«

Ein übergewichtiger Bursche, dessen Bauch sein Freizeithemd spannte, als hätte er einen mittelgroßen Schulglobus verschluckt, drängte zur Bühne.

Reggie Moire nahm das Los, prüfte die Ziffern und bestätigte: »Sie haben gewonnen, Sir. Sie erhalten einen Scheck über hunderttausend Dollar. Oder wünschen Sie die Summe in bar?«

»Einen Scheck!« dröhnte der Dicke. »Unter den Jungens hier im Saal würden sich bestimmt ein paar finden, die mir eins über den Schädel zögen, wenn ich hunderttausend Dollar Bargeld in der Tasche trüge.«

Er nahm den Scheck, küßte ihn und brachte noch einen Gag an: »Verdammtes Pech! Ausgerechnet wenn ich gewinne, gibt's kein Mädchen als Zugabe!«

Zum dritten Mal in dieser Nacht begegneten wir Rocco Corelli. Er zerriß sein Los.

»Kein Glück gehabt«, sagte er. »Anscheinend stecke ich in einer Pechsträhne. Du willst mir keine Informationen liefern, G-man. Gloria hat mich abblitzen lassen, und gewonnen habe ich auch nicht.« Er gähnte hemmungslos. »Ich glaube, ich fahre zurück nach New York und lege mich ins Bett!«

Wir sahen ihm nach, wie er durch den Automatensaal ging. An einem Apparat spielte Pasquale Nello, sein Gorilla. Corelli tippte ihm im Vorbeigehen auf die Schulter. Der krausköpfige Nello nahm die gewonnenen Münzen aus der Mulde, steckte sie in die Tasche und folgte seinem Boß.

»Zeit auch für uns«, sagte Phil.

Auf dem Weg zum Ausgang begegnete uns Lieutenant McSean.

»Ich hatte ein Gespräch mit Gloria Race. Eine verdammt widerborstige Lady. Will mit der Polizei nichts zu tun haben. Sie betrachtet den Umgang mit uns als eine Art Geschäftsschädigung.« Mit einer weiten Armbewegung wies er auf die Spielautomaten. »Irgendein Gangster will ihr den Laden abjagen, oder?«

»Richtig, Lieutenant.«

»Ein Bursche, der vor nichts zurückschreckt. Das Mädchen hätte auch draufgehen können. Der Teufel mag wissen, was er sich für den nächsten Anschlag einfallen läßt. Am liebsten würde ich Jackpot Queen schließen lassen. Stellen Sie sich vor, er legt ein richtiges Feuer. Das könnte Hunderte von Menschenleben kosten.«

»Er will Jackpot Queen haben. Also wird er das Casino nicht anzünden.«

»Und wenn er sich Gloria Race selbst vornimmt?«

»Meinen Sie, wenn er sie tötet? Auch dann wäre das Casino für ihn verloren. Die Lizenz gehört Gloria allein. Nach ihrem Tod würde sie neu vergeben. Der Mann kann sie nur bekommen, wenn Gloria sie ihm verkauft oder ihn beteiligt.«

»Verdammter Mammon!« brummte McSean. »Warum begeht ein Mensch solche Verbrechen, wenn zwei Hamburger für jeden genügen, um ihn sattzumachen?«

»Nicht jeder mag Hamburger«, antwortete Phil lächelnd.

Der Parkplatz des Jackpot-Queen-Casinos lag auf der Rückseite des Gebäudekomplexes. Eine Ein- und Ausfahrt und ein Fußgängerweg führten an der Giebelseite entlang. Der Parkplatz hatte ungefähr die halbe Größe eines Baseballfeldes. Die Beleuchtung war spärlich.

Wir hörten den Aufschrei eines Menschen. Ein Mann brüllte: »... du dreckiger Bastard, ich ...«

Ein Geräusch, gemischt aus Rülpser und Aufstöhnen, zerschnitt den Satz. Es war der charakteristische Laut, den ein Mensch zwanghaft von sich gibt, wenn er in den Magen geschlagen wird.

Phil und ich rannten. Wir sahen die Gestalten kämpfender Männer am Rand des Parkplatzes.

Ich stolperte über irgend etwas und erkannte eine

menschliche Gestalt, die reglos auf dem Asphalt lag. Ich sprang über den Körper hinweg. Ich wußte, Phil würde sich darum kümmern.

So wie es aussah, waren drei Männer dabei, einen vierten fertigzumachen. Sie hatten ihn gegen ein Auto gedrängt und schlugen auf ihn ein. Einmal tauchte sein Gesicht auf. Ich erkannte Rocco Corelli, dem es nicht mehr gutging. Mit offenem Mund rang er nach Luft. Er mußte schon eine Menge harter Brocken empfangen haben.

Ich packte den nächsten Schläger an der Schulter. Bevor ich ihn herumreißen konnte, wirbelte er selbst um die eigene Achse. Das flache Koreanergesicht des Lee Wan tauchte vor mir auf. Die Hände zischten wie Schwertklingen nach meinem Hals und der tödlichen Stelle hinter dem Ohr.

Ich riß die verschränkten Arme hoch. Wans Handkanten krachten dagegen. Ein blitzschneller Fußtritt zielte zwischen meine Beine. Nur um ein paar Zoll konnte ich mich rechtzeitig zur Seite wegdrehen.

Aus der Drehung schwang ich zurück. Und in Wans Karategefuchtel hinein donnerte ich eine grundsolide rechte Gerade, die alle fernöstlichen Finessen durchschlug und an Wans Kinn explodierte.

Wan hatte nicht genug Gewicht, den Hieb durchzustehen. Er wurde nicht ausgeknockt, aber davongeweht. Mit einem anderthalbfachen Salto rückwärts verabschiedete er sich aus dem aktuellen Zeitgeschehen.

Wahrscheinlich sah ich ihm eine Zehntelsekunde zu lange nach. Die Quittung war ein harter Faustschlag in die Nieren. Wie ein Sprengkörper schien der Schmerz mein Innenleben zu zerreißen.

Instinktiv griff ich nach der getroffenen Stelle. Deckungslos bot ich dem Angreifer die ganze Vorderfront.

Mit der erbarmungslosen Brutalität, die er in dreißig Jahren Gangsterexistenz gelernt hatte, zielte George Chesbeen tief unter die Gürtellinie. Die Luft blieb mir weg. Nur ein paar Reflexe funktionierten noch. Als Chesbeen noch einmal zuschlug, trafen seine Fäuste die Doppeldeckung meiner Arme, und als er neu ausholte, konterte ich.

Seine Rippen dröhnten unter zwei Haken. Ein nachgesetzter, hochgerissener Schwinger verfehlte den Punkt, traf aber seinen linken Backenknochen und drehte ihm den Kopf ins Genick.

Er wollte ausweichen. Ich blieb dran. Zäh mischte er mit. Ich ließ ihm keine Chance. Seine heimtückischen Hiebe hatten mich wütend gemacht. Ich trieb ihn, bis er gegen ein Auto prallte, bluffte ihn, indem ich die Deckung sinken ließ, und fing, als er mit verzweifelter Kraft zuschlug, seinen Arm mit einem Griff ab, der das ganze Gewicht meines Körpers auf Chesbeens Schultergelenk übertrug.

Mit einem Aufschrei gab er nach. Ich zwang ihn in die Drehung und verstärkte den Druck, bis Kopf und Oberkörper auf der Motorhaube des Autos lagen.

»Aufhören!« befahl Phil laut. »Auseinander!«

Obwohl die Prügelei mit Lee Wan und Chesbeen kaum zwei Minuten gedauert hatte, fand ich, Phil hätte sich etwas mehr beeilen können.

Der dritte Mann, der noch auf Rocco Corelli einschlug, ließ die Fäuste sinken und drehte sich um. Es war Randy Flush, der junge Neger aus der Crew des Jackpot-Queen-Casinos.

Phil hielt den 38er in der Hand und hatte sich so in das Licht einer Bogenlampe gestellt, daß jeder die Waffe sehen konnte.

Corelli klammerte sich an das Dach seines Autos. Er hustete und spuckte ein paarmal aus. Er hatte nicht genug Luft, um laut zu fluchen. An jeden Hustenstoß hängte er ein italienisches oder englisches Schimpfwort.

»Bastarde ... Imbecilli ... Hundesöhne ... Vigliacci!«

»Nehmt besser die Arme hoch!« sagte Phil.

Flush gehorchte, ebenso Lee Wan, der wieder auf den Füßen stand. Ich gab George Chesbeen frei. Vorsichtig richtete sich der altgediente Schläger auf, drehte sich um und glotzte mich tückisch an.

Mit dem Ende der Anspannung kehrte der Schmerz zurück. Ich bog den Rücken nach hinten und stöhnte. »Dafür hast du einen Monat extra verdient.«

»Ich habe nicht erkannt, daß Sie es sind, G-man«, versicherte Chesbeen hastig.

Corelli erholte sich schnell. Er richtete sich auf und wischte mit dem Handrücken über seine Lippen.

Randy Flush stand dicht vor ihm, beide Arme erhoben. Er wandte ihm, da er Phil ansah, den Rücken zu.

»Caglione!« knurrte Corelli, legte beide Fäuste aneinander und schmetterte sie Flush zwischen die Schulterblätter. Der junge Neger brach in die Knie. Schreiend wälzte er sich auf dem Boden.

Phil sprang vor und stieß Corelli gegen den Wagen. »Hör auf damit!«

Corelli spuckte nach dem Jungen. »Sie haben mich fast umgebracht. Was ist mit Nello? Ist er tot?«

»Nein, er hat die Augen schon wieder offen. Ich will wissen, was sich hier abgespielt hat.«

»Frag diese Bastarde! Sie fielen über uns her, als wir auf den Parkplatz kamen. Nello fällten sie mit einem Baseballschläger. Und auf mich droschen sie ein, als wäre ich ein Sandsack.«

Lee Wan kümmerte sich um Randy Flush, dessen Schreien in Wimmern überging.

»Warum habt ihr Corelli überfallen?« fragte ich Chesbeen. »Hat es euch jemand befohlen?«

Chesbeen antwortete nicht. Aber Corelli lieferte eine Erklärung.

»Die Kerle sind verrückt. Der Nigger schrie, ich hätte seinen Bruder umgebracht. Zum Teufel, ich habe nie jemand von seiner verdammten schwarzen Familie gesehen!«

»Sein Bruder Ron war Al Mahons Bodyguard und saß in Mahons Wagen.«

»Hast du ihnen erzählt, ich hätte den großen Al in die Luft gejagt? Ich war's nicht!« Er brüllte Chesbeen und Flush an: »Hört zu, ihr Idioten! Ich habe es nicht getan! Glaubt ihr, die G-men ließen mich frei herumlaufen, wenn ich es gewesen wäre?«

»Polizisten brauchen Beweise«, knurrte der alte Chesbeen.

Corelli griff sich mit beiden Händen an den Kopf.

»Und mich wollt ihr umlegen, weil irgendwer euch eingeblasen hat, Mahons Himmelfahrt wäre meine Veranstaltung gewesen! Hast du das gehört, G-man? Da siehst du, daß ihr Schnüffler mit euren grundlosen Verdächtigungen das größte Unglück anrichtet!«

»Randy ist sehr traurig über den Tod seines Bruders«, erklärte Chesbeen mit einem Unterton von Feierlichkeit.

»Willst du damit sagen, daß er dich und Lee Wan dazu gebracht hat, ihm bei einem Rachefeldzug zu helfen?«

»Wir wollten dem Mann ein paar Fragen stellen.«

Rocco heulte auf. »Die Behandlung nennen sie Fragen stellen! Sieh dir meine Schnauze an, G-man! Morgen wird mein Gesicht so angeschwollen sein, daß mich die Mädchen nicht erkennen und vor mir davonrennen.«

Phil winkte George Chesbeen zu sich heran. »Ich glaube nicht, daß ihr allein auf den Gedanken gekommen seid.«

»Doch, G-man, es war Randys Idee!«

Phil warf mir einen Blick zu. Wir spürten beide, daß

der alte Gangster die Unwahrheit sagte. Wollte er Gloria Race decken? Hatte sie ihre Leute auf Corelli gehetzt?

Der Mann, über den ich gestolpert war, Pasquale Nello, der krausköpfige Exmittelgewichtler und Corellis Bodyguard, hatte den Niederschlag so weit verdaut, daß er sich mühsam auf die Füße stellen konnte. Torkelnd und beide Hände an den Schädel gepreßt, kam er zu seinem Boß.

Er lallte ein paar Worte auf italienisch. Corelli antwortete in der gleichen Sprache, öffnete die Wagentür und stieß ihn auf den Rücksitz, wo Nello stöhnend in die Polster sank.

»Okay, wir werden die Polizei rufen«, sagte ich. »Eine Anklage wegen Überfalls und Körperverletzung bringt Gloria Races Mannschaft für ein paar Monate hinter Gitter.«

»Quatsch!« schrie Corelli. »Ich verstecke mich wegen einer Bagatelle nicht hinter der Polizei. Nello hat einen harten Schädel, und mein Gesicht wird sich auch wieder einrenken.« Er schrie Chesbeen, Wan und Flush an: »Haut ab! Verschwindet! Al diavolo con voi, cretini!« (Zum Teufel mit euch, Idioten!)

Chesbeen stützte Randy Flush und zog sich mit ihm langsam zurück. Lee Wan verschwand lautlos und wie ein Schatten in der Dunkelheit.

Corelli lachte laut. »Das ist meine Art, Kleinigkeiten zu erledigen! Keine langwierigen Verhöre! Keine Protokolle! Ein paar Fußtritte in den Hintern und damit basta!«

Er riß die Tür zum Fahrersitz seines Wagens auf. »Bestellt der schönen Gloria 'nen Gruß und sagt ihr, daß Rocco Corelli mit solchen billigen Methoden nicht abzuschrecken ist!«

Er warf sich hinter das Steuer, schaltete die volle Beleuchtung seines Wagens ein, startete und steckte im Vorbeifahren noch einmal den Kopf aus dem Fenster.

»Den Jackpot habe ich heute nacht nicht gewonnen«, schrie er, »aber eines Tages hole ich mir die Jackpot-Königin!«

Ich massierte vorsichtig die Stelle rechts neben meinem Rückgrat. Der Schmerz begann nachzulassen.

»Du hattest heute nicht deinen schnellsten Tag«, knurrte ich Phil an.

»Nello machte einen ziemlich toten Eindruck. Ich habe ein paar Sekunden gebraucht, bis ich sicher war, daß er lebte.« Phil lächelte. »Hättest du nicht etwas mehr Abstand halten können?«

»Okay, vergiß es! Glaubst du, daß Glorias Truppe auf eigene Faust gehandelt hat? Warum war Jonny Slide nicht dabei? Laß uns noch einmal mit Gloria reden! Je häufiger wir ihr auf die Nerven fallen, desto schneller wird sie einsehen, daß sie ohne uns Gefahr läuft, sich die Finger zu verbrennen.«

Wir gingen ins Spielcasino zurück. Um drei Uhr morgens war der Betrieb stark abgeflaut. Den Weg zu Glorias Büro kannten wir. Als ich klopfte, öffnete nach ein paar Sekunden Jonny Slide.

»Noch einmal Sie, G-men? Ich glaubte Sie längst auf dem Weg nach New York.«

»Ihre Leute hielten uns auf. Können wir Gloria sprechen?»

Er biß sich auf die Unterlippe. »Es ist drei Uhr morgens und ...«

»Laß sie reinkommen!« rief Gloria Race aus dem Office. Slide gab die Tür frei.

Zweifellos hatten wir Gloria und Slide nicht unbedingt bei einer geschäftlichen Besprechung gestört. Gloria trug statt des Abendkleids einen Morgenrock. Sie hatte ihr Haar gelöst. Die weiße Orchidee lag zerdrückt in einem

Aschenbecher. Slides linke Hand und sein rechter Unterarm waren verpflastert – Wunden, die er sich im Dienst der Jackpot-Königin geholt hatte und für die er von der Königin persönlich belohnt werden sollte.

Zwei Gläser auf dem Tisch und die Champagnerflasche im Kühler waren deutliche Zeichen für eine intime Feierstunde.

Ich fiel mit der Tür ins Haus. »Sie haben Flush, Chesbeen und Lee Wan befohlen, über Rocco Corelli herzufallen. Ich weiß nicht, wie weit die Burschen gegangen wären. Ich weiß auch nicht, wie ihr Auftrag lautete, ob Corelli fürs Krankenhaus zugerichtet werden sollte oder für den Leichenbeschauer. So oder so, den Anstifter trifft nach dem Gesetz die gleiche Strafe wie die Täter.«

»Ich verstehe nicht, wovon Sie reden, G-man!« fauchte sie.

Slide begriff sofort. »Wo geschah es?« Sein Gesichtsausdruck lag zwischen Wut und Besorgnis.

»Auf dem Parkplatz.«

»Diese Schwachköpfe!« Er schlug mit der geballten Faust in die linke Handfläche. »Ich werde mir die Idioten vornehmen!« Mit einer heftigen Bewegung wandte er sich zur Tür.

»Eine Sekunde, Slide! Vielleicht war es nicht Gloria, die den Auftrag gab, sondern Sie waren es.«

»Weder ich noch Gloria! Seit Ron Flush in Mahons Auto verbrannte, ist sein Bruder Randy besessen von dem Gedanken an Rache. Irgendwie hat er mitbekommen, daß Rocco Corelli möglicherweise für den Mord verantwortlich ist. Ich wette, daß es auf Randys Initiative geschah. Hören Sie zu, G-men! Ich hole die Jungen her. Wir machen eine Gegenüberstellung. Ich erwarte, daß Sie Corelli davon zurückhalten, sich wegen der Sache an Gloria zu rächen.«

Er verließ das Büro.

»Ich habe keine Angst vor Corelli«, sagte Gloria Race. »Er ist brutal, aber primitiv. Ich weiß, daß ich mit ihm fertig werde.«

»Sie glauben nicht, daß er es war, der für die Störung der Jackpot-Show sorgte?«

»Mag sein, daß er irgendeinen Angestellten bestochen hat. Die Garderobe, in der die Mädchen beklebt werden, ist für jeden erreichbar. Ich werde es herausfinden.«

»Wollten Sie Corelli einem verschärften Verhör unterziehen?«

»Noch einmal, G-man! Ich habe keinem Menschen befohlen, Corelli zu überfallen. Es gibt andere Methoden, einen Typ wie ihn auszuschalten.«

»Unterschätzen Sie ihn nicht, Gloria! Ein Mann, der sich zum Boß einer Mafiafamilie aufzuschwingen versteht, handelt immer und überall ohne Skrupel und mit aller Brutalität, wenn es um seine Interessen geht. Und Rocco Corelli betrachtet den Jackpot Queen als sein Interessengebiet. Er hat Blut geleckt. Besser ausgedrückt: Das Knistern der Dollarscheine, die hier verdient werden, ist für ihn eine Musik, auf die er nicht mehr verzichten will.«

Ich hielt ihren Blick fest. »Für Sie gibt es nur zwei Möglichkeiten, Corelli loszuwerden. Entweder arbeiten Sie mit uns zusammen, damit wir ihn hinter Gitter bringen können, oder Sie legen ihn um. Im zweiten Fall würden wir Sie unter Mordanklage stellen.«

»Sie kennen alle Tatsachen! Warum fassen Sie Mahons Mörder nicht? Wenn Sie Corelli verdächtigen, warum verhaften Sie ihn nicht?«

»Weil Sie nicht mit uns zusammenarbeiten, Gloria! Sie erhalten Anrufe eines Erpressers. Wir könnten dem Erpresser eine Falle stellen, wenn Sie auf unsere Vorschläge eingingen. Sie weigern sich.«

»Den Grund kennen Sie! Ich nehme seine Drohung

ernst. Er wird das Casino lahmlegen, sobald er merkt, daß die Polizei mitmischt.«

»Anscheinend hat er es gemerkt. Oder als was sehen Sie den Zwischenfall bei der Jackpot-Show an?«

»Als einen Versuch, mich unter Druck zu setzen.«

»Hat er danach angerufen?« fragte Phil.

Gloria Race zögerte. Plötzlich streckte sie die Hand nach einem kleinen Tonbandgerät aus, das auf einem niedrigen Tisch stand. Sie schaltete ein. Das Band begann sich zu drehen. Man hörte ein Knacken. Dann Glorias Stimme, die sich mit einem »Hallo« meldete.

»Tut mir leid, daß ich das Mädchen ansengen mußte«, sagte eine Männerstimme, die monoton, flach und gedämpft klang. Wahrscheinlich hatte der Anrufer Stanniol über die Muschel gelegt. »War's ein Schock für dich, Baby?«

Eine Sekunde Schweigen verriet, daß er auf Glorias Reaktion wartete. Als sie ausblieb, fuhr der Mann fort: »Dein Konto bei mir ist auf vierhunderttausend Dollar angeschwollen. Falls du dich jetzt endlich entschlossen hast zu zahlen, setz den Croupier Sidney Pash ab neun Uhr morgens am Blackjack-Tisch dreizehn ein. Ich werde dann anrufen und dir Anweisungen geben. Solltest du dich immer noch weigern, Darling, wird deinem nächsten Jackpot-Girl ein böses Unglück zustoßen. Glaube nicht, du könntest das Mädchen schützen! Untersuche jeden Schein einzeln! Ich wiederhole mich nicht. Diesmal mache ich es auf andere Art. Noch Fragen, Darling?«

Wieder schwieg Gloria. Ohne ein weiteres Wort hängte der Mann ein.

Gloria schaltete das Gerät ab.

»Wann kam der Anruf?«

»Kurz vor zwei Uhr morgens.«

»Wer ist der Croupier Sidney Pash?«

»Ein Mann, der seit Eröffnung des Casinos bei uns

arbeitet, über fünfzig Jahre alt und völlig harmlos. Der Erpresser hat ihn nur gewählt, um zu zeigen, daß er sich im Jackpot Queen genau auskennt.«

»Werden Sie Pash an den Blackjack-Tisch stellen?«

»Nein!« Sie preßte die Lippen zusammen.

»Sie würden Zeit gewinnen, und wir würden Ihnen helfen, ein paar Schlingen für den Erpresser auszulegen.«

»Nein!« wiederholte sie. »Zeit würde ich nur gewinnen, wenn ich zahlte, und ich werde nicht einen einzigen Dollar herausgeben. Soll ich wieder versuchen, ihn mit einer Aktentasche voll Zeitungspapier zu ködern? Er würde es merken und doppelt wütend zurückschlagen.«

»Wie werden Sie also reagieren?«

»Überhaupt nicht! Pash versieht seinen Dienst wie vorgesehen. Er ist als Bankhalter für das Baccaratspiel eingeteilt, und dort wird er die Karten verteilen, nicht beim Blackjack.«

»Sie bringen mit Ihrer Entscheidung das Jackpot-Girl in Lebensgefahr.«

»Wir werden Vorsichtsmaßnahmen ergreifen.«

»Wenn Ihre Vorsicht nicht genügt, werden Sie in vierundzwanzig Stunden das Leben eines Menschen auf Ihrem Gewissen haben, Gloria.«

Bevor sie antworten konnte, kehrte Slide zurück. Er war außer Atem.

»Ich kann weder Chesbeen noch Randy oder Lee Wan finden.«

Ein paar Sekunden lang schwiegen wir alle.

»Okay, lassen wir die Gegenüberstellung«, entschied ich. »Es gibt ohnedies wenige Leute, die gegen ihre Brötchengeber aussagen. Wahrscheinlich hätten die Burschen Stein und Bein geschworen, Corellis Nase habe ihnen so wenig gefallen, daß sie versuchten, sie einzuschlagen.«

Wir gingen zur Tür. Ich wandte mich noch einmal um.

»Stellen Sie Pash an Tisch dreizehn, und sagen Sie uns Bescheid!«

Gloria Race griff nach ihrem Glas und leerte es, ohne mich einer Antwort zu würdigen.

Auf dem Weg zurück zum Parkplatz dachte Phil laut: »Eins steht fest: Der Mann hält sich so oft im Jackpot Queen auf, daß er sich genau auskennt. Er ist einer der Leute, die an den Slotmaschinen und den Spieltischen stehen. Er verliert oder gewinnt ein paar Dollars, und gleichzeitig hält er sein großes und gefährliches Spiel in Schwung. Warum können wir ihn nicht finden, Jerry?«

»Weil er sich nicht anders verhält als einige tausend Besucher des Jackpot Queen. Er benutzt die beste Tarnung, die es gibt: die Menge.«

Wir erreichten den Parkplatz. Mein Jaguar stand ungefähr in der Mitte. Als wir angekommen waren, hatten einige hundert Autos auf dem Platz gestanden, und ich hatte mit Mühe eine Lücke gefunden. Nur zwei oder drei Dutzend waren übriggeblieben. Der Jaguar stand allein.

»Oh, verdammt«, sagte Phil und griff nach meinem Arm.

Fragen Sie mich nicht, was ich sagte! Es war viel mehr als nur ein »Verdammt«.

Irgendwer hatte mit einem Eispickel oder einem andern langen spitzen und stabilen Werkzeug in den Reifen meines Jaguars herumgestochert.

In allen vier Reifen!

Ein Racheakt?

Das Werk Chesbeens, Lee Wans oder Randy Flushs, weil wir ihnen den Spaß mit Corelli verdorben hatten?

Von Anfang an stand fest, daß wir den Täter nie finden würden. Ein Eispickel hinterläßt keine Spuren außer einem runden Loch.

Ich verschwendete fünf Minuten, um mir die Wut von der Seele zu fluchen. Wenn Sie wissen, wie teuer ein Spezialreifen für den Jaguar ist und wie hartnäckig die Spesenabteilung sich gegen die Erstattung von Sonderkosten sträubt, dann werden Sie mich verstehen.

Und trotzdem hatte ich bei dem Gedanken an einen primitiven Racheakt kein gutes Gefühl. Steckte mehr dahinter? Sollten wir in Atlantic City festgehalten werden, während irgendwer etwas in New York steigen lassen wollte? Oder auf der Strecke zwischen Atlantic City und New York?

Etwa auf dem Highway wie bei Mahon?

Wollten sie Corelli noch einmal abfangen?

Ich faßte meinen Entschluß. »Hör zu, Phil! Wir werden unsere Zeit nicht damit vergeuden, dem Jaguar vier neue Schuhe zu besorgen. Eine halbe Meile straßenaufwärts habe ich eine Tankstelle mit Autoverleih gesehen. Wir werden den Besitzer aus dem Bett holen und uns einen Wagen geben lasen. Außerdem kann er sich um den Jaguar kümmern.«

»Okay«, stimmte Phil zu. »Wahrscheinlich ist es richtig, nicht das zu tun, was sie erwarten.«

Die Tankstelle und der Autoverleih waren geschlossen. Der Besitzer wohnte über seiner Firma. Nach einem kurzen Palaver kam er herunter.

Der schnellste Schlitten in seiner Sammlung war ein Mustang Cobra, ein Wagen, der zu seinen besten Zeiten glatte hundert Meilen geht, aber dieser hier hatte seine besten Zeiten längst hinter sich. Wir ließen ihn volltanken. Ich sagte dem Tankstellenbesitzer, er solle am Morgen den Jaguar abschleppen und die Reifen auf ihre Reparaturfähigkeit untersuchen. Ich würde ihn anrufen.

Er ließ mich eine Menge Papier unterzeichnen und notierte sich besonders sorgfältig die Nummer meiner Kreditkarte. Dann endlich konnten wir losbrausen.

Der Highway um vier Uhr morgens! Die Trucks waren schon unterwegs. Wie immer, wenn die Fahrer keine Radarkontrollen fürchteten, ließen sie ihre Dinosaurier auf Rädern mit vollem Speed über den Asphalt donnern.

Ich brachte den Mustang auf seine beste Geschwindigkeit. Bei neunzig Meilen begann die Karosserie zu scheppern. Immerhin zogen wir an Truck nach Truck vorbei. Niemand war schneller als wir. Personenautos waren ohnedies kaum unterwegs.

»Was befürchtest du?« brüllte Phil gegen das Scheppern an.

»Ich mache mir Sorgen um Corelli!« brüllte ich zurück.

»Ausgerechnet um Rocco Corelli!« Phil schnitt ein Gesicht, das ausdrückte, er verstehe die Welt nicht mehr. »Wir machen uns Sorgen um Mr. Corelli, einen der übelsten Gangster in unserem an üblen Typen überreichen New York! Der FBI als karitative Organisation! SOS für Rocco Corelli! Rettet seine schwarze Seele!«

Ich zischte an einem gewaltigen Truck vorbei, der mit bunten Glühbirnengirlanden wie ein Zirkuszelt beleuchtet war. Sekunden später verschwanden seine Scheinwerfer aus dem Rückspiegel.

Bis jetzt hatte uns kein Fahrzeug überholt.

Kurz nach der Ausfahrt für Camden erschien ein Lichtpunkt im Rückspiegel, vergrößerte sich sehr schnell und verwandelte die Rückspiegel in gleißende, blendende Flächen.

Phil drehte sich um.

»Ein Motorrad!«

Die Maschine mußte eine wahnwitzige Geschwindigkeit drauf haben. Trotz der neunzig Stundenmeilen, mit denen ich den Mustang vorwärts drosch, fraß sie den Abstand in ein paar Sekunden weg.

»Kein Rotlicht!« rief Phil. »Kein Cop!«

Ich nahm das Gas zurück! Einfache Autofahrer-Vorsicht, wenn ein anderer Verrückter sich nähert, der offensichtlich auf die Verkehrsregeln pfeift!

Das Motorrad schoß heran. Das grelle weiße Licht füllte die Spiegel und den Innenraum, als träfe uns der Scheinwerfer eines Leuchtturms. Instinktiv zog ich den Mustang scharf nach rechts.

Die Maschine röhrte mit vollem Speed vorbei. Das blendende Licht erlosch wie ausgeknipst. Die eigenen Scheinwerfer erfaßten Motorrad und Fahrer. Ich trat den Gashebel voll durch. Der Mustang zog an, und so hielten die Scheinwerfer Mann und Maschine für einige Sekunden im Licht.

Natürlich war es ein schweres Rad, aber ohne den Aufputz, mit dem Rocker ihre Feuerstühle schmücken. Auch ohne besonderen Sitz oder einen übertriebenen Easy Rider-Lenker. Der Fahrer saß in konventioneller Haltung weit nach vorn gebeugt auf der Maschine. Er steckte in einer roten Ledermontur und trug einen schwarzen Rennfahrerhelm, auf dessen Rückseite ein fingergroßes weißes Kreuz eingelassen war. Als er spürte, daß unsere Scheinwerfer ihn festhielten, wandte er trotz der hohen Geschwindigkeit den Kopf über die Schulter und drehte sich nach uns um. Hinter dem Glasvisier des Helms war nichts vom Gesicht zu erkennen.

Er zog seine Maschine nach links und drehte offensichtlich den Gashebel auf, denn das Motorrad erhielt zusätzlichen Schub wie ein Düsenjäger, dessen Pilot den Nachbrenner eingeschaltet hat.

Ich versuchte dranzubleiben. Der Mustang gab sich Mühe und hielt nicht schlecht mit. Ich hätte nicht sagen können, warum mich der Bursche auf dem Motorrad interessierte. Wahrscheinlich gab es keinen ernsthaften Grund. Ich hatte es eilig, und der Mann auf der Supermaschine schien es noch eiliger zu haben. Ich dachte, ich könnte ihn als eine Art Scout benutzen.

Weit voraus funkelten die bunten Lichter großer Trucks. Wir schossen darauf zu, als stürzten wir in einer Raumkapsel zwischen die Sterne einer farbigen Milchstraße.

Plötzlich bog einer der Highway-Elefanten auf die Überholspur. Das Bremslicht des Motorrads leuchtete für ein paar Zehntelsekunden und erlosch. Ich selbst stieg auf die Bremse. Der Mustang schlotterte mit der Hinterachse.

Mit kaum verminderter Geschwindigkeit raste der Motorrad-Freak auf die Trucks zu, die mit ihren breiten Kehrseiten beide Fahrbahnen sperrten. Der Scheinwerfer erfaßte die Rückfront des Trucks auf der Überholspur. Ich las die Aufschrift: ›Eastcoast *Transport Inc.*‹

Dann ging der Mann mit seiner Maschine bis an den äußersten Rand der Fahrbahn und so dicht an den Mittelstreifen, daß der leiseste Schlenker ihn vom Beton in die Büsche bringen mußte, und das hätte bei der hohen Geschwindigkeit eine Katastrophe bedeutet.

Er schaffte es, zog sein Rad an der Flanke des Trucks vorbei und verschwand aus meinem Blickfeld. Sekunden später kamen wir vor den haushohen Hinterfronten an. Da blieben wir hängen wie vor den Flügeln eines geschlossenen Scheunentors.

Die Road Cowboys an den Steuerrädern der Ungetüme lieferten sich minutenlang ein verbissenes Ringen. Mal rückte Eastcoast Transport Inc. ein paar Fuß vor, mal gewann der andere Truck, der die Aufschrift *The Runner* trug, ein oder zwei Yards zurück.

Ich ließ das Signalhorn aufheulen. Wenn die Truck-Häuptlinge es überhaupt hörten, so kümmerten sie sich doch nicht darum. Sie blieben in ihrem Sechzig-Meilen-Clinch, bis The Runner schließlich zu siegen begann und sich langsam vorschob.

Ich ließ den Mustang auf die Normalspur zurückdriften, zog ihn an der rechten Flanke von Eastcoast Transport Inc. vorbei. Sobald die Lücke zwischen beiden Superlastern groß genug war, schlüpfte ich durch. Eastcoast ließ mir sein Horn nachbrüllen, weil ich auf der falschen Seite überholt hatte.

»Oh, Himmel!« sagte Phil. »Auf diesem Stück Highway scheinen die Verkehrsregeln so wenig zu gelten wie bei einem Crashrennen.«

Klar, daß das Motorrad am Horizont verschwunden war. Langsam fütterte ich die Geschwindigkeit des Mustangs hoch. Wir durchrasten ein paar leere Meilen, bevölkert nur von drei Trucks.

Der Highway stieg leicht an. Im ersten noch grauen Licht des neuen Tages konnte ich jenseits des Scheinwerfers die Doppelspur bis zur Kuppe des Hügels verfolgen.

Und dort, jenseits der Kuppe, geschah es. Der rot-gelbe Blitz einer Explosion zuckte auf. Ihr Donnerschlag überdröhnte für die Dauer einer langen Sekunde jedes andere Geräusch.

Nicht wir waren die ersten am Tatort. Jenseits der Hügelkuppe stand ein Truck. Das hastige und harte Bremsen des Fahrers hatte ihn schräggestellt. Er blockierte zwei Drittel der Fahrbahn. Sein Motor lief noch. Die Scheinwerfer brannten. Der Fahrer beugte sich aus dem Fenster und schrie uns zu: »Vorsicht Leute! Da vorn ist ein Wagen explodiert.«

Phil schrie zurück: »Rufen Sie über CB die Highway Patrol!«

Trümmer übersäten die Fahrbahn. Am rechten Straßenrand brannte irgend etwas zwischen den Sträuchern mit hohen Flammen und verbreitete schwarze Qualmwolken.

Später stellte sich heraus, daß die Explosion den Tank

bis dorthin geschleudert und das Benzin erst dann Feuer gefangen hatte.

Auf der Fahrbahn brannten kleine Pfützen Öl. Der Wagen oder das, was von ihm übriggeblieben war, brannte nicht.

Die Explosion hatte alles aus dem Fahrzeug rausgepustet: Polster, Lenkrad, Armaturen und Menschen. Aber sie hatte die Form des Autos fast unversehrt gelassen.

Rocco Corelli fuhr einen Cadillac Sedan, Speziallackierung in Goldmetallic, Weißwandreifen und eine Menge Zusatzklimbim.

Dieses Auto war ein Ford Fairmont. Schlichte grüne Lackierung, keine besonderen Kennzeichen.

Ich ließ die Scheinwerfer brennen. Wir beugten uns über den ersten Toten. Ein erkennbares Gesicht hatte er nicht mehr. Seine Haut war dunkel.

Der Mann, der dicht beim Fahrzeug lag, war grauhaarig. Seine Augen standen offen.

»George Chesbeen«, sagte Phil.

Der dritte Körper lag mit den Beinen im brennenden Öl. Wir zogen ihn zur Seite und drehten ihn um.

Lee Wan. Auch er war tot.

Längst gab es Zuschauer. Truck um Truck kam zum Stehen. Die Fahrer kletterten aus den hohen Fahrerhäusern, bildeten Gruppen und näherten sich vorsichtig.

Geprächsfetzen schlugen an mein Ohr.

»Bis sie den Schrott weggeräumt haben, vergehen Stunden. Verdammt, auf mich wartet 'ne gute Ladung in New York. Ich verlier' sie, wenn ich nicht bis zwölf Uhr aufgekreuzt bin.«

»Am besten rollen wir durch, bevor die Bullen alles absperren«, sagte ein anderer, aber niemand ging zu seinem Truck zurück.

Auch auf der Gegenfahrbahn blieben Lastwagen stehen, obwohl sie nicht ernsthaft blockiert war.

»Wie bei Mahon«, sagte Phil.

»Ich würde mich nicht wundern, wenn die Experten wieder eine Haftmine als Ursache fänden.«

»Warum Chesbeen und seine Kumpane? Sie sind nur Randfiguren.«

»Sie waren Glorias Truppe. Der Mann, der sie tötete, will der Jackpot-Königin jeden nehmen, auf den sie sich stützen kann.«

»Dann wäre Jonny Slide der nächste auf seiner Liste.«

»Und Rocco Corelli hätte freie Bahn.«

Mit einer Armbewegung umfaßte Phil den Schauplatz des Verbrechens. »Das sieht nicht wie eine Corelli-Arbeit aus. Jedenfalls bevorzugte er bis jetzt andere Methoden.«

Auf der Gegenfahrbahn setzten sich die ersten Trucks wieder in Bewegung. Vorsichtig versuchten die Fahrer ihre Ungetüme um die verstreuten Trümmer zu lenken. Es gelang nicht immer. Manchmal knirschten und krachten irgendwelche Teile unter dem Druck der gewaltigen Reifen.

Ein einzelner Scheinwerfer tauchte zwischen den Lichtern der Trucks auf der Gegenfahrbahn auf, überholte die superschweren Lastwagen mal links, mal rechts. Ich hoffte auf einen Highway Policeman.

Als die Maschine jenseits des Grünstreifens mit mäßiger Geschwindigkeit vorbeizog, griff Phil nach meinem Arm.

»Das ist der Bursche, der uns mit irrer Geschwindigkeit überholte.«

Auch ich erkannte die rote Ledermontur und den schwarzen Helm.

»He, Mann!« rief Phil. »Sie können uns helfen!«

Helm und Glas machten den Mann gesichtslos wie einen Roboter aus einem Science-fiction-Film. Er reagierte nicht, sondern fuhr in unveränderter Geschwindigkeit weiter.

»Komm!« rief Phil und rannte zum Mustang. Er stürzte sich hinters Steuer und startete so schnell, daß der Wagen schon rollte, als ich auf den Beifahrersitz fiel. Ich zog die Tür ins Schloß. Phil setzte den Mustang zurück in die schmale Lücke zwischen zwei Trucks. Er hieb den Vorwärtsgang rein, stieg voll aufs Gas und jagte das Auto in das Gebüsch des Grünstreifens zwischen den Fahrbahnen.

Der Anlauf war kurz, die Geschwindigkeit noch gering. Für einen Augenblick sah es so aus, als würde der Mustang im Gesträuch und Gestrüpp hängenbleiben. Dann kam er doch frei. Phil riß das Steuer scharf herum, vermied um Zollbreite den Zusammenstoß mit einem rollenden Truck und schrie: »Nun mach schon, du lahme Krähe!« Die Aufforderung galt dem Mustang.

Der Wagen kam auf Touren. Phil überholte sechs Trucks, die die Unglücksstelle passiert hatten. Danach lag der Highway leer vor uns bis auf einen roten Punkt in einiger Entfernung. Das Schlußlicht des Motorrads!

Phil schaltete die ganze Beleuchtung des Mustangs ab.

»Du weißt, was du tust?« schrie ich. Zwar war es nicht mehr völlig dunkel, aber auch noch nicht hell genug, um beim Neunzig-Meilen-Tempo auf die Scheinwerfer zu verzichten.

Phil würdigte mich keiner Antwort. Er hielt den Fuß so hartnäckig auf dem Gashebel, als wäre er dort festgeschmiedet.

Der rote glühende Punkt wuchs schnell an. Schon zeichnete sich der Lichtstrahl des Scheinwerfers als kurzer weißer Strich auf dem Asphalt vor der Maschine ab. Die Umrisse des Fahrers ließen sich erahnen.

Phil ließ unseren Wagen auf die Überholspur driften. Ich wußte, daß er sich eine Chance ausrechnete, mit dem

Motorrad unbemerkt auf eine Höhe zu kommen. Nur dann konnte er die schnellere Maschine abdrängen.

In das Motorengeräusch des Mustangs mischte sich ein verdächtiges Scheppern. Der Temperaturanzeiger näherte sich der roten Markierung.

Noch rund zweihundert Yards trennten uns, als der Mann auf dem Motorrad merkte, daß wir ihm im Nacken saßen. Er drehte auf. Die Maschine zog davon.

Phil knurrte einen Fluch. Er ließ die Scheinwerfer aufflammen und betätigte den Blinkhebel.

Das Motorrad befand sich schon an der Grenze der Scheinwerferreichweite. Der Mann, der es lenkte, kümmerte sich nicht um Phils Blinksignale. Mühelos holte er solchen Speed aus seiner Maschine heraus, daß in uns das bedrückende Gefühl aufstieg, kaum noch vom Fleck zu kommen.

Dann machte das Schlußlicht einen Schlenker. Der Scheinwerferkegel war für einen Augenblick in voller Länge zu sehen, bevor beides, weißes und rotes Licht, von der Bildfläche verschwanden.

»Er hat den Highway verlassen!«

Phil nahm das Gas weg. Kein Hinweisschild deutete auf eine offizielle Ausfahrt.

Ich hängte mich aus dem Fenster. In der Höhe, wo die Maschine verschwunden war, entdeckte ich eine weiße Schranke mit einem Warnschild in der Mitte.

»Stopp!« rief ich. Der Mustang rutschte ein Dutzend Meter über die Stelle hinaus.

Phil setzte ihn zurück. Im Licht der Scheinwerfer las ich die Warnschrift:

Privatstraße der Highway-Verwaltung!
Unberechtigtes Befahren bei Strafe verboten!

Die Schranke war aus Stahl, solide verankert und mit einem Schloß gesichert. Doch für ein Motorrad blieb neben den Pfosten Platz genug zum Vorbeikommen, aber nicht für ein Auto.

Phil klemmte sich eine Zigarette zwischen die Lippen.

»Warum wolltest du ihn unbedingt stellen?« fragte ich.

»Weil ich weiß, wie er es gemacht hat.«

Das Future College in Cape May verfügt über eine eigene Sportanlage, zu der auch sechs Tennisplätze gehören. Sue Race, Glorias Tochter, hatte sich für drei Uhr nachmittags mit Nick Troil zu einem Match verabredet. Sie traf vor Nick ein und stieß auf Fred Heyen, einen Collegeboy, den sie nicht leiden konnte. Mindestens ein halbes Dutzend seiner Verabredungsvorschläge hatte sie abgelehnt. Trotzdem gab Heyen nicht auf und verfolgte sie mit einer Mischung aus Begierde und Rachsucht.

»He, Sue!« rief er sie an. »Spiel eine Runde mit mir!«

»Ich habe eine Verabredung mit Nick!«

Heyen verzog verächtlich den Mund. »Läßt du Nick an dich ran? Der Junge hat doch ständig Ölfinger vom Basteln an seinem alten Chevy! Paß auf, daß dein Höschen beim Petting nichts davon mitkriegt!«

»Du bist ein Schwein, Heyen!« fauchte Sue.

»Ach, zier dich nicht so! Du stammst auch nicht aus den feinsten Kreisen!« Er schlug mit der Hand auf ein Transistorradio, das neben ihm auf der Bank stand. »Deine Mammy wird schon wieder von der Presse durchgezogen. Der Umgang mit ihr scheint richtig lebensgefährlich zu sein.«

Er hob beide Hände in einer übertriebenen Abwehrgeste. »Besser, ich halte mich von dir fern. Vielleicht bist du auch lebensgefährlich. Ich werde Nick warnen! Zwar kann ich ihn nicht leiden, aber es wäre unfair, ihn in sein

Unglück stolpern zu lassen. Für einen frühen Tod ist er einfach zu jung.«

»Was haben sie über Mammy gesagt?«

»Bist du noch nicht in die Geheimnisse der Gang eingeweiht?« fragte Heyen ironisch. »Nach Al Mahon, dem großen Gangsterfreund deiner Mutter, sind gleich drei Angestellte des Jackpot-Queen-Casinos mit ihrem Auto in die Luft geflogen.«

Obwohl Heyen erst siebzehn Jahre alt war, noch ein Jahr jünger als Sue, hatte er alles über Sues Mutter, ihre Beziehung zu Al Mahon und das Jackpot Queen in Erfahrung gebracht. Er verfolgte Zeitungs- und TV-Meldungen über das Mahon-Syndikat und das Glückspiel in Atlantic City. Er hatte versucht, Sue mit seinen Kenntnissen zu erpressen, und unternahm es immer wieder, sie damit zu verletzen.

»Hör auf, meine Mutter zu beleidigen!« schrie Sue.

»Beleidigen? Ich zitiere Pressemeldungen.« Er blickt auf seine Uhr.

»Die Drei-Uhr-Nachrichten kommen in wenigen Minuten. Hör selbst zu!«

Noch drang Musik aus dem Lautsprecher. Heyen nutzte die Zeit. »Billy Reston gibt am nächsten Wochenende eine Party in der Villa seiner Eltern. Die Alten sind verreist. Das ganze Haus steht uns zur Verfügung. Bestimmt wird es eine tolle Nacht. Mir fehlt noch ein Mädchen. Komm mit, Sue!«

Er legte die Hand auf ihr nacktes Knie. Sie schrie ihn an: »Nimm deine Pfoten weg!«

Er gehorchte zögernd.

»Warum?« fragte er. »Weil an meinen Fingern kein Öl klebt?«

Die Musik klang aus. Ein Sprecher sagte: »Nachrichten auf Kanal fünfundzwanzig.«

Die ersten zehn Meldungen betrafen Politisches. Erst

die elfte Nachricht bezog sich auf die Ereignisse auf dem Highway.

»Neue Erkenntnisse über die Ermordung von drei Mitarbeitern des Jackpot-Queen-Spielcasinos auf dem Highway zwischen Atlantic City und New York liegen nach Angaben des Pressesprechers der State Police nicht vor. Gegen halb vier Uhr morgens explodierte ein Ford-Fairmont-Fahrzeug, das mit drei Männern besetzt war, in voller Fahrt. Bei den Männern handelt es sich um Randolph Flush, Lee Wan und George Chesbeen. Beziehungen zu der Explosion eines gepanzerten Lincoln auf demselben Highway vor etwa zwei Wochen, bei der Allan Maxwell Mahon umkam, ergeben sich schon aus der Tatsache, daß Randy Flush ein Bruder des Leibwächters Ron Flush ist, der mit Mahon bei der Explosion starb. Der tödliche Zwischenfall wird von der Polizei mit Auseinandersetzungen zwischen rivalisierenden Gangsterbanden in Verbindung gebracht, die in New York und anderen Orten der Ostküste nach dem Tod von Allan Mahon ausbrachen. Im Mittelpunkt scheint das Jackpot-Queen-Casino zu stehen, das von Gloria Race geleitet wird. Schon vor der Explosion auf der Autobahn gab es einen Unglücksfall im Casino, als bei einer Show die Bekleidung eines Mädchens Feuer fing. Ob auch hierbei ein Verbrechen vorlag, wird noch untersucht.«

Heyen verschränkte die Arme.

»Immer noch auf dem hohen Roß?« Er drängte sich dicht an Sue. »Bitte, komm mit zu Billys Party! Ich bin verrückt nach dir, Sue. Du bist ein tolles Mädchen. Alle Jungen würden mich beneiden, wenn du und ich ...«

Der Chevy Nick Troils rollte auf den Parkplatz. Troil, ein hochaufgeschossener Neunzehnjähriger mit schwarzer Haarmähne stieg aus, die Tennisschläger unterm Arm. Bei Heyens Anblick verfinsterte sich sein Gesicht.

»Kleiner, hat Sue dir nicht schon dreimal gesagt, du

sollst sie in Ruhe lassen?« Er baute sich vor Heyen auf. »Ich schlage mich nicht gern mit einem Jungen, von dem ich weiß, daß er keine Chance gegen mich hat, aber es könnte sein, daß eine Tracht Prügel heilsam für dich wäre.« Heyen stand auf, nahm Schläger und Transistorradio.

»Kein Grund zur Eifersucht, Mr. Troil! Sue und ich haben uns nur gemeinsam Nachrichten aus der Unterwelt angehört.«

Erbittert sah er, wie Troil und das Mädchen sich küßten. Aus sicherer Entfernung rief er: »Bye, bye, Jackpot-Prinzessin!«

Die Cops hatten eine halbe Meile des Park Drive im Fort Tryon Park für uns abgesperrt. Ich stand neben Mr. High am Ende der abgesperrten Strecke vor der Zufahrt zu den Parkplätzen. Der Park Drive beschreibt eine sanfte Kurve. Daher konnten wir weder Steve Dillaggio noch Phil sehen, die am Anfang auf das Startzeichen warteten.

Mr. High, unser Chef, nickte mir zu. Ich hob das Walkie-talkie an die Lippen. »Fahr los, Steve!«

Zwanzig Sekunden später kam der Mercury, an dessen Steuer Steve saß, aus der Kurve und brauste auf uns zu. Dicht dahinter donnerte die Harley-Davison-Maschine heran mit Phil im Sattel. Das Motorrad überholte den Mercury. Phil nahm die rechte Hand vom Lenker, beugte sich weit nach rechts und knallte dem Mercury einen Gegenstand aufs Dach.

Es sah höllisch gefährlich aus. Nur eine Handbreit schien ihn vom Auto zu trennen, und beide Fahrzeuge schossen mit solcher Geschwindigkeit heran, daß Phil es nicht mehr schaffte, die Harley Davison an dem Auto vorbeizuziehen. Er mußte stark bremsen. Es war deutlich zu sehen, daß er Schwierigkeiten hatte, die massige

Maschine in der Spur zu halten. Steve Dillaggio brachte den Mercury erst in der Parkplatzeinfahrt zum Stehen.

Mr. High warf mir einen fragenden Blick zu. »Sah es überzeugend aus, Jerry?«

»Ziemlich überzeugend, Sir, wenn Sie bedenken, daß Phil für solche Turnübungen kein Spezialist ist.«

Wir gingen zum Mercury, aus dem Steve stieg. Der Gegenstand, den Phil aufs Dach gesetzt hatte, saß unverrückt an derselben Stelle. Es war eine Rotlichtblinklampe, wie sie von uns und den Zivilstreifen benutzt wird, allerdings ohne Kabel. Ihr Magnetfuß hielt sie auf dem Stahldach.

Phil bockte das Motorrad auf und nahm den Helm ab. Er schüttelte den Kopf. »Hat mich einige Überwindung gekostet, so dicht an Steves Wagen heranzugehen. Irgendwie kommt man sich auf einem Motorrad nackt vor. Kein Stahlblech zwischen dir und dem anderen. Das ist der Grund. Bei einer Berührung verbeult man sich sofort die eigene Karosserie.«

Befriedigt wies er auf die Blinklampe.

»Du siehst, daß es möglich ist.«

»Bleibt die Frage, wer es getan hat«, sagte Mr. High. »Mich beunruhigt besonders, daß Kriegswaffen verwendet wurden. Wir wissen nicht, ob das Arsenal mit Haftminen erschöpft ist, und müssen damit rechnen, daß sie noch über anderes Teufelszeug verfügen.«

»Ich glaube nicht, daß es viele Leute gibt, die sich auf einem schnellen Motorrad so dicht an einen mindestens siebzig Meilen schnellen Wagen heranwagen, daß sie eine Haftmine aufs Dach setzen können«, warf ich ein.

»Irrtum!« widersprach Phil. »Das riskiert jeder Rocker bei einer Wette um eine Büchse Bier.«

»Mag sein, aber er würde sich dabei den Hals brechen.«

»Wir haben noch ein anderes Problem«, erklärte Mr.

High. »Die Untersuchung der Papierreste, die sich selbst entzündeten, ist noch nicht beendet. Der Täter hat einen neuen Angriff auf ein Jackpot-Girl angekündigt. Fahren Sie nach Atlantic City, und versuchen Sie noch einmal, Gloria Race zur Zusammenarbeit mit uns zu bewegen! Verhindern Sie unter allen Umständen, daß das Showgirl zu Schaden kommt!«

»Ohne Gerichtsbeschluß können wir die Show nicht verhindern.«

»Das ist richtig, Jerry! Ich hoffe, daß sich Gloria Race nach den Ereignissen dieser Nacht vernünftig verhalten wird.«

Steve Dillaggio rief mich an: »Für dich, Jerry!« Er hielt den Hörer der Funksprechanlage hoch.

Ich ging zum Mercury und nahm den Hörer ans Ohr.

Helen, Mr. Highs Sekretärin, meldete sich.

»Für dich kam ein Anruf aus Atlantic City, Jerry. Ein Mr. Fulton Dewey von der Ocean Cars Station läßt dir ausrichten, die Reifen seien unreparierbar.«

»Okay, Helen! Bitte, leg ein Antragsformular für eine Vorschußzahlung in mein Fach«, sagte ich. Es war die einzige Konsequenz, die ich aus dieser Nachricht ziehen konnte – nein, ziehen mußte.

An diesem Abend regnete es in Atlantic City.

Wir gaben den Mustang zurück und rechneten ab. Dewey versprach, die Reifen, die wir aus New York mitgebracht hatten, zu montieren.

Über dem Eingang zum Jackpot Queen flackerten und flimmerten die Neonröhren und zeichneten die Umrisse des Symbols an die Fassade, nach dem das Spielcasino seinen Namen trug: eine nahezu nackte Frau, die mit beiden Händen Dollarscheine verstreute. Darunter der Name: *Jackpot Queen.*

Aus einem knappen Dutzend Busse quollen Männer und Frauen, deren Kleider von langer Fahrt zerdrückt waren. Jeder Bus brachte eine Ladung Pauschaltouristen, die mit einem billigen Angebot, einer Show, einem Dinner und zehn Spieldollar, alles im Preis inbegriffen, aus den Provinzstädten herangekarrt wurden. Sie wurden nicht vor ihren Hotels, sondern vor den Spielsälen abgesetzt.

Wir stießen auf Jonny Slide. Sein Filmstar-Aussehen war abgewelkt. Er hatte Ränder unter den Augen und steckte in einem gewöhnlichen grauen Anzug.

»Ich dachte mir, daß auch Sie auftauchen würden«, sagte er. »Vor einer Stunde bin ich zum dritten Mal verhört worden. Außerdem wimmelt es von Journalisten und Reportern, die überall rumschnüffeln. Schon zweimal gab es Krach zwischen ein paar besonders neugierigen Zeitungshyänen und der Hauswache.«

»Wo ist Gloria?«

»In ihrem Büro. Sie führt eine Verhandlung mit Reiseveranstaltern.«

Als Phil und ich auf der Suche nach Gloria durch die Spielsäle gingen, fütterten die Leute aus den Bussen bereits die Slotmaschinen.

Wir fanden Gloria nicht im Büro, sondern an der Bar, umgeben von einer Gruppe Männern, die sie mit Drinks auf Kosten des Hauses bewirtete.

Die Ereignisse der Nacht schienen spurlos an Gloria Race vorübergegangen zu sein. Sie hatte das samtblaue Abendkleid gegen ein hautenges feuerrotes getauscht und die weiße Orchidee im Haar gegen eine Blüte, die gesprenkelt war wie ein Leopardenfell. Sie lachte mit den Männern, duldete Berührungen und verteilte Wangenküsse und sonstige Streicheleinheiten im Überfluß.

Wir hielten uns im Hintergrund, bis Gloria eine letzte Runde bestellte.

Dan rief sie: »Okay, Freunde, nach diesem Drink lasse ich euch die Zimmer zeigen. Um zehn Uhr erwarte ich euch zum Dinner.«

Sie leerten die Gläser, verabschiedeten sich von Gloria und schoben sich als lärmende Gruppe zum Ausgang.

Glorias Gesicht erschlaffte für einen Augenblick. Sie gab dem Mixer einen Wink und ließ ihr Glas nachfüllen.

»Pur!« befahl sie.

Zweifellos hatte sie uns schon vorher gesehen. Sie trank, stellte das Glas ab und nickte uns zu. »Welche Fragen wollen Sie stellen? Sie selbst waren in der Nacht bis zum letzten Augenblick bei mir. Ich bin ins Bett gegangen und wurde kaum zwei Stunden später von Detective Lieutenant McSean geweckt, der darauf bestand, mich zu verhören. Von ihm erfuhr ich, daß Flush, Wan und Chesbeen tot wären.«

»Kein Anruf des Erpressers?«

»Nein, er hat sich nicht gemeldet.«

»Haben Sie Pash an den Blackjack-Tisch dreizehn gestellt?«

»Nein.«

»Dann wird er einen Anschlag auf das Jackpot-Mädchen verüben.«

»Nichts wird geschehen. Wir haben alle erdenklichen Vorsichtsmaßnahmen getroffen.«

Sie fingerte nervös an ihrem Glas. »Ich habe ein Dutzend Reiseveranstalter eingeladen. Sie sind wichtig fürs Geschäft. Von ihnen hängt es ab, ob sie ihre Busse vor meinen Spielsälen ausladen oder zur Konkurrenz fahren. Ich muß die Männer bei Laune halten und mich um sie kümmern.«

»Sie werden die Jackpot-Show ausfallen lassen, Gloria.«

»Unmöglich! Die Show ist die Attraktion des Casinos.«

»Sie können nicht ein Mädchen auf die Bühne

schicken, das Gefahr läuft, bei seinem Striptease ermordet zu werden.«

Sie dachte eine Sekunde lang nach. »In Ordnung«, sagte sie. »Ich werde kein Mädchen auf die Bühne schicken. Wir wickeln die Show auf andere Art ab.«

»Danke, Mrs. Race! Und denken Sie bitte über eine Zusammenarbeit mit uns nach!«

Sie sah uns an, ohne eine Antwort zu geben. Langsam hob sie die Hand und schnippte mit den Fingern. Der Barkeeper griff nach der Whiskyflasche.

»Pur, Gloria?« fragte er.

»Pur!«

Als sie das Glas ergriff, sah ich, daß ihre Hand zitterte.

Detektive Lieutenant McSeans Büro in der 21. Etage des City-Hochhauses bot einen schönen Ausblick über den Strand, die weiße Linie der Brandung und das bunte Lichtergewirr des großen Vergnügungsparks am Ende der Seepromenade.

McSean paffte dicke Rauchwolken aus einer großen Pfeife. »Ich kann mir nicht vorstellen, daß es auf diese Art gemacht worden ist«, knurrte er. »Ich halte es für unmöglich.«

»Wir haben es ausprobiert«, erklärte Phil. »Ich habe selber einen Gegenstand auf das Autodach gesetzt.«

»Okay, okay, aber unter welchen Umständen haben Sie die Methode erprobt, G-man? Ihr Kollege am Wagensteuer ist immer hübsch geradeausgefahren. Er wußte, was Sie versuchen würden, und er hat sich jede Mühe gegeben, es Ihnen leicht zu machen.«

Der Lieutenant streckte die Arme aus und schloß die Hände zu Fäusten, als hielte er ein Steuerrad. »Wahrscheinlich fürchtete er sich davor, das Steuer auch nur um Haaresbreite zu bewegen. In der Praxis würde ein leichter Schlenker genügen, Sie und das Motorrad von der Straße zu fegen.«

»Weder die Leute um Mahon im Lincoln noch Chesbeen und seine Freunde ahnten, was ihnen bevorstand.«

McSean blieb bei seinem hartnäckigen Kopfschütteln. »Jemand, der so etwas riskiert, müßte artistische Fähigkeiten haben.« Er nahm die Pfeife aus dem Mund und wies auf das Fenster. »Ich wette, nicht einmal unter den Todesfahrern auf dem Rummelplatz werden sie einen Mann finden, der Ihren Trick für durchführbar hält.«

»Todesfahrer?«

»Artisten, die auf Motorrädern an Steilwänden herumkurven oder in Kugelkäfigen. Erinnern Sie sich nicht mehr daran, oder sind Sie als Junge nie auf einen Rummelplatz gegangen?«

»Selbstverständlich erinnere ich mich«, sagte Phil. »Ich glaubte, diese Art von Artistik sei aus der Mode. Gibt es eine Todesfahrer-Show in Atlantic City?«

»Keine Ahnung, G-man! Warum sehen Sie nicht selber nach?«

»Machen wir, Lieutenant! Haben Sie einen Wagen, der uns hinbringt?«

McSean stellte uns einen Streifenwagen zur Verfügung. Der Fahrer war ein wortreicher Cop griechischer Herkunft.

»Wenn Sie mir sagen, welche Attraktion Sie am meisten interessiert, fahre ich Sie zum richtigen Eingang, G-man. Sie laufen sich sonst die Absätze schief. Das Gelände ist größer als der Rummelplatz von 1920. Damals besaß Atlantic City das höchste Riesenrad der Welt, viel höher als das Rad von Coney Island. Meine Kinder quälen mich an jedem Wochenende, mit ihnen auf den Platz zu gehen. Wenn ich es erlaubte, würden sie mein ganzes Gehalt auf den Karussells ...«

»Gibt es eine Motorrad-Show?«

»Ja, es gibt sie. The Silver Devils. Ich werde Sie hinbringen.«

Als wir den Streifenwagen verließen, regnete es noch immer. Auf dem Asphalt standen Pfützen, in denen sich die Lichtreklamen spiegelten. Zwar drehten sich die Karussells, und es dröhnte Musik aus einigen Dutzend Lautsprechern, aber die Zahl der Besucher hielt sich in Grenzen.

Die Silver Devils hatten ein aus Neonröhren geformtes Motorrad als Lichtreklame und Blickfang auf die Fassade ihres Zeltbaus gesetzt. Drei Männer und zwei Frauen in silberfarbenen Monturen, rote Schutzhelme unter dem Arm, standen in einer Reihe auf dem Podest. Ein älterer, hagerer Mann, ebenfalls in Silber gekleidet, pries über die Außenlautsprecher die Qualität seiner Show.

»Todesmutige Männer und Mädchen bieten eine atemberaubende Show!« schrie er. »Auf rasenden Maschinen, unter dem Dröhnen der Motoren setzen sie ihr Leben aufs Spiel in einem Schauspiel der Schönheit und der Geschicklichkeit, das niemand versäumen darf!«

Er schritt die Reihe der Fahrer ab und wies auf den ersten, einen breitschultrigen blonden Mann. »Larry wird stehend im Sattel seiner Maschine über senkrechte Wände rasen!«

Larry deutete eine knappe Verbeugung an, während der Anpreiser bereits auf den nächsten zeigte und mit der anderen Hand auf ein Mädchen wies.

»Cliff und seine schöne Schwester Sheila werden gemeinsam auf dem Motorrad eine rasende Höllenfahrt im Rundkäfig zeigen, bei der Sheila zum Schluß frei durch den Raum wirbelt, nur von den eisernen Fäusten ihres Bruders gehalten. Ein Leckerbissen für jeden Mann, denn Sheila darf bei dieser Nummer keinen Fetzen Stoff, der sich irgendwo verfangen könnte, auf ihrem schönen Körper tragen.«

Der nächste Mann in der Reihe war schwarzhaarig, mit hagerem Gesicht und tiefliegenden Augen.

»Unser Star Francis Jackson! Die Kunststücke, die er auf seiner Maschine zeigt, sind nicht zu beschreiben. Diese artistischen Spitzenleistungen müssen Sie sehen. Francis wird, während er in wahnwitziger Fahrt durch den Rundkäfig wirbelt, Gegenstände auffangen und zurückwerfen, als stünde er auf festem Boden.«

Er zog das letzte Mädchen, eine Blondine mit ausgeprägten Formen nach vorn.

»Zum Schluß bietet unsere schöne Eve mutigen Männern die Chance, mit ihr auf einem Motorrad über die Steilwände zu rasen. Wer tapfer genug ist, sich hinter Eve in den Sattel zu schwingen, darf sich an ihr festhalten, und wie Sie sehen, verfügt Eve über einiges, an dem sich festzuhalten lohnt.« Er strich über die Brüste der Blonden, die sich unter dem silbernen Overall abzeichneten.

»Zur Kasse, Ladys und Gentlemen!« schrie er. »Unsere Show beginnt in wenigen Minuten.«

Nur einige Dutzend Leute, darunter eine zehn Köpfe starke Gruppe Rocker in schwarzem Leder lösten Karten an der Kassenbox. Phil und ich schlossen uns an.

Ein kugelförmiger Rundkäfig aus Stahlgeflecht nahm den größten Teil des Zeltes ein. Er reichte bis an die Decke und sah aus wie ein großer Hohlglobus. Eine Rampe führte zu einer eingepaßten Tür aus dem gleichen Stahlgeflecht, aus dem der ganze Käfig konstruiert war.

Sieben Motorräder standen aufgebockt längs der Rampe. Spezialräder mit seltsam geformten Lenkern, ohne Schutzbleche, mit schmalen Tanks und Halteschlaufen statt Fußrasten.

Für die Zuschauer gab es eine Tribüne, die ungefähr fünfhundert Personen fassen konnte und die von weniger als hundert bevölkert wurde. Die Rocker machten sich in der vordersten Reihe breit.

Es dauerte noch eine Viertelstunde, bis die Vorstellung endlich begann. Die fünf Fahrer und der Chef der Devils kamen herein. Scheinwerfer flammten auf und leuchteten den Käfig aus.

»Die Silver-Devils-Truppe dankt für Ihren Besuch!« rief der Grauhaarige. »Wir starten die Show mit Larry! Beifall für Larry!«

Der blonde Larry schwang sich auf eine Maschine und ließ den Motor aufbrüllen. Seine Kollegen öffneten die Gittertür. Larry preschte auf dem Motorrad in den Käfig, brachte die Maschine auf Tempo und kreiste mit ihr, von der Fliehkraft gehalten, an den Käfigwänden. Nach dreißig Sekunden zog er die Beine an, schob die Füße in vorbereitete Halterungen und richtete sich auf. Er ließ den Lenker los, breitete die Arme aus und stand für ein paar Sekunden auf der Maschine, die mit unveränderter Geschwindigkeit im Käfig kreiste.

Beifall und Gejohle brandete auf. Ein Rocker brüllte: »He, Boß, merk mich für die Fahrt mit dem Mädchen vor!«

Larry turnte in den Sattel zurück und verminderte die Geschwindigkeit. Die Tür wurde aufgerissen. Über die Rampe verließ Larry den Käfig. Unter Verbeugungen nahm er noch einmal den Beifall entgegen.

»Und nun ... Cliff und Sheila!«

Cliff war ein schwarzhaariger, mittelgroßer Mann, das Gesicht gebräunt, die Augen hinter einer getönten Brille verborgen, die er erst abnahm, als er den Helm aufsetzte.

Zwischen ihm und dem Mädchen, das seine Schwester sein sollte, bestand keine Ähnlichkeit. Sie war etwas größer als er, mit grauen Augen in einem glatten Gesicht, braunem Haar, das sie zu einem Pferdeschwanz zusammengebunden trug.

Sie stellte sich auf die Rampe, lächelte und zog langsam den Reißverschluß ihrer Montur nach unten. Sie schälte sich aus der Silberkluft wie ein Schmetterling aus seiner Verpuppung. Darunter trug sie einen Tanga aus Flitterstoff. Lässig setzte sie sich hinter ihren Bruder, der die Maschine in den Käfig jagte und sie an den Wänden kreisen ließ.

Cliff und Sheila boten erstklassige Artistik. Auf der rasenden Maschine vollführte das Mädchen akrobatische Übungen, gehalten von den Fäusten des Mannes, der seinerseits die Maschine mit den Knien lenkte. Ihre Show war gefährlich. Die Zuschauer hielten den Atem an. Am Schluß wurden Mann und Mädchen mit Beifall überschüttet.

»Für jeden Silver Devil wäre es eine Kleinigkeit, eine Haftmine auf ein Autodach zu setzen«, sagte Phil. »Sie würden es als Anfängerartistik ansehen.«

Der Auftritt von Francis Jackson, dem Star, war eine Bestätigung von Phils Meinung. Jackson nahm während der Fahrt bunte Ringe von einer Stange. Er fing Bälle auf, die der Showmaster hochschleuderte, und er warf die Ringe so geschickt zurück, daß sie über die Stange zu Boden glitten. Dann fuhren Larry und Cliff zu Jackson in den Käfig und absolvierten eine rasende, sich überschneidende Jagd, bei der es an ein Wunder grenzte, daß ihre Maschinen nicht zusammenstießen. Zwei Minuten dauerte der Wirbel, in dem die Männer zu flirrenden Silberschemen ohne erkennbare Umrisse wurden. Schließlich senkte sich das hochtourige Röhren der Motore. Die Maschinen verlangsamten das Tempo und fuhren über die Rampe aus dem Käfig.

»Und nun ... Eve! Wer ist der Mutige, der sich auf dem Soziussattel mit ihr in den Käfig wagt?«

Die blonde Eve schälte sich aus dem Overall. Silberstiefel und ein paar Silberflicken, auf die kritischen Zonen ihrer Anatomie verteilt, blieben als einzige Bekleidung.

Zehn oder zwölf Männer meldeten sich. Der Rocker, der schon bei Beginn den Platz für sich beansprucht hatte, blieb Sieger, weil seine Kumpane die anderen abdrängten.

Er zog die Lederjacke aus. Die Arme waren bis zu den Schultern tätowiert.

Eve wartete auf dem Motorradsattel. Der plumpe Bursche stieg auf den Rücksitz. Die Artisten Cliff und Larry schnallten ihn fest. Der Showmaster zeigte ihm, wie er die Arme um das Mädchen legen sollte. Er schlug ihn auf die Finger, weil er angeblich die Hände auf ihre Brüste gepreßt hatte. Der Rocker grinste und machte das Spielchen mit.

Die Tür wurde aufgerissen. Eve jagte die Maschine in den Käfig, ließ sie kreisen, lenkte sie in Wellenbewegungen auf und ab und raste schließlich über beide Pole, so daß im Scheitelpunkt die Körper nach unten hingen.

Nach drei Minuten steuerte sie ihre Maschine aus dem Käfig. Cliff und Larry schnallten den Rocker los und hoben ihn aus dem Sattel. Der Mann war graugrün im Gesicht. Als sie ihn losließen, ging er in die Knie, überschüttet von schadenfrohem Gelächter.

Er torkelte, bis seine Kumpane ihn aus dem Zelt schleppten. Von allen Zuschauern blieben nur Phil und ich zurück.

Der Showmaster bemerkte uns. »Die Vorstellung ist beendet!« rief er.

Ich ließ ihn einen Blick auf die ID-Card werfen. »Bitte, nennen Sie uns Ihren Namen!«

»Irving Chapman«, antwortete er. »Was interessiert den FBI an meiner Show?«

»Alles, was man mit Motorrädern anstellen kann. Dürfen wir uns die Maschinen ansehen?«

»Selbstverständlich!«

»Wie schnell sind Ihre Räder, Mr. Chapman?«

»Ungefähr sechzig Stundenmeilen.«

»Nicht mehr? Im Käfig sehen sie sehr schnell aus.«

»Sie sehen so aus, aber sie sind es nicht. Schon vierzig Meilen genügen, eine Maschine an der Wand zu halten. Was wir brauchen, ist eine hohe und schnelle Anfangsgeschwindigkeit. Darum sind alle Getriebe Spezialanfertigungen mit geänderter Übersetzung.«

Wir waren mit Chapman allein im Zelt. Die Artisten hatten es verlassen.

»Besitzen Sie noch andere Motorräder?«

»Nein.«

»Und Ihre Leute?«

Er lachte. »Wer beruflich jeden Tag auf einer Maschine sitzt, ist froh, privat bequem in die Polster eines Autos sinken zu können. Außerhalb der Shows rührt niemand einen Lenker an.«

»Bis wieviel Uhr läuft Ihre Show?«

»Bis Mitternacht, falls genug Besucher kommen. Heute werden wir früher Schluß machen. Vielleicht versuchen wir, noch eine Show auf die Beine zu stellen.«

»Das hört sich nicht an, als wären Sie auf dem Weg, Millionär zu werden?«

»Im Gegenteil, G-man! Wahrscheinlich werde ich die Show am Jahresende aufgeben. Es lohnt nicht mehr. Die Leute sind von den Filmtricks so verwöhnt, daß sie sich bei ehrlichem Risiko langweilen. Ich kann in meinem Rundkäfig keinen Krieg der Sterne auf Motorrädern vorführen.«

»Geben Sie uns einige Auskünfte über Ihre Leute!«

»Larry Crowsky arbeitet seit vier Jahren bei mir. Früher gehörte er zu einer Gruppe Schleuderbrett-Artisten. Cliff und Sheila Kanas sind seit der vorigen Saison bei meiner Truppe, und Francis Jackson wechselte von den Deathmen zu mir. Eve ist meine Tochter.«

»Wo wohnen Ihre Artisten?«

»Jackson besitzt einen eigenen Wohnwagen. Cliff, Sheila und Crowsky haben Zimmer in einem kleinen Hotel gemietet. Eve führt meinen Haushalt und wohnt in meinem Wagen. Meine Frau starb vor fünf Jahren.«

Ich ließ mir den Namen des Hotels nennen. »Bluesea Hotel. Lassen Sie sich von dem Namen nicht täuschen! Es ist nur eine gewöhnliche Absteige. Ich kann meinen Leuten keine großen Gagen zahlen.«

»Danke für Ihre Auskünfte, Mr. Chapman.«

»Darf ich eine Frage stellen, G-man?«

»Schießen Sie los!«

»Verdächtigen Sie einen von uns, ein Verbrechen begangen zu haben?«

»Ich werde eine Gegenfrage stellen, Mr. Chapman. Welcher von Ihren Leuten könnte auf einer normalen Maschine ein schnellfahrendes Auto überholen und dabei einen Gegenstand auf das Autodach setzen?«

»Das könnte jeder von uns. Auch Eve.«

Ich lächelte. »Dann wäre auch Ihre Tochter verdächtig, Mr. Chapman.«

Wir verzichteten darauf, mit den Artisten zu sprechen, baten Chapman, über unsere Unterredung Stillschweigen zu bewahren, und ließen uns von einem Taxi zum Jackpot-Queen-Casino zurückbringen.

In den Stunden vor und nach Mitternacht herrscht in allen Spielsälen der Welt der stärkste Betrieb. Pausenlos rasselten und schepperten die Automaten und verursachten einen ständigen Lärm wie in einer Fabrik. Die Ansagen der Croupiers an Roulettischen und Blackjack-Boards summierten sich zu ständigem Stimmengewirr, aus dem die Aufschreie erregter Gewinner aufstiegen wie Gischt aus der Brandung.

Das Wort *Jackpot* flackerte in Leuchtbuchstaben über

allen Tischen, deren Gewinn in die große nächtliche Ausspielung um ein Uhr morgens ging.

Bis zum Jackpot-Spiel dauerte es noch eine Stunde. Phil und ich gingen an der Bar vor Anker.

»Glaubst du, daß sich einer der Silver Devils für einen Angriff auf ein Auto kaufen läßt?« fragte ich, während der Keeper die Orange-Flips vor uns hinstellte.

»Er wüßte, daß er für einen Mord bezahlt wird«, antwortete Phil. »Die Methode wäre zweitrangig. Ob einer von Chapmans Drivern fähig ist, sich für Mord kaufen zu lassen, werden wir erfahren, wenn wir uns näher mit ihnen beschäftigen.«

Ich rührte in meinem Drink. »Der Mann kann auch getäuscht worden sein«, sagte ich nachdenklich.

»Vielleicht wurde ihm gesagt, es handle sich um einen Scherz und das Ding, das er dem Lincoln aufs Dach setzte, sei ein harmloser Feuerwerkskörper.«

»Beim zweiten Fall kann er an harmloses Feuerwerk nicht mehr geglaubt haben.«

»Beim Mord an Chesbeen und den anderen blieb ihm keine Wahl. Wer einmal einen Mord begangen hat, kann zum nächsten Verbrechen leicht gezwungen werden. Denn wer würde ihm schon glauben, daß er beim ersten Mal ahnungslos war?«

Phil schüttelte den Kopf. »Deine Version schmeckt mir nicht, Jerry. Wer einem Auto bei siebzig Stundenmeilen ein Ding aufs Dach setzt, das explodieren kann, kalkuliert mindestens einen schweren Unfall ein.«

Eine Hand berührte meine Schulter. Ich drehte mich um. Hinter uns stand Rocco Corelli. Und hinter Corelli stand Pasquale Nello, sein Leibwächter. Ein Arzt hatte ihm auf einer handtellergroßen Fläche die schwarzen Locken abgeschoren und ein kreuzförmiges Pflaster aufgeklebt.

Corelli grinste uns mit seinen Pferdezähnen an. Er trug

die rote Jacke aus stoffweichem Leder, ein weißes Hemd, aus dessen Ausschnitt sein Brusthaar quoll, die goldene Kette mit dem Talisman, der wie immer im Haargestrüpp unerkennbar blieb.

»He, Leute, ich habe in New York mit eurem Besuch gerechnet. Verdächtigt ihr mich nicht? Traut ihr mir nicht zu, die Leute der Jackpot-Königin umgelegt zu haben? Ich hatte ein Motiv.« Er wies auf Nello. »Seht euch Pasquale an! Sie haben ihm beinahe den Schädel gespalten.«

Er winkte dem Mixer und bestellte Whisky für sich und Nello.

»Euch biete ich nichts an«, sagte er. »Ihr haltet euch doch an eurem Saftwässerchen fest.«

»Hast du heute nacht deine Mannschaft mitgebracht?« fragte Phil.

»Wozu? Nello genügt, damit er mich fahren kann, falls ich zuviel trinke.«

»Keine Angst um dein Leben?«

Er wies auf sein Gesicht.

»Man sieht kaum noch etwas. Den ganzen Tag über war ich in einem Beauty-Salon. Mit kalten Kompressen und Massagen habe ich mein Profil in Ordnung bringen lassen. Im Bedarfsfall kann ich euch den Salon empfehlen. Die Mädchen sind hübsch und verstehen ihr Handwerk.«

Er ließ sein Glas nachfüllen.

»Was habe ich noch zu fürchten? Irgendwer hat mir die Arbeit abgenommen und die Mannschaft der Jackpot-Königin in die Leichenschauhäuser befördert. Wen könnte die Lady noch auf mich hetzen? Den Prachtjungen mit dem Filmschauspielergesicht, der gestern das Jackpot-Girl rettete? Solche Typen nehme ich nicht ernst, G-man.«

»Du willst Gloria Race die Lizenz abjagen ...«, sagte Phil.

»Abkaufen!« verbesserte Corelli. »Auch eine Partnerschaft habe ich angeboten.«

»Du vergißt, daß andere den gleichen Plan verfolgen. Wenn die Morde an Mahon und der Jackpot-Crew nicht auf deine Rechnung gehen, dann ist es die Arbeit von Leuten, die auch vor dir nicht haltmachen werden. Sobald sie herausgefunden haben, daß du ein Konkurrent bist, setzen sie dich auf ihre Liste.«

Corelli kniff die Augen zusammen. Seine Finger glitten an der Halskette entlang bis zum Anhänger, den er zwischen Daumen und Zeigefinger rieb. Es schien eine kleine Figur zu sein, die zwischen Corellis groben Fingern verschwand.

»Ihr wißt, daß ich schon einen Krieg mit einer Gang überlebt habe«, sagte er. »Ich kenne mich aus. Man muß die ersten Angriffe überstehen, muß zurückschlagen, der anderen Seite Verluste beibringen und dann ein kleines Angebot machen. Auf diese Weise erreicht man einen preiswerten Waffenstillstand.«

Ein Gong hallte aus den Lautsprechern, gefolgt von der Ansage: »Ladys und Gentlemen! In einer halben Stunde beginnt das große Spiel um den Jackpot der heutigen Nacht. Wir werden einen ungewöhnlich großen Jackpot haben. Alle Gäste, die teilnehmen wollen, werden gebeten, sich in den Showsaal zu begeben.«

Corelli warf ein paar Dollarscheine auf die Bartheke. »Bin gespannt, ob wir heute das Mädchen nackt zu sehen bekommen, bevor irgend etwas passiert.«

»Es wird kein Jackpot-Girl geben«, sagte ich. »Gloria Race verzichtet auf diesen Teil der Show.«

»Schlecht fürs Geschäft! Ich werde trotzdem einen Einsatz riskieren.«

Der Lautsprecher wiederholte die Durchsage. Phil und ich folgten dem Zug der Spieler. Am Eingang wurden strenge Kontrollen durchgeführt. Uniformierte Wächter wiesen jeden zurück, der eine Kamera trug, und tasteten in einer zweiten Kontrollzone die Leute mit Detektorgeräten ab, wie sie auf Flughäfen üblich sind.

Unsere 38er lösten eine Menge Musik aus. Die Wächter legten zur Vorsicht die Hände an die Coltgriffe.

Slide, der in der Nähe stand und die Kontrollen beobachtete, mischte sich ein und sorgte dafür, daß wir durchgelassen wurden.

»Wir versuchen, jedes Risiko zu vermeiden«, erklärte er hastig. »Außerdem will ich die Reporter draußenhalten. Die Leute mögen nicht, wenn sie beim Spiel fotografiert werden.«

»Wo ist Gloria?«

»Keine Ahnung! Ich glaube, sie kümmert sich noch immer um die Reiseveranstalter. Entschuldigen Sie mich, G-men!« Er eilte zur Tür, wo Krach zwischen den Wächtern und einem Mann entstanden war, der seine Kamera nicht hergeben wollte.

Von den Reiseveranstaltern drängten viele in den Saal. Gloria Race befand sich nicht bei ihnen.

Genau um ein Uhr morgens wurden die Saaltüren geschlossen. Ein Gong dröhnte. Der Vorhang öffnete sich.

»Ladys und Gentlemen!« dröhnte die Lautsprecherstimme. »Das Jackpot-Girl dieser Nacht!«

Die Scheinwerfer flammten auf, erfaßten die Frau im Zentrum der Bühne, deren Nacktheit unter dem Kleid aus grünen Tausend-Dollar-Noten zu erahnen war.

Die Frau war niemand anders als Gloria Race selbst.

Die beiden Männer mit der großen Kassette betraten die Bühne. Sie begannen, die Tausender von Glorias Körper zu pflücken. Die Lautsprecherstimme zählte laut mit. Im Sichtfenster der Registrierkasse sprangen die Zahlen.

Stimmung kam auf.

Die Reisebosse erkannten, daß sich die Jackpot-Königin höchstpersönlich für sie abblättern ließ und nahmen es als besondere Dienstleistung. Jeden Schein begleiteten sie mit großem Gejohle und wildem Klatschen. Sie steckten die anderen an. Kaum noch übertönte der Lautsprecher das Toben im Saal.

Fünfundvierzigtausend Dollar! Sechsundvierzigtausend! Zweiundfünfzigtausend! Einundsechzigtausend!

Glorias Brüste lagen frei. Noch immer war sie eine schöne Frau. Sie hatte Show-Erfahrung und wußte sich zu verkaufen. Winzige Gesten, kleine Bewegungen brachten die Männer zur Raserei.

Neunundsechzigtausend Dollar! Vierundsiebzig! Fünfundachtzigtausend!

Der letzte Tausender wurde gepflückt!

Vierundneunzigtausend Dollar!

Gloria war nackt. Zehn Sekunden lang stand sie unbeweglich mit ausgebreiteten Armen und leicht gegrätschten Beinen.

Die Männer, brüllten begeistert. Dann erloschen die Scheinwerfer, und der Sprecher verkündete: »Im Jackpot dieser Nacht liegen vierundneunzigtausend Dollar! Der Einsatz beträgt unverändert fünfhundert Dollar! Wählen Sie Ihre Ziffern, Ladys und Gentlemen!«

Die Leute, allen voran die Reisebosse, drängten zu den Croupiertischen.

Auch Corelli kaufte eine Zahlenkombination. Er kam direkt an uns vorbei und sagte mit einem breiten Grinsen: »Sie sieht erstklassig aus. Ich hätte nichts dagegen, durch eine Heirat an die Lizenz zu kommen.«

Eine Viertelstunde lang dauerte der Verkauf der Ziffern. Über die Lautsprecher mahnte der Ansager: »Nur noch eine Minute bleibt Ihnen für Ihre Einsätze! Versäumen Sie nicht die größte Chance Ihres Lebens! Vierundneunzigtausend Dollar warten auf Sie!«

Die letzten Sekunden zählte er laut: »... vier, drei, zwei, eins! Nichts geht mehr!«

Die Scheinwerfer flammten auf und erfaßten das Glücksrad. Gloria trat aus den Kulissen, eingehüllt in einen weiten Brokatmantel, der bei jedem Schritt ihre Beine freigab. Ein Spotscheinwerfer hielt sie auf ihrem Weg zum Rad im Licht.

Sie warf den Umhang ab, drehte sich einmal um die Achse und zeigte allen ihre Nacktheit. Dann drückte sie den Knopf, der die Segmente in Bewegung setzte. Zwanzig Sekunden lang kreisten die Scheiben. Gloria stoppte sie. Vor dem roten Pfeil blieben die Ziffern stehen: 1051.

Halblaute Flüche, enttäuschtes Seufzen und plötzlich der Aufschrei: »Das bin ich! Oh, Himmel, ich hab's!«

Der Mann, der sich nach vorn zur Bühne drängte, war ein magerer Glatzkopf mit großen abstehenden Ohren, die vor Erregung glühten wie Positionslampen. Er stolperte auf der Treppe und quittierte das höhnische Gelächter der Neidischen mit einer Serie von Verbeugungen. Er verbeugte sich auf dem ganzen Weg über die Bühne.

Gloria trat ihm entgegen, die Kassette mit vierundneunzig Tausendern in den Händen. Sie war nicht mehr nackt. Sie hatte sich den Brokatumhang umlegen lassen. Mit zitternden Händen nahm der Glatzkopf die Kassette entgegen, und als Gloria ihm die Wange für einen Kuß hinhielt, schmatzte er ungeschickt Küsse in die Luft. Gloria faßte ihn um die Schulter und führte ihn in die Kulissen ab.

Der Saal begann sich zu leeren.

Corelli zerriß sein Los zu kleinen Fetzen. »So ein Idiot gewinnt!« sagte er kopfschüttelnd. »Habt ihr gesehen, wie seine Ohren glühten? Was denkt ihr? Wird sie mit dem Mickerzwerg schlafen?«

Er wechselte das Thema. »Es ist nichts passiert. Ich

hätte eine Vier-zu-eins-Wette gehalten, daß auch heute nacht irgend etwas bei der Jackpot-Show passierte.« Er lachte. »Ich hätte es getan. Man darf den Druck nie lockern.«

Er verließ den Saal. Ich sah Reginald Moire, den Casino-Angestellten, der den Ablauf der Jackpot-Show zu überwachen hatte, am Rand der Bühne und ging zu ihm. Moire hatte uns gestern die Garderoben und den Karton mit den Tausendern gezeigt.

»Wußten Sie, daß Gloria selbst das Jackpot-Girl der heutigen Nacht sein würde?«

Moire, der ebenso glatzköpfig war wie der Gewinner des Jackpots, tupfte Schweißtropfen vom kahlen Schädel. »Ich erfuhr es fünf Minuten vor Beginn der Show. Ursprünglich sollte Jenny Everell als Jackpot-Girl auftreten. Dann erhielt ich von Gloria die Anweisung, Jenny das Honorar auszuzahlen und sie nach Hause zu schicken. Die Show würde ohne Girl stattfinden. Kurz vor ein Uhr wurde ich von Lizzy in die Garderobe gerufen. Gloria war schon mit dem Geld beklebt. Sie befahl mir, sie als Jackpot-Girl anzukündigen und die Show wie üblich durchzuziehen.«

»Wo ist sie jetzt?«

»In der Garderobe. Sie zieht sich um. Mr. Slide ist bei ihr. Er war sehr erregt und machte ihr Vorwürfe. Auch er hatte nicht Bescheid gewußt.«

Wir trafen Gloria Race umgezogen und im Abendkleid. Slide, der noch immer in seinem Straßenanzug steckte, sog in heftigen Zügen an einer Zigarette.

»Fühlen Sie sich auch geblufft wie Jonny?« fragte Gloria. »Er ist wütend, weil ich ihn nicht informierte.«

»Du hast dein Leben riskiert!« zischte er. »Es war höllisch leichtsinnig, die Drohung nicht ernst zu nehmen.«

Sie befestigte die Orchidee im Haar. »Ich bin unversehrt, wie du siehst. Waren Sie im Saal, G-men? Ich bekam viel Beifall.«

»Sie hatten versprochen, auf den Auftritt eines Jackpot-Girls zu verzichten.«

»Ich habe das Versprechen gehalten. Nicht ein Girl trat auf, sondern ich. Die Reiseveranstalter waren im Casino. Die Jackpot-Show ist die große Attraktion, und das Mädchen gehört dazu. Ohne Mädchen und Striptease bleibt es eine einfache Verlosung. Ich konnte nicht darauf verzichten, den Reisebossen Appetit zu machen.«

Eine dumpfe Explosion, nicht viel lauter als das Zuschlagen einer schweren Stahltür, erschütterte den Raum. Für eine Sekunde erzitterten alle Gegenstände. Die Flaschen auf dem Schminktisch klirrten. Lizzy, die Garderobiere, heulte auf und fiel auf die Knie.

»Was war das?« schrie Gloria.

Phil, Slide und ich sprangen zur Tür. Für eine Sekunde hinderten wir uns gegenseitig. Phil stieß Slide aus dem Weg und riß die Tür auf.

Staub und ein scharfer Geruch schlugen uns entgegen. Ein heruntergerissener Fetzen des Vorhangs wehte über die Bühne. Zwei Scheinwerfer waren zersprungen. Die Glassplitter knirschten unter unseren Schuhsohlen.

Die Explosion hatte aus dem großen Glücksrad ein Gewirr aus Blech und Stahl gemacht, die Achse aus dem Lager gerissen und den Motor zersprengt.

Vor dem Sockel lag ein Mann im Smoking, den Kopf zur Seite gedreht. Sein kahler Schädel war eingedrückt, und Blut strömte als fußbreites Rinnsal über den Boden.

»Reginald Moire«, sagte Phil.

Gloria kam. Ich fing sie ab.

»Besser, Sie sehen nicht hin«, sagte ich, aber sie starrte auf den Toten.

»Reggie«, flüsterte sie. »Wieso Reggie?«

Warum Reginald Moire, dieser farblose Buchhaltertyp ohne Flecken in der Vergangenheit?

Die Spezialisten stellten fest, daß Moire von einer Sprengladung zerrissen worden war, die sich im Glücksrad befunden hatte.

Sie klaubten aus den Trümmern Teile einer Funkzündung ungewöhnlich primitiver Bauart, die nur auf einen starken Impuls reagiert hätte, und sie waren sich nicht einig, ob die Ladung durch einen solchen Impuls gezündet worden oder aus anderer Ursache hochgegangen war.

Was also hatte sich abgespielt? Hatte Moire sich kaufen lassen? Er besaß Zugang zu den Tausender-Noten. Sie zu präparieren, war für ihn ebenso leicht, wie die Sprengladung im Glücksrad zu verstecken, denn er selbst kontrollierte alles, was mit der Jackpot-Show zusammenhing.

Aber wer hielt den Finger auf dem Sendeknopf?

Reginald Moire selbst?

Die Spezialisten meinten, der Sender müsse sich in der Nähe des Zünders befunden haben, sonst wäre das Signal zu stark abgeschwächt worden.

Moire war nahe genug drangewesen. Während der ganzen Show hatte er sich auf der Bühne oder in den Kulissen befunden.

Warum war das Explosionssignal nicht gesendet worden?

Weil Gloria Race selbst als Jackpot-Girl auftrat? Die Frage war so gut wie eine Antwort. Moire hatte nicht gewußt, daß Gloria die Rolle übernehmen würde.

Niemand hatte es gewußt.

Da Reginald Moire sich bestimmt nicht absichtlich selbst in die Luft gesprengt hatte, blieb die Frage, ob die Drahtzieher einen Mitwisser beseitigt hatten. Konnte es sein, daß Moire so leichtsinnig gewesen war, dicht an das

Glücksrad heranzugehen, obwohl er wußte, daß eine Bombe drinsteckte?

Für alle Fragen gab es eine andere einfache Lösung. Moire war ahnungslos gewesen, hatte sich aus irgendeinem Grund an dem Gerät zu schaffen gemacht und die Explosion ausgelöst.

Die Experten erklärten auch diesen Ablauf für möglich. Sie hielten den Zünder für so primitiv, daß er auch funktionierte, wenn man draufschlug.

Eine überzeugende Lösung, oder?

Wenn man sie akzeptierte, blieben andere Fragen offen. Wer hatte dann die Spielgeldscheine präpariert und die Bombe im Glücksrad versteckt?

Und wer hatte im Saal oder hinter der Bühne gelauert, um auf den Sendeknopf eines umgebauten Walkie-talkies zu drücken, und hatte es dann doch nicht getan?

Wer um zehn Uhr morgens einen Spielsaal betritt, findet nur ein paar Frühaufsteher an den Slotmaschinen. Die meisten Rouletts sind geschlossen. Vielleicht läuft an ein oder zwei Blackjack-Boards ein müdes Fünf-Dollar-Spiel. Die eingegrenzten Baccarat-Tische stehen mit Sicherheit verwaist.

Drei Tage nach Moires Tod kamen Phil und ich um diese Zeit ins Jackpot Queen. Ein Wächter sagte uns, daß wir Gloria im Showsaal finden würden.

Sie trug Lederjeans und ein weißes T-Shirt. Auf der Bühne montierten Handwerker ein neues Glücksrad. Mit irgend etwas war Gloria nicht zufrieden, und sie verstrickte sich in eine lautstarke Auseinandersetzung mit dem Lieferanten.

Nach zehn Minuten kam sie zu uns. Sie war ungeschminkt. Feine Falten an den Augen und den Mundwinkeln waren die einzigen Spuren ihres Alters.

»Wollen Sie die Jackpot-Show wiederaufnehmen?«

Sie nickte energisch. »In den drei Nächten ohne Show sanken die Einnahmen aus dem Jackpot-Spiel um sechzig Prozent. Ich habe den Einsatz halbieren müssen, um das Spiel überhaupt in Gang zu halten.«

»Wollen Sie selbst Nacht für Nacht als Jackpot-Girl auftreten?«

»Nein, so etwas läßt sich nicht wiederholen. Ich habe sechs Mädchen verpflichtet.«

»Kennen die Mädchen das Risiko?«

»Sie kennen die Höhe der Gage. Ich habe sie verdoppelt. Gefahrenzulage, wenn Sie so wollen, G-man, obwohl ich nicht länger an eine Gefahr glaube.«

»Warum so optimistisch, Gloria?«

»Weil ich alle Leute ausgewechselt habe, die bei der Show mitwirken, einschließlich Lizzy in der Garderobe. Die Bühne und alle Räume dahinter werden rund um die Uhr überwacht. Ohne meine ausdrückliche Erlaubnis darf sie niemand betreten. Alle Schlösser wurden ausgetauscht. Wenn dieser heimtückische Bastard noch einmal zuschlagen will, muß er sich eine andere Gelegenheit als die Show suchen.«

»Sie kannten Reginald Moire besser als jeder andere. Er hatte keine Angehörigen. Trauen Sie ihm zu, daß er die Geldscheine tränkte und die Bombe im Glücksrad versteckte?«

Sie zögerte deutlich, bevor sie antwortete: »Jeder ist käuflich.«

»Wurden Sie inzwischen angerufen?«

»Nein, der Mann, der mich in der Nacht von Mahons Tod zum ersten Mal anrief, hat sich nicht wieder gemeldet. Allerdings versucht ein anderer, mich unter Druck zu setzen, aber er zeigt sein Gesicht.«

»Rocco Corelli?«

»Er war gestern und vorgestern hier. Er fing mich an

der Bar ab und folgte mir hartnäckig bis in mein Büro. Er behauptete, für ihn sei es eine Kleinigkeit, den Mann, der meine Lizenz will, zu finden. Seine Methoden seien wirkungsvoller als die der Polizei. Was er sagte, klang überzeugend.«

»Was verlangt er als Gegenleistung? Auch die Lizenz?«

Für eine kleine Sekunde zeigte sie ein verschlagenes Lächeln.

»Rocco handelt aus Liebe«, sagte sie spöttisch. »Mein Anblick als Jackpot-Girl hat ihn hingerissen.«

»Ich warne Sie, Gloria. Corelli verdiente sein erstes Geld als Zuhälter.«

»Ich brauche Ihre Warnung nicht. G-man. Ich kenne Männer. Corelli ist ein Lügner und Gangster. Aber warum soll ich nicht einen Gangster gegen den anderen ausspielen?«

»Unterschätzen Sie Corelli nicht! Um sein Ziel zu erreichen, wird er keine Rücksicht darauf nehmen, daß sie eine Frau sind.«

»Wenn es soweit ist, werde ich Sie zur Hilfe rufen!«

Von der Bühne her meldete der Mann, mit dem Gloria sich gestritten hatte: »Wir können einen Probelauf machen, Mrs. Race!«

»In Ordnung!«

Er drückte einen Knopf.

Die vier Segmente des Rades begannen zu kreisen. Auf Glorias Zeichen bremste er sie ab. Vor dem roten Pfeil blieben die Zahlen 0891 stehen.

»Merken Sie sich die Zahl, und setzen Sie sie heute nacht!« sagte die Jackpot-Königin spöttisch. »Vielleicht bringt sie Ihnen Glück!«

»Ihr Herz besteht aus Edelstahl«, sagte Phil, als wir wieder in den Jaguar stiegen. »Um sie herum werden ein halbes Dutzend Männer in die Luft gesprengt, aber ihre Gedanken und Sorgen gelten allein dem Geschäft.«

Ich fuhr in die Richtung des Vergnügungsparks.

»Willst du die Silver Devils sprechen?«

»Ja, wir dürfen nicht aus den Augen verlieren, wie Mahon und die anderen umgebracht wurden. Ich kann den Motorradfahrer nicht vergessen.«

»Es war meine Idee, alter Junge«, protestierte Phil.

»Und sie war so gut, daß wir sie nicht untergehen lassen sollten.«

Auch der Rummelplatz war um diese frühe Morgenstunde kaum besucht. Die meisten Karussells standen still. Die Lautsprecher schwiegen. Menschen in Arbeitskleidung reparierten oder reinigten Geräte und Wagen.

Irving Chapman, den Boß der Silver Devils, trafen wir auf einer Leiter. Er wechselte Neonröhren an der Frontbeleuchtung aus. Statt der Silbermontur trug er einen blauen Overall.

»Ich dachte mir, daß Sie wiederkommen würden«, sagte er. »Ihr Besuch hat mich sehr beunruhigt. FBI-Agenten bearbeiten nur schwere Verbrechen. Ich bin sicher, daß Sie sich irren, wenn Sie einen meiner Leute verdächtigen.«

Aus dem Zeltinneren drang Motorengeräusch.

»Jackson, Crowsky und Cliff Kanas üben eine neue Nummer«, erklärte Chapman. »Wollen Sie zusehen?«

Er brachte uns ins Zelt. Wir trafen alle Mitglieder der Truppe. Die beiden Mädchen, Sheila Kanas und Chapmans Tochter Eve, standen bei der Tür zum Käfig. Die drei Männer arbeiteten. Sie saßen auf den kreisenden Maschinen und versuchten, bestimmte Formationen zu bilden. Jackson, der das Kommando hatte, dirigierte Crowsky und Kanas durch Zurufe und Handzeichen, bis die drei Motorräder in einer Linie und in der Höhe gestaffelt den Käfig durchrasten. Jackson ließ den Lenker los, streckte die Arme aus, das gleiche taten Crowsky unter und Cliff Kanas über ihm. Durch vorsichtige Gewichtsverlagerung versuchten sie, ihre Maschinen so anzunähern, daß die Hände sich berühren konnten.

Es klappte nicht. Kanas' Rad kam zu schnell nach unten. Er schien Jackson zu rammen. Jackson wich mit einem Schwenker aus, der ihn gefährlich dicht an Crowsky heranbrachte. Es roch nach einem allgemeinen Crash.

Erst im letzten Augenblick gelang es Kanas, sein Rad unter Kontrolle zu bringen. Er zog nach oben weg. Die anderen reagierten mit all ihrer Erfahrung. Crowsky bremste so hart ab, daß seine Maschine fast aus der Wand fiel, während Jackson sein Tempo anpaßte und dadurch den Zusammenstoß vermied.

Die Mädchen öffneten die Tür. Crowsky kam als erster aus dem Käfig. Jackson und Kanas folgten nach wenigen Sekunden.

Sie stoppten die Motore. Jackson beschimpfte Cliff Kanas.

»Verdammt, warum stellst du die Lenkerarretierung nicht härter ein? Wenn der Lenker schlackert, bekommst du die Karre nie unter Kontrolle.«

»Ich pfeif auf dich und deine neuen Tricks!« schrie Kanas zurück. »Wozu neue Tricks? Warum noch größeres Risiko? Glaubst du, damit lockst du mehr Zuschauer in Chapmans Laden? Damit nicht, Francis! Wenn du das, was du mit Eve im Wohnwagen treibst, offen im Käfig und auf 'nem Motorrad zeigtest, würden die Leute vielleicht in Massen kommen und dich auffordern, langsamer zu fahren, damit sie es besser sähen.«

Jackson schlug hart und genau zu. Cliff Kanas stürzte. Er blieb drei Sekunden liegen und starrte Jackson an. Seine Hand tastete nach einem schweren Schraubenschlüssel.

Er sprang auf.

Seine Schwester vertrat ihm den Weg. »Das war schweinisch, Cliff«, sagte sie. »Du bist im Unrecht!«

»Ich laß mich von dem Großmaul nicht schlagen.«

Sie griff nach dem Schraubenschlüssel und riß ihm das Werkzeug aus der Hand. »Du Narr!« schrie sie ihn an. »Willst du ihm den Schädel einschlagen, während die Polizei zusieht?«

Sie wies mit einer Kopfbewegung in unsere Richtung. Es wurde still im Zelt. Alle sahen uns an.

»Woher wissen Sie, daß wir Polizeibeamte sind?«

Sie antwortete nicht. Irving Chapman sagte: »Ich habe den Mund nicht gehalten, G-man.«

»Haben Sie auch gesagt, worum es geht?«

»Das weiß ich selbst nicht. Sie wollten wissen, ob ein Driver ein Auto so dicht überholen kann, daß er ihm dabei irgendeinen Gegenstand aufs Dach setzt. Und ich antwortete, jeder von uns könnte es. Ich habe mir keinen Reim auf Ihre Frage gemacht, G-man.«

»Okay, ich werde es Ihnen allen erklären. Zweimal sind auf dem Highway zwischen Atlantic City und New York Autos explodiert. Wahrscheinlich wurden die Wagen während der Fahrt und bei hoher Geschwindigkeit von einem Mann auf einem Motorrad überholt, der dabei eine Haftmine auf das Wagendach setzte. Der Fahrer ist gesehen worden. Er fuhr eine schwere und extrem schnelle Maschine. Er trug eine rote Ledermontur und einen schwarzen Helm mit eingelassenem weißem Kreuz.«

»Na, und?« fragte Jackson. »Was sollen wir damit zu tun haben?« Ohne die silberfarbige, glitzernde Artistenkleidung wirkte er wie ein mißmutiger Automechaniker.

»Für Sie, Mr. Jackson, wäre das Kunststück eine Kleinigkeit. Gestern haben Sie schwierigere Sachen gemacht.«

»Dafür werde ich bezahlt«, antwortete er mürrisch.

»Für die Bombe aufs Autodach wären Sie sehr viel besser bezahlt worden. Gangster lassen es sich fünfstellige Summen kosten, ihre Konkurrenten aus dem Weg zu sprengen.«

Sheila Kanas kam näher. Sie trug verwaschene Jeans und eine ärmellose Bluse. Auf eine bestimmte Weise ähnelte sie Gloria Race. Dunkles Haar, graue Augen, einen ausdrucksvollen Mund. Sie hätte eine jüngere Schwester der Jackpot-Königin sein können.

»Hören Sie, G-man!« sagte sie aggressiv. »In diesem Land verstehen einige Dutzend Millionen Menschen, mit einem Motorrad umzugehen. Wir sind davon nur fünf. Warum verdächtigen Sie ausgerechnet uns? Weil Cliff mal ein Motorrad geklaut hat?«

»Da war ich siebzehn Jahre alt!« warf ihr Bruder ein.

»Ich habe drei oder vier Strafmandate wegen falschen Parkens auf dem Kerbholz«, rief Larry Crowsky. Er stieß beim Sprechen mit der Zunge an.

Irving Chapman hatte einen Arm um seine Tochter gelegt. »Sie sollten uns in Ruhe lassen, G-man«, sagte er. »Wir sind harmlose Artisten.«

»Sie sehen uns nie wieder, wenn Sie uns Alibis für zwei Nächte liefern.« Ich nannte die Daten.

»Welche Uhrzeit?«

»Zwischen drei und fünf Uhr morgens!«

Sheila Kanas lachte. »Das ist eine Stunde, in der ich in meinem Bett liege, G-man, und nicht jede Nacht liegt ein Kerl neben mir. Aber ich verspreche Ihnen, daß ich in meinem Kalender nachsehen werde.«

Bis in den frühen Abend hinein hatte Rocco Corelli eine lange Serie von Telefongesprächen geführt, die meisten auf italienisch. Kurz nach sieben Uhr abends sprach er

Englisch mit einem Mann, den die Unterwelt unter dem Namen Stamp kannte. Stamp besorgte und stellte gefälschte Papiere und Dokumente jeder Art her.

»Stamp, ich habe einen großen Auftrag für dich«, erklärte Corelli. »Ich will eine Spur legen, die beweist, daß ein Mann das Land verlassen hat. Also brauche ich einen Paß mit seinem Namen und seinem Foto. Ich brauche eine Kreditkarte, die auf ihn ausgestellt ist und mit der sein Flugticket gekauft werden kann. Wie lange wirst du brauchen, Stamp?«

»Sobald ich ein Foto und die Probe seiner Unterschrift habe, nur zwei Tage.«

»Ich werde beides beschaffen. Wie teuer bist du, Stamp?«

»Dreitausend Dollar.«

»Die Sache muß wasserdicht sein! Es darf keinen Fehler geben. Die Jungen von der anderen Seite haben die Nase schon drinstecken, und sie gehören zur schlimmsten Sorte. Du verstehst mich, Stamp?«

»Ich liefere immer erstklassige Arbeit.«

»Das weiß ich, Stamp. Deswegen versuche ich nicht, dich runterzuhandeln, obwohl dreitausend Dollar ein harter Preis sind.«

Er legte auf, nahm eine dünne Zigarre zwischen die Lippen und ließ sich von Pasquale Nello Feuer geben. Genüßlich stieß er Rauchwolken aus und streckte die Beine weit von sich. Er trug nur einen seidenen roten Morgenmantel.

»Gli affari marciano«, sagte er. Auch mit Nello sprach er Italienisch. »Sobald Stamp die Papiere beschafft hat, schicken wir Mr. Slide auf eine hübsche, große Reise. Wohin wollen wir ihn schicken, Nello? Bogota? Rio? Nein, wir nehmen Mexico City. Das ist 'ne wirklich chaotische Stadt, in der der gute Jonny spurlos verschwinden kann.«

»Wozu die Mühe? Verschwinden lassen kannst du ihn auch in New York. Da gibt es genügend Möglichkeiten.«

»Nein, Nello, es muß wie eine freiwillige Abreise aussehen. Die Jackpot-Königin darf nicht auf den Gedanken verfallen, ich hätte ihren letzten Freund und Helfer beseitigt. Es muß aussehen, als hätte sich Slide aus Angst abgesetzt. Denkst du, daß wir ihn dazu bringen können, 'nen Abschiedsbrief zu schreiben?«

»Laß ihn von Pirro behandeln! Pirro erreicht alles.«

Corelli machte eine wegwerfende Geste. »Ja, bei widerspenstigen Mädchen! Aber das ist keine große Kunst. Außerdem will ich so wenig Mitwisser wie möglich.«

Nello ging zur Bar und mixte sich einen Drink.

»Sauf nicht zuviel!« mahnte Corelli. »Du mußt mich nach Atlantic City fahren.«

»Schon wieder?«

»Ich brauche ein Foto von Slide und seine Unterschrift. Außerdem kann es nicht schaden, wenn ich den Kontakt mit der Jackpot-Königin nicht abreißen lasse. Immerhin sind wir uns zuletzt nähergekommen.« Er spielte mit seinem Talisman und ließ die Figur an der Kette kreisen. »Glaubst du, daß Slide ihr Liebhaber ist?«

»Manchmal sieht es so aus. Aber woher soll ich wissen, ob sie ihn ranläßt?«

Corelli stand auf. Er reckte die Arme und gähnte.

»Wenn sie mich zum ersten Mal rangelassen hat, gehört zwei Wochen später die Lizenz mir«, sagte er.

Er ging in sein übergroßes Badezimmer, ausgestattet mit Spiegelwänden, vergoldeten Armaturen und einem Whirlpool. Nello folgte ihm.

»Vergißt du die Leute, die Mahon weggepustet haben?« fragte er. »Glaubst du, die sehen mit den Händen in den Taschen zu, wie du dir das Casino unter den Nagel reißt?« Er warf seinem Chef einen mißtrauischen

Blick zu. »Oder warst du es selbst? Hast du Mahon und die anderen erledigt?«

Corelli schleuderte ihm den seidenen Morgenmantel an den Kopf und ließ sich in den Whirlpool gleiten. Die Zigarre behielt er zwischen den Zähnen. »Ich war's nicht«, sagte er. »Anscheinend war es auch niemand von den großen Familien. Ich habe mich umgehört. Mit vier Padrini sprach ich selbst. Über die anderen habe ich mir Informationen beschafft. Kein großer Capo hat die Finger in der Jackpot Queen-Angelegenheit.«

»Sie lügen alle.«

Corelli lachte. »Sie lügen oft. Wer tut das nicht? Trotzdem halte ich es für wahrscheinlich, daß irgendein Anfänger, ein neuer Mann die Sache angezettelt hat, weil er endlich ans große Geld kommen will. Es ist noch nicht lange her, daß ich selbst so angefangen habe.«

»Du hast damit angefangen, daß du Travino umlegtest. Der war kaum mehr als ein besserer Zuhälter. Solchen Start kannst du nicht mit dem eines Mannes vergleichen, der den größten Boß an der Ostküste wegbläst.«

»Travino war verdammt gefährlich, und er hatte eine Menge Verwandte, die sich alle auf mich stürzten«, knurrte Corelli.

»Hol den Wagen!«

Er tauchte unter, kam hoch, warf die nasse Zigarre, die er vergessen hatte, in ein Waschbecken und rief Nello nach: »Nein, warte! Ich werde mitgehen. Gib mir den Bademantel!«

Sorgfältig zog er sich an. Aus dem Wandschrank seines Schlafzimmers wählte er einen weißen Anzug, dazu ein blaues Spitzenhemd und weiße Mokassins. Er befestigte schwere Goldknöpfe in seinen Manschetten und streifte eine mit Brillanten besetzte Schweizer Uhr über das Handgelenk.

Bei seinem Anblick sagte Nello: »Come un sposo al

giorno delle nozze!« (Wie ein Bräutigam am Tag der Heirat.)

Sie gingen durch das Haus. Der Nightclub im Erdgeschoß hatte noch nicht geöffnet. Aber in der Sauna grölten Männerstimmen, und Mädchen kreischten.

Nello betrat als erster die Straße. Er blickte nach links und rechts und vergewisserte sich, daß kein Auto in gefährlicher Nähe parkte.

Es war eine alte Gewohnheit aus der Zeit, da Corelli mit dem Travino-Clan im Krieg lag. Erst auf Nellos Zeichen verließ auch er das Haus.

Sie überquerten die Fahrbahn und betraten das Parkhaus an der Kreuzung der 43rd Street mit der Eleventh Avenue. Corelli hatte für seinen Cadillac einen Abstellplatz auf der 16. Ebene gemietet, einen Platz, der so teuer war wie eine kleine Wohnung.

Der Fahrstuhl brachte sie nach oben. Sie schlenderten an den Wagen vorbei. Es war wie eine Ausstellung von Luxusschlitten. Niemand wäre auf den Gedanken verfallen, einen der sündhaft teuren Plätze für einen alten Chevy zu mieten.

Pasquale Nello schloß die Fahrertür des Cadillac auf, löste die zentrale Verriegelung und betätigte die elektrische Fensterversenkung. Unterdessen ging Rocco Corelli auf die andere Seite.

»Sono certo ché la Jackpot-Regina ...«, sagte er und fühlte, daß er auf irgend etwas trat. Ihm blieb nicht die Zeit, seinen Satz zu vollenden.

Die Welt des Rocco Corelli zerbarst in einer weißen Explosion.

Sue Races Verabredung mit Nick Troil platzte, weil Troil nicht kam. Als Treffpunkt hatten sie den Eingang zu den Tennisplätzen gewählt, denn die Collegeleitung verweigerte nach neun Uhr den Boys den Zutritt zum Mädchentrakt.

Sue wartete eine halbe Stunde. Dann machte sie sich wütend auf den Rückweg zum College. Sie schwor Rache und war fest entschlossen, Troil gegen Fred Heyen zu tauschen.

Die Sportanlagen des Future College lagen außerhalb der kleinen Stadt. Das Wetter war windig und wenig freundlich. Kein Wagen kam, den Sue hätte stoppen können.

Nach einigen hundert Yards kam ihr ein Motorrad entgegen. Trotz der fortgeschrittenen Dämmerung hatte der Fahrer das Licht nicht eingeschaltet. Er hielt die Maschine dicht am Straßenrand. Er fuhr langsam und stoppte, als er mit Sue auf einer Höhe war.

»Sue Race?« fragte er.

Er trug eine rote Ledermontur und einen schwarzen Helm. Das Glasvisier schob er nicht hoch. Sue sah hinter dem getönten Glas so gut wie nichts von seinem Gesicht. Sie hielt ihn für einen Freund Nick Troils. Viele Collegeschüler besaßen Motorräder.

»Schickt dich Nick?« fragte sie.

»Nein«, antwortete er lakonisch, nahm die Füße hoch und fuhr weiter. Sue zuckte mit den Schultern und setzte ihren Weg fort. Dann hörte sie, daß das Motorengeräusch lauter wurde, drehte sich um und sah, daß der Mann zurückkam. Er hielt seine Maschine auf dem Fußgängerstreifen.

Sue begriff und begann zu rennen. Sie war jung, sportlich trainiert, und sie lief sehr schnell, aber sie hatte nicht den Hauch einer Chance gegen die Maschine. Im Handumdrehen schrumpfte die Distanz auf Null.

Wilde Gedanken schossen Sue durch den Kopf. Wollte er sie rammen? Sie töten?

Er jagte sie wie ein Wild, paßte die Geschwindigkeit

Sues verzweifelter Flucht so genau an, daß er eine halbe Armlänge hinter ihr blieb. Das Motordröhnen betäubte sie fast.

Ihr Gehirn schien nicht mehr zu funktionieren. Kein Einfall! Keine rettende Idee!

Sie sah die Lichter eines Wagens, der ihr entgegenkam.

»Hilfe!« schrie sie. »Hilfe!« Sie warf die Arme hoch.

Weißes Licht hüllte sie ein. Der Jäger hatte den Scheinwerfer eingeschaltet. Die grelle Helligkeit war wie ein Netz, in dem Sue zappelte. Sie sah nicht, mit welcher Geschicklichkeit der Mann seine Maschine an ihr vorbeizog. Sie spürte, daß harte Hände sie packten. Nasses, dickes Tuch fiel über ihren Kopf.

»Nein!« schrie sie. Ekelerregender, süßlicher Gestank drang in ihre Lungen und überschwemmte ihre Sinne. Sie brach in die Knie. Die Fäuste hielten sie. Zwanzig Yards wurde sie über den Asphalt geschleift, der ihr die Haut von den Knien schürfte. Sie spürte nichts. Das Chloroform hatte alle Empfindungen schon ausgeschaltet.

Der Wagen, auf den Sue gehofft hatte, blieb stehen. Eine Tür wurde geöffnet.

Mit artistischer Geschmeidigkeit schwang sich der Mann im roten Leder aus dem Motorradsattel. Er hob das bewußtlose Mädchen auf die Arme, trug sie zum Wagen und legte sie in die Polster.

»Nimm ihr das Tuch ab«, sagte er. »Sie erstickt sonst.«

Phil und ich saßen im Computerraum und beobachteten, wie Mark Solvent, einer unserer Spezialisten, mit dem großen Supergehirn im fernen Washington redete.

Solvent fragte nach Larry Crowsky, Francis Jackson, Cliff und Sheila Kanas. Das Gehirn kramte in seinen elektronischen Furchen und Windungen und teilte über den

Bildschirmterminal mit, daß die Genannten bei ihm nicht vorkämen.

Mark gab den Namen Irving Chapman und das Geburtsdatum ein. Diesmal wischte das Gehirn nicht alles weg und setzte die Formel »No Notices« auf den Schirm, sondern ließ Name und Datum stehen. Drei Sekunden später schrieb es eine Zeile dazu:

»Letzte Eintragung 1962! Wollen Sie abrufen? Dann geben Sie den Code ein!«

»Zwanzig Jahre alte Eintragung. Noch neugierig?« fragte Mark Solvent.

»Ja. Sag ihm, er soll's uns erzählen!«

Mark spielte auf den Tasten.

Der Computer bestätigte und setzte Zeile nach Zeile auf den Bildschirm.

Irving Chapman, Weißer, geboren 18. 3. 34, in Richmond/Kentucky, arbeitete von 1955 bis 1957 als Fahrer für die Cagliette-Gang in Cleveland, Buffalo und Detroit. Wurde 1958 mit einer Ladung elektronischer Geräte in einem gestohlenen Truck gefaßt und zu sieben Jahren verurteilt. 1962 vorzeitig wegen guter Führung entlassen. Schloß sich einem Schausteller an. Heiratete 1962 Catherine Fraze, Tochter des Schaustellers. – Ende.

»Soll ich ausdrucken?« fragte Solvent.

Bevor ich antworten konnte, drang Helens Stimme aus der Hausrufanlage. »Jerry Cotton! Phil Decker! Bitte, melden!«

Ich nahm den Hörer vom Telefon und wählte Helens Anschluß. »Du suchst uns?«

»Mr. High erwartet euch bei seinem Wagen. Es ist dringend.« Der Chef stand neben seinem Lincoln.

»Die City Police meldet eine Explosion im Parkhaus 43rd Street und Eleventh Avenue. Sie zerriß einen Mann. Das Homicide Department identifizierte ihn als Rocco Corelli. Kommen Sie mit zum Parkhaus!«

Die Polizei hatte die Zufahrt abgesperrt. Auf der 16. Ebene tauchten Scheinwerfer den Tatort in weißes Licht.

Corellis Cadillac hatte alles Glas verloren. Auf der rechten Seite waren die Karosserie eingedrückt und eine Tür aus den Angeln gerissen.

Die Wand neben dem Wagen bot einen schrecklichen Anblick. Bis zur Deckenhöhe war sie mit Blut bespritzt.

»Er sah schlimm aus«, sagte ein Mann des Rettungsdienstes. »Die Explosion hat ihn zerfetzt.«

Corellis sterbliche Überreste hatte man in einem Stahlbehälter geborgen, wie sie bei Katastropheneinsätzen verwendet werden. Kleidungsstücke lagen noch herum. Sie wurden von Beamten des Homicide Departments eingesammelt. Ich sah, wie ein Mann einen weißen Mokassin aufhob und in eine Plastiktüte steckte.

Lieutenant Reyloane, der die Gruppe der Mordkommission leitete, kam zu Mr. High.

»Der zweite Mann wurde zwar schwer verletzt, kam aber mit dem Leben davon.«

»Pasquale Nello?« fragte ich.

»Richtig, G-man. Er gilt als Corellis Leibwächter. Anscheinend wurde hier eine alte Rechnung beglichen.«

»Ist George Meany schon eingetroffen?« erkundigte sich unser Chef.

»Ja, Sir. Sie finden ihn hinter dem Wagen.«

George Meany war ein Spezialist für Bombenanschläge. Kein Angestellter des FBI, sondern der UN, deren Verwaltung sich ständig Sorgen um die Sicherheit der Botschafter machen muß. Mit dem FBI hatte Meany einen Beratervertrag. Wir griffen auf seine Kenntnisse zurück, wenn wir eine schnelle Information brauchten und es uns zu lange gedauert hätte, die Spezialisten aus Washington einzufliegen.

Meany war ein dicker, asthmatischer Fünfziger. Er

kroch auf dem Boden herum und streckte uns seinen großen Hintern entgegen.

»George, können Sie schon etwas sagen?« fragte Mr. High.

Meany kam keuchend hoch und rang nach Luft. »Hallo, John!« antwortete er. »Haben Sie gesehen, wie der arme Teufel zugerichtet wurde? Er muß direkt auf der Ladung gestanden haben, als sie hochging. Ohne den geringsten Schutz!« Er wies auf eine große schwarze Verfärbung im Beton des Fußbodens. »Das ist die Stelle. Außerhalb des Wagens, aber dicht davor. Wenn hier ein Kriegsgelände wäre, würde ich glauben, der Mann sei auf eine Mine getreten.«

Er hielt einen weißlichen Splitter hoch. »Eine Mine aus Holz!«

»Gibt es so etwas?«

»Nicht in Serienproduktion! Gewöhnlich wird Metall oder Plastik als Umhüllung für den Sprengstoff verwendet, Plastik, damit die Dinger schwieriger zu orten sind. Aber Guerillas und Partisanen haben auch schon Holzkästen für ihre Eigenbautretminen benutzt.«

Er drehte den Splitter zwischen den Fingern.

»Davon liegen einige herum, und ich glaube nicht, daß irgend etwas an einem Cadillac aus Holz besteht.«

»George, es ist wichtig, daß der Sprengkörper genau identifiziert wird.«

»Mit einer Seriennummer kann ich nicht dienen, John. Aber falls ich die Feder finde, die beim Zusammenpressen durch das Gewicht eines Menschen die Zündung auslöst, dann kann ich mit Bestimmtheit sagen, daß es eine Tretmine war.«

»Rufen Sie mich an, George!«

Während sich Meany wieder auf die Knie hinunterquälte, gingen Mr. High und wir zurück.

»Haftminen mit russischen Buchstaben«, sagte Mr.

High. »Tretminen mit Holzmänteln. Das paßt zusammen.«

Er setzte zu einer Erklärung an. »Während des Vietnamkrieges veranstaltete das Pentagon eine Ausstellung erbeuteter Feindwaffen. Sie sollte der Bevölkerung zeigen, daß die Russen den Gegner massiv unterstützten und daß die Vietcongs heimtückische und hinterhältige Methoden anwendeten. Die Sammlung enthielt alles, was Menschen sich einfallen lassen, um andere Menschen unter den besonderen Bedingungen des Dschungelkrieges zu töten. Haft- und Tretminen, aber auch Panzerfäuste, Flammenwerfer, Gifte und Chemikalien. Als Wanderausstellung wurde sie in drei oder vier Städten gezeigt. Dann kam es zu Friedensverhandlungen. Die Regierung ließ die Tour abbrechen. Alle Gegenstände kamen in ein Depot. Sie blieben auf den Lastwagen, auf denen sie transportiert worden waren, weil viele Monate lang nicht feststand, wie die Verhandlung ausgehen würde und ob bei negativem Verlauf die Ausstellung nicht erst recht zur Beeinflussung der Stimmung in der Bevölkerung wieder gezeigt werden sollte.«

Lieutenant Reyloane näherte sie uns. »Ich möchte Ihnen etwas zeigen«, sagte er.

»Noch eine Sekunde, Lieutenant«, bat Mr. High und beendete seine Erklärung mit den lakonischen Sätzen: »Es kam zum Vietnamfrieden. Als die Militärbürokratie sich nach Jahren wieder mit der Sammlung befaßte, stellte sie fest, daß ein Lastwagen verschwunden war.«

»Sir, Sie glauben, daß die Haft- und Tretminen aus dieser Sammlung stammen?«

»Ich fürchte es.«

»Das würde bedeuten, daß der Unbekannte über ein Arsenal verfügt.«

»Über ein Arsenal besonders heimtückischer Waffen«, ergänzte Mr. High. Er wandte sich an den Lieutenant.

»Was wollen Sie uns zeigen?«

Reyloane hielt eine zerrissene goldene Kette hoch.

»Wir sind nicht sicher, ob die Kette Corelli gehörte. Vielleicht wissen Sie, ob er ...«

»Ja, sie gehörte ihm«, unterbrach ich.

Nie hatte ich Corellis Talisman zu sehen bekommen. Jetzt sah ich, daß es eine goldene Venus war.

Glück hatte sie Rocco Corelli nicht gebracht.

Um sieben Uhr morgens standen Phil und ich vor dem Stationsarzt des Holy-Spirit-Hospitals, in das Pasquale Nello gebracht worden war.

»Völlig ausgeschlossen, daß sie ihn vor der nächsten Woche verhören können«, erklärte der Arzt.

Wir fuhren ins Hauptquartier. Auf dem Schreibtisch lag eine Notiz: »Anruf von Gloria Race aus Atlantic City! Bitte sofort zurückrufen!«

Ich griff zum Telefon, ließ mich mit dem Jackpot-Queen-Casino verbinden.

»Jerry Cotton für Gloria Race.«

Glorias Stimme klang so verändert, daß ich sie kaum erkannte. »Bitte, kommen Sie! Sue wurde entführt.«

»Wann?«

»Ich weiß es nicht! Irgendwann in der vergangenen Nacht.«

»War sie bei Ihnen?«

»Nein! In ihrem College, in Cape May.«

»Wurden Sie vom College benachrichtigt?«

»Nein! Er rief an. Heute morgen! Es war schrecklich. Er ließ mich Sues Stimme hören.« Sie konnte nicht weitersprechen und brach in Schluchzen aus.

»Gloria, ich brauche noch Auskünfte.«

»Ich ... kann nicht«, antwortete sie mit tränenerstickter Stimme. »Bitte, kommen Sie!«

»Ist Jonny Slide bei Ihnen?«

»Ja!«

»Geben Sie ihm den Hörer!«

Slide meldete sich.

»Wann kam der Anruf?«

»Eine Viertelstunde vor sieben Uhr. Gloria hat das meiste auf Tonband.«

»Welche Forderungen?«

»Den Jackpot der heutigen Nacht.«

»Welche Frist?«

»Gloria selbst soll die Summe nach ein Uhr nachts bringen.«

»In Ordnung! Bewahren Sie Stillschweigen gegenüber jedermann! Hat sich das College gemeldet?«

»Bis jetzt nicht.«

»Falls Gloria aus Cape May angerufen wird, sei es vom College oder von der Polizei, antworten Sie, Sue wäre von ihrer Mutter nach Atlantic City geholt worden. Erfinden Sie irgendeine Ausrede! Familienfeier oder ähnliches.«

Phil hatte mitgehört.

»Dafür ist der Jaguar zu langsam«, sagte er. »Wir brauchen einen Hubschrauber.«

». . . eine besondere Nachricht für dich, Queen«, sagte die verzerrte Stimme. »Nein, warte, sie soll's dir selbst sagen! Bleib am Apparat!« Zwei Sekunden rauschte es in der Leitung. Dann rief eine Mädchenstimme: »Mammy, hörst du mich? O Gott, Mammy, sie haben mich entführt.«

Das Tonband hatte Glorias Reaktion mit aufgezeichnet, ihren Aufschrei, ihre verzweifelten Fragen.

Sue konnte noch antworten, daß sie nicht verletzt sei, bevor der Mann weitersprach.

»Es geht ihr gut. Das wird nicht so bleiben, wenn du

dich immer noch weigerst, unsere Forderungen zu erfüllen. Erstens: keine Polizei. Zweitens: die Jackpot-Summe der heutigen Nacht packst du in einen Koffer. Du steigst in deinen Wagen, und zwar in diesen kleinen, ausländischen Schlitten. Laß das Verdeck unten! Fahr nicht schneller als fünfzig Meilen auf dem Highway zwischen Camden und Trenton! Falls wir uns bis Camden noch nicht gemeldet haben, wechsle auf die Gegenfahrbahn und mach den Weg nach Camden noch einmal! Schluß machen kannst du, sobald es hell geworden ist. Wir kommen nur, wenn wir wirklich überzeugt sind, daß du uns nicht wieder reinzulegen versuchst.«

Er machte eine Pause. Vom Tonband kam Glorias Frage: »Hören Sie mich noch?«

Er reagierte nicht, sondern sprach weiter, als wäre er nicht unterbrochen worden: »Wenn irgend etwas nicht funktioniert, Darling, findest du morgen vor deiner Tür ein Päckchen mit 'ner Kleinigkeit von deiner Tochter, ihrem kleinen Finger zum Beispiel.«

Gloria hatte bei dieser Drohung geschrien, und das Tonband hatte ihren Schrei festgehalten. Slide beugte sich vor und schaltete das Gerät ab.

»Wo waren Sie während des Anrufes?« fragte ich.

Slide schwieg.

Für ihn sagte Gloria: »Er lag neben mir.«

Das Telefon läutete. Sie sah mich fragend an. Ich nickte. »Nehmen Sie ab!«

Ihr Apparat hatte einen Lautsprecher. Ich schaltete ihn und das Tonband ein.

»Future College in Cape May«, sagte eine Frauenstimme. »Ich verbinde mit der College-Direktion, mit Mr. Greenfield.«

»Sagen Sie, Ihre Tochter wäre hier!« flüsterte ich.

Eine sonore Männerstimme erkundigte sich: »Spreche ich mit Mrs. Race?«

»Gloria Race am Apparat. Guten Morgen, Mr. Greenfield.«

»Guten Morgen, Mrs. Race. Vor kurzem hatte ich das Vergnügen, Sie persönlich kennenzulernen. Mrs. Race, wir sind sehr besorgt um ihre Tochter Sue. Sie kam nicht zum Unterricht, und wir finden sie nicht in ihrem Zimmer. Sie hat sich auch nicht abgemeldet.«

»Oh, ich fürchte, es ist meine Schuld, Mr. Greenfield. Ich ließ Sue zu einer Familienfeier abholen. Ich hatte einfach vergessen, sie rechtzeitig zu benachrichtigen. So mußte ich einen Wagen schicken.«

»Ich bin sehr erleichtert, Mrs. Race. Wenn sich Sue bei Ihnen befindet, brauchen wir uns keine Sorgen zu machen. Sie befindet sich doch bei Ihnen, Mrs. Race, oder?«

»Warum zweifeln Sie an meinen Worten?«

»Natürlich zweifele ich nicht daran. Nur gab es einen weiteren Vorfall, der mit Ihrer Tochter zusammenzuhängen schien. Einer unserer Collegeschüler mit Namen Nick Troil behauptet, auf dem Wege zu einem Rendezvous mit Ihrer Tochter niedergeschlagen worden zu sein. Von einem Motorradfahrer.«

»Das hat sicherlich nichts mit Sue zu tun.«

»Das denke ich jetzt auch, Mrs. Race. Vielleicht war ein wenig Eifersucht unter den jungen Leuten im Spiel. Ihre Tochter wird sehr verehrt.« Er verabschiedete sich. Gloria legte auf und barg das Gesicht in den Händen.

»Es bleibt uns eine Frist bis ein Uhr morgens«, sagte ich. »Wir werden versuchen, die Zeit zu nutzen.«

Gloria hob jäh den Kopf. »Sue darf nicht gefährdet werden.«

»Das ist selbstverständlich.«

»Was soll geschehen, wenn Sie nichts herausfinden?« fragte Slide.

»Dann wird Mrs. Race das Geld übergeben. Ohne Vorbehalte und ohne Tricks!«

»Wäre es nicht richtiger zu warten, bis Sue nach der Geldübergabe freigelassen worden ist?«

»Leider wird sie nicht freigelassen werden. Die Leute, die sie kidnappten, wollen nicht hunderttausend Dollar, auch nicht eine halbe Million. Sie wollen die Lizenz. Vorher werden sie Sue nicht zu ihrer Mutter zurückschicken.«

Ich stand auf. Phil folgte meinem Beispiel.

»Einer von uns beiden wird nach Cape May fliegen, der andere bei Ihnen bleiben für den Fall, daß die Entführer noch einmal anrufen. Lassen Sie den Betrieb im Jackpot Queen weiterlaufen wie immer!«

Wir verließen das Office, durchquerten die Spielsäle. In den Gängen zwischen den Slotmaschinen rumpelten die Staubsauger der Putzfrauen.

An einem Blackjack-Tisch spielte ein Mann, der grau und stoppelbärtig war, als hätte er die ganze Nacht kein Bett gesehen, und als Kontrast war der Bankhalter ein frisches, junges Mädchen, das gerade den Dienst angetreten haben mochte.

»Du fliegst nicht nach Cape May?« fragte Phil.

»Es hätte keinen Sinn. Ich bin überzeugt, daß sie das Mädchen hier verstecken. Mir ist eine Kleinigkeit bei dem Anruf aufgefallen.«

»Mir auch«, sagte Phil. »Er kam vom Tonband. Der Anrufer reagierte nicht auf Glorias Frage.«

»Richtig! Dafür kann es zwei Gründe geben. Entweder haben sie dort, wo sie Sue Race festhalten, kein Telefon, oder der Mann, der die ganze Sache ausgeheckt hat, kann nicht anrufen. Also spricht er seine Forderungen und Drohungen auf ein Tonband und läßt es von einem Kumpan abspielen.«

»Der Trick verschafft ihm ein Alibi.« Phil sah mich an: »Soll ich den Namen aussprechen?«

»Warum nicht?«

»Jonny Slide?«

»Slide oder ein anderer Mann in Glorias Nähe. Jeder Angestellte des Casinos käme in Frage.«

Der Hubschrauber war auf dem flachen Sandstrand gelandet. Ein paar neugierige Kinder umringten ihn. Der Pilot Herb Aspen erklärte ihnen freundlich Einzelheiten der Maschine. »Laß Gloria und Slide nicht aus den Augen!« bat ich Phil.

»In Ordnung!« In seinem Blick lag eine Menge Skepsis. »Hast du eine Chance, Jerry?«

»Von der Größe eines Staubkorns. Es geht mir nur darum, etwas zu überprüfen, das wir nie überprüft haben, weil wir gewohnt sind, ein Auto und nicht ein Motorrad zu fahren.«

Ich kletterte in den Hubschrauber. Herb Aspen trieb die Kinder auf einen sicheren Abstand, kam in die Maschine und warf den Motor an.

Die Rotoren kreisten. Der aufgewirbelte Wind riß an den Kleidern der Kinder, die vergnügt kreischten. Herb winkte ihnen zu und hob ab.

»Wohin, Jerry?«

»Den Highway entlang. Geh auf eine Höhe, aus der ich das Gelände ein paar Meilen weit überblicken kann.«

»Einverstanden mit tausend Fuß?«

»Einverstanden!«

Der Highway verläuft in einer geraden Linie zwischen Atlantic City und den anderen Städten. Über viele Meilen bleibt die Küste in Sichtweite. Doch springt sie auf einem Teil der Strecke so weit vor, daß der Abstand zwischen Highway und Ozean einige Dutzend Meilen beträgt. Das Land zwischen Straße und Meer ist wenig bebaut und teilweise sumpfig.

Aspen hielt den Hubschrauber so genau über dem

Highway, als flöge die Maschine auf einer zweiten, unsichtbaren Straße. Unter uns, auf der Straße aus Stein und Beton, rollte dichter Mittagsverkehr.

Ich versuchte, mich zu orientieren und die Stelle wiederzufinden, an der das Auto mit Chesbeen, Wan und Randy Flush explodiert war. Die Reifen von vielen tausend Fahrzeugen hatten die Spuren wegradiert.

»Flieg mich zum Stützpunkt der Highway Patrol Police!« bat ich Herb Aspen.

Zehn Minuten später wies er auf zwei langgestreckte Bauten, vor denen ein knappes Dutzend Fahrzeuge standen.

Ich zeigte mit dem Daumen nach unten.

Aspen rief den Patrol-Posten über Sprechfunk: »Wir möchten bei euch landen!«

»Kommen Sie ruhig runter! Es ist Platz genug hinterm Haus.«

Zur Station gehörte ein betonierter Landeplatz für Rettungshubschrauber. Aspen setzte unseren Helikopter zollgenau auf die Markierung.

Patrol-Polizisten erwarteten uns, unter ihnen jener Lieutenant Lanner, der in der Nacht Dienst gehabt hatte, in der Allan Mahons Auto in die Luft flog.

Er erkannte mich sofort. »Hallo, G-man! Wie ich hörte, waren Sie auch beim zweiten Knall in der Nähe. Ich hatte dienstfrei.«

»Beim zweiten Mal waren wir noch näher dran, Lieutenant, und wahrscheinlich sahen wir den Mann, der das Verbrechen beging.«

»Wirklich? Konnten Sie ihn nicht festhalten?«

»Sein Motorrad war schneller als unser Wagen.«

»Ein Mann auf einem Motorrad? Glauben Sie, er habe beim Überholen ...?« Er streckte den Arm aus und machte eine Bewegung, als ließ er einen Gegenstand aus der Hand fallen.

»So ungefähr! Bestimmt besitzen Sie eine Karte Ihres Streckenabschnittes?«

»So viel Sie wollen, G-man. Eine hängt an der Wand in meinem Büro.«

Es war eine große Karte. Trotzdem war die Stelle, die ich suchte, nicht markiert.

»Lieutenant, irgendwo nach der Camden-Ausfahrt gibt es eine gesperrte Straße der Highway-Verwaltung.«

»Ich weiß, was Sie meinen. Es ist ungefähr hier.« Er zeigte die Stelle auf der Karte. »Das Verbotsschild spricht zwar von einer Straße. In Wirklichkeit handelt es sich nur um gut zweihundert Yards, die im Nichts enden.«

Er fuhr mit dem Zeigefinger über die Karte bis zu einem Punkt an der Küste. »Die nächste befahrbare Fortsetzung finden Sie hier, G-man. Ich war nie dort. Trotzdem weiß ich, daß es auch höchstens zweihundert Yards sind, mit einer Menge Schlaglöcher im Asphalt.«

»Und dazwischen?«

»Nichts! Die Trasse ist vor vielen Jahren zwar vermessen worden. Vielleicht haben an der einen oder anderen Stelle ein paar Bulldozer rumgekratzt, aber das ganze Projekt platzte, bevor ernsthaft mit dem Bau der Straße begonnen wurde.«

Er tippte auf den Punkt an der Küste. »Damals sollte hier eine Verladeanlage, eine Art Hafen gebaut werden. Irgendwer hatte ausgerechnet, daß es billiger sein würde, das Material für den Highway mit dem Schiff heranzuschaffen. Nach dem Ende der Arbeiten am Highway wollte man den Hafen zum Zentrum eines Yacht- und Segelclubs ausbauen und ein Feriendorf errichten.« Er lachte. »Das Ganze wurde eine Riesenpleite. Das Projekt blieb leider in den Anfängen stecken. Eine Menge Leute, die Anteile der Gesellschaft gezeichnet hatten, verloren ihr Geld.«

»Lieutenant, können Sie mir ein Motorrad leihen?«

Die Frage überraschte ihn. »Von unseren fünf Maschinen sind drei unterwegs«, antwortete er. »Die Ersatzmaschinen sind nicht gerade die neuesten Modelle.«

»Das macht nichts. Wichtiger ist, daß das Rad nicht sofort als Polizeimaschine erkannt wird.«

»Dann müssen wir Sirene, Rotlicht und das Police-Schild abmontieren. Die Arbeit dauert eine Stunde.«

»Einverstanden.«

Lieutenant Lanner gab seiner Neugier nach. »Wohin wollen Sie fahren?«

»Ich will sehen, wohin die gesperrte Straße führt.«

»Sie werden im Sumpf steckenbleiben, G-man!«

»Nein, ich vermute, daß es Gebäude zwischen dem Highway und der Küste gibt.«

Er zuckte mit den Schultern. »Die Zuständigkeit der Highway Police endet drei Meilen links und rechts des Highways. Sie haben einen Hubschrauber vor der Tür. Mit ihm könnten sie das Gebiet in einer halben Stunde abfliegen.«

»Ein Hubschrauber wäre für Gangster ein ebenso deutliches Warnsignal wie eine Polizeisirene. Leihen Sie mir ein Motorrad, einen Overall und einen Sturzhelm ohne Aufschrift!«

»Wie Sie wünschen, G-man.« Er rief einen Beamten herein und gab Anweisung für die Arbeit an der Maschine. Ich sprach unterdessen mit dem Hubschrauberpiloten.

»Herb, ich jage einer verdammt dünnen Spur nach. Die Chance, daß sie im Sande, nein, im Sumpf verläuft, steht zehn zu eins. Trotzdem möchte ich, daß du hier auf das Ergebnis wartest. Falls ich einen Treffer lande, könnte eine schnelle Transportmöglichkeit wichtig sein.«

»In Ordnung, Jerry!«

Ich bat den Lieutenant um eine Telefonverbindung mit New York, ließ mich mit Mr. High verbinden und informierte ihn über die Entführung und die Forderungen der Täter.

Mr. High erkannte den entscheidenden Punkt. »Eine Atempause bis ein Uhr. Was können wir unternehmen, Jerry?«

»Ich versuche, den Platz zu finden, an dem Sue Race festgehalten wird«, sagte ich und berichtete Einzelheiten.

»Viel Glück, Jerry!« antwortete Mr. High.

Lieutenant Lanner kam herein und fragte, was mit der Sprechfunkeinrichtung am Motorrad geschehen solle. »Die Antenne verrät Sie.«

»Montieren Sie das Gerät ab, und leihen Sie mir ein Walkie-talkie!«

»Ich habe nur Geräte mit einer Zehn-Meilen-Reichweite. Möglicherweise hören wir Sie nicht.«

Trotz der Warnung blieb ich bei der Entscheidung für ein tragbares Sprechfunkgerät.

Kurz vor ein Uhr mittags brachten sie das Motorrad aus der kleinen Reparaturhalle des Stützpunkts. Die Maschine sah ein bißchen gerupft aus mit ihren Halterungen, an denen nichts mehr hing.

Der Lieutenant bot mir einen Overall an, der von seinen Leuten bei der Wagenwäsche benutzt wurde. Ein Polizist brachte einen weißen Sturzhelm. »Der ist zurückgeblieben, als wir einen verunglückten Fahrer ins Krankenhaus schaffen mußten. Unsere eigenen Helme tragen das Wort Police und die Dienstnummer. Hoffentlich sind Sie nicht abergläubisch. Der Mann starb an den Unfallfolgen.«

Ich drehte den Helm zwischen den Händen. »Am Helm kann's nicht gelegen haben. Er ist unbeschädigt.«

»Natürlich«, sagte der Policeman. »Der Junge hatte ihn auf den Gepäckträger geklemmt.«

Der Fahrtwind blies mir durch die Ärmel in den Overall. Ich hatte vergessen, die Verschlußbänder strammzuziehen. Die schwere Harley-Davidson-Maschine übertrug alle Vibrationen der Fahrt auf meinen Körper. Sie reagierte auf jeden Muskeldruck, jede Gewichtsverlagerung so direkt wie ein gutdressiertes Pferd.

Ungefähr Fünfzig-Highway-Meilen blieben mir, mich mit der Maschine vertraut zu machen. Am Ende fuhr ich schnell und ging erst mit dem Speed herunter, als ich die Stelle erreichte, an der der Mann in der roten Ledermontur in jener Nacht den Highway verlassen hatte.

Ich lenkte meine Harley um den linken Pfosten herum. Die Straße senkte sich leicht in einer sanften Kurve.

Lieutenant Lanner behielt recht. Zweihundert Yards eines schlaglöchrigen Asphalts und Schluß. Falls es hier jemals eine Straßentrasse gegeben hatte, dann war sie von Sträuchern und Büschen zugewuchert.

Ich probierte herum und trieb die Maschine zwischen die Sträucher. Ich kam noch hundert Yards weiter, und als ich schon überzeugt war, mich festgefahren zu haben, sah ich ein verrostetes Stahlgerüst, das das Gebüsch überragte. Ich quälte meine Maschine hin. Das Gerüst war der Arm eines zusammengebrochenen Baggers. Ich umfuhr die Trümmer und sah vor mir einen schmalen Feldweg, der geradeaus weiterführte.

Als Strecke für ein Croßrennen wäre der Weg kaum brauchbar gewesen, denn er hätte neunzig Prozent der Fahrer aus dem Sattel katapultiert. Nach einer knappen Meile senkte er sich und wurde zusehends sumpfiger. In den Schlaglöchern stand dicker Schlamm. In manchen schwappte braunes Wasser. Das Gebüsch lichtete sich. Zwischen niedrigem Gras und weiten Moosflächen breiteten sich große, dunkle Wasserflächen aus. Kein Zweifel, daß der Weg in den Sumpf führte. Es roch modrig. Mückenschwärme umtanzten mich.

Vor einer Viertelstunde war mir die Harley noch wie ein Rennpferd vorgekommen.

Jetzt verwandelte sie sich in einen vierhundert Pfund schweren Klumpen Eisen und Stahl, den ich durch die Schlammlöcher drücken mußte, wenn die Räder im Schlick nicht mehr faßten. Nach zehn Minuten strömte Schweiß über mein Gesicht. Die Armmuskeln zitterten. Ich dampfte unter dem Overall. Vor jedem nächsten Schlagloch hatte ich Angst. Ich wußte, daß ich die Maschine nicht wieder flottmachen konnte, wenn sie ein einziges Mal hängenblieb.

Trotzdem dachte ich nicht daran, die Schinderei abzubrechen. Denn von Zeit zu Zeit sah ich im weichen Boden die Abdrücke eines Reifenprofils.

Irgendwann besserte sich der Weg. Anscheinend war während der Bauphase versucht worden, ihn mit Schotter zu befestigen, und ein paar Steine waren übriggeblieben.

Nach zwei Stunden hatte der Tachometer achtzehn Meilen registriert, und noch eine Stunde später zeichnete sich am Horizont der weiße Schaumstreifen der Brandung ab.

Das Gelände wurde trockener und sandiger. Ich passierte eine umgestürzte Baumaschine, die halb vom Sand begraben vor sich hinrostete. Der Weg ging in ein Stück Straße über, deren Asphalt die Zeit und das Wetter zerfressen hatte, und die Straße führte zu drei flachen Häusern. Ein Krangerüst ragte in den Himmel. Zwei Bulldozer standen zwischen allerlei Gerümpel – Denkmäler einer großen Pleite.

Ich stoppte die Harley, stieg ab und bockte sie auf. Sie war schlammbespritzt bis zum Sattel.

Ich zog den Reißverschluß des Overalls nach unten für den schnellen Griff zum 38er. Zu Fuß näherte ich mich den Gebäuden.

Es waren keine Häuser aus Stein, sondern große Wellblechbaracken.

Die Fenster fehlten. Stürme hatten Teile der Dächer weggerissen.

Ich betrat den ersten Bau. Mein Fuß stieß an eine Cola-Büchse, die gegen einen Blechkanister prallte. Acht solcher Kanister standen in einer Reihe. Ich öffnete einen Verschluß und roch Benzin. Ich klopfte die Kanister ab. Fünf waren leer, drei gefüllt.

An der Querwand waren Kartons mit Lebensmitteln aufgestapelt. Ein Karton enthielt Cola-Büchsen von der Sorte, gegen die ich gestoßen war.

Die nächste Baracke war nur wenige Schritte entfernt. Sie hatte noch eine Tür. Ich zog den 38er und trat gegen das Schloß. Die Tür flog auf und knallte mit lautem Scheppern gegen die Blechwand.

Sie hatten Sue Race nicht geknebelt. Es gab niemand, der sie hören konnte, wenn sie schrie. Gefesselt hatten sie das Mädchen gründlich, die Hände auf dem Rücken, die Füße und die Knie.

Sie starrte mich aus aufgerissenen Augen an. Offenbar erkannte sie mich nicht wieder. Sie hatte mich nur einmal bei der Beerdigung von Mahon gesehen, und das nur für ein paar Sekunden. Ihr weißes Sommerkleid war verknittert und schmutzig. Verkrustetes Blut bedeckte Schürfwunden an ihren Beinen.

»Hallo«, sagte ich und beugte mich über sie. Ihr Atem roch unangenehm süßlich nach dem Rest Chloroform, den ihr Körper noch nicht losgeworden war.

Um drei Uhr nachmittags rollten vierzehn Busse vor dem Jackpot-Queen-Casino vor. Eine Flut von siebenhundert Menschen ergoß sich in die Spielsäle.

Jonny Slide kam ins Office. Er wollte Phil die Tür vor

der Nase schließen. Phil lächelte und drückte Slide leicht vor die Brust.

»Warum kleben Sie mir an den Fersen, G-man?« fragte Slide wütend. »Verdächtigen Sie mich? Was soll ich getan haben? Gloria hat Ihnen bestätigt, daß ich bei ihr war, als die Entführer anriefen.«

»Regen Sie sich ab, Jonny!« antwortete Phil friedlich. »Gloria hat uns gerufen, und so darf sich niemand beschweren, daß wir ihm auf den Füßen herumstehen.«

Gloria Race hatte ihr Office seit dem Anruf der Kidnapper nicht verlassen. Sie hatte ihre Kleidung nicht gewechselt. Stundenlang war sie unruhig auf und ab gegangen oder hatte, wortlos vor sich hinstarrend, in einem Sessel gehockt.

»Hör zu, Gloria«, sagte Slide vorsichtig. »Wilkins hat die Touristenladung gebracht, die er dir versprochen hatte. Vier Busse mehr als zugesagt. Er will dich sehen.«

»Ich kann nicht«, flüsterte Gloria.

»Wilkins wäre beleidigt, wenn du nicht mit ihm ein Glas Sekt tränkest und dich bei ihm bedanktest.«

Das Telefon läutete. Gloria Race warf sich nach vorn und riß den Hörer aus der Gabel.

Der Lautsprecher war eingeschaltet. Phil und Slide hörten mit, was der Anrufer sagte: »Wir haben Sue zu essen und zu trinken gegeben. Wir hätten sie auch hungern lassen können. Wir behandeln sie gut . . .«

»Lassen Sie mich mit ihr sprechen!« schrie Gloria.

». . . solange du dich nach unseren Anweisungen verhältst. Weißt du, Darling, dein Baby ist ein hübsches Mädchen. Es gibt viele Sachen, die man mit einem hübschen Mädchen treiben kann. Manchmal sehen sie hinterher nicht mehr . . .«

Phil deckte die Sprechmuschel ab und zischte Gloria zu: »Fragen Sie ihn etwas! Fragen Sie ihn, wie er das Geld haben will! In welchen Scheinen!«

»... so hübsch aus. Vergiß das nicht und ...«

»In welchen Scheinen wollen Sie das Geld haben?« sagte Gloria. »Große Scheine?«

»... jetzt lassen wir dich die Stimme deiner Sue hören, damit du weißt, daß sie noch lebt.«

Einige Sekunden lang war nur ein schwaches Rauschen zu hören, bevor eine Mädchenstimme rief: »Mammy, bitte, gib den Männern, was sie verlangen! Es ist so schrecklich hier! Ich bin so allein! Ich will zu dir, Mammy!«

»Sue, ich werde ihnen alles geben! Verlaß dich darauf! Hörst du, Sue? Bitte, sag noch etwas, Sue!«

»Die Leitung ist tot, Mrs. Race!« Phil nahm ihr den Hörer aus der Hand und legte ihn zurück in die Gabel. Gloria brach nicht in Tränen aus. Ihr Gesicht zeigte, daß sie angestrengt nachdachte. »Er hat die Frage nach dem Geld nicht beantwortet«, stellte sie fest. Sie sah Phil an. »Habe ich wirklich mit Sue gesprochen?«

»War es nicht ihre Stimme?«

»Es war ihre Stimme, aber auch Sue hat nicht auf meine Worte reagiert.« Mit jähem Erschrecken fragte sie: »Wurde ein Tonband abgespielt?«

»Wahrscheinlich!«

»Dann wäre es möglich, daß Sue nicht mehr lebt?«

»Unsinn!« rief Jonny Slide. »Sie wollen dich erpressen. Sie werden Sue nicht umbringen, wenn du ...«

»... wenn ich zahle«, ergänzte sie. »Ja, ich werde zahlen.«

Sie stand auf. »Jonny, bring Wilkins an die Bar! Ich komme in zehn Minuten, und ich werde ihn bei Laune halten. Solange das Casino Geld bringt, kann ich es für Sues Befreiung einsetzen.«

Sie wandte sich an Phil. »Ich muß mich verschönern, G-man. Wilkins will die Jackpot-Königin sehen.«

Zusammen mit Slide verließ Phil das Office. Er suchte

sich ein Telefon, von dem aus er Slide beobachten konnte, der einen großen, dicken und lauten Mann an die Bar lotste und mit Champagner tränkte.

Phil rief das Hauptquartier und Mr. High an. »Der Kidnapper meldete sich vor wenigen Minuten, Sir«, berichtete er. »Sie spielten ein Tonband ab, auf dem die Stimme des Mädchens zu hören war.«

»Gab es Hinweise auf die Zeit?«

»Nein, es kann vor vielen Stunden aufgezeichnet worden sein.«

»Danke, Phil.«

»Nachrichten von Jerry, Sir?«

»Nichts, seit er den Stützpunkt der Highway Patrol verließ.«

»Jerry Cotton!« sagte ich. »FBI!«

Sie verstand nicht.

Sie starrte mich mit einem Blick an, als erwarte sie Schlimmes von mir.

»Polizei! Ich hol dich raus, Sue! Du bist gerettet.«

Ich machte mich daran, die Fesselung ihrer Füße und Knie aufzuknoten. »Erzähl, Mädchen! Wie viele Leute sind es?«

»Zwei«, antwortete sie flau.

»Wie sehen sie aus?«

»Weiß nicht! Sie tragen Motorradkleidung und Helme.«

Ihre Beine waren frei. Ich berührte vorsichtig das verkrustete Blut.

»Schmerzen?«

»Etwas! Sind Sie wirklich Polizist?« Sie belebte sich.

»Ja! G-man! Dreh dich um! Ich will deine Hände befreien.«

Sie gehorchte. Mir rutschte ein »o verdammt« über die

Lippen. Ihre Gelenke waren mit Handschellen aneinandergefesselt.

»Den Schmuck wirst du noch ein wenig tragen müssen.«

Ich richtete mich auf und wandte mich zur Tür.

»Gehen Sie nicht weg!« rief das Mädchen.

»Keine Angst, ich bleibe!«

Draußen holte ich das Walkie-talkie aus der Innentasche des Overalls, zog die Antenne aus und hielt das Mikrofon vor den Mund.

»Jerry Cotton für Highway Patrol! Hören Sie mich? Bitte, kommen!«

Ich ging auf Empfang. Es rauschte und knackte. Kein verständliches Wort drang aus dem Lautsprecher.

Noch dreimal gab ich den Ruf durch. Eine Antwort kam nicht.

Lieutenant Lanner hatte mich vor der geringen Reichweite des Walkie-talkie gewarnt. Mit Bedauern warf ich einen Blick auf das Polizeimotorrad. Hätte ich das Funkgerät nicht ausbauen lassen, könnte ich uns jetzt den Hubschrauber zur Abholung bestellen wie ein Taxi.

Ich ging in die Baracke zurück. Sue hatte sich auf die Füße gestellt.

»Machen wir, daß wir wegkommen! Ich habe nur ein Motorrad. Es wird schwierig für dich sein, dich auf dem Sattel zu halten. Wie lange sind deine Entführer schon weg?«

»Schon viele Stunden. Ich kam zu mir, als sie mich in das Boot verluden.«

»Sie entführten dich in einem Boot?«

»Nein, überfallen wurde ich von einem Mann, der ein Motorrad fuhr. Später lag ich in einem Auto, aber ich weiß nicht, wie ich hineinkam. Sie haben mich wohl betäubt. Aus dem Auto trugen sie mich in das Motorboot.«

»Wie lange dauerte die Fahrt?«

»Mindestens eine Stunde. Es kam mir sehr lange vor.«

»Warst du schon gefesselt?«

»Nein. Gefesselt wurde ich erst in der Baracke. Noch auf dem Motorrad waren meine Hände frei, und ich mußte mich an dem Fahrer festhalten.«

»Wann bist du mit dem Motorrad transportiert worden?«

»Als das Boot angelegt hatte. Es war noch dunkel. Trotzdem konnte ich sehen, daß sie die Räder aus einem Schuppen holten. Sie zwangen mich aufzusteigen und brachten mich her.«

»Wie lange dauerte die Fahrt?«

»Nicht lange. Vielleicht eine Viertelstunde. Sie fuhren sehr schnell.«

»War die Straße schlecht?«

Sie verstand die Frage nicht.

»Ich meine, ob die Maschine viele Schlaglöcher durchfuhr? Wurdest du sehr gerüttelt?«

»Das ist mir nicht aufgefallen. Mir kam die Fahrt sehr schnell vor. Ich erinnere mich, daß sie immer am Meer entlangfuhren. Ich sah den Brandungsstreifen. Nur die letzten zwei oder drei Minuten fuhren sie landeinwärts.«

Es gab also eine zweite Straße. Wohin führte sie? Hatte es Sinn, sie zu benutzen, statt sich stundenlang über den Sumpfweg zu quälen?

Ich zog Sue Race aus der Baracke. Das Laufen fiel ihr schwer in der unglücklichen Haltung, mit den Händen auf dem Rücken.

»Hast du nur zwei Personen gesehen, Sue?«

»Nur zwei, G-man. In der Baracke mußte ich bestimmte Worte auf ein Tonband sprechen.«

Wir erreichten die Harley-Davidson.

»Kein richtiger Rücksitz, Sue! Der Weg ist schwierig.

Du mußt dich auf den Gepäckträger setzen und dich irgendwie festhalten.«

Sie antwortete nicht. Sie hielt den Kopf zur Seite gedreht.

»Hören Sie?« flüsterte sie.

Ja, ich hörte es.

Motorengeräusch! Und es kam verdammt schnell näher.

Ich packte das Mädchen, hob sie auf den Träger, sprang in den Sattel und drückte die Maschine aus dem Ständer. Ich trat den Motor an und schob den Gang ein.

In dieser Sekunde sah ich sie. Ihre Räder zogen Staubwolken nach, die aussahen wie die kondensierten Rückstoßgase von Raketen, und sie selbst ähnelten Wesen von einem fremden Stern, gesichtslose Roboter voller Gefährlichkeit.

Sie entdeckten uns. Kein Aufschrei, keine Geste verriet menschliche Regung. Es war, als hätten sie uns mit einem Radarstrahl geortet. Sie stoppten so hart und so gleichzeitig, daß ihre Maschinen nach links und rechts wegbrachen, und ebenso gleichzeitig fingen sie die schweren Räder ab und brachten sie zum Stehen.

In Sekundenbruchteilen entschied ich mich. Mit dem gefesselten Mädchen gab es auf dem Weg durch den Sumpf keine Fluchtchance, und Sue war dabei gefährdeter als ich. Sue mußte ich in Sicherheit bringen. Dann konnte ich den Tanz mit ihnen aufnehmen, und so verrückt es klingt, für Sue gab es in dieser Sekunde nur Sicherheit dort, wo ich sie gerade rausgeholt hatte.

Ich drehte das Gas auf und ließ die Kupplung kommen. Die Maschine sprang an.

Mit aller Kraft bog ich den linken Arm nach hinten und hielt das Mädchen fest, damit sie nicht durch den Anfahrruck von der Maschine geschleudert wurde.

Es war verdammt schwierig, die Harley am Ausbrechen zu hindern und ihren Lenker mit einer Hand zu halten.

Das scharfe Peitschenknallen von drei Schüssen durchschlug das Motorengedröhn. Ich jagte die Maschine auf die Türöffnung der mittleren Baracke zu.

Ein vierter Schuß krachte. Für eine Revolverkugel war die Entfernung zu groß.

Ich nahm das Gas weg und bremste hart. Sue wurde nach vorn gedrückt. Die Türschwelle war nicht hoch. Trotzdem sprang die Harley wie ein bockender Gaul. Ein paar Zoll vor der Rückwand brachte ich sie zum Stehen. Das Mädchen rutschte seitlich herunter.

»Bleib unten!«

Ich zog den 38er und lief zur Fensteröffnung.

Sie hatten ihre Haltung nicht geändert. Noch immer standen sie mit gegrätschten Beinen über ihren Maschinen. Ich konnte nicht erkennen, wer geschossen hatte.

»FBI!« rief ich. »Nehmt die Hände über den Kopf und kommt her! Ich bin bewaffnet.«

Sie wandten sich einander zu und steckten die Köpfe zusammen. Es war die erste Bewegung, die verriet, daß sie Menschen waren.

Sie ließen die Motoren aufröhren, nahmen die Füße hoch und fuhren näher.

Ich stemmte die linke Hand gegen die Wand und benutzte den Unterarm als Auflage für einen gezielten Schuß. Ich war entschlossen, sie nicht noch einmal zu warnen. Es war wichtig, daß ich mindestens einen ausschaltete.

In zweihundert Yards Abstand riß der linke Fahrer sein Rad herum. Ich feuerte. Zweihundert Yards sind eine Entfernung, bei der auch ein guter Schütze Glück braucht. Ich hatte keins. Er verschwand samt Motorrad hinter der dritten Baracke, die von den beiden anderen um diese Distanz entfernt lag.

Als er wieder auftauchte, beschrieb er mit seiner Maschine einen weiten Bogen und kehrte zu seinem Kumpan zurück. Ich sah, daß er irgend etwas auf der Maschine transportierte, einen grau-grün lackierten Behälter. Sie stellten ihn hinter einen umgestürzten Betonmischer. Es war nicht zu erkennen, was sie damit machten.

Wieder warfen sie die Motoren an und kamen langsam näher. Plötzlich erhöhten sie die Geschwindigkeit und rasten heran.

Nicht in einer geraden Linie, sondern in einer verwirrenden Kurvenfahrt, aus der heraus sie runde Gegenstände schleuderten, ihre Maschinen herumrissen und zurückbrausten.

Ungefähr hundert Yards vor unserer Baracke schlugen die Dinger auf. Zwei Sekunden danach krachte es zweimal. Staubwolken stiegen hoch. Sand und Steine prasselten gegen das Wellblech.

Handgranaten!

Sie konnten uns nicht ernsthaft gefährden, solange sie in so großer Entfernung explodierten. Würden sie sich beim nächsten Mal näher heranwagen? Wie viele von den Teufelseiern besaßen sie noch?

Mir fielen Mr. Highs Worte über die Ausstellung von Vietnamwaffen und den verschwundenen Lastwagen ein. Lag die Ladung in der dritten Baracke? Und lag dort noch mehr und Schlimmeres als Handgranaten? Sie hatten Haft- und Tretminen benutzt. Konnten Sie eine Haftmine an die Rückwand unserer Baracke kleben? In diesem Fall würde der Bau wie eine Blechschachtel über uns zusammenbrechen. Es gab keine Fensteröffnung an der Rückseite. Wenn sie den Bogen groß genug wählten, konnte ich sie nicht aufhalten.

Ich rief Sue an: »Alles in Ordnung?«

Sie lag auf der Seite, beide Knie bis zum Kinn angezogen. »Ich versuche die Arme nach vorn zu bringen«, ächzte sie. »Wenn Sie mir helfen, kann ich es wahrscheinlich schaffen.«

Ich sah, was sie versuchte.

Der Trick ist einfacher, als er auf den ersten Blick aussieht, vorausgesetzt, man hat keinen Bauch, und der Hintern darf nicht zu breit sein. Man muß die Knie und die Füße zwischen den gefesselten Händen nach hinten bringen. Zwar sind die Hände dann noch immer aneinandergekettet, aber man hat sie wieder in normaler Haltung vor dem Körper.

Sue war jung, geschmeidig und sportlich. Ich drückte ihr die Knie hoch. Sie stöhnte, aber es gelang. Sie brachte mit meiner Hilfe beide Füße durch, streckte sich und warf ihre gefesselten Hände hoch. »Geschafft!« jubelte sie.

Ich sprang zurück ans Fenster. Die Motorradgangster hielten in sicherer Entfernung. Offenbar hatten sie erkannt, daß Handgranaten in solchem Abstand wirkungslos blieben.

Jetzt trennten sie sich. Der eine fuhr in schräger Linie zu dem verrostetem Bulldozer. Er stieg von der Maschine.

Der zweite Fahrer fuhr zur dritten Baracke.

Wieder stützte ich den Arm ab und legte den Lauf auf. Als er die Geschwindigkeit erhöhte, zog ich dreimal in schneller Folge durch.

Irgendwo traf ich. Er verriß die Maschine. Sie kippte, aber es gelang ihm, sich mit einem langen Hechtsprung vom Rad wegzuschnellen, das auf der Seite lag und wie ein angeschossenes Tier um sich selbst kreiste.

Der andere hinter dem Bulldozer warf sofort Handgranaten. Noch immer war die Entfernung zu groß. Hochgeschleuderter Staub und Sand verhinderten, daß ich noch einmal traf. Als sich die Staubwolken gelegt hatten, drehte sich das Motorrad nicht mehr. Der Fahrer war in der dritten Baracke verschwunden.

Ich schob die Kugeln in die leeren Kammern. Sechs Kugeln und noch einen Ladestreifen in der Tasche, nicht viel gegen Handgranaten und was immer noch in der dritten Baracke liegen mochte.

Hatten Sue und ich eine andere Chance?

Die Maschine lag wie tot. Der andere Fahrer versuchte, sich hinter den Bulldozern näher an uns heranzuarbeiten.

»He, Sue, du sagtest, sie hätten dich in einem Boot gebracht und von dort aus auf einer guten Straße hierhertransportiert. Ist das richtig?«

»Ja, so war es, G-man.«

»Wir riskieren einen Ausbruch, Sue. Wir werden versuchen, das Boot zu erreichen. Ich denke, wir können einige hundert Yards Vorsprung herausschinden. Die eine Maschine ist wahrscheinlich ausgefallen, und der andere Gangster hat sich von seinem Motorrad entfernt. Kannst du die Harley drehen und bis dicht vor die Türöffnung schieben?«

»Ich versuche es!«

Während sie sich abmühte, hallte ein Schrei: »Jetzt!«

Die Stimme klang hell und gellend wie die Stimme einer Frau.

Zwei Handgranaten explodierten.

Der Fahrer in der Baracke nutzte die Explosionen, rannte aus der Tür und um die Wellblechbude herum.

Er trug eine Kiste, die schwer war und ihn langsam machte.

Ich nahm ihn aufs Korn.

Ich wollte ihn nicht schonen. Aber ich traf nicht. Offensichtlich war er unverletzt geblieben, als er vorhin stürzte.

Sue fragte: »Ist es so okay?«

»Ja, okay! Steig jetzt auf! Rück so weit nach vorn, daß

du auf dem Tank sitzt. Mach dich ganz flach! Den Kopf runter! Preß die Beine an!«

Ich streifte den Overall ab und zog die Jacke aus. Sorgfältig lud ich noch einmal die leeren Kammern des 38ers. Ich steckte die Kanone hinten in den Gürtel und schwang mich auf die Harley.

»Kannst du dich festhalten?« fragte ich Sue.

»Einigermaßen!«

Ich hörte Geräusche an der Barackenrückwand. Wurde die Sprengladung gelegt? Ich hatte keine Chance, es zu verhindern. Uns blieb nur die Flucht! Der Durchbruch!

Der Motor brüllte auf. Ich legte mich nach vorn. Unter mir zitterte der warme Körper des jungen Mädchens. Ein paar Gedanken schossen mir durch den Kopf. Sie war so verdammt jung, hatte das ganze Leben noch vor sich. Ich mußte sie durchbringen.

Ich ließ die Kupplung kommen und drehte den Gasgriff. Die Harley schoß auf die Türöffnung zu und machte einen Satz über die Schwelle. Die Stoßdämpfer schlugen durch. Das Brüllen des Motors hüllte uns ein, eine Wolke aus Lärm. Mit steigender Geschwindigkeit schoß die Maschine geradeaus auf den verrosteten Bulldozer zu, einer Granate gleich, die in nächster Sekunde ins Ziel einschlagen wird.

Ich hatte das Gefühl, als wäre der Lenker unbeweglicher als ein eingerammter Pfahl. Mit aller Kraft drückte und zog ich. Ich brachte die Harley so weit herum, daß sie sich in eine weite Kurve legte.

Der scharfe Peitschenknall der Schüsse durchschlug das Donnern des Motors. Jeder Wirbel meines Rückgrats schien mir aus Glas, zerbrechlich, zerstörbar bei der leisesten Berührung. Wenn eine Kugel traf, würden alle zerspringen. Alle Nerven meines Ichs spannten sich zum Zerreißen in Erwartung des großen Peitschenschlags, des Treffers.

Links wischte das Stahlgewirr des Bulldozers aus meinem Blickfeld. Ich richtete die Harley auf und gab noch mehr Gas. Plötzlich hatte meine Maschine Beton unter den Rädern.

Die Straße zur Küste! Bis zum Anschlag drehte ich den Gasgriff. »Bist du okay?« brüllte ich Sue ins Genick. Ihr langes Haar flatterte.

Der Luftdruck einer gewaltigen Explosion traf uns wie ein heißer Windstoß. Im Rückspiegel sah ich, wie die Wellblechbaracke in die Luft flog. Ihre Blechteile schwirrten wie riesige Diskusscheiben durch den Himmel.

Die Harley schlitterte. Ich fing sie ab und nahm das Gas zurück. Die Straße war stellenweise von Sand überweht.

Wieder und wieder wanderte mein Blick zum Rückspiegel. Gaben sie auf? Dachten sie nur noch daran, die eigene Haut zu retten?

Ich richtete mich auf, um Sue vom Druck meines Körpergewichts zu erlösen. Zum zweitenmal brüllte ich: »Okay, Mädchen?«

Sie konnte sich nicht umdrehen und ihre Lage verändern, aber sie antwortete mit einem Kopfnicken.

Wir erreichten den Teil der Straße, der unmittelbar am Ufer entlangführt. Nur ein breiter Streifen Strand trennte Straße und Ausläufer der Brandung. Das Gelände war so deckungslos wie ein flacher Teller.

Als ich sie sah, waren sie kaum mehr als ein zitternder roter Punkt im Rückspiegel. Sekunden später schon erkannte ich die Umrisse.

Ich beschleunigte. Verbissen bemühte ich mich, die Harley auf Beton zu halten und die sandbedeckten Stellen zu meiden. Es gelang schlecht. Mit Sue auf der Maschine war es schwierig, geschickt zu fahren und die Harley durch Verlagerung des Körpergewichts zu steuern. Meistens donnerten wir stur geradeaus. Jeder verdammte Sandhaufen ließ die Räder leerdrehen und drohte uns von der Fahrbahn zu wischen.

Sie näherten sich mit der Gleichmäßigkeit einer Automatik. Im Rückspiegel waren Einzelheiten zu erkennen. Nur eine Maschine! Zwei Menschen!

Es war unmöglich, sie abzuhängen. Ihre Maschine war schneller, und sie gingen meisterhaft damit um. Wie ein eingespieltes Team verlagerten sie ihr Gewicht, wann, wie und wo es nötig war.

Welche Waffen hatten sie? Auf jeden Fall Revolver! Wenn sie dicht genug aufschlossen, bot mein Rücken eine Zielscheibe, die ein Kind nicht verfehlt hätte.

Ich legte meinen Oberkörper auf Sues Rücken und schrie ihr ins Ohr: »Hörst du mich?«

Sie antwortete mit einer Schulterbewegung.

»Ich muß ganz plötzlich stoppen. Kann sein, daß die Maschine kippt. Sie darf nicht auf dich fallen. Das Gewicht würde dir die Beine brechen. Laß los und schnell dich weg, sobald ich ›Jetzt‹ rufe!«

Ich begnügte mich nicht mit dem Blick in den Rückspiegel, sondern drehte mich um.

Sie waren dicht dran. Noch hundert Yards – dann konnten sie schießen.

Mit beiden Fäusten packte ich die Griffe so fest, als wären meine Hände Schraubstöcke, und bremste beide Räder gleichzeitig ab.

Die Harley wollte hochsteigen wie ein Pferd. Ich hielt sie unten. Die Reifen kreischten. Wie viele verdammte endlose Sekunden brauchte sie, um endlich zu stehen? Dann, als sie langsamer geworden war, riß ich den Lenker nach rechts.

»Jetzt!« schrie ich, ließ den Lenker los, packte Sue um die schmale Mädchentaille, stemmte sie hoch und schleuderte sie nach links.

Die Harley brach aus. Ich flog aus dem Sattel, knallte

hart auf die linke Seite und schlug eine Rolle. Die rechte Hand fuhr nach hinten. Die Finger schlossen sich um den Revolvergriff. Ich riß die Waffe aus dem Gürtel.

Röhrend schoß das Motorrad heran.

Ich kniete. Ich hob den linken Arm zum Griff ums rechte Handgelenk. Schmerzblitze durchzuckten die Schulter.

Die Maschine! Gestalten in Rot! Runde Helme in Schwarz! Ich feuerte!

Die Maschine raste vorbei!

Ich schwenkte den Oberkörper herum, ging mit und feuerte.

Als ich traf, sah das, was geschah, nicht anders aus als eine Stuntmanszene in einem Actionfilm. Der Beifahrer kippte nach hinten aus dem Sattel, schlug einen Salto und blieb auf dem Gesicht liegen. Der Fahrer verriß die Maschine. Er wurde aus dem Sattel geschleudert, flog so hoch in die Luft, als spränge er von einem Trampolin, und schlug schwer auf. Führerlos raste die Maschine quer über die Fahrbahn und explodierte nach hundert Yards in einem rot-gelben Feuerball, aus dem eine schwarze Rauchwolke gleich einem fehlgestarteten Feuerwerkskörper in den Himmel stieg.

Vorbei?

Ich sah mich um. Ja, es war vorbei und ausgestanden.

Sue Race lag jenseits des Straßenrandes. Ich war verdammt erleichtert, als ich ihre offenen Augen und den wachen Blick sah.

»In Ordnung, Sue?«

»Ja, ich glaube, es scheint so. Meine Schulter schmerzt.«

Ein gebrochenes Schlüsselbein? So etwas heilt! Auch in meiner Schulter war die Hölle los.

Ich lud den 38er nach und ging zu dem Fahrer, den ich vom Soziussitz geschossen hatte.

Ich drehte ihn auf den Rücken. Er hatte den Helm beim Aufschlagen nicht verloren. Das Loch, das meine Kugel hinterlassen hatte, zeigte häßliche, zersplitterte Ränder.

Der Verschluß war schnell gelöst. Als ich den Helm abhob, quoll weiches braun-schwarzes Frauenhaar auf. Die grauen Augen Sheila Kanas', die den Augen der Jackpot-Königin so ähnlich waren, starrten mich blicklos an.

Obwohl keine Verletzung zu sehen war, trotz der Einschußöffnung im Helm, war Sheila Kanas tot. Ich hob ihren Kopf an, um mich zu vergewissern. Aus der Haarfülle ragte ein langer Kunststoffsplitter, und da war auch eine dünne Spur Blut.

Die Flammen des brennenden Motorrads flackerten schwächer. Der Rauch quoll dick und schwarz. Es stank nach verbranntem Gummi.

Auch dem Fahrer saß der Sturzhelm noch auf dem Kopf. Ich befreite ihn.

Cliff Kanas' Gesicht war blutüberströmt. Blut, das aus seiner zerschlagenen Nase floß.

Er lebte. Er versuchte zu sprechen. Wenn er die Lippen bewegte, drang ihm das Blut in den Mund.

Ich preßte ein Tuch auf seine Nase.

»Meine Schwester?« flüsterte er.

»Tot!« Es hatte keinen Sinn zu lügen.

Er schloß die Augen. Seine Lippen zitterten. Ich beugte mich über ihn. »Was sagst du?«

»Er ist schuld«, hauchte Kanas. »Nur er!«

Kaum eine Slotmaschine blieb in dieser Nacht im Jackpot Queen ohne Spieler oder Spielerin. Die Menschen drängten sich um die Roulettische. Sie warteten auf einen freien Platz am Blackjack-Board. Die Baccarat-Umsätze überstiegen schon vor Mitternacht die höchste 24-Stunden-Summe, die seit dem Bestehen des Spielcasinos je erreicht worden war.

Gloria Race erfüllte ihre Aufgaben wie in Trance. Sie hatte mit Wilkins, dem Reiseunternehmer, Sekt getrunken und sich für ihn schön gemacht. Ihr Kleid war schwarz mit einem tiefen Rückenausschnitt und Seitenschlitzen, die ihre Beine beim Gehen bis zu den Hüften freigaben. Seit sie Wilkins abgehängt hatte, strich sie ruhelos durch alle Säle des Casinos. Sie gab Anordnungen, sorgte dafür, daß Rouletts, an denen das Spiel auf hohen Touren lief, einen zusätzlichen Croupier erhielten. Sie überprüfte die Mädchen, deren Aufgabe es war, Scheine in Münzen für die Automaten zu wechseln. Phil hatte den Eindruck, daß sie sich mit Arbeit betäubte.

Auch Jonny Slide war endlich aus seinem zerdrückten Anzug in einen Smoking umgestiegen. Er hatte sich rasiert, sich mit einer Menge Parfüm übergossen und schien alle Müdigkeit einer schlaflosen Nacht abgeschüttelt zu haben. Phil vermutete, daß er sich eine mittlere Portion Aufputschtabletten einverleibt hatte.

Gegen Mitternacht hallte Phils Name aus den Lautsprechern. »Mr. Phil Decker, ein Telefongespräch für Sie! Bitte, kommen Sie in die Lobby in Zelle drei.«

Phil ging zu dem Apparat und meldete sich. Er hörte Mr. Highs Stimme. »Gute Nachrichten, Phil!« sagte der Chef. »Jerry ist zu Ihnen nach Atlantic City unterwegs.«

»Und das Mädchen, Sir?«

»Befreit und gesund seit ungefähr fünf Uhr! Sie hielten sie in einer äußerst einsamen Gegend versteckt. Jerry stieß mit den Gangstern zusammen. Es kam zu einer harten Runde, bei der ein Gangster auf der Strecke blieb. Der andere starb Stunden später in einem Boot, in dem Jerry versuchte, das Mädchen und ihn in die Zivilisation zurückzubringen.«

»In einem Boot, Sir?«

»Das einzige Transportmittel, das Jerry zur Verfügung hatte. Alle Motorräder waren ausgefallen. Auf halber Strecke versagte auch der Motor des Bootes. Sechs Stunden trieben sie auf See, bis endlich die Besatzung einer Yacht aus Seavillage auf sie aufmerksam wurde. Wie ich schon sagte: der Gangster starb.«

»Wer war es, Sir?«

»Cliff Kanas.«

Phil mußte schlucken. »Und der andere?«

»Seine Schwester Sheila!«

»Sir, sind Sie überzeugt, daß beide die einzigen Täter sind?«

»Nein, Phil! Kanas beschuldigte einen Mann, der an allem die Schuld trüge. Er nannte keinen Namen. Jerry hält es für eindeutig, daß sich dieser Mann in Gloria Races Nähe befindet. Da Cliff und Sheila Kanas tot sind, haben wir keine Chance, seinen Namen zu erfahren. Er braucht sich nur ruhig zu verhalten, und er wird niemals bestraft werden.«

»Sir, das ist undenkbar! Dieser Mann hat den Tod vieler Menschen auf dem Gewissen.«

»Genau das ist es, Phil. Was können wir Gloria Race zumuten? Können wir ihr für zwei Stunden die Rettung ihrer Tochter verschweigen?«

Phils Antwort kam zögernd: »Es wäre grausam, Sir!«

»Das weiß ich, Phil. Wird sie einen Schock erleiden, wenn sie sich ihrer Tochter plötzlich gegenübersieht?«

»Sie ist nervenstark. Ich denke, sie wird es verkraften.«

»Phil, ich rechne mit einer Panikreaktion des Drahtziehers, wenn Sue Race im Jackpot Queen erscheint. Er muß annehmen, daß seine Mittäter gefaßt sind. Er wird sich selbst verraten.«

»Ich verstehe, Sir!«

»Jerry bringt also die Tochter der Jackpot-Königin ins Casino. Wohin soll er sie bringen?«

»In den Showsaal während der Jackpot-Auslosung der heutigen Nacht.«

»In Ordnung, Phil!«

Phil legte auf und verließ die Kabine. Im Automatensaal kam ihm Gloria Race entgegen.

»Ich hörte, daß Sie ans Telefon gerufen wurden, G-man.«

Über Glorias Schultern hinweg sah Phil Jonny Slide, der sich mit großen Schritten näherte.

»Nur ein Routineanruf, Mrs. Race«, antwortete er auf ihre unausgesprochene Frage. »Keine Nachrichten von Ihrer Tochter.«

Slide trat zu ihnen. »Heute nacht werden wir einen enormen Jackpot haben, Gloria, über hundertdreißigtausend Dollar. Wenn wir den Einsatz nicht erhöhen, machen wir wahrscheinlich Verlust. Ich schlage siebenhundert Dollar vor.«

»Einverstanden!« antwortete Gloria.

Slide warf einen Blick auf die Armbanduhr. »In zehn Minuten beginnen wir mit dem Kartenverkauf für den Showsaal.«

Die Scheinwerfer flammten auf. Sofort brachen die Leute in Johlen, Klatschen, Pfiffe aus.

»Ladys und Gentlemen! Das Jackpot-Girl dieser Nacht!«

Das Jackpot-Girl war eine hochgewachsene Schwarzhaarige mit getönter Haut, einem großen, sehr roten Mund und verhangenen dunklen Augen. Ihre Beine schimmerten durch das Grün der Tausend-Dollar-Noten.

»Wir beginnen mit der Feststellung des Jackpots!«

Schein um Schein pflückten die Männer vom Mädchenkörper. Im Sichtfenster der Registrierkasse sprangen die Zahlen.

Fünfzehntausend! Einundzwanzigtausend! Dreißigtausend Dollar!

Jeder Geldschein löste neuen Beifall aus. Der Saal war voller als jemals zuvor.

Einundfünfzigtausend! Sechzigtausend! Dreiundsiebzigtausend Dollar!

Phil bahnte sich einen Weg zur Bühne. Gloria saß nicht wie sonst in der Seitenloge, sondern stand in den Kulissen. Dicht hinter ihr stand Jonny Slide.

Hunderttausend Dollar! Die Stimme des Sprechers überschlug sich. »Ladys und Gentlemen! Der Jackpot der heutigen Nacht übersteigt hunderttausend Dollar, und noch ist nicht Schluß! Sehen Sie, wie viele Tausender unser Jackpot-Girl noch auf ihrem schönen Körper trägt!«

Zehn Minuten später wurde der letzte Schein gepflückt. Sekundenlang stand das Mädchen nackt. Dann erloschen die Scheinwerfer. Nur die Ziffern im Sichtfenster der übergroßen Registrierkasse leuchteten rot.

»Im Jackpot liegen hunderteinundvierzigtausend Dollar! Ladys und Gentlemen, setzen Sie!«

Es beunruhigte Phil, daß er Gloria und Slide auf der dunklen Bühne nicht sah. Er ging die kleine Treppe hinauf, die vom Saal auf die Bühne führte und die nach der Auslosung der Gewinner des Jackpots hinaufstürmen würde. Ein Wächter in Uniform vertrat ihm den Weg.

»Gehen Sie zurück, Mann!« befahl er rüde.

Phil griff nach dem FBI-Ausweis. In diesem Augenblick kamen Gloria und Slide nach vorn.

»Lassen Sie Mr. Decker passieren!« befahl Gloria. »Eine Nachricht?« Sie sah Phil fragend an.

Er schüttelte stumm den Kopf. Aus der Nähe betrachtet, sah Gloria nicht gut aus. Dunkle Ringe zeichneten sich trotz des Make-up unter den Augen ab. Sie blieb am Rand der Bühne stehen. Phil entschloß sich, auch oben zu bleiben.

Im Saal wurden die Wettische umdrängt wie nie zuvor. Slide sagte trocken: »Dieser Jackpot könnte einen siebenstelligen Nettogewinn bringen.«

Gloria Race reagierte nicht. Phil spürte, daß sie nahe daran war, die Haltung zu verlieren.

Das Setzen dauerte länger als gewöhnlich. Erst nach einer halben Stunde flaute die hektische Spielwut ab. Für weitere zwanzig Minuten trieb der Sprecher mit immer neuen Verlockungen die Unschlüssigen an die Tische, bis endlich die übliche Ansage über die Lautsprecher kam. »Die letzte Minute für Ihre Einsätze ist angebrochen. Der Countdown läuft!«

Fünfzig Sekunden später das Zählen: »Neun, acht, sieben ...«

Die Stimmung war so angeheizt, daß die Spieler im Chor mitzählten und beim »Nichts geht mehr« in Gebrüll ausbrachen.

Die Scheinwerfer flammten auf. Phil stand einem Lichtkegel im Weg und wurde geblendet. Er machte zwei Schritte zur Seite. Das Mädchen, eingehüllt im Brokatmantel, kam aus den Kulissen und strich so dicht an Phil vorbei, daß er das Parfüm roch, das sie wie eine unsichtbare Schleppe nachzog.

Lächelnd ging sie zum großen Glücksrad, drehte sich und warf den Brokatmantel ab.

Kein Beifall! Keine Bewunderungspfiffe!

Atemlose Stille!

»Go!« befahl die Stimme aus den Lautsprechern.

Die Sektoren des Glücksrades begannen zu kreisen. Die Ziffern verflimmerten zu unentwirrbaren Mustern.

Zwanzig Sekunden!

Das Kommando: »Stopp!«

Das Mädchen legte die Hand auf den großen roten Bremsknopf.

Detective Lieutenant McSean befahl: »Stopp!« Sein Fahrer brachte den zivilen Mercury, an dem nur die große Peitschenantenne auffiel, vor dem Eingang des Jackpot-Queen-Casinos zum Stehen.

»Besondere Wünsche, G-man?« fragte der Lieutenant.

»Nehmen Sie ein paar Leute in Zivil mit, und sagen Sie den Cops, daß sie sich in Bereitschaft halten sollen.«

McSean bellte Befehle in die Sprechfunkanlage. Hinter uns stoppten in schneller Folge drei Wagen, aus denen neun Männer stiegen und durch die Drehtür das Casino betraten.

Neben mir saß Sue Race. Wir hatten sie in einen blauen Jogginganzug gesteckt, das einzige Kleidungsstück, das wir in der Eile auftreiben konnten, Ich trug eine Jacke, die mir McSeans Sergeant aus seinen Privatbeständen geliehen hatte. Der Sergeant war Italiener und ein Liebhaber von Nudelspeisen. Die Jacke hing an mir wie ein Sack.

Ich sah Sue mit Besorgnis an. Wir hatten ein paar verrückte Stunden hinter uns.

Okay, die Schießerei mit Sheila und Cliff Kanas – solche Sachen gehören für mich zum Job. Aber daß der Motor des Bootes, mit dem ich Sue und den schwerverletzten Cliff zurückbringen wollte, den Geist aufgab, das hatte auch an meinen Nerven gezerrt. Immerhin dauerte es Stunden, bis wir aufgefischt wurden, und die Yacht, deren Besatzung uns schließlich entdeckte, hatte uns zu allem Überfluß um ein Haar auch noch gerammt.

Ich fragte mich, wieviel wir Sue noch zumuten konnten. Sie machte einen gelassenen, ruhigen Eindruck. Ein Arzt hatte sich um sie gekümmert, und da die Begegnung mit ihrer Mutter für Sue auf jeden Fall eine gewaltige Nervenbelastung bedeutete, hatte der Doc ihr ein Beruhigungsmittel gegeben, das sie psychisch abschirmte.

Ich nahm ihren Arm. »Kommen Sie, Sue!«

Durch die Drehtür betraten wir die Lobby des Casinos. Ein uniformierter Wächter erblickte Sue, starrte mich an und stürmte los. Mit wuchtigen Schritten vertrat er uns den Weg. »Kein Zutritt für Minderjährige!«

Einer von McSeans Männern griff ihn an Arm und Schulter, drehte ihn um und schob ihn ab.

Wir passierten den Automatensaal, den Saal mit den Roulett- und Baccarattischen. Lieutenant McSean stampfte uns voran.

Wieder kam einer seiner Leute. »Sie ist im Showsaal. Die Jackpot-Ausspielung läuft!«

Vor der Doppeltür zum Showsaal standen zwei Wächter. McSeans Detectives räumten sie aus dem Weg und stießen die Doppeltür auf.

Über viele Köpfe hinweg sah ich das große Glücksrad, das Jackpot-Girl, die kreisenden Scheiben, die langsam stehenblieben, und den roten Pfeil, vor dem die Zahlen 4 6 2 7 zum Stillstand kamen

Hundertfaches Murmeln der Enttäuschung und ein Aufschrei: »Ich! Meine Zahl! Mann, o Mann, ich hab' gewonnen!«

McSean pflügte einen Keil durch die Menge. Ich schob Sue vor mir her. Links und rechts gaben vier stämmige Burschen aus des Lieutenants Mannschaft Flankenschutz.

Gloria Race stand auf der Bühne, zusammen mit Slide und Phil, der sich zwei Schritte abseits hielt.

Noch war alle Aufmerksamkeit auf das Glücksrad und die Zahl gerichtet. Gloria spürte die Bewegung im Saal, wandte den Kopf und sah ihre Tochter.

»Sue!« schrie sie und stürzte nach vorn. Es sah aus, als stolpere sie. Jonny Slide fing sie auf.

Nein, er fing sie ab. Er riß sie an sich, preßte sie gegen seinen Körper, benutzte sie als Schutzschild, und als er sie sicher im Griff hatte, holte er mit einer blitzschnellen

Bewegung einen runden Gegenstand aus der Tasche, führte ihn zum Mund, packte den Sicherungsring mit den Zähnen, riß ihn ab und machte die Handgranate scharf.

Sie haben länger gebraucht, das zu lesen, als Slide brauchte, es zu tun. Green-Beret-Training! Er war wirklich schnell.

Phils Hand war schon unter der Jacke.

Er, ich, McSean, vielleicht die Detectives, wir wußten, was sich da oben ereignete. Alle anderen waren noch ahnungslos, ganz auf das Glücksrad und die eben gefallene Entscheidung konzentriert.

Slide sorgte dafür, daß es alle erfuhren. Er brüllte: »Ich habe eine Handgranate. Wenn mir einer nahe kommt, laß ich den Stift los!«

Er stand so dicht beim Mikrofon, daß sein Gebrüll über die Lautsprecher hallte.

Ein paar Sekunden der Erstarrung! Dann brach die Panik aus. Die Menschen drängten zu den Türen. Zum Glück gab es genügend Notausgänge, die unter dem Druck der Leiber aufsprangen und den Weg aus dem Saal freigaben. Natürlich schrien die Leute.

Für drei Minuten herrschte ein wüstes Durcheinander. Aber da sich nichts ereignete, kein Feuer ausbrach, keine Explosion krachte, ebbte die Erregung so schnell ab, wie sie aufgebrandet war. Schon blockierten die ersten Neugierigen die Ausgänge.

»Alles raus!« befahl Lieutenant McSean. Seine Männer machten kurzen Prozeß.

Noch immer hielt ich Sue Race fest. Sie wollte sich losreißen. Sie wollte zu ihrer Mutter. Sie schrie: »Mammy! Mammy!« Sie trat mich vor die Schienbeine und wütete: »Lassen Sie mich los!«

Die Detectives schleiften den letzten Spieler zum Ausgang, einen dicklichen rosigen Mann, der unentwegt heulte: »Ich habe gewonnen! Mein Geld! Mein Geld!«

Lieutenant McSean stand am Fuß der Bühne, den Kopf zwischen die breiten Schultern gezogen. Der ganze Mann war ein Bündel Wut.

Ich winkte einem Beamten. »Bringen Sie das Mädchen raus!«

Sue wehrte sich, sie schrie. Der Mann nahm sie auf die Arme und trug sie aus dem Saal.

»Schließt die Türen!« befahl ich. »Geht weg von der Bühne! Sie auch, Lieutenant!«

Er ruckte mit dem Kopf herum und starrte mich an. Er wollte etwas sagen, schluckte die Worte runter und zog sich zu seinen Leuten zurück.

Slide und Gloria Race standen fast in der Bühnenmitte. Er überragte sie um einen halben Kopf. Trotzdem wäre jeder Schuß zu gewagt gewesen.

Die Bühne war leer. Das Jackpot-Girl war verschwunden. Nur der Brokatumhang lag noch auf dem Boden. Und die Scheinwerfer brannten und richteten ihre Lichtkegel sinnlos auf das Glücksrad und die Gewinnzahl: 4627.

Ich setzte den Fuß auf die Treppe.

»Bleib unten, G-man!« schrie Slide.

»Wie willst du verhindern, daß ich raufkomme? Mir die Handgranate an den Kopf werfen? Du hast nur die eine.«

Die Treppe bestand aus fünf Stufen. Ich ging sie hinauf. Slide zog sich Schritt um Schritt zurück und zwang Gloria mit sich. Ich sah ihre Augen, in denen ein wilder Funken Entschlossenheit glühte. Sie stand nicht unter Schock. Der Anblick ihrer geretteten Tochter hatte alle ihre Kraftreserven geweckt, und der Haß auf den Mann, den sie vielleicht geliebt hatte, heizte ihren Willen an.

»Dein Spiel ist aus, Slide«, sagte ich. »Die arme Sheila Kanas! Sie liebte dich. Du nutztest ihre Liebe, um sie zu deinem Werkzeug zu machen, und sie zog ihren Bruder mit sich in den Abgrund. Für dich haben Sheila und Cliff die Haftminen auf Mahons und seiner Leute Autos gesetzt. Für dich haben sie Sue entführt. Eigenhändig hast du nur die Tausender präpariert, um dich dann als Retter aufzuspielen. Ach ja, und die Bombe, die Reggie Moire zerriß, die hast du ins Glücksrad eingebaut. Nur konntest du sie nicht auslösen, weil Gloria selbst als Jackpot-Girl auftrat.«

Ich ging noch einen Schritt näher. Er reagierte wie gewünscht.

Instinktiv wich er zurück bis ans Glücksrad, bis in das Licht der Scheinwerfer. Er kniff die Augen zusammen.

»Und Corelli kommt auf dein Konto! Du warst in New York, Slide. Du legtest die Tretmine vor seinen Wagen! Du und dein verdammtes Kriegsspielzeug!«

Wie nennen die Stierkämpfer die entscheidende Sekunde?

Den Augenblick der Wahrheit!

Phil glitt mit einem großen, weichen, und lautlosen Schritt hinter dem Glücksrad hervor. Er tat etwas mit Slides Hand, das ich nicht beschreiben werde. Slides Finger sprangen auf, und die Handgranate fiel auf den Boden.

Phil bückte sich, als wäre es die selbstverständlichste Sache von der Welt, und schleuderte die Granate weit in die Kulissen.

Während Phil das tat, riß ich Gloria Race an mich, sprang in zwei gewaltigen Sätzen von der Bühne, fiel mit ihr auf den Boden und warf mich über sie.

Die Handgranaten chinesischer Produktion sind, wie mir später ein Fachmann versicherte, auf sieben Sekunden eingestellt. Sieben Sekunden vergehen vom Augenblick, da der Stift des Zünders losgelassen wird, bis zur Explosion.

Eine ziemlich lange Zeit, um solch ein Ding loszuwerden. Man darf nur nicht danebengreifen.

Die Explosion krachte, als die Jackpot-Königin und ich gerade unten vor der Bühne in Deckung lagen ...

Jonny Slide bekam lebenslänglich. Noch vor seiner Verurteilung, noch bevor sie als Zeugin vor Gericht erscheinen mußte, gab Gloria Race die Lizenz für das Jackpot Queen ab.

Die Verlockung des schnellen und großen Geldes war für viele Leute zu groß. Die Presse hatte über den Fall ausführlich berichtet. Kein Wunder, daß ein paar Leute auf den Gedanken verfielen, sie könnten mehr Erfolg als Jonny Slide haben.

Bei der ersten neuen Entführungsdrohung gegen ihre Tochter gab Gloria Race, die Jackpot-Königin, auf.

Das Casino heißt jetzt Atlantic Gambling Saloon.

ENDE

Der Dompteur des Syndikats

Amy Robinson preßte eine Hand vor den Mund, als die Tür zu ihrem Zimmer unter einem kräftigen Fußtritt zersplitterte. Sie hatte abgeschlossen, aber es war eine dünne Tür, und in Chico Manzaris Haus, das wußte sie längst, gab es keinen Platz, an dem ein Mädchen allein sein konnte.

Charles ›Chico‹ Manzari stieg über die zerbrochenen Latten. Hinter ihm zwängten sich seine Leibwächter durch die Reste der Tür. Sid Levin mit seinem speckig glänzenden Pfannkuchengesicht rieb sich erwartungsvoll die Lenden.

Amy wich zurück, bis sie mit dem Rücken gegen den Schrank prallte. Wimmernde Laute drangen zwischen den fest zusammengebissenen Lippen hervor.

»Was hat das zu bedeuten?« erkundigte sich Chico Manzari mit flacher, etwas heiserer Stimme. Seine blassen Augen huschten über das Bett.

Dort hatte Amy ihre wenigen Habseligkeiten aufgestapelt, um sie in Plastiktüten zu stopfen. Ihre Sachen bestanden im wesentlichen aus durchsichtiger, mit Spitzen und Rüschen besetzter Reizwäsche, knappen Höschen und einem goldfarbenen Bikini. Mit dem, was sie jetzt am Leib trug – ein blauer Pullover und ein gelber Rock – war sie vor vier Monaten hier angekommen.

»Sag schon, was hast du vor?« fragte Chico Manzari, als sie ihn nur aus weit aufgerissenen Augen ansah.

»Bitte, Mr. Manzari, lassen Sie mich gehen! Ich kann nicht mehr ...«

Sie verstummte, als sie das gemeine Grinsen in Manzaris hagerem Gesicht bemerkte.

»Was hast du mir nicht alles versprochen, Amy, als ich dich damals in Pittsburgh in der Gosse auflas! Du warst fertig, Baby, und du wärst vor die Hunde gegangen ...«

»Ich kann nicht mehr«, wimmerte Amy.

»Du kannst nicht mehr? Aber abhauen kannst du? Mir

in den Rücken fallen kannst du!« Manzaris Stimme stieg zu einem schrillen Kreischen an. Er schnippte mit den Fingern und trat zur Seite. »Du kannst gehen, wenn die Jungs mit dir fertig sind. Das heißt, wenn du dann noch gehen kannst!« Manzaris Stimme klang jetzt wieder kalt. »Und wohin du dann gehst, bestimme ich!«

Aus verschleierten Augen sah er Sid nach, der um das Bett herumging. Amy wich an die Wand zurück. Sid packte ihren Oberarm. Lachend wollte er sie zu sich heranziehen. Das Lachen erstarb, als das Mädchen ihm die geballte Faust auf den Mund schlug.

Sid grunzte wütend. »Du verdammtes Miststück! Warum stellst du dich so an?«

Er holte aus. Sein behaarter Handrücken traf ihr Gesicht. Der Nasenknorpel brach, beide Lippen platzten auf, und der Schmerz ließ die Tränen aus ihren Augen wie einen Sturzbach schießen.

Der Gorilla schleuderte sie aufs Bett. Amy wehrte sich nur schwach, als er ihren Rock herabzerrte und den Pullover zerfetzte. Dann warf er sich keuchend auf sie.

Fünf qualvolle Minuten vergingen. Dann rollte Sid Levin vom Bett. Während er die Hosen hochzog, sah er grinsend Tony an.

Tony Stark schluckte. Er wußte, was Manzari von ihm erwartete. Für einen Augenblick stand ihm Sid mit seinem massigen Körper im Weg.

Amy Robinson nutzte diesen einen Augenblick, um noch einmal alle Kraftreserven in einen letzten verzweifelten Fluchtversuch zu setzen.

Sie sprang vom Bett. Ihr Mund war voll Blut. Durch die angeschwollene Nase bekam sie kaum Luft. Nur undeutlich sah sie durch ihre Tränen die Männer an der Tür. Dort gab es keine Fluchtmöglichkeit.

Sie fuhr zum Fenster herum. Der Rahmen war festgeschraubt. Nur das kleine Oberlicht ließ sich zum Lüften öffnen. In der dunklen Fläche spiegelten sich die Lichter der Lampen und die Gestalten der Männer.

Sie dachte nicht an die fünf oder sechs Yards jenseits der Fensterbrüstung, als sie sich gegen die Scheibe warf.

Das Glas barst unter ihrem Anprall. Inmitten eines klirrenden Scherbenregens stürzte sie aus dem Fenster.

Chico Manzari stieß einen schrillen Laut aus. »Schnappt sie!« kreischte er. »Ihr Idioten, greift sie euch . . .«

Sid und Tony stürzten zur Tür hinaus. Manzari sprang über das Bett. Sein Fuß verfing sich in der zerwühlten Decke. Er stolperte und prallte gegen den Fensterrahmen.

Hoffentlich hat sie sich das Genick gebrochen, dachte er gehässig, als er seinen Kopf hinausschob.

Kühle Luft strich über sein Gesicht. Die Lichter vorn an der Zufahrt zum Hauptgebäude der Clubanlage reichten kaum bis an die Seite des Gebäudes, wo eine hohe Hecke den Fahrweg säumte, der hinter das Haus führte.

Aber Manzari sah den hellen Fleck unter dem Fenster, der sich jetzt bewegte. Nacktes Fleisch schimmerte in der Dunkelheit, als Amy Robinson wie ein verletzter Käfer auf die Hecke zukroch.

Manzaris Hand zuckte zur Hüfte, wo die Pistole in der Klammer steckte. Doch er ließ die Waffe an ihrem Platz. Sid und Tony würden ihr den Rest geben. Jeden Moment mußten die beiden jetzt an der Seite des Hauses auftauchen.

Amys unbeholfen dahinkriechender Körper verschwand in der Hecke. Manzari hörte das Brechen von Zweigen. Er sah noch einmal den Schimmer heller Haut. Und dann stellten sich seine Nackenhaare auf.

Auf der anderen Seite der Hecke mahlte ein Anlasser. Sofort heulte ein Motor auf, und Kies prasselte unter die Radkästen, als das unbeleuchtete Fahrzeug davonraste.

Sid und Tony rannten über das dunkle Rasenstück. Sie gerieten in den hellen Lichtfleck, der durch das Fenster auf die Wiese fiel.

Sid hielt seinen Revolver in der Pranke. Als der Fahrer des unbeleuchteten Wagens die Ausfahrt erreichte und auf die Bremse trat, schimmerte blutrotes Licht durch das Laub der Hecke.

Sids Arm flog in die Höhe.

»Nicht schießen, verdammter Narr!« schrie Manzari. Die Entfernung war viel zu groß.

Sid Levin ließ den Arm mit der Waffe sinken und wandte sein flaches Gesicht nach oben.

»Was sollen wir denn machen?« fragte er ratlos.

Manzari antwortete nicht. Wortlos wandte er sich vom Fenster ab.

Earl Beasley, der Bezirksstaatsanwalt des Ohio County, West Virginia, stand vor der großen Karte seines Distrikts, die er mit Reißzwecken an die holzgetäfelte Wand seines Büros geheftet hatte.

»Sehen Sie sich das County an!« sagte er, wobei er mich anstarrte, als beschuldigte er mich eines Verbrechens. Er deutete auf den nördlichen Zipfel des Bundesstaates West Virginia, der sich wie ein schmaler, spitzer Keil zwischen die Staaten Ohio und Pennsylvania zwängte. Beasley zeigte auf die Stadt am Ostufer des Ohio River. »Hier, das sind wir. Wheeling, Ohio County, West Virginia.«

Der Bundesstaat Ohio erstreckte sich westlich des Ohio River. Im Osten, nur fünfzehn Meilen entfernt, lag die Grenze zum Bundesstaat Pennsylvania. Bis Pittsburgh waren es nur siebenundfünfzig Meilen.

»Hier herrscht Goldgräbermentalität«, fuhr der District Attorney fort. »In Ohio und Pennsylvania sind Glücksspiele und Prostitution verboten. In West Virginia natürlich ebenfalls. Aber vor über zehn Jahren haben ein paar dumme oder korrupte Bürgerschaftsvertreter die Errichtung von Clubs zugelassen, in denen praktisch alles erlaubt ist. Also auch Glücksspiel und Prostitution. Damit fing es an. Seit der Zeit haben wir diese Brut im County, und wir werden sie nicht mehr los. Die Polizei ist korrupt, die Verwaltung mit Vertretern des Syndikats durchsetzt. Wir haben hier im Ohio County mehr Morde als im ganzen Bundesstaat West Virginia zusammen, und die Aufklärungsquote ist niedriger als irgendwo sonst in den Staaten.«

Earl Beasley öffnete ein Fach in der Schrankwand. Ein Fernsehapparat und ein Videorecorder wurden sichtbar. Beasley schaltete das Fernsehgerät ein.

Er war ein mittelgroßer, korrekt gekleideter Mann mit glattem, sorgfältig gescheiteltem Haar. Seine straffen Wangen waren scharf ausrasiert. Der Mund mit den dünnen Lippen war jetzt fest zusammengepreßt, während er auf das Aufleuchten des Bildschirms wartete.

Earl Beasley war Anfang vierzig. Der Typ des jüngeren, ehrgeizigen Staatsanwalts, der Karriere machen würde, wenn es ihm gelang, die Gangster aus dem County zu vertreiben. Falls er es überlebte ...

Sein Vorgänger war gescheitert, weil er zu eng mit dem Syndikat zusammengearbeitet hatte, das er bekämpfen sollte. Ich wußte, daß Beasley allein dastand. Er kämpfte praktisch auf verlorenem Posten.

Seine Assistenten waren junge, unerfahrene Leute, die jedoch intelligent genug waren, sich nicht in einem aussichtslosen Krieg verheizen zu lassen. Seit seinem Amtsantritt vor knapp fünf Jahren hatte der District Attorney versucht, gute und unbestechliche Detectives als Mitarbeiter zu gewinnen.

Drei Jahre hatte er gebraucht, um endlich einen geeigneten Mann zu finden. Als sich der Beamte eingearbeitet hatte und seine zähe Kleinarbeit dem Syndikat lästig wurde, wurde er ermordet.

Der Staatsanwalt drückte die Wiedergabetaste des Videorecorders. Auf dem Fernsehschirm erschien ein Bild. Es zeigte die Anfahrt zu einem protzigen weißen Haus, das auf einem Hügel lag. Schlanke Säulen trugen ein Vordach, unter dem sechs livrierte Diener warteten.

»Das ist der Country Club«, erläuterte Beasley. »Fragen Sie nicht, was es gekostet hat, die Kamera im Park zu installieren!«

In der Zufahrt erschien eine Fahrzeugkolonne. Die Cadillacs, Lincolns, Bonnevilles und Deltas wurden unter dem Vordach hart gestoppt. Bevor die Livrierten die Türen öffnen konnten, flogen sie ihnen schon entgegen. Zuerst sprangen die Leibwächter heraus und bauten sich neben den Wagen auf. Mit ihren breiten Schultern drängten sie die Angestellten des Country Clubs zur Seite.

Die verborgene Kamera erfaßte die Gesichter der Männer, die jetzt ausstiegen und sich unter dem Vordach des Clubgebäudes versammelten. Beasley nannte ihre Namen und führte zu jedem von ihnen einige Informationen auf.

Charles ›Chico‹ Manzari kontrollierte die Prostitution. Sein Bruder Aldo hatte das Glücksspiel unter sich. Ein fetter Kerl mit einem Mund voller Goldzähne hieß Joe Franchetto. Er war ein Vetter der Manzari-Brüder und beherrschte das Wuchergeschäft. Andere Männer in maßgeschneiderten Anzügen kontrollierten die Müllabfuhr im County, unterhielten Hotel- und Restaurantketten oder betrieben andere Geschäfte mit bürgerlichem Anstrich. Die schmutzigen Sachen – Rauschgifthandel und Gewaltkriminalität – überließen sie ihren nachgeordneten Gangstern. Aber sie kassierten ihre Anteile an Lagerhausdiebstählen genauso wie am Rauschgifthandel oder an Raubüberfällen.

Die Kamera schwenkte in die Zufahrt zurück und erfaßte einen weißen Buick Eldorado, der gleich darauf unter dem Vordach hielt. Ein behäbiger Mann stieg aus und nickte den Gangstern gemessen zu, ohne einem von ihnen die Hand zu geben.

»Das ist der Bürgermeister«, erklärte Beasley. »Warten Sie, was jetzt geschieht!«

Der Buick Eldorado war wie die anderen Wagen zum Parkplatz hinter dem Haus gefahren worden. Der Platz unter dem Vordach war wieder frei, als die taubenblaue Limousine mit den vergoldeten Stoßstangen und undurchsichtigen Scheiben in den Bereich der Kamera glitt. Behutsam bremste der Fahrer den schweren Wagen ab.

Der Bürgermeister nahm eine ehrerbietige Haltung an, als erwartete er den Gouverneur. Als die Limousine stand, sprangen zwei Leibwächter heraus. Sie trugen maßgeschneiderte Anzüge und makellose Hemden mit dazu passenden Krawatten.

Beasleys Atem ging schwerer, als der Boß ausstieg. Der Don! Der Boß des Syndikats, das den nördlichen Teil des Staates West Virginia im Würgegriff hielt.

Der Mann richtete sich auf. Er war groß. Breite Schultern spannten das weiße Dinnerjacket. Das hübsche fleischige Gesicht mit den vollen Lippen verzog sich zu einem Lächeln, als er dem Bürgermeister die Hand reichte und sie überschwenglich schüttelte.

»Das ist er«, sagte Earl Beasley. Seine Stimme klang etwas rauh. »Giulio Spallone. Er ist der Ehrengast beim jährlichen Herbstempfang des Bürgermeisters. Und er besitzt die Unverfrorenheit, seine ganze verdammte Gangsterverwandtschaft mit anzuschleppen!«

Spallone trat einen Schritt zurück. Als die Limousine, mit der er gekommen war, weiterfuhr, wurde er in seiner vollen Größe sichtbar. Er war siebenundvierzig Jahre alt, sah aber wesentlich jünger aus. Und er machte eine gute Figur. »Ein Frauentyp«, stellte ich fest.

Beasley stieß einen verächtlichen Zischlaut aus. »Wahrscheinlich ist er impotent. Er ist Italiener – und nicht verheiratet!«

Ich unterdrückte ein Lächeln. Doch als ich Beasleys angespannten Gesichtsausdruck bemerkte, beschlich mich ein unbehagliches Gefühl.

»Ich will ihn haben!« sagte der District Attorney in verändertem Tonfall. »Ich muß ihn bekommen, verstehen Sie?«

Deshalb war ich hier. Deshalb hatte der Bezirksstaatsanwalt des Ohio County den FBI um Unterstützung gebeten. Doch ich fragte mich jetzt, ob ich genügend von den Hintergründen und persönlichen Verflechtungen wußte, um für einen Zeitraum von ungewisser Dauer einen Job im Büro des District Attorney annehmen zu können. Ein Gedanke meldete sich und ließ sich nicht vertreiben.

Hatte Earl Beasley ein persönliches Interesse daran, den Mann im weißen Jackett zur Strecke zu bringen? Wie bestimmend war sein Ehrgeiz über sein Handeln?

Natürlich hatte die FBI-Zentrale in Washington alle bekannten Tatsachen genau betrachtet, bevor sie ihre Hilfe zusagte.

Spallone und seine Familie beherrschten das County, das stand fest. Und jeder, der sich der Familie in den Weg stellte oder sich zu intensiv mit ihren Machenschaften beschäftigte, wurde aus dem Weg geräumt.

Eins der letzten Opfer war ein Journalist aus Pittsburgh. Er hatte Enthüllungen über Verbindungen zwischen der Spallone-Familie und den Behörden des Ohio County angekündigt. Bevor sein Bericht erscheinen konnte, hatte man seine Leiche aus dem Ohio River gefischt.

»Schauen Sie ihn an!« sagte Beasley gepreßt. »Er hat sie alle fest in der Hand. Vom Bürgermeister bis zu seinen verkommenen Vettern! Wie ein Dompteur!«

Spallone begrüßte seine Vettern. Als er Chico Manzari die Hand gab, sagte der Bezirksstaatsanwalt: »Chico ist die Schwachstelle. Ich weiß, daß er für den Tod von mindestens vier Mädchen verantwortlich ist, die in seinen Bordellen gearbeitet haben. In allen Fällen war er selber dabei, als die Mädchen getötet wurden. Natürlich gab es nie Zeugen, die irgend etwas gegen ihn vorgebracht hätten. Aber jetzt habe ich ihn, jetzt bekomme ich ihn ...«

»Haben Sie genug für einen Haftbefehl?« fragte ich.

»Ich habe eine Zeugin, Cotton!« Der Staatsanwalt schaltete das Fernsehgerät aus und kam auf mich zu. »Um ein Haar hätte er sie auch erwischt. Vor meiner Nase!«

»Dann lochen Sie ihn ein!« schlug ich vor.

»Das werde ich tun, Cotton. Bei Gott, ich werde es tun!« Beasley wippte auf den Fußballen und steckte die Hände in die Hosentaschen. »Sowie mir die Zeugin zur Verfügung steht«, sagte er dann. »In etwa zwei Wochen. So lange werde ich mit ihm spielen. Katz und Maus. Bis er nicht mehr ein und aus weiß und sich zu Spallone flüchtet. Dahin will ich ihn bringen.«

Ich sah dem District Attorney ins Gesicht. Seine hellen Augen glänzten.

»Wollen Sie mir dabei helfen, Cotton?« fragte er.

»Deshalb bin ich hier«, antwortete ich.

Verdammt, ich hätte aufstehen und gehen können. Es war ein freiwilliger Job. Ich hätte nicht einmal eine Begründung abzugeben brauchen. Aber ich war nun mal hier und schon zu sehr in die Sache eingestiegen. Ich hatte die Akten studiert und Vorbereitungen getroffen.

»Sie haben kaum eine Chance, in den inneren Kreis der Bande einzudringen«, sagte Beasley. »Aber man wird versuchen, Sie zu kaufen oder Ihre schwachen Punkte aufzudecken. Wenn sie denken, sie hätten Sie in die Ecke gedrängt, schlagen Sie zu, Cotton! Liefern Sie mir Spallone!«

Giulio Spallone bedeutete Chico Manzari mit einer beiläufigen Handbewegung, Platz zu nehmen, während er sich über eine schwammige Blondine beugte, die auf dem schweren Ledersofa lag. Sie hatte ein Bein hochgestellt, so daß der Saum des gelben Kleides in die Höhe gerutscht war und einen weichen weißen Schenkel den Blicken der Männer preisgab.

Behutsam nahm er der Frau das leere Whiskyglas aus der Hand und stellte es auf den kleinen Glastisch. »Laß uns einen Augenblick allein, Cora«, sagte er mit sanfter Stimme.

Cora hob den Kopf. Sie streifte Chico Manzari mit einem Blick ihrer verschleierten blauen Augen, sagte träge: »Hi, Mr. Manzari« und bedachte Spallone mit einem Lächeln, das kokett wirken sollte, wegen des verschmierten Make-up jedoch zu einer Grimasse verunglückte.

»Darling, immer muß ich verschwinden, wenn deine Freunde kommen«, klagte sie. Ihre Zunge bewegte sich bereits schwer. »Darling ...«

Spallone zwang sie am Arm in die Höhe. Er lächelte strahlend wie ein Eroberer, als er sie durch den Raum führte. Sie war fast so groß wie er. An der Tür drehte sie sich noch einmal um und winkte Chico Manzari schlaff zu.

Manzari rührte sich nicht. Er hielt es für geraten, mit keiner Geste und keinem Wort zu erkennen zu geben, was er oder sein Bruder und die anderen von Spallones Beziehung zu dieser Frau hielten.

Spallone schloß die Tür. Mit geschmeidigen Schritten ging er auf Chico zu, drückte ihm kurz die Schulter und zog sich dann hinter seinen Schreibtisch zurück, der wie ein Bollwerk zwischen ihnen stand und die Autorität des Bosses zu unterstreichen schien.

Giulio Spallones Brauen zogen sich zusammen und bildeten einen Strich über den tiefliegenden Augen. Chico konnte den Ausdruck in ihnen nicht deuten, als Spallone ihn musterte.

»Was machen die Geschäfte?« erkundigte sich Spallone.

Chico grinste, als er den dicken Umschlag aus der Tasche zog und auf den Schreibtisch legte. »Bestens«, sagte er. »Nächste Woche mache ich unten bei Cameron den neuen Club auf. Ich habe ein paar Mädchen, sage ich dir ...« Er unterbrach sich, weil er spürte, daß Spallone kein Interesse für seinen Bericht aufbrachte.

»Was ist an dem Gerücht dran, daß der District Attorney einen neuen Detective bekommen soll?« fragte Spallone.

Chico überspielte seine Überraschung. »Und wenn schon, Giulio! Der Bursche rennt sich wahrscheinlich die Hacken ab ...«

»Warum erfahre ich so etwas nicht von dir, Chico?«

»Ich habe keinen Draht zum Büro des D.A.! Das weißt du. Aldo und ich haben unsere Leute im Police Department und in der Verwaltung. Für das Gericht ist Joe zuständig. Er gibt doch immer damit an, wie er es mit all den Typen rings um das Gericht kann!«

»Ich habe die Information weder von Aldo noch von Joe«, sagte Spallone. »Von euch kommt nichts. Ihr werdet träge. Und eines Tages taucht der richtige Mann auf, und dann, schnapp, geht die Falle zu!«

Chico lachte sorglos.

»Hast du etwa Angst vor einem Schnüffler, der direkt

für Beasley arbeiten soll? Beasley hockt über seinen Akten. Und was kommt dabei heraus? Nichts, Giulio, und dabei wird es bleiben.«

»Chico, zu deinen fatalen Fehlern gehört es, daß du andere Menschen unterschätzt. Weißt du, woran das liegt, Chico? Nein? Das liegt daran, daß du dich überschätzt. Du betreibst ein paar schicke Clubs, hast ein hübsches Haus, aber du bist das geblieben, was du immer warst. Ein kleiner Zuhälter.«

Chico Manzari spürte, wie sich seine Gesichtsmuskeln verkrampften. Er deutete auf den Umschlag, der immer noch auf der Tischplatte lag. »Da drin sind zehntausend Dollar. Zehntausend. Von einem kleinen Zuhälter! Warum nimmst du sie? Gib sie mir zurück, und ich gebe sie jemandem, der dafür Beasley umlegt. Oder seinen neuen Detective. Oder beide.«

Spallone seufzte. »Du wirst es nie begreifen, Chico. Beasley ist ein harter, intelligenter Gegner. Ein gefährlicher Gegner.«

Chico nickte nachdrücklich. »Deshalb verstehen wir nicht, daß du ihn unbehelligt läßt, Giulio!« sagte er. Er beugte sich vor. »Was wirst du tun, wenn wir alle, ich, Aldo, Joe und die anderen, der Meinung sind, daß Beasley ausgeschaltet werden muß? Wirst du es tun? Oder nicht? Weil du eine Schwäche für ...«

Chico zuckte zusammen, als Spallone die flache Hand auf die Tischplatte schlug.

»Ich werde ihn ausschalten, wenn ich der Meinung bin, daß es nötig ist!« sagte Spallone hart. »Er ist ein harter, gefährlicher Gegner, aber wir kennen ihn genau, Chico. Das ist unser Vorteil. Deshalb werden wir das letzte aller Mittel bei ihm auch erst einsetzen, wenn es wirklich kein anderes Mittel mehr gibt. Deshalb will ich alles über den neuen Detective wissen, wenn er kommt. Alles, Chico, und ich will es von dir wissen.«

»Und dann? Willst du ihn auch zu den Fischen schicken?« erkundigte sich Manzari lauernd.

»Vielleicht hat er eine Schwäche«, meinte Spallone.

»Meinst du, dann hätte Beasley ihn genommen?«

»Beasley hat nicht die Möglichkeiten, die wir haben«, beschied Spallone seinen Vetter. »Finde es heraus! Und streng dich an! Beasley hat es auf mich abgesehen. Aber bevor er an mich rankommt, wird er dich zur Strecke bringen.«

»Mach dir keine Gedanken, Giulio!« sagte Manzari. Er stemmte sich aus dem Sessel. Aber er ließ sich zurückfallen, als er den Blick bemerkte, mit dem Spallone ihn musterte.

»Ich habe gehört, daß du Schwierigkeiten mit einem deiner Mädchen hattest«, sagte Spallone. Seine Augen belauerten den anderen.

Manzari spürte, wie ihm das Blut in den Hals stieg. »Schwierigkeiten? Mann, ich habe immer Schwierigkeiten! Die sind üblich in meinem Geschäft!«

Zum Teufel, woher wußte Guilio von dieser Krähe, die ihn ausgenutzt hatte und die er über die Klinge springen lassen wollte?

»Du hast zu viele Schwierigkeiten, Chico. Wie kommt das? Und jetzt hast du Probleme mit einem Girl, von dem du nicht weißt, wo sie steckt. Hat Beasley sie?«

»Wie kommst du auf den?« fragte Chico aufbrausend. »Da steckt doch Joe dahinter! Verdammt, Giulio, ich habe mehr Schwierigkeiten mit Joe oder meinem Bruder Aldo als mit meinen Girls oder allen Kunden und der Polizei zusammen!«

»Kann es sein, daß Beasley das Mädchen hat?« fragte Spallone in eisigem Ton.

»Natürlich nicht«, antwortete Chico überzeugt. »Irgendein geiler Freier hat sie mitgeschleppt, als sie ihm vor die Füße fiel. Wahrscheinlich glaubte er an ein

Geschenk des Himmels. Vermutlich nicht lange.« Chico lachte hektisch.

»Wo ist sie geblieben?«

»Wo, wo! Vielleicht hat sie der Freier vor einem Krankenhaus abgelegt, jenseits der Staatengrenze. Sonst hätte ich was erfahren. Oder sie verkriecht sich, wenn sie noch kriechen kann. Wenn sie noch nicht tot ist, sorge ich dafür, daß sie nicht mehr reden kann!«

»Tu es, Chico! Tu es in deinem Interesse und im Interesse deiner Vettern! Und halte mich von jetzt an über alle ungewöhnlichen Vorkommnisse auf dem laufenden! Über alle, Chico.« Ein Lächeln erhellte plötzlich Spallones Gesicht. »Und jetzt, mein lieber Chico, reden wir nicht mehr vom Geschäft. Leistest du uns zum Abendessen Gesellschaft? Cora legt großen Wert darauf, meine Familie besser kennenzulernen.«

Chico Manzari schluckte. »Es tut mir leid, Giulio, ich habe noch eine Besprechung, die ich nicht aufschieben kann. Es geht um ...«

»Du brauchst mir nichts zu erklären, Chico«, sagte Spallone eisig. Das Lächeln war aus dem Gesicht verschwunden, und die Augen glitzerten kalt. »Geh zu deinen Nutten! Aber paß auf, daß du keinen Fehler machst!«

Der Tanz auf dem Drahtseil begann für mich an einem dunstigen Tag, als ich die ausgetretenen Steinstufen zur City Hall von Wheeling, Ohio County, hinaufstieg.

Mein erstes Gespräch mit Earl Beasley, dem District Attorney, lag zwei Wochen zurück. Wir hatten die Zeit zu Vorbereitungen benutzt, aber mir war bewußt, daß das Netz unter meinem Seil verdammt dünn war und ein paar Riesenlöcher aufwies.

Bevor ich das Gebäude betrat, blickte ich kurz an der grauen Sandsteinfassade hinauf. Über dem Eingang flappte die amerikanische Flagge in der schwachen Brise, die vom Fluß heraufwehte. Ihr Anblick versetzte mir einen Stich. Denn die Fahne wehte über dem Rathaus einer Stadt, in der die Gangster das Sagen hatten.

In der düsteren Halle roch es nach Staub und Reinigungsmitteln. An den Wänden hingen bronzene Plaketten mit den Namen der Polizisten, die im Dienst ihr Leben gelassen hatten. Es waren zu viele Namen, denn es waren die ehrlichen Cops, die es erwischt hatte.

Die Kriminalabteilung lag in den oberen Stockwerken. Ich wollte mich gerade der Treppe zuwenden, als mich ein scharfer Ruf stoppte.

»He, Mister!«

Langsam drehte ich mich um. Mein suchender Blick blieb auf einer Tür mit einem kleinen quadratischen Ausschnitt hängen. Über der hochgestellten Klappe stand in verblaßter Schrift ANMELDUNG.

Im Ausschnitt schwebte ein Kopf. Über dem roten Gesicht, das zu einer ärgerlichen Grimasse verzogen war, saß eine Polizeimütze mit fleckigem, abgegriffenem Schirm. »Können Sie nicht lesen, Mister?« fuhr mich der Uniformierte an. »Hier ist die Anmeldung!« Er reichte mir einen roten Formularblock. Mit einem dicken Finger deutete er auf die verschiedenen Spalten, die ich auszufüllen hatte.

Während ich die leeren Spalten füllte, sagte ich: »Ich will zu Frank Pillard. Er erwartet mich.« Ich gab dem Cop den Block zurück.

Der Uniformierte warf einen Blick auf das, was ich geschrieben hatte. Seine Augen zuckten wieder hoch und saugten sich an meinem Gesicht fest. »Sie sind Detective?« fragte er.

Ich zog das neue schwarze Lederetui aus meiner Tasche und klappte es auf. »Detective Gerald Delorme«, sagte ich.

»Ich habe Sie hier noch nie gesehen«, sagte der Cop mürrisch.

»Ich bin auch zum ersten Mal hier«, gab ich freundlich zurück.

»Dann sind Sie also kein City-Teck? Gehören Sie zur Kriminalabteilung beim County Sheriff?«

»Ich bin Detective beim Büro des Staatsanwalts«, erklärte ich. »Wo finde ich Detective Pillard?«

In den Augen des Cops blitzte so etwas wie Abscheu auf. Es war bekannt, daß der Bezirksstaatsanwalt nicht gerade zu den beliebtesten Bürgern der Stadt und des County gehörte. Aber daß die Ablehnung so offen zur Schau gestellt wurde, bestürzte mich doch.

»Zweiter Stock«, sagte der Cop und knallte die Klappe zu.

Frank Pillard streckte mir die Hand entgegen, wobei er verhalten lächelte. »Ich bin nicht der einzige farbige Detective in dieser weißen Stadt, Baby«, sagte er. »Aber«, schränkte er sofort ein, »viele sind es nicht.«

Ich lächelte ebenfalls. »Darüber habe ich mir keine Gedanken gemacht«, behauptete ich.

Detective Sergeant Frank Pillard war ein hellhäutiger Neger. Die sanften braunen Augen bildeten einen seltsamen Kontrast zu dem übrigen harten Gesicht. Die flache, zu einem unförmigen Klumpen zerschlagene Nase und die Narben auf beiden Wangen, am Kinn und am Hals zeugten von einer bewegten Jugend.

Pillard musterte mich mit einem aufmerksamen Blick. »Gerald Delorme«, sagte er gedehnt. »Der Name paßt eher zu einem schmächtigen schwarzhaarigen Franzosen als zu einem kraftvollen Brocken, wie Sie einer sind.«

Mein Lächeln sah in diesem Moment vermutlich etwas starr aus. Der echte Gerald Delorme sah tatsächlich wie ein zartgliedriger Südfranzose aus. Delorme war Detective im Revier Manhattan North. Er war Knall auf Fall zu einem Lehrgang auf der FBI-Akademie in Quantico abkommandiert worden. Nicht einmal seine Freunde und Kollegen wußten, daß der Antrag, den er vor fünf Monaten gestellt hatte, so plötzlich genehmigt worden war. Im Revier Manhattan North war das Gerücht von einer Versetzung ausgestreut worden.

Kannte Frank Pillard etwa den echten Gerald Delorme? Delormes und mein Name und noch mehrere andere waren durch die Computer des FBI gejagt worden. Wir mußten sicher sein, daß kein Gangster hier im County und kein Polizist, ob ehrlich oder korrupt, Delorme oder mir schon einmal über den Weg gelaufen war.

Pillard lächelte immer noch. »Ich interessiere mich für ethnische Merkmale«, sagte er. »Wenn man ein Auge dafür hat, kann man erkennen, ob ein Mensch polnische, französische oder irische Vorfahren hat. Aber was auch immer, Polen, Franzosen, Italiener, Iren oder alle Durcheinander im Laufe der Generationen, sie bleiben Weiße.« Er streckte eine Hand aus und betrachtete den hellbraunen Rücken. »Wer hat bei mir mitgemischt? Der Steuermann auf einem arabischen Sklavenschiff? Ein französischer Hafenmeister in New Orleans? Ein schottischer Plantagenaufseher? Egal, Mr. Delorme. Ich bin ein Farbiger, nicht einmal ein Schwarzer, und alle, die nach mir kommen, werden Farbige bleiben.« Er ließ die Hand fallen. »Entschuldigen Sie, Mr. Delorme, ich weiß nicht, was in mich gefahren ist.«

»Sie brauchen sich nicht zu entschuldigen«, sagte ich. »Sie können mich übrigens Gerald nennen. Oder Gery.« Das hörte sich so ähnlich wie Jerry an.

»Und ich bin Frank«, sagte Pillard. »Ich möchte Ihnen jetzt gleich noch etwas sagen, damit es zwischen uns keine Unklarheiten gibt, Gery. Ich hatte mich um Ihren Job beim D.A. beworben.«

Er sah mich an, während ich bemüht war, meine Überraschung zu verbergen. Warum hatte Beasley mir nicht gesagt, daß es einen Konkurrenten gab? Ich hätte es wissen müssen, um das Risiko, das sich daraus möglicherweise ergab, abwägen zu können.

»Meine Möglichkeiten hier in der City Hall sind, ich möchte mich vorsichtig ausdrücken, beschränkt«, fuhr Pillard fort. »Ich hatte damit gerechnet, daß der D.A. mich in sein Office holen würde. Wußten Sie das nicht?«

Ich schüttelte den Kopf. Hatte Beasley mir Pillards Bewerbung absichtlich verschwiegen? Welchen Grund sollte er dafür gehabt haben?

»Sie können nichts dafür, daß der D.A. Ihnen den Vorzug gegeben hat«, räumte Pillard ein. »Wahrscheinlich sollte ich froh sein. Ich nehme an, Sie wissen, was Ihrem Vorgänger zugestoßen ist?«

Ich wußte es. Vor drei Monaten hatte man ihn erfroren im Tiefkühlhaus des Schlachthofs gefunden. Damit niemand auf die Idee kam, seinen Tod für einen Unfall zu halten, hatte man ihm vorher eine Kugel durch den Kopf gejagt.

»Ich hoffe trotzdem, daß wir gut miteinander auskommen werden«, meinte der farbige Detective. »Und wo wir uns gerade so gut verstehen, werde ich Ihnen den Burschen jetzt holen.«

Der Bursche, wie Pillard ihn leichthin nannte, war kein Geringerer als Chico Manzari. District Attorney Earl Beasley hatte den Haftbefehl gestern ausgestellt, und Frank Pillard, einer der wenigen Beamten, die als sauber galten, hatte ihn in der Nacht festgenommen.

Manzaris unsteter Blick streifte Pillard und blieb dann

auf mir haften, als er aus der Haftzelle in das Vorzimmer geführt wurde. Aber als Pillard mit der Handfessel klirrte, zuckten die blassen Augen zu Pillard zurück.

»Das zahlen wir dir heim, du Nigger-Aas!« stieß er hervor.

Pillard drehte den Gangster herum und stieß ihn gegen die Wand. Die Manschetten schnappten um die Handgelenke. Er wußte genausogut wie ich und Manzari, daß der Staatsanwalt den Mann wieder auf freien Fuß setzen mußte. Es ging nur um die Höhe der Kaution. Manzaris Anwalt wartete bereits im Flur vor Beasleys Büro.

Aber Manzari und Pillard wußten nicht, daß sie in einer Show mitspielten, die Beasley und ich inszeniert hatten. Ich hatte meinen Text gelernt. Ich konnte nur hoffen, daß ein Charakterdarsteller nicht mit von der Partie sein würde – der Tod.

»Kommen Sie!« sagte ich, nachdem ich die Überführungspapiere unterschrieben hatte.

Pillard hielt dem Gangster die Tür auf. Manzari marschierte los. Wir führten den Gefangenen durch einen Seitenausgang auf den Hof, wo der braune Pontiac stand, den mir das County-Gericht zur Verfügung gestellt hatte. Ich ließ Manzari auf dem Beifahrersitz Platz nehmen.

»Soll ich nicht lieber mitkommen?« fragte Pillard besorgt.

Ich lächelte. »Nicht nötig, Frank. Ich bin sicher, daß sich Mr. Manzari ganz auf den Rechtsweg verlassen wird.«

Wenigstens im Augenblick noch. Und ich konnte Frank Pillards Begleitung nicht gebrauchen. Ich hatte meinen Zeitplan ohnehin schon um einiges überschritten. Ich hoffte, daß er elastisch genug war, um die Abweichung zu verkraften.

Ich fuhr vom Hof und trat das Gaspedal gleich voll durch. An der nächsten Ampel stoppte ich hart. Manzari wurde nach vorn geworfen. Mit seinen gefesselten Händen konnte er sich nicht abstützen. Es sprach gegen die Vorschriften, einen Gefangenen mit auf den Rücken gefesselten Händen in einem Wagen zu befördern. Ich hätte eine Begleitperson mitnehmen müssen, wenn ich alle Vorschriften hätte befolgen wollen, aber ich wollte allein mit dem Gangster sein.

Scheinbar nervös trommelte ich mit den Fingern auf dem Lenkrad herum, während ich auf Grün wartete. Ich war mir der prüfenden Blicke bewußt, die der Zuhälter mir von der Seite her zuwarf.

Er war ein verschlagener Kerl, dieser Gebieter über zahlreiche exklusive Bordelle und einige Dutzend billige Absteigen. Außer den vier Mädchenmorden, von denen Beasley wußte, die er dem Gangster aber nicht beweisen konnte, hatte der Staatsanwalt von unzähligen Fällen schwerer Körperverletzungen, Freiheitsberaubungen, Vergewaltigungen gehört.

»Wie war doch gleich Ihr Name?« fragte Manzari, als ich wieder anfuhr.

»Delorme«, antwortete ich.

»Was verschlägt einen Bullen aus New York in ein beschauliches Städtchen wie Wheeling?« sann er.

Mein Herzschlag beschleunigte sich ein wenig. Er hatte sich also schon nach dem neuen Detective des Staatsanwalts erkundigt!

Ich sah ihn kurz an.

»Es macht mir Spaß, so einen Saustall wie Wheeling auszumisten«, sagte ich.

»Übernehmen Sie sich bloß nicht, Delorme!« spottete Manzari. Seine Stimme klang ein wenig heiser und verriet den Zorn über meine Bemerkung, aber die blassen Augen sahen mich eher belustigt an. »Bis Sie damit fertig sind, mit dem Ausmisten, meine ich, machen Sie noch was aus Ihrem Leben! Kommen Sie mal in einen meiner

Clubs! Als mein Gast, versteht sich. Ich empfehle Ihnen den Bluebird. Kennen Sie die Straße nach Moundsville? Gleich hinter der letzten ...«

»Halten Sie den Mund!« sagte ich scharf. Ich jagte den Pontiac über die Meridian Road, an deren Ende das Gerichtsgebäude lag.

»Ihre Frau wird nichts merken«, fuhr der Zuhälter fort. »Wir sind sehr diskret und stets bemüht, unseren Gesetzeshütern das schwere Dasein ein wenig angenehmer zu gestalten.«

»Ich bin nicht verheiratet«, sagte ich scheinbar unbeabsichtigt.

Manzari grinste. Es war ein schmieriges Grinsen.

»Um so besser! Ich habe da ein paar Mädchen. Marion zum Beispiel ...«

»Sie sollen den Mund halten«, wiederholte ich.

Ich hatte mit einem Angebot dieser Art gerechnet. Aber ich würde natürlich nicht anbeißen. Als Detective, der sich so leicht kaufen ließ, würde ich nicht weit kommen, weil der Syndikats-Boß mir nicht trauen würde.

Ich mußte den Eisenfresser mimen, den man in die Enge treiben mußte, damit man ihn erpressen konnte.

»Sagen Sie bloß, Sie reiten die Ich-lasse-mich-nicht-bestechen-Tour!« höhnte Manzari.

»Sonst wäre ich kaum beim D.A. gelandet, Manzari«, sagte ich abweisend.

Ich nahm das Gas weg, als die Einfahrt zum Hof hinter dem Gerichtsgebäude in Sicht kam.

Zügig bog ich ab und stellte den Pontiac auf einem der Plätze ab, die für den District Attorney und seine Mitarbeiter reserviert waren. Ich holte Manzari aus dem Wagen und führte ihn durch den rückwärtigen Eingang ins Innere des Gebäudes.

Die Räume des Bezirksstaatsanwalt lagen im dritten Stock über den Verhandlungssälen. Es gab nur zwei altersschwache Aufzüge, von denen einer meistens mit Akten zugestellt war.

»Wir nehmen die Treppe«, sagte ich, als Manzari vor den geschlossenen Fahrstuhltüren stehenbleiben wollte.

Ich hielt ihn fest am Arm. Von oben kamen Anwälte, Cops und Zuschauer herunter, die an den Verhandlungen dieses Vormittags teilgenommen hatten. Das Gedränge ließ erst nach, als der Gang des zweiten Obergeschosses hinter uns lag.

Am mittleren Absatz des nächsten Treppenstücks lehnte ein Mann, der eine große, dunkle Brille trug. Er war mittelgroß. Sein Haar glänzte fettig, die Schuhe waren nicht geputzt, und der helle Mantel hing wie ein Sack an seinem Körper.

Ich zuckte leicht zusammen, gerade so, daß Manzari es bemerkte. Der Mann auf dem Treppenabsatz löste sich von der Wand. Breitbeinig baute er sich auf dem Treppenabsatz auf, so daß er uns den Weg versperrte.

»Endlich, Delorme«, sagte der Mann, als ich den Absatz erreichte. »Ich dachte schon, Sie hätten unsere Verabredung vergessen!« Der kleine Mund bewegte sich kaum, als er die Worte hervorstieß.

Manzaris Augen flitzten neugierig zwischen dem Fremden und mir hin und her. Das heißt, fremd war der Mann nur für Manzari, nicht für mich. Der Kerl hieß Lenny Thorpe, und ich kannte ihn so gut, wie man einen Mann nach einer Woche kennen kann.

Lenny Thorpe war der Agent eines wucherischen Geldverleihers drüben aus Ohio.

Ich, der angebliche Detective Gerald Delorme, hatte es natürlich peinlich vermieden, das Geld für meine angebliche Wettleidenschaft in Wheeling, Ohio County, West Virginia, aufzunehmen. In meinem neuen Wirkungskreis, wo ich den unbestechlichen Mitarbeiter eines unbestechlichen Staatsanwalts darstellte.

Wenn ich das Geld in Wheeling aufgenommen hätte, wo das Verleihgeschäft von Joe Franchetto kontrolliert wurde, hätte Giulio Spallone den Braten sofort gerochen.

Lenny Thorpe war echt. Er ahnte nicht, daß ich ihn zu genau diesem Zeitpunkt an diesen Ort gelockt hatte. Die so sorgsam arrangierte Szene mußte deshalb auf Chico Manzari ungemein echt wirken. Meine gespielte Betroffenheit, so hoffte ich, würde die Wirkung abrunden.

»Sie sollten nicht hierherkommen!« zischte ich ihn an. »Wir treffen uns nachher in Ruby's Café.«

»Sie haben Zeit genug gehabt, Delorme. Ich bin auf Ihre Versprechungen reingefallen ...«

»Sie bekommen alles!«

»Wann?«

»Freitag, Thorpe. Am Freitag.«

Chico Manzari stand am Treppengeländer. Er rührte sich nicht, beobachtete nur und hörte zu.

Lenny Thorpe seufzte. »Sehen Sie, Delorme, ich habe Ihnen geholfen, als Sie in Druck waren. Heute vor einer Woche. Mittwoch. Vorigen Freitag wollten Sie schon zahlen. Dann haben Sie mich auf heute morgen vertröstet. Ich habe in Ruby's Café gewartet, aber Sie sind nicht gekommen ...«

Ich hob die rechte Hand. Thorpe zuckte zurück, aber ich packte ihn am Aufschlag seines Mantels und stieß ihn gegen die Wand.

»Schweigen Sie!« fuhr ich ihn an. Ich hatte den Atem angehalten, und mein Gesicht war jetzt rot angelaufen wie bei einem ertappten Sünder. Manzaris glitzernde Augen verrieten, daß er noch nicht ganz verstand, was hier vorging, daß ihn der Dialog zwischen Thorpe und mir aber außerordentlich interessierte.

Ich ließ Thorpe einfach stehen und schob Manzari die Treppe weiter hinauf. Thorpe hechelte hinter mir her.

»Ich habe Geduld mit Ihnen gehabt, Delorme«, sagte er

gegen meinen Rücken. »Ich habe mit mir reden lassen, weil ich dachte, ein Cop werde seine Schulden schon pünktlich bezahlen. Ich habe mir gesagt, er hat noch Verpflichtungen dort, wo er herkommt, und er will seinem neuen Boß nicht gleich wegen eines Vorschusses oder eines Kredits in den Ohren liegen. Aber schauen Sie, das Geld gehört mir auch nicht, verstehen Sie? Mein Boß fragt mich: ›Lenny, fragt er, wann bekomme ich mein Geld?‹ Wenn ich ihm dann sage: ›Boß, da ist ein armer Teufel in Wheeling, der ist fremd in der Gegend ...‹«

Ich hatte den oberen Treppenabsatz erreicht und fuhr herum. Lenny Thorpe stand eine Stufe unter mir. Die Augen in dem teigigen Gesicht waren jetzt hart wie Stein.

Der Mann hatte keine Angst mehr vor mir. Er schüttelte bedauernd den Kopf.

»Ich habe das Vertrauen zu Ihnen verloren, Delorme«, heuchelte er. »Und wissen Sie auch, warum? Ich habe Sie am Sonntag drüben in Bellaire gesehen. Auf der Rennbahn! Sie hätten mir nicht verschweigen dürfen, daß Sie ein Pferdefreund sind. Nein, Delorme, das hätten Sie nicht tun dürfen!«

»Ich zahle am Freitag«, sagte ich barsch. Abrupt wandte ich mich um.

Thorpe rief hinter mir her: »Ich komme heute abend bei Ihnen vorbei, Delorme! Ich rate Ihnen, seien Sie zu Hause!«

Ich hörte seine langsamen, steifen Schritte auf der Treppe. Ich wandte mich nicht mehr um.

»Können Sie die junge Dame vorführen, Mr. Beasley, die mein Mandant verletzt haben soll?« fragte Abner Delman. Delman war Chico Manzaris Anwalt. »Warum ist diese angebliche Zeugin nicht anwesend, Mr. Beasley? Wie heißt sie überhaupt?«

»Wer interessiert sich schon für den Namen einer Nutte«, sagte Manzari gelangweilt.

Niemand achtete auf den Einwand des Zuhälters. Earl Beasley schlug mit einer ärgerlichen Handbewegung die Akte zu. »Ich werde die Zeugin zur Hauptverhandlung vorführen«, sagte er. Er warf mir, dem angeblichen Detective seiner Abteilung, einen ärgerlichen Blick zu, ehe er sich wieder den Männern vor dem Verhandlungstisch zuwandte.

Chico Manzari grinste selbstgefällig. Delman verbarg nur mit Mühe seine Genugtuung. Er hatte seinen Standpunkt dargelegt, und es gab keinen Zweifel am Ausgang des Haftprüfungstermins.

Der Richter, ein würdiger, weißhaariger Mann, dessen Gesicht Abscheu ausdrückte, blickte nicht auf, als er seinen Spruch herunterrasselte. »Der Haftbefehl wird ausgesetzt, bis der Herr Staatsanwalt in der Lage ist, die Zeugin vorzustellen oder die Hauptverhandlung zu eröffnen. Die Kaution beträgt zehntausend Dollar. Die Verhandlung ist geschlossen.« Der Richter verließ den kleinen Sitzungssaal.

Beasley beugte sich zu mir herüber. »Delorme, Sie bleiben bei dem Untersuchungsgefangenen, bis Ihnen die Quittung der Gerichtskasse vorliegt.«

Manzari und ich blieben allein zurück. Manzari wippte herausfordernd mit einem übergeschlagenen Bein. Aber Delman kehrte schon nach zehn Minuten zurück und überreichte mir eine Einzahlungsbestätigung über zehntausend Dollar, die ich an Manzaris Akte heftete.

»Sie können gehen, Mr. Manzari«, sagte Delman zu seinem Mandanten.

»Denken Sie daran«, sagte der Gangster leise zu mir, »im Bluebird finden Sie auch Freunde, die nicht kleinlich sind! Und sehr, sehr nette Mädchen!«

»Machen Sie, daß Sie rauskommen!«

Manzari grinste und hob die Hände. »Ach ja, ich vergaß, Ihr Herz hängt an anderen Freunden. Trapp, trapp, trapp!« Er lachte laut, als er seinem Anwalt nach draußen folgte.

Ich fand Beasley im Waschraum, wo er mit aufgekrempelten Ärmeln vor einem Waschbecken stand. Sein Gesicht mit der schmalen, geraden Nase und den hellen, durchdringenden Augen war ausdruckslos. Nichts erinnerte mehr an den kurzen unbeherrschten Moment während der Filmvorführung, als ich den Haß wie eine körperliche Ausstrahlung gespürt hatte. Jetzt war er seinem Ziel, der Vernichtung Giulio Spallones, einen Schritt näher gekommen.

Doch Earl Beasley war wieder der kühle, beherrschte Strafverfolger – hart, aber gerecht.

»Es hat geklappt«, sagte ich, bevor ich mich über die Wasserfontäne beugte. Ich spülte meinen Mund aus und richtete mich wieder auf. »Jetzt kommt es nur noch drauf an, ob sie anbeißen.«

»Sie werden sich auf Sie stürzen wie die Geier«, prophezeite Beasley. Er trocknete sein Gesicht ab. Doch seine Augen hielten mich unverwandt fest. »Lassen Sie sich nicht in illegale Machenschaften verwickeln oder zu unvertretbaren Methoden hinreißen, Cotton!« warnte er. »Ich will nicht erleben, daß meine Beweise später vor Gericht nicht zugelassen werden, weil sie auf ungesetzliche Weise beschafft wurden!«

»Ich bin kein Anfänger«, sagte ich, ohne mir meinen Ärger anmerken zu lassen. »Sie suchten einen Kamikaze-Mann«, erinnerte ich ihn dann. »Ich habe mich nicht um den Job gerissen.«

Beasley überging meinen Einwand. »Und noch etwas, Cotton – solange Sie hier im Ohio County arbeiten, unterstehen Sie mir. Das heißt, Ihre sämtlichen Ermittlungsergebnisse und Berichte gehen an mich. An mich, Cotton. Verstehen wir uns?«

»Natürlich, Mr. Beasley – wenn Sie mir nicht in den Rücken fallen!«

»Wie habe ich das zu verstehen?« erkundigte sich der District Attorney.

»Ich habe das Gefühl, als ob Sie mir nicht alles mitgeteilt hätten, was wichtig ist oder wichtig werden kann«, antwortete ich.

»Zum Beispiel?«

»Sie hätten mir sagen müssen, daß sich Frank Pillard um den Job in Ihrem Büro beworben hat.«

»Vielleicht gebe ich ihm eine Chance, wenn Sie wieder weg sind, Cotton.«

»Warum haben Sie es mir nicht gesagt?« fragte ich stur.

»Ich hielt es nicht für erwähnenswert, Cotton.«

»Was halten Sie noch für nicht erwähnenswert, Sir?«

»Ich denke, Sie sind im Besitz aller für unseren angestrebten Erfolg wichtigen Informationen. War's das, Cotton?«

»Eins noch«, sagte ich. »Nennen Sie mich hier nicht mehr Cotton, Mr. Beasley! Ich bin Gerald Delorme.«

»Natürlich«, sagte der Staatsanwalt, und er lächelte milde.

Giulio Spallone musterte seine Vettern mit düsteren Blicken. Sie saßen steif auf hochlehnigen Stühlen vor seinem Schreibtisch. Er hatte die Vorhänge vor den hohen Fenstertüren zurückgezogen. Die Herbstsonne, die gegen Mittag den Dunst vertrieben hatte, fiel jetzt durch die Scheiben und ließ die Männer auf den Stühlen die Augen zusammenkneifen.

»Das ist doch getürkt, ein verdammter Bluff!« sagte

Aldo Manzari, nachdem sein Bruder von der Szene im Gerichtsgebäude berichtet hatte.

»Und warum, bitte schön?« fragte Chico.

»Keine Ahnung«, räumte Aldo ein.

Er war sechsundvierzig Jahre alt, acht Jahre älter als Chico. Sein altmodischer schwarzer Anzug, der fast kahle Schädel und die unnatürlich blasse Gesichtshaut ließen ihn noch älter erscheinen. Ihm gehörten die Hotels und Motels, in denen Chicos Sex-Clubs untergebracht waren. Diese verkappten Bordelle dienten wiederum den illegalen Spielclubs, denen Aldo seinen Wohlstand verdankte, als Deckung. An jedem Wochenende fielen die versessenen Spieler aus Philadelphia und Cleveland und anderen Großstädten im Umkreis von zweihundert Meilen in seinen Hotels ein. Spallone wandte sich an Joe Franchetto, der in der Familie für das Wuchergeschäft zuständig war. »Joe, kann es sein, daß die Jablonsky-Clique es wagt, über den Fluß zu kommen?« fragte er.

Joe Franchetto schüttelte den schweren Kopf. »Jablonsky weiß genau, was ihm blüht, wenn er über die Grenze kommt«, antwortete er. Hugo Jablonsky saß im fernen Columbus. Dort hatte er genügend Schwierigkeiten am Hals, als daß er aufreibende Auseinandersetzungen mit Spallone riskiert hätte.

»Joe, nimm dir den Kerl vor, der diesen Delorme angemacht hat!« entschied Spallone. »Ich will wissen, ob er echt ist.«

Franchetto nickte. »Okay, Giulio. Was ist, wenn er wirklich zu Jablonskys Organisation gehört?«

»Das werde ich mit Jablonsky persönlich ausmachen«, antwortete Spallone. »Mir geht es um Delorme. Wenn er in Geldschwierigkeiten steckt, können wir ihm auch helfen, nicht wahr, Joe?« Spallone wandte sich an Chico. »Du wolltest mir seinen Lebenslauf liefern, Chico. Wo bleibt er?«

»Sid Levin und Tom Vando sind noch in New York ...«

»Sid Levin? Der kann vielleicht alte Frauen erschrecken und die Freier deiner Nutten einschüchtern. Aber er kann nichts über einen ehemaligen New Yorker Detective herausfinden, ohne daß die Bullen an der Ostküste aufmerksam werden!«

»Tom Vando hat eine Lizenz als Privatdetektiv«, erinnerte Chico Manzari seinen Vetter. »Er kennt da einige Leute in New York ...«

Spallone machte eine ungeduldige Handbewegung. »Verschone mich mit deinen langatmigen Erklärungen, Chico! Weißt du wenigstens, wo Delorme hier wohnt?«

»Natürlich weiß ich das. Er haust in einer billigen Absteige im Norden. Die Bruchbude gehört einem Strohmann des Bürgermeisters.« Chico sah auf die Uhr. »Ich weiß auch, daß er jetzt keine Sehnsucht nach seinem gemütlichen Zuhause hat ...« Beifallheischend sah er seinen Vetter an.

»Läßt du ihn etwa beschatten?« fragte Spallone flach.

Chico nickte, plötzlich unsicher geworden. »Er fährt nach Bethany, kann gar nicht schnell genug hinkommen!«

Spallone öffnete den Mund zu einem lautlosen Lachen. »Die Mittwochsrennen von Bethany!« sagte er. »Ich habe drei Pferde dort laufen ...«

Tom Vando war ein kleiner Mann mit schlauen runden Augen. Ihm entging nicht, daß irgendwas sein Gegenüber beschäftigte, aber er kam nicht darauf, was es sein konnte.

Paul Kramer war der Inhaber einer Ein-Mann-Agentur am unteren Broadway. *Ermittlungen* stand in schwarzen Buchstaben auf der Glasfüllung der Tür. Kramer hatte schon öfter Aufträge für Vando oder, indirekt, für Spallone erledigt. Entsprechend überschwenglich war die Begrüßung ausgefallen, als Vando vor drei Tagen in Kramers Büro erschienen war. Doch jetzt schien von der Begeisterung nicht mehr viel übrig zu sein.

»Ich hab' alles versucht«, sagte Kramer und klopfte mit dem Nagel seines rechten Zeigefingers gegen die Schneidezähne. »Sie haben einen Vorhang heruntergelassen.«

»Hat er Dreck am Stecken?« erkundigte sich Vando.

Paul Kramer hob die Schultern. »Wenn es der Fall ist, kann es keine große Sache sein. Die Innere Abteilung weiß von nichts.«

Die Innere Abteilung war die gefürchtetste Dienststelle innerhalb der New Yorker Polizei, weil sie gegen ihre eigenen Kollegen ermittelte, wenn der Verdacht der Vorteilsannahme bestand oder wenn andere Beschuldigungen gegen Angehörige der Polizei erhoben wurden. Zum Beispiel Gefangenenmißhandlung, ungerechtfertigter Schußwaffengebrauch oder Mißbrauch der Amtsstellung.

»Kann es sein, daß sie etwas unter den Teppich gekehrt haben?« fragte Vando interessiert.

Kramer überlegte lange, bevor er nickte. »Irgend etwas muß vorgefallen sein. Vor einigen Wochen wurde er beurlaubt. Auf eigenen Wunsch, wie es hieß. Und dann soll er plötzlich versetzt worden sein. Aber niemand weiß Genaueres. Ich kann mir nur vorstellen, daß die Sache etwas mit der letzten Festnahme zu tun hat, die Delorme vorgenommen hat.«

»Können Sie herausfinden, wer das war und wo sich die betreffende Person jetzt aufhält?«

»Wenn Delorme mit der Person vor den Schnellrichter gegangen wäre, brauchte ich nur in den Verzeichnissen des Gerichts nachzusehen. Aber es ist zu keiner Anklage gekommen, und das finde ich merkwürdig. Denn, so habe ich gehört, es soll sich bei dieser Person um einen

Mann handeln, den Delorme unmittelbar nach einem Raubüberfall auf einen Fotoladen gestellt hat.«

»Gibt es keine Möglichkeiten, diesen Kerl zu finden?«

Kramer hob die massigen Schultern. »Vielleicht. Ich müßte einen Blick ins Wachbuch des Reviers werfen. Ich habe einen Vertrauensmann in Manhattan North, aber der hat diese Woche Nachtschicht.« Lauernd sah er den Mann aus Wheeling, West Virginia, an.

Vando zog eine Rolle mit Geldscheinen aus der Tasche und blätterte fünf Zwanzig-Dollar-Noten ab. »Falls Sie noch Auslagen haben, Paul«, sagte er. »Rufen Sie mich im Hotel an, egal, wie spät es ist!«

Das erste Rennen auf dem Bethany Race Track, etwa dreißig Meilen von Wheeling entfernt im Norden des County, war bereits gelaufen, als ich mich in die Menge mischte. Es war 6 Uhr 30 am Abend, und es herrschte schon wieder dieser leichte Dunst, in dem die hellen Kuppeln der hohen Lampen entlang der Rennstrecke wie bleiche Lampions zu schweben schienen.

Ich ließ mich langsam mit dem Strom treiben. Als ich die Wettzeitung aus meiner Manteltasche zog und vor der Tafel mit den Anschlägen zum 2. Rennen stehenblieb, unterschied ich mich durch nichts von den übrigen Zuschauern, die an diesem Mittwoch den Rennplatz bevölkerten.

Stirnrunzelnd verglich ich die Vorhersagen der Sportjournalisten mit den Quoten, die sich aus den bisher plazierten Wetten ergaben.

Ich wurde dauernd angerempelt, doch ich achtete nicht darauf. Ich hatte einen braunen Chevy bemerkt, der mir von Wheeling aus gefolgt war. Ich war gespannt, wer sich an mich heranmachen würde. Und wie ...

Ich schlenderte zum Sattelplatz hinüber und dann, als

die Pferde für das 2. Rennen gesattelt waren, zum Führring. Kritisch musterte ich die Pferde, um mich dann in die Schlange vor einem der zahlreichen Wettschalter einzureihen.

Ich plazierte eine 50-Dollar-Wette auf Sieg auf einen Gaul namens Tuka-Tuka, dem nur wenige Kenner eine dünne Außenseiterchance einräumten. Falls Tuka-Tuka jedoch als erste die Ziellinie erreichen sollte, winkte mir eine Quote von 20:1.

Ich drängte mich zur Zielgeraden vor und lehnte mich an das hölzerne Absperrgatter. Die Pferde wurden zur Startmaschine geführt.

Die Bahnlautsprecher plärrten letzte Informationen über die Menge.

Ich schnippte eine Zigarette aus meiner Packung und steckte sie zwischen meine Lippen. Neben meinem Gesicht flammte ein Feuerzeug auf. Ich wandte den Kopf, hielt die Zigarette an die Flamme und musterte den kleinen grauhaarigen Mann mit dem unsteten Blick, bis das Stäbchen brannte. Ohne mich für das Feuer zu bedanken, wandte ich mich wieder dem Geschehen auf der Bahn zu.

Das Feld kam gut ab. Noch enggeschlossen preschten die Reiter an mir vorbei. Die Stallfarben der Jockeys verschwammen im Dunst, als das Feld in die Nordkurve ging. Ich lauschte der Stimme des Sprechers, die aus den Lautsprechern schepperte. Erste Anfeuerungsrufe wurden laut. Der kleine Kerl neben mir schrie einen Namen.

»Angel! Angel! Angel!« Dabei hüpfte er wie ein kleines Kind.

Angel war ein Außenseiter. Wie meine Tuka-Tuka. Tuka-Tuka lag jetzt, als das Feld über die Gegengerade preschte, an 9. oder 10. Stelle. Unter elf Teilnehmern!

Angel gehörte zur Spitzengruppe.

Ich spuckte die Zigarette aus und mimte jetzt den Aufgeregten, als die ersten Reiter aus der Südkurve kamen.

Die Spitzengruppe hatte sich noch weiter vom Verfolgerfeld abgesetzt. Die Jockeys benutzten die Peitschen, als sie ihre Pferde über die Zielgerade trieben. Tuka-Tuka war weit abgeschlagen.

Der Kleine neben mir schrie sich die Kehle wund. Sein Angel ging als erster durchs Ziel. Der Kleine hieb mir vor Freude die Faust in die Seite, während ich wütend mein wertloses Fünfzig-Dollar-Ticket zerfetzte.

Angel brachte die Traumquote von 23:1.

»Viel verloren?« erkundigte dich der Kleine mitleidig, als er wieder zu Atem gekommen war.

Ich hob die Schultern. »Was soll's«, sagte ich.

Der Kleine schien zu zögern. Dann sagte er: »Kommen Sie mit! Ich gebe Ihnen ein Bier aus!«

Ich keilte mich neben ihm durch die Menge. Der Kleine holte zuerst seinen Gewinn ab. Er hatte hundert Dollar gesetzt und bekam jetzt einen dicken Packen Geldscheine, die er in seinen Taschen verstaute. Er bemerkte meinen verwunderten Blick, grinste und zog mich dann zu einem Getränkestand. Als er mit zwei Dosen Bier kam, klopfte er noch einmal auf seine Taschen, als wollte er sich vergewissern, daß die Dollars noch da waren. Zweitausenddreihundert!

»Im Dritten Rennen ist nichts zu holen«, verriet er mir, als ich einen Blick in meine Wettzeitung warf. »Das macht einer der Favoriten. Fürs Fünfte habe ich einen Tip«, verriet er dann.

»Wie fürs Zweite?« erkundigte ich mich. Ich suchte in meinen Taschen herum und förderte etwas Kleingeld hervor, mit dem ich uns zwei Frankfurter kaufte.

»Nicht ganz so gut«, antwortete der Bursche, »aber gut genug.« Er grinste verschmitzt.

»Ich würde Sie beteiligen«, bot ich an.

»Wie viele Mäuse haben Sie denn noch, Mister?«

»Vierzig – nein, zweiundvierzig«, schätzte ich.

Der Kleine rümpfte verächtlich die Nase. »Ich pumpe Ihnen 'nen Hunderter. Setzen Sie alles auf Sugar Castle! Vergessen Sie's nicht! Sugar Castle. Und nicht weitersagen!« Er steckte mir ein paar Scheine zu.

Skeptisch, aber mit einem mir angemessen erscheinenden Ausdruck von Erregung in den Augen betrachtete ich die Dollars. Sugar Castle hatte in diesem Jahr noch kein einziges Rennen gewonnen.

Sein größter Erfolg war ein vierter Platz im Frühling bei einem unbedeutenden Rennen in Charleston gewesen.

»Wie gut ist der Tip?« erkundigte ich mich. »Ich meine, wenn die Wette danebengeht, habe ich den Hunderter an der Hose. Ich weiß nicht, wann ich Ihnen die Bucks zurückgeben kann.«

Der Kleine kicherte. »Mein Schwager ist Trainerassistent bei Lou Cabrera. Wenn Sugar Castle gewinnt, kriege ich die Hälfte. Wenn nicht, geben Sie mir den Hunderter bis Freitag zurück. Ich bin an jedem Renntag hier.«

Ich ging auf das Spiel ein und setzte fast mein ganzes Geld zusammen mit dem Hunderter des Kleinen auf Sugar Castle. Insgesamt hundertvierzig Dollar. Das Syndikat wollte den Schuldenberg des Gerald Delorme erhöhen.

Ich sollte mich irren. Sugar Castle siegte mit einer knappen Kopflänge. Die Quote betrug siebzehn zu zwei. Wollte die Bande mir Spielgeld zuschanzen, um mich später um so fester an den Haken zu bekommen? Oder war Sugar Castles Sieg nicht eingeplant gewesen?

Ich konnte nicht so recht glauben, daß sich die Bande geirrt hatte, als sie mich dazu brachte, mit gepumptem Geld auf einen Außenseiter zu setzen Doch wie auch immer, ich würde es bald erfahren.

Ich kassierte erst einmal meinen Gewinn. Eintausendeinhundertneunzig Dollar knisterten in meiner Tasche.

Doch vergeblich suchte ich den Kleinen mit den grauen Haaren, um ihm seinen Anteil auszuzahlen.

Schließlich verließ ich den Rennplatz und fuhr nach Wheeling zurück. Während der Fahrt behielt ich den Rückspiegel fast ununterbrochen im Auge.

Von dem Chevy, der mich vorhin verfolgt hatte, war keine Spur zu entdecken.

Tom Vando, der Mann mit der Privatdetektiv-Lizenz aus Wheeling, blieb am Ende des schlecht beleuchteten Ganges stehen. Auch ohne den Anblick des verräterischen Lichtstreifens, der durch den Türspalt über eine abgetretene Fußmatte fiel, hätte er gewußt, daß der Mann, der das Zimmer hinter der Tür bewohnte, zu Hause war.

Tom Vando preßte sein Ohr gegen das Holz und lauschte. Es war schon spät. Er war müde und wollte es endlich hinter sich bringen. Chico stand unter Druck. Und wenn Chico Manzari unter Druck stand, hatten andere nichts zu lachen.

Soweit es an ihm, Vando, lag, sollte der Druck von Chico genommen werden. Kramer hatte ihn gegen 10 Uhr 30 Uhr im Hotel angerufen und ihm den Namen des Mannes genannt, den Detective Gerald Delorme zuletzt verhaftet hatte.

Der Ganove hieß Harvey Hill. Hill hatte nur eine einzige Nacht in der Haftzelle des Reviers Midtown North zugebracht, obwohl Delorme ihn gestellt hatte, als er, die Dollars noch in der Hand, aus dem Fotoladen gestürmt war, dessen Kasse er eben beraubt hatte.

Kramer hatte sich nach dem Burschen erkundigt. Harvey Hill war ein mehrfach vorbestrafter Ganove. Nach der letzten Festnahme schien er es vorgezogen zu haben, sein Quartier von Manhattan auf die andere Seite des

Hudson River in den Staat New Jersey zu verlegen. Kramer hatte auch die neue Adresse herausgebracht. Hill wohnte in Union City am neuen Containerhafen in einer ehemaligen Seemannspension, die jetzt der Stadt unterstand. Die Stadt hatte das Gebäude der Fürsorge unterstellt, die die Zimmer Bedürftigen zuwies. Zu den Berechtigten gehörten auch ehemalige Strafgefangene, die unter Bewährungsaufsicht standen und noch keinen Job gefunden hatten.

Vando zog einen Zehn-Dollar-Schein aus der Tasche. Er faltete ihn der Länge nach und schob ihn unter der Tür durch, bevor er sich wieder aufrichtete und klopfte.

Er hörte einen unbestimmten Laut. Dann knackte eine Fußbodendiele. Im nächsten Augenblick verschwand der Lichtstreifen unter der Tür, als im Zimmer dahinter das Licht ausgeknipst wurde.

»Wer ist da?« fragte eine undeutliche Stimme hinter der Tür.

»Sie kennen mich nicht«, antwortete Vando halblaut. »Ich möchte Ihnen ein paar Fragen über einen gemeinsamen Bekannten stellen. Die Auskünfte sind mir noch ein paar Lappen wert.«

»Wie heißt der Bekannte?« kam die Rückfrage.

Vando seufzte vernehmlich. »Harvey, was soll ich hier draußen noch rausposaunen?«

»Den Namen, Mann! Sonst mache ich nicht auf!«

Vando brachte seinen Mund nahe an den Spalt, wo die Tür im Rahmen saß. »Delorme«, sagte er halblaut.

Er war kaum überrascht, als er schnelle Schritte hinter der Tür hörte. Ein Stuhl kippte um. Dann wurde der Fensterrahmen in die Höhe geschoben.

Vando hob das rechte Bein. Mit voller Wucht trat er in Höhe des Schlosses gegen die Tür. Der Riegel brach aus dem Rahmen. Die Tür schwang zurück und knallte gegen die Wand.

Über dem zerwühlten Bett brannte eine abgeschirmte Lampe. Durch die schwarze Höhle des offenen Fensters strömte kalte Luft herein.

Vando drückte die Tür in den Rahmen, hob den umgekippten Stuhl auf und stellte ihn mit der Lehne unter den Knauf.

Er brauchte nicht lange zu warten. Im offenen Fenster erschien zuerst Sid Levins Pfannkuchengesicht. In seinen bärenstarken Armen zappelte eine Gestalt, die gegen Chico Manzaris mächtigen Leibwächter wie ein Schwächling aussah.

Wie eine Puppe schleuderte Levin die Gestalt ins Zimmer, bevor er selbst über die Fensterkante stieg. Er grinste breit. »Das Bürschchen wollte doch tatsächlich abhauen, Mr. Vando«, berichtete er belustigt. »Wie Sie's gesagt haben.«

»Hilf ihm auf die Beine, Sid!« sagte Tom Vando.

Der Mann war hinter das Bett gekrochen. Ängstlich hielt er die Arme vor sein Gesicht, als Levin ihn an den Schultern packte und in die Höhe zerrte. Mit unnachgiebiger Kraft zwang er die Arme herunter.

Tom Vando lächelte beschwichtigend. »Du bist Harvey Hill?« vergewisserte er sich.

»Was wollen Sie von mir?« fragte der Mann, womit er die Frage indirekt bejahte. Die Antwort war jedoch gelogen. Denn der Mann, der scheinbar ängstlich zitternd in Sid Levins Fäusten hing, war Special Agent Phil Decker.

Ich hörte ihre verstohlenen Schritte im Flur und schaltete das Licht an. Mein Blick fiel auf die Uhr. Es war 0 Uhr 44. Immerhin hatte ich schon eine Stunde geschlafen.

Als es klopfte, glitt ich vom Bett und huschte an die Tür. Vor dem Spion schwebte Lenny Thorpes teigiges Gesicht. Er hatte sich viel Zeit gelassen.

Ich zog den Riegel zurück. Die Tür prallte sofort gegen meine Schulter, als die Schläger des Wucherers ins Zimmer drängten. Es waren zwei. Und sie waren versessen darauf, mir eine Abreibung zu verpassen.

Ich würde sie enttäuschen müssen. Ich hatte Geld. Ich hatte nachgedacht und war zu dem Schluß gelangt, daß Giulio Spallone es mir zugespielt hatte, damit ich Thorpe auszahlte. Ich hatte im Nachbarstaat Schulden gemacht, und Thorpe hatte aufgrund der ungeschriebenen Gesetze deshalb das Recht, sie auch im Bezirk eines anderen Syndikats einzutreiben. Aber Spallone wollte keinen unnötigen Ärger. Thorpe sollte aus dem Geschäft gedrängt werden, damit sich Spallones Leute auf mich stürzen konnten. Auf den angeblichen Gerald Delorme, den sie für einen Spieler und deshalb für manipulierbar halten mußten.

Lenny Thorpe blieb an der Tür stehen. Sein schmuddeliger Mantel schlotterte an seinem Körper. Seine Augen huschten über die ausgesucht schäbige Einrichtung meiner Unterkunft. Es gab nur ein altersschwaches Bettgestell, einen Schrank und eine Kommode, auf der meine Dienstwaffe, mein Ausweis, die Brieftasche und die Wagenschlüssel lagen. Eine winzige Nische, in der sich eine Duschzelle, das WC und eine elektrische Kochplatte befanden, lag hinter einem hellen Plastikvorhang.

Einer der Schläger aus Thorpes Begleitung schob sich sofort zwischen mich und die Kommode, während der andere den Vorhang zur Seite riß und in die Nische spähte. Thorpe grinste höhnisch. »Jetzt kommen Sie nicht mal an Ihre Kanone ran, Delorme«, sagte er.

»Mit euch Ratten werde ich auch ohne Kanone fertig«, gab ich zurück.

Mein Aufzug war allerdings nicht besonders beeindruckend. Ich trug nichts als meine Unterhose am Leib.

Thorpe lachte kurz. Dann starrte er mich an. »Ich habe

mit meinem Boß gesprochen, Delorme«, sagte er mit dünner Stimme. »Er hat sich nach Ihnen erkundigt. Aber was er gehört hat, gefällt ihm nicht. Sie haben Ihren Kredit bei Ihrer Bank bereits überzogen – für neue Möbel!« Der Wucherer rümpfte die Nase. »Okay, Delorme, natürlich verleihen wir auch Geld an Spieler, aber nicht ausgerechnet an einen Bullen aus Wheeling . . .«

»Okay, Thorpe«, sagte ich gelangweilt. »Ich will weiterschlafen. Wieviel bekommen Sie also?«

»Gestern mittag betrug Ihre Schuld neunhundertfünfzig Dollar.« Ich sah den hungrigen Ausdruck in Lenny Thorpes halbgeschlossenen Augen. Die Schläger rieben sich bereits die Fäuste. Der eine war ein stämmiger junger Mann, der eine zu enge rote Hose trug. Sein gelbes Haar hatte er zu einer Art Punker-Frisur hochgekämmt. Er hätte albern ausgesehen, wenn das gemeine Gesicht mit kleinen gemeinen Augen nicht gewesen wäre.

Der andere war ebenfalls blond. Sein nichtssagendes Gesicht war rot angelaufen. Wahrscheinlich würde gleich der Sabber aus seinen halbgeöffneten Lippen laufen, weil er es nicht mehr erwarten konnte, einmal ungestraft einen Bullen in die Mangel nehmen zu können.

Ich deutete auf die Kommode. »Sagen Sie einem Ihrer Babys, er soll mir die Brieftasche reichen«, sagte ich.

Lenny nickte dem Stämmigen zu. Der Gorilla machte Anstalten, seine dicken Finger in meine Brieftasche zu stecken. »Du sollst sie mir geben«, sagte ich mit flacher Stimme. »Nur geben!«

Der Schläger blickte seinen Boß an. Ein Grinsen breitete sich auf seinem Gesicht aus. »Er wird frech, Lenny«, stellte er erfreut fest.

Lenny Thorpe rührte sich nicht. Der Schläger klappte die Lasche über dem Notenfach auf.

Mit einem Satz sprang ich über das Bett. Der Kerl zuckte erschreckt zusammen. Von einem Polizisten, der sich in die Klauen eines Kredithais begeben hatte, erwartete er keinen Widerstand.

Er ließ die Brieftasche fallen. Seine schweren Fäuste kamen hoch. Der andere Ganove versenkte eine Hand unter seiner Jacke.

Ich stieß dem Stämmigen die ausgestreckten Finger der rechten Hand tief unter die Rippen. Das volle Gesicht veränderte sich schlagartig. Es wurde grau. Die Augen quollen aus den Höhlen, und der Unterkiefer klappte herab.

Ich wirbelte zu dem anderen herum. Er hatte seine Pfote erst halb heraus, als meine Handkante schon bretthart auf seinen Unterarm knallte. Ein schwerer Schlagring fiel zu Boden.

Blitzschnell hob ich meine Brieftasche auf. Lenny Thorpe hatte sich während des kurzen Kampfes kaum bewegt. Wenn er betroffen war, weil ich so mühelos mit seinen Gorillas fertig geworden war, ließ er es sich nicht anmerken. Seine Lider fuhren erst in die Höhe, als ich die Brieflasche öffnete und einen Packen Geld herausholte.

Der Stämmige kam wieder zu Atem. Er grunzte böse. Lenny scheuchte ihn mit einer unwilligen Bewegung zur Seite.

Ich blätterte neunhundertfünfzig Dollar von meinem Packen ab und hielt das Geld unter Lenny Thorpes Nase.

»Nehmen Sie den Zaster und verschwinden Sie!« sagte ich. »In diesem County lassen Sie sich nicht mehr blicken.«

Lenny Thorpe rührte sich nicht. Er sah nicht einmal das Geld an. »Wieviel ist das?« fragte er nur.

»Neunhundertfünfzig«, sagte ich.

»Ihre Frist lief gestern ab, Delorme. Haben Sie das vergessen? Um Mitternacht begann eine neue Woche ...«

Ich brauchte meine Erbitterung nicht zu heucheln. Wenn ein armer Teufel in die Fänge dieser Haie geriet, war er verloren. Er mußte bluten, bis er nichts mehr hergab. Und dann zerschlugen sie ihm meistens noch die Knochen. Als Warnung für andere.

»Um Mitternacht wurden also weitere zwanzig Prozent fällig?« fragte ich heiser. Die konnte ich von meinem Rennbahngewinn auch noch aufbringen. Ich zählte einhundert Dollar ab, die ich dem anderen Betrag hinzufügte.

»Zuzüglich Säumniszuschlag Delorme«, bemerkte Lenny Thorpe träge. »Das macht fünfzehn Prozent. Und die Jungs kosten auch Geld. Je hundert Bucks für Danny und Arnie. Die Spesen übernehme ich«, räumte der Geldhai großzügig ein.

Ich klappte die Brieftasche zu und steckte sie ein. Lenny Thorpe blieb stehen, als ich einen Schritt auf ihn zutrat. Unsere Gesichter berührten sich beinahe. Ich stopfte das Geld in die Manteltasche des Wucherers.

Die Schläger sahen ihren Boß erwartungsvoll an. Wenn er das Zeichen gab, würden sie sich auf mich stürzen. Vor einem Bullen, der sich bei einem Typ wie Lenny Thorpe Geld borgte und sich in dessen Gewalt begab, hatten sie keinen Respekt. Und Angst hatten sie vor mir auch nicht. Eben hatte ich sie überrumpelt. Beim nächsten Mal würden sie auf der Hut sein.

Ich trat blitzschnell zurück. Mit der Schulter rempelte ich den stämmigen Kerl in der roten Hose an. Dann war ich an der Kommode und nahm den Revolver an mich. Der 38er Police Special steckte in einem Gürtelholster. Ich packte die Kanone am Griff, ließ den Lauf aber im Holster.

»Raus!« sagte ich.

»Sie schulden mir dreihundert Dollar«, sagte Thorpe. »Zum normalen Zinssatz. Fällig nächste Woche Mittwoch.« Er schnippte mit den Fingern und zog die Tür auf.

Die Schläger machten Gesichter wie Hunde, denen man die Fleischknochen kurz vor dem Zuschnappen wieder weggenommen hatte.

Ich atmete erleichtert auf, als die Gangster endlich verschwanden. Rasch zog ich mich an. Ich befestigte das Holster am Gürtel und schlüpfte in die Schuhe. Bevor ich mein Zimmer verließ, knipste ich das Licht aus.

Unten fiel gerade die Hoftür ins Schloß. Im Dunkeln huschte ich die Treppen hinunter.

Im Hof standen zwei Schrottfahrzeuge, in denen tagsüber die Kinder tobten. Das Hoftor stand auf. Niemand machte sich die Mühe, es abends zu verschließen. Wer hier in den heruntergekommenen Mietshäusern am Nordrand der Stadt landete, brauchte keine verschließbaren Türen mehr.

Ich hatte hier ein Zimmer genommen, um die Rolle des vom Spielteufel Besessenen bis ins letzte glaubhaft darzustellen.

Ich war der untadlige, bedürfnislose Detective, der seine Spielleidenschaft erfolgreich vor seinen Vorgesetzten verheimlichte.

Ich drückte mich in den tiefen Schatten der Hofeinfahrt. An der nächsten Straßenecke brannte eine Lampe. In ihrem Schein erkannte ich Thorpe und seine beiden Begleiter, die gerade die Straße überquerten. Einer der Schläger schloß die Tür eines dunkelblauen Malibu auf.

Wie aus dem Boden gewachsen tauchten vier andere Gestalten vor den Kredithaien auf. Den Schlägern wurden ohne Umschweife die Mündungen großkalibriger Waffen in die Seiten gerammt.

Einer der Fremden drängte Thorpe hinter den Malibu. Thorpe gestikulierte heftig. Wahrscheinlich versuchte er, dem Mann aus Wheeling den Grund für seine Anwesenheit auf fremden Territorium zu erklären.

Der Mann versetzte ihm einen Fausthieb in den

Magen. Danach hörte sich Lenny die Argumente seines Gesprächspartners ganz ruhig an.

Es war ein sehr kurzes Gespräch. Wie Schemen verschwanden die vier wieder in der Dunkelheit. Lenny preßte seine Hände gegen den Leib, als er sich in den Malibu setzte. Augenblicke später rollte der Wagen davon.

Ich war überzeugt, daß ich Lenny Thorpe nie wiedersehen würde. Dafür würden andere meine ›Betreuung‹ übernehmen. Andere, deren Absichten womöglich noch finsterer waren als die Lenny Thorpes.

Während Sid Levin Phils Zimmer durchsuchte, bot Tom Vando Phil eine Zigarette an. Phil nahm das Stäbchen. Seine zitternden Finger brachen das Streichholz ab, als er es anzünden wollte.

Vando gab ihm Feuer. »Beruhige dich erst mal, Harvey!« sagte er milde.

»Was wollen Sie von mir? Wer sind Sie?« fragte Phil. Er spielte die Rolle des eingeschüchterten Ganoven mit der Routine eines erfahrenen Bühnenschauspielers.

»Erzähl mir von Delorme!« sagte Vando. »Detective Delorme.«

Phil schüttelte den Kopf und nahm einen hastigen Zug von der Zigarette. »Delorme? Da gibt's nichts zu erzählen«, sagte er und sah an Vando vorbei.

»Wir sind keine Freunde von Delorme«, sagte Vando lockend. »Du doch auch nicht, oder?«

»Ich? Ich hab' nichts gegen den Mann«, versicherte Phil.

»Warum bist du dann abgegangen wie eine Rakete, als ich eben seinen Namen nannte?« fragte Vando. Er bedeutete Levin, der mit der Durchsuchung des Zimmers fertig war und sich jetzt hinter Phil aufbaute, abzuwarten.

»Nur so, man kann ja nicht wissen«, murmelte Phil.

»Du hast Angst vor Delorme«, stellte Vando fest. »Vor uns brauchst du keine Angst zu haben. Vor Delorme übrigens auch nicht. Er ist nicht mehr in der Stadt.«

Phil riß die Augen auf, als ob ihn die Information überrascht hätte.

Vando zog eine Handvoll Geld aus der Tasche und blätterte ein paar Scheine ab. »Die sind nur für deine Geschichte, Harvey«, schmeichelte er. »Du brauchst sie weder vor Gericht noch sonstwo zu wiederholen. Delorme hat dich erwischt, als du aus einem Fotogeschäft kamst. Was geschah dann?«

Phil betrachtete das Geld, das nah vor seinem Gesicht schwebte. »Er hat mich hochgenommen, das ist schon alles«, berichtete er mürrisch.

»Komm, Harvey, das kannst du mir nicht erzählen!« Vando schüttelte den Kopf. »Hat er dich geschlagen? Los, Mann, raus mit der Sprache!«

»Es gab ein Mißverständnis wegen der Höhe der Beute«, sagte Phil, als ob er ein Protokoll zitierte.

Vando beugte sich interessiert vor. Das Geld warf er neben Phil aufs Bett. »Ein Mißverständnis? Wie darf ich das verstehen?«

»Der Ladenbesitzer hat angegeben, daß ihm fünfhundertzwanzig Dollar fehlen. Delorme hat ins Protokoll geschrieben, daß er dreihundertzehn Dollar bei mir gefunden und sichergestellt hätte. Zehn Dollar hatte ich vor ... vorher bei mir.«

»Eine Differenz von zweihundert Dollar?« Vando lächelte ungläubig. »Das kommt doch schon mal vor. Der Ladenbesitzer will auch seinen Schnitt machen, oder?«

Phil sah zu Boden. Undeutlich sagte er: »Delorme wäre auch damit durchgekommen, wenn ich beim Verhör nicht dieselbe Summe genannt hätte.«

»Welche Summe?«

»Ich wußte genau, daß ich über fünfhundert Dollar erwischt hatte. In der Kasse lagen ein paar große Scheine . . .«

»Delorme hat sich also zweihundert Dollar unter den Nagel gerissen!« Vando schüttelte ungläubig den Kopf. »Dabei steht er im Ruf, ein harter Bulle zu sein.«

»Er ist einer von den ganz Scharfen«, murmelte Phil. »Ich versteh's ja selber nicht.«

»Und wieso warst du so schnell wieder draußen?« erkundigte sich Vando. Er runzelte die Stirn. Sein Instinkt schien ihm zu sagen, daß etwas an der Geschichte nicht stimmte.

»Der Besitzer des Fotogeschäfts hat die Anzeige zurückgezogen«, antwortete Phil.

»Einfach so? Oder hat dein Anwalt das gefingert?«

»Mein Anwalt? Nee, der hatte nichts damit zu tun. Aber mein Anwalt hat mir erzählt, daß ein anderer Bulle bei dem Fotomenschen war und ihn dazu überredet hat. Sie haben es als Mißverständnis hingestellt.«

Das war eine Erklärung, die Tom Vando einleuchtete. Polizisten hielten zusammen, egal, ob sie krumm oder ehrlich waren. Sein Mißtrauen war besänftigt. Leise pfiff er durch die Zähne.

»Jetzt verstehe ich auch, weshalb es keine Untersuchung durch die Innere Abteilung gegeben hat«, sagte er.

Phil sah ihn verständnislos an.

Vando lächelte. »Warum bist du von Manhattan hier herübergezogen?« fragte er.

»Ich hielt es für besser«, antwortete Phil vage.

»Du wohntest in Delormes Bezirk, nicht wahr? Kanntest du ihn schon, bevor er dich zuletzt verhaftete?«

Phil schüttelte den Kopf. »Ich kannte ihn nur vom Sehen«, antwortete er. »Er mich auch. Es war idiotisch von mir, ausgerechnet an der West 57th Street in einen Laden zu gehen . . .«

»Wußtest du nicht, daß Delorme ein krummer Hund ist? Er hat doch sicher auch Freunde von dir verhaftet. Hat er die auch ausgenommen?«

»Ich weiß es nicht«, antwortete Phil. Nachdenklich schüttelte er den Kopf. »Ich glaube nicht.«

Als wir die Geschichte vorbereiteten, hatten wir beschlossen, nicht allzu dick aufzutragen. Zum einen wollten wir vermeiden, daß der Ruf des untadeligen echten Gerald Delorme Schaden nahm. Und zum anderen hätte Spallone den Braten gerochen, wenn der Bezirksstaatsanwalt des Ohio County einen Mann zu sich geholt hätte, von dem die Spatzen von den Dächern pfiffen, daß er in Geldschwierigkeiten steckte. Der Delorme, den Spallone kennenlernen sollte, mußte ein harter, unnachgiebiger Detective sein, den man nicht kaufen, den man allenfalls erpressen konnte.

»Das war's schon, Harvey«, sagte Vando. Er gab Sid Levin ein Zeichen mit dem Kopf und wandte sich zur Tür. Dort blieb er noch einmal stehen. »Was treibst du eigentlich so?« erkundigte er sich. »Das Kassieren in Fotoläden scheint ja nicht gerade deine Spezialität zu sein.«

»Mal dies, mal das.« Phil wich dem Blick des Mannes aus Wheeling aus. »Ich muß noch vorsichtig sein.«

Vando machte eine Armbewegung, die Phils schäbiges Zimmer umriß. »Ist das dein Stil, Harvey?«

»Lassen Sie mich endlich schlafen!« sagte Phil.

Der Kerl hatte angebissen. Er spürte es. Er wußte, daß ein Privatdetektiv von zweifelhaftem Ruf, Paul Kramer, unter einem Vorwand im Archiv des Stadtgerichts die Strafakte Harvey Hill angefordert hatte.

Es gab keinen vorbestraften Harvey Hill, nur eine sorgfältig zusammengestellte Strafakte, die diesen Namen trug und sogar ein Foto von Phil enthielt. Das Strafregister zeichnete eine durchschnittliche kriminelle Laufbahn nach – Straßenraub, Körperverletzung, Beteiligung an Raubüberfällen und Einbrüchen.

»Ich könnte dir vielleicht ein regelmäßiges Einkommen verschaffen, Harvey«, sagte er. »Ich habe Freunde, die richtige Jobs zu vergeben haben. Als Fahrer, Wachmänner oder Croupiers. Manchmal fallen Sonderaufträge an. Die bringen schöne Prämien.«

Phil heuchelte Interesse, sagte aber bedauernd: »Ich muß mich für 'ne Weile bedeckt halten.«

»Dort, wo meine Freunde leben, brauchst du keine Angst vor der Polizei zu haben. Komm mit uns nach West Virginia!«

»West Virginia? Großer Gott, da kenne ich ja niemand!«

»Du vergißt einen – Gerald Delorme!« Tom Vando lachte wie über einen gelungenen Witz. »Aber keine Sorge, Harvey, er wird es nicht lange bei uns aushalten!«

Ich nippte an dem kalt gewordenen Automatenkaffee. Das Zeug, das sie hier Kaffee nannten, unterschied sich in keiner Weise von der Brühe, die man bei uns in New York aus dem Automaten bezog

Der schale Geschmack in meinem Mund rührte jedoch von etwas anderem her. Vor mir lag die Akte Theodore Walston. Es war eine Mordakte. Theo Walston hieß der Detective, der im Schlachthof im Gefrierraum gestorben war. Ich hatte mich gezwungen, die Fotos anzusehen. Sie waren deutlich und scharf. Deutlicher jedenfalls als alles andere, was die Akte enthielt.

Frank Pillard, der farbige Detective von der City Police, hatte die Ermittlungen geleitet. Das heißt, er leitete sie noch, denn der Fall war nicht abgeschlossen. Walston war schließlich erst zwölf Wochen tot.

Aber die wenigen Zeugenaussagen waren zu dürftig, um Hoffnungen auf eine baldige Aufklärung des Mordes an meinem Vorgänger zu wecken. Denn anscheinend arbeitete Pillard allein an dem Fall.

Immerhin war Pillard den letzten drei Tagen im Leben des ermordeten Kollegen Stunde um Stunde nachgegangen.

Wie es aussah, gab es keine nennenswerten Lücken im Zeitablauf. Ich befaßte mich gerade eingehend mit Pillards Berichten, als der Summer auf meinem Schreibtisch gebieterisch schnarrte. Das Schnarren bedeutete, daß Earl Beasley mich zu sehen wünschte.

Der Staatsanwalt hatte den Vormittag im Gerichtssaal zugebracht. Sein Gesicht sah abgespannt aus. »Setzen Sie sich, Gery!« sagte er. Er war einfach dazu übergegangen, mich bei meinem angenommenen Vornamen zu nennen.

Ich zog es vor, bei Mr. Beasley zu bleiben. Oder noch formeller: beim Sir.

»Ich finde es an der Zeit«, sagte Beasley dann, »daß wir die Schraube jetzt etwas anziehen.« Er lehnte sich in seinem Sessel zurück. »Chico Manzari soll nicht zur Ruhe kommen ...«

»Wann gedenken Sie, ihm Amy Robinson gegenüberzustellen?« fragte ich.

»Wenn ich die Zeit für gekommen halte, Gery«, antwortete Beasley. »Sie ist mein einziger Trumpf. Ich werde ihn nicht ausspielen, bevor ich weiß, daß er stechen wird. Kommen wir zu Ihnen, Gery. Ich schlage vor, daß Sie Vorladungen verteilen, und zwar ...«

»Warum setzen Sie mich nicht auch auf den Mordfall Walston an?« unterbrach ich ihn.

»Walston? O ja, ich habe gehört, daß Sie sich die Akte geholt haben. Nun, ich halte Pillard für einen tüchtigen Mann ...«

»Haben Sie Pillard alle Informationen gegeben, die für die Aufklärung des Falles von Wichtigkeit sein können?«

»Ich verstehe Ihre Frage nicht, Mr. Delorme.«

»Pillard gab sich große Mühe, indem er genau feststellte, wo Walston in den letzten Stunden seines Lebens war.«

»O ja, eine sehr gute Arbeit.«

»Walston war mehrere Male im Bluebird Club. Pillard hat leider nicht klären können, weshalb Walston diesen Club, der Chico Manzari gehört, aufsuchte. Und ich fand keine Berichte in Walstons Aufzeichnungen, die darüber Aufschluß gaben.«

Ich sah den District Attorney an, doch der schwieg.

»Ich nehme doch an, daß Walston den Club in seiner Eigenschaft als Detective des Staatsanwalts besuchte, und nicht, um sich ein paar schöne Stunden zu machen.«

»Ich auch«, räumte Beasley ein.

»Weshalb war er dort?«

»Nun, er versuchte, Beweise zu finden, mit denen er Chico Manzari festnageln konnte. Praktisch dasselbe, was Sie machen.«

»Sie wissen es nicht genauer?«

Beasley beugte sich vor. »Mann, Gery, hören Sie! Walston hat einen Weg beschritten, Sie gehen einen anderen. Reden wir von ...«

»Nein, Sir«, sagte ich steif, womit ich ihn erneut unterbrach. »Ich habe Ihnen schon vor einigen Tagen gesagt, daß ich den Eindruck hätte, Sie verschweigen bewußt wichtige Informationen. Unter den Umständen werde ich meinen Auftrag zurückgeben.«

»Mann, Cotton! Spallone hat angebissen! Jetzt kommt es nur darauf an, ihm vorzumachen, daß der Haken festsitzt! Und wenn Sie dann Chico festnageln wollen, muß er denken, Sie in der Hand zu haben!«

Ich sah Beasley starr an. »Walston hat mit Amy Robinson verhandelt, nicht wahr?«

»Ja, natürlich ... Ich konnte ja schlecht in den Club gehen.«

»Wie lange schon?«

»Die Sache zog sich ein, zwei Wochen hin.«

»Warum haben Sie das Girl nicht sofort rausgeholt, als sie Kontakt mit Ihnen oder Walston aufnahm? Amy Robinson hat sich doch an Sie gewandt, weil sie den Club verlassen wollte?«

»Ja, natürlich. Sie wurde dort wie eine Gefangene gehalten. Physisch und psychisch gefesselt.«

»Warum hat Walston sie nicht herausgeholt?«

»Wir wollten noch etwas abwarten.«

»Um mehr und bessere Informationen zu erhalten? Dafür haben Sie Amy Robinsons Leben gefährdet? Sie hat sich an Sie um Hilfe gewandt, Mr. Beasley! Sie kannten die Gefahr, in der sie schwebte, vermutlich besser als sie selbst! Und trotzdem haben Sie sie benutzt! Sie sind nicht besser als Chico Manzari!«

»Jetzt vergreifen Sie sich in der Wahl Ihrer Worte, Cotton!« sagte der Staatsanwalt kalt. »Unter diesen Umständen halte ich es auch für geboten, die Zusammenarbeit zu beenden.«

»Es liegt an Ihnen, Sir«, sagte ich kühl, »ob ich als Gerald Delorme weitermache oder als Jerry Cotton, FBI, mit einem Sonderauftrag meiner Behörde.«

»So liegen die Dinge? Sie wollen sich gegen mich stellen?«

»Ich habe nur ein Interesse – die Gerechtigkeit. Ich wüßte gern Ihrs.«

»Ich benutze keine so hochtönenden Worte wie Sie, Cotton. Aber seien Sie versichert – wir dienen derselben Sache.«

Er war besessen. Nur von seinem Gerechtigkeitssinn?

»Sie haben Amy Robinsons Leben aufs Spiel gesetzt, Mr. Beasley«, sagte ich. »Warum?«

»Nachdem sie sich entschieden hatte, Chico Manzaris Sexclub zu verlassen, sollte sie noch ein paar Tage die

Augen und Ohren offenhalten. Das war alles, Cotton. Ich selber habe sie dann rausgeholt.«

»Sie haben auch mit Walstons Leben gespielt, Mr. Beasley. Dieser Einsatz ist verlorengegangen.«

»Walston war Detective. Von ihm konnte ich erwarten, daß er ein höheres Risiko einging.«

Abrupt stand ich auf.

Earl Beasley wartete, bis ich die Tür erreichte. Seine Stimme traf mich im Rücken. »Wollen Sie mich wirklich im Stich lassen?«

Ich drehte mich um. »Welcher Zwang treibt Sie, Sir?«

»Ich habe es Ihnen gesagt, Cotton – ich will Spallone haben.«

Es war die Wahrheit. Aber es war eine Wahrheit, die mehr verbarg als enthüllte. Doch diese Erkenntnis erreichte mich erst, als es zu spät war.

Ich öffnete die Tür. »Nennen Sie mich nicht immer Cotton!« sagte ich, bevor ich hinausging.

Ein schmaler, mit kleinen Bodenlichtern gesäumter Fahrweg geleitete den motorisierten Besucher von der Staatsstraße zum Bluebird Club.

Der zweistöckige Bau war in bonbonfarbene Lichter getaucht. Auf dem Dach flatterte ein Vogel mit seinen Neonflügeln. Links und rechts vom Eingang wackelten Neonmädchen mit ihren Neonhüften.

Ein Boy eilte beflissen herbei, als ich vor der Schranke zum Parkplatz stoppte. Ich überließ ihm meinen Pontiac. Das Funkgerät war hinter der Klappe des Handschuhfachs verborgen. Der Schlüssel zur Klappe steckte in meiner Tasche.

Die Tür ins Innere des Clubs schwang bei meiner Annäherung zurück und klackte sofort wieder ins Schloß, als ich den Vorraum betrat. Unter der Decke brannten grelle Lampen. Ich betrachtete mein angespanntes Gesicht in der gegenüberliegenden Spiegelwand, bis die glatte Fläche plötzlich zur Seite klappte.

Zwei clevere Burschen in feinen Anzügen betraten den Vorraum. Ihre aufmerksamen Blicke verrieten, daß sie mich nicht als normalen Gast betrachteten. Entweder lag ein Foto von mir bereits neben dem Monitorschirm, auf den die versteckt angebrachten Überwachungskameras ihre Bilder übertrugen, oder ein Detektor in der Tür hatte den Revolver an meinem Gürtel geortet und Alarm geschlagen.

»Willkommen im Bluebird, Sir«, sagte der Linke. »Ich bin Lucky, das ist Jim.«

»Wir wünschen Ihnen einen angenehmen Abend«, ergänzte Jim.

»Sind Sie Clubmitglied?« erkundigte sich Lucky.

Ich klappte das Etui mit der imposanten Bronzeplakette und dem Detectiveausweis ›Im Auftrag des Staatsanwalts‹ auf.

Die Selbstsicherheit der cleveren Gorillas ließ sich kaum erschüttern. Sie hielten das Syndikat für unverwundbar.

»Möchten Sie sich zerstreuen, oder hat Ihr Besuch andere Gründe, Sir?« erkundigte sich Lucky.

Ich wollte mich noch nicht festlegen. »Wenn nichts dagegen spricht, möchte ich mich umsehen«, antwortete ich.

Jim lächelte mit den Lippen. »Wir sind ein geschlossener Club, Sir. Zutritt nur für Mitglieder.«

Die Aufnahmebedingungen konnten nicht allzu streng sein, vermutete ich. Schließlich wollte man die Gäste nicht abschrecken. Die Clubeigenschaft diente nur dem Zweck, die Gesetze und Vorschriften, die Prostitution oder Glücksspiel betrafen, zu unterlaufen.

Ich hätte mich auf Chico Manzaris Einladung berufen

können. Aber ich fragte: »War Theo Walston Mitglied des Clubs?«

»Walston?« überlegte Lucky. Er sah seinen Partner grübelnd an. »Mr. Walston war Gast des Hauses, soviel ich weiß. Eine Ausnahme, die eigens von der Geschäftsführung genehmigt werden muß.«

»Ich heiße Delorme«, erinnerte ich die Knilche. »Sicher kann man bei mir die gleiche Ausnahme machen wie bei Walston.«

Lucky verschwand hinter der Spiegeltür. Jim blieb bei mir, wobei er unentwegt lächelte. Bevor mir sein Grinsen den letzten Nerv tötete, kehrte Lucky zurück.

»Kommen Sie bitte mit, Sir!« sagte er froh.

Sie nahmen mich in die Mitte. Unterwegs erklärten sie mir in der Art von Museumsführern, was der Club seinen Mitgliedern zu bieten hatte. Es war eine ganze Menge.

Der Gast – pardon, das Mitglied – konnte sich nicht nur die Zeit in Gesellschaft netter Go-go-Girls vertreiben. Er konnte in der Sauna schwitzen, den Swimmingpool benutzen oder sich in den Fitneßräumen im Keller am Schießstand oder an der Tischtennisplatte austoben.

Die Bude war eine Goldgrube, das erkannte ich sofort. Dabei war der Bluebird Club nicht für die Bezieher höchster Einkommen bestimmt. Die gute Mittelklasse brachte das Geld an. Apotheker und Autoverkäufer, der Tankstellenpächter oder der Manager eines Supermarkts schwitzte sich hier einen ab, bevor er sich mit einem der ausgesucht hübschen Mädchen in ein Séparée verzog.

Oder umgekehrt. Vielleicht gab es oben auch ein paar Spielzimmer, in denen die Kugel rollte oder Black Jack gezockt wurde.

Als der Rundgang beendet war, zog Jim einen Glasperlenvorhang zur Seite.

»Ich denke, daß Sie sich jetzt allein zurechtfinden, Sir«, sagte Lucky. »Vielleicht möchten Sie einen Drink nehmen. Wenn Sie besondere Wünsche haben, fragen Sie nach uns! Jim oder Lucky.«

Ich betrat die kleine Bar hinter dem Vorhang. Ich tastete die Gesichter der anderen Gäste ab. Als ich kein bekanntes entdeckte, schwang ich mich auf einen freien Hocker. Ein leichtgeschürztes Mädchen mit einem engen schwarzen Top tauchte neben mir auf und hielt mir die Getränkekarte hin.

»Ich möchte einen Organgensaft«, sagte ich. »Wenn ich etwas anderes dazunehmen muß, nehme ich Sekt. Aber den müßten Sie trinken.«

Das Mädchen lächelte. »Ich bringe Ihnen Orangensaft, Sir«, sagte sie.

Nach wenigen Augenblicken stellte sie ein Glas mit frischgepreßtem Saft an meinen Platz. Mit einem Lächeln zog sie sich zurück.

Ich war beeindruckt von der unaufdringlichen Art, mit der ich hier bedient wurde.

Als mein Glas leer war, unterschrieb ich den Paycheck. Lucky und Jim hatten mir erklärt, daß ich die Rechnungen nur abzuzeichnen brauchte. Sie würden gesammelt und mir beim Verlassen des Clubs in Form einer Gesamtrechnung vorgelegt werden.

Draußen im Gang stand wie aus dem Boden gewachsen Lucky vor mir. »Was möchten Sie jetzt erleben, Sir?«

Ich mimte den Unschlüssigen. Ich rechnete damit, daß jeden Moment Chico Manzari auftauchen würde. Zweifellos hatten die Aufpasser den Boß angerufen und ihm mitgeteilt, welcher Gast seinem Club die Ehre gab. Chicos Hauptbüro befand sich in der Downtown von Wheeling.

»Ich werde mir die Girls näher ansehen«, sagte ich unternehmungslustig.

Lucky nickte beifällig. Er begleitete mich zu einem halbdunklen Raum, in dessen Boden eingelassen sich ein runder von unten beleuchteter Swimmingpool befand. Aus unsichtbaren Lautsprechern rieselte schmeichelnde Musik herab.

Im Wasser schwammen fünf Mädchen. Alle waren ausgesucht hübsch, und alle waren nackt. In den Liegesesseln am Rand des Schwimmbeckens lagen andere Mädchen. Sie bedeckten ihre Blößen sehr nachlässig mit roten Badetüchern. An einem offenen Barwagen konnte sich der Gast, der hier nur hereinkam, um ein Girl zu seiner Gesellschaft auszuwählen, selbst bedienen.

Die fünf Nixen glitten mit geschmeidigen Bewegungen aus dem Wasser. Helle Tropfen glitzerten auf der gleichmäßig gebräunten Haut wie Perlen. Sekundenlang boten sie sich in ihrer vollen Schönheit meinen Blicken dar, ehe sie nach den bereitliegenden Tüchern griffen.

Der Anblick dieser Schönheiten erzeugte Reflexe in meinem Körper, denen ich jetzt lieber keinen freien Lauf lassen wollte. Ich beschloß, mich zurückzuziehen.

Zwei der Mädchen, die eben aus dem Wasser gestiegen waren, glitten mit langsamen Schritten, die an schleichende Katzen erinnerten, auf mich zu. Die Badetücher schwangen hin und her. Sie ließen einen nackten Schenkel sehen, einen flachen Bauch, eine Brust. Meine Blicke gingen zwischen dem Girl mit langem schwarzem Haar und einer überschlanken Brünetten hin und her, deren Brustspitzen hell leuchteten.

Ihr kindlicher Gesichtsausdruck berührte mich auf eine seltsame Weise. Das Girl deutete meinen Blick falsch. Sie ging auf mich zu, während sich die Schwarzhaarige zurückzog. Sie blieb vor mir stehen, die knochige Hüfte herausfordernd vorgeschoben.

Aus der Nähe betrachtet, verlor das Gesicht seinen kindlichen Ausdruck. Die Zunge spielte hinter den halbgeöffneten Lippen. Die Nasenflügel bewegten sich leicht, während mich die Augen starr anblickten.

Einen Moment lang hielt ich das Mädchen für süchtig. Kokain, schätzte ich, aber dann erkannte ich etwas anderes in dem schmalen, knochigen Gesicht – Angst!

Wer süchtig war, arbeitete nicht hier. Für die Girls, die ihre Körper für zwei oder drei Trips pro Tag verkauften, unterhielt Chico Manzari billigere Absteigen an den Ausfallstraßen. Die Girls im Bluebird Club sollten den bürgerlichen Gast anziehen.

»Ich bin Linda«, sagte das Girl.

Sie hatte Angst zu versagen. Angst, ihr Soll nicht zu bringen. Wahrscheinlich hatte sie Schulden bei Manzari.

Nur das Badetuch befand sich zwischen ihr und mir, als sie den Kopf in den Nacken legte. Ein Schenkel glitt kurz zwischen meine Beine und zuckte wieder zurück. Das Tuch fiel herab, als sie ihre mageren Arme um meinen Hals schlang.

»Ich möchte tanzen«, sagte sie. Ich spürte ihren Atem an meinem Hals, als sie ihren Körper zu der sanften Musik bewegte. »Oder möchtest du etwas anderes?«

Ich bewegte mich nicht. Lindas Arme lösten sich von meinem Hals. Ihre Hände strichen über meinen Brustkorb und glitten dann unter mein Jackett. Ich spürte die Wärme ihrer Haut durch den Stoff meines Hemdes.

»Ich möchte mit dir lieber über einen Kollegen von mir sprechen«, sagte ich.

»Kenne ich ihn?«

»Theo Walston.«

Der schlanke Körper verriet keine Reaktion. »Theo Walston? Den Namen kenne ich nicht.«

»Amy Robinson hat ihn wohl besser gekannt«, sagte ich.

Lindas Körper wurde steif wie ein Brett. Die Arme umklammerten mich wie Stahlbänder.

»Sag mir, wer es war!« sagte ich leise. »Wer hat Amy Robinson um ein Haar umgebracht?«

Ihr linker Ellbogen berührte den Revolver im Gürtelholster. Ich wollte mich behutsam aus der Umklammerung befreien. Doch eine Stimme nah an meinem Ohr lenkte mich für einen Augenblick ab. Die Stimme gehörte Chico Manzari. »Sagen Sie es ruhig, wenn ich Sie störe!« sprach der Gangster.

Mein Kopf fuhr herum. Manzari grinste, als hätte er mich bereits im Sack.

Linda fuhr zurück. Ich spürte, wie sie mir den Revolver aus dem Holster zerrte. »Er war es!« schrie sie. »Er ...«

Das Handtuch fiel vollends herab. Sie taumelte zurück, den schweren Police Special in der mageren Faust.

Die Mündung der Waffe war auf Chico Manzari gerichtet. Das Gesicht des Gangsters wurde weiß, als er in die schwarze Mündung blickte.

Ich machte einen energischen Schritt auf Linda zu. Sie stolperte, als sie zurückwich. Ich erwischte ihren rechten Arm und drückte ihn in die Höhe.

»Aber nicht doch, Linda!« sagte ich. Ich nahm den Revolver aus ihren plötzlich kraftlos gewordenen Fingern und steckte ihn wieder ein.

Die anderen Mädchen, die hastig zurückgewichen waren, kamen jetzt wieder näher. Chico Manzari rührte sich nicht, als die Girls die schluchzende Linda zu einer Liege führten.

»Es war meine Schuld«, sagte ich zu Manzari.

»Natürlich«, bestätigte er.

Ich sah zu den Girls hinüber.

Manzari grinste. »Fragen Sie Linda, ob sie mit Ihnen kommen will, Mr. Delorme!« sagte Manzari flach. »Na los! Worauf warten Sie?«

Ich rührte mich nicht. Manzari, dieser Bastard, war so verdammt sicher, daß er Linda an der Kette hatte. Vielleicht hatte Walston eine ähnliche Szene mit Amy Robinson erlebt, bevor sie sich entschloß, den Club zu verlassen.

»Wenn ihr etwas zustößt, sind Sie dran, Manzari«, sagte ich hart.

»Ich werde auf sie achtgeben wie auf meine eigene Freundin«, sagte Manzari. »Sie können sie jeden Tag besuchen und sich nach ihrem Wohlbefinden erkundigen. Damit Sie sehen, daß ich mit offenen Karten spiele, Delorme, will ich Ihnen auch verraten, weshalb sie bei mir bleibt. Ihr Vater hatte einen Autounfall. Er hat beide Beine und einen Arm verloren, und er bekommt nichts von der Versicherung. Ich bezahle seinen Heimplatz ...«

Sowie Linda dieses Bordell verließ, würde ihr Vater mit seinem Rollstuhl auf der Straße sitzen. Möglicherweise sogar ohne seinen Rollstuhl.

»Kommen Sie, Delorme! Ich glaube, Sie können einen Drink vertragen.«

Wir setzten uns in eine Nische. Ein Girl brachte die Drinks. Ich nahm diesmal einen Scotch on the rocks. Der Alkohol vertrieb die Übelkeit in meinem Magen ein wenig.

»Wie gefällt es Ihnen?« erkundigte sich Manzari.

»So gut wie in einer Stinktierhöhle«, sagte ich.

Manzaris blasse Augen zuckten. »Sie haben es nötig!« sagte er heiser. »Verdammt. Delorme, Ihr großes Maul ...« Er unterbrach sich rechtzeitig.

»Sprechen Sie ruhig weiter, Manzari«, sagte ich.

»Warum haben Sie meine Einladung angenommen?« fragte der Zuhälter. Er hatte sich wieder in der Gewalt.

Ich riß erstaunt die Augen auf. »Ich habe Ihre Einladung nicht angenommen, Manzari. Ich hätte mich hier so oder so umgesehen.«

»Was suchen Sie? Hysterische Girls wie Linda?«

»Theo Walstons Mörder«, sagte ich. »Manzari, Sie tun besser daran, mir den Killer auf dem silbernen Tablett zu servieren, wenn Sie nicht mit untergebuttert werden wollen!«

Manzari beugte sich über den kleinen Tisch, bis ich seinen Atem riechen konnte. »Sie werden hier nicht alt, Delorme. Sie hätten in New York bleiben sollen. Hier herrschen andere Gesetze. Hier können Sie sich nicht verstecken.« Manzari stand unvermittelt auf. »Von mir aus können Sie noch bleiben. Sehen Sie sich um! Ich habe nichts zu verbergen.«

Er marschierte davon. Verschwinde, Jerry! sagte eine Stimme in meinem Hinterkopf. Verschwinde, bevor es zu spät ist! Aber ich wollte unbedingt noch etwas loswerden, und dafür brauchte ich ein geeigneteres Opfer, als Linda es gewesen wäre. Denn ich glaubte Manzari die Geschichte von Lindas verkrüppeltem Vater aufs Wort.

Ich zündete mir eine Zigarette an und lehnte mich entspannt zurück.

Lange brauchte ich nicht zu warten.

Ein schlanke Gestalt schob sich in mein Blickfeld. Ich sah auf.

Die Frau war aus der ganz oberen Schublade gesprungen, um sich einem kleinen Detective zu widmen. Ihr Anblick nahm mir den Atem.

»Ich bin Marion«, sagte sie mit dunkler Stimme, in der ein betörender Unterton nachschwang. »Darf ich mich einen Augenblick zu Ihnen setzen?«

Ich stand auf und nickte stumm. Marion. Manzari hatte ihren Namen erwähnt. Ich erinnerte mich. Marion trug ein tiefausgeschnittenes schwarzes Kleid. Den Ausschnitt bedeckte ein durchsichtiges Chiffontuch. Ein schmales Halsband aus glänzendem Stoff betonte den bezaubernden Schwung des langen Halses.

Sie nahm auf dem Stuhl an der Seite Platz. Auch ich

setzte mich wieder. Marion hielt meinem prüfenden Blick ruhig stand. Ihr Gesicht wies gleichmäßige Züge auf. Braunes Haar umgab den Kopf wie ein feuriger Schimmer. Die vollen Lippen öffneten sich zu einem wissenden Lächeln, als meine Augen über die lockenden Brüste unter dem Kleid zur schmalen Taille hinabwanderten und langsam wieder aufwärts kletterten. Das verdammte Kleid wirkte nicht erotisch. Es war die Frau selbst, ihr Körper, ihr Gesicht. Chico Manzaris Geheimwaffe. Ich schluckte und spürte, wie mein Verstand wieder die Oberhand gewann.

Sie schob eine schmale weiße Hand über den Tisch. Ihre Fingerspitzen berührten meine Hand. »Sie müssen schon etwas Besonderes sein, wenn Chico mich auf Sie ansetzt«, sagte sie. Sie lachte leise. »Sind Sie schockiert?«

»Keine Spur«, versicherte ich wahrheitsgemäß. »Ich bin irgendwie froh ...«

Jetzt war ich es, der rätselhaft lächelte. Chico selbst hatte mir das Opfer geschickt, das ich brauchte, um die Schraube anzuziehen.

»Sie heißen Delorme? Wie soll ich Sie nennen?«

»Gery, wenn Sie wollen«, antwortete ich.

»Welches Interesse hat Chico an Ihnen?« erkundigte sie sich.

»Sollte die Frage eigentlich nicht umgekehrt lauten? Welches Interesse ich an Chico habe? Ich bin Detective im Büro des Staatsanwalts.«

Sie sah mich aus geweiteten Augen an. Sie war ein schönes Biest. Sie trug nicht zu dick auf. Sie spielte die Ehrliche, indem sie sofort gestand, daß Chico sie auf mich angesetzt hatte. »Sie sind doch nicht etwa dienstlich hier?« fragte sie dann.

Ich lächelte. »Hätten Sie etwas zu befürchten?«

»Ich?« Marion lachte. »Nein, natürlich nicht. Weshalb sollte ich etwas zu befürchten haben? Weil ich hier arbeite? Dies ist ein Club. Was in diesen Räumen geschieht, geht die Polizei nichts an.«

»Nicht einmal das bißchen Glücksspiel und das bißchen Prostitution«, sagte ich. »Wie heißen Sie?« fragte ich dann unvermittelt.

»Marion. Aber das wissen Sie doch.«

»Ich meine Ihren Nachnamen.«

»Weshalb interessiert Sie mein Familienname?«

Ich zog einen grünen Briefumschlag aus meiner Jakkentasche. Mit dem Fingernagel schnippte ich gegen das Papier.

»Weil ich hier eine Vorladung habe. Sie ist erst dann rechtskräftig, wenn Ihr Name darin steht.«

Marions Lächeln sah jetzt etwas verkrampft aus. Die Brüste unter der schwarzen Seide bewegten sich heftiger.

»Eine Vorladung ... Soll ich etwa gegen Chico aussagen?«

»Ich werde Ihnen verraten, Miss Marion, was der District Attorney wissen will. Er will wissen, wer Chico gesteckt hat, daß Amy Robinson aussteigen wollte. Er will wissen, wer sie mißhandelt und beinahe getötet hat. Und er will wissen, ob Chico dabei war.«

»Ist das alles?« fragte Marion.

»Und ich möchte gern wissen, wer Theo Walston auf dem Gewissen hat.«

Marion sah mich ungläubig an. »Glauben Sie im Ernst, daß ich mich auch nur zu einer dieser Fragen äußern werde?«

Ich wedelte mit dem Umschlag. »Verhandeln müssen Sie mit dem D.A. Ich bin nur der Bote.«

Marion zwinkerte listig. »Wenn ich meinen Namen nicht verrate, können Sie die lächerliche Vorladung also nicht an den Mann – oder die Frau – bringen?«

»So ist es«, räumte ich ein.

Marion lächelte erleichtert. »Dann werde ich Ihnen

nicht sagen, wie ich heiße, Sie superschlauer Polizist. Eins zu null für mich!« Sie leckte sich die Lippen.

Ich lächelte ebenfalls. »Dann bin ich verpflichtet, Sie vorläufig festzunehmen. Ich habe das Recht, Sie so lange festzuhalten, bis ich Ihre Identität ermittelt habe.«

Das hübsche Gesicht wurde blaß unter der Schminke. »Eins zu eins«, murmelte sie. »Ich heiße Marietta Adler. Marion nenne ich mich nur hier.« Ich nahm das Formular der Vorladung aus dem Umschlag und setzte den Namen Marietta Adler in die Namensspalte.

»Ich habe Amy doch kaum gekannt«, wiederholte sie immer wieder. »Wie kommen Sie ausgerechnet auf mich, Gery ... Mr. Delorme?«

Irgend jemand muß es sein, antwortete ich in Gedanken. Und ich fragte mich, ob ich nicht genauso mit dem Leben anderer Menschen spielte, wie Beasley es tat.

Denn wenn Manzari erfuhr, daß ich Marion-Marietta vor den D.A. zitierte, würde er rot sehen. Und Angst bekommen. Was allerdings der Zweck der Übung war.

Ich schob dem Girl die Vorladung zu. Damit war sie formell zugestellt. Marietta, wie ich sie von jetzt an nannte, spießte den Umschlag mit dem Fingernagel auf.

»Hoffentlich wissen Sie, was Sie tun, Detective«, sagte sie dunkel. Ihre Augen glänzten wie nasse Kiesel.

»Denken Sie an Theo Walston?« fragte ich.

»Er war auch so ... unnachgiebig«, sagte sie. Ihre Augen verschwanden hinter blassen Lidern. »Mehr kann ich Ihnen nicht sagen. Ich weiß nichts.«

»Wir sehen uns beim D.A.«, sagte ich und stand auf. »Am Montagmorgen um elf. Vergessen Sie den Termin nicht!«

Chico Manzari glitt heran, als ich die Nische verließ. Nach seiner Regieanweisung hätten Marietta und ich uns jetzt diskret zurückziehen müssen. »Stimmt etwas nicht, Mr. Delorme?« fragte er.

»Mir gefällt es hier nicht, Manzari. Aber das habe ich Ihnen ja schon gesagt.«

Der Gangster sah an mir vorbei in die Nische. »Was ist los?« fuhr er Marion-Marietta an. Er konnte sich einfach nicht vorstellen, daß ein Mann nicht auf ihre Reize abfuhr.

Unter anderen Umständen, dachte ich, hätte ich auf Marietta abfahren können. Auf Marietta. Nicht auf Marion, das Callgirl.

Marietta klopfte mit einem Finger auf den Umschlag. Manzari erkannte ihn an der Farbe. Er wurde blaß. Sein Kopf zuckte herum. »Sie brauchen sich nicht zu beunruhigen, Manzari«, sagte ich mit falscher Freundlichkeit. »Das ist nur eine Vorladung für Miss Adler. Sie soll als Zeugin gehört werden.«

»Weshalb ausgerechnet sie?«

»Fragen Sie den D.A., wenn es Sie interessiert!« beschied ich den Zuhälter. Ich schob ihn zur Seite und winkte Lucky herbei, um die Rechnung zu verlangen.

Das dauerte einige Zeit, obwohl ich nur zwei Paychecks abgezeichnet hatte. Manzari hatte wahrscheinlich bereits Anweisung gegeben, alle Checks mit meiner Unterschrift an sein Büro zu schicken. Zu früh hatte er sich der Überzeugung hingegeben, den neuen Detective des Staatsanwalts in der Tasche zu haben.

Er selbst brachte mir schließlich die Rechnung. Ich blätterte einige Scheine von meinem Spesenvorschuß auf den Zahlteller.

Manzari begleitete mich zum Ausgang. Sein hageres Gesicht war spitz wie das einer Ratte, als er mir kurz den Weg verstellte. »Eins können Sie Ihrem D.A. ausrichten«, zischte er. »Wenn er mich noch einmal in Handschellen vorführen läßt, ist er ein toter Mann!«

Der Nebel lag als dicke Watteschicht über dem Platz vor dem Club. Wie ein Gespenst tauchte der Parkwächter neben mir auf.

»Ihr Wagen steht da vorn, Sir«, sagte er und deutete in die Dunkelheit jenseits der Lichterkette, wo undeutlich die feuchten Dächer der abgestellten Fahrzeuge zu erkennen waren.

Er drehte sich einfach um und verschwand wieder im Nebel.

Meine Kopfhaut zog sich zusammen. Ich hatte nicht nur deshalb so lange auf die Rechnung warten müssen, weil die Abrechnungszettel erst zurückgeholt werden mußten. Ich stand einen Augenblick reglos da und versuchte, zu einem Entschluß zu kommen. Ich fühlte mich so verdammt allein.

Am frühen Morgen hatte ich mit meinem Chef in New York telefoniert. Phil hatte sich nicht zur vereinbarten Zeit im Office gemeldet. Das konnte nur eins bedeuten – Spallones oder Chico Manzaris Abgesandte hatten Kontakt mit ihm aufgenommen, und Phil war mit ihnen zusammen. Und konnte keine Nachricht absetzen.

Ich kam mir wie ein Ballonfahrer vor, dessen Ballon Luft verlor. Ich wußte nicht, ob meine Geschichte noch hielt oder bereits geplatzt war.

Langsam setzte ich einen Fuß vor den anderen. Schwer hingen glitzernde Wassertropfen in meinen Wimpern, während mein Mund trocken war und mein Magen sich zu einem Klumpen zusammenballte.

Ich redete mir ein, daß Spallone nicht schon wieder einen Mord an einem Mitarbeiter des Staatsanwalts riskieren konnte. Dabei wußte ich, daß Spallone in einer Stadt wie Wheeling alles riskieren konnte, buchstäblich alles.

Mein Pontiac stand am Ende des Parkplatzes, wo der Nebel alle Umrisse verwischte. Neben dem Pontiac stand ein brauner Dodge. Ein brauner Dodge hatte mich vor einigen Tagen auf der Fahrt zur Rennbahn verfolgt.

Ich schob mich an der Flanke meines Dienstwagens entlang und ließ meine Hände aus den Taschen. Sichernd sah ich mich um.

Sie waren plötzlich da. Auf beiden Seiten des schmalen Zwischenraumes. Ich konnte nicht einmal entscheiden, ob ich es mit drei oder vier Gegnern zu tun bekommen würde. Ich sah nur ihre grotesk verzerrten Schatten.

Blitzschnell zerrte ich meinen Revolver heraus und packte die Waffe an der Trommel. Der Kolben ragte wie ein Hammer aus meiner Faust.

Wenn sie mich umbringen wollten, hätten sie es bereits tun können. Spallone war weniger an einem unbestechlichen toten, sondern mehr an einem lebendigen Detective gelegen, den er erpressen konnte.

»Auf ein Wort, Großmaul!« sagte eine dumpfe Stimme.

Die Kerle schoben sich näher heran und nahmen mich in die Zange.

»Keinen Schritt weiter!« sagte ich scharf. »Ich bin Detective Delorme!«

»Delorme, das Großmaul!« höhnte der Sprecher.

Eine Gestalt wuchs vor mir auf. Breite Schultern steckten unter einer Parka. Eine Wollmütze bedeckte den Schädel. Ein bis über die Nase hochgezogenes Halstuch verbarg den größten Teil des Gesichts. Nur funkelnde kleine Augen und eine hohe Stirn waren im ungewissen Licht zu erkennen.

Der Kerl streckte eine Hand aus. Er versetzte mir einen leichten Stoß vor die Brust. Ich atmete tief durch. Die Kerle sollten mir vorführen, daß sie ungestraft einen Detective des Staatsanwalts herumstoßen konnten.

Manzari hielt es vermutlich für eine gute Idee, mich zusammenschlagen zu lassen.

Als der Kerl nachstoßen wollte, schmetterte ich ihm

den Kolben meines Revolvers auf den Unterarm. Er stieß einen unterdrückten Schrei aus.

Einer der anderen knipste daraufhin eine Stablampe an. Grelles Licht stach in meine Augen und blendete mich für Sekunden. Ich riß eine Hand hoch, um die Augen zu schützen. Mit dem anderen Arm deckte ich meinen Körper.

Die Lampe erlosch wieder. Deshalb sah ich den Schatten nicht, der sich auf mich niedersenkte. Ich spürte eine leichte Berührung auf meinem Kopf. Dann fiel etwas auf mich herab.

Ein Netz, schoß es durch meinen Kopf. Wie man Panther fängt. Man wirft ein Netz über ihn, und das zappelnde Tier verfängt sich in den Maschen.

In meinem Fall war es nur eine Decke. Bevor ich sie von Kopf und Schultern reißen konnte, stürzten sie sich auf mich und warfen mich zu Boden.

Sie mißhandelten mich mit Fußtritten. Ich krümmte mich zusammen. Den Kopf zog ich zwischen die Schultern. Als sie glaubten, daß ich mich nicht mehr wehren würde, zerrten sie mich wieder auf die Füße.

Die Decke verrutschte ein wenig. Mein rechtes Auge kam frei. Vor mir stand der große Kerl mit der Wollmütze und dem Schal vor dem Gesicht. Meine Rippen schmerzten. Ich haßte den Kerl.

»Was wollt ihr?« stöhnte ich. Ich brauchte etwas Zeit. Auch meine rechte Schulter hatte etwas abbekommen. Ich konnte sie kaum bewegen.

»Wir haben hier eine schöne, friedliche Stadt, Großmaul«, sagte die dumpfe Stimme, »in der jeder leben kann. Sogar du! Wenn jeder weiß, wo seine Grenzen sind und er sie nicht überschreitet.« Der Kerl lachte dumpf. Wieder versetzte er mir einen Stoß.

Diesmal konterte ich kühl und gezielt. Ich riß mein linkes Bein hoch. Das Knie traf etwas Weiches.

Der Kerl holte gierig Luft, und als er sich zusammenkrümmte, kam mir sein Schädel entgegen. Ich verpaßte ihm einen Kopfstoß.

Das ist ein gemeiner Stoß, wenn er die Nase eines anderen trifft. Ein erstickter Schrei brach aus dem weit aufgerissenen Mund des Schlägers. Der Schrei alarmierte die anderen.

Die Stablampe leuchtete wieder auf. Ihr Kegel erfaßte zuerst den sich windenden Schläger, der seine Hände gegen den Unterleib preßte. Der Schal verrutschte und gab jetzt das ganze Gesicht mit der gebogenen Nase, dem breiten Mund und dem spitzen Kinn frei. Dann traf der Lichtstrahl meine Augen und löschte das eben Gesehene aus, bevor mein Hirn das Gesicht mit den Fotos, die ich studiert hatte, vergleichen konnte.

Die Kerle wollten über mich herfallen. Aber im engen Raum zwischen den Fahrzeugen behinderten sie sich gegenseitig. Ich ließ mich einfach fallen. Eine Faust, die mein Gesicht treffen sollte, verbeulte eine Wagentür.

Ich schlug auf den Boden und stieß gegen ein Paar Schienbeine. Dann rollte ich vor einem zustoßenden Fuß her unter einen Wagenboden. Die Decke hatte sich um meine Schulter gewickelt. Eine Ecke verfing sich in einem herausragenden Eisenteil. Ich zerrte an dem Stoff. Aber das Gewebe war fest und widerstand meinen Bemühungen.

Die Gangster schienen ihren Job als beendet zu betrachten. Oder sie glaubten, ich sei ihnen entschlüpft. Sie sprangen in ihren Wagen.

Es war der braune Dodge. Der Wagen, unter dem ich Schutz gesucht hatte.

Der Wagenboden senkte sich unter dem Gewicht der Männer. Der Anlasser mahlte. Ich zerrte an der Decke. Als ich sie nicht freibekam, rollte ich um meine Körperachse. Der Motor sprang an. Die Decke wickelte sich auf.

Ich kam unter dem Wagen hervor, gerade als sich die Räder zu drehen begannen.

Ich sprang auf die Füße. Etwas zu früh, wie ich gleich merken sollte. Die Kerle hatten die Türen des Dodge noch nicht geschlossen.

Der Wagen setzte rückwärts aus der Parklücke, und die offene rechte Vordertür schmetterte mich wieder zu Boden, als der Fahrer Gas gab.

Mich machte er damit richtig wütend. Ich sprang wieder auf. Der Dodge beschrieb einen Bogen, die Bremslichter flammten auf. Der Wagen hielt kurz, während der Fahrer die Vorderräder einschlug und den Vorwärtsgang einlegte. Die Tür schwang noch einmal nach außen.

Im Schein der Innenbeleuchtung erkannte ich den Umriß des Breitschultrigen mit der Pudelmütze auf dem Beifahrersitz. Ich wollte sein Gesicht sehen.

Ich hechtete vor, schlug meine Fäuste in die Parka und zerrte den schweren Mann mit einem Ruck heraus. Unsanft stieß ich ihn gegen die Flanke des Dodge.

»Tony!« schrie einer der Kerle im Wagen. Der Fahrer spielte nervös mit dem Gas.

Tony schlug nach mir. Aber er war nicht schnell genug. Wahrscheinlich hatte er meinen Kopfstoß noch nicht verdaut. Seine Nase sah nicht gut aus.

Seine Faust zischte an meinem Kopf vorbei.

Meine traf ihn im Oberbauch. Seine Beine gaben unter ihm nach. Bevor er zu Boden gehen konnte, rammte ich ihm die Schulter gegen die Brust und nagelte ihn so gegen den Wagen.

Schwaches Licht fiel von der Seite über sein Gesicht.

Ich wußte jetzt genau, daß ich es auf Fotos in den Aktensammlungen des District Attorney gesehen hatte. Ich erkannte es aber auch nach der Beschreibung, die Amy Robinson von einem ihrer Peiniger gegeben hatte.

Beasley hätte ihn längst festnehmen lassen können. Aber der D.A. wollte Spallone haben, und er wollte sicher sein, daß er die Gangster festnageln konnte. Deshalb brauchte er mehr als nur Amy Robinsons Zeugenaussage.

»Tony!« schrie der Fahrer erneut. Die anderen Kerle machten Anstalten, wieder aus dem Wagen zu springen.

Ich beugte mich ein wenig zur Seite, bis ich in die beiden weit aufgerissenen Augenpaare sehen konnte, die auf den Revolver in meiner Hand starrten.

»Tony kommt, wenn ich mit ihm fertig bin!« fuhr ich die Strolche an. Sie rührten sich nicht. Ich hatte ihren Anführer außer Gefecht gesetzt. Jetzt wußten sie nicht, wie sie sich verhalten sollten.

»Ich gebe dir etwas mit auf den Weg, Tony«, flüsterte ich in das Ohr des Oberschlägers. »Mein Job ist es, diese Stadt zu einer sauberen Stadt zu machen. Ich werde einen nach dem anderen von euch Stinktieren einsacken. Aber du hast Glück, Tony. Du darfst heute noch einmal ohne Manschetten nach Hause fahren. Dich schnappe ich, wenn ich mal nichts Besseres vorhabe. Dann sorge ich dafür, daß du zwanzig Jahre bekommst.«

»Was willst du mir anhängen?« stieß der Schläger undeutlich hervor.

»Was hältst du von gemeinschaftlicher Vergewaltigung? Das ist in diesem Staat eines der schwersten Verbrechen.«

»Wen soll ich denn vergewaltigt haben? Die Jungfrau von Orleans?«

»Amy Robinson«, sagte ich betont.

»Diese Nutte ...«

Ich tippte den Revolverknauf auf Tony Starks' Schulter. »So redet man nicht von einer jungen Dame«, tadelte ich. »Amy bricht dir das Genick. Und Chico«, sagte ich.

Giulio Spallone erwähnte ich nicht. Ich stieß den Gangster in den Wagen und schmetterte die Tür zu. Der Dodge schoß davon.

Ich sah ihm nach, bis der Nebel die Glut seiner Rückleuchten verschluckte.

Obwohl mir alle Knochen weh taten, war ich mit dem Verlauf dieses Abends mehr als zufrieden. Ich hatte zumindest Chico Manzari den Fehdehandschuh hingeworfen. Er konnte nicht anders, er mußte ihn aufheben, wenn er unter den Raubtieren überleben wollte.

Als Earl Beasley am Freitagmittag vom Gericht zurückkehrte, klemmte ich mir einen Packen Akten unter die Arme und ging in sein Office hinüber.

Ich berichtete dem D.A. von meinem Besuch im Bluebird Club und den Gangstern, die mir auf dem Parkplatz aufgelauert hatten. »Chico Manzaris Leute«, sagte ich und schob dem D.A. die Akten zu. »Allen voran Tony Stark.«

Stark war achtunddreißig Jahre alt. Er hatte zwei Militärstrafen abgerissen und zweimal wegen Raub und schwerer Körperverletzung gesessen. Nicht in Wheeling, versteht sich.

Stark arbeitete für Chico Manzari, das stand fest. Er, Manzari und eine Kreatur namens Sid Levin hatten Amy Robinson mißhandelt. Levin war der härteste Brocken aus Manzaris Gang. Ich fragte mich, weshalb er bei dem Überfall auf mich nicht mit von der Partie gewesen war.

Earl Beasley sah mich an. »Ich kenne die Akten«, sagte er. »Was schlagen Sie vor?«

»Den Druck verstärken«, antwortete ich. »Genau das tun, was der Gegner nicht erwartet. Lassen Sie Stark verhaften!«

»Ich habe Ihnen erklärt, daß ich Amy Robinson nicht

wegen Chico Manzari verschleißen werde! Gegen eine untergeordnete Figur wie Stark erst recht nicht!«

»Wegen des Überfalls auf mich«, erklärte ich ruhig.

»Sie können nicht als Gerald Delorme vor Gericht auftreten!« sagte der District Attorney aufbrausend.

»Das wird nicht geschehen«, prophezeite ich. »Wenn wir Stark verhaften, wird Chico es mit der Angst kriegen. Er wird annehmen, daß wir Stark wegen der Sache mit Amy Robinson anklagen wollen. An Amy gelangen sie nicht ran. Also werden sie sich an mich halten. Es ist Ihr Spiel, Mr. Beasley«, erinnerte ich ihn.

Beasleys dünne Lippen strafften sich, während er zwischen seine Fäuste starrte, die geballt auf der Schreibtischplatte lagen.

»Ich stelle den Haftbefehl aus«, sagte er schließlich. Er sah mich scharf an. »Aber ich warte auf den Tag, an dem Sie mir das Material übergeben, mit dem ich Spallone festnageln kann.«

Später rief ich Detective Frank Pillard an. »Frank, ich schicke Ihnen einen Haftbefehl. Der Betreffende heißt Tony Stark. Sie erkennen ihn unschwer an einer Beule auf der Nase. Nehmen Sie ihn fest ...«

»Mit Vergnügen, Gery. Darf ich fragen, wie die Beschuldigung lautet?«

»Überfall auf einen Polizeibeamten im Dienst, Freiheitsberaubung und vorsätzliche Körperverletzung.«

Frank Pillard pfiff durch die Zähne. »Das ist eine ganz schöne Latte, Gery. Wer war das Opfer?«

»Ich«, antwortete ich.

»Okay, Gery. Wann kommen Sie wegen der Identifizierung rüber?«

»Die Identifizierung findet hier im Gericht statt«, sagte ich. »Am Montag.«

»Gery, heute ist Freitag! Haben Sie schon mal was vom Habeas corpus oder dem Miranda Act gehört?«

»Regen Sie sich nicht auf, Frank!« entgegnete ich gelassen. »Ich bin dienstlich verhindert. Alle Beschwerden gehen an den D.A. Ich höre von Ihnen, Frank.«

Ich schickte den Haftbefehl durch einen Boten zur City Hall hinüber. Anschließend widmete ich mich wieder den Akten. Insgeheim wartete ich auf eine Nachricht von Phil. Daß ich nichts von meinem Freund hörte, beunruhigte mich allmählich.

Um vier Uhr nachmittags rief Frank Pillard an. Er teilte mir mit, daß er Tony Stark gefunden und festgenommen habe. Kurz nach fünf Uhr schloß ich die Akten weg und fuhr nach Bethany hinaus, wo um sechs Uhr die Rennen begannen.

Phil Decker richtete sich auf, als er Stimmen und Schritte draußen im Gang hörte. Gleich darauf wurde die Tür aufgestoßen. Zwei Männer standen im Rahmen. Phil erkannte sie sofort nach den Fotos, die er vor seinem Einsatz studiert hatte.

»Das ist er«, berichtete Chico Manzari. Er deutete auf Phil, als ob er ein Tier vorführte.

Giulio Spallone musterte ihn mit einem langen, durchdringenden Blick. Phil bemerkte die hypnotische Kraft dieser tiefliegenden dunklen Augen und schauderte.

Aber er war hellwach, obwohl er, seit sie am frühen Morgen hier angekommen waren, kein Auge zugemacht hatte. Immerhin hatte er einige Zeit hinten im Wagen geschlafen, während der hünenhafte Sid Levin die meiste Zeit gefahren war und Tom Vando auf dem Beifahrersitz döste. Bei keiner der wenigen Unterbrechungen auf der fünfhundert Meilen langen Strecke von New York nach Wheeling im Norden des Bundesstaates West Virginia hatte Phil Gelegenheit gefunden, unbemerkt zu telefonieren. Und dann war es zu spät gewesen.

Die Gangster waren nicht mißtrauisch. Sie hatten ihn einfach vereinnahmt, weil sie ihn für einen kleinen Ganoven ohne Anhang hielten, den sie vielleicht gebrauchen konnten.

Phil glitt von der Pritsche und baute sich in der Mitte des schmalen Raumes auf. Das Zimmer, in dem man ihn untergebracht hatte, war so groß wie eine Gefängniszelle und auch so eingerichtet. Jetzt, als er Giulio Spallone in die harten Augen blickte, glaubte er zu wissen, wo er sich befand.

Bei ihrer Ankunft in Wheeling hatte Tom Vando von einer Tankstelle aus telefoniert. Danach hatten sie ihn sofort zu diesem Haus gebracht, was eine Planänderung darzustellen schien. Denn Sid Levin hatte überraschte Grunzlaute ausgestoßen, als Vando das neue Ziel nannte – die Villa.

Die Villa – das war, wie Phil vermutete, Giulio Spallones Hauptquartier. Von dem Anwesen konnte Phil nicht viel erkennen, weil Vando rechtzeitig die Vorhänge vor die Scheiben der Buick-Limousine gezogen hatte. Doch die Fahrt vom Eingangstor über die ansteigende Zufahrt vermittelte ihm den Eindruck von Größe und Weitläufigkeit.

Beim Aussteigen gelang ihm ein kurzer Blick auf die Rückseite eines massiven dreistöckigen Gebäudes. Ein langer Garagenanbau und dichte Büsche verwehrten ihm die Sicht auf das übrige Grundstück.

Sein Zimmer lag an einem Gang im Tiefgeschoß. Durch das vergitterte Fenster sah er in einen gemauerten Lichtschacht. Die Tür zum Flur war nicht abgeschlossen. Niemand hinderte ihn daran, das Bad am Ende des Flurs aufzusuchen. In einer geräumigen Küche hantierte ein älterer Neger, dem allerdings außer Kaffee und Sandwiches nichts zu entlocken war als der Hinweis, das Haus lieber nicht auf eigene Faust zu verlassen.

»Harvey Hill«, sagte Spallone, als verrate ihm der Klang des Namens etwas über seinen Träger. »Gefiel es dir nicht mehr in New York?«

Phil wich dem Blick des Syndikatsbosses aus. Er mußte es vermeiden, der starken Ausstrahlung dieses Mannes zuviel eigene Kraft entgegenzusetzen. Er war Harvey Hill, ein kleiner Gangster. Aber er war ein Gangster aus New York, und zu der Rolle gehörte eine gehörige Portion Großmäuligkeit.

»Sind Sie der Boß hier?« fragte er. »Als erstes will ich aus diesem Käfig raus.«

Giulio Spallone wandte sich an Manzari. »Aldo soll ihn noch einmal checken«, sagte er.

»He, reden Sie nicht mit mir?« fragte Phil.

Spallone würdigte ihn nicht einmal eines Blickes.

Chico Manzari machte eine beschwichtigende Geste in Phils Richtung. »Wir beide unterhalten uns später, Harvey«, sagte er. Er sah Spallone an.

»Ich könnte ihn vielleicht ganz gut gebrauchen«, meinte er dann.

»Als Ersatz für Tony Stark?« fragte Spallone.

Phil sah genau, wie Chico Manzari erbleichte. »Es hat nichts zu bedeuten, Giulio«, sagte er heiser. »Es ist nur wegen ...« Manzari verstummte, als Spallones Blick ihn traf.

»Gehört er schon zur Familie?« fragte er brüsk. »Du bleibst hier«, sagte er dann zu Phil und wandte sich um.

»Ich habe heute sowieso nichts vor!« rief Phil dem Boß nach. Er trat in die Tür und sah Chico Manzari nach, der Spallone folgte wie ein Hund. »He, ich brauche frische Luft!« schrie Phil.

Die Eisentür am Ende des Ganges schlug hinter den beiden in den Rahmen. Von der anderen Seite des Ganges her traf Phil eine Stimme. »Wenn du weiter Lärm machst, bekommst du eins aufs Maul!«

Phil wandte sich um. In einer offenen Tür stand ein Mann. Er trug ein Unterhemd und einen langen Hartholzknüppel in der Hand. Hinter dem Kerl konnte Phil das Gestell eines doppelstöckigen Bettes erkennen.

»Hast du hier etwa auch was zu sagen?« stänkerte Phil.

Als der Kerl den Knüppel, der an einer Schlaufe am Handgelenk baumelte, kreisen ließ, schlug Phil schnell die Tür zu.

»Was hast du mir noch verschwiegen?« fragte Guilio Spallone, als er in seinem Arbeitszimmer hinter dem Schreibtisch saß und Chico auf einem Stuhl Platz genommen hatte.

Chico berichtete von der Vorladung, die Marion-Marietta zugestellt worden war. Als Giulio Spallone weiterhin schwieg, blickte Chico Manzari durch die hohen Fenstertüren nach draußen.

Die letzten Strahlen der Herbstsonne ließen das Laub der alten Bäume im Park wie Feuer auflodern. Er kniff die Lider zusammen, als er eine Gestalt sah, die über den Rasen schwankte. Cora trug ein hellrosa Kleid mit weitem Rock, den der leichte Wind gegen ihre Beine preßte. In der Hand hielt sie eine Flasche. Chico sah schnell in eine andere Richtung.

»Du hast die Dinge nicht im Griff, Chico«, sagte Spallone mit seiner leisen, zwingenden Stimme. »Ich habe dich gewarnt. Du wirst uns alle zugrunde richten, weil du deine Weiber und deine Leute nicht unter Kontrolle hast.«

»Ich werde schon damit fertig, Giulio«, beteuerte Chico. »Ich wollte dich mit solchen Lappalien nicht behelligen ...«

»War Tony Stark dabei, als ihr die kleine Nutte fertiggemacht habt?« fragte Spallone.

»Ja, aber seine Festnahme hat nichts mit ihr zu tun!« versicherte Chico hastig. »Der neue Detective steckt dahinter. Tony und zwei andere sollten ihm eine Abreibung verpassen. Wenn Sid dabeigewesen wäre, hätten sie Delorme das große Maul gestopft!« Manzari verstummte unter Spallones peitschendem Blick.

»Chico, du begreifst es einfach nicht. Sie machen dich fertig, weil sie mich treffen wollen. Es war idiotisch, diesen Delorme herumzuschubsen, idiotisch!«

»Ich habe dir doch erzählt, was Tom Vando in New York ausgegraben hat! Harvey Hill kann es dir bestätigen. Giulio, dieser Delorme ist ein kleiner Scheißer!«

»Vielleicht ist er wirklich ein kleiner Scheißer«, räumte Spallone ein. »Aber ich unterschätze Beasley nicht. Er ist hartnäckig wie ein hungriger Wolf. Und er haßt mich. Was hast du zu befürchten, wenn sich der D.A. Tony und – wie heißt die noch?«

»Marion, eigentlich Marietta Adler.«

»Also, was ist, wenn sie das Maul aufmachen?«

Chico grinste. »Tony fällt doch nicht um, bloß weil er einen kleinen Bullen rumgestoßen hat! Und Marion? Sie ist eine geldgierige Hexe und kalt wie ein Fisch. Ich habe sie am Bluebird beteiligt.«

»Schick sie zu mir!« befahl Spallone.

Manzari riß die Augen auf.

Spallone lächelte dünn. »Keine Sorge«, sagte er, »ich vergreife mich nicht an deiner Nutte. Ich werde die Dinge von jetzt an selbst in die Hand nehmen. Wenn Delorme Vernunft annimmt, ist Beasley neutralisiert. Wenn nicht, sind sie überflüssig. Alle beide.«

Manzari rührte sich nicht. Er wußte nicht, ob er erleichtert sein sollte oder ob Grund zur Besorgnis bestand.

Ich schlenderte zwischen Sattelplatz, Führring und den Wettschaltern hin und her. In den ersten drei Rennen verspielte ich den größten Teil der etwa zweihundert Dollar, die ich nach meinem Gewinn vom Mittwoch übrigbehalten hatte.

Dabei schuldete ich dem kleinen Kerl, der mir den Tip gegeben und hundert Dollar geborgt hatte, die Hälfte des auf die hundert Dollar entfallenden Gewinns. Bei der Quote von 17:2 waren das immerhin dreihundertfünfundsiebzig Dollar. Ich war gespannt, ob sich der Kleine melden würde. Oder ob andere meine ›Betreuung‹ übernehmen würden. Mit Starks Festnahme hatte ich gezeigt, daß ich mich von ein paar Schlägern nicht einschüchtern ließ.

Als ich nach dem vierten Rennen einen Mini-Gewinn von zweiundzwanzig Dollar abholte und sofort wieder die Angaben auf der Tafel mit den Vorwetten ins Auge faßte, spürte ich eine Berührung am Ärmel.

Ich wandte den Kopf.

Neben mir stand der Kleine, der mich am Mittwoch mit dem fabelhaften Tip versorgt hatte. Ich brauchte meine Freude über den Anblick des stoppelbärtigen Gesichts nicht zu heucheln. Seine Anwesenheit verriet mir, daß das Spiel weiterlief.

»Hallo!« rief ich. »Ich hab' Sie am Mittwoch gesucht. Wollte Ihnen Ihren Anteil geben.«

Der Kleine nahm meinen Arm und zog mich hinter einen Bierstand. »Ich mußte weg, was für meinen Schwager erledigen«, erklärte er. »Sie können mir das Geld jetzt geben. Dreihundertfünfundsiebzig Dollar, und den Hunderter, den ich Ihnen geborgt habe.«

Vierhundertfünfundsiebzig Dollar! Ich hätte beinahe aufgelacht. Das Tempo war schon ganz schön hoch. Ich versenkte die Hände in den Taschen. »Hat Ihr Schwager noch ein paar Tips wie neulich auf Lager?« fragte ich.

Der Kleine sah sich hastig um. »Ist schlecht heute«, zischelte er. »Vielleicht im letzten Rennen, aber das muß ich erst noch klären.« Gebieterisch streckte er mir eine Hand entgegen.

Ich grinste verlegen. »Ich ... ich hatte noch Verpflichtungen«, sagte ich. »Ich dachte, vielleicht gewinne ich wieder.«

Das Gesicht des Gauners zog sich zusammen und nahm einen bösen Ausdruck an.

»Das ist dumm«, sagte er. Es klang sehr zufrieden. »Du gibst einfach mein Geld aus. Ich brauche es fürs letzte Rennen. Alles. Jeden Cent.«

Ich machte ein klägliches Gesicht.

»Wieviel hast du bei dir?« fragte er.

»So dreißig Dollar.«

Der Kleine verzog geringschätzig den Mund. »Mann, was machen wir bloß? Du läßt mich echt hängen!«

»Kannst du nicht deinen Schwager anrufen? Vielleicht ist irgendwo was drin?« Eben wurden die Pferde für das fünfte Rennen an den Start gerufen. Der Ganove sah nervös auf die Uhr. »Für die paar Kröten riskiere ich doch keine Prügel! Wenn die Freunde meines Schwagers spitzkriegen, daß ich noch andere ranlasse, machen sie erst ihn fertig und dann mich. Nee, Mann, nee.« Er schüttelte nachdrücklich den Kopf. »Ich muß eine Wette abgeben. Ich komme gleich wieder! Rühr dich nicht weg!«

Ich rannte sogar neben ihm her. »Komm, Mann, laß mich doch auch setzen!« bettelte ich.

Der Kleine stellte sich an einem der Fünfzig-Dollar-Schalter an. Mit meinen Dreißig konnte ich hier nichts machen. Während wir in der Schlange vorrückten, verriet mir der Kleine seinen Vornamen, und ich nannte ihm meinen. Er hieß Wally. Kurz bevor der Schalter schloß, kaufte er vier Tickets zu je fünfzig Dollar auf die Nummer sieben im fünften Rennen. Die Pferde standen bereits in der Startmaschine. Ich folgte Wally zu den Stehplätzen an der Zielgeraden.

»Wie stellst du dir die Angelegenheit jetzt vor?« erkundigte sich Wally. »Ich kenne dich nicht. Vielleicht sehe ich dich nie wieder. Hast du überhaupt 'nen Job?«

Er heuchelte Überraschung, als ich ihm erklärte, daß ich Detective im Büro des Staatsanwalts sei.

»Dann bist du ganz schön in der Klemme, Detective«, sagte er. »Oder willst du mich jetzt hochnehmen?«

»Ich bin noch neu hier, Wally«, sagte ich niedergeschlagen. »Du kennst doch bestimmt einen, der Geld verleiht.«

»Ich kenne jede Menge von denen, aber das sind Halsabschneider.«

»Das weiß ich doch selbst!«

Wally verlor vorübergehend das Interesse an unserer Unterhaltung, als das Feld gestartet wurde. Die Nummer sieben, auf die er zweihundert Dollar gesetzt hatte, hieß Happy Leader. Happy Leader lag im mittleren Drittel, als das Feld vorbeidonnerte. Wally blieb ganz ruhig.

»Halsabschneider«, wiederholte er, als das Feld in die Kurve ging.

»Wenn du mir Tips gibst ...«

»Ich sagte doch schon, sieht ganz schlecht aus heute, Kumpel. Die Burschen mit dem großen Geld sind erst am Sonntag wieder dran. Was heute läuft, kann man vergessen.« Er spuckte aus. »Da machen höchstens ein paar Jockeys eine Privatschiebung.«

Das Feld kam jetzt aus der Westkurve und ging in die Zielgerade. Happy Leader hatte sich an die vierte Stelle vorgekämpft. Der Bahnsprecher korrigierte jetzt laufend die Reihenfolge. Der Spitzenreiter fiel zurück. Happy Leader schob sich auf den dritten Platz, dann auf den zweiten. Das Pferd an der Spitze streckte sich, als der Jockey die Peitsche gebrauchte. Die Menge feuerte ihn an.

Drei Pferdelängen vor der Ziellinie lag Happy Leader immer noch an zweiter Stelle, und ich war sicher, daß er es nicht schaffen würde.

Es geschah im letzten Moment. Der Spitzenreiter stolperte. Ein Stöhnen ging durch die Zuschauer. Happy Leader preschte vorbei. Mit einer Halslänge Vorsprung machte er das Rennen. Ich blieb neben Wally, als er den Gewinn kassierte, den er seinem Schwager aushändigen mußte, abzüglich einer kleine Provision. Sein Schwager mußte mit den Jockeys und anderen Mitwissern teilen.

Ich drängte den kleinen Kerl jetzt nicht weiter. Er ging telefonieren. Als er zurückkam, sagte er: »Die Sache im letzten Rennen könnte laufen. Mein Schwager will fünf Hunderter riskieren.«

Ich stieß einen Pfiff aus.

»Wenn du mitmachen willst ...«

Natürlich wollte ich mitmachen. Wally zog mich zum Sattelplatz. In der Nähe der Waage entdeckte er anscheinend den Mann, den er suchte.

»Laß mich erst mit ihm reden!« sagte er zu mir. »Warte hier, Gery! Ah, ja, wieviel brauchst du?«

»Kann ich im letzten Rennen ... dreihundert setzen?«

»Von mir aus auch vierhundert. Dazu meine vierhundertfünfundsiebzig. Soll ich tausend sagen?«

Das Tempo war atemberaubend. Ich nickte nur. Wally ließ mich stehen. Ich sah, wie er mit einem mageren Typ in Lederjacke und Reitstiefeln verhandelte. Als er den Kopf wandte, traf mich ein scharfer, prüfender Blick unter dem Schirm einer Mütze hervor. Die Augen waren unnatürlich hell. Dann kamen Wally und der Kredithai angeschlendert.

»Das ist Charly«, sagte Wally. »Charly kann dir vielleicht helfen.«

Charly nickte knapp. »Wally sagt, Sie brauchen kurzfristig tausend Dollar? Was heißt kurzfristig?«

»Bis nächste Woche. Mittwoch vielleicht. Oder Freitag.«

Charly fuhr zu Wally herum. »Was schleppst du mir da für einen Anfänger an?« herrschte er den Kleinen an. »Ich finanziere keine Investitionen!«

»Reg dich ab, Charly, reg dich ab! Gery, hör mal, Charly arbeitet nur auf der Rennbahn. Das heißt, er leiht hier Geld aus. Entweder bekommt er es hier am selben Tag zurück, dann nimmt er nur zehn Prozent Zinsen, oder am nächsten Tag in der Stadt, dann kostet es zwanzig.

Ich tat, als hielte ich die Konditionen für ausgesprochen human.

»Welche Sicherheiten?« erkundigte sich Charly. »Wally hat mir erzählt, daß Sie Detective sind. Da muß ich besonders vorsichtig sein.«

»Nur meinen Gehaltsscheck«, sagte ich.

Sie wollten mich haben. Sie wollten mich in Schulden stürzen. Deshalb war es nicht erforderlich, daß ich mich unnötigerweise noch weiter erniedrigte.

»Nur, wenn Sie mir einen Schuldschein unterschreiben«, sagte Charly.

»Ja, ja.«

»Mit den Zinsen für drei Tage.«

Charly kritzelte Zahlen auf einen Block, wobei er vor sich hinmurmelte. »Tausend plus Zinsen für drei Tage.«

Er rundete großzügig auf und schrieb die Endzahl auf einen anderen Zettel. Tausendsechshundert Dollar.

»Wenn Sie mir mein Geld nachher, nach dem letzten Rennen zurückgeben, bekommen Sie den Schuldschein für zwölfhundert. Unterschreiben Sie! Und versuchen Sie ja nicht, mich reinzulegen! Ihre Marke ist nur Blech, Mister. Wally ist mein Zeuge. Ich habe Ihnen das Geld aus reiner Freundschaft geliehen. Weil ich 'nen Bullen für 'nen ehrlichen Mann halte.«

Der Schuldschein trug kein Datum. Mit Todesverachtung setzte ich meinen Namen darunter. Charly steckte mir eine Rolle grüner Scheine zu.

»Der Betrag stimmt«, sagte er. Sekunden später war der Wucherer in der Menge verschwunden.

Ich gab Wally vierhundertfünfundsiebzig Dollar, die er achtlos einsteckte. Der Gauner telefonierte zweimal, jedesmal angeblich mit seinem Schwager. Kurz bevor das letzte Rennen angeläutet wurde, telefonierte er noch ein drittes Mal. Als er zurückkam, strahlte er und zog mich zu den Wettschaltern.

»Das Pferd heiß Corolina Scout«, berichtete er. »Die Jockeys haben was verabredet. Es ist todsicher.«

Wally setzte fünfhundert Dollar. Ich legte vierhundert auf den Zahlteller. Aus den Vorschauen wußte ich, daß Carolina Scout unter Jockey Bill Bonacci zu den drei oder vier Favoriten dieses Rennens gehörte. Die Quote würde nicht besonders hoch ausfallen.

Ich war jedoch überzeugt, daß ein Sieg von Carolina Scout nicht vorgesehen war.

Die Bande wollte mich zu Boden zwingen, bevor Marion-Marietta und Tony Stark am Montag vor dem Staatsanwalt erscheinen mußten.

Und weil ich meine Hausaufgaben gemacht hatte, wußte ich, daß Giulio Spallone einen großen Rennstall unterhielt und an mindestens vier anderen Ställen als stiller Teilhaber beteiligt war. Es konnte also nichts schiefgehen – aus Spallones Sicht.

Carolina Scout lag zunächst ganz gut im Rennen. Als das Feld in die Zielgerade einbog, gewann er an Boden. Wally hüpfte aufgeregt auf und ab. »Lauf, lauf!« schrie er heiser, als Carolina Scout die Führung übernahm.

Es geschah erst hundert Meter vor der Ziellinie. Das Pferd strauchelte kurz. Der Jockey riß es mit eiserner Hand wieder hoch. Aber so kurz vor dem Ziel konnte er die verlorenen Sekundenbruchteile nicht wieder gutmachen. Es sah ganz echt aus.

Carolina Scout wurde Vierter, und ich schuldete dem Syndikat von Wheeling eintausendsechshundert Dollar.

Charly, der Geldverleiher, wartete in der Nähe des Ausgangs auf mich. Wally hatte sich längst dünngemacht. Ich war überzeugt, daß er vom Ausgang des Rennens mehr überrascht worden war als ich.

Charly sah wie ein ungemein zufriedener Hai aus. Er hatte seinen Job erledigt. Sein Boß, ein Unterführer aus dem Spallone-Clan, würde ihn belohnen.

»Ich hoffe, Sie haben Glück gehabt, Freund«, heuchelte er.

Ich leckte mir die Lippen. »Hören Sie, Sie haben ja schon die Zinsen für drei Tage aufgeschrieben«, sagte ich. »Ich muß die Zeit in Anspruch nehmen. Am Montag bekommen Sie das Geld.«

»Drei Tage? Mann, Delorme, Sie haben mich mißverstanden! Ich habe auf Sicherheiten verzichtet, weil Sie mir einen Schuldschein mit den Zinsen für drei Tage unterschrieben haben. Das war mein Risikozuschlag. Das sollte aber nicht heißen, daß ich Ihnen das Geld so lange überlassen kann!«

»Wie lange?« fragte ich.

Die Zuschauer drängten durch den Ausgang nach draußen. Charly zog mich zur Seite. Ich bemerkte zwei wuchtige Kerle, die an einem Lampenmast lehnten. Charlys Gorillas ließen uns keinen Moment aus den Augen.

Der Kredithai sah mich ausdruckslos an. »Bis morgen mittag«, sagte er.

Ich knirschte mit den Zähnen. Charly war ein Wucherer von der ganz üblen Sorte. Er fühlte sich von seinem

Boß und dem Syndikat so vollständig gedeckt, daß er sich nicht einmal scheute, einem Detective die Pistole auf die Brust zu setzen. Dabei wußte er genau, daß der Mann, für den er mich hielt, niemals in der Lage sein würde, tausendsechshundert Dollar praktisch über Nacht aufzutreiben.

»Sie treffen mich um zwölf in O'Reilly's Pub, Mister«, sagte Charly. »Seien Sie pünktlich! Um viertel nach zwölf gebe ich den Schuldschein an meinen Boß weiter. Und was der damit macht ...« Charly hob die Schultern und drehte die Handflächen nach außen. »Auf jeden Fall werden Sie Besuch von den Knochenbrechern bekommen, ob Detective oder nicht.«

Der Wucherer grinste böse, als er seinen Gorillas einen Wink gab und mit ihnen in der Menge verschwand.

Phil Decker wußte nicht, wie lange er geschlafen hatte. Er wußte nur, daß er wach war und nicht mehr träumte. Er blieb reglos auf dem Rücken liegen und lauschte in die Stille.

Es war nicht ganz dunkel in seiner kleinen Zelle. Das Viereck des Fensters stand wie eine graue Scheibe in der hellen Wand. Die Umrisse der spärlichen Einrichtung waren nur unscharfe Schatten. Das graue Licht versickerte, bevor es den Boden erreichte.

Irgendwann am Nachmittag waren der Neger und der Mann aus dem Zimmer gegenüber gegangen. Phil hatte gefühlt, daß er allein hier unten zurückblieb. Die Stille, die er empfand, war so tief, daß sein Schlaf unruhig und von wirren Träumen gestört war.

Was hatte ihn geweckt? Das Schlagen einer Tür draußen im Gang konnte es nicht gewesen sein. In der Stille hätte es wie ein Pistolenschuß geklungen. Vielleicht, überlegte Phil, hatte er im Haus über sich etwas vernommen. Oder das verstohlene Einschnappen eines Schlosses hatte sein Unterbewußtsein erreicht.

Langsam drehte er den Kopf, bis er die Tür im Blickfeld hatte. Sie war hell wie die Wand, ihr Umriß kaum von der übrigen Fläche zu unterscheiden. Er zog die Beine an und schwang sie über den Rand der Pritsche. Eine Feder knackte.

Er hielt inne.

Ein dunkler Spalt erschien in der Wand, als die Tür lautlos zurückschwang. Das schwarze Loch in der sonst weißen Fläche wurde größer. Phil bemerkte einen rosafarbenen Schimmer.

Er glitt aus dem Bett. Ein schwerer, süßlicher Duft wehte ihm entgegen. Bevor er den Lichtschalter neben dem Türrahmen erreichte, berührte eine schmale, weiche Hand sein Handgelenk und hielt es fest. Er schluckte. Der rosafarbene Schimmer schob sich zwischen ihn und die Wand.

Vor ihm schwebte ein Gesicht. Ein heller Fleck mit dunklen Augenlöchern.

»Wer sind Sie? Niemand sagt mir was ...« Eine ekelerregende Alkoholwolke begleitete die quengelnd hervorgestoßenen Worte. Die Stimme gehörte einer Frau.

Phil befreite sein Handgelenk und schob die Frau zur Seite. Licht flammte auf. Die Frau blinzelte. Ihre Augen waren blau und blutunterlaufen.

Sie strich ihr Haar zurück und legte den Kopf in den Nacken. Sie hatte sich sorgfältig zurechtgemacht. Der geschminkte Mund zuckte. »Wer sind Sie?« wiederholte sie ihre Frage.

»Ich heiße Harvey Hill. Und Sie?« fragte Phil.

»Ich? Ich bin Cora ...« Die Frau faßte den Rock ihres Kleides und drehte sich einmal um ihre Körperachse. Ihre nackten Arme waren weich und weiß. Cora? dachte Phil. Von einer Cora hatte nichts in den Akten gestanden.

Das war ein Umstand, der ihn beunruhigte. Eine fehlende oder falsche Information bei einem verdeckten Einsatz konnte verheerende Folgen haben.

»Niemand sagt mir was ... Haben Sie etwas zu trinken da?«

Auf dem Tisch standen ein Glas, eine halbleere Flasche Orangensaft und zwei Dosen Bier. Das Bier hatte er nicht angerührt.

»Bedienen Sie sich!« sagte Phil.

Cora verzog das aufgedunsene Gesicht. Bevor sie dem Alkohol verfallen war, muß sie eine schöne Frau gewesen sein, dachte Phil. Sie war vielleicht fünfunddreißig, vielleicht auch jünger.

»Ich will Whisky! Oder Brandy, verstehen Sie? Wer sind Sie? Ich kenne Sie nicht!« Cora schwankte leicht.

»Ich heiße Harvey. Ich habe keinen Brandy, Miss«, antwortete Phil.

»Miss!« Cora kicherte und hielt sich am Türrahmen fest. »Giulio gibt mir nichts mehr, verstehen Sie? Das heißt, er ist immer gut zu mir, bestimmt. Aber wenn er nicht da ist, darf ich nicht trinken.«

»Sind Sie allein?« fragte Phil.

»Allein?« Cora runzelte die Stirn. Dann wandte sie den Kopf und spähte in den dunklen Gang. »Sind Stephen und Art nicht da?« '

»Ich glaube nicht«, sagte Phil.

»Dann sind sie vielleicht bei den Hunden draußen. Giulio und die anderen sind nach Bethany gefahren. Freitags und sonntags sind sie immer auf der Rennbahn. Ich gehe nie mit.« Sie schüttelte den Kopf. Unsicher spähte sie wieder in den Gang. Dann flüsterte sie plötzlich: »Kommen Sie mit! Kommen Sie ...«

Sie schwankte über den Gang, stieß die Tür zur Küche auf und schaltete das Licht an. Mit festeren Schritten ging sie zum Kühlschrank.

Phil blieb an der Tür zurück. Vielleicht wurde er gerade getestet. Vielleicht war der Auftritt dieser Frau eigens für ihn, den Fremden, inszeniert worden. Er schielte zum Wandtelefon, blickte aber sofort in eine andere Richtung, als sich Cora umdrehte und ihn anklagend ansah.

»Nichts drin, nichts!« quengelte sie. »Aber die Jungs trinken doch Brandy! Ich weiß es!«

Mit Nachdruck schlug sie die Kühlschranktür zu. Als sie auf Phil zukam, stolperte sie und hing plötzlich an seinem Hals. Ihr halb geöffneter feuchter Mund schwebte nah vor seinem Gesicht. Er wandte den Kopf zur Seite.

»Kommen Sie mit!« sagte sie mit unvermuteter Entschlossenheit.

Sie packte Phils Arm und zerrte ihn über den Flur zu dem Zimmer, in dessen Tür Phil am Morgen den schwarzhaarigen Mann mit dem Knüppel gesehen hatte.

Die Tür war nicht abgeschlossen. Cora knipste das Licht an. Phil sah sich schnell um. Er erblickte zwei ordentlich gemachte doppelstöckige Betten, einen Tisch, auf dem Spielkarten lagen, und mehrere Stühle. Auf der Ablage am Waschbecken standen gespülte Gläser. Neben der Tür entdeckte Phil ein Wandtelefon. An einer Hakenleiste hingen zwei lange Hartholzknüppel. Die vier graulackierten Spinde bestätigten den Eindruck, den Phil schon am Morgen gewonnen hatte – bei dem Zimmer, wie überhaupt der ganzen im Tiefgeschoß liegenden Etage handelte es sich um ein Mannschaftsquartier. Hier waren Giulio Spallones Leibwächter untergebracht.

Und gelegentlich auch seine Gefangenen.

Phil gab sich über seine Lage keinen Illusionen hin. Auch wenn die Türen anscheinend nicht abgeschlossen waren, konnte er sich nicht frei bewegen.

Cora ließ Phils Hand los. Verbissen rüttelte sie an den Türen der Spinde, deren Riegel mit Vorhängeschlössern gesichert waren. Als die Türen nicht nachgaben, trat sie wütend mit dem Fuß gegen das Metall.

Phil blickte besorgt in den Gang. Der Lärm mußte die Bodyguards anlocken, wenn sie, wie Cora meinte, draußen mit den Wachhunden beschäftigt waren. Kurzentschlossen nahm er einen der Knüppel vom Haken.

»Lassen Sie mich mal!« sagte er zu Cora.

Sie trat zur Seite, als er Maß nahm und den Knüppel auf das Vorhängeschloß niedersausen ließ. Beim ersten Versuch glitt das Holz am glatten Metall ab, und der Knüppel prallte mit einem dumpfen Laut auf den Boden. Cora keuchte ungeduldig, als er zum nächsten Schlag ausholte.

Diesmal brach der Schloßbügel mit einem scharfen Laut aus der Halterung. Mit zitternden Fingern durchstöberte Cora das obere Fach des Spindes. Ein Holster aus glänzendem rotbraunem Leder, in dem eine flache Pistole steckte, fiel zu Boden. Phil wurde es heiß, aber er machte keine Anstalten, die Waffe aufzuheben.

Die Frau stieß einen heiseren Schrei aus, als sie hinter einem Stapel frischer Hemden eine angebrochene Flasche Bourbon hervorholte.

Der Korken flog in eine Ecke. Sie setzte die Flasche an die Lippen und nahm einen gehörigen Schluck. Dabei ließ sie Phil keinen Moment aus den Augen. Als sie die Flasche absetzte, hob er den Korken auf. Ihre Augen glitzerten böse, und sie wich vor ihm zurück, als hätte sie Angst, er würde ihr die Flasche abnehmen. Er lächelte und legte den Korken auf den Tisch.

»Was wollen Sie hier?« fragte sie unfreundlich.

Phil hob die Schultern. »Ich weiß es selbst nicht. Wer ist Giulio?«

Offiziell wußte er nicht, wo er sich befand. Und den Namen Giulio Spallone durfte er auch nicht kennen. Außer, er erfuhr ihn von ihr. Cora war Alkoholikerin, daran bestand für Phil kein Zweifel mehr. Trotzdem war es immer noch möglich, daß ihr Auftritt und sein Verhalten ihr gegenüber beobachtet oder zumindest abgehört wurden. In jedem Fall war es normal, wenn er versuchte, seine Neugier zu befriedigen.

Cora runzelte die Stirn. »Sie kennen Giulio nicht? Wen kennen Sie denn?«

Phil tat so, als denke er nach. »Detective Delorme. Kennen Sie ihn?«

»Detective ...« Sie lauschte dem Klang des Wortes nach, als wecke es eine Erinnerung. Sie nahm einen neuen Schluck aus der Flasche. »Giulio war böse, so böse ...«

»Wegen Delorme?« fragte Phil erschrocken. Der Name Delorme weckte keine Erinnerung. »Theo«, sagte sie. »Theo ... Er ist tot!«

»Wer ist tot?«

Wer war Theo? Vielleicht meinte sie Theo Walston, den ermordeten Detective des Staatsanwalts.

»Theo ist tot.« Coras Mundwinkel zitterten.

»Woher wissen Sie das?« fragte Phil. Er konnte sich kaum vorstellen, daß diese Frau die Zeitungen las. Sie war vermutlich den ganzen Tag damit beschäftigt, Alkohol aufzutreiben.

»Ich habe ihn gesehen. Theo. Ich habe ihn gesehen. Er war tot ...«

Die Frau zuckte zusammen, als eine Tür laut knallend ins Schloß fiel. Im nächsten Moment stand der schwarzhaarige Kerl im Türrahmen. Sein Blick zuckte von Cora zu der aufgesprengten Spindtür und dem Knüppel in Phils Hand, bevor sich seine Augen an Phils Gesicht festsaugten. Die rechte Hand verschwand unter dem Aufschlag der schwarzen Lederjacke.

Phil beschloß, die Rolle des unsicheren, unterwürfigen Ganoven vorübergehend abzulegen. Er streckte die rechte Hand aus. Der Knüppel wies wie ein Gewehrlauf auf den Bodyguard.

Phil wußte zwar nicht, wer Cora war. Doch der Umstand, daß Spallone diese alkoholabhängige Frau in seiner unmittelbaren Umgebung duldete, ließ den Schluß zu, daß sie ihm nahestand. Cora selbst hatte ihm eben gesagt, daß sie nicht trinken durfte, wenn Giulio nicht im Haus war.

»Überleg dir, was du tust!« sagte Phil flach.

Der Kerl blieb in gekrümmter Haltung stehen. »Was sollte mich daran hindern, dir ein Ding zu verpassen?« fragte er.

Phil deutete auf Cora, die hinter dem Tisch Schutz gesucht hatte und die angebrochene Flasche ängstlich gegen ihre Brust preßte.

»Was wirst du dem Boß erzählen, wenn er dich fragt, woher sie die Flasche hat?« fragte Phil.

Der Schuß, ins Blaue gerichtet, traf ins Schwarze. Der Kerl erbleichte bis in die schwarzen Haarwurzeln. »Du hast den Spind aufgebrochen!« keuchte er.

»Ich?« fragte Phil und ließ den Knüppel herausfordernd um die Schlaufe kreisen. »Und wenn schon. Ist es dein Brandy, den sie sich reinschlabbert?«

Der Gorilla sah in Coras Richtung. Die Frau zitterte.

»Ich werde Sie nicht verraten, Art!« sagte sie schrill.

»Ich werd's aber tun«, sagte Phil. »Was geht mich die Schlampe an?«

Art riß den Mund auf. Er schnappte nach Luft. »Du weißt, wie man sich Freunde macht«, sagte er.

Phil legte den Kopf schräg, als müsse er nachdenken. »Jeder braucht mal Freunde«, stellte er fest.

Art entspannte sich. »Häng den Knüppel wieder hin und geh in dein Zimmer!« befahl er.

»Es ist so verdammt langweilig«, maulte Phil. »Die ganze Zeit allein ...«

»Ich komme nachher zu dir«, versicherte Art.

Phil grinste. »Bring die Karten mit und ein paar Dollars!« sagte er leichthin, als er den Knüppel an den Haken hängte. Pfeifend ging er hinaus. Er hörte, wie Art mit Cora sprach.

»Kommen Sie jetzt, Ma'am«, sagte er. »Ich bringe Sie nach oben.«

»Aber nur, wenn ich die Flasche behalten darf!«

»Natürlich, Ma'am«, sagte Art. »Kommen Sie jetzt!«

Phil spähte durch den Türspalt. Er sah, wie Art Cora am Arm zu der Eisentür führte, die in den oberen Teil des Hauses führte.

Aufatmend legte er sich wieder auf die Pritsche. Er war sicher, daß Giulio Spallone nichts von seiner interessanten Begegnung mit Cora erfahren würde. Phil hatte einiges erfahren, was zweifellos wichtig war – wenn er es nur entsprechend einordnen konnte.

Am Sonnabendmorgen fuhr ich sehr früh zum Gerichtsgebäude. Earl Beasley war nicht in seinem Office. Er hatte mir gesagt, daß er das Wochenende zum Ausspannen nutzen wolle.

Ich wußte sehr wenig von Earl Beasley, dem Menschen. Ich kannte zwar seine private Telefonnummer, wußte aber nicht einmal, wo er wohnte. Ich wußte nicht, ob er ein Haus besaß oder in einer Wohnung lebte, ob er verheiratet war und Kinder hatte.

Weil nicht auszuschließen war, daß mein Büroanschluß abgehört wurde, rief ich meine New Yorker Dienststelle von einem Automaten in der Halle aus an. Mein Kollege George Baker versah den Wochenenddienst in der Einsatzzentrale.

»Jerry, gut daß du anrufst«, sagte George. »Phil hat sich zwar noch nicht gemeldet, aber gestern gingen gleichlautende fernschriftliche Anfragen nach Harvey Hill an allen New Yorker Gerichtsarchiven und am Archiv der City Police ein!«

»Woher kamen die Anfragen?« erkundigte ich mich.

»Office des County Sheriffs, Ohio County, West Virginia, gezeichnet der County Sheriff.«

Die Anfrage konnte jeder Mitarbeiter des Sheriffbüros abgesetzt haben. Trotzdem würde dort jemand sehr bald sehr große Schwierigkeiten bekommen.

»Ich schickte Harold Molley gestern zu der Pension in Union City, in der Phil als Harvey Hill gewohnt hat«, fuhr George Baker fort. »Harold gab sich als Beauftragter des Bewährungshelfers aus und erfuhr, daß Phil am späten Donnerstagabend Besuch von zwei Männern hatte, mit denen er die Pension später verließ.«

»Freiwillig?« hakte ich ein.

»Das ist schwer zu sagen«, antwortete George. »Phil meldete sich beim Verwalter ab. Er sagte, er werde ein paar Tage verreisen. Die beiden Männer waren bei ihm. Deshalb konnte er wohl keine Nachricht für uns hinterlassen. Auch in seinem Zimmer fand Harold keinen weiteren Hinweis.«

Harold Molley hatte eine spärliche Beschreibung der Männer, mit denen Phil die Pension verlassen hatte, aus dem Verwalter herausgekitzelt. Ein kleiner, vornehm oder affektiert auftretender Mann – und ein Muskelberg. Der Verwalter hatte nicht gesehen, ob die Männer in einen Wagen gestiegen waren. »Das war am Donnerstagabend, Jerry!« sagte George. Drängend fuhr er fort: »Die Telexanfragen beweisen, daß Phil in Wheeling oder Umgebung ist. Aber warum geben die Kerle ihm keine Gelegenheit, sich zu melden? Wir können die Sache nicht einfach so weiterlaufen lassen.«

Wenn die Fremden Phil mitgenommen hatten, war er erst gestern in Wheeling eingetroffen.

George meldete sich erneut. »Jerry, was ist, wenn die Bande Verdacht geschöpft hat? Wenn Phils Deckung nicht hält, stehst du im Regen! Hast du daran schon gedacht?«

Ich dachte an fast nichts anderes mehr. Aber ich war bewußt ein Risiko eingegangen. Und Phil auch.

»Wir warten noch«, entschied ich. »Die Antworten der New Yorker Gerichtsarchive stützen unsere Geschichte. Ich vermute, man will mich im richtigen Moment Phil gegenüberstellen oder ihn dem District Attorney vorführen, um mich zu diskriminieren. Deshalb muß die Bande verhindern, daß wir das Timing verpatzen, indem wir uns zu früh durch Zufall über den Weg laufen.«

»Kann man dich wenigstens irgendwo erreichen?« erkundigte sich George.

»Nein«, antwortete ich und legte auf.

Ich saß an meinem Schreibtisch, aber ich konnte mich auf nichts konzentrieren. Kurz vor elf verließ ich das Gebäude und fuhr zur City Hall hinüber.

Ich traf den farbigen Detective Frank Pillard im Büro der Kriminalabteilung. Wir waren allein.

»Hallo«, sagte Pillard. Täuschte ich mich, oder verhielt er sich mir gegenüber zurückhaltender als bei unserer ersten Begegnung? »Was kann ich für Sie tun?«

Ich zog mir einen Stuhl heran und suchte meine Taschen nach Kleingeld ab. »Ich gebe einen Kaffee aus«, sagte ich.

»Lassen Sie Ihr Geld stecken, Gery!« wehrte er ab. »Hier bin ich der Gastgeber.«

Er holte zwei Becher Automatenkaffee. Ich nahm meinen und trank. Pillard sah mich an, ohne etwas zu sagen.

»Ich habe angefangen, mich auch mit Joe Franchetto zu beschäftigen«, behauptete ich. Franchetto war derjenige von Spallones Vettern, der das Kredit- und Wuchergeschäft im County beherrschte. »Unsere Akten sind nicht sehr ergiebig, was Franchettos Komplizen und Untergebene betrifft.«

»Was wollen Sie wissen?« erkundigte sich Pillard.

»Ich habe von einem Burschen gehört, der an der Rennbahn arbeitet. In Bethany, glaube ich. Er wird Charly genannt und hat immer zwei Gorillas um sich.«

Pillard trat an einen großen Aktenschrank.

Darin war eine altmodische Rollkartei untergebracht. Ich baute mich neben ihm auf, als er die Karten umblätterte.

»Ist er das?« fragte er und deutete auf ein Foto. Es zeigte ein ausgemergeltes Gesicht mit unnatürlich hellen Augen. Charly sah heute besser aus als zu der Zeit, als das Bild gemacht worden war.

»Kann sein«, sagte ich.

»Warum interessieren Sie sich für ihn?«

Ich bemerkte Pillards prüfenden Seitenblick. Schwirrten etwa schon Gerüchte über die unselige Wettleidenschaft des Gerald Delorme durch die City Hall?

»Vielleicht kann man ihn aus der Bande herausbrechen«, antwortete ich.

»Den da? Carlo Fleming, genannt Charly, hat unzählige Familien auf dem Gewissen, Gery. Wenn Sie oder Beasley dem ein Angebot machen, würden Sie die Rechtsprechung auf den Kopf stellen! Abgesehen davon, warum sollte er sein dreckiges Geschäft aufgeben? Hat Beasley vielleicht seine Stoßrichtung geändert?«

»Beasley weiß nichts davon«, sagte ich. »Er ist übers Wochenende weggefahren. Ausspannen oder so.«

»Er hat's wahrscheinlich verdient«, meinte Pillard.

»Kennen Sie ihn auch privat?« erkundigte ich mich.

»Beasley? Nein.«

»Er scheint sehr zurückhaltend zu sein«, fuhr ich im

Plauderton fort. »Mich hat er noch nicht zu sich nach Hause eingeladen.«

»Vielleicht hat er seine Gründe«, meinte Pillard und schob den Rollständer ins Fach zurück, womit er zu erkennen gab, daß er nicht die Absicht habe, über den abwesenden District Attorney zu reden.

»Beasley ist ein verbissener Typ«, fuhr ich unbeirrt fort. »Ich kann mir nicht vorstellen, daß er verheiratet ist oder gar Kinder hat.«

»Er hat keine Kinder, aber eine sehr gutaussehende Frau«, sagte Pillard abweisend. »Noch etwas?«

»Wie war Walstons Beziehung zu Beasley?« fragte ich.

»Walston? Wie kommen Sie jetzt auf ihn?«

»Ich bin nicht versessen darauf, mich für etwas verheizen zu lassen, das ich nicht durchschaue, und wie Walston im Gefrierraum zu enden.«

»Er wurde ermordet, weil er Spallone lästig wurde. Wenn Sie etwas anderes sehen wollen, liegen Sie schief.«

»Wie standen sie zueinander? Beasley und Walston, meine ich. Darüber steht nichts in den Akten.«

»Natürlich nicht. Sie haben gut zusammengearbeitet. Es herrschte ein enges Vertrauensverhältnis. Aber nur in beruflicher Hinsicht. Beasley hat auch Walston nicht zu seinen Partys eingeladen, wenn es das ist, worauf Sie hinauswollen.«

»Der Fundort von Walstons Leiche ist nicht der Tatort«, sagte ich. »Den Tatort haben Sie nicht ermitteln können. Haben Sie einen Verdacht? Oder eine Vermutung?«

Pillard zuckte vorsichtig mit den Schultern. »Bisher war ich fest davon überzeugt, daß er im oder in der Umgebung des Bluebird Club ermordet wurde«, erklärte der Detective. »Er war dort hinter einer Zeugin her, soviel ich weiß. Und in seiner Kleidung und an der Haut seiner Hände haben wir Spuren von Puder und Creme sichergestellt.«

Ich nickte.

Die entsprechenden Hinweise in den Berichten waren mir sofort ins Auge gefallen.

»Haben Sie das Zeug analysieren lassen?« fragte ich, weil ich die entsprechenden Protokolle in den Kopien der Ermittlungsakten, die in meinem Büro lagen, vermißte.

Pillard trat an seinen Schreibtisch und zog einen grünen Schnellhefter aus einem Ablagekorb. Als er den Deckel aufschlug, erkannte ich ein Formular, wie es vom Zentrallabor des FBI zur Beantwortung von Anfragen anderer Polizeidienststellen verwendet wird.

»Der Laborbericht ist erst vorgestern hier eingegangen«, erklärte Pillard. »Bei den analysierten Proben handelt es sich um Spuren einer Kosmetikserie mit dem Namen Fleur de Nuit. Das ist eine ziemlich teure Marke, die in Wheeling nicht verkauft wird, das habe ich bereits ermittelt. Die Herstellerfirma wird mir einen Bezugsquellennachweis zur Verfügung stellen.« Pillard legte die Mappe ab und sah mich an.

Ich nickte. Frank Pillard hatte saubere Arbeit geleistet. Vorsorglich hatte er von allen im Bluebird beschäftigten Damen Proben der von ihnen bevorzugten Kosmetika genommen. Keine von ihnen benutzte Fleur de Nuit. Auch Amy Robinson nicht.

Ich warf den leeren Becher in den Papierkorb und stand auf. »Vielen Dank für den Kaffee, Frank«, sagte ich. Dann deutete ich auf den Karteischrank. »Ich habe da von einem kleinen Gauner gehört, der sich in Bethany auf der Rennbahn rumtreibt. Er könnte in Renn- oder Wettschiebungen verwickelt sein.«

Ich beschrieb den kleinen Mann, der mich dem Geldhai in die Fänge gespielt hatte.

»Er nennt sich Wally«, schloß ich. »Sein Schwager ist angeblich Trainer-Assistent bei Lou Cabrera. Könnten Sie sich mal für mich umhören oder in der Kartei stöbern?

Ich möchte wissen, wie Wally mit Nachnamen heißt, wer sein Schwager ist und für welchen Stall Cabrera arbeitet.«

»Wann brauchen Sie die Angaben?«

Ich wußte noch nicht, ob ich sie überhaupt einmal brauchen konnte. »Es eilt nicht so«, sagte ich. »Ich rufe Sie an. Okay?«

»Ich hinterlasse, wo ich zu erreichen bin«, antwortete der farbige Detective.

Es war 12 Uhr 13, als ich die Schwingtür von O'Reilly's Pub aufstieß. Ich blieb einen Augenblick an der Tür stehen, damit sich meine Augen nach dem hellen Sonnenlicht draußen an das Halbdunkel im Inneren der Kneipe gewöhnen konnten.

Nun, eine Kneipe war O'Reilly's Pub nicht, wie ich nach einem ersten Rundblick feststellte. Die Wände waren mit dunklem Holz verkleidet. Das Licht der tiefhängenden Lampen über der Theke glitzerte in geschliffenen Gläsern, funkelte auf dem Chrom der Espressomaschine und ließ die Messingknöpfe des Handlaufs wie Gold aufleuchten.

Alle Nischen waren mit Lunchgästen besetzt, und auch an der Theke gab es kaum einen freien Platz. Ich gab dem Barkeeper ein Zeichen und bestellte einen Espresso.

Als ich die Tasse in Empfang nahm, löste sich eine Gestalt aus dem Schatten im Hintergrund des Raumes. Ich hätte Charly beinahe nicht wiedererkannt. Gestern auf der Rennbahn hatte er wie ein abgetakelter Reitlehrer ausgesehen. Heute glich er eher einem Gigolo. Das dünne schwarze Haar klebte glatt am knochigen Schädel. Der Anzug war eine Spur zu jugendlich.

An der gepunkteten Krawatte prangte eine goldene Spange.

Charly grinste falsch mit schneeweißen falschen Zähnen. »Hallo, Delorme!« rief er begeistert. »Freut mich, Sie zu sehen. Es gibt eben noch Menschen, auf die man sich verlassen kann.«

Er schob mich an die Theke und winkte dem Keeper. Von seinen Gorillas konnte ich keine Spur entdecken, aber ich war sicher, daß sie sich in Sichtweite befanden.

»Gib mir einen Bourbon!« sagte er zum Barkeeper. Er sah mich an. »Sie nehmen keinen, weil Sie im Dienst sind, oder?«

»Ich nehme auch einen«, sagte ich entschlossen. Ich sah dem Geldhai in die Augen, bis sie zu flackern begannen.

Charly lachte verkrampft, als er mir das Glas zuschob. »Zum Wohl, Mr. Delorme«, sagte er.

Ich kippte den Bourbon in einem Zug weg und stellte das Glas zurück. Leise sagte ich: »Ich habe das Geld nicht. Tut mir leid.«

Das Schweigen richtete sich zwischen uns auf wie eine Mauer.

Ich fühlte mich fast so wie jemand, der tatsächlich seinen Wucherer nicht bezahlen konnte.

»Ts, ts, ts«, äußerte Charly nach einer Weile. Mit bedächtigen Bewegungen fingerte er eine Zigarette aus seiner Packung. Mir bot er keine an. »Das ist dumm«, stellte er fest. »Wirklich dumm. Sie sind Polizist, Delorme, wir brauchen uns also nichts vorzuerzählen. Sie wissen, was in solchen Fällen passiert.«

»Ich weiß Bescheid, Charly, aber Sie sind auch nicht von gestern. Ich lasse mich nicht von Ihren Gorillas verprügeln.« Ich starrte in die hellen Augen des Gangsters.

Charly verzog die schmalen Lippen zu einem Lächeln. »Wenn es das ist, was Ihnen Sorgen bereitet . . .«

»Das ist es nicht, Charly. Das bereitet mir überhaupt keine Sorgen. Die Sache ist an sich ganz einfach – ich kann heute nicht zahlen. Sie können nächste Woche meinen Gehaltsscheck haben.«

Charly lachte jetzt laut. »Ihr Gehaltsscheck deckt wahrscheinlich gerade die Zinsen, die bis dahin anfallen. Ich verstehe Sie nicht, Delorme. Gestern wollten Sie unbedingt etwas von mir. Ich habe Sie gewarnt. Sie kannten die Bedingungen, und Sie haben sie akzeptiert. Ich arbeite auf der Rennbahn. Mein Geschäft ist das Tagesgeschäft. Ich brauche das Geld. Tut mir leid.«

»Sie verstehen mich wirklich nicht, Carlo Fleming«, sagte ich kühl. »Ich kann nicht zahlen, egal, was Sie anstellen.«

Der Kredithai kniff die Lider zusammen, als ich ihn mit seinem richtigen Namen ansprach. »Sieh an!« sagte er. »Detective Delorme mißbraucht seinen Job, um seine Gläubiger einzuschüchtern. Wo bleiben die Handschellen? Oder marschieren wir so zur City Hall rüber?«

Ich starrte den Wucherer nur grimmig an. Dieser Bastard fühlte sich so verdammt sicher.

»Was wird der D.A. mit Ihnen anstellen, wenn ich ihm den Schuldschein zeige und unter Eid aussage, daß Sie versucht haben, mich unter Druck zu setzen, um einen Zahlungsaufschub zu erreichen?«

»Ich kann nicht zahlen«, wiederholte ich stur. »Ich nehme an, Ihre Knochenbrecher werden selbst herausfinden, wo sie mich finden können.« Ich zog etwas Geld aus meiner Tasche, um den Kaffee und den Brandy zu bezahlen.

»Es gibt immer einen individuellen Weg«, sagte Charly. Lauernd sah er mich an.

»Mich können Sie nicht kaufen!« schnappte ich.

»Wer redet denn davon? Wem können Sie schon was bieten, Delorme?« Die hellen Augen des Gangsters glitzerten höhnisch. »Ich muß meinen Boß unterrichten. Das ist unangenehm, Delorme, auch für mich. Aber er kann uns vielleicht mit einem Mann zusammenbringen, der auf längerfristige Darlehen spezialisiert ist. Vielleicht kauft mir der Mann Ihren Schuldschein ab. Gegen einen Abschlag, versteht sich. Vielleicht zahlt er zwölfhundert Dollar. Den Rest, vierhundert Dollar, schulden Sie dann immer noch mir.«

Und der Komplize wollte ebenfalls verdienen, während die Zinsen für die vierhundert Dollar, die ich Charly schuldete, weiterliefen. In der nächsten Woche würde ich wahrscheinlich schon über zweitausend Dollar aufbringen müssen, wenn ich alle Verpflichtungen ablösen wollte.

»Sie sehen, Delorme, wir sind zivilisierte Menschen«, tönte der Wucherer. »Jemand wird sich mit Ihnen in Verbindung setzen.«

Ich winkte dem Barkeeper.

»Lassen Sie Ihr Geld stecken, Delorme!« sagte Charly. »Sie sind mein Gast. Kommen Sie! Trinken wir noch einen zusammen!«

»So viel Durst, um mit Ihnen zu trinken, habe ich nicht«, sagte ich.

Phil lehnte im Rahmen der Küchentür und sah dem Schwarzen zu, der einen Riesenberg Sandwiches zubereitete.

»Habt ihr Großkampftag, oder wer soll das Zeug alles essen?« fragte Phil.

»Sonnabends gibt es nur Sandwiches«, antwortete der Schwarze, ohne aufzublicken »Sandwiches zum Lunch und Sandwiches zum Abendessen.«

»Okay, schmeiß mal ein paar rüber!« sagte Phil. »Ich habe Hunger.«

»Den Lunch gibt's um eins.«

Die Küchenuhr zeigte 12 Uhr 37.

»Verdammt, bin ich hier etwa im Knast?« schimpfte Phil. »Wo ist der Boß?« Er ging auf das Wandtelefon zu.

»He, was muß ich tun, um den Boß ans Rohr zu kriegen?«

»Laß die Pfoten vom Telefon!« sagte der Schwarze ruhig.

»Jetzt soll ich wohl das große Zittern bekommen, wie?« lästerte Phil. Er baute sich vor dem Apparat auf und streckte eine Hand nach dem Hörer aus. »Was willst du tun? Mich mit dem Buttermesser kitzeln?«

Eine heisere Stimme ließ ihn herumfahren. »Was gefällt dir nicht, Harvey?«

In der Tür stand Chico Manzari. Phil hatte ihn nicht kommen hören.

»Sind Sie der Boß hier? Oder ist es der andere? Verdammt, mir fällt die Decke auf den Kopf! Ich brauche frische Luft, ich brauche Bewegung, ich brauche was zu trinken!«

»Gehen wir in den Park!« sagte Chico. »Dann hast du schon mal Luft und Bewegung.«

Phil paßte genau auf, wie der Gangster die beiden Türen öffnete, von denen die erste in einen kurzen Zwischenflur führte. Die Türen schienen nicht verschlossen zu sein. Aber Phil fiel auf, daß Manzari im Zwischenflur einen Augenblick wartete, bevor er die Außentür öffnete. Phil schloß daraus, daß die Außentüren der Villa mittels optischer oder elektronischer Einrichtungen überwacht und zentral geöffnet und geschlossen wurden. Er vermutete, daß mehr als ein Dutzend Personen in der Villa, im Tiefgeschoß und in den Zimmern über den Garagen lebten. Die Sandwiches, die der Schwarze in der Küche zubereitete, hätten für eine ganze Kompanie gereicht.

Phil blinzelte in die Sonne. Tief atmete er die frische, klare Luft ein. Auf dem Garagenvorplatz stand die große Limousine, in der er nach Wheeling gebracht worden war.

Am Kotflügel lehnte Sid Levin.

Phil winkte ihm leutselig zu. »Hallo, Großer«, sagte er. Das Pfannkuchengesicht blieb unbewegt. Phil lief neben Manzari her, der zielbewußt um die Garagen herumging. »Was ist eigentlich mit mir? Bin ich hier eingesperrt?«

»So würde ich es nicht betrachten«, antwortete Manzari.

»Dann kann ich also gehen? Macht mir jemand das Tor auf?«

»Warum so ungeduldig, Harvey? Bleib ein paar Tage hier! Wir suchen einen Job für dich.«

Sie schritten über einen geharkten Kiesweg. Hinter hohen Sträuchern erkannte Phil die Umzäunung eines Tennisplatzes.

»Wie lange?« fragte Phil.

»Ein paar Tage«, wiederholte Manzari. »Vielleicht bis Dienstag oder Mittwoch. Mal sehen.«

»Ich muß meinem Bewährungshelfer Bescheid sagen«, erklärte Phil. »Der läßt mich sonst zur Fahndung ausschreiben. Und dann? Ich bin schon von New York City nach Union City rübergezogen, in einen anderen Bundesstaat. Ich bekomme die G-men auf den Hals!«

Manzari lachte.

»Die werden sich gerade deinetwegen ein Bein ausreißen!«

Manzari verließ den breiten Hauptweg und zwängte sich durch das Gestrüpp. Der Zaun um den Tennisplatz lag vor ihnen. Phil blieb neben Manzari stehen. Sie befanden sich im Schatten und konnten weder von Spallone noch von dem Girl, das bei ihm war, gesehen werden.

Spallone stand an der Bank. Einen Fuß hatte er auf die Sitzfläche gestellt. Der Schläger baumelte in seiner Hand. Er trug ein rotes Schweißband unter dem Haar. Sein T-Shirt war durchgeschwitzt. Er hatte anscheinend mit einem drahtigen jungen Mann gespielt, der sich außer

Hörweite hielt und einen Ball auf der Bespannung seines Rackets springen ließ.

Die Frau, die bei Spallone stand, war groß und schlank. Sie trug ein einfaches Kleid, das ihre Körperformen auf vorteilhafte Weise betonte. Das braune Haar schimmerte wie poliertes Metall.

Phil bemerkte, wie Manzari die beiden anstarrte. Galt sein Interesse dem Mann oder der Frau?

»Wer ist der Kerl?« fragte Phil respektlos.

»Ihm gehört alles hier, alles ...«

»Auch die Puppe?«

»Die nicht!« schnappte Manzari.

Es war nicht zu verstehen, was die beiden besprachen. Wie es schien, sprach nur Spallone, und die Frau hörte zu. Spallone lachte plötzlich. Wie zufällig berührte er den nackten Arm der Frau. Manzari zog scharf die Luft ein.

Phil ließ seine Blicke wandern. Im Gebüsch auf der anderen Seite des Platzes entdeckte er noch einen versteckten Zuschauer, der die beiden an der Bank beobachtete.

Es war Cora. Sie stand neben einem halbhohen Strauch und starrte unentwegt zur Bank hinüber.

»Da scheint sich noch jemand für das hübsche Paar zu interessieren«, sagte Phil. Er deutete durch den Zaun zur anderen Seite hinüber.

Manzari grinste böse.

»Wer ist das?« fragte Phil.

»Du bist verdammt neugierig, Harvey Hill«, sagte Chico Manzari. »Aber Cora, das ist die Blonde da drüben, wird ihm eines Tages das Genick brechen.« Chicos Stimme klang rauh. Seine Augen wanderten zu der schlanken braunhaarigen Frau zurück, die jetzt den Kopf zurückwarf und über eine Bemerkung lachte, die Spallone eben gemacht hatte.

»Die beiden verstehen sich gut«, stellte Phil fest, der

genau wußte, was er tat – er schürte ein Feuer, das in Manzaris Innerem brannte.

»Es ist eine rein geschäftliche Sache, Harvey«, knurrte er. »Marion soll ihm einen Gefallen tun. Das ist alles.« Er wandte sich brüsk um. »Gehen wir zurück!« sagte er.

Ein Sonntag sollte eigentlich anders beginnen, dachte ich, als etwas Rundes und Kaltes meine Schläfe berührte. Wie der eisige Finger des Todes.

Es war Sonntagmorgen, so ungefähr zwischen 4 Uhr 15 und 4 Uhr 30. Genauer wußte ich es nicht, denn es war dunkel in meiner schäbigen Bude. Als ich zuletzt auf die Uhr gesehen hatte, war es 4 Uhr 12 gewesen.

Denn obwohl die Kerle sehr, sehr leise in mein Zimmer eingedrungen waren, hatte ich sie genau gehört. Nach meinem letzten Gespräch mit Charly, dem Kredithai, hatte ich mit irgendeiner Aktion gerechnet. Sonst hätte ich die Eindringlinge möglicherweise überhört.

Ich lag reglos da, während der dünne Lichtstrahl einer Taschenlampe durch das Zimmer tastete. Über mir und hinter dem kalten Ding an meiner Schläfe hörte ich jemanden atmen. Es war das ruhige, kontrollierte Atmen eines Mannes, dem es nichts ausmachte, nachts in die Wohnung eines Polizisten einzudringen und dem Polizisten eine Kanone an die Schläfe zu halten. Andererseits beruhigte mich die Erkenntnis, es mit einem alten Hasen zu tun zu haben, ungemein.

Aber sie waren mindestens zu zweit, denn jemand mußte ja die Taschenlampe halten. Ich sah zu, wie die weiße Lichtscheibe über die Wand kroch, über die Löcher in der Tapete und den abgesplitterten Lack des Türrahmens wanderte und dann am Lichtschalter haften blieb. Eine Hand erschien im Licht. Gleich darauf klickte es, und kalte Helligkeit erfüllte das Zimmer.

Das Kalte an meiner Schläfe war der Lauf einer großen Pistole, die von einer knochigen Hand gehalten wurde. Der Mann hinter der Kanone war groß und mager und nicht mehr ganz jung. Die dünnen Lippen und der kühl taxierende Blick verrieten Gleichgültigkeit, was mein Schicksal betraf.

Der Kerl, der das Licht eingeschaltet hatte, lehnte an der Wand. Er war klein und dick und hatte einen leicht irren Ausdruck in den blassen Augen. Er ließ die Lampe in seiner Manteltasche verschwinden und holte dafür eine Pistole heraus.

Der Große stupste mich jetzt mit dem Pistolenlauf an. »Sind Sie da, Mann?« erkundigte er sich mit krächzender Stimme. Die dünnen, gemein aussehenden Lippen bewegten sich kaum dabei.

»Ja«, antwortete ich gepreßt. Ich hätte gern meinen Kopf etwas verdreht. Aber ich hielt es für besser, nichts zu tun, was von einem der Halunken mißverstanden werden konnte. Zweifellos hatte ich es mit einem Team zu tun, das Charly, der Wucherer, als Knochenbrecher bezeichnete. Aber er hatte mir auch zu verstehen gegeben, daß man mir erst eine andere, eine gewaltfreie Lösung meines sogenannten Problems anbieten würde. Und weil ich darauf schließlich hingearbeitet hatte, mußte ich die Show nun durchhalten.

Der Dicke fuchtelte mit der Pistole in der Luft herum. »Los, schlag schon zu!« hetzte er. Seine Augen glänzten.

Er wollte sehen, wie der Pistolengriff gegen meinen Wangenknochen knallte.

Der Große schüttelte den Kopf. »Dazu besteht kein Grund, nicht wahr, Mann?«

»Sie verwechseln mich«, sagte ich flach. Ich schielte zu dem Stuhl. Unter dem Jackett hing das Holster mit meinem Revolver an der Lehne.

»Sie sind doch Delorme, der Bulle?«

»Ja, der bin ich! Nehmen Sie endlich das verdammte Ding weg!«

»Schlag ihn zusammen,« hechelte der Dicke.

Der Druck an meiner Schläfe ließ nach. Endlich konnte ich mich ein wenig bewegen, ohne befürchten zu müssen, daß ich aus Versehen erschossen wurde. Oder mit Absicht – wenn ich die Augen des Dicken sah. Ich vermied es, ihm in die Augen zu sehen.

Ich setzte mich langsam auf und schätzte meine Lage ab.

Aber dann seufzte ich. Weshalb sollte ich mir die Mühe machen, eine Situation abzuschätzen, in die ich mich selbst gebracht hatte?

»Wir können ihn doch erst zusammenschlagen«, schlug der Dicke vor. »Ich hab' noch nie einen Bullen am Boden liegen sehen und winseln hören!«

»Was ist mit Ihrem Freund los?« fragte ich den Großen. »Mag er mich nicht?«

»Nein, er mag Sie nicht, und ich auch nicht. Aber ich werde mich an das halten, was man mir gesagt hat. Man hat mir gesagt, Sie werden keine Schwierigkeiten machen und mit unserem Boß reden.«

»Klar. Er soll reinkommen«, sagte ich.

»Er wird frech!« jaulte der Dicke.

»Ziehen Sie sich an!« befahl der Große. »Keine faulen Tricks und kein Gerede!«

Ich stand auf und tappte um das Bett herum. Meine Wäsche lag auf der Sitzfläche des Stuhls. Bevor ich mein Hemd aufnehmen konnte, war der Dicke neben mir. Er schlug mir mit dem Pistolenkolben auf die linke Hand. »Weg da!« knurrte er.

Er durchwühlte meine Wäsche und warf dann das Jackett auf den Boden. Mit einem Triumphlaut ließ er meinen Holster herumschwingen. Gleichzeitig stieß er seine Pistole in meine Richtung.

Ich wich zur Seite und rammte die ausgestreckten Finger der rechten Hand tief in den fetten Bauch. Der Atem fegte mit einem explosionsartigen Laut aus seinem Mund. Im selben Moment saß er auch schon mit vorquellenden Augen und nach Luft japsend auf dem Boden. Seine Pistolenhand ruckte hoch.

Der Große hatte sich aufs Bett gesetzt und die Szene bisher ohne großes Interesse, aber mit scharfer Aufmerksamkeit beobachtet. Jetzt schnellte sein Fuß hoch, und die Schuhspitze traf den Unterarm des Dicken. Die Pistole flog aus der feisten Hand und polterte auf den Boden.

Der Große hob sie auf und steckte sie ein. »Das hätten Sie nicht tun sollen«, meinte er. »Mein Freund hat ein Magengeschwür.«

Ich zuckte mit den Achseln und begann mich anzuziehen. »Halten Sie ihn mir vom Hals! Beim nächsten Mal landet er im Krankenhaus.«

Der Dicke rappelte sich auf die Füße. Er sabberte vor sich hin und machte Anstalten, mir seinen Kopf in den Magen zu rammen. Ich trat außer Reichweite und stieg in meine Hose.

»Laß ihn in Ruhe!« befahl der Große scharf. »Der Boß will ihn lebend und heil haben.« Der Gangster bückte sich nach meinem Revolver. Mit dem Holster stopfte er ihn in die weite Tasche seines Trenchcoats. Er schnippte mit den Fingern.

Der Dicke öffnete die Tür und spähte nach draußen. »Die Luft ist rein«, verkündete er.

»Hier kümmert's sowieso keinen, ob einer kaltgemacht oder gekidnappt wird«, sagte ich. Ich hätte mich gern gewaschen und rasiert, aber ich nahm an, daß die Strolche mir einen solchen Wunsch verwehrt hätten.

Im Gänsemarsch schlichen wir durch den dunklen Flur und dann die Treppe hinunter. Der Große ging vor. Er wandte den Kopf, als er mir Ratschläge erteilte.

»Der Boß hätte Sie gern lebend. Aber wenn Sie ihm gegenüber irgendeine krumme Tour versuchen, werden Sie erschossen. Wenn Sie vernünftig bleiben, werden Sie etwas länger leben.«

»Wieviel länger?« fragte ich prompt.

»Versuchen Sie, es vom Boß zu erfahren! Oder ihm ganz auszureden, daß er Sie umlegt. Am besten wäre es natürlich, Sie würden Ihre Schulden bezahlen.«

Das wußte ich nun besser. An meinem Geld waren die Kerle am wenigsten interessiert. Aber das brauchte ich den Knochenbrechern kaum zu erklären.

Wir gingen über den Hof und dann durch die dunkle Gasse, die zur Straße führte. Auf der anderen Seite der Fahrbahn stand ein cremefarbener Ford Galaxie mit braun abgesetzten Flanken, der in diese Straße etwa so gut paßte wie ein Furunkel in das Gesicht eines Filmstars.

Ich dachte, den Boß in dem teuren Auto vorzufinden, und war nur gespannt, ob es sich um Joe Franchetto persönlich oder einen seiner Unterführer handelte. Aber ich sah mich getäuscht. Der Fond war leer. Am Steuer hockte ein schmächtiger Kerl, von dem ich nur die schmalen Schultern sah, als meine Begleiter mich hinten hineinbugsierten und in ihre Mitte nahmen.

Ohne daß jemand etwas gesagt hätte, fuhr der Schmächtige an. Ohne erkennbare Eile lenkte er den schweren Wagen durch die menschenleere Stadt.

Ich kramte in meinem Gedächtnis und verglich die Visagen meiner Entführer mit den Bildern, die in den Aktensammlungen des Bezirksgerichts geführt wurden.

Ich forschte vergeblich. Sie waren dort nicht registriert. Das fand ich nicht weiter verwunderlich, denn das Schwergewicht von Beasleys Arbeit richtete sich gegen Prostitution und Rauschgifthandel in seinem Bezirk. Im Wuchergeschäft war für einen ambitionierten Staatsanwalt zu wenig zu holen. Ermittlungen verliefen meist im

Sande. Und wenn es einmal zu einer Anklage kam, fielen die Urteile geradezu lächerlich gering aus. Sie stellten für die Kreditgangster eher Anregung als Abschreckung dar.

Die Fahrt endete nach gut einer halben Stunde in einem Motel weit außerhalb der Stadt. Die Grenze nach Pennsylvania konnte nicht weit sein, obwohl ich nicht genau wußte, wo ich mich befand.

Der Wagen hielt vor einem Bungalow. Der Große sprang als erster hinaus. Er nahm meinen Arm und führte mich auf den Bungalow zu, als habe er Angst, der Dicke könnte mir noch im letzten Moment ein Messer in den Rücken stoßen.

Der Gangster öffnete die Tür des Bungalows und schob sich mit mir hinein. Der andere blieb draußen.

Ich sah mich um. Der Mann, der fett wie eine Kröte in einem tiefen Sessel hockte und ein paar Goldzähne zwischen bläulich verfärbten Lippen sehen ließ, war Joe Franchetto, der Mann, der das Wuchergeschäft beherrschte.

Das Bungalowzimmer war nicht nach dem üblichen Standard eingerichtet.

Die Möbel waren schwer und massiv, die Teppiche weich, das Licht war gedämpft. Wahrscheinlich benutzte Franchetto den Bungalow zu Besprechungen mit seinen Unterführern.

Franchetto winkte mit einem dicken nikotingelben Finger. Langsam ging ich auf ihn zu. Er hatte schwarze Augen und eine großporige Gesichtshaut. Graues Haar ringelte sich um fleischige Ohren.

»Hallo, Mr. Franchetto«, sagte ich.

Die buschigen Brauen fuhren ein wenig in die Höhe. »Sie wissen, wer ich bin?«

»Ich kenne mittlerweile die meisten Mitwirkenden in diesem Zirkus, in dem Sie und ein paar andere Gangster den Ton angeben.«

»Sie nehmen sich reichlich viel raus, Delorme«, sagte der Wucherer flach. »Wie kommen Sie auf den Begriff Zirkus?«

Ich grinste. »Wäre Ihnen die Bezeichnung Kasperletheater lieber? Da pfeift einer, und alle tanzen. Das nenne ich Zirkus.«

»Und Sie, Delorme? Welche Rolle gedenken Sie zu spielen? Die des Zuschauers? Freikarten sind nicht drin, Delorme.«

»Warum kommen Sie nicht zur Sache, Franchetto?«

»Wie Sie wollen, Delorme.« Franchetto betrachtete seine großen Hände, als er mit leiser Stimme fortfuhr. »Ich habe mich persönlich eingeschaltet, als ich von Ihrem Problem erfuhr. Sie sind Detective, und da dürfte es für Sie besonders unangenehm sein, wenn Ihre, nun, sagen wir, unglückselige Leidenschaft bekannt wird.«

»Ich werde es nicht hinausposaunen«, sagte ich. »Wenn Sie es tun, muß ich aus der Stadt verschwinden, und Sie kriegen überhaupt nichts.«

»Das ist eben der große Irrtum, Delorme. Wir bekommen stets, was uns zusteht. Warum sind Sie so unfreundlich? Wir sind zusammengetroffen, weil ich Ihnen helfen will.«

»Okay, machen Sie mir einen Vorschlag! Charly Fleming hat etwas von einem längerfristigen Kredit angedeutet. Wollen Sie mir Geld borgen? Zum Diskontsatz vielleicht?«

»Ich will Ihnen kein Geld leihen, Delorme«, sagte Franchetto. »Ihren Schuldschein habe ich schon weitergegeben.«

Ich legte den Kopf in den Nacken und lachte.

Der Gangster sah mich überrascht an. »Was gibt es da zu lachen?« fragte er böse.

»Der Dompteur hat gepfiffen, und Sie bauen Männchen!« Ich schüttelte verwundert den Kopf. »Also, Franchetto, wie geht es weiter? Was will Spallone von mir? Ich kann nichts für ihn tun, nichts. Es ist nur eine Frage der Zeit, dann muß er verschwinden. Oder die Löwen fallen über ihn her. Ob ich nun hier Detective bin oder nicht.«

»Er will Sie sehen und es Ihnen persönlich erklären«, sagte Franchetto. Er sah auf die Uhr. »Sie können sich nebenan im Bad frischmachen. Ich lasse auch Frühstück kommen, Delorme. Und dann fahren wir zu ihm.« Franchetto lachte. »Zum Dompteur. Der Vergleich würde ihm gefallen«, meinte er.

Es war nicht sehr weit von dem Motel zur Villa, wie Spallones Hauptquartier genannt wurde. Als wir zwei Stunden später in Franchettos Galaxie hinüberfuhren, saß Franchetto hinten neben mir, während sich die beiden Knochenbrecher, die mich geholt hatten, vorn neben den Fahrer auf die Bank quetschten.

Niemand sagte etwas. Der Wagen fuhr eine gewundene Hügelstraße hinauf, vorbei an alten Parks hinter hohen Eisenzäunen oder abweisenden Mauern. Im Schein der tiefstehenden Morgensonne glitzerte der Tau auf den gepflegten Rasenflächen wie Diamantstaub.

Ich war schon ganz schön die Leiter hinaufgestiegen, dachte ich, als der Wagen vor einem schwarzen Eisentor stoppte. Ein Geldhai. Ein Zuhälter. Ein Wucherer, der gleichzeitig der Bankier des Syndikats war. Und jetzt würde ich gleich Giulio Spallone gegenüberstehen. Ich fragte mich, weshalb sich der Syndikatsboß herabließ, mich, den kleinen Detective, zu sich zu holen. Mein Herzschlag beschleunigte sich etwas. Jerry, du kriegst es jetzt doch nicht etwa mit der Angst zu tun?

Zum Aussteigen war es viel zu spät. Das schwarze Tor rollte zur Seite. Ich entdeckte die unauffälligen, in die

Torpfosten eingelassenen Löcher, hinter denen die Überwachungskameras installiert waren.

Der Galaxie fuhr langsam durch den Park. Erst nach einer Linkskurve tauchte das Haus auf. Die Villa. Ein weißer Prunkbau mit einem von Säulen getragenen Vordach im Kolonialstil und einer Anfahrt, die für einen Gouverneurspalast gereicht hätte.

Als der Wagen unter dem Vordach hielt, eilte ein Mann herbei, der wie ein Butler gekleidet war. Er öffnete die Tür für Franchetto, wobei er sich höflich verbeugte. Auch ich wurde mit einer stummen Verbeugung bedacht.

»Kommen Sie mit!« sagte Franchetto. Meine beiden Knochenbrecher machten keine Anstalten, ebenfalls auszusteigen.

Ich beugte mich in den Wagen. »Paß schön auf meine Kanone auf, Großer!« sagte ich. »Das Ding ist Staatseigentum!«

»Verpiß dich!« stieß der Dicke hervor.

Ich schmetterte die Tür ins Schloß und folgte Franchetto und dem Butler ins Haus. Der Galaxie fuhr lautlos an und glitt hinter das Haus.

Die Halle war düster und hoch, die umlaufende Galerie kaum zu erkennen. Eine Freitreppe führte ins erste Obergeschoß hinauf.

Der Butler gab mir keine Gelegenheit, mich mit meiner Umgebung vertraut zu machen. Er führte mich in ein kleines Zimmer, das als Warteraum für Besucher diente. Es war mit einigen hochlehnigen Stühlen, einer Vitrine und einem Glastisch eingerichtet. Auf der Vitrine stand ein Telefon. Neue Zeitschriften lagen auf dem Tisch. Es gab sogar einen Spiegel, damit ein Besucher sein Äußeres herrichten konnte, bevor er vom Hausherrn empfangen wurde.

»Warten Sie hier!« rief Franchetto, bevor der Butler leise die Tür schloß.

Ich stellte mich vor den Spiegel und unterdrückte das Verlangen, gegen das Glas zu klopfen. Ich zog meinen Kamm aus der Tasche, und mit langsamen Bewegungen kämmte ich meine Haare.

»Ist er das?« fragte Giulio Spallone leise.

Phil Decker starrte auf die Glasscheibe, die wie ein zu blasses Fernsehbild in der Wand steckte. Er sah genau in ›Delormes‹ Augen, aber er wußte, daß der ihn nicht sehen konnte. Langsam atmete Phil aus. »Ja«, sagte er. »Das ist er. Delorme.« Er versuchte, so etwas wie Abscheu in seiner Stimme mitschwingen zu lassen.

Er sah Spallone nicht an. Er spürte nur die Gegenwart des Mannes an seiner Seite, der immer noch auf die Rückseite des Einwegspiegels starrte.

In dem kleinen Beobachtungsraum herrschte ein graues Halbdunkel, weil nur durch den Einwegspiegel Licht hineinfiel. Vor einigen Minuten hatte Art, der schwarzhaarige Gorilla, Phil über die Hintertreppe nach oben geführt. Am oberen Absatz der Treppe hatte Phil einen flüchtigen Blick in einen anderen Raum werfen können.

Er hatte Telefone, Fernschreiber und Fernsehmonitoren gesehen, mit denen das Grundstück und wahrscheinlich auch das Haus und die Nebengebäude überwacht wurden.

Phil spürte, daß ihn Spallone von der Seite ansah. Er wittert etwas, dachte Phil.

»Ich möchte wissen, welches Spiel hier getrieben wird«, sagte Spallone. »Weißt du es, Harvey?«

»Ich? Nein«, antwortete Phil.

»Er hat dir übel mitgespielt, nicht wahr, Harvey?«

»Na ja, ich hab' eigentlich noch Glück gehabt. Ich bin ja nicht vor Gericht gekommen . . .«

»Würdest du ihn notfalls umbringen?«

Die Frage traf Phil wie ein Fausthieb in den Magen. Er brauchte seine Bestürzung nicht zu spielen, als er antwortete: »Himmel, natürlich nicht!«

Spallone lachte plötzlich.

»Natürlich nicht«, sagte er leichthin. »Art wird dich wieder nach unten bringen.«

Phil hielt es in diesem Moment für klüger, wieder den kleinen Gauner zu spielen, der Respekt vor dem großen Gangster hat und deshalb keine große Lippe riskiert.

»Setzen Sie sich!« sagte Spallone zu mir. »Na los, setzen Sie sich schon!« Er deutete auf einen Stuhl, der vor seinem breiten Schreibtisch stand. Er hatte das Licht im Rücken. Wenn ich an ihm vorbeisah, hatte ich die bessere Aussicht. Ich setzte mich und sah den Syndikatsboß abwartend an.

Er erwiderte meinen Blick.

Es war ein zwingender Blick, der weniger widerstandsfähige Naturen durchaus beeindrucken und einschüchtern konnte.

»Ich habe Ihren Schuldschein, Delorme«, begann er. »Die ganze Summe. Ich habe zweitausend Dollar dafür bezahlt. Das ist billig, wenn ich bedenke, was ich mit dem Wisch alles anfangen kann . . .«

»Ich zahle Ihnen das Geld zurück, bis auf den letzten Cent«, sagte ich. »Mehr bekommen Sie nicht dafür.«

Ich sah an Spallone vorbei, als ein Schatten über den Terrassenboden fiel. Dann erschien eine Frau in meinem Blickfeld. Sie blieb vor einer der hohen Fenstertüren stehen und sah herein.

Sie hatte ihr Haar sorgfältig frisiert und ihr Gesicht zurechtgemacht. Es war ein hübsches Gesicht, aber die Haut wirkte schlaff, und die Augen hatten keinen Glanz.

Sie trug einen auberginefarbenen Hosenanzug, der ihre Figur genau nachzeichnete.

Spallone bemerkte meinen Blick. Er wandte sich um und sprang auf. Die Frau zuckte kurz zusammen. Dann breitete sich ein etwas törichtes Lächeln auf ihrem Gesicht aus.

Spallone öffnete einen Flügel der Fenstertür. »Cora, Darling, geh zum Pavillon! Du sollst hier nicht rumstehen, es ist schon zu frisch.«

Cora versuchte, an Spallone vorbeizusehen. »Wer ist der nette Mann, Giulio?« fragte sie. »Nie bin ich dabei, wenn du Besuch hast!«

»Ich erzähle dir nachher alles«, sagte Spallone. Seine Stimme klang sanft.

Aber der klirrende, befehlsgewohnte Unterton schien die Frau zu veranlassen, sich umzudrehen und davonzugehen.

Spallone warf mir einen prüfenden Blick zu, als er sich hinter den Schreibtisch setzte. Er schien Mühe zu haben, sich wieder auf das Gespräch mit mir zu konzentrieren.

»Sie könnten hier ein schönes Leben haben, Delorme – wenn Sie sich anpassen. Warum wollen Sie sich von Beasley verheizen lassen? Für Sie sollte nur eins wichtig sein – was Sie wollen.«

»Mein Nahziel ist Theo Walstons Mörder«, sagte ich.

»Walstons Mörder?« fragte Spallone. Seine Mundwinkel zuckten. »Sind Sie sicher, daß Beasley auch an ihm interessiert ist?«

»Was wollen Sie damit sagen?« fragte ich.

»Fragen Sie Beasley, aber ich wette, er kneift!« Spallone wechselte abrupt das Thema. »Kommen wir auf den Schuldschein zurück, Delorme. Können Sie den Schein bis morgen vormittag elf Uhr auslösen?«

»So wie es aussieht – nein«, antwortete ich.

»Natürlich nicht«, stellte Spallone nachdrücklich fest.

»Die Banken geben Ihnen keinen Kredit, weil Sie noch in New York Bankschulden haben. Und Ihre Kreditkarten sind längst ungültig.«

»Sie haben sich umgehört, Spallone«, sagte ich.

»Was würden Sie also tun, damit ich den Wisch, oder besser eine Kopie davon, nicht morgen um elf auf Beasleys Schreibtisch legen lasse?«

»Machen Sie einen Vorschlag!« sagte ich.

»Sie haben einen Mann verhaften lassen. Tony Stark. Er ist zwar eine unwichtige Figur, aber ich muß jemandem einen Gefallen tun.«

»Weil Sie eine so nette Familie sind«, warf ich ein.

Spallones muskulöser Hals spannte sich kurz, aber er behielt sich in der Gewalt. »Es macht sich schlecht, wenn ein Mann, der für einen meiner Vettern arbeitet, vor Gericht kommt, weil er sich an einem Detective vergriffen hat«, erklärte Spallone.

»Was soll ich also tun?«

»Gar nichts, Delorme, gar nichts. Sie sehen, ich will Ihr ehrenwertes Bullen-Gewissen nicht über Gebühr strapazieren. Wenn die Gegenüberstellung stattfindet, erkennen Sie ihn einfach nicht wieder. Das ist alles.«

Ich hob die Schultern. »Okay, ich wollte eigentlich sowieso keine Affäre daraus machen.« Ich stand auf.

»Moment noch!« sagte Spallone. »Ich freue mich, daß Sie vernünftig sind und mit mir zusammenarbeiten wollen.«

»Ich will nicht mit Ihnen zusammenarbeiten, Spallone«, sagte ich kalt. »Die Sache mit Stark stellt eine Ausnahme dar.«

»Da ist noch etwas, Delorme.«

Voll Grimm starrte ich den Gangster an. Innerlich triumphierte ich. Spallone zog die Schraube sehr behutsam an. Auf seine Forderung, Tony Stark, Chico Manzaris Schläger, wegen des Überfalls auf mich laufenzulassen, konnte ich leicht eingehen. Auf ihn wartete eine ungleich schwerere Anklage. Was jetzt von mir verlangt wurde, wog schwerer.

»Sie haben der guten Freundin eines Freundes eine Vorladung zugestellt. Er nennt sie Marion ...«

»Marietta Adler?« Ich zog verwundert die Brauen hoch. »Hören Sie, da kann ich nichts machen! Die Vorladung hat der D.A. veranlaßt!«

»Regen Sie sich nicht unnötig auf, Delorme! Was ich von Ihnen will, ist mehr als bescheiden. Besorgen Sie mir eine Kopie des Vernehmungsprotokolls! Das ist wirklich alles.«

»Das kann ich nicht, Spallone«, sagte ich. Ich stöhnte. »Es wäre ein schweres Vergehen.« Dabei wäre diese Forderung erst der Anfang. Wenn ich mich nur einmal in die Machenschaften des Syndikats verstricken ließe, würden immer mehr folgen.

»Bringen Sie mir das Protokoll, Delorme, oder zweitausend Dollar!« Spallone lächelte. »Ich werde Anweisung geben, daß man Sie jederzeit zu mir läßt. Es hat mich gefreut.«

Pünktlich um zwei Uhr nachmittags war ich wieder auf dem Bethany Race Track. Franchettos Leute hatten mir meinen Revolver zurückgegeben und mich in der City abgesetzt. Zur Rennbahn war ich mit dem Bus hinausgefahren.

Für die Rückfahrt würde ich mir ein Taxi leisten.

Das Treiben an diesem Sonntag war bunter, das Gedränge größer, die Wettumsätze waren höher. Während der beiden ersten Rennen hielt ich mich in der Nähe der Wettschalter auf. Als ich Wallys grauen Kopf mit der speckigen Mütze erkannte, wühlte ich mich rücksichtslos durch die Menge.

Wally grinste unsicher, als ich urplötzlich neben ihm auftauchte, seinen Arm packte und ihn mit hartem Griff unter einen Tribünenaufgang schob.

»Hallo, Wally«, sagte ich. »Wie geht es deinem Schwager?«

»Lassen Sie mich los! Was wollen Sie?«

»Ich will einen Tip, Walter Ellis. Einen einzigen Tip!«

Der Kleine schüttelte den Kopf. »Ich hab' keinen Tip für Sie, Mister. Tut mir leid.« Er sah mich aus schmalen Augen an. »Woher wissen Sie, wie ich heiße?«

»Ein guter Freund hat mir Informationen gegeben, Wally. Eine Menge Informationen. Dein Schwager heißt Freddy Miller. Freddy arbeitet für den Trainer von Zukie Links Stall. Der Stall gehört einer Figur namens Vito Nenni. Vito wiederum ist ein Strohmann für den Big Boß. Du siehst, ich weiß wahrscheinlich mehr als du.«

Wally Ellis schluckte.

»Was glaubst du, Wally, was mit dir und deinem Schwager passiert, wenn ich dem Big Boß stecke, daß ihr euch an seine Schiebungen ranhängt!«

»Das kannst du nicht machen!«

»Und ob ich das kann! Der hat nämlich meinen Schuldschein. Und ich werde mir mein Geld dort zurückholen, wo ich es verloren habe. Und du wirst deinen Mund halten, Wally, weil du sonst nie mehr Gelegenheit haben wirst, ihn zu benutzen. Außer um den letzten Schrei auszustoßen!«

Wally Ellis ließ das Gehörte in sein Hirn sickern, und als er den ganzen Schlamassel erkannte, in dem er steckte, begann er zu schlottern. »Ich sage Ihnen Bescheid«, sagte er mit klappernden Zähnen.

Ich blieb in seiner Nähe wie ein Köter. Er setzte und telefonierte, aber er war nicht bei der Sache. Als das vorletzte Rennen bereits lief, kam er zu mir. »Kaskabell«, sagte er und verschwand in der Menge.

Kaskabell war ein krasser Außenseiter. Die Vorwetten standen bei 14:1. Ich sah mir den Gaul am Führring an. Sein Fell war stumpf. Seine Formen wirkten plump. Er gehörte zu einem Stall aus Akron, Ohio. Aus Zukie Links Stall, der in Wirklichkeit Spallone gehörte, waren zwei Pferde am Start, die hoch favorisiert waren.

Charly Fleming, der Geldhai, grinste spöttisch, als ich vor ihm auftauchte. »Sie können's wohl nicht lassen, wie?«

»Ich brauche hundertachtzig Dollar«, sagte ich. »Sie kriegen in einer halben Stunde zweihundert zurück.«

Charly schüttelte langsam den Kopf. »Sie müssen übergeschnappt sein, Mann!«

»Meine Schuldscheine sind doch Gold wert, oder? Sie haben Ihren Schnitt gemacht. Versuchen Sie's noch mal!«

Er wollte immer noch nicht. Erst als ich ihm drohte, ihn festzunehmen und über Nacht einzusperren, und als er die Konsequenzen überdachte, rückte er das Geld heraus.

Ich setzte alles auf Kaskabell und ging dann zur Bahn hinunter. Die Lichter entlang der Rennstrecke brannten bereits, als die Pferde des letzten Rennens aus den Startboxen schossen.

Nach einer halben Meile hatte sich eine Dreiergruppe an die Spitze gesetzt. Das übrige Feld folgte mit fünf Längen Abstand. Kaskabell trottete mitten im Verfolgerfeld.

Ich knirschte mit den Zähnen. Wenn Wally jetzt in meiner Nähe gewesen wäre, hätte ich ihn möglicherweise gewürgt.

Aber dann fiel die Spitzengruppe auseinander. Zwei Pferde wurden langsamer. Und nach einer Meile löste sich Kaskabell aus der Verfolgergruppe und machte plötzlich Tempo.

Kurz vor der Zielkurve hatte er sich an die zweite Stelle geschoben. In weit ausgreifendem Galopp jagte Kaskabell über die Bahn. In der Zielgeraden drehte er noch einmal voll auf. Gut eine Pferdelänge vor dem zweiten Pferd, das eins aus Zukie Links Stall war, ging Kaskabell über die Ziellinie.

Giulio Spallone wußte Bescheid. Das sah ich sofort, als mich einer seiner Gorillas in ein großes Wohnzimmer führte. Okay, er sollte Bescheid wissen. Deshalb hatte ich mir das Geld, das ich zum Wetten brauchte, ja auch von Charley Fleming geliehen.

Spallones düstere Miene verhieß nichts Gutes. Schlagartig wurde mir klar, daß er meine Kampfansage angenommen hatte – und sich wehren würde.

Er war nicht allein. Zwei seiner engsten persönlichen Leibwächter, deren Gesichter ich aus den Akten kannte, hielten sich unauffällig im Hintergrund. An einem runden Tisch, auf dem Zigarren in Aschenbechern qualmten und Gin- und Whiskyflaschen standen, saßen Joe Franchetto und Aldo Manzari. Und natürlich Spallone.

»Habe ich eine Krisensitzung gestört?« fragte ich. »Wo ist Chico? Ist sein Rat nicht gefragt?«

Ich wandte den Kopf, als ich ein unterdrücktes Kichern hörte. Außerhalb des Lampenscheins über dem runden Tisch stand eine weiße Ledercouch. Darauf räkelte sich Cora.

Das Haar hing jetzt strähnig an ihrem Kopf herab, das Gesicht war aufgedunsen. Den Hosenanzug hatte sie gegen ein Tüllkleid vertauscht. Der Rock war verrutscht. Sie machte keine Anstalten, ihn herabzuziehen und die weichen weißen Schenkel zu bedecken. »Hi«, sagte sie. Ihr Mund zuckte. »Wer sind Sie?«

»Ich bin Detective Delorme. Und Sie?«

»Ich? Ich bin . . .«

»Cora!« sagte Spallone mit schneidender Kälte in der Stimme. »Möchtest du hinausgehen?«

Die Frau richtete sich ein wenig auf und tastete nach der Ginflasche, die auf einem kleinen Glastisch in ihrer Reichweite stand.

»Darf ich noch etwas trinken?« fragte sie mit schwerer Zunge. »Ein ganz, ganz kleines Schlückchen nur?« Sie hielt die Flasche fest mit beiden Händen, als sie einen kräftigen Zug nahm. Ihre verschleierten blauen Augen waren auf mich gerichtet. »Detective Delorme? Wie geht es Detective Walston? Er war lange nicht mehr hier ...«

Spallones männlich hübsches Gesicht verzerrte sich zu einer häßlichen Grimasse. Mit einem Sprung, der verborgene Kraft verriet, federte er aus seinem Sessel. Im nächsten Augenblick war er bei der Frau und schlug ihr die offene Hand ins Gesicht. Ihr Kopf flog zur Seite.

Wimmernd ließ sie sich auf die Couch fallen.

Spallones Augen glommen wie Kohle, als er sich umwandte und mich anstarrte. »Entschuldigen Sie diesen Auftritt!« sagte er mühsam beherrscht. »Ich kann sie nicht einfach wegschicken. Sie würde draußen herumlaufen. Dort sind jetzt die Hunde ...«

»Schlagen Sie in meiner Gegenwart nicht noch einmal eine Frau!« sagte ich grimmig.

Sein Gesicht schwebte nah vor meinem. Seine Mundwinkel zuckten und verrieten etwas von der Erregung, die hinter der glatten Fassade tobte.

»Sie meinen es ernst, Delorme?« stieß er hervor. »Ich glaube tatsächlich, Sie meinen es erst ...«

»Finden Sie es heraus!« sagte ich kalt. Ich zog ein Bündel Geldscheine aus meiner Tasche. »Das sind genau zweitausend Dollar, Spallone. Geben Sie mir meinen Schuldschein!«

Der Syndikatsboß setzte sich wieder. Franchetto und Aldo Manzari sahen an ihm vorbei. Spallone nahm seine Zigarre, die erloschen war, steckte sie zwischen die vollen Lippen und zündete sie an.

»Und jetzt glauben Sie, Sie wären draußen, Delorme?« Der Gangster lachte heiser. Er zupfte den Schuldschein aus der Brusttasche seines Jacketts und schnippte ihn über den Tisch. Ich nahm das Papier und steckte es ein. Dann warf ich das Geldbündel neben den Aschenbecher.

»Bis später mal, Spallone«, sagte ich. »Rufen Sie Ihren Kettenhund!«

Ich hatte bei meiner Ankunft meinen Revolver abgeben müssen. Außerdem brauchte ich eine Eskorte, die mich durch den Park zum Tor begleitete. Ich hatte das heisere Hecheln der Hunde im Dunkeln gehört, die das Grundstück bewachten.

»Art!« rief Spallone laut.

Hinter mir wurde eine Tür geöffnet.

»Schauen Sie sich mal um!« forderte Spallone mich auf.

Langsam wandte sich der Kopf. Mein Gesicht ließ nicht die Erleichterung erkennen, die ich bei Phils Anblick empfand.

Ich verzog geringschätzig den Mund, als ich Spallone wieder ansah.

»Was macht die Ratte hier?« fragte ich herausfordernd.

»Ich habe eine Schwäche für Leute, die mir gute Geschichten erzählen«, antwortete Spallone.

Einen Moment lang erstarrte ich innerlich. Hatte das nicht mehrdeutig geklungen? »Glauben Sie etwa den Erzählungen eines solchen Halunken?« Ich fuhr zu Phil herum. »Du befindest dich in schlechter Gesellschaft, Harvey Hill. Weiß dein Bewährungshelfer, wo du bist?«

»Wollen Sie ihn einsperren, Delorme?« höhnte Spallone. »He, Harvey, was wirst du dem Staatsanwalt erzählen, wenn er dich verhört?«

»Die Wahrheit, Mr. Spallone«, antwortete Phil eifrig. »Detective Delorme hat mich bestohlen. Er hat auch andere Verdächtige ...«

Phil verstummte erschreckt, als ich herumwirbelte und

auf ihn zusprang. Art schob sich vor Phil. In seiner Hand lag ein kurznasiger Revolver. Ich blieb stehen.

»Bring ihn wieder raus, Art!« befahl Spallone. Er lächelte dünn. »Delorme, haben Sie wirklich geglaubt, ich begebe mich auf so dünnes Eis, ohne über eine Rückversicherung zu verfügen?« Er schüttelte verständnislos den Kopf. »Delorme, in New York hatten Sie es vielleicht mit kleinen Ganoven wie Harvey zu tun. Okay, von denen können Sie hier hin und wieder auch einen haben, damit die Statistik nicht zu stark ausschlägt. Rennen Sie nicht gegen die falschen Leute an, Delorme!«

Art brachte Phil wieder hinaus. Einen Moment lang war es sehr still in dem großen Raum. Nur Coras betrunkenes Gebrabbel war zu hören, als sie mir zuprostete. Ihr Gesicht sah fürchterlich aus. Sie stand auf, schwankte barfuß über den tiefen Teppich und schaltete die Stereoanlage an. Aus großen Stereoboxen erklang leise Musik, die den Raum füllte. Cora drehte den Ton etwas auf, bevor sie zur Couch zurücktorkelte.

Dann ergriff Spallone erneut das Wort. »Ich schätze Männer, die sich nicht einschüchtern lassen, Delorme, obwohl ich nie sicher bin, wie weit ihre Standhaftigkeit wirklich reicht.«

Spallone verzog den Mund zu einem häßlichen Grinsen. »Weil ich sie vorher zu Boden zwinge. Ich habe auch Sie in der Hand, Delorme. Sie wissen es, und Sie wissen, was Sie morgen zu tun haben. Sonst wird Harvey Hill dem D.A. erzählen, was für einen miesen Typ er sich da an Land gezogen hat. An meinen Forderungen hat sich nichts geändert.«

»Und wenn ich nicht mitspiele? Was gewinnen Sie dann? Ich muß aus der Stadt verschwinden, und Beasley holt sich einen neuen Mann.«

»Sie sind ein Spieler, Delorme, und Sie werden immer einer bleiben. Sie haben Dreck am Stecken, und irgendwann werden Sie auffliegen. Egal, wo Sie gerade sein werden. Sie brauchen einen Verbündeten. Ich mache Ihnen jetzt ein Angebot. Ich mache es nur einmal. Ich rate Ihnen gut, es sich genau zu überlegen. Ich nehme Sie auf meine Lohnliste. Den Lohn bestimmen Sie. Ich habe noch nie einem Mann ein solches Angebot gemacht. Außer einem.« Er warf einen schnellen Blick in Coras Richtung. »Er hat es abgelehnt. Zweifellos hat er es bereut. Denn ich vertrage es schlecht, wenn man meine ausgestreckte Hand zurückweist. Sehen Sie sich doch um, Delorme! In diesem County kann man sich amüsieren! Ich habe gern lachende Gesichter um mich. Und wer für mich arbeitet, den mache ich glücklich.«

»Auch Chico Manzari?« fragte ich.

»Chico ist ein unberechenbarer Narr. Sie können ihn geschenkt haben, wenn Sie ihn haben wollen.«

Ich sah Franchetto an, und ich sah Aldo Manzari an, Chicos Bruder. In keinem Gesicht regte sich etwas.

»Danke«, sagte ich. »Aber was ich haben will, nehme ich mir selber.«

Spallones Augen schienen sich in die Höhlen zurückzuziehen. Wieder bemerkte ich dieses dunkel glosende Feuer in ihnen. Franchetto und Manzari starrten mich an.

Spallone stemmte sich wieder aus seinem Sessel. Mit schweren Schritten stapfte er über den knöcheltiefen Teppich zur Stereoanlage. Mit einer heftigen Bewegung, die seinen Zorn verriet, schaltete er die Musik aus. Die jähe Stille hatte etwas Bedrückendes. Coras schrilles Kichern klang dafür um so lauter.

»Noch einer, den du nicht kaufen kannst, Giulio! Und es werden immer mehr.« Sie beugte sich vor und grapschte nach der Ginflasche. Sie verlor das Gleichgewicht und stieß mit der Schulter gegen die Glasplatte.

Der Tisch kippte um. Die Ginflasche kollerte über den Boden.

Ich sah, wie Spallone innerlich explodierte. Er sprang auf die Frau zu, die mit dem Oberkörper auf dem Teppich lang. Seine Linke wühlte sich in ihr Haar. Mit einem Ruck zog er ihren Kopf in die Höhe. Seine rechte Hand schwebte zum Schlag bereit in der Luft. »Meine Geduld ist zu Ende!« zischte er.

»Spallone!« sagte ich scharf. »Tun Sie es nicht!«

Die Hand des Gangster sauste herab. Ich sprang ihn an, aber ich konnte den Schlag nicht mehr verhindern.

Es klatschte laut. Wie eine Puppe, der ein Kind die Glieder zerbrochen hat, fiel sie über die Couch.

Spallone lachte mir ins Gesicht, als er zum Schlag gegen mich ausholte. Ich war schneller, viel schneller.

Ich schmetterte meine ineinander verschränkten Fäuste gegen seine Rippen. Der Schmerz zuckte durch meine Arme und schoß bis in die Schultern hinauf.

Giulio Spallone stürzte auf den Glastisch. Die Platte zerbarst.

Keinen Moment lang hatte ich die Bodyguards vergessen, die sich am anderen Ende des Zimmers aufhielten. Ich fuhr herum, um mich ihnen zu stellen.

Ich sah sie herankommen und konzentrierte mich auf ihren Angriff. Sonst hätte ich auch auf Aldo Manzari und Joe Franchetto geachtet, deren Bewegungen ich nur aus den Augenwinkeln wahrnahm.

Im selben Moment, in dem der Inhalt von Joe Franchettos Ginglas in meine Augen spritzte, explodierte der von Aldo Manzari geschleuderte Whiskybecher an meiner Schläfe.

Ich verlor nicht sofort das Bewußtsein. Ich spürte noch, wie die die beiden Gorillas mich ansprangen und zu Boden zerrten. Und dann machten sie mich fertig.

Irgend jemand schlug meinen Schädel in regelmäßigen Abständen gegen etwas Hartes. Eine Mauer vielleicht. Gedankenfetzen, die wie Feuerräder durch meinen Schädel wirbelten, wollten sich einfach nicht zu einem verständlichen Ganzen zusammenfügen.

Behutsam öffnete ich die Augen. Um mich herum war es dunkel. Aber ich sah, daß sich meine Umgebung bewegte. Sofort ballte sich Übelkeit in meinem Magen zusammen. Etwas rumpelte, und prompt schlug mein Schädel wieder irgendwo an. Es war die Seitenscheibe eines Autos. Kühl und glatt. Und hart. Mein Hals war geschwollen. Die Zunge lag dick im trockenen Mund. Ich rieb über meine brennenden Augen.

Der Gin! Ein paar Bruchstücke rasteten ein. Spallone. Aldo Manzari. Joe Franchetto. Und die Frau. Und die Horde Elefanten, die über mich hinweggetrampelt war.

»Sind Sie wieder da?« fragte eine fette Stimme.

Ich wandte mühsam den Kopf. Hinter dem Lenkrad saß ein Koloß. Das flache Profil mit dem runden Kinn und dem wie kahl aussehenden Schädel hatte ich doch schon gesehen. Auf einem Foto. Richtig, das war Sid Levin! Mein Hals wurde eng. Wieso fuhr mich dieser Totschläger durch die Nacht?

»Lassen Sie mich raus!« sagte ich undeutlich.

»In Ihrem Zustand können Sie doch nicht gehen«, spottete Levin. Da hatte er wahrscheinlich recht. Ich sah nach draußen. Die trostlosen Häuserzeilen im Norden der Stadt glitten vorbei. Das Licht einer Straßenlaterne spiegelte sich in einer Wasserlache. An einer Ecke tanzte eine Neonreklame eine Hauswand hinauf und wieder hinab. Rot und blau zuckten die Lichter über feuchte Wände und die Dächer geparkter Wagen. Ich zermarterte mein Hirn. Es hatte doch nicht geregnet?

Der Wagen rumpelte erneut durch ein Schlagloch. Ich klammerte mich am Armaturenbrett fest. Dabei roch ich an meinem Jackenärmel. Gin. Zum Teufel, ich hatte Gin abbekommen, ja, aber ich hatte doch keinen getrunken! Aber ich fühlte mich so. Zum Kotzen elend.

Sid Levin bog ab. Zwei Straßenecken vor meiner armseligen Unterkunft hielt er an. Er griff über mich hinweg und öffnete die Tür. Die Innenbeleuchtung flammte auf.

»Okay, Mann, ein paar Schritte tun Ihnen vielleicht gut.«

Gierig atmete ich die frische Nachtluft ein. Dann sah ich auf die Uhr. Ungläubig starrte ich die Zeiger an. 2 Uhr 38? Zwischen zehn und elf am vergangenen Abend war ich bei Spallone gewesen. Wo waren die fehlenden Stunden geblieben?

»Sie können noch weiterfahren«, sagte ich matt. »Noch zwei Blocks.«

»Hier ist Endstation, Mann«, sagte Levin gemächlich.

Er war doch Chico Manzaris Mann, überlegte ich. Chico war bei der Besprechung nicht anwesend gewesen. *Sie können ihn geschenkt haben ...*

Ich stellte ein Bein auf den Gehweg, da fiel mir mein Revolver ein. Ich tastete am Gürtel entlang. Der 38er steckte im Holster. Ich würde so bald wie möglich die Trommel kontrollieren müssen, dachte ich müde.

Ich stieg aus und platschte sofort in eine Pfütze. Der Wagen wendete und überschüttete mich dabei mit einem Schwall kalten Wassers. Es hatte tatsächlich geregnet. Nein, es regnete noch. Ich schlug den Kragen meiner Jacke hoch und stopfte die Hände in die Taschen. Nah an den Hauswänden entlang schwankte ich heimwärts.

Neben der Hofeinfahrt zu dem Haus, in dem mein Zimmer lag, brannte eine Lampe. Es war nur eine kleine Funzel, aber sie wies mir den Weg wie ein Leuchtfeuer, und weil ich müde war und unbedingt ein paar Stunden Schlaf brauchte, ging ich immer schneller.

Ich wollte den Hintereingang nehmen. In der dunklen

Einfahrt, wo das Licht der Funzel nicht ausreichte, um die Schatten zu vertreiben, hörte ich ein Geräusch.

Bevor ich zur Waffe greifen konnte, wurde ich gepackt und grob herumgerissen. Ich krümmte mich zusammen, als ich Hände spürte. Eine Hand zerrte den Revolver aus dem Holster. Eine andere stieß mich unsanft mit dem Rücken gegen die Hauswand.

»Er ist sauber«, sagte eine körperlose Stimme.

»Okay, schafft ihn zum Wagen!«

Man schob mich aus dem Schatten. Vor meinen Augen schwebte ein braunes Gesicht mit zerschlagener Nase und sanften Rehaugen, in denen ich so etwas wie Bedauern zu erkennen glaubte.

»Frank!« sagte ich entgeistert. »Frank Pillard. Was hat das zu bedeuten?«

»Als ob Sie das nicht selber wüßten, Delorme«, sagte der farbige Detective kalt. »Zuerst sagen Sie mir, wo Sie Ihren Wagen abgestellt haben!«

Ich kniff die Lider zusammen und spähte über die Straße. Mein Inneres verkrampfte sich, als ich die Lücke drüben bemerkte. Mein Pontiac war weg.

Plötzlich waren uniformierte Cops da, und Streifenwagen glitten vorbei. Pillard stieß mich hinten in einen Kombi der City Police. Er blieb neben der offenen Tür stehen. Mir fiel auf, daß er meinen Revolver mit zwei Fingern am Lauf gepackt hielt. Mit der anderen Hand führte er ein Walkie-talkie an den Mund.

»Okay, Leute, sucht jetzt seinen Wagen!« sagte er.

Ich war mit dem Bus zur Rennbahn gefahren. Und mit einem Taxi zu Spallones Villa. Meinen Wagen hatte ich innerhalb der letzten vierundzwanzig Stunden nicht angerührt. In meinem Magen begannen Ameisen zu krabbeln.

»Wollen Sie mir nicht endlich sagen, was das hier zu bedeuten hat?« fragte ich lauter als beabsichtigt. »Und geben Sie mir meine Kanone wieder!«

Pillard beugte sich zu mir herab. »Später, Baby, wenn wir mit der ballistischen Untersuchung fertig sind«, sagte er. Er schnupperte am Lauf. »Wo haben Sie Schießübungen gemacht? In der Kneipe, in der Sie sich haben vollaufen lassen? Oder draußen an der Landstraße nach Wheelsburgh?«

»Zum Teufel, Pillard, wovon reden Sie? Ich war noch nie an der Landstraße nach Wheelsburgh!«

Pillard schüttelte bedauernd den Kopf. »Ich bin ein Gegner der Todesstrafe, Baby«, sagte er, als hätte er meinen Einwand nicht gehört, »aber für Cop-Killer und Killer-Cops sollte es sie noch geben!«

Meine Kopfhaut zog sich zusammen. Wieder wurde mir schlecht, als ich endlich begriff, wo die fehlende Zeit geblieben war. Spallone hatte mich mit Drogen außer Gefecht gesetzt.

Ich wollte aussteigen. Aber Pillard stieß mich mit einer beiläufigen Bewegung auf den Sitz zurück.

»Ich verlange eine ärztliche Untersuchung«, sagte ich. »Sofort! Ich stehe nämlich unter der Einwirkung von Drogen!«

»Die Untersuchung bekommen Sie, Delorme«, versicherte Pillard grimmig.

»Frank, wer ist es? Sagen Sie es mir!«

Pillard schwieg.

Mein Magen revoltierte, als ich an Beasley dachte. »Frank, ist es Beasley?« schrie ich. »Frank, Sie müssen es mir sagen!« Ich stieß ihn zur Seite und kletterte aus dem Wagen. Vor meinen Augen schwankte die Straße, und ich mußte mich an der Wagentür festklammern. Als ich sicher stand, riß ich die Fäuste hoch.

»Pillard, Sie Schweinehund!« knurrte ich heiser.

Pillards zerschlagene Nase verriet, daß er keine Angst davor hatte, Schläge einzustecken. Bei meinem Zustand brauchte er ohnehin keine Angst vor mir zu haben. Er versetzte mir einen trockenen Hieb gegen die kurzen Rippen. Ächzend sackte ich auf die Bank zurück. Ein Streifenwagen rollte neben dem Kombi aus. Ein Cop kurbelte die Seitenscheibe herab. »Der Pontiac steht gleich hinter der nächsten Ecke. Die Motorhaube ist noch warm.«

»Bleiben Sie bei dem Wagen, bis die Jungs vom Erkennungsdienst kommen!« befahl Pillard. Er setzte sich neben mich in den Kombi. Der Fahrer, ein uniformierter Cop, fuhr sofort an.

Pillard schwieg während der Fahrt, die nach Westen führte. Es regnete wieder, und die Scheibenwischer fuhren quietschend über das Glas.

Ich sah die blitzenden roten Dachlichter und die hellen flackernden Lampen der Straßensperre schon von weitem. Pillards Wagen wurde durch die Sperrbalken gelassen. Wir stiegen aus.

Mehrere Standscheinwerfer leuchteten die Szene taghell aus. Ein flacher weißer Malibu war in den Graben gerutscht und hatte sich mit dem Vorderteil tief in die Böschung gebohrt. Die Motorhaube war aufgesprungen. Ich hatte den Wagen nie gesehen. Gehörte er Beasley?

Wir rutschten die vom Regen aufgeweichte Böschung hinab. Oben neben dem Bankett gossen zwei Männer Reifenspuren aus. Ich zweifelte kaum noch daran, daß die Spuren von meinem Pontiac stammten.

Die Tür auf der Fahrerseite stand weit offen. Eine zusammengekrümmte Gestalt lag über dem Lenkrad. Der Hinterkopf war eine blutige Masse.

Ich erkannte ihn immer noch nicht. »Kann ich ihn schon anfassen?« fragte ich.

»Tun Sie, was Sie für richtig halten!« antwortete Pillard.

Ich beugte mich über die Gestalt und hob den Kopf an. Chico Manzaris Gesicht war in grenzenlosem Schmerz erstarrt. Chico Manzari. Nicht Earl Beasley. Ich kann nicht mehr sagen, was ich in diesen Sekunden empfand, während der Regen auf meinen Rücken trommelte und tausend Gedanken auf mich einstürmten.

Sie können ihn geschenkt haben ...

Spallone hatte seinen Vetter töten lassen! Aldo Manzari, Chicos Bruder, mußte zugestimmt haben.

Beasley hatte sich zu sehr auf Chico eingeschossen, und ich hatte Spallone den Kampfhandschuh hingeworfen. Und weil Spallone seinem letzten Druckmittel, nämlich dem angeblichen Harvey Hill, anscheinend nicht so recht traute, hatte er zugeschlagen. Er hatte Chico Manzari töten lassen und den Täter gleich mitgeliefert.

Hatte er auch ein Motiv für mich konstruiert?

Ich richtete mich auf und drehte mich um. Ein Standscheinwerfer stach genau in meine Augen. Aber ich erkannte Earl Beasley, der oben am Rand des Grabens stand. Der Regen strömte über sein Gesicht. Ich konnte seine Augen nicht erkennen. Ich konnte nicht einmal ahnen, was er dachte. Dachte er an Walston? Oder dachte er daran, daß ich hier im Graben liegen könnte, hingerichtet mit zwei Kugeln in den Hinterkopf? Was war wirklich mit Theo Walston geschehen? Ich mußte an Spallones zynische Bemerkung denken, als ich Walstons Mörder erwähnte. *Sind Sie sicher, daß Beasley auch an ihm interessiert ist?*

»Beasley, wann holen wir uns Spallone?« rief ich.

Der District Attorney schüttelte den Kopf. »Es ist noch zu früh«, sagte er ausdruckslos.

Ich kletterte die Böschung wieder hinauf und baute mich vor dem Staatsanwalt auf. »Beasley, wie viele Menschen wollen Sie noch opfern?« schrie ich in sein versteinertes Gesicht.

Beasley wandte sich über meinen Kopf hinweg an Pillard. »Er kommt mit mir«, sagte er.

»Er gehört mir, Sir«, erklärte der Detective steif. »Er ist verpflichtet, mir bei der Aufklärung eines Mordes behilflich zu sein.«

»Ich kann Ihnen verdammt gut helfen!« sagte ich aufgebracht.

»Mit einem Geständnis, Delorme?«

»Warum soll ich es getan haben, Pillard? Überlegen Sie doch!«

»Kommen Sie mit!« sagte der Detective.

Er hatte noch eine Überraschung auf Lager.

Die Überraschung wartete in seinem Büro in der Kriminalabteilung der City Hall. Beinahe wäre ich zurückgeprallt, als Pillard die Tür aufstieß.

An einem Tisch saßen zwei Männer. Ein Glatzkopf in schwarzem Anzug mit wichtiger Miene und einer dünnen Aktenmappe vor sich. Der andere war mein Freund und Kollege Phil Decker.

»Sie kennen Harvey Hill?« fragte Pillard. Eine Antwort wartete er nicht ab. »Der Gentleman an seiner Seite ist sein Anwalt, Mr. Webster.«

»Wo haben Sie den Strolch aufgetrieben?« fragte ich Pillard. Ich mußte mich zusammennehmen. Ich wußte nicht, ob ich unsere Deckung aufgeben durfte. Der Anwalt war Spallones Mann, das war klar.

»Im Bluebird Club«, antwortete Pillard. »Mr. Hill wohnt dort vorübergehend.«

»Sein Anwalt auch?« fragte ich.

»Mr. Webster war zufällig anwesend«, erklärte Pillard unwirsch. »Delorme, Mr. Hill ist bereit, gewisse Dinge zu Protokoll zu geben, die Sie betreffen. Mir ist klar, weshalb der ermordete Chico Manzari Harvey Hill nach Wheeling geholt hat. Das beeinträchtigt jedoch in keiner Weise den Wert seiner Aussage, soweit sie geeignet ist, das Motiv des Mordes an Chico Manzari zu erhellen.«

»Da bin ich aber gespannt«, sagte ich. Meine alte Kaltblütigkeit hatte ich noch nicht zurückgewonnen. Ich kam mir wie der Bestandteil eines Alptraums vor.

»Mit Harvey Hills Story hatte Chico Manzari Sie, Delorme, in der Hand«, sagte Pillard. »Manzari hat gedroht, mit der Unterschlagungsgeschichte zum District Attorney zu gehen. Beasley hätte Sie entlassen müssen. In New York haben Sie es irgendwie geschafft, den Deckel draufzuhalten, Delorme. Wenn Beasley Sie rausgeschmissen hätte, wäre die Sache publik geworden. Sie hätten nicht einmal mehr eine Anstellung als Kaufhausdetektiv bekommen.«

Spallone hatte die Falle für den Detective des Staatsanwalts perfekt aufgebaut. Sie hätte auch funktioniert, wenn der Detective und der Zeuge diejenigen gewesen wären, für die Spallone sie hielt.

»Das ist das Motiv, Delorme«, sagte Pillard in einem Ton, der keinen Zweifel mehr erkennen ließ. »Mr. Hill, ich brauche Sie im Augenblick nicht mehr. Wo kann ich Sie später erreichen, wenn ich noch Fragen habe? Im Bluebird?«

»Mr. Hill ist während der nächsten Zeit Mr. Spallones Gast«, erklärte der Anwalt schnell.

»Nehmen Sie ihn fest, Pillard!« sagte ich

»Warum?«

»Er lügt! Und er verstößt gegen seine Bewährungsauflagen. Ich wette, er hat sich zu Hause nicht abgemeldet!«

»Liegt ein Haftbefehl vor?« erkundigte sich der Anwalt, und als Pillard den Kopf schüttelte, sagte er zu Phil: »Kommen Sie, Harvey! Ich bringe Sie nach Haus.«

Ich starrte Phil an. Ich wartete auf ein Zeichen von ihm.

Er lächelte nur. Er wollte zurück zu Spallone. Er sah keine Gefahr. »Darf ich mal eben zur Toilette?« fragte er.

Pillard beschrieb ihm den Weg. Phil kam nach zwei Minuten zurück. Er streifte mich mit einem kurzen Blick. Dann verließ er zusammen mit Webster, dem Anwalt, das Büro.

Pillard und ich blieben allein zurück.

»Ich will jetzt einem Arzt vorgestellt werden!« verlangte ich.

»Das hat noch eine Minute Zeit, Delorme«, sagte Pillard. »Setzen Sie sich! Los, machen Sie schon!«

Wir saßen uns an seinem Schreibtisch gegenüber. Pillards dunkles Gesicht wirkte plötzlich erschöpft. »Warum haben Sie kein Vertrauen zu mir?« fragte er.

Ich starrte ihn verständnislos an.

»Sie haben niemanden umgebracht«, fuhr er fort.

»Dann kann ich ja gehen«, sagte ich.

»Sie sind kein Spieler, und Sie sind kein Cop, der einem kleinen Gauner die Beute abnimmt.«

Er blufft, dachte ich, und preßte die Lippen zusammen.

Pillard grinste. »Ich habe die Show mitgemacht, Mann. Sie war doch gut, das müssen Sie zugeben, oder? Wer weiß noch alles Bescheid? Beasley? Oder hat er keine Ahnung?«

»Frank Pillard, Sie sind ein Fuchs«, räumte ich vorsichtig ein.

»Ich habe Freunde in New York, unter ihnen einen schwarzen Detective Lieutenant. Er heißt Dean King.«

Mir wurde es heiß. Ich kannte Dean King, sehr gut sogar. Er war zur Zeit im 28. Revier in Harlem stationiert.

»Ich habe ihn angerufen und ihn gefragt, ob er einen Kollegen kennt, der Gerald Delorme heißt. Und was glauben Sie? Er kennt ihn. Er hat ihn mir beschrieben. Die Beschreibung paßt nicht auf Sie. Nicht die Bohne. Ich wußte ja gleich, daß zu einem Mann, der Gerald Delorme heißt, eher ein schmächtiger dunkelhaariger Franko-Amerikaner gehört. Dann habe ich meinem Freund Dean den Burschen beschrieben, der hier die Rolle des Gerald Delorme spielt.« Pillard lächelte freudlos. »Okay, Mann, warum sollen Sie mir trauen in einer verdammten Stadt wie dieser?« Er deutete mit dem Daumen zur Tür. »Dann war der Ganovendarsteller da eben Ihr Freund Decker, stimmt's, Jerry?«

Wenn Pillard so mühelos imstande war, unsere Deckung aufzureißen, konnten andere es vielleicht auch.

»Bleiben Sie vorläufig bei Gery Delorme, Frank«, sagte ich. »Sie entschuldigen mich einen Augenblick?«

Die Toiletten lagen am Ende des Flurs. In einer WC-Kabine fand ich, festgeklemmt hinter der Papierrollenhalterung, einen mehrfach zusammengefalteten Zettel. In aller Eile hatte Phil ein paar Informationen darauf gekritzelt. Viele Wörter bestanden aus Abkürzungen.

Der Klartext lautete: *Wußte nichts von Mord an Chico Manzari. Wurde erst nach Rückkehr Sid Levins in den Bluebird Club verlegt, nach entsprechenden Instruktionen durch Spallone. Für Levin war schon vor Mord an Chico Zimmer in der Villa reserviert. Walston wurde in der Villa getötet. Von Spallone selbst? Wegen Cora? Wer ist Cora? Ist Spallone von ihr abhängig? Oder sie von ihm? Manzari machte sich Sorgen wegen Beziehung seiner Freundin zu Spallone. Name Marion? Langes braunes Haar, sehr gute Figur, ca. dreißig. Mach was draus! Ich halte mich bereit.*

Ich ging zu Pillard zurück. »Wer ist Cora?« fragte ich.

Er sah an mir vorbei. »Sie wissen es immer noch nicht? Erinnern Sie sich? Sie haben mich nach Beasleys Frau gefragt.«

»Großer Gott!« sagte ich erschüttert.

»Spallone hat sie im Country Club aufgerissen. Weil er den D.A. nicht kaufen konnte, hat er dessen Frau planmäßig von sich abhängig gemacht. Daß sie auch an der

Flasche hing, hat es ihm natürlich erleichtert, sie an sich zu ketten. Er hat seine schmutzigen Hände an ihr abgewischt und sie dann in seinem Haus behalten. Wie einen alten Bettvorleger ...«

Vielleicht war er ihr auch verfallen? Denn warum trennte er sich nicht von ihr? Wenn er Beasley nur hatte demütigen wollen, hatte er sein Ziel zweifellos längst erreicht.

»Seit wann lebt sie in der Villa?« fragte ich.

»Seit vier Monaten, soviel ich weiß.«

Vor zwei Monaten wurde Theo Walston getötet. In der Villa, wie Phil glaubte. »Hat Beasley Sie, Frank, deshalb nicht in sein Büro geholt, weil Sie von Spallone und seiner Frau wußten?«

»Es hat sicher eine Rolle gespielt«, räumte Pillard ein, »obwohl es kein Geheimnis ist, daß Earl Beasleys Frau Spallones Hure ist. Aber das will Beasley nicht wahrhaben. Er will nicht wahrhaben, daß Cora ein billiges Flittchen ist. Während er sein Leben aufs Spiel setzte, um der Brut das Handwerk zu legen, kroch sie zu diesem Gangster ins Bett. Beasley hätte sie umgebracht, wenn er sie damals gleich erwischt hätte ...« Der farbige Detective beugte sich über den Tisch. »Zwingen Sie Beasley, endlich reinen Tisch zu machen! Es gibt genug Material, um Spallone erst einmal festzusetzen, und wenn es wegen Steuerhinterziehung oder Bestechung ist. Alles Weitere ergibt sich dann von selbst!«

Pünktlich um elf Uhr erschien ich am Morgen in Beasleys Büro. Mit Unmengen Kaffee, mit heißen und kalten Duschen und einer Serie Freiübungen hatte ich mich einigermaßen in Form gebracht.

In meinem Holster steckte ein 38er, den Frank Pillard mir überlassen hatte. Mein anderer Revolver blieb bei den Asservaten des Falles Chico Manzari. Denn inzwischen stand fest, daß die tödlichen Schüsse auf Manzari aus der Waffe abgegeben worden waren.

Beasley lehnte es kategorisch ab, einen Haftbefehl für Giulio Spallone auszustellen. »Es ist zu früh«, erklärte er in einem Ton, der keine Diskussion erlaubte. »Ihre Zeugin, Marietta Adler, hat durch ihren Anwalt erklären lassen, daß sie der Vorladung nicht folgen kann. Eine Begründung werde sie nachliefern. Bleibt die Anklage gegen Tony Stark. Pillard hat ihn eben rübergebracht und bereitet unten alles für den Line-up vor. Obwohl wir Manzari und über ihn Spallone jetzt nicht mehr festnageln können, selbst wenn er umfallen sollte.« Beasley ging zur Tür. Dort blieb er stehen, weil ich keine Anstalten machte, ihm zu folgen. »Sie brauchen ihn übrigens nicht zu identifizieren«, sagte er und riß die Tür zum Vorzimmer auf.

Dort saß auf einem gradlehnigen Stuhl sehr steif und sehr aufrecht ein großes, schlankes Mädchen. Ich kannte ihr zerschundenes Gesicht nur von den Fotos, die Beasley gleich an jenem Abend, nachdem sie aus dem Fenster des Bluebird Club gesprungen und von ihm aufgelesen worden war, zum Zweck der Beweissicherung hatte machen lassen. Die Chirurgen hatten die zerschlagene Nase gerichtet. Auch die Narben über dem gebrochenen Kiefer waren verheilt. Doch der Mund würde immer schief und das Knie wahrscheinlich steif bleiben.

»Das ist Miss Robinson«, sagte Beasley. »Sie wird Tony Stark als einen der Männer identifizieren, die sie vergewaltigt und zu töten versucht haben.«

Ich setzte mich auf Beasleys Schreibtisch. Ich sah meine Chance. »Der Haupttäter war Sid Levin«, sagte ich. »Stellen Sie einen Vorführbefehl für ihn aus! Dann haben wir gleich beide.«

»Wissen Sie, wo er sich aufhält?«

»Ja, Sir«, antwortete ich.

Beasley zögerte einen Moment. Dann setzte er sich an seinen Schreibtisch und begann, das Formular auszufüllen.

»Levin hat auch Manzari getötet«, sagte ich.

Beasley blickte auf. »Wie wollen Sie das beweisen?«

Ich dachte an meine Schuhe, die ich zu Hause gewechselt hatte, weil dicke Lehmklumpen und Reste von Gras an ihnen hafteten. Die gleichen Lehmklumpen und Grasbüschel klebten wahrscheinlich auch an Levins Schuhen.

»Geben Sie mir auch einen Durchsuchungsbeschluß, anwendbar auf alle Räume, die Levin innerhalb der letzten zwölf Stunden hat betreten können«, sagte ich listig. Weil ich ganz sicher sein wollte, auch in die Villa des Syndikatsbosses hineinzukommen, fügte ich hinzu: »Und dann brauche ich noch einen Haftbefehl auf den Namen Harvey Hill. Er hat sich der Bewährungsaufsicht des Staates New York entzogen.«

Ich erhielt die erbetenen Verfügungen. Sorgfältig verstaute ich die Papiere in meiner Brieftasche.

»Nehmen Sie Pillard mit!« sagte Beasley.

Er stand auf und trat ans Fenster, womit er mir den Rücken zuwandte. Er ahnt, was ich vorhabe, schoß es durch meinen Kopf. Plötzlich hielt ich es nicht für fair, ihn zu überfahren und vor vollendete Tatsachen zu stellen.

»Soll ich Ihre Frau aus der Villa holen?« fragte ich. »Man könnte sie sofort in ein Sanatorium bringen.«

Beasleys Rücken spannte sich. Nach einer Pause sagte er: »Nein.«

»Hatten Sie Walston den Auftrag gegeben, sie dort rauszuholen?« hakte ich nach.

»Jetzt ist alles zu spät«, sagte Beasley mit einer Stimme, die plötzlich brüchig klang. Wie die eines alten Mannes. »Tun Sie, was Sie für richtig halten, Cotton!«

Bei dem grauverhangenen Himmel und dem Regen, der gleichmäßig vom Himmel strömte, sah Spallones Anwesen noch abweisender aus, als es bei Sonnenschein wirkte.

Wir waren in Frank Pillards Dienstwagen nach Hillside hinaufgefahren. Jetzt stand der Dodge vor dem schwarzen Eisentor, das geschlossen blieb.

Ich zog es vor, im Wagen sitzen zu bleiben, während, Pillard draußen im Regen stand und versuchte, uns Einlaß zu verschaffen. Wir wollten die Halunken so lange wie möglich im Glauben lassen, daß der Detective des Staatsanwalts, Gerald Delorme, unter Mordverdacht stand und zumindest vom Dienst beurlaubt worden war.

Frank und ich hatten beschlossen, allein in die Höhle des Löwen zu gehen. Oder in den Zirkus des Syndikatsbosses. Spallone hatte Spitzel bei der City Police, die ihm sofort gemeldet hätten, daß etwas Großes gegen ihn im Gange sei. Er hätte Beweise vernichtet oder beiseite geschafft, und uns hätte er nicht an sich herangelassen.

Frank Pillard sprach gegen ein unsichtbar installiertes Mikrofon. Durch die herabgedrehte Scheibe hörte ich seine Stimme.

»Ja, verdammt, ich habe hier einen Haftbefehl gegen Harvey Hill, weil er gegen irgendwelche Auflagen verstoßen haben soll. Sie können ihn hierher zum Tor schicken oder wohin Sie wollen. Aber ich muß sein Zimmer durchsuchen, und ich gebe Ihnen jetzt noch eine Minute. Wenn ich dann nicht durch das Tor reinkomme, komme ich aus der Luft – mit einem Hubschrauber und einem Einsatzkommando der State Police!«

Eine Lautsprecherstimme plärrte. Frank kehrte zum Wagen zurück. Er setzte sich hinter das Steuer und zog die Tür zu. Mit beiden Fäusten packte er das Lenkrad. »Ich hätte nicht übel Lust, einfach draufzuhalten. Der Dodge ist stabil wie ein Panzer!«

»Dann sollten Sie sich festschnallen«, schlug ich vor.

Wir brauchten den Wagen nicht zu ruinieren. Das Tor rollte zur Seite. In der Öffnung stand ein Mann. Von seinem Gummimantel rann der Regen. Frank zog vor und stoppte neben dem Mann, der sich vorbeugte und ins Wageninnere spähte. Sein Blick streifte mich. Aber er schien mich nicht zu kennen.

»Fahren Sie am Haupteingang vorbei! Sie können Ihren Wagen vor den Garagen abstellen. Man erwartet Sie am Nebeneingang.«

Pillard gab Gas und fuhr die gewundene Auffahrt hinauf. Keiner von uns sagte etwas. Jeder wußte, daß wir mit Widerstand rechnen mußten. Doch das war es nicht, was an unseren Nerven zerrte.

Wir wollten Spallone haben. Den Boß! Der Dompteur des Syndikats war aber gerissener und gefährlicher als alle seine Raubtiere zusammen. Wir konnten ihn nur kriegen, wenn wir ihn überrumpelten.

Ich war überzeugt, daß er Theo Walston getötet hatte.

Irgend jemand mußte die Nerven verlieren und es zugeben.

Oder wir mußten die Tatwaffe finden.

Auf dem Platz vor den Garagen standen sieben Wagen. Joe Franchettos Galaxie war dabei. Ebenso der weinrote Buick Eldorado, der Aldo Manzari gehörte.

»Der Boß hat die Unterführer zusammengerufen«, knurrte Pillard. »Chicos Fell kann nicht schnell genug verteilt werden.«

Als wir ausstiegen, trat ein Mann aus dem Nebeneingang. Er stutzte bei meinem Anblick. Dann warf er sich herum und wollte ins Haus zurückrennen. Er war gestern abend dabeigewesen, als sie mich zusammengeschlagen und anschließend betäubt hatten.

»Jerry!« schrie Pillard.

Ich schnellte bereits aus den Startblöcken, rannte die

paar Schritte bis zum Eingang und warf mich gegen die zufallende Tür. Mit der Tür stürzte ich in einen schmalen Vorraum. Der Gangster war schon an der anderen Tür, die aus Metall bestand und keinen Türdrücker aufwies.

Ich warf mich auf den Gangster, packte ihn an den Schultern und riß ihn zurück. Ich sah sein Gesicht vor mir, den verzerrten Mund, und ich sah die Faust kommen. Genau wie gestern abend.

Diesmal war ich schneller. Ich nahm meinen Kopf zur Seite. Die Faust zischte vorbei, und ich hämmerte ihm meine in den Magen.

Seine Beine gaben augenblicklich nach. Ich fing ihn auf und hielt ihn fest, während Pillard ihm Handschellen anlegte. Der farbige Detective grinste.

»Ich habe genug mitgebracht«, sagte er.

»Wie klug, mein Freund«, antwortete ich, als ich den halb bewußtlosen Gangster gegen die Wand setzte.

Wir schlüpften durch die Tür in einen Flur, von dem auf jeder Seite vier Türen abgingen. Einige waren geöffnet. Pillard zog die schwere Eisentür hinter sich zu. So sperrte er den Gangster im Vorraum aus.

Ich vermutete, daß der Vorraum von Fernsehkameras überwacht wurde. Wenn mich jemand auf dem Monitor erkannte, würde er jetzt Alarm schlagen.

Ich rannte durch den Flur, stieß alle Türen auf und spähte in jedes Zimmer.

Es gab einen Aufenthaltsraum, eine Küche und einen Waschraum mit mehreren Duschkabinen. Die anderen Zimmer dienten, nach der Zahl der darin aufgestellten Spinde und Schlafgelegenheiten zu urteilen, den Leibwächtern als Unterkünfte.

Bis auf die Küche waren alle Räume verlassen. Am Herd rührte ein älterer Schwarzer in einem großen Topf.

»Wo ist Harvey Hill?« herrschte ich ihn an.

»Der Boß hat ihn raufkommen lassen«, antwortete der Schwarze. »Vor ein paar Minuten erst.«

Ich fuhr herum. Pillard trat aus dem Waschraum.

»Unter einem Waschbecken steht ein Paar Schuhe«, berichtete er. »Er hat sie zwar schon notdürftig gereinigt. Aber da ist noch genügend Gras zwischen den Nähten und Lehm an den Sohlen, um einen wasserdichten Anwesenheitsbeweis zu führen.«

»Okay, okay«, sagte ich ungeduldig. »Da oben läuft etwas schief, Frank! Wir müssen rauf!«

»Worauf warten wir dann noch?« gab Pillard kaltblütig zurück.

Giulio Spallone baute sich vor Phil auf. Phil versuchte, nicht an den hünenhaften Sid Levin zu denken, der ihn wie einen Sack heraufgeschleift hatte. Levin stand jetzt hinter Phil, bereit, ihm auf ein Zeichen von Spallone hin die Knochen zu brechen. Oder sonst etwas Unangenehmes mit ihm anzustellen.

»Wie kommt es, daß Delorme hier aufkreuzt?« fragte Spallone mit gefährlich leiser Stimme. »Wie kommt es, daß er nicht in einer Zelle sitzt? Kannst du mir die Frage vielleicht beantworten, Harvey?«

Phil hob die Schultern. »Keine Ahnung«, sagte er gespielt unsicher.

Irgend jemand hatte Alarm geschlagen. Daraufhin hatte Sid Levin ihn nach oben geschafft. Die anderen Bodyguards hatten sich schon vorher verzogen. Bis vor wenigen Augenblicken hatten alle geglaubt, daß es tatsächlich nur um ihn, den angeblichen Harvey Hill, ginge.

Die Luft in Spallones Arbeitszimmer war zum Schneiden dick. Phil konnte kaum die Männer erkennen, die am ovalen Tisch saßen. Sie alle starrten Phil feindselig an.

Aldo Manzari war dabei. Und Joe Franchetto. Und einige andere Unterführer, die nicht direkt zur Familie gehörten.

»Ihr seid beide aus New York, du und dieser Delorme«, fahr Spallone fort. »Jetzt habe ich dich Laus im Pelz. Wer bist du, Harvey? Ein Bulle? Hat Beasley dich geschickt?«

»Mr. Manzari hat mich holen lassen«, sagte Phil.

»Chico war nicht der Schlaueste«, überlegte Spallone laut. »Er hat vielleicht nur getan, was er tun sollte.« Der Syndikatsboß wandte sich an Levin. »Sid, paß gut auf Harvey auf! Und wenn Delorme es wagen sollte, sich hier oben blicken zu lassen, dreh ihm den Hals nach hinten! Mal sehen, was Delorme, der Spieler-Cop, dann macht!«

Phil vollführte eine Bewegung, die seinen Protest ausdrücken sollte. Sofort spürte er Levins Arm, der sich von hinten wie ein Schiffstau um seinen Hals legte und ihm die Luft abschnürte. Levin zerrte ihn aus dem Raum. Bevor die Tür hinter ihnen zuschlug, hörte er Spallones Stimme.

»Entschuldigt mich einen Augenblick, Freunde. Ich muß nachsehen, ob oben alles in Ordnung ist ... Und dann muß ich mich um Cora kümmern. Ich weiß nicht, wo sie ist ...«

Pillard und ich hatten die Treppe gefunden, die nach oben führte. Ich rannte durch die Halle und stieß die Tür zu dem großen Salon auf, in dem mich Spallones Babysitter gestern abend fertiggemacht hatten, nachdem ich so ›heldenhaft‹ für die betrunkene Cora Beasley eingetreten war.

Das Zimmer war noch nicht aufgeräumt worden. Es stank nach Whisky und Gin und kaltem Zigarrenrauch. Ich ließ meinen Blick über das Durcheinander aus Glasscherben, umgestürzten Gläsern und Flaschen wandern.

Als ich schon dachte, es sei niemand im Salon, sah ich ihr langes blondes Haar. Es hing wie zerrissene Spinnweben über der Couchlehne.

Mit zwei Schritten war ich neben ihr.

Sie lag auf dem Rücken. Der Unterkiefer war heruntergeklappt. Leise Schnarchtöne drangen über ihre Lippen. Das Oberteil des Kleides war verrutscht. Die rechte Brust hing groß und schwammig heraus. Ich zog den Stoff etwas hoch.

Cora Beasley fuhr mit einem erschreckten Laut in die Höhe. Sie starrte mich an. Als sie mich erkannte, klammerte sie sich an meiner Hand fest. Ihre Wange war dick angeschwollen, und unter dem Wangenknochen war eine dunkelblaue, blutunterlaufene Stelle zu sehen.

»Kommen Sie, Mrs. Beasley, ich bringe Sie hier raus!« sagte ich, hin und her gerissen zwischen Mitleid und Abscheu.

»Ich kann nicht ... Ich muß hierbleiben. Für immer.« Sie stammelte undeutlich vor sich hin. Dann schluchzte sie laut auf. »Ist sie noch da? Ist sie noch bei ihm?«

»Wen meinen Sie?« fragte ich.

Ihre Antwort verstand ich nicht. Ich hörte nur einen scharfen Warnruf von Pillard, der an der Tür zur Halle zurückgeblieben war. Er stand leicht gekrümmt da. In seiner Hand lag der Revolver. Allerdings war der Lauf nach unten gerichtet.

Ich folgte Pillards Blick. Eine andere Tür war eben geöffnet worden. Sid Levin schob sich in den Salon. Phil Decker hing wie eine Puppe vor seiner mächtigen Gestalt. Levins Arm preßte ihm die Luft ab. Phils Gesicht war schon blau angelaufen.

»Kanonen weg!« befahl Levin. »Alle beide!« Er sah mich aus kleinen funkelnden Augen an. »Er macht es nicht mehr lange, Mister!«

Ich befreite meine Hand aus Cora Beasleys Klammergriff. Langsam zog ich meinen Revolver und warf ihn in einen Sessel. Pillard ließ seine Waffe einfach fallen.

Levin lachte heiser, als er Phil mit einer verächtlichen Bewegung zur Seite stieß. Phil prallte mit dem Rücken gegen ein Sideboard.

Levin hielt jetzt einen schweren 45er in seiner Hand, der wie für seine Riesenfaust konstruiert schien.

»Raus jetzt!« herrschte er Pillard und mich an. »Sie haben hier nichts zu suchen!«

»Da irren Sie sich, Levin«, sagte ich. »Wir haben einen Vorführbefehl für Sie.«

»Gegen mich? Weshalb denn?«

»Wegen gemeinschaftlicher Vergewaltigung, schwerer Körperverletzung und Mordversuch.«

In Sid Levins Pfannkuchengesicht erschien ein törichtes Grinsen. Der Gedanke, wegen einer Lappalie, wie sie die Mißhandlung eines Mädchens in seinen Augen darstellte, zur Rechenschaft gezogen zu werden, überstieg sein Vorstellungsvermögen.

»Legen Sie den Revolver weg, Levin! Sie haben keine Chance.«

Die Mündung der großen Kanone starrte mich wie ein schwarzes Auge an. »Keine Chance? Meinen Sie das ernst, Mister? Wenn ich Sie umlege, habe ich eine Chance. Bis Mr. Spallone die Bullen hier reinläßt, bin ich in Kanada!«

Ich wollte ihm nicht verraten, daß Kanada Schwerverbrecher wie Sid Levin schnell wieder abschiebt. Er hätte es nicht begriffen. Er wollte mich umlegen, um seinem neuen Boß einen Ergebenheitsbeweis zu liefern.

Meine Augen wurden starr, als ich Levins dicken Daumen sah. Der Daumen legte sich auf den Hammer. Langsam zog er ihn zurück. Die Trommel mit den stumpfen Bleigeschossen begann sich zu drehen.

»Tun Sie es nicht, Levin!«

Das war Phils Stimme. Meine Augen zuckten kurz zu ihm. In seiner Faust lag wie hingezaubert eine flache Pistole. Die Pistole hatte er in einem günstigen Moment aus dem Spind genommen, den er aufgebrochen hatte, als er für Cora Whisky suchte.

»Harvey, sei still!« sagte Levin, ohne den Kopf zu wenden.

Phil drückte ab.

In den dünnen, peitschenden Knall mischte sich Levins tierischer Schmerzensschrei. Phil hatte ihn ins Bein getroffen. Aber der Hüne brach nicht zusammen. Während das Blut aus der Wunde quoll, machte er einen taumelnden Schritt auf Phil zu.

Pillard und ich rissen ihn zu Boden. Während Pillard die Handfesseln um die astdicken Gelenke schloß, wandte ich mich um. Die Couch lag genau in meinem Blickfeld.

»Verdammt, Frank! Wo ist Cora?« schrie ich.

Ich brauchte nicht auf die Antwort zu warten. Irgendwo oben im Haus schrie eine Frau gellend auf. Ein Schuß beendete den Schrei auf eine grausame und endgültige Art.

Im Hinausstürmen riß ich meinen Revolver an mich. Dann raste ich durch die Halle und hetzte die Treppe hinauf. Die Stufen und der Boden der oberen Galerie waren mit einem dicken Läufer belegt, der das Geräusch meiner Schritte verschluckte.

Nur wenige Sekunden waren seit dem ersten Schrei und dem Schuß vergangen, als wieder eine Frau schrie. Es war eine andere Stimme als die eben, die nach dem Schuß verstummt war. Diese Stimme schrie ihren Haß hinaus. Meine Haare stellten sich auf.

Eine Tür stand offen. Durch den Spalt sah ich in ein

ganz in Blau und Gold gehaltenes Schlafzimmer. Die Decke und eine Wand bestanden aus Spiegeln, die ein verwirrendes Bild boten.

Ich trat gegen die Tür und sprang über die Schwelle. Mitten auf dem Rundbett hockte Marion. Oder Marietta Adler, die Superbiene, die ich aus dem Bluebird kannte und für Chico Manzaris Freundin gehalten hatte. Sie trug ein winziges schimmerndes Etwas mit schmalen Trägern, das die glatten nackten Schenkel, die runden Schultern und den schönen Hals betonte. Aber ihr Gesicht war nicht mehr schön. Es war verzerrt, und der Mund schleuderte Haß gegen Giulio Spallone, der mit hängenden Armen neben dem Bett stand.

Ich sah in die Richtung, die mir Mariettas weit aufgerissene Augen wiesen. Cora Beasley lag quer über einem Frisiertisch. Ihr Kopf war zwischen Flacons und Cremetuben gefallen, von denen einige aufgegangen waren und einen betörenden Duft verströmten. Ich sah in Cora Beasleys gebrochene Augen. Ich sah die häßliche Wunde unter dem Haaransatz, wo die Kugel aus Spallones Waffe in ihren Schädel gedrungen war.

»Du hast sie umgebracht!« kreischte Marietta. »Du hast auch Chico auf dem Gewissen! Das habe ich nicht gewollt! Du bist ein Untier . . .«

Spallones Blick fiel auf mich. Ich bemerkte die Pistole in seiner Hand. Die Hand zuckte.

»Es war Notwehr«, stieß er hervor. »Sie wollte mich erschießen! Sie hatte immer noch die Pistole in ihrer Kommode, mit der sie Walston getötet hat!«

»Geben Sie mir die Waffe«, sagte ich zu Spallone. »Sie sind verhaftet.«

»Verhaftet? Weil ich das Flittchen umgebracht habe? Sie hat nur bekommen, was sie verdiente.«

»Das werden Sie auch bekommen, Spallone!« sagte ich und ging einen Schritt auf ihn zu.

Spallone wich zurück. Er würde sich nicht widerstandslos festnehmen lassen. Sein Blick fiel auf Marietta. Ich erriet seine Gedanken. Und weil ich verhindern wollte, daß er das Mädchen als Schutzschild benutzte, um ein paar Minuten oder vielleicht Stunden in Freiheit herauszuschinden, sprang ich ihn an.

Ich erwischte ihn mit dem Kopf im Magen, bevor er die Hand mit der Pistole hochreißen konnte. Er prallte gegen die Spiegelwand. Das Glas knackte. Als ich hochfuhr, schmetterte ich ihm eine Handkante auf den rechten Unterarm. Die Pistole fiel auf den Teppich.

In Spallone erwachte der Kämpfer. Seine Rechte flog von unten herauf und streifte mein Kinn. Ich taumelte zurück und stieß mit den Kniekehlen gegen das Bett. Spallone nutzte diesen Moment.

Er warf sich auf mich. Ich rollte zur Seite, aber er landete auf mir, und seine Hände tasteten nach meinem Hals. Mit einer wilden Bewegung schnellte ich mein rechtes Bein hoch. Spallone stöhnte, und seine Hände flatterten über meiner Kehle.

Ich rutschte vom Bett und rollte sofort herum. Spallone trat nach mir. Ich packte seinen Fuß, gerade, als er zur Tür springen wollte. Er stürzte und knallte mit der Stirn gegen den Türrahmen.

Aber er gab nicht auf. Er zerrte mich hinter sich her auf die Galerie, riß sein Bein frei und humpelte auf die Treppe zu.

Unten in der Halle hörte ich laute Stimmen. Dann fielen zwei Schüsse. Plötzlich wußte ich, weshalb ich hier oben allein blieb. Phil und Pillard kämpften mit den Leibwächtern, die zurückgekehrt waren.

Ich warf mich gegen Spallone. Krachend fielen wir gegen das Geländer der Galerie. Er schlang seine Arme um mich, und so rollten wir die Treppe hinunter. Spallone blieb reglos liegen, als wir endlich unten waren. Ich ließ ihn los, weil ich selbst benommen von den unzähligen Püffen war, die ich empfangen hatte.

Spallone bluffte. Er war nicht bewußtlos. Er schlug plötzlich nach mir und schrie nach seinen Leuten. Seine Faust traf mich in die Seite. Der Hieb warf mich um meine Körperachse, aber Spallone kam nicht schnell genug weg. Er stolperte über meine Beine und schlug wieder auf den Boden.

Ich sprang auf ihn und stemmte mein Knie zwischen seine Schulterblätter, bis ich ihm die Handfessel anlegte.

Die Bodyguards gaben auf, als sie ihren Boß gefesselt sahen. Ich führte ihn die Treppe wieder hinauf. Phil und Pillard blieben unten.

»Es war Notwehr«, keuchte Spallone. »Sie hatte die Pistole schon in der Hand! Ich habe sie gesehen! Sie wollte mich umbringen, weil Marietta bei mir war!«

»Zeigen Sie mir die Waffe«, sagte ich, als wir wieder im Schlafzimmer waren.

Marietta Adler hatte sich einen seidenen Hausmantel übergeworfen. Ihr Gesicht war starr, aber ihre Augen glühten, als sie Spallone ansah.

»Warum hast du Chico umbringen lassen?« schrie sie ihn an.

»Halt deinen Mund, du dumme Gans!«

»Sie hatte keine Pistole«, sagte Marietta zu mir.

»Sie lügt!« keuchte Spallone. »Sie hat sie aus der obersten Schublade geholt!«

Am Boden lag keine Waffe. Ich mußte den Arm der toten Cora Beasley anheben, um an die Schublade zu gelangen Ich benutzte mein Taschentuch, als ich sie aufzog. In der Lade lag keine Pistole.

Spallone stand neben mir. Er heulte auf. »Sie muß hier irgendwo sein! Ich habe sie gesehen! Sie hatte sie schon in der Hand! Marietta, du hast die Pistole gesehen! Sag, daß du sie gesehen hast!«

Marietta schüttelte den Kopf. »Sie hat nicht einmal versucht, die Lade aufzuziehen«, erklärte sie.

Ich wandte mich an Giulio Spallone. »Sie sind vorläufig festgenommen. Ich beschuldige Sie des Mordes an Cora Beasley, und ich mache sie darauf aufmerksam, daß alles, was Sie von jetzt an sagen, gegen Sie verwendet werden kann.«

Der Prozeß gegen Giulio Spallone und seine Mitangeklagten wurde zu einem Triumph für Earl Beasleys Nachfolger. Spallone wurde wegen des Mordes an Cora Beasley angeklagt. Zwar wurde die Waffe, die Spallone in Coras Hand gesehen haben wollte, einige Tage später von Beamten der Spurensicherung im Park der Villa gefunden. Doch Spallone fand mit seiner Behauptung, Marietta Adler habe die Waffe, um ihn zu belasten, aus dem Fenster geworfen, während er mit mir kämpfte, kein Gehör.

Ich hielt diesen Gedanken nicht für abwegig, denn Zeit hatte Marietta durchaus gehabt. Doch das Gericht gelangte zu einem anderen Schluß. Da es sich bei der im Park gefundenen Waffe um die Pistole handelte, mit der Detective Theo Walston getötet worden war, ging der Ankläger davon aus, daß es Spallone selbst gewesen war, der versucht hatte, die Waffe verschwinden zu lassen. Weil er Walston getötet hatte, wie der Ankläger unterstellte. Zeugen hatten ausgesagt, daß Spallone in seine oberen Räume gehen wollte, um dort nach dem Rechten zu sehen, nachdem ihm gemeldet worden war, daß Pillard und ich das Haus betreten hatten. Nach dem Rechten sehen – das konnte auch bedeuten, Beweismittel beiseite zu schaffen.

Spallone bekam wegen des Mordes an Cora Beasley und wegen Anstiftung zum Mord an Chico Manzari lebenslänglich. Zu lebenslanger Haft wurden auch Sid Levin und Tony Stark und einige andere verurteilt. Aldo Manzari, Joe Franchetto und die anderen Unterführer kamen nicht viel billiger davon. Jeder von ihnen hatte Strafen von mindestens neunundzwanzig Jahren abzubrummen. Diese hohen Strafen waren jedoch weder Trost noch Triumph für Earl Beasley, der jetzt in Columbus lebt und dort versucht, noch einmal ganz unten anzufangen. Das Ohio County gehörte nicht mehr dem Syndikat, aber es gab keine Gewinner in diesem Fall. Nicht einmal die Gerechtigkeit blieb unbeschädigt, wenn ich daran denke, daß Spallone Cora Beasley wirklich in Notwehr getötet hat.

ENDE

Jerry Cotton ist die erfolgreichste Kriminalromanserie der Welt. Die Gesamtauflage liegt bei über 750 Millionen Exemplaren. Jerry Cotton wird in über fünfzig Ländern der Erde gelesen.
BASTEI-LÜBBE präsentiert für alle Freunde des Kriminalromans die lange vergriffenen Ausgaben der Jerry-Cotton-Taschenbücher in einer Sonderausgabe.

Die Republik der Mafia
Der Tod der weißen Dame
Richter Thompsons letzter Fall
Jet-Set-Killer

ISBN 3-404-31922-2

BASTEI
LÜBBE

S.T.A.R. – *Special Terror Attack Response* – heißt die neue Einheit zur Terrorbekämpfung, die die FBI Special Agents Cotton und Decker aufbauen sollen, eine Gruppe von Spezialisten aus Armee, Geheimdienst und Polizei, die man überall dort einsetzen will, wo andere im Kampf gegen den Terrorismus versagen. Der erste Einsatz des S.T.A.R.-Teams kommt schneller als erwartet: Ein Terrorkommando überfällt einen streng geheimen Stützpunkt des US-Militärs und bringt sich in den Besitz eines neuen, furchtbaren Kampfstoffes. Cotton, Decker und das S.T.A.R.-Team greifen ein . . .

ISBN 3-404-31460-3

BASTEI
LÜBBE